御製

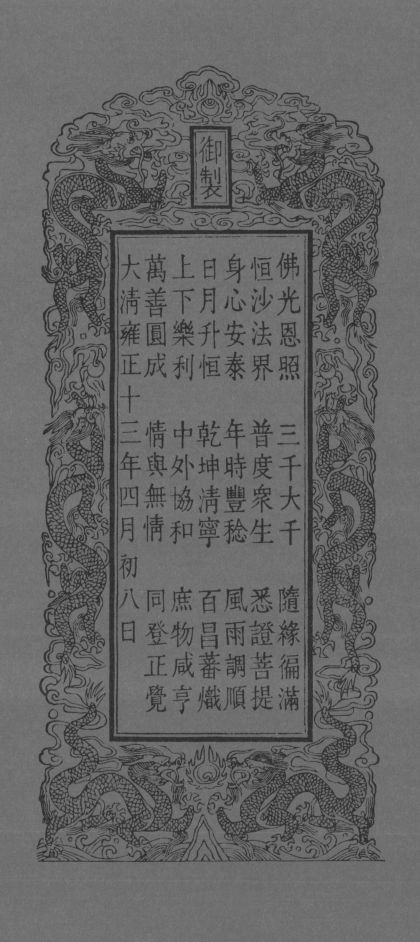

佛光恩照　三千大千　隨緣偏滿
恒沙法界　普度衆生　悉證菩提
身心安泰　年時豐稔　風雨調順
日月升恒　乾坤清寧　百昌蕃熾
上下樂利　中外協和　庶物咸亨
萬善圓成　情與無情　同登正覺
大清雍正十三年四月初八日

第四五册　大乘經　單譯經（四）

佛說華手經

姚秦三藏法師鳩摩羅什譯

清刻龍藏佛說法變相圖

佛說華手經卷第六

姚秦三藏法師鳩摩羅什譯

三昧品第十九

爾時世尊見諸大衆普皆集會即於座上入佛首楞嚴三昧從首楞嚴三昧起入佛妙金剛三昧從妙金剛三昧起入佛知十方言音差別三昧從佛知十方言音差別三昧起入佛無量莊嚴三昧從無量莊嚴三昧起入佛師子月三昧從師子月三昧起入佛師子奮迅三昧從師子奮迅三昧起入佛無邊緣三昧從無邊緣三昧起入佛光王三昧從光王三昧起入佛妙陀羅尼三昧從妙陀羅尼三昧起入佛無相生三昧從無相生三昧起入佛師子自在力三昧從師子自在力三昧起入佛淨月三昧從淨月三昧起入佛一相嚴

三昧從一相嚴三昧起入佛衆相嚴三昧從衆相嚴三昧起入佛無邊光三昧從無邊光三昧起入佛大海三昧從大海三昧起入佛起一切法海法性定三昧從起一切法海法性定三昧起入佛示無邊願緣三昧從示無邊願緣三昧起入佛生一切無邊自在法三昧從生一切無邊自在法三昧起入佛一切法無住處三昧從一切法無住處三昧起入佛無邊光高華三昧從無邊光高華三昧起入佛一切法思量淨印三昧從一切法思量淨印三昧起入佛一切法無垢印三昧從一切法無垢印三昧起入佛示無邊佛自在力三昧從示無邊佛自在力三昧起入佛一切衆生滅相三昧從一切衆生滅相三昧起入佛一切法如來所行三昧從一切法如來所行三昧起入佛示無邊自在神通莊嚴三昧從示無邊自在神通莊嚴三昧起入佛三世無礙一切法性定三昧從三世無礙一切法性定三昧起入佛一切法中得自在力三昧從一切法中得自在力三昧起入佛攝一切法海自在印三昧從攝一切法海自在印三昧起入佛堅固三昧從堅固三昧起入佛善通達三昧從善通達三昧起入佛無動三昧從無動三昧起入佛觀見一切法三昧從觀見一切法三昧起入佛普明三昧從普明三昧起入佛普觀印三昧從普觀印三昧起入佛無明闇三昧從無明闇三昧起入佛無見三昧從無見三昧起入佛一切法無礙無取三昧從一切法無礙無取三昧起入佛無盡相三昧從無盡相三昧起入佛無盡定三昧

從無盡定三昧起入佛無盡緣三昧從無盡緣三昧起入佛一寶相三昧從一寶相三昧起入佛大莊嚴三昧從大莊嚴三昧起入佛無邊莊嚴三昧從無邊莊嚴三昧起入佛無瞋恨三昧從無瞋恨三昧起入佛示一切衆生善根三昧從示一切衆生善根三昧起入佛一切衆生種善根因緣三昧從一切衆生種善根因緣三昧起入佛一切入三昧從一切入三昧起入佛一切法淨行三昧從一切法淨行三昧起入佛不現一切法三昧從不現一切法三昧起入佛照明莊嚴一切菩薩三昧從照明莊嚴一切菩薩三昧起入佛淨一切聲聞眼三昧從淨一切聲聞眼三昧起入佛一切衆生種無礙淨善根三昧從一切衆生種無礙淨善根三昧起入佛息三惡趣苦惱三昧從息三惡趣苦惱三昧起入佛一切佛土中衆生種善根三昧從一切佛土中衆生種善根三昧起入佛不動變三昧佛在是不動變三昧中時淨居諸天以偈讚言

佛住不動變　威德如須彌　壞諸外道論

特映大千界　其心無能見　入無依止定

入定而無依　是佛不思議　爲壞衆疑網

哀愍故說法　無疑常處定　三明出三界

大智德菩薩　今皆集此會　佛無疑在定

唯願決衆疑　佛定不依眼　亦復非不依

非二無眼相　是定聖所讚　在定若依眼

佛則爲虛誑　知眼無所有　故佛定無依

佛不依六根　亦復非不依　外道迷此義

世間所不解

求法品第二十

爾時世尊從不動變三昧安詳而起告舍利弗諸菩薩摩訶薩有四法行得不退智獲大慈悲諸三昧慧亦能無礙逮佛十力又於諸法得分別慧得無礙辯無斷辯捷疾辯樂說辯深辯利辯無等辯才得諸總持常見諸佛以信出家奉修正法世世所生財利無匱眷屬無減色像無乏身無殘漏眼耳鼻舌身根無毀言辭無短心智無闕不行邪道志無散亂念無錯謬憶本昔事得上慙愧常善思惟離一切惡世世轉身不忘正念不失本願謂諸佛所植無量果衆善根本無我我所但爲一切衆生共之無衆生相雖分別法無所依止以無依止故魔若魔民及諸邪道不能沮壞必至道場坐道場已住一切法思量淨印三昧以一念相應慧諸所有法可知可識可得可斷可證可修若有漏若無漏若世間若出世間若近若遠若麤若細若長若短若過去未來現在若心所行若智所行若心所量若智所量若心所緣若智所緣若心所想若智所想若在心數若在法數若衆生數若假名有若實法有總相別相及諸說者所因說法若所說事以何故說若以語言若以事相若垢若淨一切世間種種言辭所謂眼諸名字耳鼻舌身意諸名字手足髮毛種種支體此諸名字亦外法中所有一切地水火風種種生處差別名字日月名字梵釋諸天夜叉名字隨其相有隨其相說隨所分別及所貪著若因若緣若道若行若縛若解若方便若轉進若智若慧若智方便及諸世間種種技術若好若醜如是等事住一切法思量淨印

三昧以一念相應慧通達究竟斷煩惱習一切無餘何等爲四舍利弗有菩薩摩訶薩建大乘心爲深利益多衆生故發大莊嚴作如是念一切衆生貪欲瞋恚愚癡熾盛空無善行死墮大坑少可救者我今當爲此等衆生集大智藥以救療之令出三界當爲衆生作不請師治之令得不壞相法謂不壞色受想行識亦得不壞至涅槃道諸菩薩等發是心時爲求法故起大莊嚴何謂爲法諸有能助無上菩提集諸佛法謂斷衆疑令衆歡喜菩薩藏經讀誦受持如說修行隨諸衆生根有利鈍而爲演說菩薩如是專求法時乃至能得一四句偈甚深方便有要義趣佛之所說若受若持讀誦書寫乃至能爲一人演說先作是願欲令此人隨順是義一切衆生亦皆得解菩薩以是說法因緣當得最上佛所聽許智者所讚如是四法何謂爲四一於佛法得不斷念及決定念二身能作堪受法器三爲諸佛對揚法化四能逮得諸陀羅尼世世轉身能行佛法所生不墮邪見之門於佛法中常樂出家猒離五欲是爲四法菩薩以是四法善根因緣當得十法何謂爲十於諸法中能斷疑悔知諸衆生心之所樂能得諸佛無礙解脱以是解脱佛身毛孔一一皆出百千萬億無數光明一一光照百千萬億阿僧祇界光光皆有百千萬億阿僧祇數妙寶蓮華一一華上皆有坐佛一一諸佛以一說法悉能度脱百千萬億無數衆生得不壞法如來以是解脱力故一一毛孔所現光明皆出百千萬億火燄如須彌山亦出恒沙諸大流

水以是無礙解脱力故能以三千大千世界内一毛孔棄著他方過于無量恒沙國土而諸衆生無所嬈害亦復不覺有往來想舍利弗以是無礙解脱力故能解十方一切衆生言辭差别亦悉了知十方世界一切衆生百千萬億阿僧祇劫心念相續亦斷無量阿僧祇界無佛法處衆生所疑又以無礙解脱力故能知衆生調伏熾然及次第心知一切法差别之相亦決定知畢竟皆空而於是中無我我所捨離一切諸有爲相所以者何如來推求有爲法中多諸過患離諸功德無一可取以如是知故得此法舍利弗如來以是解脱力故復有四法何謂爲四一者悉斷煩惱及習二者佛行路時若有衆生觸其足者七日受樂三者如來右迴身時地深八萬四千由旬如輪旋轉四者常定初無退失舍利弗取要言之菩薩四法盡能攝取一切佛法爾時世尊欲明此義而説偈言

若人求佛智　及欲大慈悲　到智慧彼岸
當深恭敬法　欲得大神通　能動三千界
及知衆生心　當深恭敬法　若欲以一念
遍知一切心　是心無形色　如幻不堅固
以恭敬法故　常得上果報　亦能證諸佛
無量無邊法　以恭敬法故　常得不失念
在在所生處　正念常增長　以恭敬法故
常不失妙色　所生常端正　身分皆具足
能得值諸佛　值佛心信樂　以心清淨故
能深供養佛　世世所生處　信力常增長
離穢惡五欲　常樂行出家　以是信力故
安住持戒中　但爲求禪定　不以戒自髙

常樂得諸禪　而不以爲足　以求眞智慧
能斷滅諸漏　常樂行智慧　而不取慧相
但以無相慧　深求諸佛法　得諸法慧明
佛所讚總持　堪任爲法器　佛神通所護
是人以佛護　得四無礙智　辯才無有量
利衆故說法　三時守護法　初中及最後
常爲佛所讚　能大利衆生　爲諸天所護
龍神等恭敬　諸佛所護念　名聞震十方
名稱常不減　好行諸善行　終不樂非法
常修學佛道　常照然法明　斷除衆狐疑
能淨智慧性　滅衆生憂惱　安住於正路
終不說邪徑　修行最勝法　所謂無上道
是人不依心　亦復非不依　知心法如幻
故無所依止　以此無依心　常修學佛道
遊行大衆聚　而心無所著　樂遊化諸方
適無所繫屬　不貪名利養　離親友諸緣
無有諸瑕穢　心淨如虛空　誰見是菩薩
而不恭敬者　是故聞此法　應當一心學
得是佛法故　能大利衆生　於是妙法中
無有所限礙　我說是正道　唯智者所學

復次舍利弗若菩薩摩訶薩爲求法故當學多聞多聞方便何謂多聞多聞方便舍利弗其多聞者從他所聞多聞方便者能自思量專心正念從他聞者諸佛所說順道之言所謂修多羅祇夜闍伽羅那伽陀憂陀那尼陀那阿波陀那伊帝目多伽闍多伽廣經未曾有經優波提舍是則名曰從他所聞順道之言何謂思量專心正念於法方便善知五陰十二入十八界十二因緣從緣生法是白是黑是好是醜分別揀擇皆入法性法相法位

如是通達名爲正念所以者何舍利弗如來方便演說五陰而非五陰說十二入及十八界而非界入說十二因緣而非因緣說法從緣生而無定相爲度衆生作如是說是故汝等當依於義莫依於語凡夫無智隨逐言說智者隨義舍利弗何謂言說所有言音文字差別取相推求可知可識可見可斷可證可修有相無相隨心心數可疑悔處有此有彼分別宣示如是等法皆名言說舍利弗何謂爲義宣說所示是名爲義若分別義即名言說是故舍利弗當知義者不可言說以斯義故我經中說如來不與世間共諍世間與我諍舍利弗唯有如來能方便說陰界諸入十二因緣從緣生法餘無能者舍利弗佛所說法及選擇法無有諍訟何謂爲法云何選擇

舍利弗眼即是法耳鼻舌身意即是法所以者何是眼過去未來尚空何況現在所以者何眼性自爾是故名法耳鼻舌身意去來尚空何況現在所以者何意性自爾故名爲法云何選擇選擇眼者眼從緣生空無定相若有定相應眼得眼若眼得眼則有二眼如是亦應内有見者有如此咎耳鼻舌身意亦如是如是選擇名爲法眼於此義中正見大士應當觀察眼假名字眼及眼法是三事中何者爲實作如是知三事皆空但有言說無一真實所以者何諸有言說皆是識處識所知法皆是世間若世間法非出世間不出世間是外道義若外道義則非佛說所以者何佛所言說有出世間出世間法則無言說言語道斷心行處滅是故如來雖復言說而無所

著亦不決定分別眼相從善不善業因緣生所以者何眼是有分何謂有分從十二緣出生三有舍利弗何故名有自念我當得如是眼種種分別好樂眼果以受諸塵著眼是我眼是我所故名有分復次衰滅而復熾然一切苦惱謂我我所墮在二邊故名有分舍利弗譬如銅器擊之有聲汝謂此聲爲從外來爲在內有答言世尊是聲但從衆因緣有非內非外佛告舍利弗汝通達此衆緣法耶答言不也佛言此聲本無所有但假衆緣誑惑耳根如是凡夫於空眼中而生貪著眼中眼相終不可得如是推求無所貪著是名選擇所謂無眼亦無眼相耳鼻舌身意亦如是爾時世尊欲明此義而說偈言

雖說眼無常　眼即無所有　若眼無所有
誰爲無常者　雖說耳無常　耳即無所有
若耳無所有　誰爲無常者　雖說鼻無常
鼻即無所有　若鼻無所有　誰爲無常者
雖說舌無常　舌即無所有　若舌無所有
誰爲無常者　雖說身無常　身即無所有
若身無所有　誰爲無常者　雖說意無常
意即無所有　若意無所有　誰爲無常者
隨是十二入　故有十二名　若隨十二名
應有十二入　因地水火風　和合故名人
凡夫隨名字　如狗逐瓦石　若人不隨名
亦不分別我　知我但假名　是人得寂滅
寂滅中無法　可名寂滅者　如是說無說
無說即寂滅　是法中無去　亦無有去者
若人通達此　則知寂滅相　若滅心行處
斷諸語言道　無我無衆生　是名爲寂滅

不分別有無　是分別亦空　若心想涅槃
是心亦非有　於法不見遠　亦復不見近
得是慧眼者　自知寂滅義　若人聞是法
能正觀察者　當斷諸疑悔　癡冥盡無餘
無疑亦無悔　善寂無所畏　決定住實相
於法無所礙　菩薩摩訶薩　能自除惑網
哀愍衆生故　爲斷法中疑　以是上妙論
顯示法實相　爲滅諸戲論　汝等勿生疑
言說皆諍訟　因之墮惡趣　若人貪著此
不任演正法　如是名隨義　則無有憂患
亦近無上道　能行是義故

復次舍利弗菩薩摩訶薩於四事中應勤精進何謂爲四爲出家故勤行精進於遠離處勤行精進於佛教中勤行精進見苦衆生勤行精進爲疾逮得無上菩提作是念言我當何時得大智慧滅衆生苦而爲說法舍利弗我當爲汝說諸菩薩勤行精進能疾得成無上菩提汝當諦聽舍利弗乃往過去無量無邊不可思議阿僧祇劫爾時有佛號曰安王壽七萬歲爲聲聞衆三會說法其初會者二十億人得阿羅漢第二大會四十億人得阿羅漢第三大會六十億人亦得羅漢時閻浮提極大廣博九萬由旬中有八萬四千大城一一皆長十二由旬廣七由旬金銀瑠璃玻瓈眞珠硨磲碼碯七寶合成其城第一清淨莊嚴人民熾盛豐樂安隱其城七重有七重塹俱亦七寶一一塹中皆有流水周迴圍遶青黃赤白雜色蓮華羅列水上鳧鴈鴛鴦鴻鶴孔雀生生異類遊戲其中諸塹岸上皆有七寶所成七重行樹金樹銀枝碼碯爲條瑠

璃爲葉玻瓈爲華硨磲爲果赤眞珠爲根銀樹金枝玻瓈爲條瑠璃爲葉硨磲爲華碼碯爲果赤眞珠爲根瑠璃樹者硨磲爲枝碼碯爲葉銀華金果玻瓈爲根硨磲樹者碼碯爲枝珊瑚爲條銀葉金華玻瓈爲果瑠璃爲根碼碯樹者珊瑚爲枝銀條金葉玻瓈爲華瑠璃爲果硨磲爲根珊瑚樹者金枝銀條玻瓈爲葉瑠璃爲華硨磲爲果碼碯爲根諸城各有八萬園林縱廣正等二十由旬七寶墻壁七重圍遶其諸園中皆有七寶七重樓閣七寶欄楯七寶羅網彌覆其上寶壍七重莊嚴如城是園林中有種種樹謂旃檀樹諸沉水樹迦羅那等種種香樹諸音樂樹亦有種種華樹果樹器物諸樹衆飲食樹其中亦有金樹銀樹瑠璃玻瓈硨磲碼碯珊瑚諸樹有種

種華所謂阿提目多華瞻蔔華婆利師華陀兔伽梨華文陀羅華和利華多羅利華劬多羅利華曼陀羅華五色華月上華有如是等種種諸華園中各有七百大池縱廣五里八功德水充滿其中其池皆以七寶莊嚴底布金沙有四寶梯寶網羅覆青黃赤白雜色蓮華遍布水上時閻浮提王名曰健德於此八萬四千大城皆置宮殿一一宮殿皆有八萬四千婇女以爲眷屬於諸城中有一大城其城廣大四十由旬長八十由旬是健德王止住其中此城皆以殊勝七寶莊嚴如上豐樂安隱人民充滿此大城中有王宮宅方十由旬妙七寶成是宮宅中有諸殿堂種種樓館中有大殿名曰法殿端嚴殊妙如釋勝殿此宮宅中有好園林名爲善法是園林中有種

種樹華樹香樹諸音樂樹及瓔珞樹衣服飲食種種諸樹其中亦有七寶諸樹莊嚴其園是王宮宅方整嚴事廣博高顯有大高臺七寶嚴飾七寶幃帳張設其中舍利弗是健德王第一夫人生一太子昔曾供養無量諸佛端正殊妙衆所愛敬有大威相福德具足王與大城令住其中太子生日此城中有四十億女一時俱生王即告勑令給太子以爲眷屬王及夫人集諸大臣與子立字名曰妙德太子生時諸天歡喜鼓衆妓樂雨曼陀華俱發聲言妙德太子今出於世今出於世故名妙德是時太子漸以長大與衆婇女眷屬圍遶入園遊觀乘栴檀船五欲自娛時於水中見佛身相端正第一淨踰火金明過日月如眞金聚如金山焰如嚴寶柱三十二相八十種好身出百千萬億光明處弟子衆圍遶說法太子見已作如此念是人端正儀相挺特我今何爲不得是身當發心時佛相不現以不見故心生憂惱便不復與婇女娛樂不近女色從船而下上七寶樓結跏趺坐心自念言何時當得如佛身相時諸婇女欲來娛樂太子遥見心生猒離閉門不前作如此念是諸衆生貪欲熾盛多諸惱患我願欲得此大智慧最勝之身若我與此貪欲惱病衆生同者有何差別我是行人彼非行者是諸衆生瞋恚熾盛多諸惱患我願欲得是大智慧最妙之身若我與此瞋恚惱病衆生同者有何差別我是行人彼非行者當自調伏於衆生中不生瞋惱是諸衆生愚癡充滿多諸惱患我願欲得此大智慧最上妙身我若與此愚

癡惱病衆生同者有何差別我是行人彼非行者是諸衆生慳嫉所纏多諸惱患我若同此慳嫉衆生有何差別我當滅諸貪欲恚癡於衆生中起大慈悲爲求正道以是正道捨離一切貪欲瞋恚愚癡慳嫉諸不善心既生如是猒離心故便深樂法不貪嬉戲獨坐思惟離諸憒鬧時健德王及大夫人俱聞太子不樂嬉戲猒離五欲見諸婇女制不令入便生念言誰爲不可嬈亂太子令不復喜五欲娛樂猒見女色我等便可自往問之作是念已王及夫人往太子所說偈問言

汝法殿清淨　婇女亦充滿　諸樹莊嚴園
汝何故不樂　如是大城中　法殿甚高廣
遍見四天下　汝何故不樂　何人爲不可
嬈亂汝心者　汝今愁獨處　如商人失實
我爲汝父母　當具以實答　何人今可治
我得自在故

爾時太子以偈答言

無人爲不可　如何當妄言　勿以惡加人
但當自治心　我遊戲水上　見佛身相好
如閻浮金聚　光明照十方　珠光及日月
火燈星宿光　佛光映不現　我見如是相
即時願欲得　如是智慧身　當度老病死
癡惱苦衆生　得身相智慧　勢力不思議
當廣利衆生　令得出生死　我息諸欲樂
婇女及眷屬　令出家行道　隨學當作佛
出家被法服　勤修習善法　父母可出家
俱共修是道　當修行正法　在五欲不安
愛欲害善法　欲縛最堅牢　餘無能斷者
唯我獨遠離　行是遠離故　當得佛智慧

佛法中出家　若作障礙者　是人則無利
我哀彼故說　國財子何益　富貴皆無常
若今不放捨　不久亦分散　以因出家故
能生衆善法　往來生死中　世世受衆苦
如是展轉生　空無決定子　於法無正觀
但著假名字　莫以子起罪　共於法出家
我久離諸難　俱是無難時　得具足人身
久乃信善法　得值安王佛　今可共出家

妙德太子說是偈已即便行詣安王佛所頭面禮足合掌向佛而說偈言

我生魔網中　增長諸邪行　今欲壞裂之
願佛聽出家　我父縛堅固　自亦處界縛
斯無堅實樂　但是衆苦本　今欲解諸縛
壞裂衆魔網　於佛法出家　成佛兩足尊
我深畏諸欲　受欲終無安　欲爲癡畏法
當捨行佛道

舍利弗時安王佛即聽妙德出家受戒有諸人衆八萬四千并餘眷屬及婇女等皆隨出家復有百億諸善知識亦隨出家王聞太子出家學道即嚴四兵從諸大臣詣安王佛所頭面禮足於一面立合掌向佛而說偈言

出家無惱熱　寂滅安不動　是衆樂之本
願依佛出家　捨國財妻子　及所珍眷屬
受衆欲無猒　是法常弊穢　若受妙五欲
凡小智所行　修佛所讚法　滅一切衆苦
捨國城所有　施佛及衆僧　願佛聽出家
成佛普見尊　爲大利衆生　度一切苦惱
欲令離諸難　離難得寂滅　時佛歡喜讚
善哉發大心　能敬佛深智　善來聽出家
王既聞聽許　心生大歡喜　必成兩足尊

蒙佛安慰故　時王即出家　及諸四種兵
皆發菩提心　當成無上道　是衆出家已
皆逮無生忍　於此處命終　悉得生天上
得值大名聞　二十億諸佛　皆於諸佛所
出家行正法　是等常精進　得智無所畏
能大利衆生　令脫無量苦　所值遇諸佛
皆受持正法　但爲廣流布　而不惜身命
得如是大果　最上妙智慧　證不思議法
誰不求佛道

佛告舍利弗汝謂彼時健德王者豈異人乎即我身是妙德太子堅意菩薩摩訶薩是如是舍利弗菩薩摩訶薩以樂法故見諸衆生煩惱苦逼起大慈悲教化令住善法因緣漸得解脫復次舍利弗諸菩薩摩訶薩樂深法故而求深法亦爲衆生說是深法何謂深法諸精進者之所能行其精進者即諸菩薩摩訶薩衆求無上道不退者是斯等皆能深達諸法云何深達若求眼相即是假名非爲深達法相名爲非內非外非我我所非垢非淨不生不滅所以者何性常自爾如是法性無作非作是名通達眼甚深法求耳鼻舌身意相者即是假名非爲深達法相名爲非內非外非我我所非垢非淨不生不滅所以者何性常自爾如是法性無作非作是名通達意甚深法舍利弗其甚深者即法實相若取法空即是妄取若取無相是則爲相若取無願是亦爲願舍利弗法性本來不增不減是則名爲深達諸法故說菩薩摩訶薩等爲精進者舍利弗以何義故說名菩薩能諦了知無衆生法故名菩薩復次是人所行智慧爲首

故名菩薩又令衆生知所行法皆無所有故名菩薩又舍利弗無所有義是菩薩義無所顯示是菩薩義故菩薩義無二無礙又舍利弗不過不沒是名菩薩又舍利弗空是菩提何謂爲空無一切法故名爲空舍利弗若於法中乃至決定有毫末相即是著相著我著人著衆生相著諸法相是空法中無此諸相故名爲空空即菩提以是義故一切諸法皆名菩提舍利弗汝當隨順如來教行勿違逆也所以者何諸佛菩提第一甚深一切凡夫所不能及舍利弗且置凡夫一切聲聞辟支佛人不見不觀不能通達諸佛菩提離盡智見無生智觀以何法盡名爲盡智無法可盡諸法離盡入畢竟盡故名盡智而不能知於念念中爾所滅盡爾所未盡故説聲聞辟支佛人不能通達諸佛菩提舍利弗無生智者於諸法中尚無少生能如是知名無生智而不能知於念念中爾所無生及未無生一切聲聞辟支佛人無如是智是故佛智名爲無等餘無及故復次是智等無邪正故名平等舍利弗如來慧者正覺究盡無有錯謬故名佛慧是佛智慧無量無邊阿僧祇劫求之乃得故名爲覺舍利弗何故如來名爲覺者一切衆生長寢生死若遇若沒不能通達唯有菩薩獨能覺悟故名覺者又舍利弗正覺諸法故名覺者云何正覺知一切法非法非非法非垢非淨亦非過去未來現在隨順是相故名覺者亦覺無法若生若滅若來若去故名覺者舍利弗是覺義者無量無邊不可思議難得崖底譬如大海其水一味不增不減

悉受衆流而不盈溢漸次轉深甚深第一舍利弗如來大海亦復如是空無生滅一解脫味次第説法名漸轉深得一切智名深第一究盡通達無上菩提一切法中無錯謬故名無增減一切問難無能窮盡故名難溢能集一切諸善功德名受衆流舍利弗若我盡説如來義者誰能堪受如娑伽龍王欲降大雨但注大海餘無能受如來亦爾若盡開演佛智慧者一切衆生乃至聲聞及辟支佛無能堪受但諸菩薩發大乘心佛加神力則能受持舍利弗世有四事爲最難得何謂爲四得人身難生中國難信佛法難既信解已能問所應是爲甚難此四難事汝等皆得今當問佛諸法中疑我今聽汝一切世間諸天人等恣意所問如來不久當入涅槃無從後悔時

舍利弗即從座起偏袒右肩右膝著地合掌向佛白佛言世尊欲有所問唯願聽許佛言今隨意問當爲汝等隨所問答舍利弗言唯然世尊我今當爲上行菩薩諮問如來即説偈言

安住上功德　修淨道高尊　樂行柔和忍
當問如是行　菩薩云何施　施已心歡喜
云何發善心　當大利衆生　云何持淨戒
忍辱柔和心　云何行精進　不退不休息
見苦惱衆生　云何加矜愍　深心樂菩提
唯願世尊説　云何無量劫　莊嚴菩提道
心終不退没　而生大歡喜　云何行禪定
及修習智慧　云何應求法　以成多聞者
何等法應聽　何等法應離　發菩提心行
我今問是事　云何求正法　於中深欲樂

云何離諸欲　離已能出家　云何出家時
能生歡喜心　云何出家已　功德巍巍尊
云何心迴向　能起方便力　云何能世世
常不忘正念　云何處胎中　常習菩提心
亦能見諸佛　而無所障礙　云何薄貪欲
慈心薄瞋恚　云何薄愚癡　心常無錯謬
云何生王家　亦修治國事　而能離諸難
常得生善處　云何治世事　而心常歡喜
亦感諸如來　常能見諸佛　云何具身色
端嚴常第一　亦具足眷屬　皆發菩提心
云何所生處　常猒離家屬　常樂行出家
無有貪著心　云何出家已　能受持菩提
於佛滅度後　能守護正法　云何處亂世
而得無亂心　見惱亂衆生　悉能安慰之
云何聞能持　入陀羅尼門　以無礙辯才
能說無上法　云何知衆生　種種差別心
云何於善法　而能自調伏　爲諸菩薩故
我問二足尊　是諸菩薩行　唯願分別說
若人爲佛法　而發菩提心　是人聞佛說
則生大歡喜　佛於一切法　智慧無障礙
我以有限智　而問於世尊　我雖有所問
不能盡通達　所不能問者　願佛具演說

歎德品第二十一

爾時佛告舍利弗言善哉善哉汝能問佛菩薩摩訶薩深行佛道住淨功德樂柔和忍如是等事汝之功德不可限量所以者何諸菩薩摩訶薩能爲難事譬如有人欲以三千大千世界所有衆生移置一處是事難不舍利弗言甚難世尊佛言欲比菩薩所爲難事於百分中尚不及一百分千分百千萬分乃至

譬喻所不能及舍利弗置是三千大千世界所有衆生如劫燒時三千世界爲一火聚若人能以一吹令滅一吹還成若大鐵圍須彌諸山及大海水一切國土宫舘園林聚落城邑還復如故汝意云何是人所作寧爲難不舍利弗言甚難世尊佛言欲比菩薩所爲難事於百分中尚不及一百分千分百千萬分乃至譬喻所不能及又舍利弗譬如有人欲以足爪破散三千大千世界是人名爲現大力不答言世尊其力甚大佛言欲比菩薩所現大力於百分中尚不及一百分千分百千萬分乃至譬喻所不能及又舍利弗譬如三千大千世界所有地種止於水上水止於風若有一人乃從風際舉此世界若置頭上若肩荷負蚑脛爲梯循之而上乃至梵天而不墜落汝意云何是人巧便爲難事不舍利弗言是人巧便持此三千大千世界循蚑脛梯上至梵天而不墜落是爲甚難舍利弗如來今當告汝誠言欲比菩薩方便大力於百分中尚不及一百分千分百千萬分乃至譬喻所不能及所以者何諸菩薩摩訶薩成就無量身心精進深發大願行大方便起大智慧成大勢力求大無畏大覺明眼求大慈悲及不虚行象王迴觀師子奮迅無見頂相求如是等諸佛大法亦求無比最勝威儀第一之行無比功德無比柔和行無比施持戒忍辱精進禪定智慧方便通達法相如來無比自在神力三輪示現善解一切衆生深心及心所行願解一切衆生假名願解一切衆生解脱解脱知見願解一切衆生止觀願解衆生

所修行道及所得果願知衆生所解諸諦願解十方一切衆生音聲語言種種差別願解衆生貪著深淺及離貪著願諸法中得無受慧願解諸法空業報慧舍利弗取要言之諸菩薩摩訶薩所求所願智慧功德及隨願行隨行得果是諸事中無可爲喻無説因緣如是大願莊嚴功德唯佛能知若近佛者乃能得解舍利弗汝諸聲聞隨信能入諸菩薩等以信解知汝能爲此大功德者問佛是事今當爲汝説少分耳所以者何汝之所問菩薩事者非可一日一月一歲百歲千歲百千萬歲乃至一劫百劫千劫百千萬劫所能説盡舍利弗當知是事無量無邊不可思議阿僧祇劫乃可説之舍利弗如來了知諸菩薩等最初發心下劣一念功德果報百千萬劫説不能盡況復一日一月一歲乃至百歲所集諸心功德果報豈可説盡所以者何菩薩摩訶薩求大智時能起無量功德因緣舍利弗諸菩薩等所行無盡欲令一切衆生皆住無生法故舍利弗諸菩薩等所行難知求深法故諸菩薩等所行甚深於一切法不依止故菩薩所行無邊無等以佛智慧無邊無等故諸菩薩等所行無盡無有齊限行爾所施爾所便止是物可施是物不可施是人可與是人不可與菩薩施者捨一切物等與衆生菩薩持戒亦不齊限日月歲數乃至盡壽但於無量阿僧祇劫常爲十方一切衆生及佛道故修行淨戒是菩薩業舍利弗菩薩摩訶薩所爲事業一時止息謂坐道場住一切法思量淨印三昧以一念相應慧究盡通達一切

諸法

驗行品第二十二

佛告舍利弗應以三事驗菩薩心何謂爲三一者能捨一切所有而不望報當知是爲眞菩薩心二者求法無所貪惜寧失身命而不捨法是則名爲眞菩薩心三者不逆甚深之法以信解力入佛菩提不生疑惑是亦名爲眞菩薩心以是三心驗諸菩薩又舍利弗復有三事驗菩薩心何謂爲三常勤精進求法不倦謂是大乘菩薩藏經以是經故自增善根亦能增長衆生善根常隨法師恭敬供養若過千歲乃能得聞善根相應一四句偈聞已隨順不違不逆不没不退追隨法師益加恭敬但自咎責我以宿世障法罪故不得聞法非法師咎今當親近隨從法師令我一切障法罪業皆悉消滅是亦名爲眞菩薩心是故當知菩薩摩訶薩深心求法隨逐法師則能成就一切佛法舍利弗乃往過去過無量無邊不可思議阿僧祇劫劫名妙智爾時有佛號普德增上雲音燈壽命半劫聲聞衆會數如恒沙一一會中恒河沙人皆具三明得共解脱大阿羅漢菩薩衆會數如聲聞一一會中恒沙菩薩得無生忍住不退地初發意者不可稱數普德增上雲音燈佛將入泥洹時於百億閻浮提中一一各置一大法師皆加神力彼佛滅後法住八百千萬億那由他歲爾時於此閻浮提中所置法師名曰聲明爲彼如來加其神力隨法住世守護法城修菩薩行得無生忍住不退地彼佛滅後八萬億歲聲明法師遊歷諸國從邑至邑處處演

說普德增上雲音燈佛無量無邊阿僧祇劫所集佛法舍利弗時閻浮提邊境有城名曰堅牢於此城中有一居士名曰堅衆其年少壯主治諸城生如是心我當云何能集智慧以是智慧能令衆生修行法事捨離俗業作是念已即時有天而告之曰居士當知有佛出世號普德增上雲音燈今已滅度爾時居士聞佛名字心生歡喜又聞滅度即大悲泣天問之曰汝以何故先生歡喜而後悲泣居士答言我從汝聞有佛出世心生歡喜又聞滅度失大利故所以悲泣天又告言汝勿愁憂普德增上雲音燈佛臨滅度時以神通力加一法師名曰聲明佛之法藏皆悉受持即是彼佛知法藏人居士問曰聲明法師今在何所答言居士法師今在迦毗羅城於此東方過三百六十由旬堅衆居士聞是語已明旦即持八十億金千寶瓔珞與多眷屬俱詣彼城到已推求法師住處見法師已稽首禮足於一面立聲明法師爲說甚深清淨妙法謂斷衆疑令衆歡喜能集一切菩薩善根是大乘經爾時居士聞經歡喜持金瓔珞爲敬法故奉上法師亦以自身供養給侍舍利弗堅衆居士爲求法故勤心恭敬供養法師常隨親近欲得是經書寫受持讀誦修行從初聞已六十億歲常隨法師於其中間更不得聞何況書寫受持讀誦居士供養聲明法師於爾所歲心不捨離不生欲覺瞋覺惱覺常立法師所住門外晝夜侍衛初不睡卧時有惡魔名常求便爲求堅衆居士短故變爲聲明法師之身與一女人共爲欲事作是變已

示居士言汝觀汝師常謂如佛智慧第一多聞如海汝今且觀行非法事云何教他修行淨戒而自毁禁汝師自謂修梵行者而壞梵行常爲人説行深淨法而令云何自爲非法居士可止捨離是人勿以爲師汝持淨戒少欲知足樂離精進堅念智慧汝自成就如是功德云何乃以此人爲師堅衆居士時作是念我在本舍有天來言有佛出世號普德增上雲音燈今已滅度臨滅度時皆與百億閻浮提中一一法師加其神力閻浮提有一法師名曰聲明彼佛所説皆能受持是彼如來持法藏人汝往親近我聞是説以爲大利即便行詣此法師所爾時法師即爲我説斷衆生疑令衆歡喜菩薩藏經引導我心我時歡喜以大供具奉上法師亦以自身供養給侍我以此事謂爲眞實今是人來示我法師如是過咎所不應行當知魔事所以者何佛所護念加神力者若作斯事無有是處此或是魔或是魔民或魔所使所以者何聲明法師所説法中無有是事我當觀察求女人相及女人法推求男相及以男法我若隨此虚妄相者無惡不作所以者何一切罪業皆從憶想分别故生若我隨所見相輕恚法師亦能謗佛毁逆佛法是法師者爲普德增上雲音燈佛神力所加今當立誓若是法師爲彼如來所加神力我亦復是深求法者以是因緣此不淨相便應消滅即時合掌一心念佛説是誠言時此女相滅不復現堅衆居士滅魔事已而作是念我以一心如是求法聲明法師不爲我説即是魔事亦復是我宿世障法

罪業因緣非法師咎我當自勉勤行精進滅諸魔事思惟是已而猶恭敬隨逐法師不生瞋慢舍利弗汝觀居士其心清淨堅固難沮從初聞已六十億歲於其中間更不得聞猶故深心恭敬隨逐常求魔便如是誑惑而心不異轉加宗敬心信清淨堅衆居士過六十億歲於此命終生于上方第千世界界名無諍彼國有佛號曰大肩一會說法諸聲聞衆九十六億堅衆菩薩時生王家生時有天來語之言汝以一心求法因緣是大果報堅衆聞已作是念言若如是者我從今已當更求之生千歲已於大肩佛法中出家佛爲說法以本行願及佛神力得識宿命大肩如來所說法藏皆能受持於半劫中修行梵行教化無量無數衆生皆令得住阿耨多羅三藐三菩提命終之後次復值佛號須彌肩生七歲已於佛法中出家求道是人堅念本願因緣佛神力故須彌肩佛所說法藏盡能受持從大肩佛所聞之法亦憶不忘如是展轉得值六十百千萬億那由他佛諸佛所說皆能受持讀誦解說修行從是以後堅衆菩薩多聞智慧如大海水無濁無盡等如虛空清淨深妙難測崖底舍利弗汝意或謂堅衆居士聞天言已持金瓔珞到法師所聞法歡喜以奉法師亦以自身恭敬給事爲求法故常隨法師六十億歲更不聞法常求魔便如是誑惑見聞師過而不瞋礙一心隨逐至命終者是異人乎勿造斯觀即錠光佛是舍利弗汝觀菩薩深心精進如是求法得大果報是故當知諸菩薩摩訶薩深心求法疾得阿耨多羅

三藐三菩提舍利弗聲明法師猶爲諸佛三時護法今在此會舍利弗復有三事驗菩薩心一者菩薩專心求法則能遍行一切衆行是爲初心又舍利弗菩薩若求無量佛法聞甚深法而無驚畏信受不逆隨聞深法心淨不動是名第二菩薩眞心又舍利弗若有人來到菩薩所作如是言若有人發無上道心應與一切衆生之樂今我則是第一苦人當先見與然後乃及一切衆生若是菩薩力能濟之而不肯與心生退沒作如是念我尚不能與此人樂何況能濟一切衆生當知是非眞菩薩心若見求者心不退沒而起慈悲以爲快樂當知是爲眞菩薩心舍利弗若與求者諸樂具時反被惡口罵詈毀辱心無恚礙但生慈悲給其所求既能如是調伏其心即時得除無量生死罪業因緣疾近佛道一一念中能攝無量無邊佛法是名菩薩深心方便志不可壞若是乞人惡口罵詈爾時菩薩又作是念此人則爲與我佛法以於是中不生瞋心即近佛道是名方便菩薩眞心又舍利弗若有人來至菩薩所作如是言阿耨多羅三藐三菩提其法甚難汝何能集一切佛法菩薩聞之心不退沒則生眞心若聞是說心生易想是則名爲眞菩薩心又舍利弗若有人來語菩薩言若發阿耨多羅三藐三菩提者於己身命不得自在況復財物善男子汝今應當捨離是心勿於身命不得自在菩薩聞是便貪身命而生退沒當知此非眞菩薩心若聞斯事作如是念一切衆生戀惜身命老病死來必强侵奪又以悋惜自身命故

起諸罪業因罪業故當墮惡道乃更不能守護我身我若貪惜守護身命起罪因緣墮諸惡道往來生死與彼愚人有何差別我今不應護惜身命但當貪惜如來智慧守護佛法爲度衆生勤行精進捨離貪愛諸煩惱等我今當爲無縛無脱而與衆生演説諸法思惟是已答彼人曰汝言身命不得自在法自應爾惜與不惜俱不自在咄哉仁者一切諸法皆空無主無所依止但從緣有若能如是正觀法者當知是爲得善方便眞菩薩心又舍利弗若有人來語菩薩言汝發阿耨多羅三藐三菩提心今應爲我而作僕使菩薩答言我不獨爲汝作僕使我應給事一切衆生所以者何我爲一切衆生重擔受安隱擔不疲倦擔生善處擔能值佛擔聞佛法擔隨法行擔得解脱擔是擔不令身心疲怠不自惱熱亦不惱他既不自苦又不苦彼如汝所言我爲僕使汝須何等是人若言須汝身命菩薩應言我今亦不悋護身命但愍惜汝勿於一切空無有主無所依止如是法中生自在心而起罪業以是因緣墮諸惡道咄哉仁者不欲令汝起是罪緣墮諸惡趣我心如是若不信者當隨汝意若能如是不惜身命當知是爲眞菩薩心即遠生死近無上道一切智慧教化衆生淨佛國土亦能增長自他善根舍利弗如持無價寶摩尼珠以火鍊之色隨發明治寶珠師大得財利是珠能出種種技能若有見者無不玩好而愛惜之舍利弗菩薩摩訶薩亦復如是能行一切諸法平等能示衆生眞菩薩心隨其所行善根明淨常爲諸

佛之所護念無量衆生所可樂見一切世間諸天及人之所歸趣舍利弗譬如有人種植藥樹隨時漑灌障蔽風日令此藥樹漸增滋茂既生長已能滅衆生無量諸病爲老病者之所樂見菩薩摩訶薩亦復如是發阿耨多羅三藐三菩提心種諸善根爲佛智故一心求法障蔽魔事及諸煩惱於佛法中隨所造業漸得增長既增長已能壞無量無數衆生諸煩惱病能爲無量阿僧祇衆集智慧藥若作佛時有垢無垢一切衆生皆悉樂見一切世間諸天及人阿脩羅中最爲尊貴又舍利弗若有人來語菩薩言若發阿耨多羅三藐三菩提心是人當生大地獄中所以者何隨所度脫爾所衆生當應無量阿僧祇劫大地獄中代受諸苦然後當得佛無上智度脫衆生汝若能作如是事者當求阿耨多羅三藐三菩提菩薩聞已心即退沒生難行想當知此非眞菩薩心若聞是事生須臾想不久遠想能堪受想不退沒想作如是念若我以入地獄因緣令諸衆生得離勤苦成佛道者我則能爲一一衆生過於爾所阿僧祇劫大地獄中受諸苦惱所以者何因是當得無比智慧無比佛力佛無所畏亦得無比阿耨多羅三藐三菩提能爲衆生設大法會施法寶分若人聞是法寶分者得斷無量無數衆苦亦斷未來阿僧祇劫無量苦惱亦得無比離欲之樂是故我當堪任爲無量無數衆生一一代受地獄衆苦心不退沒而於是中生須臾想不久遠想能堪受想當知是爲眞菩薩心

佛說華手經卷第六

音釋

沮慈呂切遏也嬈尼沼切亂也塹七豔切繞城水也鳧逢夫切野鴨也鴛鴦鴛於袁切鴦於良切楯市允切欄檻也憒鬧憒古對切亂也鬧奴教切不靜也脛形定切脚脛也錠徒徑切

佛說華手經卷第七

姚秦三藏法師鳩摩羅什譯

得念品第二十三

佛告舍利弗汝復欲聞菩薩心不唯然世尊今正是時應當更說菩薩眞心以是眞心則能修集無上菩提佛告舍利弗乃往過去無量無邊不可思議阿僧祇劫爾時有佛號德王明如來應供正遍知明行足善逝世間解無上士調御丈夫天人師佛世尊出現於世舍利弗是德王明佛聲聞大會八萬四千菩薩衆會數亦如是時彼聲聞一一會中八萬四千人皆得阿羅漢其諸菩薩一一會中八萬四千人得阿惟越智德王明佛爾所漏盡心得自在大阿羅漢諸須陀洹及斯陀含阿那含衆復倍是數時有王子名曰得念往詣佛所頭面禮足却住一面王子見佛有大威德作是思惟佛爲希有成就如是甚深功德我當何緣得集如是佛之智慧及相好身即隨所念以偈問佛

今我見世尊　願當得是智　行何業因緣
遠此無上慧　佛身色第一　猶如星中月
神通力無比　能隨衆說法　智慧無與等
如釋天中尊　於法得自在　我今問是事
佛智淨無礙　三世皆通達　一切衆所尊
爲我說此事　世尊昔曾見　無央數諸佛
諮問菩提因　願今爲我說　今問無礙智
云何證佛道　一切衆所歸　得度生死苦

舍利弗時德王明佛以偈答曰

童子汝所說　其事實如是　我曾見諸佛
數如恒河沙　見佛過恒沙　名數不可盡

亦於恒沙劫　問佛如是事　汝發菩提心
當成兩足尊　今聽我所說　聞已如說行
常行施不怠　持戒不休息　多聞無猒足
修習眞智慧　佛略說此偈　見童子無猒
欲令成佛道　更爲廣分別　汝布施不懈
持淨戒無倦　問智者無猒　是眞智因緣
眞智無方所　亦無常住處　因緣問諸佛
故生眞智慧　佛智不依眼　眼性自空故
是以不應著　當求佛智慧　耳鼻舌身根
及意亦如是　此諸入皆空　無可貪著相
四大合成身　心所依止處　是從憶想生
憶想亦非有　若不依止身　亦不依壽命
又不依財利　則能得佛道　常應求出家
常勤行精進　常猒穢諸欲　爲離惡道故
汝所行布施　爲一切衆生　於衆不分別
亦不戲論施

時得念王子信心歡喜即於佛前而說偈言

世尊能斷疑　拔出生死道　說是深淨法
爲我作大利　我謂便成佛　已坐於道場
壞一切魔縛　從佛聞法故　我便爲衆導
能動大千界　現種種神通　從佛聞法故
謂便捨大壽　已入於涅槃　一切法皆空
生是眞智故　知法滅盡相　滅法無處所
有爲皆盡滅　盡滅即爲空　我今詣父母
報謝并奉辭　於佛法出家　爲修菩提故
即時禮佛足　繞三帀已去　行趣父母所
中道值惡魔　惡魔生是念　王子欲出家
我當作障礙　嬈亂壞其心　即立於中路
借問王子言　疾行將何趣　小住欲相問
王子時答曰　吾從佛所來　得聞無上法

今欲修習之　魔言汝善哉　精進求佛道
但應先受欲　然後當出家　汝生尊貴處
民財富無量　當先受世樂　勿於後生悔
如是尊貴處　妙五欲難得　若今捨出家
後必生悔心　即時王子曰　受欲終無安
汝以顛倒心　讚是虛穢法　汝說富貴難
離八難甚難　我今遇是時　出家修佛道
我了知欲界　色無色界過　三界苦無常
斷愛得寂滅　當證無爲法　大利益衆生
度脫老病死　往來衆勤苦

時失念魔語王子曰仁者自言志求佛法我今亦當相化利益時得念言且爲吾說聞已當知魔言立誓乃爲汝說王子答曰咄哉仁者吾先相語聞已當知魔謂得念汝不應說聞已當知應如是言但見教化當隨教行得念對曰吾今不應如弟子法隨教便行所以者何汝若於法生非法相於非法中而生法相以是教吾吾當思惟善者隨行不善則棄故智者法聞已當知汝欲令吾先定立誓如教便行是凡夫事非智者業是魔所爲非佛法也故不隨汝決定立誓懼有智者譏呵我言云何立誓而後自違時魔念曰今是王子聰明黠慧不肯立誓難可誑惑作是念已語得念言善哉王子智者之法不應先誓雖然我今教汝汝當信受於何事中見多過咎應當捨離見有少過當親近之王子聞已即謂魔曰咄哉丈夫汝今不應作如是說所以者何多過少過皆不應近譬如多毒能傷害人少亦能害如轉輪王飯中有毒能害於人若下賤者飯中有毒亦能害人是故當知多過

少過深智之人皆應捨離智所近法無諸過失無熱無惱不動寂滅究竟安樂時魔生念令教是人不肯信受而逆酬答悉能通達反令我疑雖然更有一理是王子心少過多過俱不欲受而菩薩行多諸過咎久處生死往來衆趣貪欲瞋恚愚癡等過非時求者强來從索所愛重物頭目髓腦及諸身分菩薩行中有如是咎是王子心少過尚捨何況多失令若聞此菩薩行中有如斯咎或當退轉以小乘法入泥洹者如是猶差此則便爲大壞其心思惟是已語王子曰善哉善哉誠如所言多過少過皆不應近是智者法我所說謬不達汝心王子當知唯有泥洹無諸過咎是故汝當一心勤求止勿往來經歷生死數受衆苦王子當知受胎甚苦處胎時苦出時亦苦愛別離苦怨憎會苦是身無常空不堅固養育勤勞壽命危脆是無常事甚可怖畏無邊世生死何可窮盡智者聞是足生猒離汝向自言諸佛難值八難難離人身難得經法難聞信之亦難汝今皆已具得斯事不應空捨當生猒離即於此身便入泥洹我本意者正欲說此故先令汝立決定誓乃謂我言聞已當知王子答曰若仁者言生老病死數數受苦可如所說若言此身當入泥洹是則不可我聞此已乃於衆生轉增慈悲衆生可愍於老病死數數受苦我得阿耨多羅三藐三菩提時爲轉無量老病死苦而爲說法令得永離仁者希有大見利益我聞汝說生死苦時便於衆生而起大悲救護之心若我此身即入泥洹誰當救者又今於汝聞是事已轉

堅固我大願莊嚴爾時弊魔語王子言汝說少過尚不應近今以何故欲入生死答言仁者阿耨多羅三藐三菩提中無一過咎故應習近魔言王子無上道中雖無過咎誰當相與我求佛道尚不能得何況汝耶我本生念當得佛道發是邪心即時便有無數乞人來從我索頭目髓腦及諸身分又言王子我捨頭目及手足等與諸乞人血流成河汝欲見不答言欲見以爲利益魔即生念此王子心於無上道如似可轉作如是言我欲見此以爲利益魔即化作四大血池其血充滿於此池邊流四血河積諸人頭如須彌山有始壞者有已青淤黃赤白等亦復變作諸死人屍積若衆山或截手足或復出眼或刵耳鼻斷諸身分又作夜叉諸噉人鬼四邊充滿甚可怖畏或執刀杖弓矢鉾戟擔山吐火雷電霹靂或復變作諸惡蟲獸師子熊羆虎豹之頭牛馬駝象豬犬之頭蛇頭魚頭摩伽魚頭此諸鬼等或執毒蛇或口吐火或有二頭五頭十頭百千萬頭或有一舌二舌十舌百千萬舌一眼二眼五眼十眼百千萬眼各出大聲甚可怖畏各共眼語瞋目看視齧脣吐舌四面圍遶變作如是可畏事已語王子言汝今見是四大血池出四大河流血滿不王子言見魔言此皆是我本發無上菩提心時有諸乞人來從我索頭目髓腦種種身分所有流血成此大河汝又見此須彌山等人頭聚不王子言見魔言此皆是我往昔施諸乞人所斷之頭汝復見是如四大山死人屍聚或截手足及耳鼻等諸身分不王子言見魔言此

亦是我本爲菩薩行佛道時施諸乞人所捨之身汝復見是四邊夜叉諸惡鬼等可怖畏不王子言見魔言若人發阿耨多羅三藐三菩提心即便爲是諸鬼所著從乞頭目耳鼻手足種種身分我從往昔發心已來斷爾所頭及諸身分魔復化作大羅刹衆語王子言汝又見是羅刹衆不王子言見魔言若發無上菩提心者是諸惡鬼殘食五藏飲心血七滴斷其命根汝今當知若不捨離是菩提心不脫此苦我本思惟是事甚難終不可得不能堪受此衆苦惱是故退轉於無上道當退轉時即脫此苦安隱快樂是故我今爲利益汝說如斯事勿復發是無上道心汝若發者受此苦分不得解脫得念王子作是思惟我於佛所發阿耨多羅三藐三菩提心欲趣父母是人中路而見沮壞此或是魔化爲人身若魔所使或於佛道而起退轉懈怠之心故來壞我此人先世必有重罪是故今有爾所乞人來索頭目種種身分斷其命根受此衰惱復次是諸乞人能助菩薩成無上道所以者何此等乞人從處處來皆以貪欲瞋恚愚癡嫉妬憍慢故從菩薩非時乞求若我不能滿此衆生世間願者云何能與出世間利是人懈怠不能深樂無上道故便生退轉我今見此轉加精進求無上道假使我於一息之頃捨爾所身乃至究竟最後邊身常於一念捨爾所身心終不退我今當發大願莊嚴此諸衆生以煩惱力起是罪業我要當得無上菩提斷煩惱故而爲說法思惟是已便語魔言咄哉仁者甚爲希有大見利益安隱求者

開菩提者能示現我知是等事我見此已發大莊嚴轉增堅固深樂菩提時魔生念令此王子見是變化倍復精進深樂菩提作是念已語王子言仁者若不信受我語令小相離自當知之時諸魔民即語魔曰今是王子不受汝教可小遠去我甚飢渴當壞其身殘食五藏飲其心血或復有言汝小遠去我當碎滅此王子身或有言曰汝小避去我索其頭或有鬼言我從索眼耳鼻舌等種種身分有羅刹言汝小離之今是王子命盡時到汝欲利益而不肯受我今殺害食其血肉世世受胎處胎出胎我常隨逐而殘食之有夜叉鬼更相謂言是人無力不隨主教今當收捕繫縛殺害壞裂其身時失念魔語羅刹言汝等小住我當令此得念王子轉是邪見爲之長夜作善知識汝等小住當識汝恩我今欲令生正見心若復不捨惡邪見者便相隨意若能轉者當報汝恩此王子後亦當報我時失念魔第二第三語王子曰當受此言我是深心求益利者爲汝盡形作善知識今百捨是顛倒邪見王子當知是無上道難得難證汝復欲見諸大菩薩命終之後所生處不答言欲見時失念魔即於其處化大地獄語王子言汝今見是地獄衆生種種拷掠受諸苦不王子言見魔言是人皆坐先世初發無上菩提心時非時求者强來從索所愛重物以慳惜故起瞋恨心受此罪報但爲外物尚生此中況復來索頭目髓腦而無瞋心以瞋心故便受此罪汝若慳惜不肯與者則生是中設復與之而生瞋恨亦墮是中二邊不免俱受

此苦王子當知若施求者不生瞋心此諸夜叉亦於胎中生時生已殺害割截分裂支體各自持去王子當知是菩薩道二邊有過若與不與俱亦不善汝不信我當問是人何故生此王子問言咄諸仁者汝以何故皆生是處諸人答言我等昔修佛道時於諸求者生慳貪心故生此中又言我等本求佛道諸乞人來割截我身我於爾時生瞋恨心故墮斯處是故王子汝當隨順此人所說莫入是中後生悔恨爾時王子即謂魔曰咄哉仁者深見利益示我地獄及此菩薩吾從今日於所重物無有慳悋不施之心若施乞人終不瞋恨所以者何生地獄者是慳貪報非布施果咄哉仁者今可共詣德王明佛當問此事隨佛所說俱共行之失念魔言我今何用詣佛所爲汝欲往者自可隨意所以者何我恐彼佛還教我發無上道心得念王子復語魔言汝自云是深求利者求安隱者必共我詣德王明佛隨佛所說當共修行如是至三魔亦不肯王子且置我本曾已隨佛語故備受衆苦今不能往王子即時執手牽引俱詣佛所頭面禮足於一面坐以先所論具向佛說佛言得念善哉善哉汝能不隨此人所說是失念魔誑惑障礙汝菩薩道即時王子告失念曰汝今應當歸佛歸法歸比丘僧魔言且止我不歸命佛法及僧語已便嘿爾時王子諦視魔已一心立誓若我至心求佛道者當令是魔爲比丘形即時失念剃頭法服執持應器立於衆中自見其身出家法服持鉢執錫爲沙門像而白佛言世尊若本無心歸命三

寶強變其形爲沙門像法應爾耶佛告失念誰强與汝剃頭法服應法器耶魔即生念無人與我剃頭法服爲沙門者我今何不棄捨而去即欲自釋法服應器而不能離便作是念我住此衆隨幾所時常爲人笑可於此沒還本宮殿作是念已忽然不現上昇天宮語諸眷屬汝等勿謂我爲比丘猶故是本失念魔王吾欲往詣德王明佛有所嬈壞而反使我變爲此像甚可笑也時諸眷屬罵言秃人勿爲狂言汝則非復是魔天王今更有王在此宮殿失念聞已深生惱悔悲號啼哭還到佛所德王明佛以神通力即時化現阿鼻地獄中有獄卒持熱鐵丸大如須彌東西推求失念魔王爲何者是有人問言何用之爲獄卒答言我欲以此大熱鐵丸著其口中更有人言此失念魔已作沙門得脱地獄或有獄卒持大火山置兩肩上東西推覓失念魔王爲何者是有人問言何用之爲獄卒答言欲以火山焚碎其身有人謂言是失念魔已得出家脱地獄苦或有獄卒以鐵刀山猛火焰起置其肩上東西推求失念魔王爲何者是有人問言何用之爲獄卒答言欲以刀山斬截其身有人謂言失念魔王已於德王明佛法中出家脱地獄苦或有獄卒肩負大鑊盛滿融銅東西推覓失念魔者今何所在有人問言汝用之爲獄卒答言欲以融銅灌其口中燒其脣舌咽喉五臟燋爛下過有人謂言是失念魔於德王明佛法中出家脱地獄苦或有獄卒手執鐵叉弓矢鉾戟種種器仗東西推求作如是言失念魔者今在何所有人

問言何用之爲獄卒答言我欲以此種種器仗斫刺割截殘害其身有人謂言是失念魔已得出家脫地獄苦時失念魔於地獄中聞諸獄卒可畏音聲收捕繫縛打斫刺割壞裂其身勿縱令活聞是事已甚大怖畏作是念言今自眼見無所復疑我定衰退失本天宮入大地獄諸獄卒等四邊唱喚欲收捕我今當何怙唯出家法可以依恃若佛信我至誠心者當於佛法出家爲道冀得脫此大地獄苦可以此意向王子說作是念已即向得念具陳斯事言我欲於佛法出家得念答言汝若能以信樂清淨而發無上菩提心者然後乃可於法出家所以者何諸佛法中不但正以剃頭染服名爲出家隨其出家所應行法汝當行已乃得出家失念當知於佛法中若有貪著我我所者反分別者不名出家失念汝當先發無上菩提之心然後正觀以何法故名爲地獄地獄體性如是推求必當不得地獄定性亦復不見入地獄法及不入法時失念魔即發無上菩提之心常樂正觀如是法相不久便得無生法忍舍利弗得念王子一心開導是失念魔令離諸惡至不退地德王明佛便爲之授無上道記舍利弗是則名爲眞菩薩心諸菩薩等以是心故能集無量無邊佛法舍利弗汝謂失念是異人乎勿造斯觀即是過去拘珊提佛於此賢劫度脫衆生已入涅槃時得念者豈異人乎今此衆中堅意菩薩摩訶薩是舍利弗爾時得念到父母所於一面立白父母言我今欲於德王明佛法中出家於父母前而說偈言

我於法出家　父母勿障礙　出家佛所讚
是衆樂之本　欲得帝王樂　生天及財富
欲求功德慧　當於法出家　父母今尊貴
本行施戒故　更造功德本　當得爲法王
本行施戒忍　今得爲人王　若欲增長善
今可行出家　人受福報盡　後墮諸惡道
起重罪業故　不能值諸佛　若人捨餘福
出家行善法　則能離八難　常得值諸佛
見佛速得信　以信生恭敬　敬心順行道
疾得成菩提　若欲離諸難　當遠惡知識
隨我學出家　是衆樂之本　諸天龍鬼神
及揵闥婆等　無能作障礙　令我不出家
若欲作障礙　徒自起罪業　如大力象王
壞鎖得隨意　我今亦如是　斷業貪愛縛
斷已當出家　無人能轉者　父母敬威德
嘿然聽出家　即右繞已去　徑往詣佛所
詣佛出家已　無量衆生聞　心皆生信樂
隨王子出家　王子善知識　無量長者子
信佛法微妙　皆共行出家　王聞子出家
亦捨國尊位　即與八十億　七十那由他
如是等眷屬　悉共行出家　爾時王夫人
聞王出家已　與八萬婇女　亦共行出家
皆隨此王子　而發大乘心　如是讚出家
誰不隨學者

舍利弗汝謂是得念父種善根王爲異人乎勿造斯觀即我身是爾時世尊而說偈言

時王及大臣　婇女諸眷屬　二萬一千歲
俱淨修梵行　命終時彼佛　處衆而微笑
與彼王授記　說其本行願　是王修梵行
深發大乘願　終不墮諸難　常生無難處

是王無量劫　供養無數佛　賢劫成世雄
號曰釋迦文　是王諸眷屬　得念等比丘
釋迦文佛所　出家爲弟子　皆淨修梵行
終還得人身　於佛滅度後　廣分布舍利
斯等於末世　佛法將滅時　還得共聽聞
我今所說經　佛慧淨無礙　演智光所說
諸有所言論　終歸皆眞實　若人聞是法
深信衣毛豎　則不生狐疑　我未得授記
若人在末世　於深法得忍　便應作是念
我聞法王說　比丘比丘尼　諸清信士女
能樂是深法　我皆與授記　佛說此法時
於大衆會中　具滿八十億　七十那由人
皆得柔順忍　爲小法王子

正見品第二十四

爾時世尊告舍利弗所言正見爲何謂也舍利弗其正見者無高無下等觀諸法又是見者平等不異故名正見何謂平等眼即泥洹不離眼有泥洹眼及泥洹是二同等以何故等非眼眼等非泥洹泥洹等所以者何眼中無眼泥洹中無泥洹眼中無泥洹泥洹中無眼眼及泥洹等無差別無差別故名爲平等耳鼻舌身意即泥洹不離意有泥洹意及泥洹是一同等以何故等非意意等非泥洹泥洹等所以者何意中無意泥洹中無泥洹意中無泥洹泥洹中無意意及泥洹無二無別若無分別是法即空空即同等是名正見又舍利弗是見正故名爲正見是正見中無有邪相故名正見復次是見無稱無量故名正見云何名壞是正見相舍利弗如是等經違逆不信不受不讀不如說行名壞正見又舍

利弗分別諸法此則名爲深壞正見所以者何無分別者即是正見如經中說若聖弟子不念地相亦復不念此地彼地我在地中地在我中不念餘大水火風等不念梵世光音遍淨不念廣果無誑無熱空處識處無所有處及非有想非無想處不念泥洹亦復不念此彼泥洹泥洹中我我中泥洹舍利弗又正見者無一切見所以者何諸所有見皆是邪見無一切見即是正見舍利弗又正見者不可言說所以者何一切言說但空音聲或人於此而生貪著舍利弗又如如來所知正見於是見中無有邪見所以者何一切言說皆住如中如不可說言說亦然舍利弗一切身業亦復如是安住如中無正無邪無有分別舍利弗一切諸業皆住如中非正非邪無有分別一切果報亦住如中如業相說是故如來眞實說者作如是言若有作業必有果報果報隨業如是舍利弗是智名爲分別五道五道智者皆是非智一切五道從非智生舍利弗菩薩聞是不應驚怖起退沒也舍利弗有四種法若習近者但增愚癡不生智慧何謂爲四讀誦修習外道經典是增愚癡不生智慧親近修習諸邪見法是增愚癡不生智慧樂決斷事是增愚癡不生智慧斯等深經與空相應不受不讀亦不正觀是增愚癡不生智慧是名爲四舍利弗違此四法能生智慧應當修習何謂爲四修習正見能斷邪見是第一法能破愚癡得生智慧若有讀誦外經典處清淨行者當遠捨離不應止住是第二法能破愚癡得生智慧舍利弗若諸住處

有斷事人清淨行者不應同止若欲住者但說正道莫雜非法但滅是事安隱同行亦爲折伏非法者故和合衆僧不令壞故是第三法能破愚癡得生智慧舍利弗斯等深經一心聽受如說修行爲人敷演令法久住是第四法能破愚癡得生智慧是名爲四舍利弗菩薩法者深生慚愧持戒清淨不起業故菩薩應生無所畏心莊嚴願故菩薩常應修大人行起大精進不懈息故

歎教品第二十五

佛告舍利弗菩薩若爲守護正法通達眞論問我弟子如來爾時甚爲慶慰所以者何繼佛種故是故汝等聲聞弟子應爲菩薩演說正法示教利喜常得無量無邊功德舍利弗若我弟子比丘比丘尼優婆塞優婆夷念佛念法亦念如來爲求法故無量無邊阿僧祇劫受諸勤苦以如是念爲菩薩說乃至一偈又作是念此諸菩薩或聞是法示教利喜當種善根修集佛法得阿耨多羅三藐三菩提爲斷無量無邊衆生無始生死諸苦惱故而爲說法所得功德假使有形若四天下所有衆生皆得人身於此福德各持一分搏若須彌而此功德猶不滅盡又舍利弗置四天下若小千中千大千國土所有衆生有色無色有想無想非有想非無想假令一時皆得人身各以一器大如須彌於此福德盛滿而去猶不滅盡舍利弗我諸弟子比丘比丘尼優婆塞優婆夷爲菩薩說一四句偈示教利喜得是無量無邊功德舍利弗是諸菩薩若知此人爲其說法得大利益故能成就爾所佛

法又能增長佛之智慧若以頂戴及肩荷負一切樂具而供養之乃至得成無上道時先爲說法令見四諦舍利弗是諸菩薩雖作如是供養利益未報其恩所以者何由此人故能得無量無邊佛法是故當知爲諸菩薩講說法者其恩難報舍利弗乃往過去無量無邊阿僧祇劫爾時有佛號曰普守如來應供正遍知明行足善逝世間解無上士調御丈夫天人師佛世尊壽七萬歲其聲聞衆有三大會初會說法八十那由他人皆得成道中會說法六十那由他人後會說法四十那由他人亦皆得道舍利弗彼佛滅後正法住世滿四千歲法欲滅時有一比丘名曰妙智利根聰達多聞智慧時閻浮提王名曰歡喜王所住城亦名歡喜其城縱長十二由旬廣七由旬豐樂安隱人民充滿時此城中有一長者名曰柔軟長者有子名曰利意詣妙智所於一面坐妙智比丘即時爲說菩薩之法是長者子聞法歡喜即持寶衣價值億金以爲供養作如是言善哉法師所說微妙願顧我舍說如斯法當令我等獲大利益法師法施亦得大果我從今日當盡形壽供養衣服飲食湯藥資生所須并及法師同意徒友我亦盡形供養供給妙智比丘可言善哉時長者子頭面禮足右遶已去於後妙智往詣其舍教化利意父母眷屬皆令志求無上菩提是長者子以此功德經歷無量阿僧祇劫未曾離佛常得聞法遇善知識舍利弗汝謂利意是異人乎勿造斯觀即我身是時利意父柔軟長者迦葉佛是舍利弗汝意謂是利意父

妬家内眷屬於無上道有退轉乎勿造斯觀所以者何是諸人等皆已必定無上菩提今於我所淨修梵行吾即爲授無上道記舍利弗妙智比丘即於彼身而般涅槃若此比丘不以小乘入涅槃者但爲利意一人説法福德因緣應成佛道況乃復爲柔輭長者及諸眷屬説法功德舍利弗若是比丘不入涅槃不見世間所有一切供養之具能報其恩所以者何我從妙智得聞法故逮大清淨甚深佛法是故當知若人能爲菩薩説法示教利喜必獲無量無邊功德所以者何菩薩發心爲起無量利益事故舍利弗譬如大海初漸起時當知皆爲有價無價摩尼寶珠作所住處此寶皆從大海生故菩薩發心亦復如是初漸起時當知便是諸智慧寶之所生處若有世間及出世間有漏無漏有爲無爲若垢若淨一切法器舍利弗譬如大海初漸起時當知便爲大身衆生作所住處從中生長滋育繁茂菩薩發心亦復如是初漸生時當知便爲無量無數大智慧身大善根身諸衆生等作所住處皆依是心漸得增長舍利弗譬如大海初漸起時當知便爲諸大龍王作所住處其大龍王不爲金翅之所呑食雙翼扇風亦不能惱是諸龍王從大海出能起大雲覆八萬洲普注洪澤無不沾洽舍利弗菩薩發心亦復如是初漸生時當知便爲成佛道時大菩薩龍作所住處是大龍王不爲金翅之所呑食如是菩薩住深佛法魔若魔民不能得出是大龍王不爲金翅翼風所惱若欲惱者即時銷滅菩薩如是魔若魔民不能惱

壞欲生惱心即皆銷滅能壞魔縛魔業魔事舍利弗是大龍王從大海出於四天下及八萬洲普降惠澤皆令沾洽卉木叢林百穀藥樹皆得生長亦令二足四足衆生無飢渴想降此雨已還處本宮大菩薩龍亦復如是從佛法出能於三千大千世界城邑聚落雨大法雨能斷無量無數衆生三種渴愛欲愛色愛及無色愛舍利弗譬如大海初欲成時於四天下八萬諸洲所有流水及大小雨江河泉源流入其中皆悉能受不增不減海法應爾種種水入皆捨本名俱名海水皆失本味同爲一鹹菩薩發心亦復如是從初欲成至得阿耨多羅三藐三菩提時具足佛法能以智慧斷衆生疑諸大論師福德智慧善根成就若未成者佛爲斷疑皆失本稱但同一號名佛弟子如大海水等一鹹味我諸弟子同得離欲一解脫味舍利弗譬如大海漸次轉深若大海水初便頓深諸求寶者無能得入以漸漸深乃至無等故成大海諸菩薩心亦復如是初發意時漸漸轉深乃成無等舍利弗是菩薩心漸漸深者是檀波羅蜜尸波羅蜜羼提波羅蜜毗梨耶波羅蜜禪波羅蜜其甚深者所謂般若波羅蜜是無等深者諸法也舍利弗若菩薩道初便頓深證於眞際無量衆生求法寶者則不能入舍利弗譬如大海所以成者皆爲利益一切世間菩薩發心亦復如是從初已來皆爲利益一切世間舍利弗譬如大海初漸起時有寶洲性菩薩發心亦復如是初便漸有念處正勤四如意足根力覺道及諸禪定解脫三昧法寶洲性舍

利弗白佛言希有世尊能樂說是大海譬喻以明菩薩發心功德無量無邊佛告舍利弗菩薩心者不可以是大海譬喻所能知也所以者何是心深發大願莊嚴如來若說此心功德若滿一劫若過一劫猶不能盡所以者何諸菩薩等發如是心能成大事難勝難壞最上最妙能與衆生一切樂具轉三界苦生大智慧難測崖底無所障礙大光明事舍利弗以要言之諸菩薩心所成大事說不可盡舍利弗譬如三千大千世界初漸起時當知便爲其中所有一切衆生作依止處菩薩初心亦復如是發阿耨多羅三藐三菩提願當知便爲無量衆生得智慧故舍利弗譬如須彌山王初漸起時當知便爲無量諸天作所住處因是山王忉利諸天便能破壞阿脩羅衆菩薩初心亦復如是發阿耨多羅三藐三菩提心修道成佛能爲無量無數弟子作依止處如忉利天因須彌山則能破壞阿脩羅衆如是衆生因如來故能壞魔衆舍利弗譬如鐵圍山王初漸起時當知便爲其中衆生障蔽八哆呵婆羅風使不能壞諸菩薩心亦復如是初發無上菩提之心漸次轉高堅固難沮當知能爲親近菩薩所有衆生障諸魔風使不惱壞舍利弗如雪山王初漸起時當知便爲諸藥草等依止生處諸菩薩心亦復如是若初生時便爲無量無數衆生集諸法藥壞煩惱病舍利弗譬如寶性初始生時當知便爲無量百千萬億衆生作利益分諸菩薩心亦復如是從初始起大智寶性當知便爲無量無邊阿僧祇衆生作利益分舍利弗

譬如日天子宮初欲成時當知便爲照四天下八萬諸洲能照能熱諸菩薩心亦復如是從初起時漸漸增長成佛住處當知便爲三千大千世界衆生作大法明亦能乾竭諸貪愛等煩惱淤泥舍利弗譬如阿耨達池初漸起時當知便爲阿耨達龍作所住處從此池邊流四大河皆爲二足四足衆生而作利益捨除渴乏生諸金寶漸入大海是大乘法初漸起時亦復如是諸菩薩等因是乘故能集佛法得阿耨多羅三藐三菩提已則能流演四大法河謂義無礙法無礙言辭無礙樂說無礙空無相無願八解脫味根力覺道如是等音無量無數衆生聞已斷煩惱渴能令得證求離眞際如是舍利弗諸菩薩心初漸起時能成大事難勝難壞無等等事亦大利益無量衆生令發無上菩提之心舍利弗如來雖作是說不能窮盡是故當知本人能爲菩薩說法示教利喜所得功德無量無邊不可稱數舍利弗我以佛眼觀此福報不見邊際隨向何乘皆能得到如人施佛所種善根乃至泥洹終不中盡舍利弗乃往過世有一菩薩名曰樂法生長王家所聞善言皆寫讀誦時此王子爲求法故遊諸國邑時有一人住深坑側語樂法言王子汝來我當相與佛所說偈時此菩薩上坑岸上呼其人言咄善男子汝當與我佛所說偈是人答言不空相與樂法菩薩身著寶衣此衣價直二十億金摩尼瓔珞以爲首飾其珠價値四十億金是人見已心生貪著作如是念若此王子與我寶衣摩尼瓔珞然後當與佛所說偈爾時王子

語是人言爲須何物當以相與汝當與我佛所説偈是人貪心增長熾盛語菩薩言若能與我所著寶衣及珠瓔珞聞佛偈已投此深坑能如是者當先立誓然後爲汝説佛一偈王子答言咄哉仁者汝欲令我投此深坑爲得何利是人答言我無所得但恐汝今捨此寶衣及珠瓔珞既聞偈已便生悔心恃豪勢力而還奪我王子答言汝但説之我終不悔是人即言若不肯誓當知汝心則爲已悔菩薩復言汝但説之當相隨意與汝寶衣及珠瓔珞亦投深坑是人聞誓便爲菩薩説佛一偈爾時菩薩即與寶衣摩尼瓔珞又立誓言若我誠心捨此寶衣及摩尼珠歡喜無悔以是實語當令我今從高墜下安隱平住無所傷損作是誓已便自投身未到地頃四天王來徐接置地安立而曰咄仁希有佛所説偈甚深微妙有大利益是人即便從高而下到菩薩所作如是言王子希有能爲難事欲求何法菩薩答言我以是事當得阿耨多羅三藐三菩提成佛道已未度者度未解者解未滅者滅未安隱者令得安隱舍利弗是人聞已便生信心語菩薩言還取寶衣及珠瓔珞所以者何汝服寶衣佩此珠瓔正是所宜菩薩答言是事不可猶如人吐豈可還食是人白言若不還取願受我悔後作佛時當見救濟舍利弗汝謂爾時樂法王子爲一偈故脱身寶衣及摩尼珠與彼人已又以自身投深坑者豈異人乎勿造斯觀即我身是爾時是人爲我説偈後於我所得信心已作如是言汝成佛時當度我者豈異人乎勿造斯觀今

和伽利比丘是也舍利弗我曾一時與諸比丘處在深澗遊空經行時和伽利在高岸上我呼之言自投身來信佛語故便自投身無所傷損得六神通舍利弗汝且觀是善根之力是人爲我但說一偈信我語故自身歸命今得解脫舍利弗是人但以貪心爲本種諸善根尚得漏盡況復有人信受我語通達佛慧說菩薩法一四句偈示教利喜我不見此福德有盡除入泥洹

佛說華手經卷第七

音釋

黠胡八切慧也　脆此芮切物易斷也　刖魚厥切斷足也　鉾戟鉾莫浮切句兵也戟紀逆切枝兵也　熊羆熊胡弓切羆波爲切　駝豬駝徒何切豬陟魚切　齧倪結切噬也　怙侯古切恃也　羼提梵語也此云忍辱羼初限切　淤依㨿切滓濁泥也

佛説華手經卷第八

姚秦三藏法師鳩摩羅什譯

毁壞品第二十六

舍利弗白佛言世尊若人爲菩薩説一四句偈示教利喜助成佛道得爾所福若復有人爲欲破壞菩薩心故而作障礙當説是人得幾許罪所以者何若已壞亂當壞亂者聞是事已便自改悔佛告舍利弗若人障礙壞菩薩心得無量罪如人欲壞無價寶珠是人則失無量財利如是舍利弗若人壞亂菩薩心者則爲毁滅無量法寶舍利弗如種藥樹有人剪伐不令增長是人則壞無量衆生療治病事令多衆生爲病所困如是舍利弗若人欲壞是菩薩心大安樂心滅除無量衆生苦患大智藥心當知是人則令無量無數衆生爲諸貪欲恚癡憍慢慳嫉諂曲無慚無愧諸煩惱病之所侵害亦令無量阿僧祇衆失於泥洹安隱住處舍利弗若人毁壞阿耨達池殺大龍王當知是人則爲壞失二足四足渴乏衆生八功德水如是舍利弗若人壞亂菩薩心者則爲破壞能除無量衆生渴愛八聖道水舍利弗譬如有人壞日宫殿是人則爲滅四天下衆生光明如是舍利弗若人壞亂菩薩心者當知是人則爲毁滅十方世界一切衆生大法光明舍利弗如人破壞一切寶性當知是人則壞無量衆生珍寶如是舍利弗若人壞亂菩薩心者當知是人則壞無量阿僧祇衆法寶之分亦爲毁滅如是等經令不聞見舍利弗如從寶性出無量寶給足衆生如是舍利弗諸菩薩心是法寶性從此法

寶生諸佛法不可思議神通智力是故舍利弗當知破壞菩薩心者則得無量無邊深罪舍利弗如人惡心出佛身血若復有人破戒不信毁壞捨離是菩薩心其罪正等舍利弗置是惡心出佛身血我說具足五逆重罪若人毁壞菩薩心者其罪過此所以者何起五逆罪尚不能壞一佛之法若人毁壞菩薩心者則爲斷滅一切佛法舍利弗譬如殺牛則爲已壞乳酪酥等如是舍利弗若人破壞菩薩心者則爲斷滅一切佛慧是故舍利弗若人破戒不信訶罵毁呰壞菩薩心當知此罪過於五逆舍利弗置五逆罪令四天下滿中羅漢若有一人皆奪其命汝意云何是人得罪寧爲多不舍利弗言甚多世尊佛言我今告汝誠言若人呰毁壞亂菩薩令其信受捨

離是心失佛智慧比前罪者百分千分百千萬分尚不及一乃至譬喻亦不能及所以者何雖奪爾所阿羅漢命不能障礙諸佛十力四無所畏四無礙智十八不共法大慈大悲佛不虛行不障如來象王迴觀師子奮迅無見頂相不障如來吹百千種具足法貝亦不妨轉無上法輪不障聖主自在神力亦不障礙能知衆生諸根利鈍種種欲樂差別智慧舍利弗若菩薩發阿耨多羅三藐三菩提心得成大乘堅誓莊嚴若有人來壞亂此心令其退捨是人則障佛十種力乃至衆生種種欲智舍利弗置四天下若滿三千大千世界諸阿羅漢譬如竹葦稻麻叢林若有一人皆奪其命汝意云何是人得罪寧爲多不甚多世尊舍利弗若復有人懷恚輕慢破戒不信

毀壞散亂是菩薩心此人得罪唯佛能知所以者何此人壞亂菩薩深心則爲毀滅一切佛法斷諸佛種所以者何若無菩薩最初心者云何當有如是佛慧佛自在力出於世間是故舍利弗此無上心大心深心諸菩薩心若在比丘比丘尼優婆塞優婆夷天龍夜叉揵闥婆阿脩羅迦留羅緊吒羅摩睺羅伽人非人所一切世間皆應禮敬所以者何有此心者當知即是未來世尊舍利弗汝意云何如來稱讚是菩薩心頗於是中分别齊限衆生名字若刹利家婆羅門家居士大家轉輪聖王四天王天釋提桓因若忉利天若燄摩天兠率陀天若化樂天他化自在天若梵天若大梵王諸名字不不也世尊所以者何世尊但說是清淨心大心深心汝意云何若我

如是稱讚此心是中頗說若大力士那羅延等若少若老富貴貧賤上下人不不也世尊舍利弗汝見是心所在之處若少若老富貴貧賤有力無力汝等皆應敬念防護助成此人是爲聲聞無上報恩能以法施化菩薩故舍利弗若聲聞人能如是者則爲具足供養如來謂能示教令諸菩薩於無上道心不退轉舍利弗白佛言世尊菩薩有三種心一初發心二者轉心三者成心是三心中世尊稱讚攝護何心佛言如是如汝所言菩薩有三種心初心轉心及成就心舍利弗是中如來稱讚攝護初心轉心令得成就所以者何若或有人發阿耨多羅三藐三菩提心令不退轉墮於聲聞辟支佛地以不墮故漸當得成無上菩提是故菩薩發菩提心應當觀察是

心空相舍利弗何等是心云何空相舍利弗心名意識即是識陰意入意界心空相者心無心相亦無作者所以者何若有作者則有彼作而此人受若心自作則自作自受舍利弗是心相空無有作者無使作者若無作者則無作相若人戲論是心相者則與無礙空無相諍若與無礙空無相諍是人則與如來共諍與如來諍當知是人則墜深坑其深坑者所謂地獄餓鬼畜生及諸得見陰界入見我見人見衆生之見舍利弗取要言之佛法僧見及涅槃見如是皆名有所得見如是諸見爲惡趣原衆生貪著是諸見故自墜深坑亦陷他人令墮深坑其深坑者所謂五道生死是也爾時會中有一乞人名曰選擇從座而起恭敬合掌白世尊曰我今不欲墜是深坑亦不欲與如來共諍我從昔來生如是心欲得阿耨多羅三藐三菩提還自生念我是貧人多諸苦惱資生艱難此諸剎利婆羅門等居士大家尚不能集無上菩提況我乞人第一貧賤今從佛聞但稱讃是菩薩初心此中不說剎利大姓婆羅門家居士大家及四天王釋提桓因忉利天燄摩天兜率陀天化樂天他化自在天不說梵世及梵王天亦復不說貧富貴賤我從今日定發阿耨多羅三藐三菩提心不自輕身佛言善哉選擇汝今乃能隨學如來決定發此無上道心爾時選擇即於佛前而說偈言

我不求稱讃　稱讃非上妙　但求最勝慧
諸佛無上智　佛於世間上　亦世間無上
於苦惱衆生　能爲作歸趣　佛證無漏法

微妙淨無量　愍衆生故說　度脫生死患
佛神通無礙　光明亦無邊　得無崖智慧
功德巍巍尊　世尊我本心　亦謂得成佛
心還生退沒　誰與貧賤者　有諸王居士
釋梵諸尊神　大威德人天　是尚不能得
況我貧賤者　乞匃自濟命　佛智世無上
云何而可得　世尊知我心　告舍利弗言
我說是發心　無貧富貴賤　亦不說剎利
婆羅門居士　諸天龍神等　但說發淨心
今聞佛所說　我心得勢力　謂必當成佛
能發深心故　天地可易位　須彌可粉塵
虛空尚可變　我心不可轉　假使衆生類
一切皆爲魔　悉來見嬈亂　我心定不轉
若人於我前　而作如是言　佛智甚難得
誰與貧賤者　我聞已答言　汝是貧賤者
汝無信等財　我有當作佛　諸佛無有性
亦無決定種　但一心迴向　於無上大乘
是則諸佛性　亦爲如來種　一心求佛道
供養故成佛　我不惜身命　亦不貪世樂
唯志無上道　度一切衆生　今於法王前
眞實語無畏　若當有錯謬　唯佛哀愍說

爾時世尊以偈答曰

汝發無上心　乘於無上乘　是中無錯謬
當成佛法王　選擇聞佛說　心得無量喜
以心清淨故　飛高七多羅　世尊時微笑
口出五色光　普照明天地　還從頂上入
阿難即合掌　諮問兩足尊　世雄智無礙
此爲何因緣　是王舍城中　最下賤乞人
住在虛空中　合掌禮敬佛　今諸天龍王
夜叉人非人　皆一心合掌　禮敬是乞人

我今問世尊　何故笑放光　誰專行佛道
而欲爲授記　誰當住佛道　而發無上心
當證最勝慧　度衆老病死　誰當坐道場
破壞魔王軍　得無上佛道　轉最妙法輪
誰當獲大智　逮無量神通　得普智無礙
分别衆生根　誰當得梵音　言説皆奇特
眞智無礙故　所演無變異　誰證無上道
常處微妙定　通達三界心　哀愍故説法
誰當説法時　天人皆歡喜　當得不虚行
象王迴觀法　誰爲大衆導　嚴淨佛世界
離一切諸難　廣開寂滅道　大威德世尊
我今問此事　何緣故微笑　願説令衆喜

爾時世尊告阿難曰如來因是選擇乞人是故微笑放大光明即時會中天龍夜叉緊陀羅摩睺羅伽人非人等有八十億那由他衆皆發無上菩提之心我爲是等授阿耨多羅三藐三菩提記爾時世尊欲明此義而説偈言

如來説此因緣時　滿八十億那由他
衆生悉發無上心　此等皆當得成佛
今是選擇深智人　歡喜合掌立空中
恭敬讃歎供養我　自願逮覺如今佛
是人福德因緣故　終不墮落諸惡趣
生生常離八難處　世世恒得見諸佛
既得值遇諸佛已　爲得無上菩提故
寶蓋幢旛華香等　以此供具供養佛
歷侍諸佛修道時　上妙衣服及衆味
牀榻卧具湯藥等　以此供具供養佛
當漸次第值彌勒　爲求佛故深加敬
以七十億那由他　摩尼寶珠爲供養

一一摩尼珠光明　能照八十由旬内
集此寶珠衆光力　悉能遍照諸世界
又以七寶起塔廟　滿七十億那由他
其塔縱廣各十里　以衆妙寶爲莊嚴
衣服牀榻及茵褥　亦七十億那由他
以如是等莊嚴具　上彌勒佛及衆僧
安居三月設供養　如是不倦經百歲
是人然後當出家　彌勒法中修梵行
如是愛樂恭敬心　深加供養彌勒佛
漸次習行菩薩道　悉見賢劫一切佛
從是復得見諸佛　其數過如恒河沙
見已心得深清淨　皆加供養修佛道
是人淨心功德報　我今略説不能盡
其果無量無可喻　誰聞是已不求佛
是人往來生死中　恒河沙劫求佛道
末後當證無上智　成佛號名集堅實
壽命筭數一千劫　時佛國土甚清淨
閻浮提地亦莊嚴　如須彌頂忉利宫
集堅實世尊　聲聞衆大會　過億那由他
如恒河沙數　一一大會中　如恒沙等人
皆得阿羅漢　自在神通力　悉通達三藏
明了諸問答　如我舍利弗　智慧中第一
有菩薩大會　其數復倍上　彼佛大菩薩
亦名阿逸多　彼諸菩薩衆　得無生法忍
轉身生諸國　隨處各成佛　一一大會中
恒沙數菩薩　彼佛與授記　當成無上道
彼佛滅度後　法住滿一劫　舍利廣流布
亦如我滅後　集堅實舍利　天人所供養
隨衆生所樂　現諸神通力　是舍利塔廟
皆以七寶成　欄楯及寶柱　華香衆幡蓋

以是妙寶飾　莊校如來塔　以此諸塔廟
嚴淨閻浮提　若人持衆華　供散於佛塔
即變成華蓋　有如是神力　集堅實世尊
形像在諸塔　隨衆生所樂　微笑現光明
大光普照已　還入於本處　若入頂相中
自知受佛記　若光從口入　知受緣覺乘
光若從臍入　自知受聲聞　彼世尊形像
有是神通力　如是滿一劫　劫盡乃當滅
有爲法無常　故當勤精進

爾時舍利弗白佛言希有世尊選擇乞人如是下賤而心成就上妙貴法何有智者輕賤之耶佛告舍利弗如是如是如汝所說何有智者輕賤此人唯除凡夫無聞無智舍利弗以是義故我經中說智者不應輕量他人輕量他人則爲自傷舍利弗汝意謂此選擇乞人本來頗爲天龍夜叉揵闥婆阿脩羅摩睺羅伽人非人等所敬禮不不也世尊所以者何此貧賤人未爲如來所授記時無人禮敬今爲世尊所授記已世間天人阿脩羅等咸皆敬禮舍利弗是謂諸佛未來世中無礙知見不與聲聞辟支佛共是故舍利弗我諸弟子信受佛語若爲衆生演說法時應先稱揚佛之功德衆生聞已或能發心求佛智慧以發心故佛種不斷舍利弗一切世間尠有衆生爲他求利自利利人是最爲難舍利弗且置爲他求利衆生但能自利是人尚難所以者何今凡夫人欲求自利而反自傷所以者何舍利弗我不見人若侵害他自不衰惱是故當知住自利因是則爲難又於是中自利利他最爲甚難故舍利弗若人毀發大乘心

者當知是人不能自利亦不利他斯則不名修行道者舍利弗是愚癡人行於邪道爲失自利亦失他利以此因緣是人當得八衰惱法何謂爲八失所愛重親友家屬國土喪亂財產日耗災火焚燒縣官所侵諸根毀壞死入地獄獄卒拷掠是名爲八次復有八大不安法何謂爲八謂生地獄餓鬼畜生是大不安若得人身常生邊地不識善惡無佛無法無聖衆處是大不安設得人身生於中國聾盲瘖瘂癃殘百疾是亦名爲大不安法雖生中國具足人身常爲衰弊心懷諂曲虛僞姧詭是亦名爲大不安法受外道法好邪論議邪見惡行成就不淨身口意業諸佛賢聖尚不能救是亦名爲大不安法若生中國具足人身佛得道夜即便命終不值佛法是亦名爲大不安法是爲輕毀求佛道者八不安法舍利弗當知是人若生地獄必墮阿鼻大地獄中得大身形多受衆苦續起重罪若墮畜生爲惡蟲獸恒苦飢渴侵奪他命殘食肌肉以自濟活隨所生處續增罪業若爲水性作摩伽魚鼇民伽羅失收摩羅及鬱陀羅等人所網釣生被刀割備受衆惱求死不得若復陸生或爲駝驢牛羊猪犬若作駝牛爲人穿鼻身常負重加諸杖痛呻嘷大呼無有救者中路疲乏不能前進命未盡間生被割剥殘食其肉猶並罵言多食喜卧大折損我舍利弗汝且觀是罪業因緣如我所知若廣說者從劫至劫猶不能盡舍利弗取要言之若人毀壞菩薩心者若離八難無有是處所以者何是人續起衆罪業故當知汝等得脫此難

爲自救濟

衆雜品第二十七

佛告舍利弗有四救法何謂爲四怖畏衆生如來能救入邪徑者聖道能救諸惡業者念處能救在八難者菩薩能救是爲四舍利弗有四安法何謂爲四生得值佛爲大安隱得無難處爲大安隱能信佛法爲大安隱具聖正見爲大安隱是名爲四舍利弗復有四法能成事業何謂爲四四大柔和令身安隱正見能生質直淨心見佛得信爲衆樂因發無上心能滅無量無數衆生諸煩惱病是爲四法能成事業又舍利弗世有四願何謂爲四諸病瘦者願欲得治飢渴所逼願得飲食苦惱所切願欲得樂行嶮路者願得安隱是爲四願又舍利弗世間凡有四貪著處以貪著故當墮惡道何謂爲四一者貪身二著壽命三利財產四躭愛欲是名爲四舍利弗有七藏處所謂風藏生藏熟藏冷藏熱藏見藏欲藏舍利弗是諸藏中欲藏最牢此欲藏者爲何所依依止洟唾痰癊膿血筋骨皮肉心肝五藏腸胃屎尿爾時會中有一居士名曰選擇居士有妻其名妙色面貌端嚴姿容挺特選擇居士深生愛著煩惱熾盛聞佛所說即白佛言世尊莫作是說貪欲之心起於屎尿所以者何我妻端嚴無諸臭穢佛知居士貪垢情深即時化作一婦人像端嚴淨潔狀如妙色整容徐步來入衆中居士見已即作是念我妻何緣來入此會作是念已即問之曰汝以何故而來此耶答言欲聽世尊說法居士即牽坐自衣上佛以神力令是婦人糞汙

其衣使此居士不堪臭處以手掩鼻顧視左右誰爲此者時跋難陀在右邊坐語居士言何故掩鼻而顧視我答言是處甚大臭穢以佛神力令跋難陀及諸衆會見此婦人便棄糞穢汙居士衣時跋難陀語居士言且觀汝妻所爲臭穢居士答言我無所疑我妻淨潔身無諸穢若有疑者自當觀之語跋難陀我意謂汝爲此穢汙時跋難陀即大恚怒從座而起語居士言汝無慚愧誰名字汝爲居士耶汝今應名屎居士也何不自以手牽汝妻坐衣上耶汝妻坐時便此糞穢汝自坐上爲屎所塗而無羞恥反欲謗人會中唱言此屎居士可遣出衆便謂之言不淨弊人不應在衆即以手牽令出衆外選擇心惑語其妻曰我敬汝故令坐衣上汝爲大人法應爾耶妻即答言汝近糞囊法自應爾居士爾時即生猒心欲去衣糞更汙身體謂跋難陀當何方便得離此穢跋難陀言非直此糞汙染汝身更有諸衰是汝之分若欲離者當遠逃逝以汝妻糞令此大衆頭痛悶亂居士答曰諸釋子等皆多慈愍汝甚惡口乃如是耶跋難陀言如汝今者何可憐愍佛之所說而敢違逆作如是言我妻端正無諸臭處汝今自觀爲淨潔不而欲謗我爾時居士謂其妻曰汝可還歸旣遣之已語跋難陀我今明見女人諂曲多諸過咎不淨充滿心生猒離欲於佛法出家爲道跋難陀言汝今形體臭穢如是若以香塗經歷年載然後或可堪任出家居士答曰我若塗香經歷年歲或身無常或佛滅度壞我出家求道因緣今若見聽得出家者

我不復住城邑聚落僧房精舍作阿蘭若乞食納衣於空閑處誰聞我臭佛言居士汝欲於我法中出家即白佛言唯然世尊佛言善來汝爲沙門修行梵行即時居士鬚髮自落袈裟著身執持應器如比丘像佛爲説法苦集滅道聞是四諦遠塵離垢得法眼淨成須陀洹重爲説法教化漸令得斯陀含阿那含果過是夜已執衣持鉢詣王舍城次行乞食遂到本舍在門外立時妻妙色自見其夫剃頭法服出家爲道即語之曰法應見捨爲沙門耶選擇答言汝昨不應於我衣上便棄不淨汙我身耶妙色答言汝爲比丘應謗人耶我從父舍到汝家來未見外門況詣竹園至彼會中爾時比丘語妙色言有跋難陀爲我時人於大衆中見遣令出時有惡魔隨逐選擇而語之言汝昨見者非妙色也是化所作眩惑汝心今可還以五欲自娱沙門瞿曇欺誑汝耳汝今虚妄非實比丘瞿曇沙門常以此術誘惑多人令其出家如今誑汝選擇比丘證眞法故即覺魔爲謂言惡人汝亦變化我亦變化是妙色姊俱爲變化佛所説法皆空如化爾時妙色聞此法已即於諸法遠塵離垢得法眼淨斷除疑悔不隨他語於佛法中得無畏力謂選擇言所爲甚善能於佛法樂修梵行我亦於法出家爲道爾時佛告舍利弗言若人發心求無上道應離四法何謂爲四離惡伴黨諸惡知識及不善行是爲初法所應遠離又舍利弗若人發心求無上道應當遠離貪著女相不與女人共處同事是第二法所應遠離又舍利弗若人發心求無

上道應當遠離外道書論謂裸形論路伽耶論末伽梨論非佛所説不應親近聽受讀誦是第三法所應遠離又舍利弗若人發心求無上道不應親近邪見惡見是第四法所應遠離舍利弗如來不見更有餘法深障佛道如此四法是故菩薩應當捨離又舍利弗若欲疾得無上道者當修四法何謂爲四菩薩應當隨善知識善知識者謂諸佛是若聲聞人能令菩薩住深法藏諸波羅蜜亦是菩薩善知識也應當親近供養恭敬又舍利弗菩薩應當親近出家亦應親近阿蘭若法離女色故又舍利弗菩薩應當親近修習大空正見離邪見故舍利弗若諸菩薩欲疾逮得無上菩提應當親近如是四法爾時世尊欲明此義而説偈言

遠離女人事　及離惡知識　亦遠外道論
幷餘諸邪見　若親近女人　及諸惡知識
受外道論義　增長諸邪見　增長邪見故
速墮諸難處　難得離八難　亦難信佛法
若人欲爲惡　即便造惡行　若作惡行者
則便墮惡趣　是故求道者　勿習近女色
常當生猒離　觀之如溷猪　勿近惡知識
令住非法者　若近行非法　令人失心目
莫親近外道　尼揵等論議　言辭雖嚴飾
能生諸過咎　悉捨是衆事　則離諸邪見
我説此四事　往來生死本　遠離下劣法
習近上妙行　我本所修習　當行如是法
謂出家梵行　親近善知識　諸佛及弟子
令我住佛道　我常修行空　空空及大空
雖行是空法　而不著於空　若法及所得

二俱不在空　是名爲眞空　世間所不測
我本爲佛道　所修行諸法　是法甚微妙
非凡智所及　我求佛道時　諸所聞經法
內心自思量　不隨他人說　我自通達已
而爲他人說　是名正眞道　空無礙寂滅
空中無有生　亦無有老者　空中亦無死
是名常住相　是名法實相　道場所通達
壞破諸魔兵　得成無上道　我之所得法
即以爲人說　令證無上際　而無所轉相
若欲得佛道　及欲坐道場　欲破諸魔衆
當修此空法　若有人欲轉　無上妙法輪
度無量衆生　當學是空法　欲住佛十力
及四無所畏　處衆師子吼　當習是空法
欲得大名聞　廣流布十方　當正心修習
通達是空法　諸菩薩智者　隨我學空法
能得無上道　是名最勝智　比丘比丘尼
若隨學我行　當得無上道　如我今所得
非但是二衆　能行此空法　一切衆生類
亦學成佛道　我以八直道　修行是空法
通達諸法相　逮無上正覺　我修習是法
能得無礙智　是諸佛眞道　謂常習空法
是故諸菩薩　爲利衆生故　應當學此法
所謂諸法空

舍利弗菩薩摩訶薩復有四法世世轉身不失正念能如說行於諸法中得決定心得無礙辯利辯深辯及無等辯諸佛知已加神通力當於後世守護法城何謂爲四常樂出家世世修習是出家法爲衆生故求法無猒說法無倦習無依定壞諸法相常勤修習念佛三昧於諸緣中而無諍相是名初法不失正

念又舍利弗菩薩摩訶薩自求佛道兼化衆生令住其中常樂稱揚諸佛功德是第二法不失正念又舍利弗菩薩摩訶薩成就甚深無生法忍是第三法不失正念又舍利弗菩薩摩訶薩於命終時心不散亂常念諸佛及甚深法以是深忍不失正念是名爲四爾時世尊欲明此義而説偈言

菩薩常求法　亦常行法施　是故於諸法
終不失正念　以化無量衆　令住佛道故
世世轉身時　常得不失念　習近佛所讚
甚深空寂法　是故此菩薩　疾得無生忍
亦不生無生　無生即無生　以是深忍故
常不失正念　是菩薩智者　不亂心命終
常專念諸佛　及諸佛深法　是人命終時
其心不退没　故世世轉身　常不失正念
是故若有人　欲得無上道　當一心修習
如是等四法　是法最第一　諸佛之所讚
我今亦稱揚　汝等當修學　如來所説法
爲利汝等故　佛爲利益者　非强爲汝説
若汝求佛智　當修學是道　修學是道故
從此生佛慧　若人懷懈慢　及生退没者
終不得佛道　當遠離是事　若人計我心
及住衆生想　若依止諸法　不能證佛道
當離是等心　常修學空相　壞散一切法
乃獲甚深智　勿有所依止　依止即動相
好樂動法故　往來生死中

衆妙品第二十八

佛告舍利弗菩薩有四法能致一切最勝妙法何謂爲四若人發大乘心見法欲壞爲久住故勤加精進求法不倦若見如來塔廟毁

壞勤加修治令得久住爲樂法故不惜身命見苦衆生生大悲心轉加精進作如是願何時當得修習佛道爲斷此苦而爲說法舍利弗菩薩摩訶薩求法無猒爲求法故發大深心而生大欲菩薩摩訶薩爲求大智威德難勝壞憍慢故菩薩摩訶薩常於衆生樂行慈心爲之求利作如是念此衆生等無有救者唯我一人菩薩摩訶薩爲無瞋恨修大悲故菩薩摩訶薩爲無嫉妬令衆生得眞智慧故菩薩摩訶薩爲無慳心常以法施攝衆生故菩薩摩訶薩爲大施者能以深心樂佛道故菩薩摩訶薩於一切法心無所著菩薩摩訶薩爲善來說者顏色和悅言常含笑見苦衆生倍加精進菩薩摩訶薩喜深佛法菩薩摩訶薩爲無所畏於大衆中師子吼故菩薩摩訶薩爲無驚怖住佛法故菩薩摩訶薩常勤精進集善根故菩薩摩訶薩於諸國界城邑聚落無所專繫菩薩摩訶薩常勤教化十方世界一切衆生菩薩摩訶薩聰明利根通達諸法菩薩摩訶薩求眞實義如實思量一切法故菩薩摩訶薩於佛法中求眞實義爲欲自得無上道故菩薩摩訶薩爲覺悟者善能知時化衆生故舍利弗菩薩摩訶薩能如法壞外道論者菩薩摩訶薩於一切法決定義者菩薩摩訶薩爲佛法性菩薩摩訶薩爲法實因生法實故菩薩摩訶薩爲如大海受一切法無猒足故菩薩摩訶薩如鐵圍山能障無量無數衆生煩惱風故菩薩摩訶薩如大海水演法無盡故菩薩摩訶薩其心清淨如虛空故菩薩摩訶薩爲無盡者等虛空故菩

薩摩訶薩如須彌山積善法故菩薩摩訶薩爲如大地受憎愛故菩薩摩訶薩爲如良田種諸善根不敗失故菩薩摩訶薩爲如猛日能與衆生法光明故菩薩摩訶薩猶如淨月壞諸冥故菩薩摩訶薩爲如巨蓋障諸衆生婬怒癡等煩惱熱故菩薩摩訶薩猶如密蔭爲諸衆生安隱息故菩薩摩訶薩猶如大樹能爲衆生所歸趣故菩薩摩訶薩能爲世間度者歸者所依止者無畏施者菩薩摩訶薩爲世間師於諸技藝悉通達故菩薩摩訶薩爲衆生利能與今世後世涅槃樂故菩薩摩訶薩一切衆生皆應禮敬舍利弗若諸衆生能知菩薩爲之如是難行苦行求樂因緣而作重擔如我知者一切衆生皆應頂戴若肩荷負從初發心乃至成佛於是時中一切世間諸天及人所有樂具盡以供養亦常頂戴令不在地又是菩薩趣道場時以已上服或以天衣衆妙蓮華爲敷高座上至有頂以天寶衣而爲軒蓋障蔽風日得阿耨多羅三藐三菩提已以諸華香幢旛妓樂亦以自身供養給侍是諸衆生如是恭敬供養給事猶不能報菩薩之恩所以者何菩薩摩訶薩爲與衆生無漏清淨無上道樂發大莊嚴舍利弗以世間樂欲比是者百分千分百千萬分尚不及一乃至譬喻所不能及所以者何衆生所奉菩薩樂具皆是世間有漏虛誑無常變異菩薩所施衆生之樂皆出世間無漏眞實無熱無惱無量無限畢竟常樂是故舍利弗當知衆生以一切樂具供養菩薩猶不能報舍利弗菩薩摩訶薩於睡眠者而爲覺悟於

放逸者而爲精進於狂惑者常修正念於盲冥者常爲明目於病瘦者爲大醫藥於邪見者爲示正道能於未起善法衆生起善法於未增長善法衆生增善法舍利弗取要言之更無餘人能爲衆生歸者救者究竟道者唯有諸佛而諸佛法如來法自然法非從餘出一切皆因菩薩道生

逆順品第二十九

爾時舍利弗白佛言希有世尊是菩薩道微妙甚深能自嚴淨亦淨衆生譬如世尊忉利天上波隸質多拘毗羅樹其華敷開既自端嚴亦能嚴飾忉利諸天菩薩摩訶薩亦復如是具足佛法得阿耨多羅三藐三菩提已既自莊嚴亦爲無量衆生所歸成聲聞乘皆得遊戲根力覺道禪定解脫以自娛樂亦如彼樹其華敷開忉利諸天以爲娛樂世尊何有智人不乘是乘但爲我等本以懈怠隨信他語於所聞法生安隱心便謂得樂今者乃知自無勢力能令一人住是道中世尊我從今已有所說法先應開演是菩薩乘然後當說諸聲聞法所以者何我如是者或報佛恩所謂能令乃至一人發無上心速逮正覺佛告舍利弗善哉善哉汝今乃能發如是心欲演大法教化菩薩所以者何於當來世多有輕賤此大乘法如是等經無人信受舍利弗於爾時世若善男子善女人求善法者當自正念依義依法勿處衆中所以者何爾時衆會非行道者我聲聞衆修行道者不輕菩薩毀壞大乘況如是等佛之所說甚深經法而生違逆所以者何若生違逆是非行者非行者

業是凡夫業非智者業舍利弗是故當學起智者業離凡夫行若有比丘以我爲師應如是行舍利弗當來世中求佛道者深信精進一心慚愧樂求善法或爲餘人之所輕毀作如是言是懈怠者無方便力不能現世得沙門果爲受五欲而作國王現行法門自言菩薩受他供養稱揚讚歎是大乘法佛不說此名爲行者舍利弗觀是愚人以微因緣而謗毀我我說此人爲眞行者彼以爲非若如來說最勝行者勝解脫者彼乃以爲非是行者非解脫者舍利弗時有白衣爲彼弟子信受其說見諸菩薩比丘比丘尼優婆塞優婆夷讀誦修習如是等經生怨賊心舍利弗觀是愚人何有持戒我經中說若見杌樹似人相者尚不應瞋况有識者而是惡人常懷瞋惱

舍利弗汝且觀彼時世顛倒法非法想非法法想善非善想非善善想於行者中生非行想非行者中而生行想於解脫者生不解脫想非解脫者而生解脫想當知是人不名行者不名脫者既不知法亦不知善不能隨順佛所教法是愚癡人瞋恚所蔽慳貪嫉妬憍慢所覆自讚矜高毀下他人貪欲瞋恚愚癡所害深入諸惡遠離善法舍利弗若我具說此人過者續增罪業不可救療如是癡人應當遠離如避惡牛舍利弗如來但爲慚愧者師非無慚愧者信受者師非無信者順法者師非壞法者精進者師非懈怠者攝念者師非亂念者智慧者師非愚癡者舍利弗是愚癡人非我弟子我非彼師汝觀斯人如是佛乘如來智慧如來久遠所修學處久修學已

通達大慧成無上道即以此法爲菩薩說作如是念若有菩薩隨學是法修習佛慧便能逮得無上菩提拔濟衆生令脫生死不斷佛種如來亦自恭敬此法而是愚人輕毀恥賤形笑不信甚爲不善第一不善當柰之何是故汝等當依法行勿依於人當自依止勿依止他舍利弗是則名爲如來教法云何比丘依止法行不依於人當自依止不依止他舍利弗比丘隨離隨順泥洹修四念處何謂念處於身受心法常念不捨又舍利弗如實見法無所有性於是法中正念不謬是名念處是爲比丘依止法行不依於人常自依止不依止他舍利弗若能如是修習念處悉斷貪著名阿羅漢名漏盡者無煩惱者世福田者名自在者無染汙者名爲智者到彼岸者爲導師者婆羅門者舍利弗阿羅漢者遠離一切惡不善法不樂有爲滅除諸業更不令起舍利弗若阿羅漢起罪福業無有是處所以者何捨三求故轉九結故於一切法心無所著出過欲界色無色界無有渴愛無熱無惱心如虛空名阿羅漢舍利弗名漏盡者於一切法漏盡無餘到畢竟盡無煩惱者阿羅漢心本來常空無垢淨故無染汙者於六塵中若好若醜若毀若譽心無有異斷戲論故世福田者斷諸熱惱能與第一淨法施故名自在者見一切法空無所有於空法中得到彼岸離虛妄論故名自在婆羅門者障諸惡法離一切法無所染故爲導師者等爲人說無生死道所名智者是人能知欲界色界及無色界業緣果報皆從虛妄分別故起於中得

脫故名智者到彼岸者能破衆魔及諸煩惱能到一切諸法彼岸已出淤泥安住陸地是故名爲到彼岸者舍利弗如來能隨漏盡阿羅漢所有功德說無增減諸阿羅漢爲大福田無有穢惡亦無栽蘖及諸瓦礫舍利弗漏盡阿羅漢若人謗毀而不生念是人罵我若人稱讚亦不生念是人譽我心無分別念無所疑善攝六根住必定地依止於法不依於人能自依止不依止他是故舍利弗如是行者終不違逆諸佛菩提亦終不起非行者業如是不爲修梵行者之所訶責亦深守護諸佛菩提令得久住舍利弗阿羅漢者於諸法中心無所疑所作已辦住正道中時舍利弗白佛言世尊阿羅漢者終不違逆不信佛法所以者何若違逆者凡夫所爲非羅漢業佛言如是舍利弗違逆法者凡夫所爲非智者業如來但爲當來世有耆年比丘多知多識心得暫住獨處遠離不見女色便自謂言我是羅漢心生貢高爾時人衆多有信者謂是羅漢恭敬供養是愚癡人亦貪名利受是供養自謂我有阿羅漢法不起結使是人不知無分別法喜生分別以結小息便謂得道若入聚落執持威儀若在獨處便自縱逸在衆亦異是人樂畜多弟子衆多知多識國王大臣大得供養名聞流布多人愛敬煩惱充滿而便自謂無有結使聞如是等甚深經典空相應法我好弟子愛重聽受求解義趣以恭敬心修行是法而是癡人不肯信受破壞違逆便作是言此非佛語非大師教非法非善是人於法生非法想於非法中而生法想不

善法中而生善想於善法中生不善想舍利弗是諸癡人隨所得法便自稱讃所不得法毀呰輕賤自大貢高毀下他人如是愚人但有持戒攝念一處調伏惡心博聞讀誦多畜弟子人所宗奉稱讃供養心生憍慢我慢上慢隨聞如是諸甚深經起重罪業是愚癡人而不自知我有是罪轉增憍慢愚癡之心違逆是經起重罪已墮大地獄

佛説華手經卷第八

音釋

翦（即淺切割截也）呰（將此切譏毀也）葦（于鬼切蘆也）匃（居太切乞求也）茵褥（茵於眞切與裀同褥如欲切藉也）瘖瘂（瘖於金切瘂烏下切）癃（力中切殘病也）姧詭（姧居顔切僞也詭古委切詐也）縶（音執）呻嗥（呻失人切呻吟也嗥胡刀切呌也）洟唾（洟他計切唾湯卧切）痰癊（痰徒含切癊於禁切）筋（舉欣切骨絡也）裸（郎果切赤體也）杌（五忽切木無枝也）木櫱（魚列切木餘也）斫礫（郎擊切小石也）

佛説華手經卷第九

姚秦三藏法師鳩摩羅什譯

不退行品第三十

佛告舍利弗如來今當斷汝等疑亦令將來讀誦是經説者受者皆得斷疑舍利弗如來名爲一切智者一切見者一切説者無法不見無法不聞無法不覺無法不知通達三世無所罣礙舍利弗如來名爲無等等者於一切法悉得解脱自然自在無有所師如來今欲於大衆中作師子吼罝是愚人行邪道事不須廣説若善男子善女人發阿耨多羅三藐三菩提心於是法中應當一心勤行精進所以者何應作是念諸佛無量阿僧祇劫所集阿耨多羅三藐三菩提法我於是中若生懈怠必當不信違逆不受不能通達舍利弗菩薩若行四法則壞諸佛無上菩提何謂爲四遠離善友屬惡知識隨其所學毀壞大乘是名初法又舍利弗菩薩有所得見深計我心聞甚深經便大驚怖當墜大坑是第二法又舍利弗菩薩雜學外道經書巧於諍論多人所敬是人不能自調伏心亦復不能調伏諸法不調伏故不信大乘是第三法又舍利弗菩薩毀禁不能隨順佛所制戒聞是深空清淨戒法心不通達不能信樂違逆不受是第四法菩薩有是四法不能信受毀壞菩提爾時世尊欲明此義而説偈言

若近惡知識　亦隨其所行　故不樂佛道
壞無上菩提　雜學外經典　善巧諸諍論
其有發言者　即皆能破壞　雖自稱智者
而實是愚癡　以是因緣故　不信無上道

若人貪著我　隨有所得見　聞是甚深法
而生大驚怖　是人不能解　如實空寂義
不通達菩提　故不能信樂　以破戒因緣
能起不善業　不能隨順學　如佛所說戒
惡口而兩舌　好出他人過　如是不善人
無惡而不造　是故當遠離　不信菩提道
隨我所讚法　常當勤修學　若人欲見佛
欲知如是法　當安住持戒　從是生眞智
若人持淨戒　菩提心轉固　以清淨持戒
能滅惡覺觀　故求菩提者　當清淨持戒
是人於佛道　無有所疑難

又舍利弗菩薩有四法能護佛道何謂爲四自行持戒深發善心安住戒品博聞正典不雜邪論聞佛經法能勤讀誦常樂獨處順遠離行舍利弗菩薩成就如是四法能護佛道

爾時世尊欲明此義而說偈言

菩薩住戒品　不以戒自高　更求甚深法
決定微妙義　以第一淨法　求無上菩提
但修佛正法　不習外道論　終不樂讀誦
路伽耶經典　不好譏刺論　但守護佛法
常行寂滅法　樂住空閑處　無有諸色欲
能嬈亂心者　我今所讚歎　是微妙四法
爲成佛道故　汝等當修學　我於世世中
常行如是法　守護佛法已　故能成大智
護持佛法故　不墮賤惡道　常生尊貴處
爲衆所侍衛　能得大財富　而不爲放逸
速以造福業　知財無常故　若施則屬我
不施非己物　我身及財産　命終皆捨去
能得善眷屬　亦得善知識　父母諸親族
能令住佛法　常樂行善法　亦令他信樂

以是得大喜　我修正法故　常生於世間
富貴族姓家　所生不放逸　常樂行善法
於身命財利　不生堅固想　諸佛甚難值
無難處亦難　見佛得無難　能起大利益
心常樂出家　因是生智慧　心生大歡喜
求最勝智慧　常安住法中　能起無上道

又舍利弗菩薩有四法心常歡喜修道自慰能自了知必當作佛名聞十方何謂爲四內外所有盡能惠施安住戒品修諸功德於衆智中爲最尊勝爲深法故不惜身命見有讀誦是深經者能加供養恭敬守護具此四法心常歡喜能自安慰我必作佛名聞十方爾時世尊欲明此義而說偈言

悉捨諸財產　安住淨戒品　智慧中最勝
不疑空寂法　若見有讀誦　受持及演說
如是深經者　供以衆樂具　是故此菩薩
常喜心行道　能自受記莂　當爲世中尊
若過去未來　今現在諸佛　皆爲授記言
汝必當逮覺　若人修學此　諸佛所學法
當知是菩薩　安住無上道　此法佛所讚
諸菩薩所行　是人住其中　故能成佛道
譬如以坏瓶　從高而墜下　中間無障礙
當知必破壞　菩薩亦如是　能修習此道
中間無障礙　必當得作佛　譬如人織作
以經緯相次　於中無妨礙　能速得成就
菩薩亦如是　常修習此法　於中不懈息
乃至得佛道　若人於良田　種殖諸果樹
時時加溉灌　漸令得滋茂　隨時而養護
爲障風寒熱　此樹漸增長　榮鬱妙華實
其蔭甚清涼　令人樂止息　華果給衆生

爲之作利益　菩薩亦如是　始種菩提心
漸修菩薩道　諮問多聞者　以時行施惠
常淨持禁戒　諸餘菩薩法　亦行不懈息
如是次第行　當坐於道場　壞破諸魔衆
得成無上道　隨時轉法輪　世間所不轉
漸度脱衆生　將導無量衆　如是智慧人
發此無上心　世世不退轉　乃至成菩提
是故汝等今　當漸修此法　時至當作佛
隨時轉法輪

又舍利弗菩薩有四法終不退轉無上菩提捨身當爲轉輪聖王得隨意福得大身力如那羅延作轉輪王捨四天下而行出家旣出家已能得自在修四梵行命終當得生梵世上作大梵王何謂爲四舍利弗菩薩若見塔廟毁壞當加修飾乃至一塊若一摶泥是爲初法乃至得作大梵天王又舍利弗菩薩若於四衢道中多人觀處起佛塔廟造立形像爲作念佛功德因緣若轉法輪及出家相若坐道場若壞魔軍若現神通若般泥洹若從天上來下之相是第二法乃至得作大梵天王又舍利弗菩薩若見衆僧壞爲二部諍訟瞋恚互相過惡菩薩爾時勤求方便令其和合是第三法乃得作大梵天王又舍利弗菩薩若見佛法欲壞能讀誦説乃至一偈令法不絶勤行精進爲護法故供養法師專心護法不惜身命是第四法菩薩成就是四法者世世轉身作轉輪王得大身力如那羅延捨四天下而行出家旣出家已能得隨意修四梵行命終當得生梵世上作大梵王爾時世尊欲明此義而説偈言

若見佛塔壞 能勤加修飾 菩薩以是故
當得大身力 於四衢道中 造立佛塔廟
顯示佛功德 令衆心清淨 故獲大功德
名聞廣流布 亦得大眷屬 多人所稱讚
見衆生毀壞 更共相諍訟 方便令悔過
還使得和合 是福因緣故 勇健無能勝
能獲大身力 猶如那羅延 見佛法欲滅
無有信受者 能一心守護 不貪惜身命
見護持法者 如供養恭敬 爲諸天侍衛
諸佛所護念 以守護法故 當爲轉輪王
遊行四天下 以法化諸國 雖治諸國土
而不爲放逸 能惡猒衆欲 捨國行出家
能修習四禪 具諸神通力 淨修四梵行
常樂諸功德 於此命終已 得生梵世上
於諸梵天中 常爲自在王 是四上妙法
諸佛所稱讚 我本爲菩薩 亦親近修習
隨所聽聞法 如說而修行 具足到彼岸
逮得無上道 若人能修學 我本所行法
世世常尊貴 大力難沮壞 當得人中尊
忉利諸天王 亦於欲界中 得作自在王
又至色界中 而作自在王 一切處尊貴
誰不行是道 清淨持禁戒 能深有慚愧
所願皆成就 住諸功德本 勤修行精進
具忍辱禪定 得無上智慧 明了一切法
百千萬億種 無量方便事 皆悉能成辦
通達其義趣 能於一句中 演散無量義
善巧衆技術 常於中最勝 常得大智慧
辯才無有量 專心行菩提 捨離餘智慧
常行質直心 善修正見故 能得值諸佛
捨離一切難 是乘爲最大 諸佛之所讚

於是微妙乘　不限諸過咎　不限諸盲者
亦不限聾者　及癃殘百疾　瘖瘂諸醜陋
亦不限貧窮　及失功德者　不限造惡業
惡趣因緣者　誰聞讚是乘　無一切諸惡
而當不修學　唯除樂惡者　是故求智者
當求是佛慧　修學此智慧　到諸法彼岸
我世世所生　常處尊貴家　端正力勇猛
具足諸眷屬　我初不懈怠　勤修行精進
清淨持禁戒　常一心智慧　隨我過去世
所修行善法　今皆受果報　汝等且具觀
過百千萬億　無數那由他　於爾所世界
我智悉通了　亦悉知是中　一切衆生心
又知其所行　及深心所樂　我知其所應
化以菩提心　亦知調伏心　又能令熾然
我以佛眼見　是世界衆生　知所應教化
拔濟生死中　隨時往說法　教化示導之
現諸神通力　皆令得歡喜　衆生若貪著
身色及財富　爲現諸過失　因是得泥洹
若人有染縛　依止諸邪見　亦爲示有見
令知其過咎　隨衆所尊貴　種種諸形色
我即爲化現　示令知正道　是人得法已
歡喜加恭敬　即念言是佛　愍我故教化
即時歸命我　又歸命聖法　然後漸令得
拔諸苦惱箭　爲是人說法　令得寂滅道
是人聞我法　漸漸至泥洹　如我知現在
諸法悉無礙　於過去未來　其智亦如是
佛身甚高大　不可得限量　大神通力者
尚無能見頂　佛力無有量　亦無有邊際
以是無量力　彌覆恒沙界　何等是如來
眞實形色相　一切衆生類　無能限量者

若有衆生來　欲見佛形色　即見種種身
不能取定相　見佛變化身　心得大歡喜
種種稱讚我　是則爲錯謬　一切衆生類
無能見佛身　乃至以天眼　亦所不能覩
汝等今所見　是佛神通力　眞佛身相者
不可得思議　佛於一毛孔　所現神通力
所利益衆生　尚不可思議　於一毛孔中
出無數億光　能過恒沙等　無量諸世界
汝等今謂我　眞坐於此衆　十方世界中
亦各自謂爾　我以一切智　說佛智慧力
猶尚不能盡　何況諸聲聞　諸佛難思議
法亦難思議　若能信此者　果報難思議

爾時會中有七歲童子名曰選擇從坐而起合掌向佛而說偈言

世尊我發心　願當如法王　聞不思議法
而發大莊嚴　請一切衆生　設大法施會
作是師子吼　如所說能成　世尊我從今
永不貪家屬　今於佛法中　出家修正道
出家行精進　及禪定智慧　故逮是正覺
我今亦修學　我深生欲樂　願速聽出家
剃頭被法服　當修行上法　當以知見力
揀擇是世間　我當爲世尊　唯願聽出家
我無衆生想　無有衆生故　通達是法已
當爲衆生說　破魔軍衆已　恐怖諸外道
壞裂邪見網　爲衆作大利　我行安隱道
能至於泥洹　是道無生相　故不可思議
除斷諸癡冥　法明照世間　當說如實法
隨諸法性相　得大神通力　現諸希有事
衆生若見者　漸斷一切疑

爾時世尊告選擇言善哉童子汝於我法欲

出家耶唯然世尊即時如來而說偈言

雖不服染衣　心無所染著　則於佛法中
名真實出家　雖不除飾好　能斷諸結縛
心無縛無解　是名真出家　雖不受禁戒
心常離諸惡　開定慧功德　是名真出家
雖不受持法　能壞諸法故　離一切諸相
是名真出家　若不分別我　亦不得衆生
而心不退沒　是真發菩提　若發菩提心
不得是心相　無得而不動　是人不可壞

爾時舍利弗作如是念今此童子發意已來其已久如佛乃爲說是甚深法時舍利弗以偈問佛

是選擇童子　所行爲多少　聞是甚深法
而心不驚畏　是人於先世　曾見幾所佛
聞此甚深法　即便能信受　曾從幾如來
聞如是深法　今聞世尊說　而心不退沒

即時世尊以偈答曰

是選擇童子　曾於此世界　從無量諸佛
聞是甚深法　我知此童子　鴦伽摩伽國
所問諸佛事　修行菩提道　能明了通達
陰界亦諸入　及三解脫門　是處非處等
迦尸憍薩羅　此中所問法　我皆悉知見
亦如上二國　是選擇童子　到智慧彼岸
善法極增長　故得如是智　筭數諸技藝
及世間文頌　如是等諸智　悉皆可忘失
一切世間智　無不可廢忘　出世間智慧
所謂諸法空　若人能通達　一切法空相
經歷無量劫　終不失此智　是名大智慧
能滅諸煩惱　樂此空智者　於法無惱患

時舍利弗問童子言汝於佛法欲出家耶童

子對曰不欲出家我今即爲已出家也時舍利弗以偈問曰

我今不見汝　身被染法服　亦不剃鬚髮
云何言出家　汝亦無應器　和尚阿闍梨
又不受禁戒　云何名出家　於何處受戒
誰爲白羯磨　此是佛法中　次第出家法
汝無此衆事　云何名出家　如是等諸問
當見如實答

時選擇童子以偈答曰

若不著袈裟　不著非袈裟　不捨不受法
名著眞袈裟　我受智袈裟　不生諸憂惱
是衣淨無垢　我常著此服　斷除諸結使
則爲剃鬚髮　慧刀所斷故　後更不復生
我器不思議　能受一切法　不盈亦不減
常持衆善法　我自行善法　終不從他受
自成一切智　是受具足戒　佛爲我羯磨
觀法平等故　常修行佛道　隨逐於諸佛
是名我出家　亦是我戒法　是則我衣鉢
亦是白羯磨　我所行無量　於尊法造業
從一佛國土　復至一佛國　安處於道場
行不思議施　我終不獨飯　當共無量衆

爾時世尊諦視童子即時童子鬚髮自墮袈裟著身如新除髮七日之後得五神通即於其處忽然不現時此世界地大震動衆生怖畏天鼓自鳴百千妓樂同時俱作有大光明普照天地時佛微笑種種妙色無量焰光從口而出三遶世界還從頂入爾時阿難偏袒右肩合掌向佛以偈問曰

衆中最勝調御師　行上功德巍巍尊
智慧通達無障礙　今問普智無上覺

世尊何因故微笑　佛不妄笑必有因
誰應從佛得授記　唯願世尊斷我疑
世尊口出大光明　其明普照諸世界
周帀遶此世界已　還從頂上入不現
當爲何人作利益　誰於佛慧得授記
故使世尊現微笑　大光普照佛世界
令是世界悉莊嚴　一切衆生皆悅樂
而心安靜不放逸　現如是等神通力

佛告阿難汝今見是選擇童子身被法服即於此處忽然不現耶阿難對曰唯然已見阿難當知今是童子於此滅已即便現於阿閦佛國妙喜世界盡彼壽命淨修梵行即於是身續增其壽如此天帝釋提桓因即於現身更增壽命選擇童子即以此身從一佛土至一佛土亦於諸國續增壽命如是展轉經歷無量阿僧祇劫未曾離佛於諸佛所皆以現身續增其壽過是無量阿僧祇劫然後當得無上菩提成佛號名大智選擇其佛世界名常照明阿難彼土衆生終不受胎皆悉化生於蓮華上結跏趺坐彼佛國土具如是等種種衆妙功德莊嚴阿難菩薩有四法轉身當作善來比丘終不受胎蓮華化生即於現身續增壽命何謂爲四自樂出家亦勸他人令行出家亦爲佐助出家因緣既出家已爲之說法示教利喜是名初法復次阿難菩薩自能勤行精進求諸佛法亦化他人精進求法是第二法復次阿難菩薩自行柔和忍辱亦化他人令住忍中是第三法復次阿難菩薩自能習行方便深發大願亦化他人令行方便及發大願是第四法阿難菩薩成就是四

法者轉身當作善來比丘終不受胎蓮華化生卽於現身續增壽命復次阿難菩薩摩訶薩成就四法終不退失無上菩提何謂爲四菩薩摩訶薩堅固深發無上道心常樂見佛聽法無猒常行實語不樂欺誑阿難菩薩成就是四法者於無上道終不退轉卽時世尊欲明此義而說偈言

堅固深發心　常樂見諸佛　聽法無猒足
常住實語中　見苦惱衆生　深生憐愍心
知衆生心已　隨應而說法　是人當聽法
其心無猒倦　常發勤精進　增長智慧故
常爲誠信者　安住實語中　其有所言說
終無有錯謬　若於是四法　隨時而修學
當得無上道　轉無上法輪　我說是法中
得無量果報　誰聞如是法　而不修學者

復次阿難菩薩摩訶薩成就四法終不忘失無上道念諸天神等皆來勸助常不遠離賢聖福田若無賢聖便於衆會自爲福田何謂爲四菩薩摩訶薩勤行精進教化衆生令發無上菩提之心勤行精進供養如來爲求法故以恭敬心供養法師若見衆生怖畏苦惱施以無畏阿難菩薩成就是四法者世世不失無上道念爾時世尊欲明此義而說偈言

供養諸佛　恭敬佛法　亦以敬心　供養法師
見諸苦惱　怖畏衆生　卽施無畏　救諸苦惱
以是善根　常得見佛　若得見佛　當起精進
若不見佛　及佛弟子　辟支佛等　諸聖福田
能自出家　修寂滅智　入深禪定　起五神通
得神通已　遊諸世界　入諸聚落　令衆住法
衆生聞法　遠離不善　不起惡業　轉相敬順

衆生從是　皆得安隱　彼以法尊　我亦如是
人自行法　得是功德　自利利他　誰不行善
故求佛道　當行是法　終不失佛　不思議智
我本修是法　度功德彼岸　通達是法已
逮得無上道　我實是世雄　亦世間最勝
又能與世間　無上妙智慧

阿難以是因緣當知菩薩能行是法利益衆生則能修習具足佛法阿難乃往過去無量無邊阿僧祇劫即於此閻浮提處有大國王名曰方音王大夫人生一太子時諸天神同聲唱言行善法人今出世間今出世間王聞是聲即時驚怪何名爲法何名非法阿難是王太子漸漸長大至年七歲詣父王所稽首禮足於一面立問父王言云何爲法云何非法時方音王以偈答曰

布施持戒斷愛欲　忍辱堅住諸功德
離殺盜婬諸不善　是名賢聖所讚法

爾時太子以偈問曰

如父所說法　若在家治國　可得遍行耶
願具答此事　可行不可行　唯願如實答
實語度惡道　不畏墮地獄　妄語墜惡趣
當受無間苦　是故勿妄語　如實爲我說

時方音王即以偈答

若在家治國　不能具諸善　刀杖楚害人
是中何有法　若人不從命　我瞋發惡口
强奪他財物　繫閉加楚毒　我若出遊觀
民衆悉怖畏　皆念王今出　我等遭何罪
若我處正座　有司將罪人　羅列在我前
言王隨意治　我審其罪咎　即便加楚害
徒爲他事故　自起衆罪業　若縱則相妨

國界則亂壞　故我苦切治　民衆則怖畏
言王大威嚴　甚惡無慈愍　誰當住此國
敢不隨教命　時太子法行　從王聞此偈
生猒心白王　我欲具行法　我不貪國位
爲他起罪業　當捨離父母　出家具修法
王若不見聽　我今當自害　飲毒自墜高
或以刀自殺　王聞子誓已　即大憂惱言
汝隨意自娛　我富治國事　當恣汝財産
遊戲諸林觀　何用是出家　爲人所形笑
盛年受五欲　老至當出家　命促難保信
勉勿生猒心　答言受世樂　無猒增瞋惱
出家離衆穢　常修行慈惠　獨在空閑野
於是起淨樂　當依止此處　持戒修梵行
王可共出家　國民衆何益　爲他造惡業
自受地獄苦　呑食熱鐵丸　及飲沸銷銅

邪行起罪業　宛轉地獄中　鐵釘釘其體
熱鐵鍱纏身　又以熱鐵犁　耕裂壞其體
獄卒甚可畏　青眼而黄頭　持人倒爨鑊
鐵叉廻轉身　經歷千萬歲　備受衆苦惱
罪業深重故　求死不能得　若從鑊湯出
復入大火坑　其身猛燄起　如焚乾竹林
若得出火坑　即復墮火山　從火山下已
復入沸屎坑　是中沸燄起　鐵嘴蟲唼身
無量億千歲　涌没於其中　或於此得脫
復入竹刺林　猛火大燄起　熱竹燒爍身
入此林中時　四面大風起　鼓動此竹林
刺割其身體　或從此得出　即復入刀林
枝葉如劒戟　刀槊及戈鉾　即入此林時
四面起暴風　飄雨諸鋒刃　段段割截身
如是兩刀劒　割截身體時　無量億千歲

苦毒不可忍 或於此得出 即入鹹河中
皮肉悉爛盡 唯有骸骨連 經歷無量歲
具受衆苦惱 或從此得出 復入銷銅河
融銅沉溢滿 擊浪震大音 迴旋百千帀
波湧而揚濤 經流地獄塹 罪人悉入中
即墮此中時 波浪所顛覆 不能得涯底
漂没於中流 或從此得出 羅刹在岸邊
黄眼而長齒 還捉收縛之 捉已而問言
汝欲何所求 答言我飢乏 唯須食爲先
即時惡羅刹 置熱鐵地上 令吞熱鐵丸
燒爛其五臟 內外俱燋然 遥見大鹹河
謂是清冷泉 奔走自投身 若於此得脱
還入沸屎池 刀山火坑等 輪轉此衆苦
王富貴無常 不久當敗壞 身命及尊貴
佛說皆無常 故當受我言 捨國共出家
命終當生天 亦得離衆苦 出家處空閑
修淨戒禪定 常樂行慈悲 及修空寂滅
爾時自當知 無有與等者 得寂滅安樂
猶如大梵王 太子如是說 時王及夫人
并餘一切衆 無能障礙者 王子出家已
求法行禪定 具足五神通 爲衆演說法
修行寂滅心 樂說空無我 諸法無縛解
常說如是法 諸人今皆當 一心正觀法
是陰界入中 何有我我所 百千億衆生
聞法已出家 父王及夫人 亦於法出家
是人出家已 發如是願言 王子所求法
願我皆得之 隨學是菩薩 皆發無上心
隨其所說行 成佛入泥洹 阿難彼王子
求法化父母 令住佛法者 汝謂異人乎
阿難汝勿疑 即今我身是 爲衆作大利

令住佛道中　我從發意來　常一心求法
精進力堅固　終無有懈息　我常修是法
無有懈倦心　終不生狐疑　當得佛道不
常志樂菩提　修習上精進　求法以樂心
故得最勝慧　若人求菩提　當如我修學
終不退失利　成佛轉法輪

爲法品第三十一

佛告阿難菩薩有四法聞所說法通達意趣能得智慧得堪受法得堅固念具足威儀何謂爲四發勤精進求如是等甚深經法得是法已如所說住自住於法亦能勸導令多衆生入是法中入法中已能爲解說示教利喜爾時世尊欲明此義而說偈言

菩薩求深法　能得無上樂　未得如是法
終不中懈息　聞是甚深法　於獨處思惟
如其所聞法　常一心修學　能教化他人
令如己所住　非但以言說　身行引導之

復次阿難菩薩摩訶薩爲斯法故常隨法師作是念言我所不聞不知之法或當乖互失是法利爾時世尊即說偈言

若有多聞人　常隨逐親近　視之如法王
爲修習法故　我所未聞法　不知其義趣
因緣或乖錯　則失是法利　生堅固精進
捨離一切欲　當求決定法　以增眞智慧
親近有智人　多聞及利根　爲衆所尊故
能持此經者

復次阿難菩薩摩訶薩如所聞法廣爲人說而不爲法之所傷害阿難云何爲法之所傷害若有比丘貪著名稱衣服飲食卧具湯藥種種利養爲他講說隨順頭陀甚深淨戒空

相應法又自不能如説修行是名比丘爲法所害爾時世尊欲明此義而説偈言

菩薩聞是法　爲大衆廣説　當如佛所行
勿爲法所害　勿爲資生故　亦勿爲稱讚
恒以慈悲心　而説無上法　於苦惱衆生
而起大慈悲　當一心説法　爲利衆生故
若人以利養　爲大衆説法　依止世利故
則爲法所害　當隨從智者　如其所説學
不爲法所害　是名守護法　十方諸世尊
皆稱讚是人　善哉能説法　亦住此法中

復次阿難菩薩摩訶薩若求法時不取法師惡視顰蹙輕賤傲慢如是等過但如所應一心求法阿難菩薩云何如應求法若諸師長如法教授安住其中爲具足法懃行精進以諸衣服飲食卧具湯藥所須而供養之是名菩薩如應求法爾時世尊而説偈言

菩薩求法時　不取法師過　隨爲他人説
亦自住其中　菩薩求法時　如所説應住
如法而求法　安住是法中　是故求法者
應如所説住　是名爲初法　謂能如説行
故能證寂滅　如我之所説　我本學是法
能得無上道　常應勤求法　於法生敬心
所從聞法者　應生世尊想　應作如是念
此則我大師　是人開導我　令住正道中
是則我世尊　心常加恭敬　因是大師故
捨離世間樂　阿難汝當知　乃往過去世
過無量無邊　不可思議劫　有佛現於世
號須彌山王　是佛滅度後　弟子違頭羅
利根大智慧　爲衆講説法　決了甚深義
通達陰界入　能到戒彼岸　分別阿毗曇

善修三學法　堅持佛法藏　須彌山王佛
加其神通力　求諸佛智慧　通達甚深義
是比丘功德　說之不可盡　時華大城中
有豪貴長者　富有諸財産　福德故高明
其名爲樂善　多人所宗敬　持戒有威德
名聞廣流布　是長者一時　到違頭羅所
即以多聞智　隨宜爲說法　長者聞法已
喜心發是言　我所有財産　盡以相供養
時彼比丘言　善哉能大施　聞法得信解
是佛法根本　以所有財物　奉上法師已
於二十歲中　常隨爲給侍　是樂善長者
隨從法師時　得聞種種法　心終無猒足
又發如是心　欲種種供養　如是供養時
心終不懈倦　一來問訊時　持二十億金
以奉上法師　即皆爲受用　常如是數數
隨時而供養　以是供養故　心得大歡喜
違頭羅法師　所將諸弟子　亦復皆供養
各以千兩金　既奉爾所金　又各獻三衣
一一衣價直　二十億兩金　又爲違頭羅
及諸比丘等　各各起房舍　高廣甚嚴好
造一一諸坊　各二十億金　牀榻被褥等
皆具足莊嚴　法師常隨時　於此中說法
爲衆作大利　乃至終其壽　是樂善長者
加供養其屍　積衆香闍維　起塔百由旬
十層七寶塔　以盛師舍利　安置大塔中
常華香供養　此樂善長者　如是設供養
終值無量佛　永不墮惡道　是福因緣故
八十億劫中　常爲大梵王　亦恒見諸佛
又八十億劫　爲忉利天王　常得見諸佛
以種種供養　又於爾所劫　爲轉輪聖王

常得見諸佛　亦皆深供養　從是已次第
復得值無量　無數阿僧祇　那由他諸佛
既值無量佛　亦無量供養　能問諸佛道
佛亦隨義答　阿難汝謂彼　於華大城中
大名聞長者　爲是異人乎　汝勿懷此疑
即今我身是　我爾時奉事　違頭羅法師
爲具佛法故　作如是供養　是善根因緣
令得無上道　我供養法師　所造功德本
能獲大果報　至今猶不盡　我從是因緣
世世轉高貴　得見無量佛　亦聞諸佛法
彼諸佛所答　亦如我今說　是名真佛道
汝等當修學

阿難白佛言甚奇希有如來乃從久遠已來深積德本於過去世常得尊貴世尊是違頭羅比丘今爲現在爲入泥洹佛告阿難是比丘今未入泥洹於我法中行菩薩道阿難復言希有世尊樂善長者供事法師因是德本逮無上覺而是法師今猶甫爾行菩薩道佛告阿難是違頭羅不能如我發菩提心但以樂道而求菩提捨是苦行阿難我於長夜常以苦道求阿耨多羅三藐三菩提我本修行菩薩道時作如是願若有衆生多隨惡業墮三惡道備受衆苦我於爾時當成正覺度脫此等苦惱衆生阿難是違頭羅所修行願說不可盡筭數譬喻亦不能明以大布施深發無上菩提之心以此善根作如是願若我修行菩薩道時其有衆生未入法位及求聲聞辟支佛者此諸衆生得見我身若聞我名皆得必定無上菩提阿難白佛言世尊是違頭羅法師受彼樂善上供養者今或在此大

衆會中佛告阿難違頭羅比丘在此衆中今於我前立者是也

歎會品第三十二

阿難白佛言希有世尊今此大衆清淨人會

佛言如是阿難如汝所言此衆皆是清淨人會謂諸菩薩摩訶薩衆阿難此會大衆爲師子會無所畏會爲大龍會爲殊特會無比之會阿難白佛言世尊以何故名爲大人會師子等會阿難於一切法破大無明利益無量無數衆生發大願故名大人會是諸菩薩發大莊嚴能攝一切諸佛法故名師子會又復阿難如師子王處深谷中隨所住處諸小蟲獸不能得近以不堪受其氣響故若有近者聞其氣響即皆僻地阿難是菩薩會諸大人會大師子會殊特之會及無比會亦復如是隨所在處魔若魔天魔所使人不能得近或來近者即得苦惱怖畏心悔還沒不現不堪菩薩大威德故阿難如師子王三發聲吼其聲遍聞一由旬内上下亦各徹一由旬阿難是師子吼諸小師子尚皆怖畏況餘鳥獸白香象王聞其吼聲亦皆怖畏不能自制失聲大呼阿難是菩薩會大師子會無所畏會諸新學者假名菩薩如小師子聞大吼聲即時潛伏阿難是大衆中諸惡菩薩貪著利養求廣名稱聞大菩薩説甚深法皆大驚怖墜深坑谷所以者何是大菩薩説空無相無願之聲諸小菩薩貪著吾我陰界諸入貪著持戒禪定智慧著諸道果亦著泥洹及諸佛故不能堪受阿難於佛法中何謂爲空無相無願我雖説空而於其中無法是空亦無所屬無

以爲空亦無處所阿難我雖說無相此中無法可名無相亦無所屬亦無有法以爲無相亦無處所阿難我雖說無願是中無法可名無願亦無所屬亦無有法以爲無願亦無處所阿難如來雖說是可斷法而於此中無可斷法亦無斷者無用斷法無所斷處阿難如來雖說是可證法而於此中無所證法亦無證者無用證法無所證處阿難如來雖說是可修法而於是中無所修法亦無修者無用修法亦無修處阿難如來雖說是散壞法而於是中無法可壞亦無壞者無用壞法亦無壞處阿難如來雖說是有爲法而無有法是有爲也亦無所屬亦無所用是有爲法阿難如來雖說是無爲法而於其中無無爲法亦無所屬亦無所用是無爲法阿難如來雖說

垢法而於是中無法是垢亦無所屬亦無所用是垢法也阿難如來雖說淨法而於是中無法是淨亦無所屬亦無所用是清淨法阿難是則名爲一切法印不可壞印不可變異於是印中亦無印相阿難若諸菩薩能得此印是名眞實人中師子能獨步者無驚怖者以師子吼怖諸外道皆令潛伏壞諸魔衆諸貪著者所不能及怖增上慢動我見者不信魔使悅諸佛子能爲十方一切衆生開佛法藏能建法幢擊大法鼓吹大法螺令諸佛子得飲法味分別法施能演說法充足善人阿難如師子王從所住出三發聲吼善師子子聞是音聲歡喜奮迅無所怖畏顧視四方阿難是大智慧師子之會無怖畏會大智士會有眞菩薩摩訶薩等深發無上菩提心者善

根成熟若聞如是諸法實相師子吼聲不驚不怖更增歡喜阿難如師子王隨所住處獨步無畏如是大師子會無怖畏會有於佛法發大莊嚴發無等侶無二莊嚴作如是念我當獨得成無上道當無等侶證諸佛法阿難如師子王有師子牝若懷妊時一受無二阿難是師子會無怖畏會大菩薩會所有菩薩發大乘心更不復受二乘之念阿難如師子王欲害諸獸若大若小等加一力阿難是師子會無怖畏會大菩薩會所有説法皆以一心普令等解是故阿難今此大會名師子會

佛説華手經卷第九

音釋

譏居依切誚也　莂必列切記莂也　坏鋪枚切未燒陶器也　漑古代切灌注也　鍱與涉切　爨七亂切炊爨也　雋即委切喙也　唼子合切齧也　爍式灼切灼也　槊所角切與矟同　牝毗忍切母畜也　妊汝鴆切孕也

佛說華手經卷第十

姚秦三藏法師鳩摩羅什譯

上堅德品第三十三

爾時會中有一比丘名曰堅意即從座起偏袒右肩恭敬合掌白佛言世尊我欲供養是經法故亦欲供養三世諸佛及諸菩薩學是法者亦欲勸助令增善根以是事故今以所珍奉上世尊即以上衣散如來上又執中衣而白佛言今以此衣奉獻世尊願於來世在在所從聞此法者隨佛意故亦奉是衣即時堅意往詣星得比丘所言汝善知識請從我故共以此衣奉上如來即與星得共持是衣爲增善根欲以上佛即時如來現大神通爾時阿難及諸四衆皆於衣中得見如來種種神變阿難白佛言希有世尊如來雖知故問阿難汝見何事名爲希有爾時阿難欲明此事以偈白佛

我等於此衣　見無量菩薩　勇猛發菩提
讚佛已飛去　又見諸菩薩　皆從此衣中
取無量百千　阿僧祇種衣　取是等衣已
即奉十方佛　我見此彼處　無量神通力
奉上佛衣者　佛皆與授記　是人漸行道
皆當得作佛　隨其所住處　皆能淨佛土
衆生各各謂　於此處成佛　又見無量億
種種諸妓樂　從是出法音　空中聞佛聲
我見三千界　諸佛皆充滿　世尊我今念
自謂非聲聞　神通力希有　曜惑我心目
我今以聖智　觀三界皆空　我於此空智
及盡無生智　如是衆智中　常不失正念
但以業報根　於中有錯謬　四衆咸歡喜

飛在虛空中　皆悉坐衆寶　千葉蓮華上
又於此衣中　見十方世界　諸佛世導師
及大衆圍遶　又見諸上人　行不思議施
爲求菩提故　常親近諸佛　以如是因緣
能大利衆生　能自身現化　遍十方說法
我衣中所見　其事不可盡　見衣中菩薩
歡喜心恭敬　如梵王自在　通達神通力
多聞大辯才　皆得陀羅尼　轉佛智慧輪
如是遍十方　又見菩薩等　所遊諸世界
皆變成衆寶　華香等莊嚴　見佛坐道場
轉無上法輪　如是佛神力　皆於衣中現
能於諸世界　變化若干形　說法爲利益
皆令住菩提　令所見希有　是事難可信
佛神力無量　能示於衆生　佛爲良福田
受施中第一　施者得大果　能斷一切苦
若我千萬劫　稱揚不能盡　爲誰故示現
如是神通事　誰當淨佛土　修是菩薩道
誰得是神通　願佛斷我疑　七寶諸蓮華
其大如車輪　衆菩薩坐上　遊空到十方
覲佛已還此　即遠無上覺　國土廣嚴淨
現不思議力　我於此世界　見有一菩薩
精進行菩提　手執衣而立　願佛說是事
云何而修學
此必昔曾無量施　亦行無量隨喜心
願與一切衆生共　是故今見皆得樂
世尊爲我說是事　斷一切衆心所疑
是何比丘造此願　爲是星得爲堅意

佛告阿難且待須臾堅意菩薩欲有所問後當答此時堅意菩薩白佛言世尊欲有所問若佛聽許乃敢諮請佛告堅意恣汝所問當

爲汝說令得歡喜時堅意言世尊所言入法門者云何爲法云何爲門云何得入唯願世尊具分別說此名爲法是名爲門如是得入此名入者爾時堅意以偈問曰

云何爲上法　云何是法門　云何入此門
唯願答是義　云何入是門　能得無上道
云何說法時　辯才無窮盡　是法從何來
令爲住何所　云何於諸法　其念不錯謬
云何名入相　云何名已入　云何說法時
諸法現在前　說種種法時　云何心不亂
云何無量劫　辯才不斷絕　是諸菩薩等
爲何所志求　說法無邊際　而無增上慢
是菩薩先世　云何施迴向　世世說法時
辯才不斷絕　本云何持戒　云何淨修戒
云何戒迴向　而心不劣弱　云何修忍辱
云何修習忍　以是故能到　無盡無上際
云何發精進　云何而修習　常能於世世
不離佛菩提　云何起禪定　云何而修習
於定觀何法　能得無盡辯　云何求智慧
親近而修習　是慧在何處　而得不斷辯
住無上善法　說諸法實相　思量佛智慧
甚深寂滅空　讀誦種種經　決定諸義趣
而不欲演說　以離實智故　我問佛是義
斷一切衆疑　於未來世中　當有諸法師
云何當親近　云何諮問法　云何隨法行
云何守護法　以處非處力　爲我說是義
令我斷未來　一切衆生疑

爾時佛告堅意菩薩善哉善哉能問如來是甚深義汝於過去無量佛所久殖德本供養恭敬諮受難問堅意我念汝昔於此世界虛

空分中曾從六萬八千諸佛問如是義諸佛荅汝所問義時無量衆生得大利益是故當知汝於過去諸如來所深種善根堅意乃往過去無量無邊阿僧祇劫有佛出世號出寶光如來應供正遍知明行足善逝世間解無上士調御丈夫天人師佛世尊壽命半劫有七十億阿羅漢衆皆悉漏盡心得自在出寶光佛與諸大衆遊行國邑俱共安居是時閻浮提地甚大廣博縱廣七萬那由他由旬爾時世有刹利灌頂轉輪聖王名上堅德王四天下堅意爾時閻浮提中有八十億城皆悉廣大長四十由旬廣三十由旬安隱豐樂人民熾盛閻浮提中有一大城縱廣正等八十由旬街巷端直行列相當一一街巷各廣五里中有小城名曰安隱上堅德王止住其中堅意是大城傍七萬園林適無所屬衆生普共遊戲娛樂有一大園縱廣正等八十由旬王所遊觀寶樹七重周帀圍遶亦以七寶七重羅網彌覆其上樓閣七重亦以七寶七重墻壁七重寶塹周迴圍遶時出寶光佛與七十億阿羅漢衆恭敬圍遶遊行諸國到安隱城上堅德王聞佛大衆俱遊諸國來到此城心大歡喜往詣佛所頭面禮足於一面坐爾時彼佛觀王深心宿行因緣即便爲說斷衆生疑令衆歡喜菩薩藏經上堅德王聞法歡喜作如是念我今寧可以衆妙具嚴飾此園奉上如來令其受用即於其中起七十億諸僧房舍妙衣覆地有七十億經行之處牀榻卧具亦七十億皆悉辦已往詣佛所頭面禮足而白佛言唯願世尊哀愍我故及諸大衆

受明日請出寶光佛嘿然許之王知受已頂禮佛足右遶已去即於其夜爲佛及僧備諸供具種種餚饍轉輪聖王所食之味晨朝詣佛而白佛言飯具已辦唯願知時時出寶光佛著衣持鉢與七十億大阿羅漢恭敬圍遶往詣園中次第而坐上堅德王見佛及僧衆坐已定手自斟酌種種美味恣其所須皆令飽滿知佛及僧飯食已訖澡手滌鉢奉佛及僧各以一衣如是施已自執金鍾澡如來手而作是言我以此園及諸房舍經行之處牀榻卧具并守園者施佛及僧唯願受用亦以自身供養給事佛告堅意上堅德王供養供給出寶光佛朝夕隨時常來聽法如是供養乃至半劫諮問彼佛諸法因緣果報相續佛隨問答利益無量無數衆生堅意汝謂彼時名上堅德轉輪王者豈異人乎勿造斯觀即汝身是堅意我念汝昔於過去世聞是法故以無上供供養千佛如來於今亦當爲汝說此法門入法相故

法門品第三十四

佛告堅意法名無思無慮無相無作無憶無念清淨無緣無有文字亦無言說不可顯示堅意諸法不會諸根不可以智知不可以無智知非可知非不可知復次堅意法名衆緣所成如來能知如如來知不可言說而如來以不可說法說是諸法所有說道即是法門所以者何以諸行印印一切法令一味故堅意諸法無盡盡際無盡故堅意諸法究竟不增不減入無際故以是義故如來以語言文字分別解說堅意阿字門入一切法以阿字

門分别諸法先入阿字門然後餘字次第相續是故言從阿字邊變出諸字從諸字邊會成諸句以諸句故能成諸義是故如來說阿字門入一切法堅意此是法門何等是法意所謂法者本來無作無說無示無知故知無說故說無示故示如是阿字能作一切語言是名法門若善男子善女人入是門者得無盡慧及無盡辯其無盡者過去無盡無盡中無相無說諸有所知皆爲無知諸有所示皆爲無示有所分别皆無分别故名無盡堅意是名爲門是爲阿門是諸法門何等是法佛所不得又此門者觀一切法入無思慮所以者何一切語言皆非語言一切言說皆無有盡一切言說皆如不離如一切知皆非知堅意是名金剛句也何故名爲金剛句耶若法無作則不可壞不可壞故名金剛句諸法無業若無有業則無有報是故如來說一切法無業無報是名法印如來所可說業果報皆以是印是印不可破壞堅意若善男子善女人欲知業報當入是門堅意一切諸法無來無去是入法門我因是門爲衆生說生死差别堅意若善男子善女人欲入衆生生死智者以是印入是名法印名無文字印無障礙印堅意如來有所言說皆以是印一切有身皆如來身所以者何是諸身性不相違背佛以是印說衆生身相是名身印又以是印顯示演說一切身相所以者何堅意諸法無門不可入故法不可入以不出故諸法無出不可入故是故如來若有所說皆不離是無礙際說以無礙際說一切法亦以是際知諸

衆生隨宜為說堅意無礙際者即無邊際無邊際者即是一切衆生性也是名際門入是際門則能開演千億法藏此法藏者即非藏也堅意如來衆法藏中有所說法皆說是際復有色藏受想行識藏是藏非藏不自在藏是名諸藏以阿字門入爾時堅意白佛言世尊是門甚深佛言堅意我不生念是深是淺世尊佛說法耶堅意不如凡夫所貪著說隨智者所解名為如來說法如如來如實所知無示無說所以者何一切諸法不可說相唯智者能知凡夫若有所知皆著文辭是故佛說文字語言即非語言佛復告堅意一切諸法如日明淨隨所正觀皆入無際堅意一切諸法皆能照明能起一切智慧光故堅意一切諸法無所障礙如虛空故堅意隨著二法是中如來行無礙眼堅意是名法眼佛以是眼見一切法無障礙相堅意是名諸法無障礙門善男子善女人若入是門諸所言說皆有利益皆無障礙皆示義趣皆說深義無所貪著復次堅意諸法無垢不染不離堅意法無所屬以不受故堅意一切法無邊本末不可得故堅意諸有所說文字語言當知是中無有文字亦無語言堅意是文字門云何有入但說是法無有障礙是名為入堅意如是入者即名非入入法性故堅意如來所說諸三昧門為何者是堅意有一相三昧有衆相三昧一相三昧者有菩薩聞某世界有某如來現在說法是菩薩取其佛相以現在前若坐道場得無上道若轉法輪若與大衆圍遶說法取如是相以不亂念守攝諸根心不馳

散專念一佛不捨是緣亦念是佛世界之相而是菩薩於如來相及世界相通達無相常如是行常如是觀不離是緣是時佛像即現在前而爲說法菩薩爾時深生恭敬聽受是法隨所信解若深若淺轉加宗敬尊重如來是菩薩住是三昧聞佛說法皆壞敗相聞已受持從三昧起能爲四衆演說是法堅意是名入一相三昧門復次堅意是菩薩住是三昧中還能壞滅是佛相緣亦壞自身以是壞相壞一切法壞一切法故入一相三昧從是三昧起能爲四衆解說是法堅意是名爲入一相三昧門方便復次堅意菩薩緣是佛像而作是念是像從何所來我何所趣即知佛像無所從來我無所至菩薩爾時作如是念一切諸法亦復如是無所從來去無所至是

菩薩如是行如是念不久當得無礙法眼得法眼已便爲諸佛之所知念諸甚深法皆現在前以是深法得無礙辯雖講說法而不見法堅意如如來於過去世無礙智慧亦諸相中智無障礙於過去世亦不作緣亦非不知不隨憶想堅意菩薩亦如是住是三昧雖演說法不見是法是菩薩住是三昧深修習故隨所聞因緣第二佛取相現前若坐道場得無礙道若轉法輪若於大衆圍遶說法是菩薩亦受持是第二佛法亦不捨本佛相亦見是佛而是菩薩俱緣二佛取相現前聽受說法堅意是亦名爲入一相三昧門復次堅意菩薩以善修習一佛相故隨意自在欲見諸佛皆能現前堅意譬如比丘心得自在觀一切入取青色相能得信解一切世界皆一青

相是人所緣唯一青色觀内外法皆一青色於是緣中得自在力故堅意菩薩亦復如是隨其所聞諸佛名字在何國土即取是佛及國土相皆緣現前是菩薩善修習此念佛緣故觀諸世界盡皆作佛常善修習是觀力故復能通達一切諸緣皆爲一緣所謂現在佛緣是名得一相三昧門堅意白佛言世尊以何方便得是三昧佛告堅意於是佛緣繫念不散不離是緣是名三昧門堅意以是一緣通達諸法見一切法皆平等相是名一相三昧菩薩住是三昧又入法門謂一切語皆如來語一切有身皆如來身不離如故復次堅意菩薩聞諸佛名若二若三若四若五若十二十三十四十五十若百若千若萬若過是數一時專念盡現在前及諸世界弟子衆數皆現在前恭敬尊重亦念是佛具足妙身形色相好盡現在前恭敬尊重亦復一一取三十二大人之相及不虚行相師子奮迅相無見頂相象王觀相取大光相以信解觀作無量相亦取諸佛國土之相以信解觀作無量清淨相亦取弟子衆以信解觀作無量相爾時作是思惟如是諸佛從何所來我何所至即知諸佛及以巳身無所從來亦無所至如是觀知如是信解爾時菩薩作如是念是中無決定法名爲如來如是觀時知一切法空無所有一相無相用無相門入一切法如是信解通達一切諸法一相堅意菩薩能緣諸佛繫念一處是名衆相三昧相門堅意若是菩薩入是三昧遍達諸法一相無相是名衆相三昧是菩薩住是三昧所知所見無非如

來又亦不見不知如來所知所見無非是法亦不見法所有知見皆佛弟子亦不見不知佛弟子衆所知所見無非說法亦復不見不知說法所有見知無非是緣亦不見緣所有見知無非是辯亦不見辯諸有所見無非佛土亦不見佛土諸所有見無非世間亦不見世間諸所有見無非衆會亦不見衆會無法不說而無所說無法不現亦無所現無不信解亦無信解無不分別亦無分別無法不壞亦無所壞無法不出亦無所出無法不照亦無所照堅意是名諸菩薩三昧門入是門者當於諸法得無礙智能如是觀名無礙眼於是事中亦不貪著是名法眼堅意菩薩以是三昧能得無量無邊辯才爾時堅意菩薩白佛言世尊幾所菩薩於當來世成是三昧能得無量無邊辯才何等菩薩於當來世成是三昧能得無量無邊辯才堅意菩薩若於後世從比丘所聞是三昧當知是比丘成是三昧能得無量無邊辯才堅意如汝所問幾所菩薩成是三昧得無邊辯才若人常修是三昧者則能成就得是三昧亦得無量無邊辯才堅意是門能開八百法藏於今現在阿閦佛土諸菩薩等常用是門堅意於是一門攝一切法門諸三昧門是名重句門是故堅意若人如法欲入法門是三昧門重句門者應當親近諸善知識問云何行云何觀察云何修習當隨其教如說修行堅意若有四法當知是爲善知識也何等爲四一能令人入善法中二能障礙諸不善法三能令人住於正法四者常能隨順教化有是四法當知是爲

善知識也爾時世尊欲明此義而説偈言

當近善知識　能障惡法者　能説佛所讚
是人應親近　隨佛道教化　能生人善法
如所聞安住　能增益智慧　可近法當近
應遠法當離　遠離惡法已　當修佛所讚
若欲得辯才　欲演自智慧　當疾修是定
常隨善知識　隨所教修行　於法無秘悋
自所得善法　亦應爲他説　深心行是法
捨離諸諂曲　常近善知識　修行如是法
故近善知識　遠離惡知識　從是得多聞
疾得是三昧

復次堅意若有四法當知是爲善知識相何等爲四善知教化善知修道知教化過知修道過堅意有是四法當知是爲善知識也爾時世尊而説偈言

知教化修道　亦知是過失　既知是法已
令住無礙法

堅意復有四法當知是爲善知識相何謂爲四知地知説知人知行云何知地隨人知地云何知人隨其所行能知是人住多欲地是人住多恚地是人住多癡地是人住決定貪欲地是人住決定瞋恚地是人住決定愚癡地是人住決定貪欲瞋恚地是人住決定貪欲愚癡地是人住決定瞋恚愚癡地是人住決定貪欲瞋恚愚癡地衆生若在三毒等地皆悉能知知已隨所住地如應教化隨諸菩薩種種欲樂皆悉能知堅意若人成就是四法者當知是爲善知識也堅意復有四法當知是爲善知識相何謂爲四能調伏語能令人住甚深法中能隨時教隨時消息爾時世

尊即說偈言

知隨人所行　諸地有差別　知隨他教化
故能速成就　能說法調伏　令住甚深法
隨時而呵責　亦隨時消息　雖有善好言
非時則不受　是故有智者　隨時而縱捨

堅意復有四法當知是爲善知識相則能令人修是三昧何等爲四能令弟子出家遠離又能令人入深法觀能令住定於一切緣而無障礙遠離諸相堅意有是四法當知是爲善知識也佛說偈言

若人讚出家　及遠離住處　令弟子住中
是名善知識　令住第一義　甚深妙法中
令住無相定　是眞善知識

復次堅意菩薩成就四法能修習是三昧何謂爲四捨離自心隨順師意離一切事爲是三昧常勤精進終不懈息亦爲欲得是三昧故樂住閑處離衆憒鬧菩薩成就是四法者能得習是三昧堅意菩薩復有四法能疾得是三昧何謂爲四善取佛相乃至夢中亦見諸佛善取說法相乃至夢中亦得聞法爲衆生說而不疲倦得深法忍壞諸法故行無依定隨離心故堅意菩薩有是四法能疾得是三昧爾時世尊說此偈言

是人不捨　諸世尊相　常緣佛相　不離目前
具足見佛　相三十二　聽佛說法　諦取是相
於深決定　法中得忍　不依禪定　樂隨離心
非滅法故　壞裂諸法　諸法非法　是人所樂
觀諸相時　無所分別　信解諸法　皆是佛身
不著言辭　不隨他語　自知是相　亦爲人說
菩薩若得　如是法忍　是名智者　逮是三昧

近善知識　修佛讚法　教化衆生　住深定法

堅意菩薩若有四法則能修習逮是三昧何謂爲四善知緣相善分別緣善知轉緣善知本行有是四法則能成就通達是定爾時世尊而說偈言

菩薩多聞有智者　應爲他說是三昧
又從諸佛聞善法　亦應爲人而演說
以緣佛身諦取相　修是寂滅妙三昧
又於諸佛世尊身　深取種種差別相
三十二相及身相　形相色相光明相
面貌眉間白毫相　當取如是人尊相
取是諸相在現前　常當觀察差別相
亦緣各各諸身分　不以一法爲佛身
以心分析諸佛身　是以無形本性淨
新新隨緣念念滅　在緣會生各異相
既知心相不暫停　當知是緣亦生滅
是法皆從分別生　若無分別是最樂
善知心性是轉相　亦知諸緣是轉相
知世間空皆如燄　能知是已念不亂
能如是知諸法義　即能變化多佛相
而於佛相無所著　知諸世間皆空故
於諸緣中不取相　當知身心是轉相
如是法中能通達　故能疾得是三昧
於說法時現神力　亦於所說無錯謬
能令衆生起善福　亦能疾得如是法

堅意菩薩有四法能成就是三昧成就已能爲他說何謂爲四爲得是三昧故勤行精進不休不息晝夜經行若欲坐時先念諸佛坐於道場令現在前法施衆生無所悋惜於說法者視如世尊分析自身不依止法以無依

止爲衆説法菩薩能如是行如是念如是緣安處法座廣行法施得是三昧或有菩薩從法座起得是三昧復次堅意菩薩成就四法應修學是三昧何謂爲四若菩薩爲出家人修遠離行捨憒閙故但畜三衣離貪著故於在家衆及出家衆不作諸緣離非時過故得深法忍樂空寂故堅意菩薩成就是四法應修學是三昧堅意在家菩薩成就四法能得是三昧何謂爲四菩薩若在居家受持五戒常日一食依止塔廟廣學多聞通達諸論亦應親近諸善知識善能教化是三昧者堅意在家菩薩有是四法則能修習得是三昧復次堅意若在家出家菩薩成就四法應修習得是三昧何謂爲四具足戒品清淨活命離諸疑悔爲是三昧不貪身命不依止法隨所從聞及能教化是三昧者於是人中生世尊想修習如是念佛三昧時應離慳心堅意若有在家出家菩薩有此四法則應修習得是三昧堅意若人發大乘心欲得是三昧當修四益法何謂爲四應順觀身不生身覺應順觀受不生受覺應順觀心不生心覺應順觀法不生法覺堅意菩薩成就是四法者助是三昧爾時世尊欲明此義而説偈言

菩薩應修習　佛所讚念處　比丘自行處
能得是三昧　常應分析身　亦不應依止
以無依止心　當得是三昧　於受心法中
亦無所依止　是法不思議　當得是三昧
應修習四禪　及修四正勤　不依止是法
當得是三昧　於四如意足　及四無礙智
當修習是法　莫生慳悋心　應安住戒品

親近善知識　說是三昧者　應生世尊想
以多聞爲本　從是起三昧　隨諸佛所說
知教而修學　是名爲上眼　法眼無有上
是中無障礙　以教化衆生　是衆經之本
能生多聞法　菩提從此成　是故當修學
佛所有十力　及四無礙智　皆從是中出
是故當修學　菩薩能得是　佛所說三昧
是人說法時　辯才不可盡　是人於諸法
能通達平等　如海無增減　無能窮竭者
若得是三昧　不隨他人教　若聽受法時
不觀他人說　諸天鬼龍王　夜叉緊陀羅
人非人衆等　觀菩薩所說　皆言云何入
云何而修學　從何得此法　今爲我等說
住是三昧故　知衆生深心　亦知心所樂
隨宜爲說法　今我是經中　有所說諸佛
住是三昧故　悉知其名字　亦能知諸佛
所說種種法　隨心所緣念　即時皆能知
一切諸世尊　所有弟子衆　住是三昧故
皆悉能知見　知諸佛世界　種種莊嚴事
亦知彼壽量　得是三昧故　知諸劫歲數
及日月時節　十方世界中　諸佛兩足尊
皆知是諸佛　亦知是佛土　亦知諸世尊
若干差別名　善修是三昧　故能悉知見
亦知諸世尊　所有弟子衆　爲衆所說法
皆悉能知見　一切佛所行　及諸深妙法
善習三昧故　皆悉能知見　於未來世中
無量諸世尊　名字及種姓　一切悉知見
亦知其壽量　及諸弟子衆　所說諸經法
皆能悉了知　知諸佛世界　及種種莊嚴
諸佛滅度後　法住之久近　住是三昧中

皆悉知此事　故求多聞者　當修是三昧
若修是三昧　通達諸義趣　當知是三昧
入佛智初門　從是生衆刹　亦生佛智慧
亦於中出生　無量諸功德　若有人發心
求無上菩提　盡供過去佛　及諸弟子衆
爲供一一佛　及諸弟子衆　能捨滿三千
大千界珍寶　以爾所財寶　具滿一劫中
皆如是供養　諸佛及聖衆　於未來世中
所有諸世尊　亦皆盡供養　及諸弟子衆
堅意汝當知　是人所得福　求佛無上法
不可思議智　若人求佛道　修習是三昧
從是三昧故　多聞轉高勝　既得多聞已
廣爲衆生説　是福過於彼　不可得思量
是福無有量　能增長智慧　若修是三昧
不須供養佛　若以華塗香　衣食湯藥等
以此供養佛　不名眞供養　如來坐道場
所得微妙法　若人能修學　是眞供養佛
若求佛道者　欲得見諸佛　應勤修是法
疾得是三昧　若聞是三昧　能生歡喜心
當知是衆生　曾見數千佛

復次堅意若善男子善女人求佛道者供養莊嚴如來塔廟則得具足四大淨願何謂爲四能得第一清淨色身能得常生離諸難處亦能堅固受持善法能見諸佛得不壞信漸當逮得無上菩提轉妙法輪是名爲四爾時世尊欲明此義而説偈言

智者能供養　諸佛尊塔廟　能具聖所讚
四種大淨法　常生離難處　能得正直見
常能見諸佛　見已心清淨　得深心堅固
不動如須彌　必定佛智慧　速轉無上輪

囑累品第三十五

復次堅意若善男子善女人發大乘心若佛現在若滅度後衆華瓔珞若上華香以爲供養以是經故當得八具足福身色具足財物具足眷屬具足持戒具足禪定具足智慧具足多聞具足所願具足是名八具足福爾時世尊欲明此義即說偈言

若求佛道者　供養佛塔廟　世世得福報
汝當一心聽　常具足身色　見者心清淨
福德大財富　及得善眷屬　安住於戒品
能深入禪定　得多聞智慧　無量如大海
諸有所願求　皆悉能成就　世間中尊上
第一良福田　以是善根故　得相三十二
相相各明顯　以自莊嚴身　是一一諸相
以衆好莊嚴　一一諸相中　各有八十光
是一一光中　其明甚清徹　於八十種好
亦出諸光明　從善業因緣　亦從願故生
隨諸願差别　故得如是相　足輪相一指
以衆好莊嚴　是功德神力　汝當一心聽
我是足指中　有好名照明　有光名極高
安住於此中　能演出光明　猶如過愛珠
是光如半月　在於須彌山　有相名堅集
有八十億光　諸光各有名　亦各有明色
我從一光邊　出千種色明　圍繞大千界
下方作佛事　我今若普放　善業所得光
世間若小大　一切皆迷悶
從是光現無量佛　遣到十方諸世界
廣化衆生作佛事　有如是等神通力
我有三昧能普照　用是三昧見世間
此三昧名須彌相　是中有光名善法

有三昧名首楞嚴　於一切中爲最勝
因清淨心故能得　通達十方無罣礙
有人見佛現滅度　或有見佛初入胎
有人見生無所畏　其心安靜行七步
或有人見坐道場　謂我方今始成佛
有復見我轉法輪　有見修行菩薩道
汝等觀是三昧力　佛住是中得自在
有人知我壽劫數　或有知我壽半劫
有見我壽一小劫　若二三四若過是
有見我壽一億歲　有見過是若復少
此閻浮提世界人　知我壽命八十歲
有見我壽一日夜　有人知我壽長遠
或有三千大千界　謂我壽天一日夜
我知是人心喜樂　隨其所樂爲說法
隨衆所應爲示現　各各自謂爲我說
見已歡喜生信解　是佛希有神通力
我若示汝所爲事　一切凡夫皆狂惑
如來所行所爲事　汝等設見亦不識
菩薩若知我深行　是人便能轉法輪
諸說法者各所樂　不能盡知我所行
若不能知普智行　是人所說甚微淺
若聞是法心退沒　我以是故無所說
若人能知普智行　是人心終不退沒
知一切法皆平等　是人隨順我所行
堅意當知是等經　於將來世無受者
唯除此會八菩薩　今於我前合掌立
堅意當知如是人　則能知我甚深行
亦爲先佛法之首　常能照然佛法炬
常教衆生菩提心　常爲諸佛所稱讚
如今於我現前立　過去佛所亦如是

如恒沙數諸世尊　是人皆於現前立
時五百人從座起　合掌白言當護法
皆是佛聽護法者　堅意汝亦在是數
復有八十菩薩起　皆爲守護佛法故
世尊我於未來世　受持佛法如說行
常於濁亂惡世中　廣宣流布是法種
世尊尋便爲授記　即飛空中七多羅
八十億人得深喜　各各自聞得授記
爾時佛告阿難曰　汝能於後惡世中
受持如是等經不　答言世尊我不堪
佛知故問迦葉言　汝能於我滅度後
受持如是等經不　答言世尊我不堪
我能把持三千界　及大海水諸山林
諸餘麤重悉能持　不能惡世護持法
今世比丘多懲惡　不隨世尊所教法
何況世尊滅度後　誰能信受是深教
必當語我如是言　汝年老耄無智慧
云何反能教我等　利根聰辯解義者
世尊如是懲惡人　樂世文頌外道論
捨離甚深禪定樂　皆悉樂著世間事
多欲難滿無猒足　貪著美味求利養
我不能救是惡人　見已反增我憂惱
我在空閑獨處時　釋梵諸天來語我
今世尊說如是法　令多衆生得聖道
有某比丘得無漏　某得神通到彼岸
我聞是已心歡喜　而答釋言何足怪
於後惡世釋梵天　來至我所啼哭言
大德當知佛法壞　我聞是已懷憂惱
不能廣說是罪緣　亦復不能持此經
亦不能爲作證明　惡世比丘難與語

時諸天神皆啼哭　爾時佛告迦葉言
我亦先知汝不能　受持守護我法種
我諸聲聞弟子等　無能受持如是經
但諸菩薩承佛力　則能受持如是法
於後惡世或生疑　我今當斷此人惑
是經何故先來無　但是比丘自造作
或見是經多無量　爲讀誦故心驚怖
是經廣博多散亂　誰能讀誦令究竟
若人今見汝問我　亦聞我今爲汝説
是人於後甚惡世　能聞是經得歡喜
佛説如是護法時　無量衆發菩提心
是等衆生皆念言　我於來世聽是法
後當供養諸世尊　一心求覓佛智慧
供養舍利及塔廟　種種嚴飾尊形像

爾時阿難從座而起偏袒右肩右膝著地合掌白佛言世尊當何名此經云何受持佛告阿難此經名爲攝諸善根亦名功德依止亦名安慰諸菩薩心亦名菩薩所問亦名斷一切衆生疑當如是持佛説是經慧命阿難堅意菩薩諸天龍神揵闥婆阿脩羅人非人等一切大衆皆大歡喜信受佛語

佛説華手經卷第十

音釋

憋（普蔑切急性也）　耄（莫報切惛忘也）

法集經

元魏三藏法師菩提留支譯

清刻龍藏佛說法變相圖

法集經卷第一

元魏三藏法師菩提留支譯

如是我聞一時婆伽婆在虛空界法界差別住處普皆嚴潔清淨無垢諸佛如來福智莊嚴如意所化超於三界有爲數行過一切譬喻不可思議諸佛如來果報所生於最勝樓閣妙寶臺上與大比丘衆千二百五十人俱皆是阿羅漢具四無礙得俱解脫與菩薩摩訶薩衆皆悉清淨得常無常三昧境界觀一切智智行處得無中無邊法界彼岸滿足一切菩薩所願具足一切菩薩自在得十無盡無量功德以自莊嚴具足一切菩薩陀羅尼三昧四無礙智與大威德天龍夜叉乾闥婆阿脩羅迦樓羅緊那羅摩睺羅伽釋提桓因梵天四天王其數百千萬及眷屬亦百千萬

爾時婆伽婆所說經名入一切修行次第法門所謂見諸賢聖能生信心得信心者成就欲心得善法欲心者成就不斷心得不斷心者成就義心得義心者成就增上心修行檀波羅蜜者成就大富故修行尸波羅蜜者成就人天果報故修行羼提波羅蜜者成就一切莊嚴故修行毗梨耶波羅蜜者成就一切佛法故修行禪波羅蜜者成就調柔心故修行般若波羅蜜者成就過一切世間智故修行方便波羅蜜者成就一切無障礙故修行願波羅蜜者自然成就一切事故修行力波羅蜜者成就不可破壞故修行智波羅蜜者成就一切世間歸依處故出家者爲成聖道故著染衣者遠離一切世間事故乞食者爲破一切憍慢心故住阿蘭若處者成就無怖畏故處宴坐者成就神通無量等故聞法受持者成就四無礙故修念方便者成就陀羅尼故修意方便者成就差別法智故修堅固行者成就無大衆畏故修樂說方便者成就記說不錯謬故修陰方便者成就般若差別故修界方便者成就微細般若差別故修入方便者成就遠離內外迷心故修諦方便者成就不誑一切衆生故修念處方便者成就隨順一切佛意故修舍摩他方便者成就寂靜心故修毗婆舍那方便者成就調伏心故修不高心者成就一切智智滿足故修不憍慢者成就敬信心故修不誑一切衆生者成就乃至能令一人信故修行堅固般若者成就一切天人行故修如說修行者成就滿足善知識法故修行內思惟者成就自然覺故

修行降伏心者成就法王義故修行不恪身者成就佛身故修行恭敬三寶不壞心者成就是處非處智力故修行善巧所作者成就業報智力故修行不毀他智者成就諸根利鈍智力故修行入微細因緣集智者成就種種性智力故修行三寶中教化衆生者成就信欲智力故修行一切處不壞威儀爲諸衆生平等說法者成就一切至處道智力故修行禪法中教化衆生者成就禪定三昧三摩跋提垢淨起智力故修行正道爲失正道衆生示正道者成就天眼智力故修行與一切衆生正念者成就宿命智力故修行與一切衆生白淨法者成就漏盡智力故修行多聞教化衆生者成就無大衆威德畏故如是世尊說此名入一切修行次第法門時彼大衆中有二菩薩一名無所發二名奮迅慧與諸眷屬於別樓閣寶堂上坐此二菩薩於彼處坐起如是心有諸菩薩摩訶薩廣大法集我等應說作是語已奮迅慧菩薩語無所發菩薩摩訶薩言善男子云何菩薩摩訶薩知諸佛如來應供正遍知生云何菩薩摩訶薩知諸佛如來眞實身云何知諸佛如來爲他因緣故成云何知諸佛如來眞實常住云何菩薩知諸佛如來大般涅槃云何菩薩知諸佛如來行云何菩薩知譬喻相應云何菩薩知幾種佛云何菩薩知諸佛如來唯依言辭說法云何菩薩知空義云何菩薩知空所對法云何菩薩知說空者云何菩薩知法師義云何菩薩知與法師相應譬喻云何諸菩薩知不共住法云何諸菩薩知應化事云何菩薩

知諸善根勝妙果報善男子云何菩薩知諸無漏善根得勝妙果報

爾時無所發菩薩摩訶薩語奮迅慧菩薩言善男子汝善能問此甚深法集善男子此是勝妙廣大法集法門善男子汝今諦聽我當承佛威神如來加力而爲汝說何者是廣大法集法門

善男子菩薩入十種法行能知如來應供正遍知生何者爲十所謂遠離一切所作分別心故而生轉離一切心意意識身故而行寂靜一切生滅故而示現生滅行依過去行起故而行一切果報行得無障礙法界所作集故而集一切作業以十大願爲首滿足百千萬阿僧祇願莊嚴故而爲莊嚴得一切諸佛如來所加故名諸佛加隨教化一切衆生善根所作故而爲一切作業集起大慈大悲故而方便教化衆生隨時住持衆生善根吹心故而得深心隨衆生心行差別故而現種種生善男子是名菩薩摩訶薩入十種法行能知如來應供正遍知生

又善男子菩薩摩訶薩入十種法行能知如來眞實身何者爲十所謂眞實爲體以清淨無垢故法界爲體以無差别故實際爲體以遍至故空無相無願爲體以眞實寂靜故幻化燄響水中月乾闥婆城旋火輪爲體以爲化因緣而有故不生不滅爲體以無物故一切法自性爲體以自性鮮白故過去不來以無間故未來不去以無形故現在不住以過去未來無故善男子是名菩薩摩訶薩入十種法行能知如來應供正遍知眞實身

又善男子菩薩摩訶薩入十種法行知如來爲他因緣故成何者爲十所謂以不放逸行爲種子故而成善法果以智慧方便生故而無過失以尸波羅蜜行爲足故而能善去以菩提心爲命根故而不死滅以舍摩他毗婆舍那爲手故而能善巧作業以信業果報爲眼故而現見智慧成就修行一切諸波羅蜜故而善住無上處依四攝行住故而修行堅固修空慧爲首故而無所分別修行不疲倦不驚不怖不畏故而不捨一切衆生所作事業善男子是名菩薩入十種法行能知諸佛如來應供正遍知爲他因緣故成

善男子菩薩摩訶薩入十種法行知諸佛如來應供正遍知眞實常住何者爲十所謂遠離一切瞋恨過故不取我我所事常爲一切衆生作善法依止故猶如良醫過去善願滿足故所得不退於彼衆生起大慈故善作諸業唯爲他事起心故能利益一切衆生捨自利益故代他受苦遠離分別涅槃心故以世間涅槃爲一味相不疲倦行故一切所作自然成就遠離一切所求事故無骨肉身無障礙相故於一切處示現涅槃善男子是名菩薩入十種法行能知諸佛如來應供正遍知眞實常住

善男子菩薩摩訶薩入十種法行知諸佛如來應供正遍知大般涅槃何等爲十所謂畢竟離一切煩惱障智障故遍知我空法空無我故得具足轉離意生法身故於一切衆生作佛事自然不休息得具足智故得一切諸佛無差別法身故遠離世間涅槃二心故清

淨一切法根本故得修行一切法不生不滅智故得眞如法性實際平等智故得一切法自性涅槃性平等智故善男子是名菩薩摩訶薩入十種法行能知諸佛如來應供正遍知大般涅槃

復次善男子菩薩摩訶薩入十種法行知諸佛如來應供正遍知得大般涅槃何者爲十所謂一切煩惱求爲根本因求而起諸佛無有彼求則離煩惱離煩惱故得大涅槃以不求故名爲如來不取一法不取者不行不住以不取故名得涅槃云何如來不行不住離彼二法法身不滅不滅不生是故如來名得涅槃云何如來不生不滅彼佛如來無能說者不可說故是名如來得大涅槃無我無衆生唯是生滅法離彼依止法是故如來名得涅槃一切煩惱隨煩惱等唯是客塵法性寂靜不來不去是故法性非客非主法性平等是故如來得大涅槃眞如爲實體非眞如法即是虛妄實體即眞如眞如即如來是故如來名得涅槃實際不戲論餘法即戲論諸佛如來究竟實際是故如來名得涅槃不生爲實餘生滅法即是顛倒虛誑妄語佛不妄語離於虛妄眞實爲體是故如來名得涅槃不實法可作實法不可作如來即實法身身即無爲是故如來名得涅槃善男子是名菩薩摩訶薩入十種法行能知諸佛如來應供正遍知大般涅槃

復次善男子菩薩摩訶薩入十種法行知諸佛如來應供正遍知大般涅槃何者爲十所謂布施及布施果報無我無我所如來善知

布施及布施果報遠離分別心無有顛倒是故如來名得涅槃持戒及持戒果報無我無我所如來善知持戒及持戒果報遠離分別心無有顛倒是故如來名得涅槃忍辱及忍辱果報無我無我所如來善知忍辱及忍辱果報遠離分別心無有顛倒是故如來名得涅槃精進及精進果報無我無我所如來善知精進及精進果報遠離分別心無有顛倒是故如來名得涅槃禪定及禪定果報無我無我所如來善知禪定及禪定果報遠離分別心無有顛倒是故如來名得涅槃般若及般若果報無我無我所如來善知般若及般若果報遠離分別心無有顛倒是故如來名得涅槃一切衆生非衆生一切法無我如來遠離一切顛倒相遠離一切顛倒法相是故如來名得涅槃有我相者則有所求以有求故有煩惱染離我相者無一切求以無求故離煩惱染以離煩惱染是故如來名得涅槃有爲法可量無爲法不可量如來遠離有爲無爲法故唯有無爲法身不可限量是故如來名得涅槃如來若離於空不見衆生亦不見法空者即是法法者即是法身法身者即是如來是故如來名得涅槃善男子是名菩薩摩訶薩入十種法行能知諸佛如來應供正遍知大般涅槃

又善男子菩薩摩訶薩入十種法行知諸佛如來應供正遍知行何者爲十所謂法持爲持善清淨法故衆生持爲持自願滿足故自利利他無有二相以同事行故如清淨摩尼無有分別以不分別法界清淨故得安隱處

滅除一切衆苦刺故得無畏處永斷一切煩惱怨故得無大衆威德畏遠離一切法中疑故降伏一切諸魔怨敵得一切衆生平等心故能爲無量百千萬億應化等身得善清淨神通力故善巧示現一切色像無所障礙得如虚空善清淨故善男子是名菩薩摩訶薩入十種法行能知諸佛如來應供正遍知行復次善男子菩薩摩訶薩入十種法行知諸佛如來應供正遍知行何者爲十所謂如來不起是心世間之法多諸過失涅槃寂静無量功德如來於世間涅槃得平等心不住世間不住涅槃而不棄捨利益一切諸衆生故善男子諸佛如來不起是心是諸衆生顛倒智慧種種煩惱隨煩惱染我能度脱如是衆生而諸如來依過去願行隨諸衆生根性信等彼彼行中無所分别自然成故善男子諸佛如來不起是心我説如是修多羅如是祇夜如是和伽羅那如是伽陀如是優陀那如是尼陀那如是伊諦越多伽如是闍陀伽如是毗佛略善男子諸佛如來不起是心我説阿浮陀達摩而諸如來無所分别彼彼衆生隨所聞法自然成故善男子諸佛如來不起是心我爲乞食入其國土大小城邑及諸聚落我至如是刹利婆羅門毗舍首陀國王王子大臣人民諸衆生所而諸如來智慧爲首身口意業自然成故善男子諸佛如來無有飢渴大小便利身無羸損疲乏病苦爲衆生故現行乞食然諸衆生謂如來食而諸如來實不食也示現教化諸衆生事於一切事無所分别自然成故善男子諸佛如來不起是

心此諸衆生下中上根我爲此等下中上根諸衆生類隨順宣説下中上法而諸如來無分別心所説之法自然而成不增不減隨器受故善男子諸佛如來不起是心若諸衆生不供養我不恭敬我毀罵於我如是衆生我不教化復有衆生供養恭敬尊重讚歎給侍於我如是衆生我應教化而諸如來寂靜三昧慈悲普覆於彼衆生自然住於平等法故善男子如來無高心無下心無憍慢心無愛心無貪心無恨心無隨貪心無著心無礙心無障心無離心煩惱心無隨煩惱心無瞋心無癡心無隨瞋心無隨癡心善男子而諸如來自然寂靜寂靜境界住於讚歎寂靜境界故善男子如來無有一法不知不解不覺於一切境界畢竟滿足現前悉知而諸如來見彼彼事彼彼衆生所作諸業自然成故善男子如來見諸衆生修行成就不以爲喜見諸衆生不修行者亦不生憂而諸如來於修正行衆生無障大慈常現在前於邪行衆生無障大悲常現在前善男子是名菩薩摩訶薩入十種法行能知如來應供正遍知行

善男子菩薩摩訶薩入十種法行知諸佛如來應供正遍知譬喻相應何者爲十善男子譬如日出於上中下諸衆生等若信不信若恭敬不恭敬平等出現平等普照善男子如來應供正遍知亦復如是於上中下諸衆生等若信不信若恭敬不恭敬平等出現平等智慧光明普照善男子譬如虛空於一切衆生無有障礙而彼虛空爲諸煙雲塵霧等事之所翳障善男子諸佛如來亦復如是於一

切衆生無有障礙而爲煙雲塵霧我見煩惱客塵所障不見如來不受如來功德利益善男子譬如樹木雖有火性以無因緣而不現用善男子諸佛如來亦復如是雖有無量神力自在以諸衆生遠離精進信等因緣不出於世不作佛事善男子譬如種種熏色置一器中熏種種衣復以衆雜染色置一器中染所熏衣隨其所熏受色不同而彼諸色不生分别差别之心善男子諸佛如來亦復如是種種善根功德莊嚴隨諸衆生信等熏異見佛如來所受功德差别不同而佛如來不生分别差别之想善男子譬如諸河流水盈滿若人讚毁悉皆順流若逆流者無有是處善男子諸佛如來亦復如是若人讚毁悉皆常隨智慧而行若隨憍慢無有是處善男子譬如甘蔗若人割截若不割截不失甘味善男子諸佛如來亦復如是若人親近供養恭敬及不親近供養恭敬終不捨於解脫甘味善男子譬如大地其性安固於諸衆生無所分别有人欲得求其果實若能耕種隨時隨時耘除草穢彼人至時收穫果實若不耕種耘除草穢是人終不得其果實善男子諸佛如來亦復如是如彼大地寂然常住於諸衆生無所分别若有衆生求佛功德能生信心供養恭敬彼人成就功德果實若不生信供養恭敬則不能得功德果實善男子譬如有人若於栴檀龍腦等香瞋謗毁罵然後塗身而彼栴檀龍腦等香終不爲是而不出香善男子諸佛如來亦復如是若人瞋謗毁罵而復親近供養恭敬如説修行然諸如來常與衆

生具足功德善男子譬如橋梁平坦王道於諸衆生上中下性有往來者平等而住與無障礙遊行之業善男子諸佛如來亦復如是於諸衆生上中下性有修行者平等而住無有高下與無障礙修行之業善男子譬如雪山有藥樹王名曰善見彼藥樹王其有見者即得遠離一切病苦善男子諸佛如來亦復如是衆生見者遠離一切煩惱病苦善男子是名菩薩摩訶薩入十種法行能知諸佛如來應供正遍知譬喻相應

善男子菩薩摩訶薩入十種法行能知諸佛何者爲十所謂習氣佛果報佛三昧佛願佛心佛實佛同佛化佛供養佛形像佛善男子云何習氣佛習氣佛者諸波羅蜜所得果報諸波羅蜜能成彼法彼依諸波羅蜜而生是名習氣佛善男子云何果報佛果報佛者依彼習氣果報佛所生以彼果報成色身報佛依衆生住持依法力住持是名果報佛善男子云何三昧佛三昧佛者隨如來入何等三昧以彼所入三昧之力自然不復作心能現百千萬佛依彼三昧住持力故而能示現是名三昧佛善男子云何願佛願佛者諸菩薩等作如是願隨何等何等衆生以何等因何等法示現種種色身度彼衆生彼彼衆生如是如是示現形色狀貌威儀去來隨彼衆生應以佛身得度者而現佛身化彼衆生是名願佛善男子云何心佛心佛者諸菩薩等得心自在是諸菩薩依心自在於種種法隨心成就此諸菩薩隨彼衆生應見佛身而可化者即自在心即成佛身是名心佛又善男子

復有異議諸衆生等自心清淨能見於佛知佛信佛是名心佛善男子云何實佛實佛者遠離一切諸煩惱染不可思議無垢清淨種種形色三十二相八十種好大丈夫相畢竟成就佛微妙色而可現見是名實佛善男子云何同佛同佛者與一切衆生共其資業受用飲食行住去來威儀進止是名同佛善男子云何化佛化佛者諸佛如來及諸菩薩得示現一切色身三昧彼諸佛菩薩成就自在大慈大悲皆能示現化佛色身度諸衆生是名化佛善男子云何供養佛供養佛者有人若師若和尚如佛世尊當如是見彼人於師和尚如佛世尊應如是見供給供養依彼受法滿足佛法成就佛法是名供養佛善男子云何形像佛形像佛者有人若他作佛像若自作佛像以一切供養恭敬等事而供養恭敬尊重讚歎親近給侍此人如是依彼形像滿足佛法成就佛法是名形像佛善男子是名菩薩摩訶薩入十種法行能知十種佛善男子菩薩摩訶薩入十種法行知諸佛如來應供正遍知唯依言辭說法何者爲十所謂說陰唯是言辭說界說入說衆生說業說生說老說死說死已更生爲離彼事故說涅槃亦是言辭善男子云何說陰唯是言辭善男子第一義中無彼色陰若第一義中有色陰者捨彼色陰即是斷滅捨彼法者即是解脫若如是者第一義中則爲有色及以解脫去住之處而義則不然是故說色陰唯是言辭善男子受想行識亦復如是善男子第一義中無彼識陰若第一義中有識陰者捨彼

識法即是斷滅捨彼法者即是解脫若如是者第一義中則爲有識及以解脫去住之處而義則不然是故說識唯是言辭善男子界入之義亦復如是善男子云何說衆生唯是言辭善男子唯是有爲無有衆生若衆生實有者不應同陰盡滅若同陰盡滅應如虛空若不爾者應同五陰俱是有爲而義則不然是故說衆生唯是言辭善男子云何說業唯是言辭善男子作業者非有非無若作業是有者作業之者無彼作者猶如虛空又如陰是有爲作者亦復如是以是義故無彼作者亦無作業猶如虛空云何得有作者是故無有作業者離彼作者云何有業是故說業唯是言辭善男子云何說生唯是言辭善男子第一義中無生若第一義中有生者生即是常若如是者生則非生又復生能生生者生能惱者竟爲是誰是故說生唯是言辭善男子云何說老唯是言辭善男子第一義中無老若第一義中有老老者則無一人而有老者又復若有老者即是少時老若少時老非老時老以少者無老是故少時無老若離於老云何名老如是老不能老若言老能老者即是少時老是故說老唯是言辭善男子云何說死唯是言辭善男子第一義中無死若第一義中有死者即是死法可得若可得者唯應一人得餘不應死而更有死者是故第一義中無有死法又復死者無所從來去無所至而是死法體性空寂是故說死唯是言辭善男子云何說死已更生唯是言辭善男子第一義中死更不生若第一義中死更生

者死即是生生即是死若如是者死生即是一法又復應是二身一者能託生二者已受生若有受生者必有五陰受生何以故以離五陰無彼識生以依色受想行等法識心得生以依止諸陰識緣彼住若離依止則彼識心一念不住如彼法住如是受生如種生芽是故說死已更生唯是言辭善男子云何爲離彼事說般涅槃唯是言辭善男子第一義中無彼涅槃涅槃者知世間寂滅名爲涅槃而非即世間名爲涅槃亦不離世間而有涅槃世間者如夢如幻非有非無亦非有無而是有法如是非有非無亦非有無如是名生如是非有非無亦非有無如是名滅而寂滅一切世間相名爲涅槃如是想如陽燄受如泡沫如彼陽燄泡沫生滅不實世間涅槃亦復如是是故說世間涅槃唯是言辭善男子是名菩薩摩訶薩入十種法行能知諸佛如來應供正遍知唯依言辭說法

善男子菩薩摩訶薩入十種法行善能知空義何等爲十所謂知無我空無衆生無命無壽者無造者無生無滅無作無教者無增上者善男子云何菩薩摩訶薩知無我空善男子空者非有非無善男子若空是有者空即有爲如其實有應即是常善男子若空非無者空即非空是故彼空非有非無如是名爲知無我空善男子云何知無衆生空善男子衆生非空非不空若衆生空者殺生之業應無有罪若衆生不空者即應是常是故如來說衆生非常非不常非有爲非不有爲如是名爲知衆生空善男子云何知無命空善男

子空者不生不死何以故善男子眼空離我我所云何眼空離我我所彼法不生不滅故如是耳鼻舌身空離我我所云何耳鼻等空離我我所彼法不生不滅故如是名爲知無命空善男子云何知無壽者空善男子空者不名壽者之數彼陰界入皆悉是空依彼陰界入等而有假名壽者以假名故彼有無相不可得說如是名爲知無壽者空善男子云何菩薩知無造者空善男子若離於空無有一法名爲造者又若空能有造者無有是處如是名爲知無造者空善男子云何知不生空善男子空法不生若空可生即非是空如是空即非空若本無空則無空法又空始生者此即非空如是名爲知無生空善男子云何知無滅空若法生者則有其滅空法不生云何有滅如是名爲知無滅空善男子云何知無作空善男子空非他作亦非自作陰界入等皆悉是空依陰界入而有空法如是名爲知無作空善男子云何知無教者空善男子無有一人教於空者造作如是種種等事如是名爲知無教者空善男子云何知無增上者空善男子空無境界離於境界遠離心意意識如是名爲知無增上者空善男子是名菩薩摩訶薩入十種法行善能知空義善男子菩薩摩訶薩入十種法行能知空所對法何等爲十所謂無明法愛法業法識法取法見法疑法邪取法慢法掉法善男子是名十種空所對法

善男子無明有二種能四種因何者二能一者煩惱障二者是智障何者是四因所謂貪

欲界因貪色界因貪無色界因貪無有因

善男子愛有二種因四種求何者二種因一者有枝根本二者資生根本何者是四種求一者欲愛二者色愛三者無色愛四者無有愛善男子業有一種起因三種相三種果報

善男子何者一種起因所謂爲心何者三種相所謂身口意業善男子何者三種果報所謂黑黑果報白白果報黑白黑白果報

善男子何者是識所謂六種眼耳鼻舌身意等識是名六種識此識復有三種何者是三一顛倒念二不顛倒念三者無念善男子何者是顛倒念所謂念欲界念色界念無色界何者是不顛倒念謂念小乘涅槃何者是無念所謂離彼二念名爲無念云何離彼二念謂念無上諸佛法故

善男子取因有四種所謂欲取見取戒取我取善男子何者是見取見取有二種所謂邪智見智邪智者謂邪見智故見智者謂阿羅漢妄見涅槃妄求涅槃是名見智如是見智諸佛所訶

善男子何者是疑疑有二種一者障於大乘二者障於正位善男子云何名爲障大乘疑謂聲聞等其心狹劣希求速證小乘菩提何以故彼作是念佛道長遠無量諸行難可得成是故我當求聲聞乘速離諸苦以是義故退於大乘是名障大乘疑何者障正位疑以彼疑故不證正位不得菩薩大乘智地是名障正位疑

善男子何者是邪取邪取者所謂檀等諸行求有果報起如是心我修如是布施持戒等

行取彼天人勝樂果報如是等一切邪求是名邪取

善男子何者是慢起高下心名之爲慢彼下於我我高於彼如是高下勝負等心是名爲慢

善男子何者是掉掉有二種一者能生煩惱二者動亂生煩惱者妄想分別見色爲淨以是因緣身口意業皆悉顛倒是故爲諸聖人所訶何者是動亂動亂者彼於出世道中其心不住故是名爲掉善男子是名菩薩摩訶薩入十種法行能知空所對法

善男子菩薩摩訶薩入十種法行知能說空者何等爲十所謂不破壞者不擾動者不貪不猒者不修行非不修行者不諍不競者不增不減者聞說一切有爲諸行自性寂滅能忍辱者聞諸凡夫不生一法諸佛如來不滅一法不驚不怖者聞世間性涅槃性是二平等不生疑者聞諸佛如來常樂妙身無盡法身正信正入者

善男子云何名不破壞能說空者善男子能說空者世間之法所不能壞何以故心不依止世八法故何者爲八而不依止於利衰等事不生憂喜稱譏之音而無欣感毀譽二法心不高下於諸苦樂不貪不猒如是世法不能破壞是故名爲不破壞能說空者善男子是名菩薩不破壞能說空者

善男子云何知不擾動能說空者善男子能說空者不取於法不捨於法於何等法而不取捨即知是法空即見是法空若能如是不取不捨名爲心不擾動能說空者

善男子云何名不貪不猒能說空者善男子能說空者無法可貪無法可猒於何等法而不貪猒即知是法空即見是法空若於諸法生貪猒者如是菩薩不名知空不名見空若能於法心無貪猒名不貪不猒能說空者

善男子云何名不修行非不修行能說空者善男子能說空者不修行法非不修行法能說空者於何等法不修行非不修行即知是法空即見是法空非不修行助菩提法若能如是知空見空是名菩薩不修行非不修行能說空者

善男子云何不諍不競能說空者善男子其說空者若與衆生有所諍競則不知空不見於空以是菩薩於諍競者知見空故無所諍競如是名爲不諍不競能說空者

善男子云何知不增不減能說空者善男子能說空者不知一法增不知一法減不見一法增不見一法減若於諸法見增減者如是菩薩則不知空不見於空若能知空見空即於諸法不見增減是名不增不減能說空者

善男子云何聞說一切有爲諸行自性寂滅其心安忍能說空者善男子能說空者不見一法生不見一法滅是名聞說一切有爲諸行自性寂滅其心安忍能說空者

善男子云何聞諸凡夫不生一法諸佛如來不滅一法不驚不怖能說空者善男子能說空者不生是心此是凡夫此是諸佛知佛如來及諸凡夫其相平等若見凡法是下佛法爲勝如是菩薩不知見空若聞凡夫不生一法即是凡夫空若聞諸佛不滅一法即諸佛

空如是聞說凡夫不生一法諸佛如來不滅一法不驚不怖是名不見一法生不見一法滅能說空者

善男子云何知世間性涅槃性是二平等不生於疑知能說空者善男子若見離世間性有涅槃性如是菩薩不知見空若見世間眞如性涅槃眞如性此二法性唯是一相所謂無爲之性若見世間眞如性涅槃眞如性其相平等無有高下不生於疑不驚不怖是名知世間性涅槃性二法平等能說空者

善男子云何聞說諸佛如來常樂妙身無盡法身正信正入能說空者善男子若生是心諸佛如來是盡滅身如是菩薩不知見空何以故諸佛如來身是眞如空身非客塵煩惱隨煩惱身如是名爲聞說如來常樂妙身無盡法身能說空者善男子是名菩薩知聞說諸佛如來常樂妙身無盡法身正信正入能說空者善男子是名菩薩摩訶薩入十種法行知能說空者

法集經卷第一

音釋

羼提 梵語也此云忍辱羼初限切
羸 力追切瘦也
耘 于分切除苗間穢也
掉 徒弔切搖也

法集經卷第二

元魏三藏法師菩提留支譯

善男子菩薩摩訶薩入十種法行能知法師義何等爲十所謂成就多聞成就總持成就聞慧海聚集聞慧藏而於此聞慧不生高心具足義無礙法無礙辭無礙樂說無礙而不休息希求精進知世知時知節知法知衆生而不捨於修敬長德所修行知論知義知可化衆生而不捨於諮問之事成就少欲知足等行而不捨於供給尊者之業成就妙靜寂靜柔軟心不怯弱而不捨於慙愧正行成就甚深不可稱量具足功德而能示現世間垢行不得解脫爲隨順衆生故成就自性直心軟心安樂心而能現同一切破戒等行成就布施持戒忍辱精進禪定智慧而於一切處不生著心不分別境界遠離一切貪等隨煩惱刺而不捨爲一切衆生斷煩惱精進之行善男子是名菩薩摩訶薩入十種法行能知法師義

復次善男子菩薩摩訶薩入十種法行能知法師義何等爲十所謂菩薩摩訶薩遠離一切諸求而不捨一切菩薩摩訶薩功德精進善知一切諸法寂滅不證菩提而不捨一切布施精進現知諸法畢竟無盡而不捨於忍辱安樂之行常在三昧甚深境界而能不捨一切衆生善根所作之事具足妙靜寂靜而常不捨亂心顛倒心教化衆生之行成就陀羅尼及四無礙而常不捨求於多聞智慧精進成就諸法秘藏而能不捨爲於一偈經百千由旬求法精進知一切法不由於他而常

不捨親近師尊敬重精進知一切法不生不滅而常不捨護法精進不見衆生及衆生名而常不捨化一切衆生得大菩提精進善男子是名菩薩摩訶薩入十種法行能知法師義

復次善男子菩薩摩訶薩入十種法行能知法師義何等爲十所謂成就攝受語故能行布施愛語利益同事之行成就柔輭語故能起大慈悲心成就隨順語故則能隨順寂靜隨順離煩惱隨順解脫成就隨順語故則能隨順奢摩他隨順毗婆舍那隨順眞如道成就善巧語故則能具足顯了語無譏嫌語無能奪語成就字義語故則能離於惡語具足義語成就遠離諂曲語故能破衆生無明欺誑成就無疑語故則能現見一切法相成就遠離一切煩惱使語故則能滅諸煩惱隨煩惱因成就不起根本語以無垢無所發故善男子是名菩薩摩訶薩入十種法行能知法師義

復次善男子菩薩摩訶薩入十種法行能知法師義何等爲十所謂菩薩摩訶薩諸所說法皆依妙法所持而說不依供養恭敬所持而說依一切諸佛所持說法不依自心所持而說依大慈大悲根本說法不依煩惱隨煩惱根本而說依斷隨順凡夫駛流說法不依斷絕隨順佛法僧寶如法修行而說依大慈悲利他說法不依受樂自利而說夫說法者依彼甚深法說以空無相無願畢竟故說法者依彼勝人而說以能隨順轉大法輪故說法者降伏一切魔怨而說以能降伏陰魔死

魔煩惱魔天魔故說法者隨順道場而說以一切世間所應供養故說法者隨順一切智智而說以畢竟得十力四無所畏十八不共法故善男子是名菩薩摩訶薩入十種法行能知法師義

復次善男子菩薩摩訶薩入十種法行能知法師義何等爲十所謂樂於梵行資生之業不樂世間資生之具樂於聖人所行之法而能不捨教化衆生凡夫所作可呵之事菩薩常樂法食不貪世味常樂阿蘭若處不著城邑聚落常樂佛菩提不求聲聞辟支佛菩提常樂斷智障不樂斷煩惱障常樂三十二相八十種好成就色身不樂唯證法身常樂成就十力四無所畏十八不共法不樂唯證四諦之法常樂成就隨一切衆生善根不樂唯集自身善根常樂斷除一切煩惱及煩惱習氣非唯樂斷煩惱障法善男子是名菩薩摩訶薩入十種法行能知法師義

善男子菩薩摩訶薩入十種法行能知法師相應譬喻何等爲十所謂善男子譬如大地其性平等廣能荷負一切衆生而於衆生不求報恩善男子菩薩法師如彼大地其心平等普能荷負一切衆生而於衆生不求報恩善男子譬如大水其性普洽澤潤一切皆令滋茂而於彼物不求報恩菩薩法師亦復如是以已功德利潤衆生悉令安隱而於衆生不求報恩善男子譬如火性力能成熟一切果實而於彼事無所希望菩薩法師亦復如是以已功德智慧成熟一切衆生善根果實而於衆生不求恩惠善男子譬如風性力能

生長一切藥草諸種而於彼物不生分別無所希望菩薩法師亦復如是力能增長一切衆生生身法身而於衆生不求報恩善男子譬如空界無量無邊體無障礙容受一切而於彼物無所分別無所貪著菩薩法師亦復如是成就無量無邊諸善功德體無障礙利益一切衆生而於衆生無所分別無所貪著善男子譬如明月顯處虛空清淨圓滿衆生見者無不愛樂光照世間一切羣像而不爲彼昏翳所汙菩薩法師亦復如是出現於世功德具足在在處處一切見者皆悉愛樂救度世間而不爲彼世法所染善男子譬如日出光明普照破諸闇冥無有翳障一切衆生所作事業皆悉成就而彼日性於諸衆生無有分別希報恩心菩薩法師亦復如是出現於世破諸衆生無明黑闇以智慧光普照衆生種種善根皆令增長而彼菩薩於諸衆生無有分別求少報恩善男子譬如船舫堅厚善縛不破不壞能於大海渡諸衆生而於衆生不求價直菩薩法師亦復如是以智慧爲厚諸波羅蜜爲堅大慈悲爲善縛能於生死大海渡諸衆生而於衆生不求價直善男子譬如暴河漂流迅急險難可畏中有橋梁於諸衆生平等悉與濟渡之樂而無分別濟渡之想菩薩法師亦復如是於煩惱暴河駛流難渡險難可畏駛流惡道能於其中作大橋梁於諸衆生平等施與解脫之樂而無分別度脫之心善男子譬如闇室然大燈明於下中上一切衆生平等普照而彼燈明無我我所照了之想菩薩法師亦復如是於無明闇

室然智慧燈於下中上一切衆生平等普照而彼菩薩無我我所能照之心善男子是名菩薩摩訶薩入十種法行能知法師相應譬喻

善男子菩薩摩訶薩入十種法行知不共住法何等爲十所謂小心少求狹劣衆生皆不共住不起廣心不起大行懈怠衆生亦不共住依止慢心增上慢我慢猶如高幢如是衆生亦不共住慳嫉破戒瞋恨懈怠亂心愚癡衆生皆不共住貪欲瞋恚惱害覺觀等心亦不共住一切分別差異分別種種分別亦不共住一切蓋障隨煩惱使亦不共住一切聲聞辟支佛及世間念亦不共住一切希求恭敬讚歎禮拜之念亦不共住一切我我所心亦不共住善男子是名菩薩摩訶薩入十種種法行能知不共住法

復次善男子菩薩摩訶薩於十種捨心皆不共住何等爲十所謂捨於攝受妙法之心亦不共住捨於聽聞妙法之心亦不共住捨於教化衆生之心亦不共住捨於法施衆生之心亦不共住捨於一切尊重恭敬供養之心亦不共住捨於降伏魔等之心亦不共住捨於摧滅外道之心亦不共住捨於護持妙法之心亦不共住捨於諸波羅蜜修行之心亦不共住捨於三聚迴向之心亦不共住善男子是名菩薩摩訶薩於十種捨心皆不共住

善男子菩薩摩訶薩入十種法行知應化事何等爲十所謂轉輪王化帝釋王化梵王化聲聞化辟支佛化菩薩化諸佛化佛國土化道場化大衆化善男子此諸應化菩薩摩訶

薩皆依衆生諸根性欲又善男子若諸衆生
其心尊重轉輪聖王持戒修行十善威儀彼
時菩薩摩訶薩即現轉輪聖王莊嚴之事利
益衆生又善男子轉輪聖王輪寶莊嚴者千
輻具足純是閻浮檀金過於人天非人所爲
自願如意功德所生觀者無猒餘凡輪王所
不能有象寶者其身姝大鮮白光潔六牙具
足衆相圓滿見者無猒乘空而行其去迅疾
猶如堙羅婆那金翅鳥等殊勝善根福力所
生餘凡輪王所不能有馬寶者其色紺青厥
性良善猶若婆羅呵馬王飛空而行駿疾如
風其猶如意寶珠隨王所念無不稱意餘凡
輪王所不能有摩尼寶者楞相成就非工所
造自然而有具足光明其色照曜能蔽日月
星宿諸火明等隨其所須一切稱意餘凡輪

王所不能有女寶者膚艶鮮潔妙相奇挺黒
白長短肥瘦得所威儀動靜靡不具瞻世間
技術五明論等無不通達言音和雅柔輭微
妙辭韻善巧辯才成就如如意寶具足一切
勝妙之事心常安樂諸善法行餘凡輪王所
不能有主藏臣寶者其身廣大志性堅固猶
如金剛力士毗沙門王色貌端嚴言辭流澤
其見聞者無不欣樂成就肉眼具足慈悲如
如意寶所念皆得此藏臣寶同彼輪王善根
所生餘凡輪王所不能有主兵臣寶者一切
功德善根所生如摩尼寶鏡像義故王所未
念先已成辦見相即知一切諸事所依殊勝
無可譏嫌飛空而行自在無礙隨王所念導
前而去其所至處靡不摧伏餘凡輪王所不
能有如是一切輪王七寶莊嚴化事皆是菩

薩摩訶薩得心自在神力所爲欲與一切衆生安隱樂事此人王寶及作業者一切殊勝無可譏嫌能以實心深心柔輭心隨順法心轉大法輪受持十善具足三十二相教化衆生是名菩薩摩訶薩轉輪聖王莊嚴大化善男子若諸衆生其心尊重忉利天王菩薩爾時化作帝釋身有百眼處三十三天說一切諸法皆悉無常汝等應當遠離放逸善男子若諸衆生其心尊重大梵王菩薩爾時化作梵王威儀殊勝爲諸梵衆說四禪等善男子若諸衆生應以聲聞身得度者不以辟支佛身不以佛身而可度者菩薩爾時化作聲聞身爲彼衆生說盡諸苦得無爲樂善男子若諸衆生應以辟支佛身得度者不以聲聞身不以佛身而可度者菩薩爾時化作辟支佛身爲說辟支佛道明一切諸法皆悉無常樂於空閑寂靜之處說諸禪定解脫三昧三摩跋提四如意足說辟支佛爲大福田說微妙法教化衆生令其正信善男子若諸衆生應以菩薩身得度者菩薩爾時以巳微妙清淨色身說六波羅蜜四種寂法大慈大悲及諸自在諸忍諸地化彼衆生善男子若諸衆生具上根性應以佛身而得度者菩薩爾時化作佛身爲說十力四無所畏十八不共法示現諸佛殊勝神通化彼衆生善男子若諸衆生應以勝妙莊嚴清淨佛土而得度者菩薩爾時即變三千大千世界平坦如掌無有高下其地柔輭如迦隣陀草其有觸者無不受樂或如瑠璃玻瓈等色或出優羅伽栴檀之香無諸惡趣亦無女人黄門

之身或作種種莊嚴七寶之山種種奇異華果香樹無諸黒山坑坎堆阜沙礫荆棘雜穢草木現此勝事化彼衆生善男子若諸衆生應見勝妙莊嚴道場而得度者菩薩爾時示現莊嚴道場之樹其形高廣十二由旬根盤幽固不可傾動以閻浮檀金爲莖金銀瑠璃玻瓈碼碯種種諸寶以爲枝葉又現無量天女之身化彼衆生善男子若諸衆生應見勝衆而得度者菩薩爾時即現大威德天諸龍夜叉乾闥婆阿脩羅迦樓羅緊那羅摩睺羅伽釋提桓因梵天王四天王或爲聲聞得四無礙及俱解脫或爲菩薩住第十地得首楞嚴三昧化彼衆生善男子是名菩薩摩訶薩入十種法行能知應化事

善男子菩薩摩訶薩入十種法行知諸善根勝妙果報何等爲十所謂善男子譬如因彼虚空月形即見水中種種月像而虚空月不至水中善男子如是諸善根業行因緣而有種種勝妙果報隨心所樂一切成就如虚空月不至水中如是所作諸善因緣不至於果雖不至果而依彼諸善根因緣有勝妙果報差別不同善男子譬如業行因緣於彼孔雀一毛輪中見種種色如是菩薩摩訶薩依諸善根業行因緣而有無量果報差別如彼業行不至毛輪雖復不至而依彼業因緣力故於毛輪中有種種色如是所作諸善根業不至於果雖不至果而依彼諸善根因緣有勝果報差別不同善男子譬如依彼勝妙善根於虚空中雨種種華如是諸華具足妙好色香味觸而彼善根不至華中以諸善根與虚

空華相各異故如是所作善根業行不至於果雖不至果而依彼善業因緣有勝果報差別不同善男子譬如依彼勝妙善行於虛空中自然而作種種妓樂微妙音聲歡娛之事以爲供養然彼善行不至妓樂音聲等中以此善行與諸妓樂相各異故其相雖異而依彼業有虛空中種種妓樂如是依諸善根業行因緣有勝果報然彼善行不至於果雖不至果而依彼善根因緣有勝果報差別不同善男子譬如虛空雜色虹起依彼四大增上因緣而彼四大不至虹中雖不至虹中以彼四大因緣力故生諸虹色種種不同地大因緣而生黃色水大因緣生於青色火大因緣生於赤色及諸綺色風大因緣生虹輪相如是依諸善根增上因緣而有勝妙果報具足

善男子譬如輪王受持十善業道因緣得七寶具足及自然粳粱不假種植而彼受持十善業道因緣不至七寶亦復不至自然粳粱以依受持十善業道因緣而有輪王勝妙果報如是善發勝心善起諸行善能受持善根力故有彼輪王勝妙果報然彼業因不至果中故說因果不相似善男子譬如諸天勝善因緣自然而有曼陀羅華諸妙天宮百味甘饍而彼善根不至果中非不依彼善根因緣而有諸天勝妙果報善男子譬如殊勝如意神通因緣力故於彼石壁無所障礙而彼神通因緣不至無障礙中而依彼神通因有無障果如是不放逸善根相緣有彼勝妙果報善男子譬如依風生火離彼不生火旣生巳力能成熟光色明照而彼火性不從風來以

彼明色熱觸風中無故如是一切善根果報從因緣生應知善男子譬如法行比丘得無漏善根功德自在隨念即成虛空處一切入地水火風青黃赤白自在成就無有障礙而彼無障礙心不至虛空無障礙等雖不至彼而即念能成無障礙事是故不離彼心能成地等無障礙事如是一切無漏善根因緣而有果報勝事善男子是名菩薩摩訶薩入十種法行能知諸善根勝妙果報

善男子菩薩摩訶薩入十種法行能知得無漏善根勝妙果報何等爲十所謂六通三明八解脫八勝處十一切入十自在十諦九次第定三摩跋提十力十智善男子何者是六通所謂天眼天耳他心智宿命智如意通智漏盡智是名六通

善男子菩薩摩訶薩天眼者具足一切善根功德無礙無著無量無障無住無行無錯無謬能如是見無可譏嫌不與一切世間聲聞辟支佛共遠離一切煩惱及一切煩惱習氣不謬見不謬記菩薩摩訶薩天眼見諸衆生若生若死若好若醜若麤若妙隨彼衆生業行所造稱其因果能如實知菩薩摩訶薩天眼畢竟能得佛智畢竟成就佛智是名菩薩摩訶薩天眼

善男子菩薩摩訶薩天耳者無有障礙具足一切善根功德過一切凡夫釋提桓因四天王天龍夜叉乾闥婆阿脩羅迦樓羅緊那羅摩睺羅伽聲聞辟支佛以此勝妙無所障礙清淨天耳聞一切聲天龍夜叉乾闥婆阿脩羅迦樓羅緊那羅摩睺羅伽聲乃至蚊虻蠅

蟻等聲聖人非聖人聲皆悉得聞而於聖人聲不起樂心於非聖人聲不起猒心聞凡夫聲不生下想聞聲聞辟支佛聲不生勝想聞非聖人聲聽不生猒聞聖人聲聽不生樂於一切聲不生美惡之想唯聞一切聲悉如響空離我我所寂靜空故不著耳入不著聲入是名菩薩摩訶薩天耳

善男子菩薩摩訶薩他心智者菩薩摩訶薩如實知自心以如實知自心故如實知一切衆生心所謂如實知貪心離貪心菩薩摩訶薩如實知貪心而不生瞋知離貪心而不生喜唯於貪心衆生生於大悲於離貪心衆生生於大慈如是如實知瞋心離瞋心癡心離癡心愛心離愛心取心離取心染心離染心思量心不思量心三昧心離三昧心如實知解脫心不解脫心菩薩摩訶薩如是如實知衆生心於未得解脫衆生不生瞋心得解脫衆生不生喜心唯於得解脫衆生生大慈心未得解脫衆生生大悲心如實知一切法唯是一心而於彼心此心不生貪著菩薩摩訶薩彼知他心智如實知一切衆生心彼諸衆生若菩薩不與念力則不能知菩薩心乃至天眼亦不能知一切聲聞辟支佛亦不能知何況無智凡夫而能得知是名菩薩摩訶薩他心智

善男子菩薩摩訶薩宿命智者一切善根具足故能知自身過去無量宿命及一切衆生過去無量宿命能知一生二生百生千生百千萬生乃至無量阿僧祇生無量百千億那由他生善知劫成善知劫壞乃至善知無量

阿僧祇劫成劫壞乃至善知無量無邊百千億那由他劫數成壞善知大劫成善知大劫壞善知大劫百劫善知大劫千劫善知大劫百千劫百千萬劫乃至善知大劫無量百千萬劫菩薩摩訶薩彼宿命智唯除諸佛如來及住地菩薩一切世間天人聲聞辟支佛之所迷悶菩薩如是知我於彼處如是生如是性如是色如是名如是飲食如是命如是住如是長短如是闊狹如是好醜如是苦樂我於彼死生於其處於彼處死於此處生如是生如是性如是色如是名如是飲食如是命如是住如是長短如是闊狹如是好醜如是苦樂如是知已身知一切衆生身亦如是知乃至蚊虻蠅蟻等亦如是知菩薩摩訶薩彼宿命無礙無著無住無障無滯不失時與大慈大悲相應甚深不可思量遠離使煩惱及習氣煩惱一切清淨功德智慧以爲莊嚴是名菩薩摩訶薩宿命智

善男子何者是菩薩摩訶薩如意神通智所謂一切福德智慧成就無障礙自然無分別無量阿僧祇百千萬億那由他劫修行布施持戒忍辱精進禪定三昧三摩跋提智慧增上自身力故如來淨天增上緣故是菩薩彼如意現前自然無障礙勝一切世間而作利益衆生是菩薩如是隨心欲住能如是住隨心欲示現如是境界能如是示現是菩薩一切處自在如意通示現無障礙是菩薩應以一衆生形相現一切衆生形相而可化者是菩薩爲彼現一衆生形色示現爲一切衆生形色隨彼衆生應受道器現諸化身作種種

事種種言語種種威儀而現在前是菩薩心念一切衆生色像欲作一切佛像即時能現一切衆生色像成一切佛像是菩薩心念一切佛色像欲作一切衆生色像即時能成一切佛色像成一切衆生色像是菩薩念欲令成劫壞即示成劫壞彼諸衆生即見成劫作壞劫是菩薩欲令壞劫作成劫即能示現壞劫作成劫彼諸衆生即現壞劫作成劫如是一切成壞而示現成壞是菩薩如是念欲令一劫示現一日初分即能示現彼諸衆生即見一劫爲日初分是菩薩以日初分示現一劫彼即如是成彼諸衆生亦如是見是名菩薩摩訶薩變化如意通菩薩摩訶薩現前如意通者是菩薩依不可思議功德智慧增上自然無心現前成就一切事不壞而能現前是名菩薩摩訶薩現前如意通

善男子何者是菩薩摩訶薩自然如意通若諸衆生應如是信如是見種種形色種種威儀是菩薩不思量不分別自然而現色是名菩薩摩訶薩自然如意通是菩薩若干世界衆生應見諸佛出世而可度者即時示現爾所世界佛出於世從兜率天退入胎出胎出家苦行詣道場降伏魔成正覺轉法輪現大涅槃如是教化彼諸衆生善男子菩薩摩訶薩如是如意通無量境界是名菩薩摩訶薩如意神通智

善男子何者是菩薩摩訶薩漏盡智通善男子菩薩遠離四漏所謂欲漏有漏見漏無明漏菩薩摩訶薩遠離如是等漏不復受生是菩薩更不受生而能隨順可化衆生示現一

切處生是名菩薩自然不休息行於菩薩道是名菩薩摩訶薩六通

善男子何者是菩薩摩訶薩三明所謂天眼智明宿命智明漏盡智明善男子何者名爲智有天眼智天眼明云何爲天彼清淨天勝妙上天等天眼智菩薩摩訶薩畢竟得彼天眼智清淨天者謂聲聞辟支佛菩薩諸佛如來勝妙上天者謂諸佛如來於聲聞辟支佛天等爲上是菩薩摩訶薩得彼諸佛如來天眼是名初明善男子何者是菩薩摩訶薩宿命智明善男子諸佛如來過去未來現在無有境界不知不見不覺菩薩摩訶薩得彼境界彼宿命智明此明不同一切聲聞辟支佛是名第二明善男子何者是菩薩摩訶薩漏盡智明菩薩摩訶薩遠離四漏及煩惱習氣所謂欲漏有漏見漏無明漏菩薩摩訶薩證見道時即得遠離如是等煩惱及煩惱習氣非但證斷煩惱障法亦復不同聲聞辟支佛等得漏盡已於一切生處及教化一切衆生而無障礙是名菩薩漏盡智明是名菩薩摩訶薩三明

善男子何者是菩薩摩訶薩八解脫所謂有色見色是名初解脫內有色相見外色是名第二解脫信淨是名第三解脫是菩薩過一切色相滅一切有對相不念一切異相知無邊虛空即入無邊虛空行是名第四解脫是菩薩過一切虛空無邊相知無邊識即入無邊識行是名第五解脫是菩薩過一切無邊識相知無所有即入無所有處行是名第六解脫是菩薩過一切無所有處知非有想非

無想安隱即入非有想非無想處行是名第七解脫是菩薩過一切非有想非無想行滅一切受想入滅盡定行是名第八解脫

善男子云何有色見色有色者皆是因緣而生見空無壽者能如是見得脫於縛是名解脫云何內有色相見外色見空無壽者皆是因緣生能如是見得脫於縛名爲解脫云何信淨淨者若分別淨不淨相名爲邪見以信淨故得脫於縛名爲解脫過一切色相滅一切有對相不念別異相知無邊虛空即入無邊虛空行無量虛空虛空空能如是知得脫於縛名爲解脫過一切虛空知無邊識即入無邊識行無量識無邊識此無邊識即是空能如是知得脫於縛名爲解脫過無邊識知無所有少即入無所有行所有者名爲貪瞋癡煩惱入無所有行者滅彼煩惱能如是知得脫於縛名爲解脫過無所有者知非有想非無想安隱即入非有想非無想行非有想者性空寂靜非無想者以依因緣而有能如是見得脫於縛名爲解脫過一切非有想非無想滅一切受想入滅盡定行是菩薩如是見想如陽燄受如泡想即是受受即是想無知者無壽者能如是見得脫於縛名爲解脫

善男子何者是菩薩摩訶薩八勝處所謂有色見色彼色中得自在而知彼色中得自在而見是名初勝處內身有色相見外色若好若醜彼色中得自在而知彼色中得自在而見是名第二勝處內身有色相見外色無量若好若醜彼色中得自在而知彼色中得自在而見是名第三勝處內身有色相見外色

少若好若醜彼色中得自在而知彼色中得自在而見是名第四勝處內身有色相見外色青見青色青色青光譬如優摩歌華青見青色青色青光菩薩亦復如是內有色相見外色青見青色青色青光彼色中得自在而知彼色中得自在而見是名第五勝處內身有色相見外色黃見黃色黃色黃光譬如伽尼歌羅華黃見黃色黃色黃光菩薩摩訶薩亦如是內身有色相見外色黃見黃色黃色黃光彼色中得自在而知彼色中得自在而見是名第六勝處內身有色相見外色赤見赤色赤色赤光譬如槃頭視婆華赤見赤色赤色赤光菩薩摩訶薩亦如是內身有色相見外色赤見赤色赤色赤光彼色中得自在而知彼色中得自在而見是名第七勝處內身有色相見外色白見白色白色白光譬如優沙私多羅白見白色白色白光菩薩摩訶薩亦如是內身有色相見外色白見白色白色白光彼色中得自在而知彼色中得自在而見是名第八勝處是名菩薩摩訶薩八勝處

法集經卷第二

音釋

譏嫌 譏居衣切譏誚也 嫌户兼切嫌疑也 舫 甫妄切方舟也 堙 於真切

翅 式利切翼也 駿 須閏切疾速也 虹 胡公切虹蜺也 虻 莫耕切

法集經卷第三

元魏三藏法師菩提留支譯

善男子何者是菩薩摩訶薩十一切入所謂地一切入水一切入火一切入風一切入虛空一切入青一切入黃一切入赤一切入白一切入識一切入是名十一切入

是菩薩若欲以一切界入一界者即一切界入一界所謂入地界若欲以一切界入一界者即一切界入一界所謂入水界若欲以一切界入一界者即一切界入一界所謂入火界若欲以一切界入一界者即入一界所謂入風界若欲以一切界入一界者即入一界所謂入虛空界若欲以一切入入一入即入一入所謂青入若欲以一切入入一入即入一入所謂黃入若欲以一切入入一入即入一入所謂赤入若欲以一切入入一入即入一入所謂白入若欲以一切入入一入即入一入所謂識入若欲以一切地水火風空青黃赤白識入一入即入一入是故名爲一切入入一一入即成一切入是故名爲一切入是名菩薩摩訶薩十一切入

善男子何者是菩薩摩訶薩十自在所謂命自在心自在物自在業自在生自在如意自在信自在願自在智自在法自在是名菩薩摩訶薩十自在

善男子得上甘露名爲命自在能知一切唯是一心名爲心自在於其掌中出諸珍寶亦以虛空而爲庫藏名爲物自在遠離一切煩惱煩惱習氣及無明使名爲業自在於禪定解脫三昧三摩跋提隨意迴轉名爲生自在

於一切行自然而行名爲如意自在於一切入中得自在觀名爲信自在即生心時現前成就一切諸事名爲願自在一切身口意業以智爲本名爲智自在現得平等眞如法界實際無垢智慧名爲法自在

復次善男子得命自在故對治一切世間死怖畏得心自在故對治一切世間煩惱怖畏得物自在故對治一切世間貧窮怖畏得業自在故對治一切世間惡行怖畏得生自在故對治一切世間惡道怖畏得如意自在故對治一切世間追求怖畏得信自在故對治一切世間謗法罪怖畏得願自在故對治一切世間心念縛怖畏得智自在故對治一切世間云何云何疑刺怖畏得法自在故對治一切世間大衆怖畏

復次善男子遠離殺生之罪與一切衆生無瞋害心是命自在因於受樂衆生無障礙大慈於受苦衆生無障礙大悲是心自在因平等心捨一切事及迴向大菩提是物自在因入一切所作業所謂清淨身口意業是業自在因以菩提心爲本攝取一切善根十善業道是生自在因以一切供養恭敬禮拜讚歎象馬車乘捨與衆生是如意自在因於三寶中教化一切衆生是信自在因與一切衆生清淨身口意業是願自在因遠離供養恭敬飲食貪心能施一切衆生法食是智自在因平等教化一切衆生說一切衆生平等法界說一切衆生諸佛如來以爲法身非飲食身是法自在因是名諸菩薩摩訶薩得十自在

善男子何者是菩薩摩訶薩十諦所謂世諦

第一義諦相諦差別諦觀諦事諦生諦盡無生智諦入道智諦集如來智諦是名十諦善男子世諦者所謂有限齊名數爲他人說狹劣不廣是名世諦第一義諦者所謂甚深空相應法無有限齊不斷絕處非他因緣平等一切無有高下不亂不靜相一切法眞如相是名第一義諦相諦者所謂逼惱者苦相生者集相淨者滅相乘者道相是名相諦復次善男子知一切法自性無我相證道相作證相是名相諦如是知一切法自性淨相知自性遠離相知自性空相知自性不生不滅相證道相作證道相是名相諦差別諦者一切法皆是一相依他因緣而差別說一相者所謂空相彼空依他差別而說又復一切法無相無願無行不生不滅彼一切差別皆是空相皆悉是空不相違相是名差別諦何者是觀諦觀者徹觀故數見思惟知見覺證知於彼境不相違背是名觀諦事諦者所謂事智事者謂陰界入知彼陰界入唯是因緣生無事無壽者能如是知而證於道是名事諦何者是生諦所謂依彼智斷煩惱依彼行斷煩惱依彼道斷煩惱而得十力四無所畏十八不共法復證一切法得一切如來勝自在法是名生諦盡無生智諦者說一切有爲法盡彼有爲法盡不盡以盡無盡若盡有盡者即有盡盡是故盡不盡是故盡不生不滅是名盡無生智諦何者是入道智諦以何等智以何等道以何等功德聚集以何等智聚集知一切法不生不滅依彼法自入令他人入是名入道智諦何者是集如來智諦謂法

雲地如來地中間集如來智諦得彼自然道證如來智是名集如來智諦是名菩薩摩訶薩十諦

善男子何者是諸菩薩摩訶薩九次第入三摩䟦提菩薩摩訶薩離諸欲諸惡不善法有覺有觀離生喜樂入初禪行善男子離諸欲者謂初禪所對愛染法遠離彼法名離諸欲離諸惡不善法者謂因貪瞋癡起殺生偷盜邪婬妄語兩舌惡口綺語貪瞋邪見是名諸惡不善法遠離彼法是名初禪有覺者謂共覺故何者是覺依何境界隨順初禪是覺有種種異名謂知覺思惟觀集定等是名爲覺何者是觀即彼隨順初禪覺行思惟觀受欲定知覺是名爲觀依於猒行共彼有覺有觀而成初禪依於猒行共彼有喜有樂而成初禪是名有喜有樂入初禪行行者所謂受持護念喜樂知等是名爲行菩薩摩訶薩住初禪中得無生法忍增上欲心是故入禪求無生法忍是菩薩摩訶薩爲得轉勝無生法忍欲心求心故於彼初禪中生不堅固心是故菩薩捨彼初禪求第二禪是菩薩離彼初禪有覺觀心滅於彼心離於彼心淨於彼心寂靜彼心爲入第二禪爲成就第二禪思惟行是菩薩離彼覺觀內淨心一處無覺無觀定生喜樂入第二禪行內淨者謂對治障彼第二禪法菩薩寂靜彼法清淨無濁是名內淨心一處者謂滅彼初禪一切覺觀寂靜一味猶如大海善男子譬如一切諸水入於大海皆同一味所謂鹹味如是菩薩摩訶薩入第二禪滅彼初禪一切覺觀寂靜一味無覺無

觀是名得無覺無觀三昧是菩薩依彼三昧生喜謂於佛法僧中生於喜心依彼喜心諸善功德自然滿足是菩薩爲彼無生法忍增勝光明轉轉光明轉轉勝妙轉轉柔輭得上欲心是菩薩依彼無生法忍上欲心故於彼第二禪中不住不樂更求勝上第三禪行是菩薩生如是心知彼喜心障第三禪及障無生法忍是故菩薩離喜行捨憶念安慧身受樂是樂聖人亦說亦捨遠離喜樂入三禪行是菩薩得三昧樂猒於彼喜生如是心此無喜樂是無常樂是盡滅法非常非恒非眞實樂非究竟樂是菩薩知如是已轉復得彼無生法忍增上欲心是菩薩依彼無生法忍增上欲心不樂苦樂是菩薩遠離苦樂先滅憂喜不苦不樂捨念清淨入四禪行是菩薩得第四禪三摩跋提柔輭心自在心寂靜心光明心正直心以彼一切樂事捨與一切衆生是菩薩與一切衆生現前安隱樂時即得無生法忍光明現前是菩薩得彼無生法忍光明現前故令行速疾是菩薩於彼第四禪勝妙樂中不生樂心遠離彼樂捨念清淨唯見虛空現前是菩薩過一切色相滅一切有對相不念種種相知無邊虛空即入無邊虛空行是菩薩如是觀色略有二種一者四大二者依四大四大者謂地水火風依四大者謂色香味觸如是廣有八種色離彼一切色相無彼色相滅彼色相故言過一切色相隨何等法有其色相彼法必有礙相是故過一切色相滅一切有對相不念不行種種異相以過種種異相以不念種種異相故唯見虛空

相是故菩薩知無量虛空即入無邊虛空行是菩薩入無邊虛空處三昧生如是心虛空無邊虛空無際虛空無涯隨何等法以無邊等故彼法無有前際中際後際如是觀一切法無前中後際是菩薩入如是三昧即於一切衆生起大慈心即於一切法得平等智而現在前是菩薩爾時於無生法忍中始得勝進光明現前是菩薩過一切無邊虛空相現前知無邊識相入無邊識處行是菩薩生如是心是無邊虛空相唯是識想分別是菩薩得如是心知一切唯是識相是識無量無邊是菩薩入如是三昧得無生法忍非究竟成就無生法忍是菩薩過一切無邊識相處現前知無所有處入無所有無少處行無所有者無彼所有何者是所有謂貪瞋癡分別種種分別虛妄分別一切有爲法皆從虛妄分別心生無彼所有故言無所有無少者如向所說法中少相細相微相等名爲少相無彼少相故言無少過彼一切麤細相故言無所有無少是菩薩住如是三昧得轉勝無生法忍光明現前是菩薩爲得彼無生法忍不樂彼無所有無少三昧是菩薩更求增上三昧生勝欲心是菩薩轉求增上三昧勝行生如是心是無所有無少行相亦是細相虛妄分別故次觀非想非非想何等法是非想非非想非想者是空非非想者從因緣生菩薩爾時得非想非非想三昧現前是菩薩過一切無所有處少想入非想非非想處三昧行菩薩住於彼處生如是心彼非想非非想處無所可樂是菩薩遠離彼處是菩薩遠離彼處

即時一切法不生不滅現前是菩薩知一切法不生不滅見一切法自性寂滅是菩薩不行不住菩薩爾時得勝上清淨無生法忍是菩薩自此以上得自然不休息菩薩道是名菩薩摩訶薩九種次第入三摩跋提

善男子何者是菩薩摩訶薩十力所謂信力内力修行力忍辱力智力離力聞慧力樂說力功德力如實修行力

善男子何者是信力信力者菩薩摩訶薩信何等何等法彼彼法中隨心即成決定信力是菩薩於信力中一切世間天人諸魔不能擾動是名菩薩摩訶薩信力

善男子何者是菩薩摩訶薩内力菩薩起貪心時修不淨觀即滅貪心起瞋心時修行大慈即滅瞋心起癡心時修因緣行即滅癡心是菩薩若爲他人訶罵打縛生如是心此聲如響訶罵等如夢菩薩爾時得平等智信知打罵繫閉等唯是自業能如是見即時消滅是菩薩知此身中有何等事所謂逼惱割截等事如水中月菩薩爾時得平等智能如是知即時消滅舉要言之菩薩能知諸煩惱門皆是清淨門是名菩薩摩訶薩内力

善男子何者是菩薩摩訶薩修行力謂信行地力見道地力所有對治障法而彼障法所不能障是菩薩彼信行地中見道地中一切世間天人魔梵不能擾動是名菩薩摩訶薩修行力

善男子何者是菩薩摩訶薩忍辱力若菩薩爲他所罵而不加報以得如響平等智力故若菩薩爲他所打而不加報以得鏡像平等

智力故若菩薩爲他所惱而不加報以得如幻平等智力故若菩薩爲他所瞋而不加報以得内清淨平等智力故世間八法所不能染以得世法清淨平等智力故一切煩惱不能染不能勝以得集因緣平等智力故舉要言之是菩薩見一切染法門皆是清淨門是名菩薩摩訶薩忍辱力

善男子何者是菩薩摩訶薩智力謂菩薩摩訶薩知陰界入空不生不滅以何等智能集大菩提於彼智中一切諸魔外道邪見現作佛形所不能動亦不擾亂不能令疑是名菩薩摩訶薩智力

善男子何者是菩薩摩訶薩離力若菩薩身住一處一切衆生到菩薩所惡口毀罵誹謗菩薩亦復毀罵佛法僧寶或捉菩薩若割若截菩薩爾時於彼衆生不生惱害及以瞋心亦復不起煩惱使心及習氣煩惱心若有衆生來化菩薩令起諸惡菩薩爾時化令從已於三寶中得堅固心是名菩薩摩訶薩離力

善男子何者是菩薩摩訶薩聞慧力善男子菩薩摩訶薩多聞聞持聞慧海藏聞慧聚集是菩薩成就如是多聞慧力若三千大千世界衆生懷種種疑詣菩薩所一時發問各異不同菩薩爾時其心不動以一音答斷一切疑如是百千萬劫種種疑問菩薩一時一音而答是名菩薩摩訶薩聞慧力

善男子何者是菩薩摩訶薩樂説力菩薩在於百千萬那由他大衆中説法彼菩薩不思惟不分別何等何等衆生樂何等何等法菩薩隨彼衆生而爲説法菩薩説法不失字義

亦不重說不遲疾說不惡聲說不多少說是名菩薩摩訶薩樂說力

善男子何者是菩薩摩訶薩功德力菩薩若於樹下若在自舍若在空處一切諸魔及其眷屬詣彼菩薩爲作破壞爲欲擾亂然彼諸魔及其眷屬不能壞亂彼菩薩行彼諸魔衆而自驚怖破壞離散自見摧滅無有救者彼諸魔衆所持器仗刀劒鉾矟長鉤鉞斧鬬輪羂索弓箭戈戟如是等事猶如雲雨以彼菩薩摩訶薩功德力故即時變成種種諸華所謂曼陀羅華摩訶曼陀羅華盧遮華摩訶盧遮華陀羅華摩訶陀羅華瞻婆華脩摩那華憂波羅華鉢頭摩華如是等種種諸華如雲雨下供養菩薩彼諸魔衆所有種種麤獷言語聞者驚怖如是等聲以是菩薩功德力故即時變成種種讚歎微妙音聲是時菩薩於彼諸魔種種麤惡六塵境界以是菩薩功德力故彼惡境界即滅不現是時菩薩即隨心念而虛空中一切妙境即時現前是菩薩依自功德增上因緣以彼虛空而爲庫藏於自掌中成就一切殊勝財寶而現在前悉令一切衆生受用是菩薩掌中勝妙珍寶皆由自力功德而成善男子若以劫壽說是菩薩功德之力不可得盡是名菩薩摩訶薩功德力

善男子何者是菩薩摩訶薩如實修行力善男子菩薩摩訶薩有十種如實修行力何者爲十所謂布施修行力持戒修行力忍辱修行力精進修行力禪定修行力般若修行力方便修行力願修行力力修行力智修行力是名菩薩摩訶薩波羅蜜相應十種如實修

行力善男子諸菩薩摩訶薩其餘一切無量如實修行力皆悉攝在十種如實修行力

善男子何者是菩薩摩訶薩布施修行力善男子菩薩摩訶薩無有一物悋而不捨唯除惱害諸衆生事菩薩隨何等心能行施者而彼施心唯除諸佛如來及得忍菩薩餘一切衆生不能得信何況能知是名菩薩布施修行力

善男子何者是菩薩持戒修行力善男子菩薩持戒修行力有十種何者爲十所謂聲聞持戒修行辟支佛持戒修行菩薩持戒修行攝受一切善法持戒修行求善知識不捨持戒修行護攝受妙法持戒修行常爲利益他持戒修行迴向大菩提持戒修行常寂靜入三昧持戒修行斷煩惱及煩惱習氣持戒修行善男子諸菩薩等善能分別微密持戒以是義故彼諸菩薩所修持戒非一切種智人不能得知是名菩薩摩訶薩持戒修行力

善男子何者是菩薩忍辱修行力菩薩摩訶薩有三種忍辱所謂諸苦忍辱他所加惡不報忍辱知諸法無生忍辱善男子諸苦忍辱者以知自作業故不報惡忍辱者以於一切衆生得一子心故諸法忍辱者以於一切法得無生智故是名菩薩三種忍辱善男子是名菩薩摩訶薩忍辱修行力

善男子何者是菩薩摩訶薩精進修行力善男子菩薩隨何等處隨何等行爲成就彼善法修行力故彼彼法中生如是心我成就此善法爲令一切衆生同得故是名菩薩摩訶薩精進修行力

善男子何者是菩薩摩訶薩禪定修行力善男子菩薩不見一法而非寂靜見一切法自性寂靜滅一切諸覺遠離心意意識不生不滅不動不亂是菩薩不見自心定他心亂不見離自身不見離他身更有三昧而能修習一切功德精進不息是名菩薩摩訶薩禪定修行力

善男子何者是菩薩摩訶薩般若修行力善男子菩薩不見一法離因緣集不見一法離於空無相無作解脱不見一法離虚空解脱而能修習助菩提法精進不息亦化衆生而不休息是名菩薩摩訶薩般若修行力

善男子何者是菩薩摩訶薩方便修行力善男子菩薩摩訶薩不見自身而常護自身容行不見衆生而常教化衆生不息不見煩惱而常守護諸情根行菩薩見一切色不離佛色而常求見諸如來色菩薩聞一切聲不離諸法聲而常求聞法無有猒足不見世間而常猒離一切世間不見涅槃而爲得涅槃捨於一切内外之物不見佛及菩提而恒爲得佛及菩提而常作百千萬願現前修行是名菩薩摩訶薩方便修行力

善男子何者是菩薩摩訶薩願修行力善男子菩薩摩訶薩不見一法增不見一法减而能隨喜一切衆生所作善根迴向阿耨多羅三藐三菩提亦以自已一切善根共諸衆生迴向阿耨多羅三藐三菩提而作是言我因此諸善根必成阿耨多羅三藐三菩提我因此諸善根成就如是如是佛國土我因此諸善根得如是如是大衆菩薩如是大願成就

不可破壞是菩薩修持淨戒不破不漏不點不汙智者讚歎是菩薩住彼如是淨持戒中所作大願皆悉成就是名菩薩摩訶薩願修行力

善男子何者是菩薩摩訶薩力修行力若有衆生現作佛身詣菩薩所欲退菩薩菩提之心而作是言何處當有此菩提法廣說種種破壞之言然是菩薩不可得退轉不可破壞轉念菩提轉念道場念降伏魔念轉法輪念大慈悲於彼破壞衆生邪教衆生不生惡心而以慈悲還教彼人置於善法而是菩薩不失淨信精進正念三昧般若等力是菩薩依彼不退轉力令無量阿僧祇衆生得佛菩提入佛菩提是名菩薩摩訶薩力修行力

善男子何者是菩薩摩訶薩智修行力善男子菩薩如實知一切法無有衆生不生不老不病不死唯見於法離我我所是菩薩依如是知諸法智力令無量阿僧祇衆生入彼智中是菩薩一切世間諸魔外道尚不能轉彼眞如心何況迴置世間法中是名菩薩摩訶薩智修行力善男子是名菩薩摩訶薩十種修行力

善男子何者是菩薩摩訶薩十智所謂苦智集智滅智道智於苦中法智於集滅道中法智陰智界智入智過去未來智於道及果智是名諸菩薩十智

善男子何者是苦智謂苦中苦智於苦中集智於苦中滅智於苦中道智復次善男子於苦空智空無相智苦無願智苦因緣生智唯是苦生如是苦中苦智復次善男子知無明

智知愛智知取智名爲苦智
善男子何者是集智隨何等法集彼集彼智
中集智彼集唯是苦是名集智復次善男子
知愛是集智名爲集智
善男子何者是滅智謂過去無所從來智未
來不生智現在不住智是名滅智復次善男
子知過去法不滅知未來現在法不滅是名
滅智
善男子何者是道智謂苦智集智滅智道智
中求道智知道智是名道智
善男子何者是於苦中法智集滅道中法智
菩薩生如是心此苦集滅道唯是法如是知
於苦中法智於集滅道中法智是名苦中法
智乃至道中法智
善男子何者是陰智謂五陰中如幻夢智五
陰一合智聚集智和合智是名陰智復次知
色如聚沫知受如水泡知想如陽燄知行如
芭蕉知識陰如幻是名陰智
善男子何者是界智謂地界法界而法界非
堅相如是水界法界而法界非濕相火界法
界而法界非熱相風界法界而法界非動相
如是知名爲知界復次善男子知微細智是
名性智知一切法根本名爲界智復次善男
子苦智集智滅智道智名爲界智復次善男
子有二界謂有爲界無爲界彼有爲無爲中
智名爲界智復次善男子眼界色界眼識界
法界而法界非見相亦非可見相亦非可知
相如是耳界聲界耳識界法界而法界非聞
相亦非可聞相亦非可知相鼻界香界鼻識
界法界而法界非聞相亦非可聞相亦非可

知相舌界味界舌識界法界而法界非甞相亦非可甞相亦非可知相身界觸界身識界法界而法界非聚集和合相亦非觸相亦非陽燄相意界法界意識界法界而法界非生住滅相是名菩薩摩訶薩界智

善男子何者是菩薩入智謂入中廣智滐智普智縛智剌智怖智誑智無常智障礙智是名菩薩摩訶薩入智復次善男子菩薩知入如空聚落如彼空聚落而自不知是空聚落如是彼諸入自不知是空如空聚落菩薩若如是知是名入智復次善男子菩薩如是知十二入所謂眼入色入耳入聲入鼻入香入舌入味入身入觸入意入法入此諸入無我無我所菩薩若如是知名爲入智

善男子何者是過去未來智謂菩薩知過去知未來是名過去未來智復次善男子知未來無作者知過去滅盡是名菩薩摩訶薩過去未來智

善男子何者是於道中及果中智謂於六波羅蜜中智是名道智謂十地中及如來地中智是名果智彼於道中及果中智是名菩薩摩訶薩於道中及果中智善男子是名菩薩摩訶薩十智說此法集法門時七萬六千菩薩摩訶薩善聚集過去諸業得無生法忍

爾時奮迅慧菩薩語無所發菩薩摩訶薩言善男子汝應當說菩薩摩訶薩諸波羅蜜相應法集何以故善男子此是最勝所說法集所謂說諸波羅蜜何者是諸波羅蜜何者是波羅蜜法集爾時無所發菩薩語奮迅慧菩薩言善男子諸波羅蜜者謂檀波羅蜜尸波

羅蜜羼提波羅蜜毗離耶波羅蜜禪波羅蜜般若波羅蜜方便波羅蜜願波羅蜜力波羅蜜智波羅蜜善男子是名諸波羅蜜何者是波羅蜜法集所謂不見布施名爲檀波羅蜜而常捨一切内外之物不見持戒名爲尸波羅蜜而常修持一切淨戒頭陀功德等不見忍辱名爲羼提波羅蜜而常修行忍辱安樂之行不見精進名爲毗離耶波羅蜜而常修習一切善根無有休息不見禪定名爲禪波羅蜜而常尊重寂靜之心不見智慧名爲般若波羅蜜而常修習聞慧之法不見方便名爲方便波羅蜜而常現同一切外道爲諸衆生發起所念善根事故不見願名爲願波羅蜜而常求一切善根共一切衆生迴向阿耨多羅三藐三菩提不見力名爲力波羅蜜而常求那羅延身金剛力士爲教化衆生降伏憍慢故不見智名爲智波羅蜜而常修行一切工巧技術五明論等善男子是名菩薩摩訶薩諸波羅蜜相應法集復次善男子菩薩不求一切果報而常不捨施心於一切時捨一切事不分別持戒而能捨於身命不毁淨戒一切諸法不能擾動而常遠離瞋害之心不求一切法而常念一切善根不分別寂靜心而常修行禪定神通三昧於一切法中無有疑心而常求於聞思修慧不求一切法而心常念種種善根之法常住寂靜心而常修行一切諸願斷除一切憍慢高心而常修行成就堅固金剛之身善知一切諸經論等而常求於一切尊重諸善知識善男子是名菩薩摩訶薩諸波羅蜜相應法集復次善男子

菩薩摩訶薩心常愛樂檀波羅蜜而現隨順慳嫉衆生心常愛樂修持淨戒而現隨順破戒衆生心常愛樂忍辱之事而現隨順不能忍辱顛倒衆生心常愛樂精進之行而現隨順懈怠嬾惰顛倒衆生心常愛樂禪定三昧而現隨順多事散亂顛倒衆生心常愛樂般若妙慧而現隨順信非善處癡瘂衆生心常愛樂方便善巧而現不求一切所作事心常愛樂大願善根而現隨順猒離世間衆生等行心常愛樂有力而現隨順無力衆生心常愛樂勝智而現隨順無智衆生善男子是名菩薩摩訶薩諸波羅蜜相應法集復次善男子菩薩摩訶薩修行檀波羅蜜者得如意寶手及以虛空而爲庫藏修行尸羅波羅蜜者超過一切惡道而得生死自在及柔輭心隨

自在心修行羼提波羅蜜者得如來色身莊嚴成就三十二相八十種好見者無猒修行毗離耶波羅蜜者得四無畏及四無礙修行禪波羅蜜者得一切聲中自在及一切所作業中自在修行般若波羅蜜者得一切法中無所障礙謂一切法菩提平等故修行方便波羅蜜者得所作業自然謂得身口意業自在故修行願波羅蜜者得於一切生中宿命自在及隨順行隨順所作事修行力波羅蜜者一切煩惱及一切諸魔外道不能擾亂則得一切世間最高大身故修行智波羅蜜者謂能超過陰死煩惱天魔等故善男子是名菩薩摩訶薩諸波羅蜜相應法集復次善男子菩薩摩訶薩讚歎布施而不以彼布施爲清淨讚歎持戒忍辱精進禪定般若方便願

力讚歎智等而不以彼等為清淨何以故雖修如是一切法等以能捨故是一切法以分別心故有是故分別心及分別心所生法皆悉捨離是故菩薩分別心及分別一切法心所生法不與共住不生心以為清淨而是菩薩生如是心知無分別無戲論境界證阿耨多羅三藐三菩提心奮迅慧菩薩言善男子言菩提者於何法而說無所發菩薩言善男子言菩提者無分別無戲論法即其言也善男子見我者名為戲論此非菩提遠離我見無有戲論名為菩提善男子著我所者名為戲論此非菩提遠離我所無有戲論名為菩提隨順老病死者名為戲論此非菩提不隨順老病死寂靜無戲論名為菩提慳嫉破戒瞋恨懈怠散亂愚癡無智戲論此非菩提布施持戒忍辱精進禪定智慧無戲論法名為菩提邪見惡覺觀惡願名為戲論此非菩提空無相無願無戲論法名為菩提復次善男子亦得言一切法是菩提亦得言一切法非為菩提問曰以何義故一切法名為菩提一切法非菩提答曰於一切法著我我所此非菩提覺一切法平等知一切法真如名為菩提復次善男子言菩提者名為寂靜寂靜者名為一切法真如問曰善男子所言真如真如者於何法說答曰善男子言真如真如者名為空彼空不生不滅問曰若如是一切法空是故一切法不生不滅無所發菩薩言如是如是善男子如汝所知一切法不生不滅問曰若如是何故如來說有為法皆悉生滅佛說有為法皆生滅者此言何謂無所發菩

薩言善男子爲愚癡凡夫著生滅法故諸佛如來以大慈悲爲護驚怖隨順世諦作如是說諸法生滅而一切諸法不生不滅是故善男子菩薩摩訶薩應知諸佛應知諸佛法應知諸衆生應知諸法應知自身應知身法爾時無所發菩薩摩訶薩欲重宣此義而說偈言

佛及佛出世　諸佛法實體　菩薩如彼法
不放逸而知　諸善無漏聚　佛世智者最
依衆生心成　修善行因緣　是能知諸法
是能覺諸法　是人到諸行　若能知諸佛
菩提無與者　亦無人取彼　實知自身法
名爲覺覺者　若能知自身　唯是相無實
是能知如佛　及知菩提法　唯相諸衆生
虛妄分別說　菩薩如實知　如夢幻等相
妄覺實覺者　無能知此行　若調諸根馬
是能依定知　是人無怨覩　及作不可作
亦無取捨法　是名眞法集　能正知諸法
故說法集義　不正知諸法　是故說惡法
貪法及離貪　清淨平等見　見貪癡亦然
是名眞法集　爲利諸衆生　發大慈悲心
而不見衆生　若離於眞空　若如是知法
平等無垢處　得妙洲覺處　彼黠成正覺
如世間幻師　發心度幻人　彼幻不著幻
以未曾有故　知三界如幻　發大菩提心
爲度諸衆生　實知彼衆生　自身如虛空
衆生自性空　一切處見法　得忍住勝洲
不行於諸法　亦不還諸法　以不行不還
得住淨行洲　若住如是實　平等法界心
即時諸佛記　是必成大覺　自身佛亦然

及得受佛記　見彼法平等　即時諸佛記
得無障礙處　證滅行世間　一切處無過
以大悲爲身　若菩薩有智　欲如是法集
修行是法行　必得是法集
無所發菩薩説此偈時六萬二千菩薩得無生法忍八千天子遠塵離垢得法眼淨

復次無所發菩薩摩訶薩語奮迅慧菩薩言善男子菩薩應修行實諦法集何以故諸菩薩以實諦知以爲法集善男子何者是實諦善男子菩薩發阿耨多羅三藐三菩提心乃至捨身命不捨彼心不捨諸衆生是名菩薩摩訶薩實諦善男子若菩薩發阿耨多羅三藐三菩提心又時捨心捨衆生者如是菩薩則爲可訶是人名爲最上妄語問曰云何菩薩發阿耨多羅三藐三菩提心不復捨彼心不捨諸衆生答曰若菩薩知苦諦集諦滅諦道諦是菩薩不復捨彼心何以故是菩薩知實諦是故菩提心不退轉問曰何者是苦云何知苦答曰於五陰愛不愛逼惱是名爲苦菩薩知於彼苦空無壽者無我我所唯是因縁和合而生是名知苦菩薩見彼苦唯是集虚妄不堅固無壽者名爲知集菩薩知彼苦從本際不來不至未來際不在現在際無始無終自體本來寂滅自體空自體寂靜如是知名爲知滅問曰所言滅者此説何法答曰善男子言滅者不可言問曰善男子若言滅者不可言何故言滅答曰善男子説滅者謂客煩惱諸障不實虚妄分別法菩薩不分別彼不實法爾時得言名爲滅滅而虚妄法本來無法可滅是故如來説一切法本來寂滅

問曰善男子如來說菩薩不證滅若菩薩證滅是菩薩墮聲聞辟支佛地如來何故作如是說答曰善男子言證者名爲現見然滅法不可現見是故如來說滅法不可見若法不可見彼法亦不可證是故如來說菩薩不見滅不證滅依此義故如來說菩薩不證滅聲聞取法相故證滅知滅以何等念何等觀何等行如是知如是見如是決定名爲知道復次善男子言苦者名爲我彼我有相若如是集名爲知集菩薩見彼集不見一法能集如是知名爲知滅若能如是觀若能如是求名爲知道復次善男子隨所隨所法上心著名爲苦何以故善男子如來常說隨所心著名爲苦隨所心著處不實是故從心著生集名爲集苦不著心苦名爲滅以何等智不著彼智名爲知道善男子我今依實諦智能說諸菩薩若一劫及無量劫說而不可得盡說此實諦智時六萬菩薩依實諦熏修智得不退轉地虛空中無量百千天女於諸法中遠塵離垢得法眼淨

法集經卷第三

音釋

鉾矟　鉾莫浮切勾兵也　矟所角切矛屬

羂　古縣切網也

瘂　烏下切

法集經卷第四

元魏三藏法師菩提留支譯

爾時奮迅慧菩薩語無所發菩薩言善男子何者是菩薩摩訶薩心念處智何者是念云何心念處爾時無所發菩薩摩訶薩語奮迅慧菩薩言善男子菩薩摩訶薩以於一切法中無生智爲心念處智以無生智爲最勝諸菩薩彼無生智以無生智業得名一切處不亂一切處直一切處不動如大海水不可量一切聲聞辟支佛無能知以何等心念能聞持一切諸佛如來所說法而不散失是菩薩心念處諸佛如來現前知此是如是菩薩心念處彼菩薩心念處有十種處何等爲十所謂身念處受念處心念處法念處念佛念處念法念僧念戒念捨念天心念處是名十種念處

善男子何者是菩薩身念處菩薩如是安心此身來不從本際去不至後際不住本際未來際唯從虛妄分別心而生無作者無壽者無前中後際不住無根本無教者無取者而但以客塵言語而說若身體形狀若質若入若如是觀身此身不堅固唯是父母赤白和合不淨而生臭穢以爲體貪瞋癡怖以爲賊亂破壞不住種種無量百千萬病以爲窟宅復次善男子菩薩於身中如是安念是身從頭至足衆分聚集所謂足足指跟踝蹲脛胜膝髖骨腰脊胷脅腹肋觀手手指肘腕肩臂頭頰頸項髑髏眼耳如是等事積聚成身以業有爲作者以種種煩惱隨煩惱虛妄分別百千萬種爲窟宅此身多有種種不淨所謂

髮毛爪齒血肉皮骨肝膽腸胃生熟二臟脾腎心肺肪膏腦膜黃白痰癊洟唾目淚大小便利臭穢可惡是等無量不淨物聚集如是等中何者是身菩薩如是觀身作是思惟此身無實猶如虛空是名菩薩如虛空念處如是安心見一切法皆如虛空菩薩如是知身於諸法中無有動心不住心是菩薩不動不住名住念處如是住念中能如是知如菩提身亦如是此中不可得生猒心何以故一切是邪念非正念於何等法中生猒心是名菩薩摩訶薩身念處

又善男子何者是菩薩受念處善男子菩薩生如是心言受者名爲覺彼覺有三種謂顛倒不顛倒離彼二受顛倒受者謂一切凡夫散亂心顛倒心彼諸凡夫以無常受爲常以苦受爲樂以無我受爲我以不淨受爲淨是名顛倒受不顛倒受者受無常爲無常受苦爲苦受無我爲無我受不淨爲不淨此謂聲聞辟支佛受是名不顛倒受離彼二受者受無常非常非無常受苦非苦非無苦受無我非我非無我受不淨非淨非不淨、是名菩薩受念處菩薩如是受而不見受者不見能受者亦不見所受菩薩作是思惟如來常說一切有爲法以爲受若以一切法爲受者此中何等法以爲受者非所受以爲能受以彼所受非能受故而非無爲法能受有爲法離無爲法有爲法無受者菩薩如是彼所受不見能受復不見能受者能教彼所受者是菩薩見如菩提所能受亦如是是名菩薩摩訶薩受念處

又善男子何者是菩薩心念處善男子菩薩作是思惟彼受唯是心而心不住不可取無形何等法不可取無形彼所受法爲何所以非心非心知非心非心見復作是思惟隨何等心從因緣生見彼諸心皆由他力而有是菩薩不見離心而有菩提知此心法即是菩提菩薩爾時即得心自在以得心自在故即於大乘而得自在爾時即於一切衆生得平等心是菩薩爾時住於大乘中不依他力是名菩薩心念處

善男子何者是菩薩摩訶薩法念處善男子菩薩隨何等法而生正念若善法不善法若可呵法不可呵法若有漏無漏世間出世間法若聲聞辟支佛法若凡夫法非凡夫法是菩薩於彼彼法而生正念善巧能知善業柔輭善能修習善修畢竟善修自力善修自在知平等法不生不滅是菩薩不見一法離於不生不滅不見一法離於空無相無願菩薩作是思惟一切諸法無有壽者以自性寂靜故一切法無我以自性不二故一切法無障礙以自性如虛空故一切法無分別以遠離心意識故一切法寂靜以無煩惱性故一切法無言語以自性不可説故一切法不盡以無爲性淨故一切法不可數以過一切數量故一切法正直以過一切戲論故一切法無根本以無種子故一切法無過失以根本自淨故一切法不來以無形故一切法不去以無住故一切法光明以自性空故一切法空以從因緣而有故一切法無諍以無分別故一切法依自智力以隨所念而覺故一切法

菩提以智境界故一切法唯是名字以無實物故一切法離諸見以不可見故一切法不縛不脫以無形相故一切法不去以眞如爲體故一切法一界以不差別於眞法界故一切法不差別以實諦平等故菩薩如是觀一切法修行一切法不見衆生差別不見法差別不見乘差別不見佛國土差別不見法差別不見妙法差別不見縛不見脫不見世間不見涅槃不捨不取不行不住不受不捨而住於寂靜住於不動諸佛如來能見如是寂靜解脫菩薩在彼諸佛國土即時諸佛爲是菩薩授阿耨多羅三藐三菩提記是名菩薩摩訶薩法念處

又善男子何者是菩薩念佛善男子菩薩修行念佛念一切衆生我爲一切衆生成就阿耨多羅三藐三菩提是菩薩安住如是念處念諸佛如來有十力四無畏十八不共法彼諸佛法我必成就復能念彼諸佛如來有如是念不可思議廣大清淨無垢光明離一切使煩惱及斷煩惱習氣以智慧爲首智慧爲增上以諸佛無爲增上至一切所證增上法遠離一切智障煩惱一切聲聞辟支佛不能測量以無分別爲體以自然無障礙爲無行無礙不住照一切衆生心如虛空無分別諸佛如來有如是念菩薩念彼諸佛念實諸佛如來財寶諸佛如來庫藏念如是等法名爲念佛善男子諸佛不念亦非不念於一切處自然無分別諸佛如來有如是念菩薩念於彼念故名念佛諸佛於一切衆生一切法不差別相念於彼念故名念佛諸佛無分別亦

非無分別不取亦非不取不去亦非不去不生不滅念如是念故名念佛復次善男子諸佛如來以大功德智慧莊嚴以大慈大悲爲行以度衆生聚以爲救者爲大醫師拔煩惱刺於一切衆生起平等心常在寂靜三昧境界不住離世間涅槃到一切煩惱障智障彼岸大衆生住持大衆生依止滅一切生身得法身住法境界一切處心無障礙於一切時利益一切衆生身口無失不虛妄授記於一切事不可嫌身口意業遠離貪瞋癡等一切煩惱降伏一切諸魔外道不與一切世間諍訟深於一切世間大海重於一切須彌寳山不動不摇過於大地柔軟於水光明於火不著於風無垢於空去速於意如意踰於摩尼寳一切種智平等無二於一切衆生遠離一切著處度一切衆生精進不休息無量色身無量音聲無量功德無量境界不可思議得畢竟不可思議法身超過心意意識境界以明行心斷除三趣惡法大悲增上所有功德與一切衆生共於一切衆生猶如父母怨親平等於諸衆生香塗刀割不生憂喜心住一切處有大光明不可限量究竟彼岸大心衆生大法資財成就大明行成就大法師能說大法成大丈夫畢竟成就大丈夫相一切世間不能降伏能照一切世間光明大方便行大善境界畢竟大解脫畢竟大身以大衆生爲眷屬大身衆生圍繞無障礙見聞供養修行親近遠離自樂愛樂滅他苦愛樂正法以法爲錢財以法爲食以法爲衣糧以法爲根本以法爲自在爲大法王爲法施主常樂捨

法常不放逸常樂寂靜一切衆生以爲橋梁如大王道平坦無障如日光明破諸闇冥如大梵王大智金剛是大法箭清淨色身見無猒足諸佛如來有如是等無量功德菩薩念彼諸功德已爲成就彼功德故修行爲成就彼功德故正念是故名爲念佛是名菩薩摩訶薩念佛處

善男子何者菩薩摩訶薩念法處善男子菩薩作是思惟諸佛如是無量功德皆從法生從法化從法得從法增上從法有從法境界從法依從法成就復作是思惟諸佛如來有相好莊嚴彼亦從法生從法化從法得從法成就諸佛如來有十力四無畏十八不共法亦從法生從法化從法得從法成就諸佛如來有十八不共法彼法亦從法生從法化從法得從法成就所有世間出世間樂彼諸樂事亦從法生從法化從法得從法成就是故我求諸佛菩提應尊重法依法境界依法修行依法畢竟依法堅固是名菩薩法念處復次善男子菩薩作是思惟法平等住於一切衆生法非見高下衆生而生差別我亦如法心無分別平等無異法非見面而起作業以法不朋黨故我亦如法其心平等法非見時而起作業以法無時來而知內心自解故我亦如法其心平等法非於大衆生而起作業於下衆生不作業以法不高不下故我亦如法其心平等不生分別法非於淨衆生而作利益於不淨衆生不作利益以法遠離高下心故我亦如是其心平等不生分別法非於聖人作利益於非聖人不作利益以遠離福

田非福田心故我亦如是其心平等不生分別法非晝作利益夜不作利益非晝不作利益夜作利益以法常不休息作利益故我亦如是其心平等不生分別法不過可化衆生時節我亦如是其心平等不生分別法非於瞋衆生不作利益於不瞋衆生欲作利益以一切處不著故我亦如是其心平等不生分別法不增不減法無量阿僧祇如虛空不盡不增長我亦如是其心平等不生分別衆生不護法法不護衆生我亦如是其心平等不生分別法與一切世間作歸依我亦如是其心平等不生分別法無有處生瞋害心以無害相故我亦如是其心平等不生分別法不住煩惱使以法遠離使煩惱故我亦如是其心平等不生分別法非怖世間求涅槃以法常無分別故我亦如是其心平等不生分別菩薩如是於法中正念是故名爲念法善男子是名菩薩摩訶薩念法處

善男子何者是菩薩摩訶薩念僧善男子菩薩作是思惟僧者名爲如法語者名爲法行者名爲思法者名爲福田法者名爲住持法者名爲依法者名爲供養法者名爲所作如法者名爲如境界法者名爲修行成就法者名爲實法者名爲真法者名爲實清淨法者名爲救衆生者名爲大慈悲者名爲常寂靜境界者名爲常歸依法者名爲常白淨行法者復次善男子菩薩作是思惟如來說僧非唯一種所謂世諦僧第一義諦僧慙愧僧無慙愧僧聖人僧調伏僧不退轉僧又善男子菩薩於世諦僧攝受修行於第一義諦僧供

養修行慙愧僧令得解脱修行無慙愧僧呵責修行聖人僧供養恭敬親近修行調伏僧如佛如是修行不退轉僧説法修行復次善男子菩薩依是思惟僧者名爲不斷佛種以佛子故僧者能與所樂果報以其福田故僧者離煩惱以無畏故僧者捨一切所著以得解脱故僧者名爲寂靜以調伏心故僧者名爲不雜以無煩惱故僧者遠離惡法以有慙愧故僧者名爲隨順語以可化故僧者名爲知自身以無憍慢故僧者名爲寂靜以無高心故僧者名爲知足以無顛倒心故僧者名爲斷絶分別以無病故僧者名爲到妙洲渚以得無畏處故僧者名爲見實相以不放逸故僧者名爲彼岸以能到彼妙洲彼岸故僧者名爲不惡以行阿蘭若行故僧者名爲快以畢竟趣道場故僧者名爲知三學以修行弟子行故僧者名爲行於四念境界以勝諸念修行者故僧者名爲修行四正勤境界以修行精進故僧者名爲修行四如意足境界以不疲倦故僧者名爲修行五根境界以不破壞故僧者名爲修行五力境界以降伏諸煩惱刺故僧者名爲修行七覺行以無障礙故僧者名爲修行八聖道境界以正見故僧者名爲修行實諦境界以得歸處故僧者名爲修行諸禪境界以定心故僧者名爲修行因縁集境界以能轉法輪故僧者名爲大慈悲以不退轉處故僧者名爲一切功德聚集以一生得大菩提故又善男子菩薩如是念僧已作是思惟僧者如是無量功德我皆欲得亦令一切衆生畢竟成就善男子是名菩

薩摩訶薩念僧念處

善男子何者是菩薩摩訶薩念戒善男子菩薩作是思惟所有世間出世間一切勝妙果報彼諸果報皆因持戒而得何以故依因淨戒根本力故善男子譬如一切草木叢林依地爲根本如是一切世間出世間妙果依戒爲根本菩薩摩訶薩住於持戒能與一切天人作大福田復能滿足施者功德善男子菩薩住於持戒生歡喜心心歡喜故不生憂惱不憂惱故心得踊悦得踊悦故得身心猗身心猗故心得樂心心得樂心故而得三昧得三昧故得如實知以如實知故菩薩於一切衆生生大慈悲菩薩作是思惟我今以此如實三昧法門如實知爲令一切衆生成就是菩薩以大慈悲心熏修依彼大慈悲心修持增上戒增上三昧增上慧滿足得阿耨多羅三藐三菩提是故我今修持妙戒不動不放逸我憶念一切衆生而修持戒何以故若菩薩不憶念一切衆生持戒則非菩薩戒是故我今爲令一切衆生得安隱樂修持淨戒復次善男子菩薩作是思惟菩薩出家修持淨戒則能遠離一切世務之事菩薩著於染衣則能滿足捨一切所愛之物菩薩受持淨戒則能滿足身口意清淨菩薩愛念持戒則能滿足六通菩薩宴坐持戒則能滿足菩提分法菩薩聞於妙法修持淨戒則能滿足四無礙智菩薩推求多聞智慧修持淨戒則能滿足不自高心菩薩親近善知識修持淨戒則能滿足一切功德菩薩修持施波羅蜜戒則能滿足一切智智菩薩如所聞法如說修持

淨戒則能滿足爲大法師菩薩如所聞法思惟持戒則能滿足得陀羅尼菩薩念菩提心修持淨戒則能超過一切諸惡得滿足戒菩薩不生害心修持淨戒則能滿足不失菩提心菩薩不失菩提心修持淨戒則能滿足不失三寶心菩薩作是思惟若有能護修持戒者世間所有可護之者皆悉能護是名菩薩摩訶薩念戒

善男子何者是菩薩摩訶薩念捨善男子菩薩作是思惟所有一切可捨之法皆悉攝於二種捨中謂法捨財捨善男子菩薩資生施者悉能滿足三十二相八十種好淨佛國土教化衆生菩薩法捨者亦能滿足十力四無畏十八不共法能斷煩惱及以煩惱習氣復次善男子菩薩於資生能捨慳心捨法因緣能過聲聞辟支佛地復次捨財者能清淨生身捨法者能清淨法身復次捨財功德能捨父母生身何者有此捨力唯除初地菩薩一切世間所無捨法者能成就爲意通力誰有此力唯除諸佛如來及住地菩薩一切世間所無復次捨財能教化衆生施法能令得解脫復次捨財能得聚集功德施法能令到於彼岸復次捨財能施半施法一切捨復次施財能得斷煩惱解脫施法能成就離智障解脫復次捨者若能捨於虛妄分別此捨中最勝第一謂捨虛妄分別之心何以故菩薩捨於虛妄分別是故名爲清淨菩薩問曰言虛妄者此說何法答曰善男子言虛妄者說不實戲論法問曰云何名爲不實戲論答曰若人如是思惟我貪我瞋我癡我染我淨我不

淨我行世間我入涅槃如是等一切皆是不實虛妄分別戲論之法何以故一切唯是因緣幻爲無我無我所無衆生無人無命無我無壽者無作者無教者彼諸因緣自性空寂遠離心心意識彼諸因緣不能思惟不能分別不能染不能淨不能行世間不能入涅槃是故菩薩能知如是虛妄法不能作是思惟是其實有捨如是心故名爲捨菩薩若能念如是法名爲念捨復次善男子菩薩摩訶薩有三種捨謂捨大捨增上捨何者是菩薩摩訶薩捨謂飲食穀米倉庫衣服騎乘燈明香熏華鬘塗香末香旛蓋幢帳車轝瓔珞首冠金銀珍寶諸如是等不爲惱害衆生之具唯除能害衆生之事餘一切物無有不捨是名菩薩摩訶薩捨何者是諸菩薩摩訶薩大捨善男子菩薩摩訶薩成就捨已能捨所愛妻子男女大小奴婢僕使臣佐吏民舍宅園觀國土王位是名菩薩摩訶薩大捨何者是菩薩摩訶薩增上捨善男子菩薩成就於捨及以大捨故成就增上之捨所謂能捨手足耳鼻頭目髓腦血肉筋骨脣舌齗齒連膚爪髮如是一切悉皆能捨是名菩薩摩訶薩增上捨又善男子菩薩念如是捨大捨增上捨我當畢竟成就捨大捨增上捨爾時得名念捨菩薩善男子是名菩薩摩訶薩念捨

善男子何者是菩薩摩訶薩念天善男子菩薩念清淨天所謂念聲聞辟支佛菩薩諸佛如來云何念彼修行念功德念不生念所受境界念始行念修行念成就是名念天復次善男子菩薩念諸天云何念諸天修善業行

得勝果報何者是善業行所謂十善業道遠離不善業道以此善業因緣得彼諸天色妙樂清淨諸根勝妙果報又菩薩於彼勝妙果報起隨喜心而生大慈以彼妙樂果報共一切衆生迴向阿耨多羅三藐三菩提菩薩作是念欲令衆生得天妙樂復爲成就彼諸善根發大精進於生惡道衆生起大悲心菩薩作是思惟我應教一切衆生修行善業令生天上即於天中得阿耨多羅三藐三菩提菩薩作是念已教諸衆生修善生天令不退失彼天妙果即從彼樂得無上樂所謂如來寂靜妙樂是名菩薩念天善男子是名菩薩摩訶薩十種念處爾時無所發菩薩摩訶薩欲重宣此義而說偈言

不見苦爲苦　以見苦即空　若不離苦法
空法不可得　欲得見空者　應見於苦義
以苦爲空義　彼空無爲故　苦無有作者
以苦非作法　離苦誰作者　而亦無前後
無有實集者　若能實集苦　此中何處集
以苦非作者　苦無所從來　去無所至處
與何法共合　離苦何處有　說愛以爲集
若能集於苦　愛實無有愛　離愛云何集
以苦無所來　是誰得未來　說滅以爲定
離於去來法　諸法自性滅　根本清淨明
諸法同寂靜　以離前後際　法若是先生
後則應有滅　離滅云何生　離生無彼滅
如是求智慧　說名無漏道　說道如栰喻
以必捨栰喻　若聚集捨法　彼法何應樂
捨道住妙洲　是名得解脫　說得解脫相
不諍於諸法　以於一切法　證眞如道故

髮毛及爪齒　脂膏血肉骨　洟唾大小便
肝膽以腦膜　心肺大小腸　聚積名爲身
虛妄分別宅　智者如是觀　無有實作者
及離於受者　猶如空聚落　如是虛妄身
說受名爲受　彼受誰能受　受者離於受
差別不可得　智者如是念　彼智者觀受
其相如菩提　寂滅清淨明　身中不見心
心中不見心　是人離熱惱　雖離而不喜
見法唯是心　遠離於分別　不捨眞如行
以得無障境　諸法不自生　亦復非他生
離諸數盡相　平等如虛空　如實知此法
智者無去相　知法亦不住　以住於平等
若能如是念　於諸法不動　是人到彼岸
如諸佛福田　知諸法名佛　一切處無垢
聚集清白法　安隱諸衆生　念寂及妙色
亦念諸功德　菩薩滿諸法　必得無上道
是菩薩供養　三世諸如來　法中念不動
以常定境界　善縛堅固鎧　念妙法境界
得無上菩提　菩薩堅固行　如法我亦然
若作如是念　此念法應知　所謂諸菩薩
離我及我所　如法我亦然　若能如是念
名修妙法念　諸佛弟子僧　是無上福田
必得佛菩提　常念如是人　如海不可量
我念如是人　迴此諸功德　令一切成佛
善修不退戒　我念彼戒行　所有諸功德
盡欲與衆生　迴向無上道　令得畢竟樂
如是名念戒　能與衆生樂　捨資生及法
亦捨諸煩惱　有福爲衆生　迴向無上道
如是成捨心　不住於二道　離相自然行
所在如日照　一切凡聖天　皆從善業得

以彼諸因果　大悲施一切　如是諸妙行
爲與增上樂　即於彼天中　成無上正覺

爾時無所發菩薩摩訶薩奮迅慧菩薩摩訶薩是二大士及無量眷屬俱詣佛所到佛所已頭面禮足遶百千帀奉承尊意退坐一面并諸眷屬亦坐一面而白佛言世尊我等二人於勝樓閣妙寶臺上說法集時諸佛如來於一切法悉知見覺無有障礙世尊我等二人所說法集隨順佛意不耶爾時佛告二菩薩言善男子如汝所說諸佛如來於一切法悉知見覺無有障礙善男子汝等二人所說法集善順我意善男子一切菩薩所有言說皆是諸佛如來威神之力善哉善哉善男子汝今快說此妙法集若有諸菩薩欲說法集者應如汝等所說善男子汝等所說妙法集者則爲已作諸佛如來所作之事善男子我於汝等二人所說法集生隨喜心爾時慧命舍利弗語無所發菩薩摩訶薩言善男子汝以何義名無所發無所發菩薩言大德舍利弗若有菩薩休息一切身口意業不著一切所作之事不求一法不離煩惱不欲得法見過去未來諸法眞如平等亦不見法有下中上是故名爲無所發復次大德舍利弗一切諸法皆無所發以本無故舍利弗法若有始則有所發諸法無始無始云何言有所發慧命舍利弗言法若如是汝云何言說於法集無所發菩薩言大德舍利弗我無所發而說法集無所發菩薩謂舍利弗言舍利弗於意云何汝之所問爲有所發問爲無所發問若言有所發問者依何因緣而有所發然不離

於法而有所發不離於法而有所問大德舍利弗若是無發問者則爲入我所說法集慧命舍利弗言善男子我有所問汝亦有說云何而言無所發耶無所發菩薩言大德舍利弗汝之所問我之所說皆如幻說如是菩薩摩訶薩安住眞如法界所說應知大德舍利弗夫幻人者無心無心數法一切衆生亦復如是無心無心數法若如是者云何有發大德舍利弗如因幻師幻有所說如是菩薩摩訶薩依眞如法界能有所說應如是知慧命舍利弗言善男子譬如幻師所作幻事非實非不實若如此者汝亦應爾非實非不實無所發菩薩言大德舍利弗諸佛如來覺一切法皆如幻相故說諸法虛妄如幻舍利弗言如是善男子諸佛如來覺一切法如幻說一切法如幻無所發菩薩言大德舍利弗猶如彼幻非實非不實一切諸法亦復如是非實非不實應如是知無所發菩薩言舍利弗若諸法有實不實者不應說言一切諸法猶如幻相慧命舍利弗言善男子汝何所爲行菩薩行無所發菩薩言大德舍利弗我行菩薩行不爲於義非不爲義何以故若有菩薩爲義行者如是菩薩則有所見而行於行若有所見而行其行如是菩薩則不隨順諸佛如來何以故若有所見而行其行者如是之人尚不能隨無生法忍何況即入無生法忍若離無生法忍則不隨順諸佛如來若不爲義而行於行如是之人行於邪道行邪道者此則無實義慧命舍利弗言善男子若不爲義非不爲義如是菩薩於何處行無所發菩薩

言大德舍利弗隨在何處一切毛道凡夫所行菩薩即彼處行舍利弗言善男子毛道凡夫於何處行無所發菩薩言大德舍利弗隨諸佛如來於何處行毛道凡夫即彼處行而毛道凡夫不知諸佛隨處行我亦彼處行慧命舍利弗言善男子若毛道凡夫不知諸佛所行境界云何而言諸佛如來隨何處行毛道凡夫即彼處行無所發菩薩言慧命舍利弗汝今能知佛境界不舍利弗言善男子我但如彼文字而取云何能知諸佛境界善男子然諸聲聞從於如來聞聲分別而言得知善男子諸佛境界無量無邊而不離諸佛境界更有凡夫境界無所發菩薩言大德舍利弗若不離諸佛境界更有凡夫境界者舍利弗向言諸毛道凡夫不知佛境界此言云何

慧命舍利弗言善男子諸佛如來超過世間毛道凡夫於行世間是故諸毛道凡夫不知諸佛境界無所發菩薩言大德舍利弗於意云何諸佛如來有所得有所住有所利益不舍利弗言善男子諸佛如來無法不知知一切法覺一切法已能於有爲法中利益衆生無所發菩薩言若舍利弗如是知何故言諸佛如來超過世間此是大德舍利弗不思量而說舍利弗若如來超過世間即如來無所得無所住無所作利益舍利弗汝言已壞爾時慧命舍利弗語無所發菩薩言善男子我先已壞非適今也曾於過去退善根及一切智智心故善男子我於仁者樂說辯才深生隨喜願一切衆生皆得是辯才說此法集時八萬菩薩得無生法忍六萬天子得遠塵離

垢得法眼淨五千比丘轉聲聞心發阿耨多羅三藐三菩提心彼諸比丘佛爲授記各於種種佛國土中成阿耨多羅三藐三菩提爾時無所發菩薩摩訶薩白佛言世尊世尊云何菩薩摩訶薩善知可取能取法佛言善男子若菩薩知一切法菩薩爾時善知可取能取法無所發菩薩言世尊云何善知一切法佛言見一切法如夢幻乾闥婆城陽燄火輪水中月化鏡中像無所發菩薩言世尊何者是一切法而見如夢幻乾闥婆城陽燄火輪水中月化鏡中像佛言善男子言一切法者謂眼色耳聲鼻香舌味身觸意法善男子是名一切法見如夢幻乾闥婆城陽燄火輪化水中月鏡中像能取者謂眼耳鼻舌身意可取者色聲香味觸法菩薩摩訶薩悉見知覺能取可取諸法亦能善說是故名爲一切智者若一切智者是人離使煩惱若能離使煩惱是人無我無我所如虛空無分別於一切衆生得平等心以得平等心故得一切處寂靜心得寂靜心故名爲法行自然堅固者於一切衆生作上首者一切法中無障礙者大慈大悲者不可動轉者三藐三佛陀者無所發菩薩言世尊菩薩欲得如諸佛如來妙法云何修行佛言菩薩欲得諸佛如來如是法應生平等心猶如大地以能忍受一切衆生諸不善行及惡語言故又應生平等心猶如淨水以能洗除身及衆生虛妄分別微塵煩惱垢故又應生等心猶如猛火能以智火焚燒自及諸衆生煩惱薪故又應生等心其相如風以能遠離一切著故又應生等心猶如

虛空以一切處無障礙故善男子如師子王菩薩亦爾以一切處不驚不怖故譬如龍象菩薩亦爾以調伏心荷負一切衆生諸重擔故譬如大雨菩薩亦爾以其降澍妙雨故譬如日光菩薩亦爾以智慧光照一切衆生故譬如明月菩薩亦爾以一切衆生隨其所在見者愛樂故譬如大商主菩薩亦爾將導衆生趣一切智大寶洲故譬如良醫菩薩亦爾以能療治一切衆生煩惱病故如扶刺者菩薩亦爾以能拔出一切衆生於諸法中疑惑心故譬如海導師菩薩亦爾以能善知一切智知諸方義故譬如船舫菩薩亦爾以能善度諸衆生大海水故譬如衆水河池等菩薩亦爾以能資潤一切衆生故如王大道菩薩亦爾平等能津通諸衆生故譬如寶洲菩薩亦爾以能具足一切菩提分法故譬如如意寶須者皆得菩薩亦爾能與衆生無量利益所求法故譬如良馬菩薩亦爾以能運代疲苦衆生故譬如大海菩薩亦爾智慧甚深難測量故譬如須彌山菩薩亦爾於佛菩提不傾動故譬如一切諸妙寶樹菩薩亦爾以能具足勝莊嚴故譬如閻浮檀金菩薩亦爾以希有難得故譬如帝釋王菩薩亦爾於諸法中能得增上自在力故譬如大梵王菩薩亦爾具足寂靜諸威儀故譬如護世四天王等菩薩亦爾以能護持勝妙法故譬如轉輪王菩薩亦爾以能修行十善業故譬如大臣菩薩亦爾以能守護諸佛如來秘密法故菩薩應生出家心以善住沙門法故菩薩住沙門法中以寂靜身口意業故菩薩住阿蘭若處

以成就禪定三昧三摩跋提通明解脱故菩薩住禪定中以得真如甚深空故菩薩住寂靜處以能教化乾闥婆緊那羅摩睺羅伽成就呪術妙藥聖人法故菩薩安住明智以能具足成就三明故菩薩住於勝寂以得殊妙六通法故菩薩住多聞慧以能善知陰界入等差別法故菩薩住於師處以能善知一切諸論故菩薩住法師地以能遠離飲食供養說法教化故菩薩善住毗尼法中以能遠離貪瞋癡等諸煩惱故菩薩住於摩夷處以能一切處寂靜故菩薩住於柔輭心以能遠離一切所求故菩薩不住掉心以能遠離貪煩惱故菩薩不住高心以能遠離瞋煩惱故菩薩不住諸惡語言以能遠離癡心故菩薩不住雜亂語言以能成就善護言語故菩薩住於大師以能修行大乘法故菩薩善住荷擔負重以能成就大菩提心故譬如大水菩薩亦爾以能利潤受用衆生故譬如大城菩薩亦爾以能滿足一切智智功德故譬如僮僕菩薩亦爾以心慈悲代諸衆生勤苦事故

復次善男子菩薩於惡衆生生柔和心於憍慢衆生生恭敬心於諂曲衆生生質直心於稠林行衆生不生稠林行心於不修行衆生生救度心於無慚衆生生於慚心於無愧衆生生於愧心於邪論衆生生不怯弱心處於大衆不生怖心世間之法不能染汙一切諸魔不能破壞外道邪論不能降伏於所尊者生敬重心常於師長生供養心於多聞者生奇特心於得禪定者生希有心於黠慧者生深行心於諸法師生愛敬如佛心於諸菩薩

生歸依心於諸如來生究竟心於如實修行者生堅固心於一切煩惱不驚不怖不證涅槃起大慈悲行世間行爲度衆生不以染心說法教化而常遠離一切供養恭敬故遠離顛倒心以如實知無常苦空無我不淨故具足解脫心以能遠離境界故成就如實生以生聖人如寶家故成就如實智慧以常出家心故成就聖行以如實知苦集滅道故成就大人相以具足持戒多聞不放逸故成就一切衆生平等心善知世間無我故成就不顛倒法以聖印爲印故成就道場心以不退印爲印故諸菩薩等常成就清淨心行成就普莊嚴威儀行不樂說世間技術語言不樂近惡知識不樂供養恭敬諸事不樂說世間雜語不樂說諸國土事不樂說諸王事不樂說賊盜事不樂說婦女事不樂說吉會事不樂說征戰事不樂朋黨諍訟不樂諸惡國城邑聚落邊地難處不樂近妓樂歌儛戲笑等人

復次善男子不樂與慳嫉人俱不樂與破戒邪見多集諸惡放逸輕法等人俱不樂與多瞋恨顛倒亂心人俱不樂愚癡瘖瘂如是等人悉不與俱菩薩摩訶薩常樂勇猛捨法資生無畏等施斷除貪瞋癡煩惱大妙行者樂離憒亂處樂於靜默常樂閑獨所謂高山巖嶺溝壑草木叢林清泉流水樂如是等清閑之處初夜後夜捐於睡眠精勤修行發聞思修慧及諸禪定三昧陀羅尼自在神通無量無邊百千萬億法門而現在前見無量百千萬億佛得百千萬億三昧百千萬億陀羅尼門能教化百千萬億衆生菩薩應成就如是

等心則能得彼如來妙法
爾時無所發菩薩摩訶薩白佛言世尊若能如實修行者此大乘法故即是如說修行者所乘之法若能不放逸者是人名爲如實修行世尊又如實修行者謂發菩提願不放逸者謂滿足菩提願復次如實修行者謂修行布施不放逸者謂不求報復次如實修行者受持淨戒不放逸者成就不退戒復次修行者始修忍辱行不放逸者得無生法忍復次修行者求一切善根而不疲倦不放逸者捨一切所作事故復次修行者始修禪定不放逸者不住禪定復次修行者滿足智慧不放逸者不戲論諸法復次修行者守護妙法不放逸者不見諸法復次修行者令諸衆生得大菩提不放逸者不見諸衆生復次如實修行者聚集一切善根不放逸者迴向大菩提復次如實修行者以菩提爲實法不放逸者如實知一切法如菩提相復次如實修行者得無生法忍不放逸者願取有生復次如實修行者往詣道場示現一切勝莊嚴事不放逸者如實知阿僧祇劫復次如實修行者如實知菩提不放逸者過去諸業皆善修故復次如實修行者至大涅槃不放逸者善知諸法本性寂滅世尊菩薩摩訶薩善能如是修行及不放逸於得菩提不以爲難世尊以是義故菩薩摩訶薩應當修習如實修行及不放逸世尊是則名爲微妙法集
爾時慧命舍利弗白佛言世尊如我解佛所說義者若有菩薩摩訶薩於佛如來及諸菩薩所說法集聞而生信及能修行是諸菩薩

有妙法集何以故若不信法者則無法集若不行精進者亦無法集若人能於諸聖所說法中生希有心生如實心是菩薩有妙法集世尊若人不自讚已亦不毀他是人有妙法集世尊若人於聖慈心於非聖攝受心若有人不見自勝不見他劣若人於平等法生於等心於不平等法亦生等心於等亦生等心於等不等亦生等心而不分別等以不等是人有妙法集若人但聞一句而能了知百千萬句當知是人有妙法集若人聞法不靜不亂若人聞法不縛不解若人聞法不行不住若人聞法不增不減若人聞法不喜不瞋若人聞法不住世間不入涅槃世尊若能如是入於法集當知是人有妙法集世尊我今所說法集爲得隨順如來所說法集不耶佛言如是舍利弗汝之所說隨順佛意

法集經卷第四

音釋

跟踝　跟古痕切足踵也踝胡瓦切腿兩旁曰內外踝　蹲脛　蹲市兗切腓腸也脛胡定切脚脛也　髀　傍禮切股也　髖　苦官切兩股間也　脘　烏貫切臂脘也　脅　虛業切腋下也　脾腎　脾房脂切土藏也腎時軫切水藏也　猗　於其切輕安也　齗　語斤切齒根肉也

法集經卷第五

元魏三藏法師菩提留支譯

爾時慧命大目揵連白佛言世尊若菩薩作是思惟我能說法集如是菩薩則不能說何以故有我見者生如是心我能說法彼人聽法若人遠離我相是人不見我能說法他能聞法不見彼二非不見二世尊一切有法皆非實有隨何等法生分別心謂是實有當知是法虛妄無實諸菩薩等於彼法中不生分別是法實有何以故不生分別謂是實有菩薩摩訶薩知一切法虛妄不實猶如幻人有所言說世尊夫虛妄者實無而似有如是之法隨順於空不違因緣隨順不生不滅是人不違空法及諸因緣隨順不生不滅捨離種種分別斷我我見遠離一切邪見諸菩薩摩訶薩知諸法虛妄而能隨順世間說名爲有若能如是說虛妄法令他人知是名法集能說者說何等法以爲法集說一切法法皆一相如是法集是名微妙法集世尊我今所說法集爲得隨順如來所說法集不耶佛言如是目揵連汝之所說隨順佛意

爾時慧命富樓那彌多羅尼子白佛言世尊世尊若人爲求福故說於法集是人所說則爲可呵何以故以著我故若著我我所相是人所作罪行福行不動行不離邪見所作事當知是人不能自利亦不利他世尊若人不能知如是法集是人不起罪行福行及不動行若人能知法集是人不集五陰亦非不集不集十八界亦非不集不集十二入亦非不集是人不取衆生亦非不取不取法亦非不

取不取實亦不取虛不取境界亦不離境界是人不取貪瞋癡亦不離貪瞋癡不取世間不取涅槃不取諍訟亦不取默然不取空亦不取邪見不取無相亦不取覺觀不取無願亦非不取不取諸佛法亦不取凡夫法不取法亦不取非法不取聖僧亦不取外道僧世尊菩薩摩訶薩知一切法不求究竟處何以故是菩薩知一切法無非究竟故是菩薩不求解脫一切諸法本性寂滅無非解脫是菩薩不樂一法亦不猒一法是菩薩知諸佛法非是自法亦非他法不取一法不捨一法若有取捨則爲可呵不行不住若有行住是亦可呵不喜不憂若有憂喜是亦可呵世尊如是所説名爲法集世尊我今所説法集爲得隨順如來所説不耶佛言富樓那汝之所説隨順佛意

爾時慧命摩訶迦旃延白佛言世尊若人有法相非法相依此二相説法者是人名爲住無明中何以故若人見非法如實見即是真法世尊若菩薩如實見非法即是真如世尊夫真法者無所從來無所至去法不依人世尊法於人不遠不近法於處所亦無遠近世尊法無是念我於上衆生行於下中衆生不行於下中衆生行於上衆生不行世尊法非相得名亦非非相得名何以故世尊聖人見所有相者皆是縛非相者亦是縛世尊法非離亦非修行世尊能知法者遠離修行世尊法不與他亦不自取而隨所欲利益不同以無作者故世尊法於諸佛不生親想毛道凡夫不起怨心世尊以無分別戲論想故世尊

法不近佛不遠凡夫而隨所行得法不同世尊如是之法是名法集世尊我所説法集爲得隨順如來所説法集不耶佛言摩訶迦旃延汝之所説隨順佛意

爾時慧命大迦葉白佛言世尊若人求於寂靜而説法集如是之人則無法集世尊一切諸法不離寂靜以無二故夫二法者不知於二以其遠離心意意識智故一法者亦不求二以其遠離求欲法故一法者亦不二以無所造作故復次世尊夫寂靜者即不二法不二法者不離諸法世尊一切諸法不二相以自性空故自性無相自性無願自性無作自性不生不滅非清淨相而亦可得亦非不淨相而是可得非慳者得非能施者得非破戒者得非持戒者得非瞋恨者得非忍辱者得非懈怠者得非精進者得非散亂者得非禪定者得非愚癡者得非智慧者得若能如是不得諸法是則名爲眞實得法若於諸法有所得者則不能得有所行境界者則不能得心行境界者行二法者見所有法者依止法者求證法者離煩惱者求究竟者見佛者見法僧者見世間者見涅槃者則不能得如是境界復次世尊若人求法者於一切法應無所求世尊於一切法無所求者名眞求法世尊正見菩薩不見於法及以非法而於諸法如是思惟遠離我所心無所著名爲眞法若遠離虛妄不實名爲眞法若遠離一切求名爲眞法若知一切法離戲論名爲眞法若有菩薩能如是説是則名爲眞實法集世尊我今所説妙法集爲得隨順如來法集不耶佛

言迦葉汝之所說隨順佛意
爾時慧命須菩提白佛言世尊夫言法者名爲不諍若能不諍是人有法世尊眼之與色無有諍競耳聲鼻香舌味身觸意法亦無所諍是名爲法又云何眼色二法無所諍競以不和合故以此二法不相到故耳聲鼻香舌味身觸意法亦不和合不相到故夫不到不合法皆無違諍世尊法無有二是故法不諍世尊諸法無二各不相知不知不分別離種種分別不生不滅不增不減不樂不猒不住世間不住涅槃大真法者不言人能得法法爲人得世尊諸法不猒不樂不染不淨世尊若人言我知我覺我說如是之言皆是虛妄分別十二入法世尊而此諸入無如是心我能分別若人能知如是之法當知是人不與物諍若能不與物諍是人隨順沙門道法若能隨順沙門行法是人不去不來不行不住不進不退見諸法即法行見諸法即解脫行見諸法即法界見諸法即究竟而不見有究竟之者諸所見法唯是名字唯是虛假唯是幻僞若能如是見虛假不實如是等人名爲見法世尊見法者名爲見佛見非法名爲見佛見佛者名見諸衆生見非衆生名見因緣見非因緣名爲見空見非空名爲不見世尊是名正見諸法世尊若能如是正見諸法當知是人能隨佛意隨順於法隨順於僧世尊若諸菩薩得如是等無諍法忍尚不與彼諸魔共諍況復與其同行菩薩而生違諍若與違諍無有是處何以故是菩薩見一切語言皆能成就我行是故不應與彼諍法以無諍

法故菩薩畢竟得無諍法以畢竟得無諍法故是菩薩名爲得一切畢竟法於一切法中得平等如見自身平等見一切法亦復如是平等住平等忍是故名爲得畢竟諸法平等無所去無所來是故名爲得畢竟世尊菩薩如是得諸法畢竟如是菩薩所有言説皆是法集悉與衆生安隱樂須菩提白佛言世尊我今所説法集爲得隨順如來法集不耶佛言須菩提汝之所説隨順佛意須菩提汝今説是法集時五千天子遠塵離垢於諸法中得法眼淨五千天子發阿耨多羅三藐三菩提心須菩提若有菩薩聞汝所説微妙法集是菩薩即知自身到大法海即知此身爲不空過必得妙樂須菩提是名諸佛如來第一法集

爾時慧命阿那律白佛言世尊一切法文字名爲法集何以故文字之性無有盡相無盡相者即是文字世尊我説言語唯是文字世尊夫文字者不從自身出不從他身出是諸名字不作是念我出音聲世尊諸文字者不增不減世尊菩薩知諸文字與一切法其性平等世尊菩薩若能如是畢竟知諸法音聲是故菩薩不爲音聲之所障礙諸有所聞一切音聲皆是佛聲皆是空聲是無相聲是無願聲是法界聲是實際聲是菩薩無有一法能爲障礙一切智是菩薩不見有法離佛菩提是菩薩見一切法悉無障礙能見諸法同佛菩提不相違背是菩薩不見諸法有進有退是菩薩不見諸法而常利益一切衆生菩薩如是於諸法中得畢竟忍得是忍故成就

甚深樂說辯才何者是甚深樂說辯才隨諸菩薩所有辯才聲聞辟支佛不能測量是菩薩得安隱樂說辯才安隱樂說辯才者隨以辯才能令一切衆生得安隱樂又得應說辯才應說辯才者隨諸衆生所應聞法稱彼根性廣略說法是名應說辯才又得捷疾辯才捷疾辯才者隨以辯才言辭速疾教化一切衆生又得聰利辯才聰利辯才者隨諸衆生上根利智為其說法令得利疾解脫又得同上樂說辯才同上樂說辯才者所有說法上與佛同又得增長辯才增長辯才者隨以辯才說一字句能生百千萬億上上辯才又得輕樂說辯才何者是輕樂說辯才隨何等辯才知相貌而說法又得愛樂辯才愛樂辯才者隨以辯才令聞法者無有猒足又得調順辯才調順辯才者所有辯才不違佛意又得柔輭辯才柔輭辯才者所有辯才不生憍慢無放逸心又得寂靜辯才寂靜辯才者隨以辯才能令自他寂靜又得隨順音聲辯才隨順音聲辯才者隨以辯才教化衆生入聲聞乘又得遠離辯才遠離辯才者隨以辯才教化衆生令得辟支佛乘又得最勝辯才最勝辯才者隨以辯才說辯才隨何等辯才教化衆生令入大乘又得不共辯才不共辯才者隨以辯才能說十力四無畏十八不共法又得寂滅辯才寂滅辯才者隨以辯才能說諸菩提分法又得無譏嫌辯才無譏嫌辯才者隨以辯才令衆生歡喜信樂又得諸力辯才諸力辯才者隨以辯才悉能降伏一切衆魔外道邪論又得善說辯才善說辯才者所有

辯才爲四衆說法不生畏懼世尊如是名妙法集世尊我今所說法集爲得隨順如來所說不耶佛言阿那律汝之所說隨順佛意爾時慧命羅睺羅白佛言世尊菩薩欲說法集應當推求受持法者何以故從受持者而得於法是故應求唯以專心求法爲最何以故由於重法而能得法不由重食得正法利知捨身命必有來果非於所觀而得其報常求靜處不樂憒閙近安隱者非破戒者近恭敬者非憍慢者近安樂行者非剛獷者近柔輭心者非堅鞕者近寂靜心者非著心者近發露罪者非覆藏惡者近樂一切施者非慳嫉者近持戒者非破戒者近忍辱者非瞋恨者近精進者非懈怠者近禪定者非散心者近智慧者非愚癡者近多聞者非少聞者近正念者非邪念者近修善業者非行惡業者近愛樂佛法者非樂世法者近樂空者非於邪見退沒者近持戒者非自歸者復次世尊若人能持戒是人則有法何者是戒世尊一切諸戒悉皆攝在三種戒中何等爲三所謂增上戒增上定增上慧世尊若菩薩能於此三種戒中學者當知是人已於一切大乘戒中學世尊何者是菩薩摩訶薩增上戒世尊菩薩能持波羅提木叉戒而不以波羅提木叉戒爲清淨以依修持菩薩戒菩薩成就諸威儀境界而不以威儀爲清淨以依菩薩威儀境界故乃至小罪心懷怖懼以依菩薩智慧故何者是菩薩智慧謂菩薩如實知一切法以其不畏諸業煩惱故是名菩薩智慧何者是菩薩境界所謂爲空非是種種分別境

界知平等戒以學於戒知空平等而學於戒是故言知空平等而學於戒知無相平等知無願平等知無作平等知無生無滅平等而學於戒是故言知平等而學於戒復次世尊菩薩作是念我今以此波羅提木叉戒令一切衆生受持是名菩薩增上戒學世尊何者是菩薩增上定學所謂修習四禪四空三摩跋提菩薩又作是念我今以此增上定學成就一切衆生是名菩薩增上定學何者是菩薩增上慧學所謂菩薩學十八空菩薩又作是念我今以此十八空法令諸衆生皆悉知見是名菩薩增上慧學世尊菩薩此三種學悉能攝取一切諸學復次世尊若有菩薩能護衆生如是菩薩能持淨戒若持淨戒而不著持戒如是菩薩依彼持戒滿足一切諸衆生心世尊出家持戒菩薩於一切物不生愛著寂靜持戒菩薩於一切言語不生樂心宴坐持戒菩薩於一切所說音聲不生樂心禪定持戒菩薩於一切境界不生樂心解脱持戒菩薩於一切生處不生樂心聞法持戒菩薩於世間所說不生樂心說法持戒菩薩乃至徃詣百千萬億由旬說法而不疲倦護法持戒菩薩於一切惱害逼切事中不生疲倦菩提心持戒菩薩諸所修行悉爲安樂一切衆生不爲自身深心持戒菩薩欲令一切衆生先得菩提不求自證增上深心持戒菩薩於利他事多生歡喜不於已利而生喜心修行持戒菩薩爲一一菩提分法於無量刧精勤修行能成彼法而不疲倦布施持戒菩薩乃至能捨頭目髓腦利益衆生尸羅持戒菩

薩不捨破戒衆生忍辱持戒菩薩不畏一切諸魔擾亂精進持戒菩薩爲諸衆生修習菩提而不疲倦禪定持戒菩薩於一切音聲及一切所作事不生染著般若持戒菩薩見一切法其性平等如菩提相空行持戒菩薩不行世間行大悲持戒菩薩不入涅槃世尊如是持戒名爲法集世尊我今所説法集爲得隨順如來所説不耶佛言羅睺羅汝之所説隨順佛意

爾時慧命優波離白佛言世尊若菩薩自遠離煩惱亦令衆生遠離煩惱所有衆生界法界貪瞋癡界菩薩作是念乃至衆生界盡法界盡貪瞋癡界盡於爾所時教化衆生而不疲倦菩薩又作是念一切諸法本性寂滅而諸衆生不覺不知何以故諸法空寂彼處不行所謂一切邪見及諸諍訟皆悉不行一切法無相滅彼處一切覺觀思惟等心皆悉不行一切法無願滅彼處一切所求願欲等法皆悉不行一切法無我滅彼處一切所著皆悉不行一切法無衆生滅彼處一切種種皆悉不行一切法無命滅彼處一切生死皆悉不行一切法實諦滅彼處一切虛妄皆悉不行一切法因緣集滅彼處一切壽者皆悉不行一切法四念處滅彼處一切諸念諸行皆悉不行一切法四正勤滅彼處一切諸法無取無捨不行一切法四如意足滅彼處無去來不行一切法五根滅彼處一切高下不行一切法五力滅彼處一切降伏不行一切法七覺分滅彼處一切闇相不行一切法八聖道滅彼處惡業邪思惟皆悉不行一切法十

力滅彼處一切習氣不行一切法四無畏滅彼處一切驚怖畏懼不行一切法十八不共法滅彼處一切功用行不行一切法智慧滅彼處一切無明不行一切法無作者滅彼處一切行不行一切法無念滅彼處一切智識不行一切法無覺滅彼處一切名色不行一切法無依滅彼處一切六入不行一切法不盡滅彼處一切觸不行一切法不知滅彼處一切受不行一切法無我滅彼處一切愛不行一切法無所取滅彼處一切取不行一切法無身滅彼處一切有不行一切法不滅彼處一切生不行一切諸法堅固滅彼處一切老不行一切法不盡滅彼處一切死不行世尊是名諸菩薩無障礙智門菩薩住此無障礙智門一切諸魔不能降伏外道論師不能破壞知一切煩惱不能染汙一切諸佛常共讃歎一切諸天之所歸敬世尊菩薩摩訶薩能到如是畢竟智門名爲得大法藏名爲不貧窮名爲守護諸佛如來密藏名爲諸佛如來所可信者名爲所應作已作所應辦已辦名爲逮得已利猶如大海不可測量如須彌山不可傾動世尊如是名爲勝妙法集世尊我今所說法集爲得隨順如來所說不耶佛言優波離汝今所說隨順佛意優波離諸菩薩摩訶薩依此法集而修行者能得阿耨多羅三藐三菩提

爾時慧命阿難白佛言世尊諸菩薩護持妙法於諸業中最爲殊勝世尊菩薩若能修行護持妙法隨順菩提及諸佛如來何以故諸佛如來尊重法故世尊云何是護持妙法所

謂菩薩能說諸佛一切甚深修多羅能讀能誦思惟修習是名菩薩護持妙法復次世尊若菩薩攝受修行名爲護持妙法世尊何者是菩薩攝受修行世尊諸菩薩等所有身業口業意業皆爲利益一切衆生大悲爲首大慈增上加護衆生得安隱樂護法菩薩如是深心作是思惟隨以何行能與衆生安隱樂事我應修行如是等行是故即成五陰中觀雖作此觀而能不求捨離五陰觀界如毒虵以修於行而心不求捨十八界觀入如空聚落以修於行而心不求捨十二入如是觀色如聚沫以修於行而心不捨成就諸佛如來色身莊嚴觀受如泡以修於行而心不捨成就諸佛如來禪定三昧三摩跋提諸佛妙樂觀想如陽燄以修於行而心不捨成就諸佛如來智慧修行觀行如芭蕉以修於行而心不捨成就諸佛如來妙法修行觀識如幻以修於行而心不捨成就智慧爲首身口意業清淨修行修行布施不求果報修行持戒救破戒衆生修行忍辱能調伏衆生修行精進成就一切善法修行禪定成就身心柔輭修行般若照了一切法相修行四念處則身心無垢修行四正勤得無障礙智修行五根能成進趣行修行五力則不退菩提修行七覺分則無疑網修行八正道則無過失修行四梵行得如意自在復次世尊若菩薩知空則能攝受妙法又空者名無戲論世尊有戲論者則無攝受妙法世尊若知空無相是人名爲攝受妙法若取相者則爲無有攝受妙法世尊以諸法空無相故則無有願無有願者

則能攝受妙法依止願者則無攝受妙法世尊見諸法者則無攝受妙法依止我我所者則無攝受妙法有憍慢者則無攝受妙法依供養恭敬讚歎者則無攝受妙法依嫉妬慳悋者則無攝受妙法著欲害瞋恚者則無攝受妙法世尊攝受妙法者以菩薩於衆生不生差別相於法不生差別相故世尊如是菩薩攝受妙法世尊菩薩見諸法不生不滅是名菩薩攝受妙法菩薩見諸衆生不去不來是名菩薩攝受妙法見自身不染不淨是名菩薩攝受妙法於諸佛法不樂於外道法不猒是名菩薩攝受妙法受持八萬四千法藏而不起法想之心是名菩薩攝受妙法不共一切煩惱隨煩惱及住一切惡不善法而不起非法想是名菩薩攝受妙法得解脫心而不起心我得解脫是名菩薩攝受妙法於一切諸佛作弟子之業而不起身口意心以修於行是名菩薩攝受妙法於一切法皆悉自在而不起法非法想是名菩薩攝受妙法於一切諸法不取不捨而修於行是名菩薩攝受妙法不爲得法亦不爲證而修於行是名菩薩攝受妙法於一切物中不生著心是名菩薩攝受妙法若菩薩起非凡夫非學人非羅漢心無所依止而斷貪瞋癡結是名菩薩攝受妙法若菩薩於菩提得受記莂而不求佛菩提是名菩薩攝受妙法若菩薩詣道場時於一切處皆見道場是名菩薩攝受妙法若能降伏諸魔而不見諸魔及魔眷屬是名菩薩攝受妙法若能成佛菩提而不證先所無法是名菩薩攝受妙法若能轉大法輪而

不成衆生不壞衆生是名菩薩攝受妙法若能降伏諸魔外道而不鬪諍是名菩薩攝受妙法若能生而非新生而非故生是名菩薩攝受妙法若能死而不盡是名菩薩攝受妙法若能超過三界而無去處是名菩薩攝受妙法若能離諸言語音聲而無言語是名菩薩攝受妙法能於一切法不貪於一切法不猒是名菩薩攝受妙法世尊是名勝妙法集世尊我今所說法集隨順如來所說法集不耶佛言阿難汝所說法集深得我意阿難說是妙法集時八萬天子發阿耨多羅三藐三菩提心三萬二千菩薩得無生法忍五百比丘遠離諸漏心得解脫

爾時彌勒菩薩摩訶薩白佛言世尊世尊譬如捨於穅稽取於米實世尊菩薩亦復如是捨於非法取於正法又菩薩捨於慳貪取於布施捨於破戒取於持戒捨於瞋恨取於忍辱捨於懈怠取於精進捨於散亂取於禪定捨於愚癡取於般若是名勝妙法集復次世尊有所求者則是非法若不求者則是不取若不取者則是不護若不護者則是不染若不染者則是不諍若不諍者則是不恪若不恪者則是不損若不損者則是不行若不行者則不退轉若菩薩不退轉者是菩薩諸佛如來爲授阿耨多羅三藐三菩提記世尊是名爲法是名勝妙法集復次世尊若菩薩生如是心我不退轉阿耨多羅三藐三菩提心是菩薩諸佛如來則不與授記何以故世尊一切煩惱以求爲根本世尊遠離諸求名爲離煩惱以離煩惱故諸佛如來爲其授記復

次世尊菩薩作是思惟受記者是世間虛妄言說何以故受記之人是無能授記者亦無若俱無者何處受記唯世尊大悲隨順世間有是言說若菩薩能知如是諸法是名菩薩受記世尊譬如幻師爲幻授記而彼幻化者無如是心我受記我成正覺世尊菩薩亦復如是如彼幻化無分別心而菩薩作是思惟菩提非可證相亦非可捨相菩提非是生相亦非滅相菩提非是身證亦非心證菩提不在內亦不在外亦非中間菩提無如是心我是菩提菩薩能證於我世尊是名勝妙法集復次世尊菩薩於歡喜地中不慙愧不憂惱於離垢地中不增不減於明地中不闇不明於燄地中不取不捨於難勝地中無勝無負於現前地中不自覺不因他覺於遠行地中不去不住於不動地中不動不分別於善慧地中不成亦不欲成於法雲地中不自覺亦不他覺於佛地中能作一切事而亦不作一切事是故如來自然無戲論世尊是名菩薩摩訶薩勝妙法集世尊菩薩如是至隨順智於所說法中而得自在云何說法自在於一切言語不著故又得清淨自在云何清淨自在於一切處不染故又得樂說自在云何樂說自在謂依一法字句不暫休息於百千萬劫說不可盡故又得智自在云何智自在於一一法字句能說爲百千萬法門故又得生自在云何生自在隨所隨所利益衆生之處於彼彼處生故又得三昧自在云何三昧自在於念念中若欲入三昧即能入三昧故又得住持自在云何住持自在隨所隨所住持

加故所謂若麞鹿若鳥獸若草木若石壁能說諸佛妙法故又得眷屬自在云何眷屬自在得無量眷屬不可壞眷屬故又得見自在云何見自在謂見妙色故又得聞自在云何聞自在謂聞妙聲故又得鼻自在云何鼻自在所聞一切香唯是妙法香故又得舌自在云何舌自在謂食法味不食食味故又得身自在云何身自在得成就法身非食身故又得心自在云何心自在乃至蚑蜎蠛子知行知心故世尊是名勝妙法集

爾時見者愛樂菩薩白佛言世尊世尊菩薩如是如是行以是等行衆生見者即生歡喜何以故世尊菩薩餘無所作唯教化衆生世尊是名菩薩根本勝妙法集世尊是故菩薩應當修學樂法之行世尊何者爲愛樂法菩薩有四種愛樂法何者爲四所謂不求果報而施一切衆生平等之心以愛語防護一切衆生惡行利益成就愛一切衆生猶如自身以同事故世尊是名菩薩四種愛樂法爲一切衆生之所愛樂復次菩薩摩訶薩有四種法能作愛樂事何者爲四謂多聞慧以無憍慢心故說法忘相以離供饍心故於彼尊者生於尊重以求智慧故發行精進以教化一切衆生故是名菩薩四種法能作愛樂事復次菩薩有四種法能作愛樂事何等爲四所謂成就淨戒以法施施故成就知足以寂靜處住故以住閑默處故得於禪定善住城邑聚落以不破諸威儀境界故是名菩薩四種法能作愛樂事復有四法所謂實語者以樂說故法語者以說空故忍辱語者以平等心

故寂滅語者以護諸根故是名菩薩四法能作愛樂事復次菩薩有四種法能作愛樂事何者爲四所謂先意問訊以善語故其意易滿以隨得少事而知足故成就不諂曲以如語如說行故無欺詐稠林行以不誑一切衆生故是名菩薩四種法能作愛樂事復次菩薩有四種法能作愛樂事何者爲四所謂不生惡心以内寂靜故不生癡心以外不顛倒故不生慳心以觀一切事無常故不生憍慢心以如實知諸法故是名菩薩四種法能作愛樂事復次菩薩有四種法能作愛樂事何者爲四所謂得甚深心先意問訊故遠離愛染得柔輭愛語故捨離一切諸心而常不捨菩提心故深心第一義而隨順世諦故是名菩薩四種法能作愛樂事故世尊是名勝妙法集復次世尊菩薩得第一空得大通明得大自在善知說於法集愛樂甚深之法隨順諸衆生畢竟得不可思議希有法者得柔輭法者得大通者得大法師者得大法王者得大所作者作大衆生依者得大神通奮迅者爲教化衆生不退而生不生而死不死所作已成而成菩提得解脫心而發精進入於涅槃而行滿足而求不求而修行一切智而問於他世尊一切諸海可以量知而彼菩薩摩訶薩大乘智海不可量知世尊虛空清淨可以塵垢而彼菩薩摩訶薩心不可得染世尊風雖無形可以手執而彼菩薩摩訶薩心六塵境界所不能著世尊春陽之燄可以撮摩而彼菩薩摩訶薩我我所心不可而得世尊是名勝妙法集

爾時善目菩薩摩訶薩白佛言世尊世尊菩薩修一切諸法唯是發菩提心以爲根本何以故世尊一切諸法皆是虛妄離心分別體無諸物離一切物如幻無根本隨所求而成遠離作者受者其性不住離於諸住故世尊一切諸法無始無終以無二離二故世尊諸法無我無我所以無主故諸法平等如彼法界以非客故世尊諸法非主以遠離諸貪故諸法離於分別及種種分別以遠離可取及捨心故諸法不來不去唯是智境界故以其無知空主者故世尊是諸毛道凡夫於無我法中而生我相於無衆生中而生衆生相菩薩作是思惟我以如是妙法令諸衆生而得解悟世尊是名菩提心一切衆生安隱心樂心無上心法界心光明心衆生住持心依如是心而生名爲發菩提心復次世尊修行檀波羅蜜名爲寂靜心修行尸波羅蜜名爲不缺心修行忍辱波羅蜜名爲不損心修行精進波羅蜜名爲不退心修行禪波羅蜜名爲不亂心修行般若波羅蜜名爲不分別虛妄心修行大慈名爲柔輭心修行大悲名爲不退轉心修行大喜名爲無猒足心修行大捨名爲無垢心修行大施名爲不悋心修行愛行名爲不稠林心修行利益行名爲平等心修行同事名爲最上心修行空慧名爲無分別心修行無相智名爲無念心修行無願名爲不住心修行菩提行名爲三十七菩提分心修行進趣行名爲念佛心修行不破壞行名爲念法心修行法界心名爲念僧心修行無量心名爲念戒心修行不取心名爲念捨

心修行念天心名爲念諸善根以爲諸善根聚集莊嚴故以彼勝生爲發菩提心聚集諸善根故世尊我依發菩提心説彼一劫若無量劫而不可盡如是諸菩薩聚集無量因緣而發菩提心是故世尊菩薩欲推求諸善法者應於發菩提心中而知而求世尊是名勝妙法集

爾時善生菩薩白佛言世尊世尊諸法善生以根本清淨故世尊何者是諸法根本世尊諸法以空爲根本以彼處無諸見故諸法以無相爲根本以彼處無諸覺觀故諸法以無願爲根本以彼處無三界煩惱故諸法以無作爲根本以彼處無作者故諸法以無我爲根本以彼處不見我行故諸法以離衆生爲根本以彼處不見衆生行故諸法以無命爲根本以彼處見命不行故諸法不生以彼處不行常見故諸法不滅以彼處不行斷見故諸法無物以彼處不行有見故諸法如涅槃平等以彼處不行離有見故諸法如菩提以彼處不行見佛故諸法不作以彼處不行見法故諸法不和合以彼處不行見僧故世尊是名勝妙法集

爾時大導師菩薩白佛言世尊世尊若菩薩欲先與一切衆生大菩提不爲自身證大菩提若菩薩諸所作業爲一切衆生不爲自身而不見衆生而不捨大慈大悲心是名菩薩世尊何者是諸菩薩大慈大悲世尊若菩薩不見衆生而不捨一切諸善根修行彼諸善根迴向大菩提是名大慈若菩薩不捨諸衆生所作之事是名大悲若菩薩見世間法即

是涅槃而不捨集道精進是名大慈若不捨衆生是名大悲若自身發菩提心是名大慈若教化諸衆生是名大悲若捨内外一切諸物是名大慈若捨内外善根爲一切衆生得佛菩提迴向無上道是名大悲若淨持諸戒不毁不犯是名大慈若自持淨戒增長衆生淨戒是名大悲若自修行安隱忍辱樂行是名大慈若以安隱樂與諸衆生是名大悲若於自身常能修行精進之行爲得諸佛無上菩提是名大慈若以大精進行令諸衆生得此精進是名大悲若於自身常行寂靜是名大慈若以寂靜行令諸衆生得此寂靜是名大悲若爲自身修滿智慧是名大慈若以自智慧增長一切衆生智慧是名大悲若不修行非不修行是名大慈若不作亦非不作是名大悲若生而不去是名大慈若去而不動是名大悲若説而無言是名大慈若著而不縛是名大悲若縛而不得是名大慈若入涅槃而不滅是名大悲若出自身舍利而無骨肉筋血是名大慈若彼修身骨不增不減是名大悲若捨施而不捨物是名大慈若護諸護而不成就是名大慈若增長而不高是名大悲世尊是名勝妙法集

爾時光明幢菩薩白佛言世尊世尊菩薩以寂靜定心爲最上業何以故菩薩住寂靜心中諸佛妙法自然現前世尊菩薩尊重寂靜定心安隱樂故而得菩提及得諸陀羅尼門世尊何者是菩薩陀羅尼所謂隨所隨所聞法能不忘失隨所隨所聞法而能受持隨所隨所聞法而能了知及諸衆生亦令了知是

名陀羅尼隨何等陀羅尼不增長不分別隨何等陀羅尼能受持八萬四千法門而不忘失而不遺漏隨何等陀羅尼知諸衆生心心所行以知諸衆生心故隨彼彼衆生如是如是說法隨何等陀羅尼能聞一切衆生語言以聞諸聲聞凡夫聲得於大悲聞諸聖人聲得於大慈隨何等陀羅尼聞取一句法能於無量劫說如是菩薩樂說辯才不留不盡亦無際畔隨何等陀羅尼如實知諸言音隨何等陀羅尼知一切言說皆是佛語隨何等陀羅尼於十方世界諸佛菩薩所住之處說法音聲所聞之者一切受持如是菩薩於一佛所聞法如是於第二佛所說法無有障礙世尊是名菩薩受持陀羅尼世尊菩薩得起陀羅尼隨何等陀羅尼現前說一切法如說一法一字一句如是說一切法界然是菩薩不生憍慢之心不起放逸之行得增上陀羅尼隨何等陀羅尼能說一切世間現前見法及一切世間現前見得奮陀羅尼隨何等陀羅尼能斷一切衆生疑惑及斷一切煩惱得爲增上及奮陀羅尼隨何等陀羅尼能令增長一切白法能令盡一切煩惱得行陀羅尼隨何等陀羅尼知一切法知一切法光明是菩薩如實知諸法而不分別修行諸法而自身心實不修行說於諸法而不說諸字捨於諸法而亦不失增長諸法而不增一物損減諸法而不損一法說於諸法而無言說令入涅槃而於世間不動令得聖人地而不離於凡夫地降伏一切諸魔而非身心意所起作業世尊是名諸菩薩勝妙法集

爾時解脫月菩薩白佛言世尊一切諸法以解脫爲相世尊菩薩不分別是縛是脫何以故世尊解脫非他他非解脫世尊解脫者不增一法亦不減一法世尊解脫無所從來世尊縛亦無所至去世尊得解脫菩薩不生如是心我得解脫其心唯知猶如解脫一切諸法亦復如是世尊若菩薩起如是心世間是垢染法涅槃是清淨法是菩薩不得解脫何以故有我見者生如是心世尊若人起如是心我猒陰界入求入涅槃是人不得解脫何以故有我見有我見者生如是心世尊得解脫心比丘作是思惟一切諸法如解脫相而諸毛道凡夫不識不知生如是心我以如是法令一切衆生知故世尊得解脫心比丘我得解脫生如是心是諸凡夫於一切法常解脫中而求解脫我於彼彼衆生生大悲心何以故若人求解脫是人不得解脫是故世尊比丘欲得解脫者應觀能縛及所縛應知能縛及所縛是人不分別解脫若不分別者是人則得解脫世尊是名菩薩勝妙法集

法集經卷第五

音釋

捷疾葉切敏疾也 憒古對切心亂也 獷古猛切惡也 鞕魚孟切與硬同 穅穞穅苦剛切穞古外切穅穞穀皮也 麞諸良切鹿屬 蚊蟻蚊無分切蟻魚紀切

法集經卷第六

元魏三藏法師菩提留支譯

爾時大海慧菩薩白佛言世尊世尊菩薩不
應畏諸煩惱何以故以有煩惱隨何處有煩
惱彼處有菩提斷煩惱者則無菩提世尊空
及一切煩惱此二即一無有差別世尊菩提
及一切煩惱一切衆生此等諸法亦即是一
無有差別但諸毛道凡夫墮顛倒心分別我
染我淨世尊正行菩薩不斷煩惱不取淨法
而是菩薩觀諸煩惱門得諸三昧及諸陀羅
尼門是故世尊菩薩知諸佛法以煩惱爲性
彼如是煩惱隨何等衆生具散亂心顛倒心
彼毛道凡夫衆生必入惡道受諸苦惱諸菩
薩如是正觀能得諸佛菩提是故世尊諸菩
薩則應修行隨順逆流不隨順順流世尊諸
菩薩得解脫者於涅槃中非於世間中何以
故諸菩薩應畏於涅槃不畏世間以觀世間
得於大悲及證大菩提故若分別涅槃猒畏
世間如是菩薩以猒世間故退於諸佛無上
菩提世尊諸菩薩於世間衆生成大慈大悲
非於得涅槃衆生世尊所言涅槃涅槃者是
於寂滅虛妄分別不實之心世尊是故菩薩
願見涅槃應觀虛妄分別寂滅之心如是之
處得於涅槃世尊是名勝妙法集

爾時觀世音菩薩白佛言世尊菩薩不須修
學多法世尊菩薩若受持一法善知一法餘
一切諸佛法自然如在掌中世尊何者是一
法所謂大悲菩薩若行大悲一切諸佛法如
在掌中世尊譬如轉輪王所乘輪寶隨往何
處一切四兵隨順而去世尊菩薩摩訶薩亦

復如是乘大悲心隨至何處彼諸佛法隨順大悲自然而去世尊譬如日出明照萬品一切衆生作業無難世尊菩薩摩訶薩亦復如是隨於何處大慈悲日照於世間彼處衆生於一切菩提分法修行則易世尊譬如諸根以意爲本悉能隨意取於境界世尊菩薩摩訶薩亦復如是依於大悲住持一切菩提分法隨諸分中隨可作事中自然修行世尊譬如依彼命根有餘諸根世尊菩薩摩訶薩亦復如是依於大悲有餘一切菩提分法世尊是名勝妙法集

爾時堅意菩薩白佛言世尊諸法直心深心以爲根本世尊若菩薩無直心深心是菩薩則爲遠離諸佛妙法世尊成就直心深心菩薩若無佛說法於上虛空及樹木石壁等中自然出於法聲世尊直心深心菩薩意自能念聞於法聲隨順一切諸佛妙法是故世尊菩薩摩訶薩應當修行直心深心世尊如人有足則能遊行如是世尊菩薩摩訶薩亦復如是有直心深心諸佛妙法自然修行世尊譬如有人具足上分則有壽命世尊菩薩摩訶薩亦復如是若有直心深心如是菩薩則有諸佛菩提世尊如人有命則得諸事世尊菩薩摩訶薩亦復如是若菩薩有直心深心是菩薩則得成就一切佛法世尊譬如有於可然故有能然離於可然則無能然世尊菩薩摩訶薩亦復如是若有直心深心則能熾然諸佛妙法若離直心深心則不熾然諸佛妙法世尊譬如有雲則能有雨世尊菩薩摩訶薩亦復如是以有直心深心則有諸佛法

爾世尊譬如樹根腐敗則不能生芽葉華果世尊菩薩摩訶薩亦復如是若無直心深心則一切諸佛善法不復生長是故世尊菩薩欲得諸佛菩提應自善取直心深心善自守護直心深心善自清淨直心深心世尊是名勝妙法集

爾時善護菩薩白佛言世尊菩薩不須守護諸法世尊若菩薩但能善護自心是菩薩善護自心故則能成就諸佛妙法世尊若菩薩守護諸法是菩薩則不能得無生法忍世尊若菩薩不護諸法而入禪定是菩薩則無過失亦不違於諸佛菩薩則能自心知諸佛法而不護自心見如是心依因緣生如是見一切諸法依因緣生見自心如幻如是見諸法如幻而心非内非外非二中間可得如是見一切諸法見即如心無於色相不可得示不可得見無於形礙不可執捉不照不住見一切諸法其相如是若能如是見者是菩薩則能得於平等之心以得平等心故如是菩薩不復更得於法是菩薩不復住不復行不取不捨及以不求以不求故而能不取以不取故而無所著以不著故而能不染以是菩薩不染一切法世尊是名勝妙法集

爾時虚空菩薩白佛言世尊菩薩不作如是言以何等言說能生他人瞋心菩薩不作如是言以何等言說能生他人惱心菩薩不作如是言以何等言說能令他人不知菩薩不作如是言以何等言說無義虚妄菩薩不作如是言以何等言說能令不生智慧光明菩薩不作如是言以何等言說能令其心不生

歡喜亦不具足及以耳聞不生喜樂菩薩不作如是言以何等言說令破壞二處世尊菩薩不作如是言以何等言說令他不能解空何以故世尊一切言說彼如是言說最爲堅固以何等言說令他能知於空世尊若菩薩能知諸法空義無心無我其相不二遠離二相而不捨一切衆生所作事業是名菩薩無障礙大悲若菩薩行於無障礙大悲是菩薩能學諸佛所學若學諸佛所學是菩薩能知諸法如虛空以知諸法如虛空故是菩薩得虛空藏是菩薩若欲捨者能捨諸捨而於捨及慳不生二心破戒持戒忍辱瞋恨精進懈怠散亂禪定愚癡智慧不生二相是菩薩不復求諸佛妙法不捨諸凡夫惡法世尊譬如一切諸水入於大海皆同一味所謂鹹味世尊菩薩亦復如是入於第一義大海所見一切諸法皆是一味所謂眞解脫味世尊譬如日光等照一切衆生世尊菩薩智慧亦復如是等照一切諸法世尊一切諸法不違於空世尊若菩薩能如是知是菩薩能於一切法中見眞菩提若菩薩於一切法中見眞菩提是菩薩知所說言音皆是佛語是菩薩無所著而說於法是菩薩名爲得無障礙樂說辯才世尊是名勝妙法集

爾時文殊師利菩薩白佛言世尊世尊世間之人顚倒妄取若如是言依波羅蜜故菩薩得名此則不然何以故世尊依於菩薩諸波羅蜜得名故世尊若依波羅蜜菩薩得名者亦應依諸衆生名爲菩薩此義不然何以故世尊菩薩生諸波羅蜜菩薩知諸波羅蜜以

菩薩生諸波羅蜜爲諸衆生說是故如來常說菩薩未曾有法而能生未曾成法而能成未曾說法而能說世尊諸波羅蜜不能護菩薩而菩薩能護諸波羅蜜是故說菩薩能護諸法世尊諸波羅蜜不能住持菩薩菩薩能住持諸波羅蜜是故說菩薩能受持法世尊一切諸法無病以自體無垢故世尊一切諸法不二以遠離衆生我身故一切諸法無心以遠離可取捨故一切諸法無意識以無始發故一切諸法無來相以無間故一切諸法無去以不動故一切諸法無死以無命故一切諸法不活以本來不食故一切諸法無物以不和合故一切諸法不滅以法界無差別故一切諸法不可割截以無形故一切諸法如金剛以實際平等故世尊知如是諸法是菩薩能知諸法實體善知諸法實體是菩薩能知於空若能知空是菩薩不與他諍競若不與他諍競是菩薩能住沙門法中若能住沙門法中是菩薩則能不住若能不住是菩薩於諸漏境界不起於漏若於諸境界不起於漏是菩薩能無諸病若無諸病是菩薩名爲如來若菩薩得名如來是菩薩不說二語若不說二語是菩薩不捨世間不取涅槃唯爲一切衆生而說遠離一切分別虛妄煩惱世尊是名勝妙法集不顛倒集名爲空集無相無願無行不生不滅集無生法忍集大乘集轉大法輪集大波羅蜜集諸大地集一切諸法不顛倒集世尊諸菩薩依大法集修受持行或於國土作轉輪王受持十善業道能令衆生安住十善業道或作勝首教化衆生

令得出世間勝事或作大長者能令衆生猒世間惡事或作天帝釋能令諸天不起放逸或作梵王能令衆生住於禪定四無量等或作四天王能令衆生於諸法中不能染心或作沙門教化衆生令不聞惡法或作婆羅門教化衆生令知寂靜之處自身寂靜令諸眷屬亦住寂靜自身柔輭令諸眷屬亦得柔輭具足住於一切處以得大自在能作大法師以能斷一切衆生疑故於一切處不生怯弱以一切煩惱盡故世尊是名勝妙法集

爾時世尊告文殊師利菩薩摩訶薩文殊師利若有衆生聞説文殊師利如是勝妙法集及聞諸菩薩勝妙法集及諸聲聞勝妙法集而能知能信彼諸衆生深種善根非於一佛而修供養非於一佛二佛而種善根何以故文殊師利諸佛如來甚深菩提是黠慧者能知法者深妙境界文殊師利是妙法門微少善根衆生不能得聞假令得聞亦不能信若菩薩自身能證是菩薩能信復有諸善知識護故是人能信而能受持能得無生忍文殊師利離此法行無有一人成佛文殊師利過去恒河沙諸佛如來成佛菩提彼諸佛行如是法行得阿耨多羅三藐三菩提文殊師利若人遠離此法行欲得菩提者是人如縛虛空不能得法離此法行隨順法忍尚不可得何況能得無生法忍而成阿耨多羅三藐三菩提文殊師利我諸聲聞得俱解脱得八解脱及四無礙彼諸聲聞亦不離此法行而得解脱文殊師利寧聞此深妙法門起謗生於惡道不能於餘淺法門起信生於善道何以

故謗此法門者生於地獄因聞此法門現前得於解脫非聞餘淺法門生於善道文殊師利菩薩摩訶薩有四種法聞此法門能生於信何者爲四所謂是人過去世曾聞此法門聞以隨喜有大善根有大善根莊嚴諸善知識善護成就受持聞慧之行文殊師利是名菩薩四種法聞此法門能生於信復次文殊師利菩薩更有四種法聞此法門能生於信何者爲四所謂常思惟正念常畏諸不善業常作大菩提願自性質直柔輭安隱樂修勝行文殊師利是名菩薩成就四種法聞此法門能生於信復次文殊師利菩薩成就四種法聞此法門不生於謗何者爲四所謂畢竟成就菩提願得無生法忍成就正見得不退阿耨多羅三藐三菩提心文殊師利是名得畢竟成就四種法聞此法門不生於謗文殊師利菩薩復有四種法聞此法門能生於信何等爲四所謂成就聞慧成就般若成就空以禪定得大陀羅尼文殊師利是名菩薩有四種法聞此法門能生於信文殊師利菩薩復有四種法聞此法門而能了知何等爲四所謂成就功德莊嚴成就聞慧莊嚴成就智莊嚴成就諸禪定柔輭心莊嚴文殊師利是名菩薩四種法聞此法門而能了知文殊師利菩薩復有四法聞此法門得受阿耨多羅三藐三菩提記何等爲四所謂菩薩見一切色佛色聞一切法佛法遠離一切諸求乃至不求佛菩提不退於大悲文殊師利是名菩薩有四種法得受阿耨多羅三藐三菩提記是故文殊師利諸菩薩常應求聞讀誦此經

文殊師利菩薩欲願速得菩提常應勤求聞此法門菩薩欲願速得受記常應勤求聞此法門菩薩欲願得斷於業障願得斷於煩惱障願得斷於智障是菩薩常應求聞此經菩薩願得諸佛如來無上供養是菩薩常應求聞此經願得常護妙法是菩薩常應聞受持讀誦此經文殊師利若人聞此法門能信能忍不生於謗文殊師利我授是人阿耨多羅三藐三菩提記

爾時無所發菩薩摩訶薩於頸上脫八千萬阿僧祇寶瓔珞奉散如來作如是言世尊因此功德令一切衆生成就諸佛如來應正遍知爾時彼瓔珞於如來頂上住虛空中作種種勝妙莊嚴大寶帳而住四角形量過於天人妙相莊嚴彼諸聲聞及一切菩薩釋提桓因梵天王四天王未曾見聞是大寶帳隨如來去而去隨如來住而住現如是妙事時無量諸天人等皆生希有奇特之心僉於頂上合掌而住讚歎如來瞻仰如來目不暫瞬

爾時無所發菩薩摩訶薩生於歡喜希有之心偏袒右肩禮如來足合掌向佛以偈讚言

諸功德衆如來器　天人衆生唯佛救
佛於世間無勝者　無勝寂靜及平等
等心無諂行亦然　於世以悲牽縛心
如空平等心無染　安樂多人而說法
世尊無親無諸怨　無有諸憂無歡喜
能救世間如良醫　於世行慈無分別
脩羅天人龍夜叉　歸依於佛得寂靜
佛於三界爲最上　是故今者我歸命
善逝有爲更無過　而於寂靜靡功德

捨於二道無分別　已得寂滅行世間
寂滅境界不可測　唯乃十力知如來
如地及空不可量　是故合掌而頂戴
不沉不浮大波浪　不漂不住無上人
有海彼岸唯佛到　無比智海我歸命
如蓮處水無能汙　佛行世間法不染
更無有能與佛等　以無等故我歸依
如來無法而不知　以有十力過一切
於衆奮迅無與比　是故名佛勇獨步
能受諸佛甘露法　是故遠離一切畏
無上醫師勝應供　是故歸命大悲者

爾時無所發菩薩摩訶薩白佛言世尊世尊唯知我心我不爲自身供養如來世尊我奉瓔珞供養如來及讚歎如來因此善根功德願令一切衆生得於無上諸佛菩提世尊此是我意爾時世尊熈怡而笑諸佛如來熈怡而笑必不虛妄爾時如來從面門放種種色無量光明譬如青黃赤白紅紫玻瓈金銀等無量種色普照十方無量無邊世界滅除一切惡趣衆生無量苦惱生諸天人無量喜樂已還攝光明圍繞如來百千萬帀於如來頂上而沒爾時彼諸大衆見是光明心生歡喜踊躍安樂合掌向佛於一面住而作是念如來何因熈怡而笑爾時阿難從座而起偏袒右肩合掌向佛以偈而問微笑因緣

無上第一尊　世間及天人　瞻仰如來住
疑於喜笑事　大師離煩惱　知法及化人
熈怡必不空　願佛爲解說　面門放光明
清淨生喜悅　天人及惡道　光觸身安樂
大人放光明　於其面門出　是光爲何義

唯願大慈説　齒出勝妙光　明艶甚鮮白
顯現最殊勝　隱蔽一切光　餘明闇不現
以是世間喜　佛悲何所爲　何人功德起
願説慈所爲　除斷我等疑　遠離煩惱人
非無因緣笑　妙光出面門　普照於十方
所作已還攝　入於如來頂　此光起佛意
爲表聖心出　如電晝在空　普照而不停

爾時佛告阿難此無所發菩薩摩訶薩於未來世過十二劫當成阿耨多羅三藐三菩提佛號大光明如來應供正遍知明行足善逝世間解無上士調御丈夫天人師佛世尊劫名諸天讚歎世界名大歡喜阿難彼大光明如來應供正遍知壽命住一大劫彼國衆生壽命十二小劫阿難譬如他化自在天所受妙樂彼佛國土衆生所受妙樂亦復如是

爾時慧命須菩提語無所發菩薩言大士快得善利如來今日授仁者記必得阿耨多羅三藐三菩提無所發菩薩言大德須菩提汝見何法名爲成佛須菩提言善男子我不見有法成阿耨多羅三藐三菩提問曰若大德須菩提若不見有法得成佛何故誑我大士受於阿耨多羅三藐三菩提記須菩提言善男子如來與仁者授記必得成佛是故我作此説無所發菩薩言大德須菩提諸佛如來如實知法是故佛言汝當得阿耨多羅三藐三菩提云何如來如實知法須菩提若有菩薩求菩提者諸佛不與是人授記若有菩薩不求菩提諸佛如來則與授記諸佛如來如實知法無授記相而爲衆生種諸善根故作是説汝當成佛須菩提汝見何法而作是言

大士必得阿耨多羅三藐三菩提須菩提言善男子諸佛如來依世俗文字而說授記我諸聲聞隨佛世尊故如是說無所發菩薩言大德須菩提夫文字者若依世俗名爲文字若於聖人則非文字何以故聖人所說皆是眞實世俗言語悉爲虛妄是故大德須菩提不應以此世俗邪語聖法中說大德須菩提諸菩薩等爲護衆生若聞甚深第一義諦驚怖不信是故聖人以大悲心捨眞實法而說世間虛妄之語爲欲將護毛道凡夫終不爲聖作如是說若爲聖人則說實法以此實法聖所愛樂何等名爲聖人實法大德須菩提聖實法者菩提之法本性常寂名爲眞實如菩提相本性清淨一切諸法亦如是相是則名爲聖人實法須菩提言善男子有四眞諦名爲實諦何等爲四苦諦集諦滅諦道諦無所發菩薩言大德須菩提汝不說苦是有爲耶須菩提言如是善男子我常說苦是有爲法無所發菩薩言大德須菩提如來常說一切有爲皆是虛妄須菩提言如是善男子如來常說有爲之法皆是虛妄無所發菩薩言若如是者汝云何言苦是實諦大德須菩提若言苦是有爲法者即是虛妄須菩提言善男子苦是有爲虛妄不實我說知苦以爲實諦無所發菩薩言須菩提若苦是有爲虛妄不實知彼苦智亦應虛妄不實非是眞實須菩提言善男子如是如是知苦智者亦是虛妄無所發菩薩言大德須菩提若如是者云何知苦是聖諦智須菩提言善男子滅諦是無爲法若爾何故非聖諦無所發菩薩言大

德須菩提滅何等法名爲滅諦爲即自滅故名爲滅更有所滅稱爲滅耶須菩提言善男子有爲說者言滅盡諸苦名爲滅諦無所發菩薩言須菩提汝不說苦是有爲虚妄不實耶須菩提言如是善男子我向說言苦是有爲法虚妄不實無所發菩薩言大德須菩提若法虚妄不實是法無滅若如是者云何而言滅盡諸苦名爲滅諦爾時慧命須菩提白無所發菩薩摩訶薩言善男子我於大士如是無礙樂說辯才生隨喜心善男子願諸衆生皆得辯才須菩提言善男子何者是諸菩薩摩訶薩實諦證智無所發菩薩言須菩提一切諸法與實諦行不相違背是故證一切法名證實諦須菩提一切諸法從因緣生能如實知因緣生法名爲實諦一切法空如實知空名實諦證空者名證實諦一切諸法不生證諸法不生名爲證實諦隨何法證於實諦於彼法中乃至無有一法可取一法可捨須菩提是名諸菩薩摩訶薩證實智須菩提言實諦者即是宣說無分別法何以故須菩提所有分別者皆是邪法須菩提汝向所言大士快得善利受阿耨多羅三藐三菩提記必得成佛須菩提若人自謂快得善利佛則不與是人授記若人遠離快得善利如是之人佛則授記若人於得利養不生歡喜若失利養亦不憂惱是人受記若人不離世間而得涅槃是人受記若人不捨凡法而證聖道是人受記若人聞得記不喜是人受記須菩提言善男子所向所知若如是知其義甚深無所發菩薩言須菩提若人見有去來是人

則知甚深須菩提言此甚深法難可得知無所發菩薩言須菩提若人欲見是甚深是人則不能見須菩提言如是知者難可了知無所發菩薩言須菩提無修行者亦難了知須菩提言善男子何等衆生於甚深法能生信心無所發菩薩言須菩提若人已曾供養過去無量佛是人能信須菩提若人不能種諸善根亦不修行供養諸佛如是之人終不能得聞此法門須菩提言善男子云何得爲供養諸佛無所發菩薩言若人能住如實修行是人名爲供養諸佛須菩提言善男子云何能住如實修行無所發菩薩言若人能爲諸衆生發心修行須菩提言云何爲諸衆生發心修行無所發菩薩言若能不捨大慈大悲須菩提言何等名爲菩薩大慈無所發菩薩言若有菩薩能捨身命及諸善根施與衆生而不求報恩是名大慈須菩提言何等名爲菩薩大悲無所發菩薩言若菩薩先與衆生無上菩提然後自證是名大悲說此甚深法門時七萬六千衆生發阿耨多羅三藐三菩提心二百比丘遠離諸漏心得解脫

爾時會中有一天子名善思惟白佛言世尊云何菩薩住佛菩提根本行處佛言天子菩薩若能成就深直之心發無上意是名菩提根本住處善思惟天子言如是發心諸菩薩等以何等法而爲境界佛言若能修行布施境界而不希求報恩等門若能修行持戒境界而不分別持戒行門若能修行忍辱境界而不見盡滅法門若能修行精進境界而不發起修行等門常行禪境界而能現前見一

切法門修行般若境界而不見彼無戲論門現前常求聞慧境界而不見於語言等門現前修行舍摩他境界而見諸法本來清淨寂靜法門修行毗婆舍那境界而一切法不可見門現前修行四念處境界而無念無思惟門現前修行四正勤境界而無所作門現前修行四如意足境界而斷一切願欲門現前修行五根境界而過諸根法門現前修行五力境界而不破壞法門現前修行七覺分境界而佛菩提門現前修行八聖道境界爲救行邪道衆生故修行教化衆生境界而無衆生無度脱法門現前修行斷煩惱境界而見諸法本性離煩惱門現前修行諸波羅蜜境界而不著於此岸彼岸故修行世間境界而涅槃門現前修行涅槃境界而不行諸行門現前修行生境界而不生不滅門現前修行陰境界而無煩惱門現前修行界境界而無差别門現前修行入境界而聖人門現前修行聞法境界而寂靜禪定門現前修行説法境界而無言説門現前修行成就色相境界而法身門現前修行轉法輪境界而不轉不説門現前修行聲聞境界而諸佛法門現前修行辟支佛境界而行諸菩薩勝行門現前天子是名菩薩摩訶薩境界

善思惟天子白佛言世尊何等名爲諸菩薩行佛言天子自捨已樂能與一切衆生樂常在世間而能持戒多聞心無放逸常在涅槃而不捨大悲涅槃門現前而不求證爲化衆生故隨順世間行護諸衆生能令衆生其心平等令一切衆生得清淨心於一切衆生心

無差别所有之物與一切共爲人説法不爲飲食畜清淨物而常知足常樂空閑正念思惟常處大衆説法不懈入城邑聚落慈悲現前不求讃歎供養恭敬當能遠離世間雜語凡有言説不違佛法廣略得所愛語柔輭一切身分禮敬三寶先意問訊心常愛樂第一義諦於一切法心無所著於諸資生心不貪染常近聖人遠離非法愛法如身重佛如命愛敬修行猶如身首於一切衣服飲食卧具湯藥資生之事得少爲足敬重師長猶如世尊乃至喪失身命終不捨於菩提之心初夜後夜精勤修行禪定三昧常現在前如所聞法思惟正觀以微妙慧求於解脱若修習清淨無垢濁心能捨一切所有之物觀於内身不隨外身能捨所施遠離瞋恚能滅愚癡增長般若能護於戒不違修行於一切處生柔輭心於一切處智慧爲首不顛倒心無垢光明心常修諸波羅蜜心不捨精進常求善根如所聞法而不忘失如所聞法而爲他説離諸供養飲食等心常護諸根常在定心常隨順涅槃心常不捨世間心得失利衰毁譽稱譏苦樂不能動心於一切處生知足心布施得大富持戒生天人忍辱得端正精進捨煩惱禪定三昧得心柔輭修習般若能知世間出世間法修行四攝無諸過失修行四無量心無憍慢修行諦捨滅慧得寂靜調柔修行禪定得自在心修習三昧得於深心修行於諦如實知諸法修行於定遠離諸見修行無相得無分别修行無願得無著心修行諸波羅蜜得究竟大乘心修行方便波羅蜜得一

切智智處修行菩薩十地滿足諸菩薩行親近善知識得一切功德門敬順和尚阿闍梨能得隨順一切諸佛知自身心得一切種智習無憍慢得大威勢恭敬禮拜一切衆生得諸衆生無能見頂修行種種布施得具足妙相身隨順諸衆生得具足八十種好說大乘法得隨自在地教衆生發菩提心得不退地說諸法空能斷煩惱及煩惱習以法布施得四無礙與衆生念得陀羅尼令衆生知法得四無礙與衆生樂說因得無錯謬記於羸劣衆生起忍辱心得那羅延身於破戒衆生起忍辱心得諸衆生見者恭敬心能滅瞋恨心衆生得常定心勤修精進得速證法修行以三昧施諸衆生得陰密藏相施與威儀得一切普莊嚴事令衆生得近善知識得佛菩薩聲聞辟支佛常現在前捨於欲心常爲一切世間所信捨於瞋心得一切世間之所愛樂捨慳嫉心得一切名聞利養能與衆生作依止處得一切世間之所歸依捨一切供養恭敬讚歎得法喜食得美名聞施先意問訊得清淨言音施於愛語得梵音聲施柔輭語得迦陵頻伽聲遠離瞋恨得諸世間勝妙之身不誑衆生得悉爲一切世間所信不說他過得不入胎遠離殺生得壽無量命遠離劫盜得以虛空而爲庫藏捨愛事得如意寶手迴向菩提得無盡資財遠離邪婬得大丈夫身遠離妄語得口齒密遠離兩舌得不失菩提心遠離惡口得一切世間讚歎遠離綺語得不壞眷屬遠離貪心得無盡藏遠離瞋心得與一切衆生而作橋梁遠離邪見得於正見

教化衆生住於大乘得佛十力能施一切不求果報得十八不共法捨諸所著得四無畏天子若我廣說如是菩薩無量境界菩薩無量修行者乃至百千萬億劫不能窮盡天子是名菩薩境界修行天子若菩薩如是成就境界如是修行於得菩提則爲不難善思惟天子言世尊云何菩薩名爲安隱佛言天子若菩薩常不捨離三昧而不依三昧生得三昧已隨有利益衆生之處彼彼處生天子菩薩如是名爲安隱善思惟天子言世尊云何菩薩名爲寂靜佛言天子若菩薩見一切眞如法界實際是菩薩處於大衆而能寂靜應如是知天子是則名爲菩薩寂靜天子若菩薩不起二處心名爲菩薩寂靜天子言世尊菩薩云何名爲常在三昧佛言天子若菩薩心常不求一切諸事不見一法可取不見一法可捨是菩薩隨所見法悉知空寂無有眞實天子菩薩如是名爲常在三昧善思惟天子言世尊菩薩云何名爲到一切處佛言天子若菩薩能見自身及諸衆生平等空寂天子菩薩如是名爲到一切處善思惟天子言世尊云何菩薩名爲調伏佛言天子若菩薩一切分別所不能動名爲調伏天子言云何菩薩名爲得滅佛言若菩薩不染不淨名爲得滅善思惟天子言世尊如我解佛所說義者依止自心而得菩提世尊菩薩如是離諸煩惱如是如是取於佛法世尊諸佛法者無所從來去無所至世尊於諸法中清淨智名爲菩提天子菩薩如是隨順忍辱名爲菩提能如是知名爲一切智者世尊若能入如是

平等法界是菩薩名爲成就檀波羅蜜若能如是知淨成就平等法界是菩薩名爲成就尸波羅蜜若能如是知忍平等法界名爲成就忍辱波羅蜜若能於此法門修行聞思修慧名爲成就毗離耶波羅蜜若能思惟是法平等法界名爲成就禪波羅蜜若能了達如是法平等法界名爲般若波羅蜜世尊若人能信此法門者是人名爲見法名爲證法名降伏魔世尊若人能説此法門者是人於如來所轉法輪而得隨轉世尊若人能得此法門者是人名得最上妙法

爾時世尊於善思惟天子所説法門讚言善哉善哉天子如是如是如汝所説天子一切諸佛阿耨多羅三藐三菩提藏皆悉在此法門中攝天子一切諸佛所有意趣於此法門皆已示現天子若人聞此法門者當知是菩薩快得善利天子若人手執此法門者當知是菩薩得大法藏天子若人攝受此法門者當知是菩薩名爲可信者名爲受持如來密藏者名爲以最上供養供養如來者名爲攝受如來法門者天子若人聞此法門聞已能信者當知是菩薩名爲報如來恩天子若人信此法門者當知是菩薩於十方界無有閡障爾時世尊告一切大衆唱如是言誰能於未來世護持此法門

爾時無所發菩薩即從座起偏袒右肩右膝著地合掌向佛而作是言世尊我當能於未來世護持此法門世尊若菩薩有所發者不能護持此法是故我不發不起不受於一切衆生平等心能護持此甚深無生法忍法門

我遠離飲食心不求一切供養恭敬讚歎何以故世尊若依供養恭敬者不能護持此法世尊於如來滅後若有人聞此法能受能持能書寫能讀誦書寫已乃至受持經卷者當知皆是無所發菩薩威神力故

爾時世尊讚無所發菩薩言善哉善哉善男子若有如是心者是人則能護持妙法觀世音菩薩言世尊若人不斷大悲是人則能護持妙法是故我今依大悲心護持此法門彌勒菩薩言世尊若人有大慈心是人能攝受妙法何以故若人多瞋恚是人不能攝受妙法是故我依慈心流通此法門

見愛樂菩薩言世尊若菩薩衆生見者無猒是人則能護持妙法世尊是故我於一切衆生不起瞋心護持此法門

導師菩薩言世尊若菩薩爲一切衆生起心我拔一切衆生苦若一切衆生欲聚集佛菩提欲度一切衆生是菩薩能受持此法門是故世尊我爲一切衆生成佛菩提世尊我先度一切衆生然後自度而不見能度可度者亦不見度衆生法是故世尊我畢竟起如是心護持此法門

文殊師利菩薩言世尊世間人顛倒若人生如是心我護持妙法即是顛倒何以故世尊菩薩調柔自身寂靜自身是菩薩自調柔自寂靜實法身即是護持妙法是故世尊我自身柔輭自身寂靜自身法身即護持妙法爾時世尊讚彼護持妙法菩薩言善哉善哉善男子汝眞是大士汝今能安樂一切衆生故護持妙法護法菩薩正應如是何以故此是

諸菩薩最妙勝業所謂護持妙法善男子是諸法相應法集法門若菩薩受持讀誦修行是菩薩於諸佛所得光明現前一切諸佛身不生不滅於法中得大光明現前知一切法非作非有為於僧中得光明現前如來弟子僧無我無我所於菩薩修持戒行光明現前菩薩於諸學中大悲為根本得樂說光明現前一切語言樂說以無生為體善男子是法門多行於娑伽羅龍王世界多行帝釋住處多行於阿那婆達多龍王住處然後行於閻浮提中雖行閻浮提常於諸佛所護衆生中行於直心不諂曲心衆生中行於能信深法者常在如是衆生心手中行如來說此法門時無所發菩薩奮迅慧菩薩及彼諸菩薩摩訶薩及大聲聞天龍夜叉乾闥婆阿修羅迦樓羅緊那羅摩睺羅伽人非人等一切大衆聞說此法門歡喜奉行

法集經卷第六

音釋

怯（乞業切畏懦也）瞬（舒閏切目自動也）熙（許羈切和也）

大方廣圓覺修多羅了義經

唐罽賓沙門佛陀多羅譯

清刻龍藏佛說法變相圖

大方廣圓覺修多羅了義經略疏序

唐金紫光祿大夫守中書侍郎兼户部尚書同中書門下平章事裴休述

夫血氣之屬必有知凡有知者必同體所謂眞淨明妙虛徹靈通卓然而獨存者也是衆生之本源故曰心地是諸佛之所得故曰菩提交徹融攝故曰法界寂靜常樂故曰涅槃不濁不漏故曰清淨不妄不變故曰眞如離過絶非故曰佛性護善遮惡故曰總持隱覆含攝故曰如來藏超越玄閟故曰密嚴國統衆德而大備爍羣昏而獨照故曰圓覺其實皆一心也背之則凡順之則聖迷之則生死始悟之則輪迴息親而求之則止觀定慧推而廣之則六度萬行引而爲智然後爲正智依而爲因然後爲正因其實皆一法也終日圓覺而未嘗圓覺者凡夫也欲證圓覺而未

極圓覺者菩薩也具足圓覺而住持圓覺者如來也離圓覺無六道捨圓覺無三乘非圓覺無如來泯圓覺無真法其實皆一道也三世諸佛之所證蓋證此也如來爲一大事出現蓋爲此也三藏十二部一切修多羅蓋詮此也然如來垂教指法有顯密立義有廣略乘時有先後當機有深淺非上根圓智其孰能大通之故如來於光明藏與十二大士密説而顯演潛通而廣被以印定其法爲一切經之宗也圭峯禪師得法於荷澤嫡孫南印上足道圓和尚一日隨衆僧齋于州民任灌家居下位以次受經遇圓覺了義卷未終軸感悟流涕歸以所悟告其師師撫之曰汝當大弘圓頓之教此經諸佛授汝耳禪師既佩南宗密印受圓覺懸記於是閲大藏經律通唯識起信等論然後頓轡於華嚴法界宴坐於圓覺妙場究一雨之所霑窮五教之殊致力爲之疏解凡大疏三卷大鈔十三卷略疏兩卷小鈔六卷道場修證儀一十八卷並行於世其叙教也圓其見法也徹其釋義也端如析薪其入觀也明若秉燭其辭也極於理而已不虚騁其文也扶於教而已不苟飾不以其所長病人故無排斥之説不以其未至蓋人故無胷臆之論蕩蕩然實十二部經之眼目三十五祖之骨髓生靈之大本三世之達道後世雖有作者不能過矣其四依之一乎或淨土之親聞乎何盡其義味如此也或曰道無形視者莫能覩道無方行者莫能至況文字乎在性之而已豈區區數萬言而可詮之哉對曰噫是不足以語道也前不云乎

統衆德而大備爍羣昏而獨照者圓覺也蓋圓覺能出一切法一切法未嘗離圓覺今夫經律論三藏之文傳于中國者五千餘卷其所詮者何也戒定慧而已修戒定慧而求者何也圓覺而已圓覺一法也張萬行而求之者何衆生之根器異也然則大藏皆圓覺之經此疏乃大藏之疏也羅五千軸之文而以數卷之疏通之豈不至簡哉何言其繁也及其斷言語之道息思想之心忘能所滅影像然後爲得也固不在詮表耳嗚呼生靈之所以往來者六道也鬼神沉幽愁之苦鳥獸懷獝狘之悲修羅方瞋諸天正樂可以整心慮趣菩提唯人道爲能耳人而不爲吾末如之何也巳矣休常遊禪師之閫域受禪師之顯訣無以自効輙直讚其法而普告大衆耳其他備乎本序云云

略疏序

終南山草堂寺沙門宗密述

元亨利貞乾之德也始於一氣常樂我淨佛之德也本乎一心專一氣而致柔修一心而成道心也者沖虛妙粹炳煥靈明無去無來冥通三際非中非外洞徹十方不滅不生豈四山之可害離性離相奚五色之能盲處生死流驪珠獨耀於滄海踞涅槃岸桂輪孤朗於碧天大矣哉萬法資始也萬法虛僞緣會而生生法本無一切唯識識如幻夢但是一心心寂而知目之圓覺彌滿清淨中不容他故德用無邊皆同一性性起爲相境智歷然相得性融身心廓爾方之海印越彼太虛恢恢焉晃晃焉迥出思議之表也我佛證此愍物迷之再歎奇哉三思大事既全十力能摧樹下魔軍爰起四心欲示宅中寶藏然迷頭捨父悟有易難故仙苑覺場教興頓漸漸設五時之異空有迭彰頓無二諦之殊幽靈絕待令此經者頓之類歟故如來入寂光土凡聖一源現受用身主伴同會曼殊大士創問本起之因薄伽至尊首提究竟之果照斯眞體滅彼夢形知無我人誰受輪轉種種幻化生於覺心幻盡覺圓心通法徧心本是佛由念起而漂沉岸實不移因舟行而驚驟頓除妄宰空不生華漸竭愛源金無重鑛理絕修證智似階差覺前前非名後後位況妄忘起滅德等圓明者焉然出廐良駒已搖鞭影埋塵大寶須設治方故三觀澄明眞假俱入諸輪綺互單複圓修四相潛神非覺違拒四病出體心華發明復令長中下期克念攝念而

加行别徧互習業障惑障而銷亡成就慧身靜極覺徧百千世界佛境現前是以聞五種名超剎寶施福説半偈義勝河沙小乘寔由無法不持無機不被者也噫巴歌和衆似量騰於猨心雪曲應稀了義匿於龍藏宗密髫專魯誥冠討竺墳俱溺筌罤唯味糟粕幸於涪上針芥相投禪遇南宗教逢斯典一言之下心地開通一軸之中義天朗耀頃以道非常道諸行無常今知心是佛心定當作佛然佛稱種智修假多聞故復行詣百城坐探羣籍講雖濫泰學且師安叨沐猶吾之納謬當真子之印再逢親友彌感佛恩久慨孤貧將陳法施採集般若綸貫華嚴提挈毗尼發明唯識然醫方萬品宜選對治海寶千般先求如意觀夫文富義博誠讓雜華指體投機無偕圓覺故叅詳諸論反復百家以利其器方爲疏解冥心聖旨極思研精義備性相禪兼頓漸勒成三卷以傳强學然上中下品根欲性殊今將法彼曲成從其易簡更搜精要直注本經庶即事即心日益日損者矣

大方廣圓覺修多羅了義經

唐罽賓沙門佛陀多羅譯

如是我聞一時婆伽婆入於神通大光明藏三昧正受一切如來光嚴住持是諸衆生清淨覺地身心寂滅平等本際圓滿十方不二隨順於不二境現諸淨土與大菩薩摩訶薩十萬人俱其名曰文殊師利菩薩普賢菩薩普眼菩薩金剛藏菩薩彌勒菩薩清淨慧菩薩威德自在菩薩辯音菩薩淨諸業障菩薩普覺菩薩圓覺菩薩賢善首菩薩等而爲上首與諸眷屬皆入三昧同住如來平等法會於是文殊師利菩薩在大衆中即從座起頂禮佛足右繞三帀長跪叉手而白佛言大悲世尊願爲此會諸來法衆說於如來本起清淨因地法行及說菩薩於大乘中發清淨心遠離諸病能使未來末世衆生求大乘者不墮邪見作是語已五體投地如是三請終而復始爾時世尊告文殊師利菩薩言善哉善哉善男子汝等乃能爲諸菩薩諮詢如來因地法行及爲末世一切衆生求大乘者得正住持不墮邪見汝今諦聽當爲汝說時文殊師利菩薩奉教歡喜及諸大衆黙然而聽善男子無上法王有大陀羅尼門名爲圓覺流出一切清淨眞如菩提涅槃及波羅蜜教授菩薩一切如來本起因地皆依圓照清淨覺相永斷無明方成佛道云何無明善男子一切衆生從無始來種種顛倒猶如迷人四方易處妄認四大爲自身相六塵緣影爲自心相譬彼病目見空中華及第二月善男子空實無華病者妄執由妄執故非唯惑此虛空

自性亦復迷彼實華生處由此妄有輪轉生死故名無明善男子此無明者非實有體如夢中人夢時非無及至於醒了無所得如衆空華滅於虛空不可說言有定滅處何以故無生處故一切衆生於無生中妄見生滅是故說名輪轉生死善男子如來因地修圓覺者知是空華即無輪轉亦無身心受彼生死非作故無本性無故彼知覺者猶如虛空知虛空者即空華相亦不可說無知覺性有無俱遣是則名爲淨覺隨順何以故虛空性故常不動故如來藏中無起滅故無知見故如法界性究竟圓滿徧十方故是則名爲因地法行菩薩因此於大乘中發清淨心末世衆生依此修行不墮邪見爾時世尊欲重宣此義而說偈言

文殊汝當知　一切諸如來　從於本因地
皆以智慧覺　了達於無明　知彼如空華
即能免流轉　又如夢中人　醒時不可得
覺者如虛空　平等不動轉　覺徧十方界
即得成佛道　衆幻滅無處　成道亦無得
本性圓滿故　菩薩於此中　能發菩提心
末世諸衆生　修此免邪見

於是普賢菩薩在大衆中即從座起頂禮佛足右繞三帀長跪叉手而白佛言大悲世尊願爲此會諸菩薩衆及爲末世一切衆生修大乘者聞此圓覺清淨境界云何修行世尊若彼衆生知如幻者身心亦幻云何以幻還修於幻若諸幻性一切盡滅則無有心誰爲修行云何復說修行如幻若諸衆生本不修行於生死中常居幻化曾不了知如幻境界

令妄想心云何解脫願爲末世一切衆生作何方便漸次修習令諸衆生永離諸幻作是語已五體投地如是三請終而復始爾時世尊告普賢菩薩言善哉善哉善男子汝等乃能爲諸菩薩及末世衆生修習菩薩如幻三眛方便漸次令諸衆生得離諸幻汝今諦聽當爲汝說時普賢菩薩奉教歡喜及諸大衆默然而聽善男子一切衆生種種幻化皆生如來圓覺妙心猶如空華從空而有幻華雖滅空性不壞衆生幻心還依幻滅諸幻盡滅覺心不動依幻說覺亦名爲幻若說有覺猶未離幻說無覺者亦復如是是故幻滅名爲不動善男子一切菩薩及末世衆生應當遠離一切幻化虛妄境界由堅執持遠離心故心如幻者亦復遠離遠離爲幻亦復遠離離遠離幻亦復遠離得無所離即除諸幻譬如鑽火兩木相因火出木盡灰飛煙滅以幻修幻亦復如是諸幻雖盡不入斷滅善男子知幻即離不作方便離幻即覺亦無漸次一切菩薩及末世衆生依此修行如是乃能永離諸幻爾時世尊欲重宣此義而說偈言

普賢汝當知　一切諸衆生　無始幻無明
皆從諸如來　圓覺心建立　猶如虛空華
依空而有相　空華若復滅　虛空本不動
幻從諸覺生　幻滅覺圓滿　覺心不動故
若彼諸菩薩　及末世衆生　常應遠離幻
諸幻悉皆離　如木中生火　木盡火還滅
覺則無漸次　方便亦如是

於是普眼菩薩在大衆中即從座起頂禮佛足右繞三帀長跪叉手而白佛言大悲世尊

願爲此會諸菩薩衆及爲末世一切衆生演説菩薩修行漸次云何思惟云何住持衆生未悟作何方便普令開悟世尊若彼衆生無正方便及正思惟聞佛如來説此三昧心生迷悶則於圓覺不能悟入願興慈悲爲我等輩及末世衆生假説方便作是語已五體投地如是三請終而復始爾時世尊告普眼菩薩言善哉善哉善男子汝等乃能爲諸菩薩及末世衆生問於如來修行漸次思惟住持乃至假説種種方便汝今諦聽當爲汝説時普眼菩薩奉教歡喜及諸大衆默然而聽善男子彼新學菩薩及末世衆生欲求如來淨圓覺心應當正念遠離諸幻先依如來奢摩他行堅持禁戒安處徒衆宴坐靜室恒作是念我今此身四大和合所謂髮毛爪齒皮肉筋骨髓腦垢色皆歸於地唾涕膿血津液涎沫痰淚精氣大小便利皆歸於水煖氣歸火動轉歸風四大各離今者妄身當在何處即知此身畢竟無體和合爲相實同幻化四緣假合妄有六根六根四大中外合成妄有緣氣於中積聚似有緣相假名爲心善男子此虛妄心若無六塵則不能有四大分解無塵可得於中緣塵各歸散滅畢竟無有緣心可見善男子彼之衆生幻身滅故幻心亦滅幻心滅故幻塵亦滅幻塵滅故幻滅亦滅幻滅滅故非幻不滅譬如磨鏡垢盡明現善男子當知身心皆爲幻垢垢相永滅十方清淨善男子譬如清淨摩尼寶珠映於五色隨方各現諸愚癡者見彼摩尼實有五色善男子圓覺淨性現於身心隨類各應彼愚癡者説淨

圓覺實有如是身心自相亦復如是由此不能遠於幻化是故我說身心幻垢對離幻垢說名菩薩垢盡對除即無對垢及說名者善男子此菩薩及末世衆生證得諸幻滅影像故爾時便得無方清淨無邊虛空覺所顯發覺圓明故顯心清淨心清淨故見塵清淨見清淨故眼根清淨根清淨故眼識清淨識清淨故聞塵清淨聞清淨故耳根清淨根清淨故耳識清淨識清淨故覺塵清淨如是乃至鼻舌身意亦復如是善男子根清淨故色塵清淨色清淨故聲塵清淨香味觸法亦復如是善男子六塵清淨故地大清淨地清淨故水大清淨火大風大亦復如是善男子四大清淨故十二處十八界二十五有清淨彼清淨故十力四無所畏四無礙智佛十八不共法三十七助道品清淨如是乃至八萬四千陀羅尼門一切清淨善男子一切實相性清淨故一身清淨一身清淨故多身清淨多身清淨故如是乃至十方衆生圓覺清淨善男子一世界清淨故多世界清淨多世界清淨故如是乃至盡於虛空圓裹三世一切平等清淨不動善男子虛空如是平等不動當知覺性平等不動四大不動故當知覺性平等不動如是乃至八萬四千陀羅尼門平等不動當知覺性平等不動善男子覺性徧滿清淨不動圓無際故當知六根徧滿法界根徧滿故當知六塵徧滿法界塵徧滿故當知四大徧滿法界如是乃至陀羅尼門徧滿法界善男子由彼妙覺性徧滿故根性塵性無壞無雜根塵無壞故如是乃至陀羅尼門無壞

無雜如百千燈光照一室其光徧滿無壞無雜善男子覺成就故當知菩薩不與法縛不求法脫不猒生死不愛涅槃不敬持戒不憎毀禁不重久習不輕初學何以故一切覺故譬如眼光曉了前境其光圓滿得無憎愛何以故光體無二無憎愛故善男子此菩薩及末世衆生修習此心得成就者於此無修亦無成就圓覺普照寂滅無二於中百千萬億阿僧祇不可說恒河沙諸佛世界猶如空華亂起亂滅不即不離無縛無脫始知衆生本來成佛生死涅槃猶如昨夢善男子如昨夢故當知生死及與涅槃無起無滅無來無去其所證者無得無失無取無捨其能證者無作無止無任無滅於此證中無能無所畢竟無證亦無證者一切法性平等不壞善男子彼諸菩薩如是修行如是漸次如是思惟如是住持如是方便如是開悟求如是法亦不迷悶爾時世尊欲重宣此義而說偈言

普眼汝當知　一切諸衆生　身心皆如幻
身相屬四大　心性歸六塵　四大體各離
誰爲和合者　如是漸修行　一切悉清淨
不動徧法界　無作止任滅　亦無能證者
一切佛世界　猶如虛空華　三世悉平等
畢竟無來去　初發心菩薩　及末世衆生
欲求入佛道　應如是修習

於是金剛藏菩薩在大衆中即從座起頂禮佛足右繞三帀長跪叉手而白佛言大悲世尊善爲一切諸菩薩衆宣揚如來圓覺清淨大陀羅尼因地法行漸次方便與諸衆生開發蒙昧在會法衆承佛慈誨幻翳朗然慧目

清淨世尊若諸衆生本來成佛何故復有一切無明若諸無明衆生本有何因緣故如來復説本來成佛十方異生本成佛道後起無明一切如來何時復生一切煩惱惟願不捨無遮大慈爲諸菩薩開祕密藏及爲末世一切衆生得聞如是修多羅教了義法門永斷疑悔作是語已五體投地如是三請終而復始爾時世尊告金剛藏菩薩言善哉善哉善男子汝等乃能爲諸菩薩及末世衆生問於如來甚深祕密究竟方便是諸菩薩最上教誨了義大乘能使十方修學菩薩及諸末世一切衆生得決定信永斷疑悔汝今諦聽當爲汝説時金剛藏菩薩奉教歡喜及諸大衆默然而聽善男子一切世界始終生滅前後有無聚散起止念念相續循環往復種種取捨皆是輪迴未出輪迴而辯圓覺彼圓覺性即同流轉若免輪迴無有是處譬如動目能摇湛水又如定眼由迴轉火雲駛月運舟行岸移亦復如是善男子諸旋未息彼物先性尚不可得何況輪轉生死垢心曾未清淨觀佛圓覺而不旋復是故汝等便生三惑善男子譬如幻翳妄見空華幻翳若除不可説言此翳已滅何時更起一切諸翳何以故翳華二法非相待故亦如空華滅於空時不可説言虚空何時更起空華何以故空本無華非起滅故生死涅槃同於起滅妙覺圓照離於華翳善男子當知虚空非是暫有亦非暫無況復如來圓覺隨順而爲虚空平等本性善男子如銷金鑛金非銷有既已成金不重爲鑛經無窮時金性不壞不應説言本非成就

如來圓覺亦復如是善男子一切如來妙圓覺心本無菩提及與涅槃亦無成佛及不成佛無妄輪迴及非輪迴善男子但諸聲聞所圓境界身心語言皆悉斷滅終不能至彼之親證所現涅槃何況能以有思惟心測度如來圓覺境界如取螢火燒須彌山終不能著以輪迴心生輪迴見入於如來大寂滅海終不能至是故我說一切菩薩及末世衆生先斷無始輪迴根本善男子有作思惟從有心起皆是六塵妄想緣氣非實心體已如空華用此思惟辯如佛境猶如空華復結空果展轉妄想無有是處善男子虛妄浮心多諸巧見不能成就圓覺方便如是分別非爲正問

爾時世尊欲重宣此義而說偈言

金剛藏當知　如來寂滅性　未曾有終始
若以輪迴心　思惟即旋復　但至輪迴際
不能入佛海　譬如銷金鑛　金非銷故有
雖復本來金　終以銷成就　一成眞金體
不復重爲鑛　生死與涅槃　凡夫及諸佛
同爲空華相　思惟猶幻化　何況諸虛妄
若能了此心　然後求圓覺

於是彌勒菩薩在大衆中即從座起頂禮佛足右繞三帀長跪叉手而白佛言大悲世尊廣爲菩薩開秘密藏令諸大衆深悟輪迴分別邪正能施末世一切衆生無畏道眼於大涅槃生決定信無復重隨輪轉境界起循環見世尊若諸菩薩及末世衆生欲遊如來大寂滅海云何當斷輪迴根本於諸輪迴有幾種性修佛菩提幾等差別迴入塵勞當設幾種教化方便度諸衆生惟願不捨救世大悲

令諸修行一切菩薩及末世衆生慧目肅清照耀心鏡圓悟如來無上知見作是語已五體投地如是三請終而復始爾時世尊告彌勒菩薩言善哉善哉善男子汝等乃能爲諸菩薩及末世衆生請問如來深奥秘密微妙之義令諸菩薩潔清慧目及令一切末世衆生永斷輪迴心悟實相具無生忍汝今諦聽當爲汝說時彌勒菩薩奉教歡喜及諸大衆默然而聽善男子一切衆生從無始際由有種種恩愛貪欲故有輪迴若諸世界一切種性卵生胎生濕生化生皆因婬欲而正性命當知輪迴愛爲根本由有諸欲助發愛性是故能令生死相續欲因愛生命因欲有衆生愛命還依欲本愛欲爲因愛命爲果由於欲境起諸違順境背愛心而生憎嫉造種種業

是故復生地獄餓鬼知欲可厭愛厭業道捨惡樂善復現天人又知諸愛可厭惡故棄愛樂捨還滋愛本便現有爲增上善果皆輪迴故不成聖道是故衆生欲脱生死免諸輪迴先斷貪欲及除愛渴善男子菩薩變化示現世間非愛爲本但以慈悲令彼捨愛假諸貪欲而入生死若諸末世一切衆生能捨諸欲及除憎愛永斷輪迴勤求如來圓覺境界於清淨心便得開悟善男子一切衆生由本貪欲發揮無明顯出五性差別不等依二種障而現深淺云何二障一者理障礙正知見二者事障續諸生死云何五性善男子若此二障未得斷滅名未成佛若諸衆生永捨貪欲先除事障未斷理障但能悟入聲聞緣覺未能顯住菩薩境界善男子若諸末世一切衆

生欲汎如來大圓覺海先當發願勤斷二障二障已伏即能悟入菩薩境界若事理障已永斷滅即入如來微妙圓覺滿足菩提及大涅槃善男子一切衆生皆證圓覺逢善知識依彼所作因地法行爾時修習便有頓漸若遇如來無上菩提正修行路根無大小皆成佛果若諸衆生雖求善友遇邪見者未得正悟是則名爲外道種性邪師過謬非衆生咎是名衆生五性差別善男子菩薩唯以大悲方便入諸世間開發未悟乃至示現種種形相逆順境界與其同事化令成佛皆依無始清淨願力若諸末世一切衆生於大圓覺起增上心當發菩薩清淨大願應作是言願我今者住佛圓覺求善知識莫值外道及與二乘依願修行漸斷諸障障盡願滿便登解脫清淨法殿證大圓覺妙莊嚴域爾時世尊欲重宣此義而說偈言

彌勒汝當知　一切諸衆生　不得大解脫
皆由貪欲故　墮落於生死　若能斷憎愛
及與貪瞋癡　不因差別性　皆得成佛道
二障永消滅　求師得正悟　隨順菩薩願
依止大涅槃　十方諸菩薩　皆以大悲願
示現入生死　現在修行者　及末世衆生
勤斷諸愛見　便歸大圓覺

於是清淨慧菩薩在大衆中即從座起頂禮佛足右繞三帀長跪叉手而白佛言大悲世尊爲我等輩廣說如是不思議事本所不見本所不聞我等今者蒙佛善誘身心泰然得大饒益願爲諸來一切法衆重宣法王圓滿覺性一切衆生及諸菩薩如來世尊所證所

得云何差别令末世衆生聞此聖教隨順開悟漸次能入作是語已五體投地如是三請終而復始爾時世尊告清淨慧菩薩言善哉善哉善男子汝等乃能爲末世衆生請問如來漸次差别汝今諦聽當爲汝説時清淨慧菩薩奉教歡喜及諸大衆默然而聽善男子圓覺自性非性性有循諸性起無取無證於實相中實無菩薩及諸衆生何以故菩薩衆生皆是幻化幻化滅故無取證者譬如眼根不自見眼性自平等無平等者衆生迷倒未能除滅一切幻化於滅未滅妄功用中便顯差别若得如來寂滅隨順實無寂滅及寂滅者善男子一切衆生從無始來由妄想我及愛我者曾不自知念念生滅故起憎愛耽著五欲若遇善友教令開悟淨圓覺性發明起滅即知此生性自勞慮若復有人勞慮永斷得法界淨即彼淨解爲自障礙故於圓覺而不自在此名凡夫隨順覺性善男子一切菩薩見解爲礙雖斷解礙猶住見覺覺礙爲礙而不自在此名菩薩未入地者隨順覺性善男子有照有覺俱名障礙是故菩薩常覺不住照與照者同時寂滅譬如有人自斷其首首已斷故無能斷者則以礙心自滅諸礙礙已斷滅無滅礙者修多羅教如標月指若復見月了知所標畢竟非月一切如來種種言説開示菩薩亦復如是此名菩薩已入地者隨順覺性善男子一切障礙即究竟覺得念失念無非解脱成法破法皆名涅槃智慧愚癡通爲般若菩薩外道所成就法同是菩提無明眞如無異境界諸戒定慧及婬怒癡俱

是梵行衆生國土同一法性地獄天宫皆爲淨土有性無性齊成佛道一切煩惱畢竟解脱法界海慧照了諸相猶如虚空此名如來隨順覺性善男子但諸菩薩及末世衆生居一切時不起妄念於諸妄心亦不息滅住妄想境不加了知於無了知不辯眞實彼諸衆生聞是法門信解受持不生驚畏是則名爲隨順覺性善男子汝等當知如是衆生巳曾供養百千萬億恒河沙諸佛及大菩薩植衆德本佛說是人名爲成就一切種智爾時世尊欲重宣此義而說偈言

清淨慧當知　圓滿菩提性　無取亦無證
無菩薩衆生　覺與未覺時　漸次有差别
衆生爲解礙　菩薩未離覺　入地永寂滅
不住一切相　大覺悉圓滿　名爲徧隨順
末世諸衆生　心不生虚妄　佛說如是人
現世即菩薩　供養恒沙佛　功德巳圓滿
雖有多方便　皆名隨順智

於是威德自在菩薩在大衆中即從座起頂禮佛足右繞三帀長跪叉手而白佛言大悲世尊廣爲我等分别如是隨順覺性令諸菩薩覺心光明承佛圓音不因修習而得善利世尊譬如大城外有四門隨方來者非止一路一切菩薩莊嚴佛國及成菩提非一方便惟願世尊廣爲我等宣說一切方便漸次幷修行人總有幾種令此會菩薩及末世衆生求大乘者速得開悟遊戲如來大寂滅海作是語巳五體投地如是三請終而復始爾時世尊告威德自在菩薩言善哉善哉善男子汝等乃能爲諸菩薩及末世衆生問於如來

如是方便汝今諦聽當爲汝說時威德自在菩薩奉教歡喜及諸大衆默然而聽善男子無上妙覺徧諸十方出生如來與一切法同體平等於諸修行實無有二方便隨順其數無量圓攝所歸循性差別當有三種善男子若諸菩薩悟淨圓覺以淨覺心取靜爲行由澄諸念覺識煩動靜慧發生身心客塵從此永滅便能内發寂靜輕安由寂靜故十方世界諸如來心於中顯現如鏡中像此方便者名奢摩他善男子若諸菩薩悟淨圓覺以淨覺心知覺心性及與根塵皆因幻化即起諸幻以除幻者變化諸幻而開幻衆由起幻故便能内發大悲輕安一切菩薩從此起行漸次增進彼觀幻者非同幻故非同幻觀皆是幻故幻相永離是諸菩薩所圓妙行如土長苗此方便者名三摩鉢提善男子若諸菩薩悟淨圓覺以淨覺心不取幻化及諸靜相了知身心皆爲罣礙無知覺明不依諸礙永得超過礙無礙境受用世界及與身心相在塵域如器中鍠聲出于外煩惱涅槃不相留礙便能内發寂滅輕安妙覺隨順寂滅境界自他身心所不能及衆生壽命皆爲浮想此方便者名爲禪那善男子此三法門皆是圓覺親近隨順十方如來因此成佛十方菩薩種種方便一切同異皆依如是三種事業若得圓證即成圓覺善男子假使有人修於聖道教化成就百千萬億阿羅漢辟支佛果不如有人聞此圓覺無礙法門一刹那頃隨順修習爾時世尊欲重宣此義而說偈言

威德汝當知　無上大覺心　本際無二相

隨順諸方便　其數即無量　如來總開示
便有三種類　寂靜奢摩他　如鏡照諸像
如幻三摩提　如苗漸增長　禪那唯寂滅
如彼器中鍠　三種妙法門　皆是覺隨順
十方諸如來　及諸大菩薩　因此得成道
三事圓證故　名究竟涅槃

於是辯音菩薩在大衆中即從座起頂禮佛足右繞三帀長跪叉手而白佛言大悲世尊如是法門甚爲希有世尊此諸方便一切菩薩於圓覺門有幾修習願爲大衆及末世衆生方便開示令悟實相作是語已五體投地如是三請終而復始爾時世尊告辯音菩薩言善哉善哉善男子汝等乃能爲諸大衆及末世衆生問於如來如是修習汝今諦聽當爲汝説時辯音菩薩奉教歡喜及諸大衆默然而聽善男子一切如來圓覺清淨本無修習及修習者一切菩薩及末世衆生依於未覺幻力修習爾時便有二十五種清淨定輪若諸菩薩唯取極靜由靜力故永斷煩惱究竟成就不起于座便入涅槃此菩薩者名單修奢摩他若諸菩薩唯觀如幻以佛力故變化世界種種作用備行菩薩清淨妙行於陀羅尼不失寂念及諸靜慧此菩薩者名單修三摩鉢提若諸菩薩唯滅諸幻不取作用獨斷煩惱煩惱斷盡便證實相此菩薩者名單修禪那若諸菩薩先取至靜以靜慧心照諸幻者便於是中起菩薩行此菩薩者名先修奢摩他後修三摩鉢提若諸菩薩以靜慧故證至靜性便斷煩惱永出生死此菩薩者名先修奢摩他後修禪那若諸菩薩以寂靜慧

復現幻力種種變化度諸衆生後斷煩惱而入寂滅此菩薩者名先修奢摩他中修三摩鉢提後修禪那若諸菩薩以至靜力斷煩惱已後起菩薩清淨妙行度諸衆生此菩薩者名先修奢摩他中修禪那後修三摩鉢提若諸菩薩以至靜力心斷煩惱復度衆生建立世界此菩薩者名先修奢摩他齊修三摩鉢提禪那若諸菩薩以至靜力資發變化後斷煩惱此菩薩者名齊修奢摩他三摩鉢提後修禪那若諸菩薩以至靜力用資寂滅後起作用變化世界此菩薩者名齊修奢摩他禪那後修三摩鉢提若諸菩薩以變化力種種隨順而取至靜此菩薩者名先修三摩鉢提後修奢摩他若諸菩薩以變化力種種境界而取寂滅此菩薩者名先修三摩鉢提後修

禪那若諸菩薩以變化力而作佛事安住寂靜而斷煩惱此菩薩者名先修三摩鉢提中修奢摩他後修禪那若諸菩薩以變化力無礙作用斷煩惱故安住至靜此菩薩者名先修三摩鉢提中修禪那後修奢摩他若諸菩薩以變化力方便作用至靜寂滅二俱隨順此菩薩者名先修三摩鉢提齊修奢摩他禪那若諸菩薩以變化力種種起用資於至靜後斷煩惱此菩薩者名齊修三摩鉢提奢摩他後修禪那若諸菩薩以變化力資於寂滅後住清淨無作靜慮此菩薩者名齊修三摩鉢提禪那後修奢摩他若諸菩薩以寂滅力而起至靜住於清淨此菩薩者名先修禪那後修奢摩他若諸菩薩以寂滅力而起作用於一切境寂用隨順此菩薩者名先修禪那

後修三摩鉢提若諸菩薩以寂滅力種種自性安於靜慮而起變化此菩薩者名先修禪那中修奢摩他後修三摩鉢提若諸菩薩以寂滅力無作自性起於作用清淨境界歸於靜慮此菩薩者名先修禪那中修三摩鉢提後修奢摩他若諸菩薩以寂滅力種種清淨而住靜慮起於變化此菩薩者名先修禪那齊修奢摩他三摩鉢提若諸菩薩以寂滅力資於至靜而起變化此菩薩者名齊修禪那奢摩他彼修三摩鉢提若諸菩薩以寂滅力資於變化而起至靜清明境慧此菩薩者名齊修禪那三摩鉢提後修奢摩他若諸菩薩以圓覺慧圓合一切於諸性相無離覺性此菩薩者名爲圓修三種自性清淨隨順善男子是名菩薩二十五輪一切菩薩修行如是若諸菩薩及末世衆生依此輪者當持梵行寂靜思惟求哀懺悔經三七日於二十五輪各安標記至心求哀隨手結取依結開示便知頓漸一念疑悔即不成就爾時世尊欲重宣此義而說偈言

辯音汝當知　一切諸菩薩　無礙清淨慧
皆依禪定生　所謂奢摩他　三摩提禪那
三法頓漸修　有二十五種　十方諸如來
三世修行者　無不因此法　而得成菩提
唯除頓覺人　幷法不隨順　一切諸菩薩
及末世衆生　常當持此輪　隨順勤修習
依佛大悲力　不久證涅槃

於是淨諸業障菩薩在大衆中即從座起頂禮佛足右繞三帀長跪叉手而白佛言大悲世尊爲我等輩廣說如是不思議事一切如

來因地行相令諸大衆得未曾有覩見調御歷恒沙劫勤苦境界一切功用猶如一念我等菩薩深自慶慰世尊若此覺心本性清淨因何染汙使諸衆生迷悶不入惟願如來廣爲我等開悟法性令此大衆及末世衆生作將來眼作是語已五體投地如是三請終而復始爾時世尊告淨諸業障菩薩言善哉善哉善男子汝等乃能爲諸大衆及末世衆生諮問如來如是方便汝今諦聽當爲汝說時淨諸業障菩薩奉教歡喜及諸大衆默然而聽善男子一切衆生從無始來妄想執有我人衆生及與壽命認四顛倒爲實我體由此便生憎愛二境於虛妄體重執虛妄二妄相依生妄業道有妄業故妄見流轉猒流轉者妄見涅槃由此不能入清淨覺非覺違拒諸能入者有諸能入非覺入故是故動念及與息念皆歸迷悶何以故由有無始本起無明爲已主宰一切衆生生無慧目身心等性皆是無明譬如有人不自斷命是故當知有愛我者我與隨順非隨順者便生憎怨爲憎愛心養無明故相續求道皆不成就善男子云何我相謂諸衆生心所證者善男子譬如有人百骸調適忽忘我身四肢弦緩攝養乖方微加針艾則知有我是故證取方現我體善男子其心乃至證於如來畢竟了知清淨涅槃皆是我相善男子云何人相謂諸衆生心悟證者善男子悟有我者不復認我所悟非我悟亦如是悟已超過一切證者悉爲人相善男子其心乃至圓悟涅槃俱是我者心存少悟備殫證理皆名人相善男子云何衆生

相謂諸衆生心自證悟所不及者善男子譬如有人作如是言我是衆生則知彼人說衆生者非我非彼云何非我我是衆生則非是我云何非彼我是衆生非彼我故善男子但諸衆生了證了悟皆爲我人而我人相所不及者存有所了名衆生相善男子云何壽命相謂諸衆生心照清淨覺所了者一切業智所不自見猶如命根善男子若心照見一切覺者皆爲塵垢覺所覺者不離塵故如湯銷冰無別有冰知冰消者存我覺我亦復如是善男子末世衆生不了四相雖經多劫勤苦修道但名有爲終不能成一切聖果是故名爲正法末世何以故認一切我爲涅槃故有證有悟名成就故譬如有人認賊爲子其家財寶終不成就何以故有我愛者亦愛涅槃伏我愛根爲涅槃相有憎我者亦憎生死不知愛者眞生死故別憎生死名不解脫云何當知法不解脫善男子彼末世衆生習菩提者以已微證爲自清淨猶未能盡我相根本若復有人讚歎彼法即生歡喜便欲濟度若復誹謗彼所得者便生瞋恨則知我相堅固執持潛伏藏識遊戲諸根曾不間斷善男子彼修道者不除我相是故不能入清淨覺善男子若知我空無毀我者有我說法我未斷故衆生壽命亦復如是善男子末世衆生說病爲法是故名爲可憐憫者雖勤精進增益諸病是故不能入清淨覺善男子末世衆生不了四相以如來解及所行處爲自修行終不成就或有衆生未得謂得未證謂證見勝進者心生嫉妬由彼衆生未斷我愛是故不

能入清淨覺善男子末世衆生希望成道無令求悟唯益多聞增長我見但當精勤降伏煩惱起大勇猛未得令得未斷令斷貪瞋愛慢諂曲嫉妬對境不生彼我恩愛一切寂滅佛說是人漸次成就求善知識不墮邪見若於所求別生憎愛則不能入清淨覺海爾時世尊欲重宣此義而說偈言

淨業汝當知　一切諸衆生　皆由執我愛
無始妄流轉　未除四種相　不得成菩提
愛憎生於心　諂曲存諸念　是故多迷悶
不能入覺城　若能歸悟刹　先去貪瞋癡
法愛不存心　漸次可成就　我身本不有
憎愛何由生　此人求善友　終不墮邪見
所求別生心　究竟非成就

於是普覺菩薩在大衆中即從座起頂禮佛足右繞三帀長跪叉手而白佛言大悲世尊快說禪病令諸大衆得未曾有心意蕩然獲大安隱世尊末世衆生去佛漸遠賢聖隱伏邪法增熾使諸衆生求何等人依何等法行何等行除去何病云何發心令彼羣盲不墮邪見作是語已五體投地如是三請終而復始爾時世尊告普覺菩薩言善哉善哉善男子汝等乃能諮問如來如是修行能施末世一切衆生無畏道眼令彼衆生得成聖道汝今諦聽當爲汝說時普覺菩薩奉教歡喜及諸大衆默然而聽善男子末世衆生將發大心求善知識欲修行者當求一切正知見人心不住相不著聲聞緣覺境界雖現塵勞心恒清淨示有諸過讚歎梵行不令衆生入不律儀求如是人即得成就阿耨多羅三藐三

菩提末世衆生見如是人應當供養不惜身命彼善知識四威儀中常現清淨乃至示現種種過患心無憍慢況復摶財妻子眷屬若善男子於彼善友不起惡念即能究竟成就正覺心華發明照十方刹善男子彼善知識所證妙法應離四病云何四病一者作病若復有人作如是言我於本心作種種行欲求圓覺彼圓覺性非作得故說名爲病二者任病若復有人作如是言我等今者不斷生死不求涅槃涅槃生死無起滅念任彼一切隨諸法性欲求圓覺彼圓覺性非任有故說名爲病三者止病若復有人作如是言我今自心永息諸念得一切性寂然平等欲求圓覺彼圓覺性非止合故說名爲病四者滅病若復有人作如是言我今永斷一切煩惱身心畢竟空無所有何況根塵虛妄境界一切永寂欲求圓覺彼圓覺性非寂相故說名爲病離四病者則知清淨作是觀者名爲正觀若他觀者名爲邪觀善男子末世衆生欲修行者應當盡命供養善友事善知識彼善知識欲來親近應斷憍慢若復遠離應斷瞋恨現逆順境猶如虛空了知身心畢竟平等與諸衆生同體無異如是修行方入圓覺善男子末世衆生不得成道由有無始自他憎愛一切種子故未解脫若復有人觀彼怨家如己父母心無有二即除諸病於諸法中自他憎愛亦復如是善男子末世衆生欲求圓覺應當發心作如是言盡於虛空一切衆生我皆令入究竟圓覺於圓覺中無取覺者除彼我人一切諸相如是發心不墮邪見爾時世尊

欲重宣此義而說偈言

普覺汝當知　末世諸衆生　欲求善知識
應當求正見　心遠二乘者　法中除四病
謂作止任滅　親近無憍慢　遠離無瞋恨
見種種境界　心當生希有　還如佛出世
不犯非律儀　戒根永清淨　度一切衆生
究竟入圓覺　無彼我人相　當依正智慧
便得超邪見　證覺般涅槃

於是圓覺菩薩在大衆中即從座起頂禮佛足右繞三帀長跪叉手而白佛言大悲世尊爲我等輩廣說淨覺種種方便令末世衆生有大增益世尊我等今者已得開悟若佛滅後末世衆生未得悟者云何安居修此圓覺清淨境界此圓覺中三種淨觀以何爲首惟願大悲爲諸大衆及末世衆生施大饒益作是語已五體投地如是三請終而復始爾時世尊告圓覺菩薩言善哉善哉善男子汝等乃能問於如來如是方便以大饒益施諸衆生汝今諦聽當爲汝說時圓覺菩薩奉教歡喜及諸大衆默然而聽善男子一切衆生若佛住世若佛滅後若法末時有諸衆生具大乘性信佛祕密大圓覺心欲修行者若在伽藍安處徒衆有緣事故隨分思察如我已說若復無有他事因緣即建道場當立期限若立長期百二十日中期百日下期八十日安置淨居若佛現在當正思惟若佛滅後施設形像心存目想生正憶念還同如來常住之日懸諸旛華經三七日稽首十方諸佛名字求哀懺悔遇善境界得心輕安過三七日一向攝念若經夏首三月安居當爲清淨菩薩

止住心離聲聞不假徒衆至安居日即於佛前作如是言我比丘比丘尼優婆塞優婆夷某甲踞菩薩乘修寂滅行同入清淨實相住持以大圓覺爲我伽藍身心安居平等性智涅槃自性無繫屬故今我敬請不依聲聞當與十方如來及大菩薩三月安居爲修菩薩無上妙覺大因緣故不繫徒衆善男子此名菩薩示現安居過三期日隨往無礙善男子若彼末世修行衆生求菩薩道入三期者非彼所聞一切境界終不可取善男子若諸衆生修奢摩他先取至靜不起思念靜極便覺如是初靜從於一身至一世界覺亦如是善男子若覺徧滿一世界者一世界中有一衆生起一念者皆悉能知百千世界亦復如是非彼所聞一切境界終不可取善男子若諸衆生修三摩鉢提先當憶想十方如來十方世界一切菩薩依種種門漸次修行勤苦三昧廣發大願自熏成種非彼所聞一切境界終不可取善男子若諸衆生修於禪那先取數門心中了知生住滅念分劑頭數如是周徧四威儀中分別念數無不了知漸次增進乃至得知百千世界一滴之雨猶如目覩所受用物非彼所聞一切境界終不可取是名三觀初首方便若諸衆生徧修三種勤行精進即名如來出現于世若後末世鈍根衆生心欲求道不得成就由昔業障當勤懺悔常起希望先斷憎愛嫉妬諂曲求勝上心三種淨觀隨學一事此觀不得復習彼觀心不放捨漸次求證爾時世尊欲重宣此義而說偈言

圓覺汝當知　一切諸衆生　欲求無上道
先當結三期　懺悔無始業　經於三七日
然後正思惟　非彼所聞境　畢竟不可取
奢摩他至靜　三摩正憶持　禪那明數門
是名三淨觀　若能勤修習　是名佛出世
鈍根未成者　常當勤心懺　無始一切罪
諸障若消滅　佛境便現前

於是賢善首菩薩在大衆中即從座起頂禮佛足右繞三帀長跪叉手而白佛言大悲世尊廣爲我等及末世衆生開悟如是不思議事世尊此大乘教名字何等云何奉持衆生修習得何功德云何使我護持經人流布此教至於何地作是語已五體投地如是三請終而復始爾時世尊告賢善首菩薩言善哉善哉善男子汝等乃能爲諸菩薩及末世衆生問於如來如是經教功德名字汝今諦聽當爲汝說時賢善首菩薩奉教歡喜及諸大衆默然而聽善男子是經百千萬億恒河沙諸佛所說三世如來之所守護十方菩薩之所歸依十二部經清淨眼目是經名大方廣圓覺陀羅尼亦名修多羅了義亦名祕密王三昧亦名如來決定境界亦名如來藏自性差別汝當奉持善男子是經唯顯如來境界唯佛如來能盡宣說若諸菩薩及末世衆生依此修行漸次增進至於佛地善男子是經名爲頓教大乘頓機衆生從此開悟亦攝漸修一切羣品譬如大海不讓小流乃至蚊蝱及阿脩羅飲其水者皆得充滿善男子假使有人純以七寶積滿三千大千世界以用布施不如有人聞此經名及一句義善男子假

使有人教百恒河沙衆生得阿羅漢果不如有人宣説此經分别半偈善男子若復有人聞此經名信心不惑當知是人非於一佛二佛種諸福慧如是乃至盡恒河沙一切佛所種諸善根聞此經教汝善男子當護末世是修行者無令惡魔及諸外道惱其身心令生退屈爾時會中有火首金剛摧碎金剛尼藍婆金剛等八萬金剛并其眷屬即從座起頂禮佛足右繞三帀而白佛言世尊若後末世一切衆生有能持此決定大乘我當守護如護眼目乃至道場所修行處我等金剛自領徒衆晨夕守護令不退轉其家乃至永無災障疫病消滅財寶豐足常不乏少爾時大梵王二十八天王并須彌山王護國天王等即從座起頂禮佛足右繞三帀而白佛言世尊我亦守護是持經者常令安隱心不退轉爾時有大力鬼王名吉槃荼與十萬鬼王即從座起頂禮佛足右繞三帀而白佛言世尊我亦守護是持經人朝夕侍衛令不退屈其人所居一由旬内若有鬼神侵其境界我當使其碎如微塵佛説此經已一切菩薩天龍鬼神八部眷屬及諸天王梵王等一切大衆聞佛所説皆大歡喜信受奉行

大方廣圓覺修多羅了義經

音釋

序

閟彼義切幽深也轡兵媚切轡也爍書藥切灼爍也獝狘獝休必切

狘許月切獝狘驚遽走貌騖亡遇切亂馳也重鑛重傳容切鑛古猛切金樸

也髫田聊切童子垂髮也

經

髓腦髓息委切腦奴皓切涎沫涎夕連切沫莫割切痰徒甘切駛

踈士切疾也鍠胡觥切鍠聲也殫都寒切極盡也

佛說施燈功德經

高齊北天竺三藏法師那連提黎耶舍譯

清刻龍藏佛說法變相圖

佛說施燈功德經

高齊北天竺三藏法師那連提黎耶舍譯

如是我聞一時佛在舍衛國祇樹給孤獨園爾時世尊告舍利弗言舍利弗佛有四種勝妙善法能令衆生得無量果無量光明無量妙色無量福藏無量樂藏無量戒定智慧解脫解脫知見辯才之藏一切無著無漏之法舍利弗何等爲四一者謂如來應正遍知得尸波羅蜜具無量戒二者得禪波羅蜜具無量定三者得般若波羅蜜具無量慧及廣智慧觀達慧如性慧無數慧決定慧畢定知見四者得無濁心善勝作心具妙解脫第一解脫是爲四種勝妙善法舍利弗是佛如來應正遍知於一切惡皆悉遠離一切善法皆悉成就衆行備滿具如實見遠離闇冥能爲光

曜具足無量福智資粮隱蔽世間不爲世間之所映奪獲得戒定智慧解脱解脱知見具足十力四無所畏得一切諸佛法力能具諸佛法力得具諸佛大慈悲力及辯才力本願方便皆悉滿足善修本業具智慧寶精進無量終不休息離諸憂慼無有逼惱無有取著能善調伏爲大龍王無有餘習爲一切衆生無上福田舍利弗若比丘比丘尼沙彌沙彌尼優婆塞優婆夷清淨心爲求福故爲愛樂福故思念如來無上方便本行滿足盡未來際一切生死於現在世成就無量無著戒定智慧解脱解脱知見乃至念佛一種功德念功德已於無量億那由他百千劫中所習善根三明福田所清淨戒所無等等戒所無量真實大功德所或於塔廟諸形像前而設供養爲供養故奉施燈明乃至以少燈炷或酥油塗然持以奉施其明唯照道之一階舍利弗如此福德非是一切聲聞緣覺所能了知唯佛如來乃能知也舍利弗求世報者福德尚爾何況以清淨深樂心不求果報安住恭敬相續無間念佛功德善男子善女人等所生福德舍利弗照道一階福德尚爾何況全照諸階道也或二階道或三階道或四階道或及塔身一級二級乃至多級一面二面乃至四面及佛形像舍利弗彼所然燈或時速滅或風吹滅或油盡滅或炷盡滅或俱盡滅譬如諸龍以瞋恚故出雲垂布於中起電起已尋滅舍利弗如是少時於佛塔廟奉施燈時若彼比丘比丘尼沙彌沙彌尼優婆塞優婆夷若復餘人不受戒者爲樂善故護已身

故信佛法僧如是少燈奉施福田所得果報福德之聚唯佛能知一切世間人天魔梵沙門婆羅門乃至聲聞辟支佛等所不能知如是然少燈明所受福報不可得說舍利弗諸佛境界不可思議唯有如來乃知此義舍利弗彼施燈者所得福聚無量無邊不可筭數唯有如來乃能了知舍利弗然少燈明福德尚爾不可筭數況我滅後於佛塔寺若自作若教他作或然一燈二燈乃至多燈香華瓔珞寶幢旛蓋及餘種種勝妙供養舍利弗有四種法應當信受何等爲四一者佛法無量應當信受二者少修善根獲無量報應當信受三者若於三寶深生敬信善修業行所得福報汝等聲聞現得見我尚不能得具足知之亦復不能思惟測度況我滅後聲聞弟子遠離我者能得見知及能測度若有能知及測度者無有是處應當信受四者是諸聲聞不能得知及能測量一切衆生所有作業及業果報舍利弗汝等聲聞於此事中不須思量何以故舍利弗如來常說一切衆生業行果報不可思量過去諸佛應正遍知已如是說衆生業報不可思量未來諸佛應正遍知當如是說衆生業報不可思量衆生心信及心自性亦不可知不可思量如是之義應當信受舍利弗汝等聲聞住聖種者於一切衆生業報之中無有實眼及巧方便況餘輕微薄劣心者離戒定慧解脫解脫知見者失正念者無明闇冥厚翳目者於自己身內外諸法而不能知我竟是誰我是誰許我住何處我之功德爲大爲小我當云何爲與戒相應

爲與戒不相應我爲正念戒我爲失念戒我所作業爲作智人業爲作愚人業爲從何來爲何處去舍利弗諸凡夫人顛倒見者於自巳身如是等事尚自不知況能得知一切衆生種種業報若能知者無有是處舍利弗如來應正遍知戒無減定無減智無減解脱無減解脱知見無減相無減舍利弗如來應正遍知無量戒無礙戒不思議戒無等戒究竟戒清淨戒彼如來於一切衆生若業若業報皆如實知舍利弗云何如來於一切衆生業報得如實知舍利弗佛如實知或有衆生善業盡不善業增或有衆生不善業盡善業增或有衆生善業當生不善業當滅或有衆生不善業當生善業當滅舍利弗如來如是入一切衆生業及業報種種差别皆如實知彼彼衆生或有無知或有愚闇或有善者或不善者舍利弗我有如是智如是善巧於諸衆生不可思議種種業報皆能記説舍利弗若有衆生成就信心彼能信我若復衆生無有信心遠離我法不信我語誹謗於我彼於長夜無義無利墜墮苦惱舍利弗若彼衆生於佛塔廟奉施燈明以此奉施所作善業能獲安樂可樂之果彼施燈明作善業時欣喜相應從信心起於現在世得三種淨心何等爲三彼諸善男子善女人作是念我於如來巳設供養知身不堅攝堅身想知財過患攝堅財想舍利弗是名供養佛塔第一淨心復次舍利弗彼諸善男子善女人起如是心我於如來無上福田最勝福田能受最勝供養者所巳作供養我今不畏墮於地獄畜生餓鬼

我此善根已作人天善道之因得於妙色資生衆具又得智慧安隱快樂乃至能得菩提之果舍利弗是名供養佛塔第二淨心復次舍利弗彼諸善男子善女人作如是想我於諸佛已作捨施已作福德已捨慳貪已除慳過作如是念已施心無慳施心增長舍利弗是名供養佛塔第三淨心復次舍利弗若善男子善女人於佛塔廟施燈明已臨命終時得三種明何等爲三一者彼善男子善女人臨命終時先所作福悉皆現前憶念善法而不忘失舍利弗是爲一明因此便能念知自已先於佛所植諸善業復次舍利弗彼善男子善女人於命終時得如是念我於佛像塔廟等前已曾供養作是念已心生踊悅舍利弗是爲二明因此便能起念佛覺復次舍利弗彼善男子善女人於命終時見餘衆生奉行布施見他作已起如是念我亦曾於佛支提所奉施燈明我今亦當復行布施念於布施得欣喜心得喜心已無有死苦舍利弗是爲三明因此便得念法之心復次舍利弗佛塔廟中布施燈者彼善男子善女人於臨終時更復得見四種光明何等爲四一者於臨終時見於日輪圓滿涌出二者見淨月輪圓滿涌出三者見諸天衆一處而坐四者見於如來應正遍知坐菩提樹垂得菩提自見已身尊重如來合十指掌恭敬而住舍利弗是名於佛塔廟布施燈已臨命終時得見如是四種光明爾時世尊説此義已復説偈言

無上法王大仙人　若人奉施彼塔廟

彼智慧者作業已　獲得無邊最勝樂

臨命終時不失念　能見自昔布施燈
得四種喜離諸罪　於彼死時不惑亂
臨死時見十方明　現覩日月從地出
見天千萬那由他　爲彼天衆説佛法
父母妻子及親屬　皆悉圍遶大悲號
死者不念亦不視　彼人正念常不亂
現前得覩天宫殿　對諸天女心安隱
復見莊嚴諸園林　是中具足勝五欲
又見佛坐菩提樹　天人脩羅悉圍遶
自見合掌住佛前　於勝牟尼修供養
既見導師深敬重　其心欣喜請如來
世尊見彼心欣喜　於是不違受彼請
是人稱願喜充遍　於捨命時無苦惱
彼於佛所心喜已　無有臨終大怖畏
臨命終時不失念　彼覩十方皆大明

見未曾有勝妙色　此是施燈之果報
死已必得生天上　自見已身坐天床
有諸天女圍遶之　供養佛故得此果

復次舍利弗於佛塔廟施燈明已死便生於三十三天生彼天已於五種事而得清淨舍利弗云何彼天於五種事而得清淨一者得清淨身二者於諸天中得殊勝威德三者常得清淨念慧四者常得聞於稱意之聲五者所得眷屬常稱彼意心得欣喜舍利弗是名彼天於五種事而得清淨爾時世尊欲重宣此義而説偈言

彼天獲得光明身　具足功德他尊重
與千天子爲上首　以燈施佛支提故
所聞天聲常稱意　哀美殊妙勝餘天
具足第一勝念慧　復得最上勝眷屬

隨彼天子所行處　一切諸天皆欽仰
本昔修習何等業　今得如是熾然身
有樹皆名上歡喜　周帀光照猶如月
彼天感得是妙樹　持此莊飾天宮園
無量諸天皆驚怪　今此樹華名何等
猶如燈明光照曜　普出如意妙熏香
彼天所有諸眷屬　以彼樹華莊嚴身
彼於無量億天中　光明照曜猶如日

復次舍利弗於佛塔廟布施燈明生三十三天已彼天自知如是時中我住於此如是時中我當命終彼勝天子臨命終時於其眷屬及餘天衆説法勸化令其欣喜於彼天宮捨壽命已不墮惡趣生於人中最上種姓信佛法家是時世間若無佛者亦復不在輙取吉凶邪見家生爾時世尊欲重宣此義而説偈言

彼天生得如是智　知爾許時天中住
彼天亦復能自知　我今未幾當命盡
五種死相出現時　彼天壽命臨欲絶
即爲億天衆説法　遠離愚癡心不憂
於天衆中作是言　諸有無常亦無樂
或有生者或有死　不念將死説是法
彼諸眷屬皆悲惱　無量天衆亦復然
雖復見已五種相　自念功德不憂愁
在彼天宮命絶已　尋即下來人間生
住胎出胎念不亂　常受快樂無苦惱
生已便得宿命通　悉能憶念本來處
念人中苦不貪樂　須臾死來見逼切
彼念天中果報已　於此人間不爲樂
天中尚苦況復人　諸有不堅常流動

彼人及其成立已　必當捨家而出家
心常不行惡覺觀　彼當獲得如是果
世世恒得宿命通　亦常不作諸惡業
必定出家持淨戒　此是彼施燈明果
恒常不盲及癥躄　眼一切時不闇眛
身亦無病無惡聲　心常黠慧不愚惑
又復恒常無眼患　所在受生眼不眇
不無一眼及瞎眼　彼眼亦常不濁亂
眼目脩長黑白分　猶如淨妙青蓮葉
眼淨能見微細物　如彼明徹摩尼珠
無量阿僧祇劫中　得淨肉眼不失壞
彼亦常無眼諸病　此是奉施燈明果
善印善相善諸論　於諸工巧悉究了
彼有智人善觀察　妙慧能見第一義
善觀諸有不自在　於佛法中得照明
普見一切佛世尊　見已恭敬修供養
生生得勝端正色　親戚眷屬皆敬愛
得大財寶力自在　及得不壞諸眷屬
如彼燈明能破闇　熾然照曜遍諸方
彼人光明亦如是　不爲闇冥所隱蔽
若於佛塔起信心　施勝燈鬘及瓔珞
施燈明時心清淨　獲得人中最勝尊
端正殊妙甚可愛　一切世間所喜樂
心不輒取於吉凶　亦不樂於世左道
世間所有諸惡見　及邪道等不信受
若爲國王恒知足　不貪他土興戰諍
常無苦惱亦無愛　亦復無有諸惱熱
彼無一切諸退失　復無惡名無衰惱
若爲王臣所發言　王及國人無不信
身常無有羸瘠病　不作黄門不非道

身相具足安樂住　患苦不能著其身
亦復不見諸惡夢　卧覺一切常安隱
生生能得諸伏藏　供養一切佛支提
諸佛功德無有邊　彼人所得亦如是

舍利弗若有衆生於佛塔廟施燈明者得於四種可樂之法何等爲四一者色身二者資財三者大善四者智慧舍利弗若有衆生於佛支提施燈明者得如是等可樂之法爾時如來欲重宣此義復説偈言

身傭圓滿具大力　不與他人共戰諍
遍遊諸方無惱者　由燈奉施佛支提
生於大富上族家　具足功德人所敬
生生恒得宿命智　由燈奉施佛支提
於諸衆生常悲念　發言眷屬皆敬受
心無損害恒調柔　常不造作惡道業

復次舍利弗若有衆生供養佛塔得四種清淨何等爲四一者身業清淨二者口業清淨三者意業清淨四者善友清淨舍利弗云何得於身業清淨若善男子善女人於彼彼生處遠離殺生無殺害意亦常遠離偷盜邪婬於已妻所尚不邪行況餘人妻亦不飲酒放逸自縱不以刀杖及餘苦具加逼衆生離不善法及諸惡業舍利弗遠離是等是名身業清淨舍利弗云何口業清淨是人世世常不妄語若不見聞終不妄説若見若聞合時諮問然後乃語爲利自他不作異説設若有人教令妄語爲護實語終不妄言不以此語向彼人説不持彼事向此人道二朋先壞不令增長有所發言能善和諍若痛心語若麤語若苦惡語不喜語不樂語不愛語不入心語

惱他語結怨語悉皆遠離有所發言潤語濡語意樂語不麤語悦耳語美妙語入心語多人愛語多人樂語可愛語可樂語能除怨語恒作如是種種美妙語復離綺語不作異想異語不作異印異期覆障實事不煩廣語不非時語恒究竟語舍利弗如是遠離不清淨口業成就清淨口業舍利弗是名口業清淨舍利弗云何意業清淨於他所有珍寶資財不起貪著不起瞋心遠離害心又離邪見無諸惡見舍利弗遠離是等是名意業清淨舍利弗云何得善友清淨若諸善友遠離妄語亦不飲酒離諸麤獷調伏正見往詣其所親近諮受又詣諸佛菩薩緣覺聲聞等所親近供養諮受未聞舍利弗是名第四善友清淨舍利弗若善男子善女人於佛支提施燈明已得如是等四種清淨爾時世尊欲重宣此義而説偈言

爲欲照塔故然燈　身口意業善調伏
遠離邪見具淨戒　由是獲得如意眼
猶如淨日照十方　速能獲得於漏盡
彼大智慧具威德　得淨天眼離塵漏
智者能了衆生意　亦得通明及辯才
求二乘道得不難　由施佛燈獲是報
若求無上佛菩提　天眼智慧及財物
於此三事恒無減　由燈奉施佛支提

舍利弗若善男子善女人住於大乘於佛塔廟施燈明已彼世世中得於八種可樂勝法何等爲八一者獲勝肉眼二者得於勝念無能測量三者得於勝上遠分天眼四者爲於滿足修集道故得不缺戒五者得智滿足證

於涅槃六者先所作善得無難處七者所作善業得值諸佛能爲一切衆生之眼八者若善男子善女人以彼善根得轉輪王所得輪寶不爲他障其身端正或爲帝釋得大威力具足千眼或爲梵王善知梵事得大禪定舍利弗以其迴向菩提善根得是八種可樂勝法復次舍利弗住於大乘善男子善女人復得八種無量勝法一者得於無量佛眼二者得於無量如來神通三者得於無量佛戒四者得於無量如來三昧五者得於無量如來智慧六者得於無量如來解脫七者得佛無量解脫知見八者得入一切衆生心所樂欲舍利弗善男子善女人於佛塔廟奉施燈明能攝如是無量勝報復次舍利弗若有衆生見說法者作如是念云何令彼常得宣說顯示佛法以燈施彼施油燈故令說法者得施法燈作是念已持燈奉施以此布施燈明善根得於八種無量資粮何等爲八一者得於無量正念資粮二者得於無量大智資粮三者得於無量信心資粮四者得於無量精進資粮五者得於無量大慧資粮六者得於無量三昧資粮七者得於無量辯才資粮八者得於無量福德資粮舍利弗是名施燈八種資粮亦復得於四無礙辯乃至次第得一切種智復次舍利弗若有善男子善女人於如來前見他施燈信心清淨合十指掌起隨喜心以此善根得於八種增上之法何等爲八一者得增上色二者得增上眷屬三者得增上戒四者於人天中得增上生五者得增上信六者得增上辯七者得增上聖道八者得

阿耨多羅三藐三菩提舍利弗是名八種增上之法舍利弗何故能得此等八種增上勝法舍利弗佛有無量戒定智慧解脱解脱知見故供養彼者所得果報所得利益亦復無量爾時世尊欲重宣此義而説偈言

造作出離行　勤修於佛法　棄捨死軍衆
如象碎葦林

爾時佛告慧命舍利弗有五種法最爲難得一者得人身難二者於佛正法得信樂難三者樂於佛法得出家難四者具淨戒難五者得漏盡難舍利弗一切衆生於是五法最爲難得汝等已得爾時世尊重宣前義勸舍利弗等而説偈言

如來支提修布施　爲利衆生求菩提
智者造作此勝因　生生常得最勝報
於天人中受勝生　爲人天等修供養
譬如須彌安不動　光明普遍照十方
彼天衆見皆恭敬　亦復愛樂生信心
彼興供養亦讚美　一切皆喜數數見
奇哉是天福德相　猶梵天光照梵宮
此天曾作何等業　身光明燄得如是
見是誰不修習善　誰不修學聖種戒
誰見牟尼生猒心　誰聞妙法而放逸
彼昔在於人間時　常以燈施如來塔
曾佛法中設供養　善得福利生天中
願我恒得於人身　於佛法中生淨信
常不放逸住佛道　寧棄身命不捨法
獲得人身最爲難　愚人云何不爲福
徒費資財不爲法　死已便墮大嶮坑
天見無垢威德已　心自悔責發願言

願我常得人間生　精勤修習於梵行
願我最後臨終時　於佛法中得淨信
願得正念不忘失　得見無量諸如來
爲千億天所供養　與諸天女相娛樂
諸天女衆皆敬愛　天女莊嚴戲園林
諸方天香皆來熏　耳聞一切妙音聲
是天隨所遊行處　恒得覩見上妙色
所可見色皆可愛　彼常不覩諸惡色
亦復常得勝妙觸　皆由持燈施支提
從彼沒已生人道　正念處於父母胎
生已憶彼天中事　智慧之力不退失
彼人造作如是業　得於大力轉輪王
其王形貌極端嚴　施燈獲得如是報
由彼業故得命長　一向清淨安樂器
其身無有諸患痛　然燈獲得如是果
無有王難怨賊難　他人不敢侵其妻
不爲惡人之所惱　由持燈明施佛故
安隱豐足無所畏　豪富自在饒財寶
得勝瓔珞及園林　斯由然燈奉施佛
當得覩見佛世尊　見已心便生敬信
以欣喜心供養佛　棄捨王位而出家
佛無量智究竟智　具可嘆德能化人
於此佛塔施燈已　其人身光如燈照
牟尼牛王清淨眼　以好燈明照彼塔
得於無漏無上道　其身光明照十方
見四眞諦具十力　不共之法亦究竟
得遍見眼成善逝　此果皆由布施燈
設令一切諸衆生　昔曾供養無量佛
具大威德見實義　億劫來成緣覺道
十方所有諸世界　悉布燈鬘無有餘

以是世界諸燈鬘　若人信心供養彼
是人如是修供養　於無量劫常不斷
若人一燈奉施佛　得福過前無有量
燈油譬如大海水　其炷猶如須彌山
有人能然如是燈　遍照一切諸世界
是人深心懷敬信　其志唯求緣覺道
十方遍置如是燈　一心恭敬而供養
若人發於菩提心　手執草炬暫奉佛
是人得福過於彼　我見實義作是說
十方一切諸衆生　一一供具皆如上
然經無量恒沙劫　其心唯求緣覺道
若有人於佛塔廟　然於一燈或一禮
求無上道爲衆生　此福過前無有量
難見難思佛境界　智者聞即生欣喜
無信心者聞不樂　彼愚癡魔壞正法
證淨法界甚爲難　一切世間獨善逝
是故汝等應欣喜　於佛功德當願求

爾時世尊說此法已慧命舍利弗等無量天人阿脩羅乾闥婆緊那羅摩睺羅伽人非人等聞佛所說皆發無上菩提之心欣喜無量作禮而去

佛說施燈功德經

音釋

癵躄（癵閭員切手拘癵也躄必益切足不能行也）瘠（秦昔切瘦也）膞（五容切圓直也）濡（正作濡乳兗切與輭同）

金剛三昧經

出北涼録失譯師名

清刻龍藏佛說法變相圖

金剛三昧經卷上

出北涼錄失譯師名

序品第一

如是我聞一時佛在王舍大城耆闍崛山中與大比丘衆一萬人俱皆得阿羅漢道其名曰舍利弗大目揵連須菩提如是衆等阿羅漢復有菩薩摩訶薩二千人俱其名曰解脫菩薩心王菩薩無住菩薩如是等菩薩復有長者八萬人俱其名曰梵行長者大梵長者樹提長者如是等長者復有天龍夜叉乾闥婆阿脩羅迦樓羅緊那羅摩睺羅伽人非人等六十萬億爾時世尊四衆圍繞爲諸大衆說大乘經名一味眞實無相無生決定實際本覺利行若聞是經乃至受持一四句偈是人則爲入佛智地能以方便教化衆生爲一

切衆生作大知識佛說此經已結跏趺坐即入金剛三昧身心不動

爾時衆中有一比丘名曰阿伽陀從座而起合掌胡跪欲宣此義而說偈言

大慈滿足尊　智慧通無礙　廣度衆生故
說於一諦義　皆以一味道　終不以小乘
所說義味處　皆悉離不實　入諸佛智地
決定眞實際　聞者皆出世　無有不解脫
無量諸菩薩　皆悉度衆生　爲衆廣深問
知法寂滅相　入於決定處　如來智方便
常爲入實說　隨順皆一乘　無有諸雜味
猶如一雨潤　衆草皆悉榮　隨其性各異
一味之法潤　普充於一切　如彼一雨潤
皆長菩提芽　入於金剛昧　證法眞實定
決定斷疑悔　一法之印成

無相法品第二

爾時世尊從三昧起而說是言諸佛智地入實法相決定性故方便神通皆無相利一覺了義難解難入非諸二乘之所知見唯佛菩薩乃能知之可度衆生皆說一味

爾時解脫菩薩即從座起合掌胡跪而白佛言尊者若佛滅後正法去世像法住世於末劫中五濁衆生多諸惡業輪迴三界無有出時願佛慈悲爲後衆生宣說一味決定眞實令彼衆生等同解脫佛言善男子汝能問我出世之因欲化衆生令彼衆生獲得出世之果是一大事不可思議以大慈故以大悲故我若不說即墮慳貪汝等一心諦聽爲汝宣說善男子若化衆生無生於化不生無化其化大焉令彼衆生皆離心我一切心我本來

空寂若得空心心不幻化無幻無化即得無生無生之心在於無化

解脫菩薩而白佛言尊者衆生之心性本空寂空寂之心體無色相云何修習得本空心願佛慈悲爲我宣說佛言菩薩一切心相本來無本本無本處空寂無生若心無生即入空寂空寂心地即得心空善男子無相之心無心無我一切法相亦復如是

解脫菩薩而白佛言尊者一切衆生若有我者若有心者以何法覺令彼衆生出離斯縛佛言善男子若有我者令觀十二因緣十二因緣本從因果因果所起與於心行心尚不有何況有身若有我者令滅有見若無我者令滅無見若心生者令滅生性若心滅者令滅滅性滅是見性即入實際何以故本生不滅本滅不生不滅不生不生不滅一切法相亦復如是

解脫菩薩而白佛言尊者若有衆生見法生時令滅何見見法滅時令滅何見佛言菩薩若有衆生見法生時令滅無見見法滅時令滅有見若滅是見得法眞源無入決定性決定無生

解脫菩薩而白佛言尊者令彼衆生住於無生是無生也佛言住於無生即是有生何以故無住無生乃是無生菩薩若生無生以生滅生生滅俱滅本生不生心常空寂空寂無住心無有住乃是無生

解脫菩薩而白佛言尊者心無有住有何修學爲有學耶爲無學耶佛言菩薩無生之心心無出入本 如來藏性寂不動亦非有學亦

非無學無有學不學是即無學非無有學是爲所學

解脱菩薩而白佛言尊者云何如來藏性寂不動佛言如來藏者生滅慮知相隱理不顯是如來藏性寂不動

解脱菩薩而白佛言尊者云何生滅慮知相佛言菩薩理無可不若有可不即生諸念千思萬慮是生滅相菩薩觀本性相理自滿足千思萬慮不益道理徒爲動亂失本心王若無思慮則無生滅如實不起諸識安寂流注不生得五法淨是謂大乘菩薩入五法淨心即無妄若無有妄即入如來自覺聖智之地入智地者善知一切從本不生知本不生即無妄想

解脱菩薩而白佛言尊者無妄想者應無止息佛言菩薩妄本不生無妄可息知心無心無心可止無分無別現識不生無生可止是則無止亦非無止何以故止無止故

解脱菩薩而白佛言尊者若止無止止即是生何謂無生佛言菩薩當止是生止已無止亦不住於無止亦不住於無住云何是生

解脱菩薩而白佛言尊者無生之心有何取捨住何法相佛言無生之心不取不捨住於不心住於不法

解脱菩薩而白佛言尊者云何住於不心住於不法佛言不生於心是住不心不生於法是住不法善男子不生心法即無依止不住諸行心常空寂無有異想譬彼虚空無有動住無起無作無彼無此得空心眼得法空心五陰六入悉皆空寂善男子修空法者不依

三界不住戒相清淨無念無攝無放性等金剛不壞三寶空心不動具六波羅蜜解脫菩薩而白佛言尊者六波羅蜜者皆是有相有相之法能出世耶佛言善男子我所說六波羅蜜者無相無爲何以故善入離欲心常清淨實語方便本利利人是檀波羅蜜至念堅固心常無住清淨無染不著三界是尸波羅蜜修空斷結不依諸有寂靜三業不住身心是羼提波羅蜜遠離名數斷空有見深入陰空是毗梨耶波羅蜜具離空寂不住諸空心處無住不住大空是禪波羅蜜心無心相不取虛空諸行不生不證寂滅心無出入性常平等諸法實際皆決定性不依諸地不住智慧是般若波羅蜜善男子是六波羅蜜者皆獲本利入決定性超然出世無礙解脫善男子如是解脫法相皆無相行亦無解不解是名解脫何以故解脫之相無相無行無動無亂寂靜涅槃亦不取涅槃相解脫菩薩聞是語已心大欣懌得未曾有欲宣義意而說偈言

大覺滿足尊　爲衆敷演法　皆說於一乘
無有二乘道　一味無相利　猶如太虛空
無有不容受　隨其性各異　皆得於本處
如彼離心我　一法之所成　諸有同異行
悉獲於本利　滅絶二相見　寂靜之涅槃
亦不住取證　入於決定處　無相無有行
空心寂滅地　寂滅心無生　同彼金剛性
不壞於三寶　具六波羅蜜　度諸一切生
超然出三界　皆不以小乘　一味之法印
一乘之所成

爾時大衆聞說是義心大欣懌得離心我入空無相恢廓曠蕩皆得決定斷結盡漏

無生行品第三

爾時心王菩薩聞佛說法出三界外不可思議從座而起叉手合掌以偈問曰

如來所說義　出世無有相　可有一切生
皆得盡有漏　斷結空心我　是則無有生
云何無有生　而得無生忍

爾時佛告心王菩薩言善男子無生法忍法本無生諸行無生非無生行得無生忍即爲虛妄

心王菩薩言尊者得無生忍即爲虛妄無得無忍應非虛妄佛言不也何以故無得無忍是則有得有得有忍是則有生有生於得有所得法並爲虛妄

心王菩薩言尊者云何無忍無生心而非虛妄佛言無忍無生心者心無形段猶如火性雖處木中其在無所決定性故但名但字性不可得欲詮其理假說爲名名不可得心相亦爾不見處所知心如是則無生心善男子是心性相又如阿摩勒果本不自生不從他生不共生不因生不無生何以故緣代謝故緣起非生緣謝非滅隱顯無相根理寂滅在無有處不見處所住決定性故是決定性亦不一不異不斷不常不入不出不生不滅離諸四謗言語道斷無生心性亦復如是云何說生不生有忍無忍若有說心有得有住及以見者即爲不得阿耨多羅三藐三菩提是爲長夜了別心性者知心性如是性亦如是是無生行

心王菩薩言尊者心若本如無生於行諸行無生生行不生不生無行即無生行也佛言善男子汝以無生而證無生行也心王菩薩言不也何以故如無生行性相空寂無見無聞無得無失無言無說無知無相無取無捨云何取證若取證者即爲諍論無諍無論乃無生行佛言汝得阿耨多羅三藐三菩提也心王菩薩言尊者我無得阿耨多羅三藐三菩提何以故菩提性中無得無失無覺無知無分別相無分別中即清淨性性無間雜無有言說非有非無非知非不知諸可法行亦復如是何以故一切法行不見處所決定性故本無有得不得云何得阿耨多羅三藐三菩提佛言如是如是如汝所言一切心行不過無相體寂無生所有諸識亦復如是何以故眼眼觸悉皆空寂識亦空寂無有動不動相內無三受三受寂滅耳鼻舌身心意意識及以末那阿梨耶亦復如是皆亦不生寂滅心及無生心若生寂滅心若生無生心是有生行非無生行內生三受三行三戒若寂滅生心則不生心常寂滅無功無用不證寂滅相亦不住於無證可處無住總持無相即無三受三受等三悉皆寂滅清淨無住不入三昧不住坐禪無生無行

心王菩薩言禪能攝動定諸幻亂云何不禪佛言菩薩禪即是動不動不禪是無生禪禪性無生離生禪相禪性無住離住禪動若知禪性無有動靜即得無生無生般若亦不依住心亦不動以是智故故得無生般若波羅蜜

心王菩薩言尊者無生般若於一切處無住於一切處無離心無住處無處住心無住無心心無生住如此住心即無生住尊者心無生行不可思議不思議中可不可説佛言如是如是心王菩薩聞如是言歎未曾有而説偈言

滿足大智尊　廣説無生法　聞所未曾聞
未説而今説　猶如淨甘露　時時乃一出
難遇難思議　聞者亦復難　無上良福田
最上勝妙藥　爲度衆生故　而今爲宣説

爾時衆中聞説此已皆得無生無生般若

本覺利品第四

爾時無住菩薩聞佛所説一味真實不可思議從遠近來親如來坐專念諦聽入清白處身心不動爾時佛告無住菩薩言汝從何來今至何所無住菩薩言尊者我從無本來今至無本所佛言汝本不從來今亦不至所汝得本利不可思議是大菩薩摩訶薩即放大光遍照大千界而説偈言

大哉菩薩　智慧滿足　常以本利　利益衆生
於四威儀　常住本利　導諸羣庶　不來不去

爾時無住菩薩而白佛言尊者以何利轉而轉衆生一切情識入唵摩羅佛言諸佛如來常以一覺而轉諸識入唵摩羅何以故一切衆生本覺常以一覺覺諸衆生令彼衆生皆得本覺覺諸情識空寂無生何以故決定本性本無有動

無住菩薩言可一切識皆緣境起如何不動佛言一切境本空一切識本空空無緣性如何緣起

無住菩薩言一切境空如何言見佛言見即爲妄何以故一切萬有無生無相本不自名悉皆空寂一切法相亦復如是一切衆生身亦如是身尚不有云何有見

無住菩薩言一切境空一切身空一切識空覺亦應空佛言可一覺者不毀不壞決定性故非空非不空無空不空

無住菩薩言諸境亦然非空相非無空相佛言如是彼可境者性本決定決定性根無有處所

無住菩薩言覺亦如是無有處所佛言如是覺無處故清淨清淨無覺物無處所故清淨清淨無色

無住菩薩言心眼識亦復如是不可思議佛言心眼識亦復如是不可思議何以故色無處所清淨無名不入於内眼無處所清淨無見不出於外心無處所清淨無止無有起處識無處所清淨無動無有緣別性皆空寂性無有覺覺則爲覺善男子覺知無覺諸識則入何以故金剛智地解脱道斷斷已入無住地無有出入心處無在決定性地其地清淨如淨瑠璃性常平等如彼大地覺妙觀察如慧日光利成得本如大法雨入是智者是入佛智地入智地者諸識不生

無住菩薩言如來所說一覺聖力四弘智地即一切衆生本根覺利何以故一切衆生即此身中本來滿足佛言如是何以故一切衆生本來無漏諸善利本今有欲刺爲未降伏

無住菩薩言若有衆生未得本利猶有採集云何降伏難伏佛言若集若獨行分別及以

染迴神住空窟降伏難調伏解脱魔所縛超
然露地坐識陰般涅槃
無住菩薩言心得涅槃獨一無伴常住涅槃應
當解脱佛言常住涅槃是涅槃縛何以故涅
槃本覺利覺利本涅槃涅槃覺分即本覺分
覺性不異涅槃無異覺本無生涅槃無生覺
本無滅涅槃無滅涅槃本故無得涅槃涅槃
無得云何有住善男子覺者不住涅槃何以
故覺本無生離衆生垢覺本無寂離涅槃動
住如是地心無所住無有出入入唵摩羅識
無住菩薩言唵摩羅識是有入處處有所得
是得法也佛言不也何以故譬如迷子手執
金錢而不知有遊行十方經五十年貧窮困
苦專事求索而以養身而不充足其父見子
有如是事而謂子言汝執金錢何不取用隨
意所須皆得充足其子醒已而得金錢心大
歡喜而謂得錢其父謂言迷子汝勿欣懌所
得金錢是汝本物汝非有得云何可喜善男
子唵摩羅者亦復如是本無出相今即非入
昔迷故非無今覺故非入
無住菩薩言彼父知其子迷云何經五十年
十方遊歷貧窮困苦方始告言佛言經五十
年者一念心動十方遊歷遠行遍計
無住菩薩言云何一念心動佛言一念心動
五陰俱生五陰生中具五十惡
無住菩薩言遠行遍計遊歷十方一念心生
具五十惡云何令彼衆生無生一念佛言令
彼衆生安坐心神住金剛地靜念無起心常
安泰即無生一念
無住菩薩言不可思議覺念不生其心安泰

即本覺利利無有動常在不無無有不無不無不覺覺知無覺本利本覺覺者清淨無染不變不易決定性故不可思議佛言如是無住菩薩聞是語已得未曾有而說偈言

尊者大覺尊　說生無念法　無念無生心
心常生不滅　一覺本覺利　利諸本覺者
如彼得金錢　所得即非得

爾時大衆聞說是語皆得本覺利般若波羅蜜

入實際品第五

於是如來作如是言諸菩薩等本利深入可度衆生若後非時應如說法時利不俱順不順說非同非異相應如說引諸情智流入薩婆若海無令可衆挹彼虛風悉令彼庶一味神乳世間非世間住非住處五空出入無有取捨何以故諸法空相性非有無非無不無不無不有無決定性不住有無非彼有無凡聖之智而能惻隱諸菩薩等若知是利即得菩提

爾時衆中有一菩薩名曰大力即從座起前白佛言尊者如佛所說五空出入無有取捨云何五空而不取捨佛言菩薩五空者三有是空六道影是空法相是空名相是空心識義是空菩薩如是等空空不住空空無空相無相之法有何取捨入無取地則入三空

大力菩薩言云何三空佛言三空者空相亦空空空亦空所空亦空如是等空不住三相不無眞實文言道斷不可思議

大力菩薩言不無眞實是相應有佛言無不住無有不住有不有之法不即住無不無之

相不即住有非以有無而詮得理菩薩無名義相不可思議何以故無名之名不無於名無義之義不無於義

大力菩薩言如是名義真實如相如來如相如不住如如無如相相無如故非不如來衆生心相相亦如來衆生之心應無別境佛言如是衆生之心實無別境何以故心本淨故理無穢故以染塵故名爲三界三界之心名爲別境是境虛妄從心化生心若無妄即無別境

大力菩薩言心若在淨諸境不生此心淨時應無三界佛言如是菩薩心不生境境不生心何以故所見諸境唯所見心心不幻化則無所見菩薩內無衆生三性空寂則無已衆亦無他衆乃至二入亦不生心得如是利則無三界

大力菩薩言云何二入不生於心心本不生云何有入佛言二入者一謂理入二謂行入理入者深信衆生不異真性不一不共但以客塵之所翳障不去不來凝住覺觀諦觀佛性不有不無無已無他凡聖不二金剛心地堅住不移寂靜無爲無有分別是名理入行入者心不傾倚影無流易於所有處靜念無求風鼓不動猶如大地捐離心我救度衆生無生無相不取不捨菩薩心無出入無出入心入不入故故名爲入菩薩如是入法法相不空不空之法法不虛棄何以故不無之法具足功德非心非影法爾清淨

大力菩薩言云何非心非影法爾清淨佛言空如之法非心識法非心使所有法非空相

法非色相法非心有爲不相應法非心無爲是相應法非所現影非所顯示非自性非差別非名非相非義何以故義無如故無如之法亦無無如無有無如非無如有何以故根理之法非理非根離諸諍論不見其相菩薩如是淨法非生之所生生非滅之所滅滅

大力菩薩言不可思議如是法相不合成不獨成不羇不絆不聚不散不生不滅亦無來相及以去相不可思議佛言如是不可思議不思議心心亦如是何以故如不異心心本如故衆生佛性不一不異衆生之性本無生滅生滅之性性本涅槃性相本如如無動故一切法相從緣無起起相性如如無所動因緣性相相本空無緣緣空空無有緣起一切緣法惑心妄見現本不生緣本無故心如法理自體空無如彼空王本無住處凡夫之心妄分別見如如之相本不有無有無之相見唯心識菩薩如是心法不無自體自體不有不有不無菩薩無不無相非言說地何以故眞如之法虛曠無相非二乘所及虛空境界內外不測六行之士乃能知之

大力菩薩言云何六行願爲說之佛言一者十信行二者十住行三者十行行四者十迴向行五者十地行六者等覺行如是行者乃能知之

大力菩薩言實際覺利無有出入何等法心得入實際佛言實際之法法無有際無際之心則入實際

大力菩薩言無際心智其智無崖無崖之心心得自在自在之智得入實際如彼凡夫輭

心衆生其心多喘以何法御令得堅心得入實際佛言菩薩彼心喘者以內外使隨使流注滴瀝成海大風鼓浪大龍驚駭驚駭之心故令多喘菩薩令彼衆生存三守一入如來禪以禪定故心則無喘

大力菩薩言何謂存三守一入如來禪佛言存三者存三解脱守一者守一心如入如來禪者理觀心如入如是地即入實際

大力菩薩言三解脱法是何等事理觀三昧從何法入佛言三解脱者虚空解脱金剛解脱般若解脱理觀心者心如理淨無可不心

大力菩薩言云何存用云何觀之佛言心事不二是名存用內行外行出入不二不住一相心無得失一不一地淨心流入是名觀之

菩薩如是之人不住二相雖不出家不住在家故雖無法服不具持波羅提木叉戒不入布薩能以自心無爲自恣而獲聖果不住二乘入菩薩道後當滿地成佛菩提

大力菩薩言不可思議如是之人非出家非不出家何以故入涅槃宅著如來衣坐菩提座如是之人乃至沙門宜應敬養佛言如是何以故入涅槃宅心越三界著如來衣入法空處坐菩提座登正覺一地如是之人心超二乘何況沙門而不敬養

大力菩薩言如彼一地及與空海二乘之人爲不見也佛言如是彼二乘人味著三昧得三昧身於彼空海一地如得酒病惛醉不醒乃至數劫猶不得覺酒消始悟方修是行後得佛身如彼人者從捨闡提即入六行於行地所一念淨心決定明白金剛智力阿鞞跋

致度脫衆生慈悲無盡

大力菩薩言如是之人應不持戒於彼沙門應不敬仰佛言爲說戒者不善慢故海波浪故如彼心地八識海澄九識流淨風不能動波浪不起戒性等空持者迷倒如彼之人七六不生諸集滅定不離三佛而發菩提三無相中順心玄入深敬三寶不失威儀於彼沙門不無恭敬菩薩彼仁者不住世間動不動法入三空聚滅三有心

大力菩薩言彼仁者果滿於足德佛如來藏佛形像佛如是佛所而發菩提心入三聚戒不住其相滅三有心不居寂地不捨可衆入不調地不可思議爾時舍利弗從座而起前說偈言

具足般若海　不住涅槃城　如彼妙蓮華
高原非所出　諸佛無量劫　不捨諸煩惱
度世然後得　如泥華所出　如彼六行地
菩薩之所修　如彼三空聚　菩提之眞道
我今住不住　如佛之所說　來所還復來
具足然後出　復令諸衆生　如我一無二
前來後來者　悉令登正覺

爾時佛告舍利弗言不可思議汝當於後成菩提道無量衆生超生死海爾時大衆皆悟菩提諸小衆等入五空海

金剛三昧經卷上

音釋

恢（枯回切大也）　挹（於汲切抒也）　羈（居宜切縶也）　絆（博漫切維也）
喘（昌兖切疾息也）　駭（下楷切驚也）

金剛三昧經卷下

出北涼錄失譯師名

眞性空品第六

爾時舍利弗而白佛言尊者修菩薩道無有名相三戒無儀云何攝受爲衆生說願佛慈悲爲我宣說佛言善男子汝今諦聽爲汝宣說善男子善不善法從心化生一切境界意言分別制之一處衆緣斷滅何以故善男子一本不起三用無施住於如理六道門杜四緣如順三戒具足

舍利弗言云何四緣如順三戒具足佛言四緣者一謂作擇滅力取緣攝律儀戒二謂本利淨根力所集起緣攝善法戒三謂本慧大悲力緣攝衆生戒四謂一覺通智力緣順於如住是謂四緣善男子如是四大緣力不住事相不無功用離於一處則不可求善男子如是一事通攝六行是佛菩提薩婆若海

舍利弗言不住事相不無功用是法眞空常樂我淨超於二我大般涅槃其心不繫是大力觀是觀覺中應具三十七道品法佛言如是具三十七道品法何以故四念處四正勤四如意足五根五力七覺分八正道等多名一義不一不異以名數故但名但字法不可得不得之法一義無文無文相義眞實空性空性之義如實如如如如之理具一切法善男子住如理者過三苦海

舍利弗言一切萬法皆悉言文言文之相即非爲義如實之義不可言說今者如來云何說法佛言我說法者以汝衆生在生說故說不可說是故說之我所說者義語非文衆生

說者文語非義非義語者皆悉空無空無之言無言於義不言義者皆是妄語如義語者實空不空空實不實離於二相中間不中不中之法離於三相不見處所如如如說如無無有無有於無如無有無有無於有有無不在說不在故不在於如如不有如不無如說

舍利弗言一切衆生從一闡提闡提之心住何等位得至如來如來實相佛言從闡提心乃至如來如來實相住五等位一者信位信此身中眞如種子爲妄所翳捨離妄心淨心清白知諸境界意言分別二者思位思者觀諸境界唯是意言意言分別隨意顯現所見境界非我本識知此本識非法非義非所取非能取三者修位修者常起能起起修同時先以智導排諸障難出離蓋纏四者行位行者離諸行地心無取捨極淨根利不動心如決定實性大般涅槃唯性空大五者捨位捨者不住性空正智流易大悲如相相不住如三藐三菩提虛心不證心無邊際不見處所是至如來善男子五位一覺從本利入若化衆生從其本處

舍利弗言云何從其本處佛言本來無本處於無處空際入實發菩提心而滿成聖道何以故善男子如手執彼空不得非不得

舍利弗言如尊所說在事之先取以本利是念寂滅寂滅是如總持諸德該羅萬法圓融不二不可思議當知是法即是摩訶般若波羅蜜是大神呪是大明呪是無上呪是無等等呪佛言如是如是眞如空性性空智火燒滅諸結平等平等等覺三地妙覺三身於九

識中皎然明淨無有諸影善男子是法非因非緣智自用故非動非靜用性空故非有非無空相空故善男子若化衆生令彼衆生觀入是義入是義者是見如來

舍利弗言如來義觀不住諸流應離四禪而超有頂佛言如是何以故一切法名數四禪亦如是若見如來者如來心自在常在滅盡處不出亦不入內外平等故善男子如彼諸禪觀皆爲想空定是如非復彼何以故以如觀如實不見觀如相諸相已寂滅寂滅即如義如彼想禪定是動非是禪何以故禪性離諸動非染非所染非法非影離諸分別本義義故善男子如是觀定乃名爲禪

舍利弗言不可思議如來常以如實而化衆生如是實義多文廣義利根衆生乃可修之鈍根衆生難以措意云何方便令彼鈍根得入是諦佛言令彼鈍根受持一四句偈即入實諦一切佛法攝在一四偈中舍利弗言云何一四句偈願爲說之於是尊者而說偈言

因緣所生義　是義滅非生　滅諸生滅義　是義生非滅

爾時大衆聞說是偈僉大歡喜皆得滅生滅生般若性空智海

如來藏品第七

爾時梵行長者從本際起而白佛言尊者生義不滅滅義不生如是如義即佛菩提菩提之性則無分別無分別智分別無窮無窮之相唯分別滅如是義相不可思議不思議中乃無分別尊者一切法數無量無邊無邊法相一實義性唯住一性其事云何佛言長者

不可思議我說諸法爲迷者故方便導故一切法相一實義智何以故譬如一市開四大門是四門中皆歸一市如彼衆庶隨意所入種種法味亦復如是

梵行長者言法若如是我住一味應攝一切諸味佛言如是如是何以故一味實義如一大海一切衆流無有不入長者一切法味猶彼衆流名數雖殊其水不異若住大海則括衆流住於一味則攝諸味

梵行長者言諸法一味云何三乘道其智有異佛言長者譬如江河淮海大小異故深淺殊故名文別故水在江中名爲江水水在淮中名爲淮水水在河中名爲河水俱在海中唯名海水法亦如是俱在眞如唯名佛道長者住一佛道即達三行

梵行長者言云何三行佛言一隨事取行二隨識取行三隨如取行長者如是三行總攝衆門一切法門無不此入入是行者不生空相如是入者可謂入如來藏入如來藏者入不入故

梵行長者言不可思議入如來藏如苗成實無有入處本根利力利成得本得本實際其智幾何佛言其智無窮略而言之其智有四何者爲四一者定智所謂隨如二者不定智所謂方便摧破三者涅槃智所謂慧除電覺四者究竟智所謂入實具足道長者如是四大事用過去諸佛所說是大橋梁是大津濟若化衆生應用是智長者用是大用復有三大事一者於三三昧內外不相奪二者於大義科隨道擇滅三者於如慧如定以悲俱利

如是三事成就菩提不行是事則不能流入彼四智海爲諸大魔所得其便長者汝等大衆乃至成佛常當修習勿令暫失梵行長者言云何三三昧佛言三三昧者所謂空三昧無相三昧無作三昧如是三昧梵行長者言云何於大義科佛言大謂四大義謂陰界入等科謂本識是爲於大義科梵行長者言不可思議如是智事自利利人過三界地不住涅槃入菩薩道如是法相是生滅法以分別故若離分別法應不滅爾時如來欲宣此義而說偈言

法從分別生　還從分別滅　滅諸分別法
是法非生滅

爾時梵行長者聞說是偈心大欣懌欲宣其義而說偈言

諸法本寂滅　寂滅亦無生　是諸生滅法
是法非無生　彼則不共此　爲有斷常故
此則離於二　亦不在一住　若說法有一
是相如毛輪　如燄水迷倒　爲諸虛妄故
若見於法無　是法同於空　如盲無目倒
說法如龜毛　我今聞佛說　知法非二見
亦不依中住　故從無住取　如來所說法
悉從於無住　我從無住處　是處禮如來
敬禮如來相　等空不動智　不著無處所
敬禮無住身　我於一切處　常見諸如來
惟願諸如來　爲我說常法

爾時如來而作是言諸善男子汝等諦聽爲汝衆等說於常法善男子常法非常法非說亦非字非諦非解脫非無非境界離諸妄斷際是法非無常離諸常斷見了見識爲常是

識常寂滅寂滅亦寂滅善男子知法寂滅者不寂滅心心常寂滅得寂滅者心常眞觀知諸名色唯是癡心癡心分別分別諸法更無異事出於名色知法如是不隨文說心心於義不分別我知我假名即得寂滅若得寂滅即得阿耨多羅三藐三菩提爾時長者梵行聞說是語而說偈言

名相分別事　及法名爲三　眞如正妙智
及彼成於五　我今知是法　斷常之所繫
入於生滅道　是斷非是常　如來說空法
遠離於斷常　因緣無不生　不生故不滅
因緣執爲有　如採空中華　猶如石女子
畢竟不可得　離諸因緣取　亦不從他滅
及於已義大　依如故得實　是故眞如法
常自在如如　一切諸萬法　非如識所化
離識法即空　故從空處說　滅諸生滅法
而住於涅槃　大悲之所奪　涅槃滅不住
轉所取能取　入於如來藏

爾時大衆聞說是義皆得正命入於如來如來藏海

總持品第八

爾時地藏菩薩從衆中起至于佛前合掌胡跪而白佛言尊者我觀大衆心有疑事猶未得決今者如來欲爲除疑我今爲衆隨疑所問願佛慈悲垂哀聽許佛言菩薩摩訶薩汝能如是救度衆生是大悲愍不可思議汝當廣問爲汝宣說地藏菩薩言一切諸法云何不緣生爾時如來欲宣此義而說偈言

若法緣所生　離緣可無法　云何法性無
而緣可生法

爾時地藏菩薩言法若無生云何說法法從心生於是尊者而說偈言

是心所生法　是法能所取　如醉眼空華
是法然非彼

爾時地藏菩薩言法若如是法則無待無待之法法應自成於是尊者而說偈言

法本無有無　自他亦復爾　不始亦不終
成敗則不住

爾時地藏菩薩言一切諸法相即本涅槃涅槃及空相亦如是無是等法是法應如佛言無如是法是法是如

地藏菩薩言不可思議如是如相非共不共意取業取即皆空寂空寂心法俱不可取亦應寂滅於是尊者而說偈言

一切空寂法　是法寂不空　彼心不空時
是得心不有

爾時地藏菩薩言是法非三諦色空心亦滅是法本滅時是法應是滅於是尊者而說偈言

法本無自性　由彼之所生　不於如是處
而有彼如是

爾時地藏菩薩言一切諸法無生無滅云何不一於是尊者而說偈言

法住處無在　相數空故無　名說二與法
是則能所取

爾時地藏菩薩言一切諸法相不住於二岸亦不住中流心識亦如是云何諸境界從識之所生若識能有生是識亦從生云何無生識能生有所生於是尊者而說偈言

所生能生二　是二能所緣　俱本各自無

取有空華幻　識生於未時　境不是時生
於境生未時　是時識亦滅　彼即本俱無
亦不有無有　無生識亦無　云何境從有
爾時地藏菩薩言法相如是內外俱空境智二衆本來寂滅如來所說實相眞空如是之法即非集也佛言如是如實之法無色無住非所集非能集非義非文一本科法深功德聚
地藏菩薩言不可思議不思議聚七五不生八六寂滅九相空無有空無有無空無有如尊者所說法義皆空入空無行不失諸業無我我所能所身見內外結使悉皆寂靜故諸願亦息如是理觀慧定眞如尊者常說寔如空法即良藥也佛言如是何以故法性空故空性無生心常無生空性無滅心常無滅空性無住心亦無住空性無爲心亦無爲空無出入離諸得失陰界入等皆悉亦無心如不著亦復如是菩薩我說諸空破諸有故
地藏菩薩言尊者知有非實如陽燄水知實非無如火性生如是觀者是人智也佛言如是何以故是人眞觀觀一寂滅相與不相等以空取以修空故不失見佛以見佛故不順三流於大乘中三解脫道一體無性以其無性故空空故無相無相故無作無作故無求無求故無願以是業故淨心以心淨故見佛以見佛故當生淨土菩薩於是深法三化勤修慧定圓成即超三界
地藏菩薩言如來所說無生無滅即是無常滅是生滅生滅滅已寂滅爲常常故不斷是不斷法離諸三界動不動法於有爲法如避

火坑依何等法而自訶責入彼一門佛言菩薩於三大事訶責其心於三大諦而入其行

地藏菩薩言云何三事而責其心云何三諦而入一行佛言三大事者一謂因二謂果三謂識如是三事從本空無非我眞我云何於是而生愛染觀是三事爲繫所縛飄流苦海以如是事常自訶責三諦者一謂菩提之道是平等諦非不平等諦二謂大覺正智得諦非邪智得諦三謂慧定無異行入諦非離行入諦以是三諦而修佛道是人於是法無不得正覺得正覺智流大極慈已他俱利成佛菩提

地藏菩薩言尊者如是之法則無因緣若無緣法因則不起云何不動法得入如來爾時如來欲宣此義而說偈言

一切諸法相　性空無不動　是法於是時
不於是時起　法無有異時　不於異時起
法無動不動　性空故寂滅　性空寂滅時
是法是時現　離相故寂住　寂住故不緣
是諸緣起法　是法緣不生　因緣生滅無
生滅性空寂　緣性能所緣　是緣本緣起
故法起非緣　緣無起亦爾　因緣所生法
是法是因緣　因緣生滅相　彼則無生滅
彼如眞實相　本不於出沒　諸法於是時
自生於出沒　是故極淨本　本不因衆力
即於後得處　得得於本得

爾時地藏菩薩聞佛所說心地快然時諸衆等無有疑者知衆心已而說偈言

我知衆心疑　所以殷固問　如來大慈善
分別無有餘　是諸二衆等　皆悉得明了

我今於了處　普化諸衆生　如佛之大悲
不捨於本願　故於一子地　而住於煩惱
爾時如來而告衆言是菩薩者不可思議恒以大慈拔衆生苦若有衆生持是經法持是菩薩名即不墮於惡趣一切障難皆悉除滅若有衆生持此經者無餘雜念專念是經如法修習爾時菩薩常作化身而爲說法擁護是人終不暫捨令是人等速得阿耨多羅三藐三菩提汝等菩薩若化衆生皆令修習如是大乘決定了義

爾時阿難從座而起前白佛言如來所說大乘福聚決定斷結無生覺利不可思議如是之法名爲何經受持是經得幾所福願佛慈悲爲我宣說佛言善男子是經名者不可思議過去諸佛之所護念能入如來一切智海若有衆生持是經者則於一切經中無所希求是經典法總持衆法攝諸經要是諸經法法之繫宗是經名者名攝大乘經又名金剛三昧又名無量義宗若有人受持是經典者即名受持百千諸佛如是功德譬如虛空無有邊際不可思議我所囑累唯是經典

阿難言云何心行云何人者受持是經佛言善男子受持是經者是人心無得失常修梵行若於戲論常樂靜心入於聚落心常在定若處居家不著三有是人現世有五種福一者衆所尊敬二者身不橫夭三者辯答邪論四者樂度衆生五者能入聖道如是人者受持是經

阿難言如彼人者度諸衆生得受供養不佛言如是人者能爲衆生作大福田常行大智

權實俱演是四依僧於諸供養乃至頭目髓腦亦皆得受何況衣食而不得受善男子如是人者是汝知識是汝橋梁何況凡夫而不供養

阿難言於彼人所受持是經供養是人得幾所福佛言若復有人持以滿城金銀而以布施不如於是人所受持是經一四句偈不可思議善男子令諸衆生持是經者心常在定不失本心若失本心即當懺悔懺悔之法是爲清涼

阿難言懺悔先罪不入於過去也佛言如是猶如暗室若遇明燈暗即滅矣善男子無說悔先所有諸罪而以爲說入於過去

阿難言云何名爲懺悔佛言依此經教入眞實觀一入觀時諸罪悉滅離諸惡趣當生淨土速成阿耨多羅三藐三菩提佛說是經已爾時阿難及諸菩薩四部之衆皆大歡喜心得決定頂禮佛足歡喜奉行

金剛三昧經卷下

音釋

懌羊益切悅也

觀佛三昧海經

東晋天竺三藏法師佛陀跋陀羅譯

清刻龍藏佛說法變相圖

觀佛三昧海經卷第一

東晉天竺三藏法師佛陀跋陀羅譯

六譬品第一

如是我聞一時佛住迦毗羅城尼拘樓陀精舍爾時釋摩男請佛及僧供養三月七月十五日僧自恣竟爾時父王閱頭檀佛姨母憍曇彌來詣僧房供養衆僧禮拜既畢奉上楊枝及澡豆已呼阿難言吾今欲往至世尊所爲可爾不爾時阿難即宣此言以白世尊佛告阿難父王來者必問妙法汝行遍告諸比丘僧及往林中命摩訶迦葉舍利弗目揵連迦旃延阿那律等彌勒菩薩跋陀婆羅十六賢士一時來會如此音聲遍至諸方爾時天主夜叉主乾闥婆主阿脩羅主迦樓羅主緊那羅主摩睺羅伽主龍主等及諸眷屬皆悉

已集爾時父王及釋摩男三億諸釋入佛精舍當入之時見佛精舍如玻瓈山爲佛作禮未舉頭頃即見佛前有大蓮華衆寶所成於蓮華上有大光臺父王見已心生歡喜歎未曾有遶佛三帀却坐一面是時父王即從座起白佛言世尊佛是吾子吾是佛父今我在世見佛色身但見其外不覩其內悉達在宮相師皆見三十二相今者成佛光明益顯過踰昔日百千萬倍佛涅槃後後世衆生當云何觀佛身色相知佛光明常行尺度惟願天尊今當爲我及後衆生分別解說爾時世尊入遍淨色身三昧從三昧起即便微笑諸佛笑法有五色光時五色光化五百色從佛口出照父王頂從父王頂照光明臺從光明臺照于精舍遍娑婆界還入佛頂爾時世尊告父王言諦聽諦聽善思念之如來當說來世衆生得見佛法父王白佛唯然世尊我今願聽佛告父王閻浮提中有師子王名毗摩羅其師子法滿四十年牝牡乃會一交會已跟鳴吼宛轉自撲體無損傷其師子子在胎之時如父獸王等無有異大王當知欲使胎中便能鳴吼飛落走伏未有斯事父王白佛獸王之子在母胎時頭目牙爪與父相似佛告大王與父無異但其力能不及其父百千萬倍佛告父王如是如是未來世中諸善男子善女人等及與一切若能至心繫念在內端坐正受觀佛色身當知是人心如佛心與佛無異雖在煩惱不爲諸惡之所覆蔽於未來世雨大法雨復次父王譬如伊蘭俱與栴檀生末利山牛頭栴檀生伊蘭叢中未及長

大在地下時芽莖枝葉如閻浮提竹筍衆人不知言此山中純是伊蘭無有栴檀而伊蘭臭臭若膖尸熏四十由旬其華紅色甚可愛樂若有食者發狂而死牛頭栴檀雖生此林未成就故不能發香仲秋月滿卒從地出成栴檀樹衆人皆聞牛頭栴檀上妙之香永無伊蘭臭惡之氣佛告父王念佛之心亦復如是以是心故能得三種菩提之根復次父王閻浮提中及四天下有金翅鳥名正音迦樓羅王於諸鳥中快得自在此鳥業報應食諸龍於閻浮提日食一龍王及五百小龍明日復於弗婆提食一龍王及五百小龍第三日復於瞿耶尼食一龍王及五百小龍第四日復於鬱單越食一龍王及五百小龍周而復始經八千歲此鳥爾時死相已現諸龍吐毒無由得食彼鳥飢逼周慞求食了不能得遊巡諸山永不得安至金剛山然後暫住從金剛山直下至大水際從大水際至風輪際爲風所吹還至金剛山如是七返然後命終其命終已以其毒故令十寶山同時火起爾時難陀龍王懼燒此山即大降雨澍如車軸鳥肉散盡惟有心在其心直下如前七返然後還住金剛山頂難陀龍王取此鳥心以爲明珠轉輪王得爲如意珠佛告父王諸善男子及善女人若念佛者其心亦爾復次大王雪山有樹名殃伽陀其果甚大其核甚小推其本末從香山來以風力故得至雪山孟冬盛寒羅剎夜叉在山曲中屛隈之處糞穢不淨盈流于地猛風吹雪以覆其上漸漸成塹五十由旬因糞力故此果得生根莖枝葉華實

滋茂春陽三月八方同時皆悉風起消融冰雪惟果樹在其果形色閻浮提果無以爲譬其形團圓滿半由旬婆羅門食即得仙道五通具足壽命一劫不老不死凡夫食之向須陀洹阿那含食成阿羅漢三明六通無不悉備有人持種至閻浮提糞壤之地然後乃生高一多羅樹樹名拘律陀果名多勒如五斗瓶閻浮提人有食之者能除熱病佛告大王諸善男子及善女人正念思惟諸佛境界亦復如是復次大王如帝釋樹生歡喜園名波利質多羅天女見之身心喜悅不自勝持帝釋見之即生慾想八萬四千諸婇女等即得樂覺此樹生時曲枝在地即於地下華敷成果其果金色光明赫奕且其華葉終不萎落十色具足開現光明有諸樂音至秋八月從

地涌出高三百三十五萬由旬諸天見之喜悅非恒佛告大王觀佛三昧在煩惱地亦復如是其出生時如彼寶樹嚴顯可觀復次大王如劫初時火起一劫兩起一劫風起一劫地起一劫地劫成時光音諸天飛行世間在水澡浴以澡浴故四大精氣即入身中身觸樂故精流水中八風吹去墮淤泥中自然成卵經八千歲其卵乃開生一女人其形青黑猶如淤泥有九百九十九頭頭有千眼九百九十九口一口四牙牙上出火狀如霹靂二十四手手中皆捉一切武器其身高大如須彌山入大海中拍水自樂有旋嵐風吹大海水水精入體即便懷妊經八千歲然後生男其兒身體高大四倍倍勝於母兒有九頭頭有千眼口中出火有九百九十九手八脚海

中出聲號毗摩質多羅阿脩羅王此鬼食法唯噉淤泥及蕖藕根其兒長大見於諸天婇女圍遶即白母言人皆伉儷我何獨無其母告曰香山有神名乾闥婆其神有女容姿美妙色踰白玉身諸毛孔出妙音聲甚適我意今爲汝娉適汝願不阿脩羅言善哉善哉願毋往求爾時其母行詣香山到香山已告彼樂神我有一子威力自在於四天下而無等倫汝有令女可適吾子其女聞已願樂隨從適阿脩羅時阿脩羅納彼女已心意泰然與女成禮未久之間即便有娠經八千歲乃生一女其女儀容端正挺特天上天下無有其比色中上色以自莊嚴面上姿媚八萬四千左邊亦有八萬四千右邊亦有八萬四千前亦有八萬四千後亦有八萬四千阿脩羅見以爲瓌異如月處星甚爲奇特憍尸迦聞即遣使下詣阿脩羅而求此女阿脩羅言汝天福德汝能令我乘七寶宮以女妻汝帝釋聞此心生踊躍即脫寶冠持用擬海十善報故令阿脩羅坐勝殿上時阿脩羅踊躍歡喜以女妻之帝釋即以六種寶臺而往迎之於宮關中有大蓮華自然化生八萬四千諸妙寶女譬如壯士屈伸臂頃即至帝釋善法堂上爾時天宮過踰於前百千萬倍釋提桓因爲其立字號曰悅意諸天見之歎未曾有視東忘西視南忘北三十二輔臣亦見悅意身心歡喜乃至毛髮皆生悅樂帝釋若至歡喜園時共諸婇女入池遊戲爾時悅意即生嫉妬遣五夜叉往白父王今此帝釋不復見寵與諸婇女自共遊戲父聞此語心生瞋恚即與

四兵往攻帝釋立大海水踞須彌山頂九百九十九手同時倶作撼善見城搖須彌山四大海水一時波動釋提桓因驚怖惶懼靡知所趣時宮有神白天王言莫大驚怖過去佛說般若波羅蜜王當誦持鬼兵自碎是時帝釋坐善法堂燒衆名香發大誓願般若波羅蜜是大明呪是無上呪是無等等呪審實不虛我持此法當成佛道令阿脩羅自然退散作是語時於虛空中有四刀輪帝釋功德故自然而下當阿脩羅上時阿脩羅耳鼻手足一時盡落令大海水赤如絳汁時阿脩羅即便驚怖遁走無處入藕絲孔彼以貪欲瞋恚愚癡鬼幻力故尚能如是豈況佛法不可思議佛告大王諸善男子及善女人繫心思惟諸佛境界亦能安住諸三昧海其人功德不可稱計譬如諸佛等無有異

序觀地品第二

云何名爲觀諸佛境界諸佛如來出現於世有二種法以自莊嚴何等爲二一者先說十二部經令諸衆生讀誦通利如是種種名爲法施二者以妙色身示閻浮提及十方界令諸衆生見佛色身具足莊嚴三十二相八十種隨形好無缺減相心生歡喜觀如是相因何而得皆由前世百千苦行修諸波羅蜜及助道法而生此相佛告父王若有衆生欲念佛者欲觀佛者欲見佛者分别相好者識佛光明者知佛身內者學觀佛心者學觀佛頂者學觀佛足下千輻相輪者欲知佛生時相者欲知佛納妃時者欲知佛出家時者欲知佛苦行時者欲知佛降魔時者欲知佛得阿

耨多羅三藐三菩提時者欲知如來轉法輪時相者欲知如來寶馬藏相者欲知如來昇忉利天爲毋摩耶夫人說法時相者欲知如來下忉利天時相者欲知如來行住坐卧四威儀中光明相者欲知如來詣拘尸那降度力士相者欲知如來伏曠野鬼神毛孔光明相者佛告父王佛涅槃後若四部衆及諸天龍夜叉等欲繫念者欲思惟者欲行禪者欲得三昧正受者佛告父王云何名繫念自有衆生樂觀如來具足身相自有衆生樂觀如來諸相好中一一相好者自有衆生樂觀如來隨順相好自有衆生樂觀如來逆相好者自有衆生樂觀如來光明者自有衆生樂觀如來行者自有衆生樂觀如來住者自有衆生樂觀如來坐者自有衆生樂觀如來卧者自有衆生樂觀如來乞食者自有衆生樂觀如來初生者自有衆生樂觀如來納妃時者自有衆生樂觀如來出家時者自有衆生樂觀如來苦行時者自有衆生樂觀如來降伏魔時者自有衆生樂觀如來成佛時者自有衆生樂觀如來轉法輪時者自有衆生樂觀如來昇忉利天爲毋說法時者自有衆生樂觀如來降伏曠野鬼神者自有衆生樂觀如來於那乾訶羅降伏諸龍留影時者自有衆生樂觀如來在拘尸那城降伏六師尼提賤人及諸惡律儀殷重邪見人者如是父王我涅槃後諸衆生等業行若干意想若干所宜不同隨彼衆生心想所見應當次第教其繫念如我住世不須繫念譬如日出冥者皆明唯無目者而無所覩未來世中諸弟子等應

修三法何等爲三一者誦修多羅甚深經典二者淨持禁戒威儀無犯三者繫念思惟心不散亂云何名繫念或有欲繫心觀於佛頂上者或有欲繫心觀佛毛髮者或有欲繫心觀佛髮際者或有欲繫心觀佛額廣平正相者或有欲繫心觀佛眉間白毫相者或有欲繫心觀佛眉間者或有欲繫心觀佛牛王眼相者或有欲繫心觀佛脩直鼻相者或有欲繫心觀佛鷹王觜相者自有衆生樂觀如來髭鬚如蝌蚪形流出光明者自有衆生樂觀如來脣上齶際者自有衆生樂觀如來脣色赤好如頻婆果者自有衆生樂觀如來下脣如鉢頭摩華莖者其色紅赤上入頻婆果色中者自有衆生樂觀如來口四十齒相者自有衆生樂觀如來齒白齊密相者自有衆生樂觀如來齒上印文相者自有衆生樂觀如來齒畫界者自有衆生樂觀如來上齶相者八萬四千畫了了分明自有衆生樂觀如來下齗如優曇鉢華莖色者自有衆生樂觀如來咽喉如瑠璃筩狀如累蓮華相者自有衆生樂觀如來廣長舌相蓮華葉形上色五畫五彩分明舌下十脉衆光流出舌相廣長遍覆其面者自有衆生樂觀如來咽喉節中有三相者自有衆生樂觀如來咽雋相如金翅鳥眼者自有衆生樂觀如來頸相者自有衆生樂觀如來八萬四千髮相者自有衆生樂觀如來毛右旋者自有衆生樂觀如來一一毛孔一毛旋生者自有衆生樂觀如來頭皮者自有衆生樂觀如來肉髻骨者自有衆生樂觀如來腦者自有衆生樂觀如來耳普垂

睡者自有衆生樂觀如來耳輪郭相者自有衆生樂觀如來耳旋生七毛相者自有衆生樂觀如來缺盆骨滿相於彼相中旋生光臺者自有衆生樂觀如來腋下滿相於其相中懸生五珠如摩尼珠上拄佛腋者自有衆生樂觀如來臂臑纖圓如象王鼻者自有衆生樂觀如來肘骨如龍王髮宛轉相著文彩不壞節頭蟠龍不見其迹手指參差不失其所於指節端十二輪現自有衆生樂觀如來赤銅爪其爪八色了了分明自有衆生樂觀如來合縵掌相張時則見斂指不見如眞珠網了了分明勝閻浮檀金百千萬倍其色明淨過於眼界於十指端各生萬字萬字點間有千輻輪衆相具足如和合百千蓮華自有衆生樂觀如來掌文圓成如自在天宮其掌平正人天無類當於掌中生千輻相於十方面開摩尼光於其輪下有十種畫一一畫如自在天眼青白分明然後入掌相中自有衆生樂觀如來手背毛上向靡如紺瑠璃流出五色光入網縵中者自有衆生樂觀如來手足柔輭如天劫貝自有衆生樂觀如來手内外握者自有衆生樂觀如來胷德萬字印相三摩尼光相者自有衆生樂觀如來臍如毗楞伽寶珠自有衆生樂觀如來脇肋大小正等宛轉相著者自有衆生樂觀如來諸骨支節蟠龍相結其間密緻者自有衆生樂觀如來鉤鎖骨卷舒自在不相妨礙者自有衆生樂觀如來骨色鮮白玻瓈雪山不得爲譬上有紅光間錯成文凝液如脂自有衆生樂觀如來伊尼延鹿王腨相者自有衆生樂觀如來

踝相者自有衆生樂觀如來足趺平正相者自有衆生樂觀如來足趺上色閻浮檀金色毛上向靡足指網間如羅文彩於其文間衆彩玄黄不可具名者自有衆生樂觀如來赤銅爪相於其爪端有五師子口自有衆生樂觀如來脚脂端螺文相如毗紐羯摩天所畫之印自有衆生樂觀如來足下平滿不容一毛足下千輻輪相轂輞具足魚鱗相次金剛杵相者足跟亦有梵王頂相衆螺不異如是名樂順觀者自有衆生樂逆觀者從足下千輻輪相從下觀至足指上一一相一一好一一色從下至上了了逆觀是名逆觀法自有衆生樂觀如來金色佛生閻浮提故作金色中上色如百千日耀紫金山不可得具見自有衆生樂觀如來巨身丈六者自有衆生樂觀如來圓光一尋者自有衆生樂觀如來舉身光明者自有衆生樂觀如來說法時瑞應相者自有衆生樂觀如來齋上向相下向相者

觀相品第三之一

佛告父王云何名觀如來頂如來頂骨團圓猶如合蓋拳其色正白若見薄皮則爲紅色或見厚皮則金剛色髮際金色腦玻瓈色有十四脉衆畫具足亦十四光其光如脉分明了了於腦脉中旋生諸光上衝頭骨從頭骨出乃至髮際有十四色圍遶衆髮髮下金色亦生衆光入十四色中是名如來生王宮中頂腦肉髻唯其頂上五大梵相生時摩耶及佛姨母皆悉不見其五梵相開現光明至於梵世復過上方無量世界化成雲臺諸佛境

界十地菩薩之所不見今爲父王說生頂相若有聞者應當思惟佛勝頂相其相光明如三千界大地微塵不可具說後世衆生若聞是語思是相者心無悔恨如見世尊頂勝相光閉目得見以心想力了了分明如佛在世雖觀是相不得衆多從一事起復想一事想一事已復想一事逆順返覆經十六返如是心想極令明利然後住心繫念一處如是漸漸舉舌向齶令舌正住經二七日然後身心可得安隱復當繫心還觀佛頂觀佛頂法光隨毛孔入佛告父王及勑阿難諦聽諦聽善思念之如來今者頭上有八萬四千毛皆兩向靡右旋而生分齊分明四觚分明一一毛孔旋生五光入前十四色光中昔我在宮乳母爲我沐頭時大愛道來至我所悉達生時多諸奇特有人若問我汝子之髮爲長幾許我云何答今當量髮知其尺度即勑我伸髮母以尺量長一丈二尺五寸放已右旋還成螺文欲納妃時復更沐頭母復勑言前者量髮正長一丈二尺五寸今當更量即伸量之長丈三五寸我出家時天神捧去亦長丈三五寸今者父王欲看髮相不父王白言唯然天尊樂見佛髮如來即以手伸其髮從尼拘樓陀精舍至父王宮如紺瑠璃繞城七帀於佛髮中大衆皆見若干色光不可具說是一一光普照一切作紺瑠璃色於瑠璃色中有諸化佛不可稱數現是相已斂髮卷光右旋宛轉還住佛頂即成螺文是名如來眞實髮相若有比丘及比丘尼諸優婆塞優婆夷等欲觀佛髮當作是觀不得他觀若他觀者名

爲邪觀名爲狂亂名爲失心名爲邪見名顛倒心設得定者無有是處如是父王佛眞髮相事實如是觀髮相已次觀髮際如赤眞珠色宛轉下垂有五千光間錯分明皆上向靡圍繞諸髮從頂上出繞頂五帀如天畫師所作畫法團圓正等細如一絲於其絲閒生諸化佛有化菩薩以爲眷屬諸天八部一切色象亦於中現色如日輪不可具見是名觀佛髮際如此觀者名爲正觀若異觀者名爲邪觀佛告父王此名如來髮際實觀云何觀如來額廣平正相額廣平正相中有三相一者所謂白毛相佛初生時王與夫人將太子詣阿私陀仙令相太子仙人披氎初見太子眉間白毛旋生於白毛邊有諸輪郭隨白毛旋相師舒毛見毛長大即取尺度量其長短足滿五尺如瑠璃筩放已右旋如玻瓈珠顯現無量百千色光是名菩薩初生時白毫相光至年八歲姨母復觀悉達年大其眉間毛亦隨年長令試看之即舒白毛其毛正直如白瑠璃筩於其毛端出五光明還入毛孔毋甚憐念情無已已告語諸人我子毛相乃至如此諸人見已如前右旋甚可愛念是名菩薩童子時白毫毛相云何名菩薩納妃時白毫毛相耶輸陀羅父自遣相師來相太子見三十二相炳然如畫唯於白毫其心不了相師即言地天太子其餘衆相同金輪王唯此白毛流出衆光非我所明今欲舒看爲可爾不太子告言隨汝所欲爾時相師以手伸毛其毛流出如牛王乳射相師眼其眼明淨即於毛中見百千轉輪聖王七寶千子皆悉具足

相師驚愕白言地天太子我伸白毛欲觀長短不知何意如牛王乳來射我眼爲是實見爲是夢見爲是狂亂令者悉忘太子相好一切都盡唯見百千轉輪聖王七寶千子及四種兵從四面起我心歡喜如婆羅門得梵世樂語已放毛右旋宛轉還復本處爾時相師名牢度跋多見此事已五體投地禮於太子太子衆相不可具見如我相法見一相者王四天下快得自在令太子相如摩醯首羅自在神力不可記録當云何知太子告言吾不達此汝自歸家往白汝王爾時相師即還本國以如上事具向王說王聞是語駕乘名象導從百千詣迦毗羅城到淨飯王宮以水澡太子手持女上之因爲作禮地天太子願受我女可備灑掃相師所見上妙毛相我今欲見爲可爾不太子告言隨意看之爾時耶輸陀羅父以手伸太子白毛見其白毛如玻瓈幢節節相當於衆節間見有無量百千梵王釋提桓因諸勝天子與宮殿俱了了而見如於明鏡自觀面像見已歡喜尋復放捨如前右旋還住眉間光明淋弈四面布散入輪郭中不可悉說是名菩薩納妃時白毫相佛告父王佛涅槃後四部之衆其中欲觀菩薩爲童子時及納妃時白毫相者當作是觀如此觀者是名正觀若異觀者是名邪觀佛告父王云何名如來出家時白毫相我欲出家時父王及毋遣諸婇女常以衛護門施關鍵開闔有聲如師子吼於窻牖間密懸諸鈴金鎖相鉤龍鬼夜叉無從得入爾時四天王虛空中遙發聲言地天太子日時已至宜當學道

我今欲往供養太子恐殿有聲無緣得入爾時太子以手伸毛至四天王所色如天繒柔輭可愛時四天王見心甚愛敬以愛敬故即於毛中見化菩薩結跏趺坐形如太子一一菩薩復有無量諸大菩薩共爲眷屬此相現時無量諸天龍夜叉等俱時得入勑語車匿汝往後廄鞁犍陟來車匿白言今此地中若舉足時此地振吼如大象聲云何得往爾時太子復伸白毛令車匿見猶如蓮華葉葉相次其白如雪車匿見已心眼即開於其葉間見化菩薩結跏趺坐猶如微塵不可稱數是諸化人眉間白毛亦復如是爾時車匿見宮中地如玻瓈色表裏堅實猶如金剛躡之無聲疾至後廄鞁馬金鞍牽至殿前車匿白太子言諸天顒顒合掌叉手住在空中同聲讚歎出家功德太子宜時速乘疾馬爾時太子復舒白毛持擬諸女令諸侍女身心悅樂猶如比丘得第三禪爾時此毛宛轉右旋還入眉間諸天復見太子眉間有百千光譬如乳河周流一切於乳河中有化菩薩乘化蓮華皆共讚歎出家功德一一化菩薩眉間乳河流出光明亦復如是佛告父王是名菩薩出家時白毛相種種瑞應若佛滅後諸四部衆欲觀如來出家時白毛相者當作是觀若異觀者是名邪觀佛告父王云何名苦行時白毫毛相如我踰出宮城已去伽耶城不遠詣阿輸陀樹吉安天子等百千天子皆作是念菩薩若於此坐必須坐具我今應當獻於天草即把天草清淨柔輭名曰吉祥菩薩受已鋪地而坐是時諸天諦觀菩薩身相可愛復

見白毛圍如三寸右旋宛轉有百千色流入諸相是諸天子觀白毫時各作是念菩薩今者惟受我草不受汝草時白毛中有萬億菩薩結跏趺坐各取其草坐此樹下一一天子各見白毫中有如此相是時吉安天子而讚歎言善哉勝士修大慈悲慈悲力故得大人相於其相中無量變現能滿諸天一切善願不生諍訟起菩提心釋梵諸天見於菩薩坐此樹下各獻甘露持用供養菩薩是時爲欲降伏彼六師故不受彼供天令左右自生麻米菩薩不食諸天皆曰此善男子不食多日氣力惙然餘命無幾云何當能成辦菩提菩薩是時入滅意三昧三昧境界名寂諸根諸天啼泣淚下如雨勸請菩薩當起飲食作是請時聲遍三千大千世界菩薩不覺有一天子名曰悅意見地生草穿菩薩肉上生至肘告諸天曰奇哉男子苦行乃爾不食多時喚聲不聞草生不覺即以右手伸其白毛其毛端直正長一丈四尺五寸如天白寶中外俱空天見毛內有百億光其光微妙不可具宣於其光中現化菩薩皆修苦行如此不異菩薩不小毛亦不大諸天見已歎未曾有即放白毛右旋宛轉與光明俱還復本處爾時諸天諦觀白毛目不暫捨見白毛中下生五箭從面門入流注甘露滴滴不絕從舌根上流入于身表裏清徹如瑠璃山千百萬億諸大菩薩於身內現諸天見已合掌歡喜前言愚癡言此大人命不云遠今見是相必當成佛了了無疑無上慧日照世不久作是語已遶百千帀各還宮殿如此音聲聞六欲天佛告

父王佛滅度後若四部衆欲觀如來苦行時白毫相者當作是觀如此觀者是名正觀若異觀者名爲邪觀

觀佛三昧海經卷第一

音釋

牝牡（牝婢忍切牡莫後切） 跳踉（跳田聊切踉呂張切跳踉躍也） 膖（滂江切） 屏隈（屏補永切鄣蔽也隈烏回切曲隩也） 伉儷（伉口浪切儷郎計切伉儷匹偶也） 瓌（姑回切偉也） 蝌蚪（蝌苦禾切蚪當口切蝌蚪蟲名） 齶（逆各切齗也） 臃（於容切） 膧（丑容切直也） 緻（直利切密也） 腨（市兗切腓腸也） 踝（戶瓦切足骨也） 轂（古祿切） 輞（文紡切） 筩（徒東切） 鍵（巨偃切戶鑰也） 鞁（平義切鞁馬也） 揵陟（揵渠焉切陟職日切犍陟馬名） 顒（魚容切顒顒體貌敬順也） 惙（株劣切疲也）

觀佛三昧海經卷第二

東晉天竺三藏法師佛陀跋陀羅譯

觀相品第三之二

佛告父王云何名菩薩降魔時白毫相光魔王波旬遥以天眼觀閻浮提見釋迦子棄國如啞坐道樹下肌骨枯槁形體羸瘦如久病人唯有金色光明益顯其眼陷黑如井底星骨節相拄失蟠龍文波旬喜曰瞿曇體羸骨如腐草雖有光色餘命無幾及道未成宜往敗之瞋目大怒勑諸夜叉速集軍衆吾今欲行下閻浮提往征瞿曇是時魔子名薩多羅長跪白父淨飯王子其生之時萬神侍御光徹衆天其人慈悲普覆一切今爲羣生坐於道樹父王云何興惡逆意魔即怒曰汝幼無知乃言瞿曇有勝道德瞿曇身羸如枯骨人竟何所能而言慈悲子復白言瞿曇體羸不食故爾觀其光色如金剛山紫焰流出恬坐六年心不傾揺觀其面貌曾無畏色惟願大王且住天宫不願往攻波旬復言汝但默然何須多云時夜叉主名曰翅陀即至魔所頭面著地爲魔作禮白言天王何所勑令波旬告曰汝以我聲徧勑六天告下鬼王并諸八部及曠野鬼十八地獄閻羅王神一切皆集往瞿曇所是時諸鬼猶如雲起從四面集或有諸鬼首如牛頭有四十耳於其耳中生諸鐵箭赤焰上起高一由旬有十八角角端聳山山上有龍銜熱鐵丸復有諸鬼首如狐頭有十千眼眼睫長大如霹靂燄頂上有口口吐熾火身上諸毛猶如劒樹復有諸鬼倒住空中有十二脚於其足跟有千刀輪頭如太

山於其頭上五百劒樹樹頭火起復有諸鬼宛轉腹行負鐵圍山穹脊而至復有諸鬼一頸多頭口有千舌於其舌上生棘刺樹毛鬣上衝毛端雨血吐刺疾走騰虛而至毗舍闍鬼發大惡聲氣涌如雲雨熱鐵丸倏忽而到鳩槃茶鬼蹲踞土埵現其醜形富單那鬼其形黑瘦頭戴大鑊盛熱鐵丸手執刀輪左脚躡狗右脚蹋狼奔走而至諸羅刹王背黑如漆胷白如月眼如盛火頭髮鬔亂如縛刺束狗牙上出狀如矛劒手十指爪利如鋒鋋脚有十爪縱横如劒以鐵羈頭疾走而至曠野鬼神大將軍等一頸六頭胷有六面膝頭兩面舉體生毛狀如箭鏃奮身射人張眼赤爛血出流下與諸兇類疾走而到復有諸鬼首如虎頭有十二眼鼻如象鼻有十三鼻左肩擔山右肩負火手捉利劒脚躡師子哮吼而至復有諸鬼其形如雲霹靂火起如團雲頭於團雲邊有百千萬龍不見其身但見吐毒於十方面一切惡事如雲而集鬼子毋神將其諸子各執一石辟方十里巖崿可畏競馳而至復有諸鬼踡脊挾尾以鼻齅地鼻出諸火火焰上化化生諸鬼掩面而走是時魔王顧視夜叉告令諸鬼今者鬼兵既已雲集瞿曇善人或能知呪當與四兵以魔王珠化作四兵象馬車步列杖如林甚可怖畏直從空下至道樹邊魔復更念如此軍衆或不能掩降伏瞿曇復脫寶冠持擬地下其冠光明徑至下方當閻羅王化人宮上高聲大呼告勑諸鬼汝等獄卒及閻羅王阿鼻地獄刀輪劒戟火車鑪炭一切都舉向閻浮提欲滅瞿曇

擲置其中阿鼻地獄縱廣正等八千由旬七重鐵城下十八隔四面劒林亦十八行東方復有十八小地獄以爲圍遶南方十八隔以爲圍遶西方十八隔以爲圍遶北方十八隔以爲圍遶地下自然有熾猛火焼然鐵城鐵網俱熾一切熱焰周迴還旋下過十八隔若有衆生犯五逆者身滿其中受如此苦晝夜不息間無空缺劫欲盡時四門自開是諸罪人見東門外一切劒林如清涼林從下隔起至第二隔第二隔起至第三隔乃至於上走趣東門羅刹獄卒以熱鐵叉逆刺其眼精如融銅流出于地即時躃倒徧滿十八隔中其心迷悶滿一小劫爾乃還起復向南門如是四方如前無異晝夜受苦經一大劫劫盡更生餘小地獄其餘衆獄形狀大小受報輕重

形類好醜一切雜報慈三昧中當復廣説時諸獄卒城東八千三方亦爾一一獄卒頭髮如山生刀輪劒戟耳如驢耳有百千種一一耳中烟焰俱起脣口牙齒過於羅刹百千萬倍角如牛角角端生劒五方異見身體赤黑如癩病狗有四百尾於其尾頭膿血沸屎有鐵觜蟲纒其身體手捉鐵叉脚下蹋輪刀輪上刺直徹心髓駛疾如風各以鐵叉叉罪人腰直上而走阿鼻地獄如影隨形逐罪人來俄頃之間到道樹邊一時雲集欲與惡逆菩薩是時儼然不動入勝意慈魔王伻張奮武振吼勑諸兵衆汝等速疾逼害瞿曇上震天雷雨熱鐵丸刀輪武器更相加積交横空中四面諸鬼同時俱作然其火箭不近菩薩是時菩薩徐舉右臂伸眉間毛下向用擬阿鼻

地獄令諸罪人見白毛中流出衆水澍如車軸雨大火上大火漸滅唯烟氣在令受罪人心得小悟自憶前世百生千生百千萬生所作諸罪諸獄卒等持大鐵叉舉起罪人盡其身力不能得動忽然自見大鐵叉頭如白銀山龕室千萬有白師子蟠身爲座於其座上生白蓮華有妙菩薩入勝意慈如是莊嚴如須彌山放叉擲地有七寶華生叉根下有白色光明照諸地獄及獄卒身令閻羅王及諸獄卒作白銀山猶如電光暫時得見諸受罪人六情諸根猛火速起節頭火然筋脉生釘暫得一起合掌叉手向白毫相即時心開見白毛中人如已無異坐蓮華牀以水澆灌諸罪人頂令心熱惱暫得清涼即皆同時稱南無佛以是因緣受罪畢訖直生人中諸情完

具正見出家既出家已破二十億洞然之結成須陀洹魔見是相憔悴懊惱却卧牀上魔有三女長名悅彼中名喜心小名多媚時魔三女至父王前長跪叉手爲父作禮啓言父王今日何故愁悴乃爾其父答言沙門瞿曇結誓深重今坐道樹要壞我民是故愁耳女白父言我能往亂願父莫愁即自莊飾著雜寶冠容媚挺特過踰魔后百千萬倍眄目作姿現諸妖冶瓔珞晃曜光翳六天乘羽葆車安施寶帳垂諸天華於華鬚頭諸化玉女手執樂器鼓樂弦歌聲萬種音見在世人之所喜樂一一玉女從五百女以爲侍御繒蓋幢旛如雲而下身毛孔中香烟芬馥有百千色玄黃煜爚甚適人目安詳徐步至菩薩所下車合掌禮敬菩薩旋遶七帀白菩薩言太子

生時萬神侍御七寶來臻何棄天位來此樹下我是天女盛美無比顏貌紅暉六天無雙今以微身奉上太子供給左右可備灑掃我等善能調身按摩今欲親附願遂下情太子坐樹身體疲懈宜須偃息服食甘露即以寶器獻天百味太子寂然身心不動以白毛擬令天三女自見身內膿囊洟唾九孔筋脉一切根本大腸小腸生藏熟藏於其中間迴伏宛轉涌生諸蟲其數滿足有八萬户户有九億諸小蟲等蟲遊戲時走入小腸皆有四口張口上向大蟲遊戲入大腸中從大腸出復入胃中冷病起時胃脘閉塞蟲不得入故食不消脾腎肝肺心膽喉嚨肺腴肝膈如是中間復生四蟲如四蛇合上下同時唼食諸藏滓盡汁出入眼爲淚入鼻爲洟聚口成唾放口成涎薄皮厚皮筋髓諸脉悉生諸蟲細於秋毫數甚衆多不可具說其女見此即便嘔吐從口而出無有窮盡即自見身左生蛇頭右生狐頭中首狗頭頭上化生九色死屍如九想觀九想觀者一者新死想或見死人身體正直無所復知想我此身亦當復爾與此無異故曰新死想二者青淤想或見死人一日至于七日身體青胮淤黒想我所愛身亦當復爾與此無異故曰青淤想三者膿血想或見死人身已爛壞血塗流漫極爲可惡不可瞻視我所愛身亦當復爾故曰膿血想四者絳汁想或見死人身體縱横黄水流出狀似絳汁我所愛身亦當復爾故曰絳汁想五者食不消想或見死人爲烏鳥所食蟲狼所噉爲蠅所蛆其肉欲盡或半身在我所愛身

亦當復爾故曰食不消想六者筋纏束薪想或見死人皮肉已盡止有筋骨相連譬以束薪由是得成而不解散我所愛身亦當復爾故曰筋纏束薪想七者骨節分離想或見死人筋已爛壞骨節縱横不在一處我所愛身亦當復爾故曰骨節分離想八者燒燋可惡想或見死人爲家火所燒野火所焚燋縮在地極爲可惡不可瞻視我所愛身亦當復爾故曰燒燋可惡想九者枯骨想或見久昔乾骨若五十歲至百歲二百歲三百歲時骨還變白日曝徹中火從骨上燄燄而起火燒之後風吹入地還歸于土是名略説九想是爲菩薩始在樹下初開不淨觀門時魔三女自見背上復負老母髮白面皺脣口喎僻手脚繚戾顏色津黒猶如僵尸胷前復抱一死小兒於六竅中流出諸膿膿中生蟲正似蛸蟲諸女見此愕然驚號却行而去低頭視齋齋生六龍龍吐水火耳出諸風體堅如鐵自見女形醜狀鄙穢乃當如是其於鄙處有諸小蟲蟲有四頭二上二下唼食女身口出五毒毒有五脉上至心下乃至咽喉從六根中生諸脉根九十有九直下流注至諸蟲頂共相灌注徹諸蟲心諸女人等從無數世造諸邪行惡業因縁獲得如是不淨醜身復有諸蟲如手臂釧團欒相持而有衆口口生五毒唼食女根諸女人等先世之時邪淫行故獲是臭惡身以爲莊嚴諸女見已心極酸苦如箭入心却行之時匍匐而去如羸驢步初舉足時節節火起其髮黄黒如刺棘林以自纏身呼嗟歎息至魔王前魔王心怒奮劒豎色即

欲直前魔子諫曰父王無辜自招瘡疣菩薩行淨難動如地云何可壞作是諫時菩薩復以白毫光擬令魔眷屬身心安樂譬如比丘入第三禪餓鬼見白毛毛端皆有百千萬億諸大菩薩是諸菩薩亦入勝意慈心三昧各以右手捋左指頭爪端出乳灑滅猛火猛火滅已即得清涼自然飽滿身心踊悅發菩提心因是心故捨餓鬼苦是諸鬼等自見其身如似白玉似瑠璃山似玻瓈山似黃金山似碼碯山身諸毛孔似眞珠貫眼目明淨似明月珠身諸烟燄如雜寶雲所執刀杖似七寶臺七寶臺內重敷綩綖安置丹枕左右自然有化梵王見化菩薩坐於化臺各各異說諸罪人報汝等前世坐作惡業故獲如此可惡之形說是語時是諸鬼神有發無上菩提心者有種聲聞辟支佛者有於來世當生人天勝樂處者是時魔王忽然還宮白毛隨從直至六天於其中間無數天子天女見白毛孔通中皆空團圓可愛如梵王幢於其空間有百千萬恒河沙微塵諸寶蓮華一一蓮華無量無邊諸妙白色以爲其臺臺上有化菩薩放於白毫大人相光亦復如是諸菩薩頂有妙蓮華其華金色過去七佛在其華上是諸化佛自說名字與脩多羅等無差別復有諸天宿善根者見化菩薩一毛孔中生一菩薩菩薩頂上皆有化佛如前不異時諸化佛眉間出華百寶莊嚴諸天世間無色可比有化光臺臺上化佛如前不異諸化菩薩身毛孔中化出一切十方衆生所希有事化人足下有化光臺生諸天宮勝過六欲魔王宮殿亦

勝大梵嚴身之宮諸梵頂相從化菩薩足下輞間生如是白毛上至無色徧照一切無量無邊諸天世界皆如白寶玻瓈明鏡諸天見此勝瑞相已不樂天樂發菩提心魔王八萬四千天女視波旬身狀如死狗亦似燋木但瞻菩薩白毫相光心意悅樂無以爲譬怒恚波旬前所爲事規欲壞他返自敗勳作是語時百千無數天子天女復發無上菩提道意佛告大王如是種種諸勝相事但從菩薩眉間白毛而生此耳不勞其餘身分功德佛滅度後諸四部衆若能暫時捨離散亂繫心正觀菩薩降魔白毫相者滅無數劫黑業惡障亦除十惡諸煩惱障能於現世見佛影像了了分明如是種種觀相境界不可具說如來滅後欲觀如來降伏魔時白毛相者當作此觀如是觀者名爲正觀若異觀者名爲邪觀

云何名爲如來成佛時大人相覺人相不動人相解脫人相光明人相滿智慧人相具足諸波羅蜜相首楞嚴等諸三昧海相菩薩摩訶薩從勝意慈三昧起入滅意定從滅意定起還入首楞嚴從首楞嚴起入慧炬三昧從慧炬三昧起入諸法相三昧從諸法相三昧起入光明相三昧從光明相三昧起入師子音聲三昧從師子音聲三昧起入師子奮迅三昧從師子奮迅三昧起入海意三昧從海意三昧起入普智三昧從普智三昧起入陀羅尼印相三昧從陀羅尼印相三昧起入普現色身三昧從普現色身三昧起入法界性三昧從法界性三昧起入師子吼力王三昧從師子吼力王三昧起入滅諸魔相三昧從

滅諸魔相三昧起入空慧三昧從空慧三昧起入解空相三昧從解空相三昧起入大空智三昧從大空智三昧起入徧一切處色身三昧從徧一切處色身三昧起入寂心相三昧從寂心相三昧起入菩薩摩訶薩金剛相三昧從金剛相三昧起入金剛頂三昧從金剛頂三昧起入一切三昧海從一切三昧海起入一切陀羅尼海三昧從一切陀羅尼海三昧起入一切佛境界海三昧從一切佛境界海三昧起入一切諸佛解脫解脫知見海三昧從解脫解脫知見海三昧起然後方入無量微塵數諸三昧海門從諸三昧海門起入寂意滅意三昧從入寂意滅意三昧起入金剛譬大解脫三昧相門爾時道場地化似金剛滿八十里其色正白不可具見此相現時菩薩眉間白毫相光端潔正直矗然東向長一丈五尺有十楞現彌迦女人同類五女無數萬億天龍鬼神彌勒賢劫諸菩薩等跋陀波羅等無量無邊阿僧祇微塵數諸大菩薩亦見此相此相現時佛菩提樹白毛力故根下自然化生寶華縱廣正等四十由旬其華金色金剛為臺佛眉間光照此華臺其光直下至金剛際於金剛際自然化生二金剛座互相振觸聲震三千大千世界令此大地六種震動其金剛座上衝蓮華至蓮華根其蓮華根亦是金剛三種金剛共相振觸直還下過至金剛際徃旋十返白毫光明圍繞十帀令金剛座礰然不動佛坐此座消除三障成菩提道佛心境界說不可盡若廣說者一切衆生至十地菩薩亦不能知亦非所解是

故於此白毫相中隱而不説如是白毛光明力故令菩提樹金剛爲莖根亦金剛鬚七寶成鬚上生光各各有七佛圍遶佛身化成寶縵樹葉金色華白寶色華上有光百千寶色諸天寶光不得爲譬果白寶色夜摩天上微妙白寶不得爲比其果光明化摩尼網彌覆樹上於其網間猶若白霓宛轉下垂化成寶鈴鈴四角頭有大寶臺其臺高顯過於上方無量世界過是界已復更化成諸大寶臺一一寶臺不可具説高顯微妙譬如和合百千萬億諸須彌山於其臺上有天寶蓋純金剛成雜色間錯微妙光明光明下垂化成旛帳於旛帳中雨寶蓋雲寶蓋雲中雨幢幡雲幢旛雲中雨妓樂雲妓樂雲中雨寶光雲寶光雲中雨諸香雲諸香雲中雨師子座雲師子座雲中雨華鬚雲華鬚雲中雨華鬘雲華鬘雲中雨妙音雲妙音雲中雨偈頌雲偈頌雲中雨諸珍寶供養具雲如是等種種供具皆從菩提樹白毫相光明中出時白毛光下垂照地令道場邊金剛地上化作七池池生七水水有七色七色分明色有千光上照樹王其池四岸衆寶合成一岸百寶所共合成一寶流出百億光明池底純是金剛摩尼以爲底沙水生諸華純黄金葉葉上千光化成光輪池有一渠水自涌出池中生華葉葉相次於蓮華鬚流出諸水如瑠璃珠映徹分明於渠兩邊列生諸華八萬四千衆寶嚴飾此渠中水更相灌注當水流時光亦隨轉映菩提樹此樹光中一一葉上生寶蓮華其華徧布一切世界於其華上化百寶臺徧至十方無

量世界其白毫光從佛眉間生寶蓮華團圓正等滿一由旬如是相次過於上方無量無邊不可筭數不可筭數微塵世界華華相次一一華上見一佛坐身黃金色方身丈六結跏趺坐坐蓮華臺其金剛座及菩提樹如上所說等無有異乃至十方亦復如是於白毫中復出寶華勝前寶華百億萬倍華上有佛如釋迦文等無有異一華鬚頭復有一佛身長丈六入深禪定心不傾動如是光明照於東方無量無數百千世界令諸世界皆作金色彼衆生見化佛毛孔開現光明復出無量百千寶光一一光中復有無量百億化佛時諸天龍鬼神夜叉乾闥婆等覩此光明遶佛千帀照十方國見十方國高下大小了了分明如執明鏡自見面像是諸大衆波旬眷屬八萬億衆及諸鬼神天龍夜叉等各見白毫端直丈五十方悉見映蔽衆目如萬億日不可具見但於光中見無量無數百億千萬化釋迦文眉間白毛正長丈五一一毛中出無量光一一光中無量化佛化佛眉間亦復如是是白毫光輪郭之中流出衆光上至佛額顯發額廣平正之相額上諸毛毛皆上靡其毛根下梵摩尼色適衆生心毛端流光如融紫金光相上靡入於髮際宛轉垂下至耳輪邊然後布散上入髮間圍繞螺文數百千帀從頂骨生如金蓮華葉日照開敷蓮華葉間及蓮華鬚如帝釋臺了了分明衆色異現於其色間無量化佛一佛七大菩薩諸天以爲侍者手執寶華白中白者華有五光五色分明隨從化佛不失其所此名如來初成佛時

白毫相光因白毫光初生頂光生王宮時此光如日見不了了圓光一尋別自當說時諸八部觀白毫光所見不同有見白毛猶如諸佛有見白毫如諸菩薩有見白毛如已父母一切世間可尊敬事悉於毛端了了得見見已歡喜有發無上菩提心者有發聲聞緣覺心者如是諸鬼見白毛者自然慈心無諸惡意佛告父王如來白毛自從初生乃至成佛於其中間微細小事可得觀見既成佛已白毫光明衆相具足諸修多羅中佛已廣說白毫相光究竟之處十地菩薩爾乃得見先說小者隨應世間此事易見佛告父王及勑阿難諦聽諦聽善思念之汝語後世諸弟子等皆令得知若我滅後諸比丘等若問是事此白毫相菩薩本昔修何行得汝當答言佛白毫相從無量劫捨心不慳不見前相不憶財物心無封著而行布施以身心法攝身威儀護持禁戒如愛雙目然其心內豁然虛空不見犯起及捨墮法心安如地無有動搖設有一人以百千刀屠截其身設復有人以諸棘刺鞭撻其身菩薩初無一念瞋恚設復有人頭有千舌舌出千言種種異辭罵辱菩薩顏色不變如淨蓮華心無所著身心不懈無疲倦意如救頭然如身毛孔生邪利瘡求覓良醫晝夜精進心無染汙如瑠璃珠表裏俱淨攝身歛意閉目叉手端坐正受其心如海湛然不動如金剛山不可沮壞雖作是意不隨禪生灰心滅智無所適莫亦無覺觀非不觀法心智猛利攝諸方便不見有法若大若小有細微相如是衆多名波羅蜜亦從三十七

助菩提法復從十力四無所畏大慈大悲三念處諸妙功德得此白毫若我滅後佛諸弟子捨離諸惡去憒鬧想樂少語法不務多事晝夜六時能於一時中分爲少分少分之中能須臾間念佛白毫令心了了無謬亂想分明正住注意不息念白毫者若見相好若不得見如是等人除却九十六億那由他恒河沙微塵數劫生死之罪設復有人但聞白毛心不驚疑歡喜信受此人亦却八十億劫生死之罪若諸比丘比丘尼優婆塞優婆夷犯四根本罪不如等罪及五逆罪除謗方等如是衆人若能懺悔晝夜六時身心不懈譬如人在深草中行四面火起猛風吹來欲燒其身此人作念若火燒我未死之間支節解散我當云何得滅此火若不設計命必不濟誰有智者多諸方便能救我命設命全濟於彼人所無所悋惜作是思惟已如太山崩五體投地號泣雨淚合掌向佛讚歎如來種種德行作是讚已誦懺悔法繫念在前念佛眉間白毫相光一日至七日前四種罪可得輕微三七日時罪相漸滅七七日後然後羯磨事在他經若比丘犯不如罪觀白毫毛闇黑不現應當入塔觀像眉間一日至三日合掌啼泣一心諦觀然後入僧說前罪事此名滅罪前五種罪念白毫光經八百日然後復有別羯磨法佛告父王如來有無量相好一一相中八萬四千諸小相好如是相好不及白毫少分功德是故今日爲於來世諸惡衆生說白毫相大慧光明消惡觀法若有邪見極重惡人聞此觀法具足相貌生瞋恨心無有是

處縱使生瞋白毫相光亦復覆護暫聞是語除三刧罪後身生處生諸佛前如是種種百千億種諸觀光明微妙境界不可悉說念白毫時自然當生如此觀者名爲正觀若異觀者名爲邪觀云何名觀額廣平正額廣平正相二輪光明光明輪郭千輻轂輞成摩尼珠形如毗紐羯磨天畫於畫畫中流出上妙金色之光來入白毫遶毫七帀上入額上諸毛孔中乃至髮際諸色相中宛轉下垂至于耳輪上散入髮遶髮七帀從頂骨出遶前蓮華相團圓七帀七畫分明畫有七色色生七華華有一佛有七菩薩以爲侍者恭敬圍遶右旋而轉如是額廣平正三相髮際相頭諸毛孔相腦中相腦中亦有十四光現諸脉中中外俱徹明顯可愛涌出白光紅紫間錯其色

微細從頂骨出亦遶前者三帀一一畫間有一佛坐有二菩薩以爲侍者益更明顯勝前數倍云何觀如來眉相左右二眉形如月初遶生諸毛稀稠得所隨月形轉其色豔紫毛端紺青瑠璃妙光色無與比眉光兩靡散入諸髮既入髮已上至髮杪其光螺起蜂翠孔雀色無以類猶如聚墨比瑠璃光亦復下垂從頂骨出右旋宛轉遶光四帀一一畫中出一化佛有二菩薩及二比丘翼侍左右皆悉住立蓮華鬚上明顯可愛勝前數倍眉下三畫及眼眶中旋生四光青黄赤白上向豔出入眉骨中出眉毛端亦如前法從頂骨出遶光四帀四色分明黄色化佛身黄金色白色化佛身白銀色青色化佛身金精色赤色化佛身硨磲色如是右旋益更明顯勝前數倍

云何觀如來眼睫相如來眼睫上下各生有五百毛柔輭可愛如優曇華鬚於其毛端流出一光如玻璃色入前衆相光明色中遶頭一帀從頞骨出圓遶前光純生微妙諸青蓮華蓮華臺上有青色蓋有梵天王手執是蓋此相現時佛眼青白白者過於白寶百億萬倍青者勝青蓮華及紺瑠璃百億萬倍上下俱瞬如牛王眼眼雙皆頭旋出二光如青蓮華極爲微細遶髮一帀從頞骨出映飾諸華令華開敷光明益顯如是勝相無量功德名如來眼若有欲觀如來眼者當作此觀作此觀者滅損諸惡閉目端坐正觀佛眼一日至七日於未來世常得見佛終不盲冥亦不生於邊地邪見無佛法處慧眼恒開不生愚癡佛告父王是故智者爲除盲冥當觀佛眼佛有五眼此觀法中先說肉眼明淨光顯觀眼心利傍生境界不可具說諦觀佛眼於少時間及觀像眼未來世中經五生處眼常清淨眼根無病除却七劫生死之罪佛告阿難勑諸四衆勤觀佛眼愼勿休廢觀佛眼者必獲無量微妙功德髮際額廣及髮螺文眼眶眼脣眼睫眼畫如是等衆相光明若能暫見除六十劫生死之罪未來生處必見彌勒賢劫千佛威光所護心如蓮華而無所著終不墮於三塗八難若坐不見掌入塔觀入塔觀時亦當作此諸光明想至心合掌胡跪諦觀一日至三日心不錯亂命終之後生兜率天面見彌勒色身端嚴應感化導既得見已身心歡喜入正法位佛告父王如是觀者名爲正觀若異觀者名爲邪觀

觀佛三昧海經卷第二

音釋

槁苦浩切 睫即涉切目旁毛也 鬣力涉切鬢鬣也 蹲踞蹲徂尊切踞居御切 鋩武方切刃端也 崿逆各切崖也 踡逵員切 躃房益切倒也 駛爽士切疾也 眄彌究切斜視也 熅爚熅余六切爚弋約切熅爚光也 唼作答切聚食也 滓壯仕切澱也 嘔於口切吐也 蛆子余切 喎口淮切戾也 蛕胡恢切人腹中蛕蟲也 捋盧活切手捋也 綩綖綩委遠切綖夷然切綩綖坐褥也 勣則歷切事業也 矗昌六切聳上貌 掁除庚切以物觸也 礊丘庚切堅確也 煩諸甚切項也 適莫適丁歷切莫末各切 豔以贍切美也 眶去王切眼眶也 眥才計切目際也

觀佛三昧海經卷第三

東晉天竺三藏法師佛陀跋陀羅譯

觀相品第三之三

佛告父王云何觀佛耳佛耳普垂睡旋生七毛輪郭衆相及生王宮初穿耳時令兩耳孔内外生華此蓮華中及耳七毛流出諸光有五百支支五百色色出五百化佛佛五菩薩有五比丘以爲侍者遶光右旋其數五帀上下正等映照佛耳佛耳可愛如寶蓮華懸處日光佛在世時一切大衆咸見是相是名佛耳色相光明佛告父王若四部衆遠離憒閙正念思惟佛耳相者此人生處耳根清淨無諸穢惡耳常得聞無上微妙十二部經聞已信解如說修行除滅八十劫生死之罪若不見者如前入塔諦觀像耳一日至十四日亦得如向所說功德是故智者當勤修集正觀佛耳勿使廢失若病苦時倚側偃卧亦當觀佛清淨耳相如是觀像耳如前所想心不懈退後身生處亦常得與陀羅尼人以爲眷屬聞法憶持譬如貫珠如是觀者名爲正觀若異觀者名爲邪觀云何觀如來方頰車相如來頰上六畫中左右正等有妙光色輝豔倍常閻浮檀金光色遍照令佛面相如淨金色譬如和合百千日月是名如來方頰車相佛滅度後佛諸弟子繫念思惟作是觀者除滅百劫生死之罪面見諸佛了了無疑如是觀者名爲正觀若異觀者名爲邪觀云何觀如來師子欠相佛張口時如師子王口方正等口兩吻邊流出二光其光金色過踰前光百千萬倍上入耳光圍繞諸髮從頰骨出繞前

圍光一一畫間有三化佛一一化佛有二梵王以爲侍者是名如來師子欠相佛滅度後四部弟子作是觀者除滅十劫生死之罪後身生處口中恒有優盋華香有所宣說人皆信受譬如帝釋三十三天一切信用如是觀者是名正觀若異觀者名爲邪觀云何名觀如來鼻相如來鼻高脩而且直當于面門如來鼻端如鷹王觜鼻孔流光上下灌注上者上入眼眉白毫相髮際如是直入頂肉髻骨譬如金幢從頞骨出變成衆華華上皆有天諸樂神手執樂器遍入一切諸化佛間以爲導從遶光十帀下者直至入佛髭中圍遶髭毛令髭毛根有華開敷如稊米粒流入脣齶至諸齒間映飾咽喉下至佛胷成光明雲表裏清淨無諸塵翳如瑠璃器盛金光豔是名

如來眞淨鼻相佛滅度後佛諸弟子如是觀者除滅千劫極重惡業未來生處聞上妙香心意了了不著於香常以戒香爲身瓔珞如是觀者名爲正觀若異觀者是名邪觀云何觀如來髭諸髭毛端開敷三光紫紺紅色如是光明直從口邊旋頸上照圍繞圓光作三種畫其畫分明色中上者一一畫間生一寶珠其珠光明有百千色珠下白華莖莖相拄滿三帀已然後彼光還入髭中是名如來髭毛光相佛滅度後作是觀者除二十刼生死之罪後生身處身諸毛孔有自然光心不樂著家居眷屬世間之樂常樂出家修頭陀行如是觀者名爲正觀若異觀者名爲邪觀云何觀如來脣色赤好如頻婆果相於上下脣及與齗齶和合出光其光團圓猶如百千赤

眞珠貫從佛口出入於佛鼻從佛鼻出入於白毫從白毫出入諸髮間從髮間出入圓光中映飾諸華口四十齒印上生光其光紅白光光相照照四十齒令四十齒朗然齊白如玻璃壁上下齊平無參差者齒間文畫流出諸光亦紅白色如是衆色佛在世時映耀人目佛滅度後當以心眼觀見此色佛諸弟子作此觀者除二千劫生死之罪後身生處脣口微妙齒不踈缺得色中上色難得是色心不貪著常見諸佛聲聞緣覺爲之說法令心不疑如是觀者名爲正觀若異觀者名爲邪觀云何觀如來廣長舌相如來舌者是十波羅蜜千善報得其舌根下及舌兩邊有二寶珠流注甘露滴舌根上諸天世人十地菩薩無此舌相亦無此味舌上五畫如寶印文如此上味入印文中流注上下入瑠璃筩諸佛笑時動其舌根此味力故舌出五光五色分明繞佛七帀還從頂入佛出舌時如蓮華葉上至髮際遍覆佛面舌下亦有衆雜色脉如此上味流入脉中其味力故變成衆光有十四色一一光上照無量世界一一光間有一光臺其色衆妙不可具名一一光臺龕室無數一一龕中無量化佛結跏趺坐聲聞菩薩一切大衆皆悉圍遶過於上方無量世界化爲一佛佛身高顯如須彌山如是諸佛其數無量皆出舌相亦復如是一一光下照至阿鼻獄令阿鼻獄如黃金色佛舌力故令受苦人暫得休息自慨前世所作惡事如是下過無量世界一一界中化寶華樹葉如佛舌舌相放光光光相照變成化佛其化佛身純白

銀色身相具足一一化佛出廣長舌舌相光中有諸化佛如是化佛其數無量化佛光明成一銀山其山高大無量無邊於其山間純生銀樹金華銀果樹下皆有白玉蓮華華上復有白玉化人玉人齊中化生六龍其龍口黒龍色純白是化玉人其數無量復更下過照無量界見白玉樹從下方出至娑婆界復更蓊鬱至三界頂枝條扶踈其葉有色色九十八一一樹葉遍覆三界其諸葉間復有龍象虎狼師子毒蟲惡獸狸猫鼷鼠無事不有其餘境界坐者自見見一光照東方令東方地皆作金色山河樹木一切火燒火光金光各不相障於金光端有諸化佛佛佛相次乃至東方無量世界譬如稻麻間無空缺一佛皆有無量菩薩以爲侍者是諸菩薩亦出舌相與佛正等如是舌相無量光明化成光雲於光雲中如微塵等無量化佛結跏趺坐如是光明其數無量時火燄端有五夜叉手執利劒頭有四口吸火而走如是諸鬼其數無量乃至東方亦復如是一光照南方無量世界令其世界作瑠璃色瑠璃地上生黄金華黄金華上生碼碯華碼碯華上生硨磲華硨磲華上生玫瑰華玫瑰華上生琥珀華琥珀華上生珊瑚華珊瑚華上生金精華金精華上生金剛華金剛華上生摩尼光華摩尼光華一一光間有無量色百億寶華一一華鬚有無量釋迦文尼結跏趺坐菩薩大衆以爲圍遶時諸大衆身毛孔中亦出此華一一華上現希有事亦如上說是諸化佛出廣長舌相開現光明倍勝是相百千萬倍於諸華間

有妙寶座高顯可愛如梵王牀一一牀上有大菩薩身相端嚴猶如彌勒亦出廣長舌相其舌光明作摩尼網覆諸化佛及與大衆摩尼網間出大寶華其寶光端復有無量無邊化佛一一化佛各有無數比丘侍從時諸比丘坐金蓮華身黄金色安禪合掌入念佛定身諸毛孔出金色光此一一光化成化佛猶如金山圍遶比丘有化比丘亦圍遶佛如是衆多數不可說一光照西方令西方地作玻瓈色玻瓈地上有金剛雲金剛雲中有白寶雲白寶雲中有赤眞珠雲赤眞珠雲中有白眞珠雲白眞珠雲中有紫眞珠雲紫眞珠雲中有緑眞珠雲緑眞珠雲中有紅眞珠雲紅眞珠雲中有閻浮檀金沙雲閻浮檀金沙雲中有金剛摩尼微塵雲金剛摩尼微塵雲中有一切寶色微塵雲如是一一雲中有五十六億色微妙鮮好過於眼界惟有寂心可與此合如是諸相復有無量微塵化佛一一化佛無量微塵諸化弟子諸塵不大諸佛不小端嚴微妙如釋迦文亦出舌相一一光照北方令北方地作硨磲色硨磲地上有金剛塔一一佛塔百千妙塔以爲圍遶其數無量塔極小者高五十億那由他由旬一一塔中復有百億塵數龕窟一一窟中無量無邊諸寶色水自然涌出是諸水上有大蓮華開現光明其光現時香氣微妙勝海此岸栴檀之香百千萬倍是香變爲微妙光明諸光明中有諸化佛身色微妙寶中上者一切衆寶從舌相出時一一窟無量光明一一光明無量化佛一一化佛復出舌相光明無量亦成香塔

過於北方無量世界不可窮盡但從念佛三昧海生一光照東南方令東南方其地碼碯色碼碯色地上有琥珀山琥珀山上生七寶林七寶林間有十泉水水十寶色水色放光普照東南方無量世界光所照處有大寶山一一山間一一樹下生曼陀羅華摩訶曼陀羅華於華臺上有一化佛純瑠璃色内外清徹不可具名雜寶色光繞身千帀一一光中無量化佛一一化佛無量大衆皆瑠璃色以爲圍繞一一化佛出舌相光明化成寶山如是寶山復過東南方無量世界一光照西南方無量世界令西南方地純珊瑚色珊瑚地上生碧玉樓樓極下者高五十億由旬樓一億柱此一一柱百億寶色一一寶放無數光此一一光化爲無量千億寶樹一一樹下有六泉水其水從樹根入從樹條出流出之時有六寶色一一水中生一蓮華其華鮮白華上復有一白化佛其身極白過踰一切白色之上有五百色微妙光明圍遶佛身一一光明化無數佛一一化佛有無數菩薩樓閣諸柱皆放光明一一光中無數化佛青色化佛在於珊瑚地上經行白色化佛在於青玉樓上經行樓閣龕室皆有如是無數化佛亦出舌相放大光明其光微妙照西南方無量世界不可窮盡一光照西北方令西北方作琥珀地琥珀地上生眞珠山眞珠山上有珊瑚樹白玉葉摩尼華黄金果金精鬚樹下自然有大師子其身七寶師子眼中放大光明照琥珀地令琥珀地生一大蓮華其華團圓無量無邊一一華上有光明雲其雲紫色雲上

有網緑眞珠色眞珠網間生金蓮華金蓮華上有一化佛身紫金色青黄赤白五色光明以爲圍繞一一光中無數化佛一一化佛無量大衆是諸化佛出廣長舌相亦復如是如是遍照西北方無量世界舌相光明不可窮盡一光照東北方令東北方地純金剛色金剛地上生華七寶合成華上生幢閻浮金色幢頭有華其華無量百千寶色有無數華一一華葉化爲無量百千寶帳一一帳角有七寶幢一一幢頭有七寶蓋其蓋彌覆東北方地一切世界蓋有五旛純黄金成幡有萬億無量寶鈴鈴出妙音讃歎佛名讃歎禮佛讃歎念佛讃歎懺悔出是聲已寶帳下地大光涌出其光微妙無數千億一一光中無量化佛結跏趺坐坐寶帳内復有涌身住虚空中東涌西没西涌東没南涌北没北涌南没邊涌中没中涌邊没或現大身滿虚空中大復現小身如芥子於虚空中行住坐卧身上出水身下出火身下出水身上出火履地如水履水如地水中生華大如車輪華上有佛結跏趺坐如是化佛無量無邊同時見佛踊身空中作十八變火上生一金須彌山星宿日月七寶莊嚴諸龍夜叉及大海水如是衆多須彌山左右一切諸有皆悉出現如是衆山其數無量山頂有佛亦出舌相舌相光明遍照東北方無量世界不可窮盡一光上照從閻浮提四天王宮令四天王皆見釋迦文尼世尊人中之日乘七寶臺與諸大衆往彼天上諸天見已發菩提心乃至無色界一切諸天皆見是相了了分明心不謬亂令無色天

不謗涅槃起菩提想一光下照諸阿脩羅諸夜叉等諸乾闥婆諸迦樓羅諸緊那羅諸摩睺羅伽諸龍諸羅刹諸富單那諸金毗羅諸噉人精氣鬼諸鳩槃茶諸吉遮諸曠野鬼諸餓鬼諸食吐鬼諸食涕唾鬼諸食膿血鬼諸食屎尿鬼諸山神諸樹神諸水神如是等若干百千諸鬼神等其身暫時作天身色柔輭悅樂譬如比丘入第三禪是諸鬼等各隨業行自發三種菩提之心諸餓鬼等舌光現時猶如冷水滅節間火火既滅已融銅墮地直陷入地時諸餓鬼皆悉張口唱言飢飢於千萬歲不曾見水今遇此水除熱清涼是誰力耶空中聲曰愚癡餓鬼有佛世尊放舌光明其光照汝令汝苦毒悉得休息作是語已一一鬼前見一慈母坐蓮華臺譬如慈母抱持嬰兒與乳令飲使鬼飽滿既飽滿已發菩提心既發心已一一慈母化成一佛時一一佛亦放舌相救諸餓鬼佛攝舌相此光千色繞佛千帀光有千佛從佛頂入入已佛身嚴顯三十二相八十隨形好皆悉明耀遍體流光晃晃煜煜勝於百千無數億日佛告父王如來舌相及舌功德觀舌境界其事如是佛滅度後念佛心利觀佛舌者心眼境界如向所說作是觀者除却百億八萬四千劫生死之罪捨身他世值遇八十億佛於諸佛所皆見諸佛廣長舌相放大光明亦復如是然後得受菩提道記佛告阿難汝持佛語莫令忘失告諸弟子正身正意端坐正受觀廣長舌者如我在時等無有異若有衆生聞此說者心不驚疑不生誹謗不惱念佛者勸進念佛者

供養恭敬尊重讚歎如是等人雖不念佛以告心故除却百劫極重惡業當來生處值遇彌勒乃至樓至佛於千佛所聞法受化常得如是觀佛三昧佛告父王如是觀者名爲正觀若異觀者名爲邪觀云何觀如來頸相缺瓫骨滿相胷臆字相卐字印相是衆字間出生圓光頸臃圓相如瑠璃筩懸好金幢咽喉二有點相分明猶如伊字一一點中流出二光其一一光繞前圓光足滿七帀衆畫分明一一畫間有妙蓮華其蓮華上有七化佛一一化佛有七菩薩以爲侍者一一菩薩二手皆執如意寶珠其珠金光青黃赤白及摩尼色皆悉具足如是圍繞諸光畫中是名佛頸出圓光相胷臆字文卐字印中缺瓫滿相腋下珠相是諸相中一一勝相有五百色雜色光明共相映發各不相妨一一色光圍繞頸光足五百帀一一畫中五百化佛一一化佛五百菩薩以爲侍者五百比丘手執白拂侍立左右諸化佛光化菩薩光化比丘光於衆光中皆悉顯現大須彌山四天王宮諸天宮殿日月星辰龍宮神宮阿脩羅宮十寶山神四海水神及諸水性乾闥婆等諸婆羅門所尊敬事九十五種神仙異術父母所親歷世因緣如是等神於佛光中悉皆顯現復有百億無量鬼神影現圓光爲閻浮提人說孝養事此影化人見衆人時皆自說言我是汝父我是汝母無量世中汝字某甲我名某甲如是衆多無量大衆皆是衆生所尊敬事於佛圓光了了如畫如鏡見面如是衆相名爲圓光圍繞佛頸上亦一尋下亦一尋左亦一尋

右亦一尋足滿八尺於圓光中流出化佛一切衆生所希有事悉於中現了了分明於圓光上有金色焰如摩尼珠嚴顯可愛摩尼燄間化生華樹其樹金色百千萬億閻浮檀金不可爲比一一樹下有寶蓮華華上化佛眞黄金色如瑠璃蓋以覆佛上顯發金顔分齊分明如是化像其數無量佛在世時世尊行時此光照地前一由旬純黄金色後一由旬純黄金色左一由旬純黄金色右一由旬純黄金色有人近佛左右行者其人臭穢皆悉不現人遠望之同爲金色佛坐樹下此光赫弈如衆金華散祇樹間有人諦觀佛項光者前行看者見佛在前從後看者見佛在後左邊看之見佛在左右邊看之見佛在右八方人來遙見項光各作是言瞿曇沙門在金山中遊行自在來向我所如是衆人各各異見是名項光見此光時佛頂肉髻生萬億光光光相次乃至上方無量世界諸天世人十地菩薩亦不能見其髮右旋上妙螺文蜂翠孔雀色不得比有千光明赫奕而起此光起時佛肉髻骨及佛頭中一切妙相皆悉映現滿足面相光明可愛人天淨國報得妙華不得爲譬佛面光明益更明顯佛頸佛胷及以佛臂勝前數倍光更明顯佛膝出光其光白色分爲四支隨身上轉化作白華入項光下齊出五光光有二支支有五色入脅骨中如白玉篇盛衆色水從兩肩後自然涌出如金摩尼燄燄相拄諸摩尼光有妙蓮華一一蓮華上有七化佛如畫如印隨佛身轉不相障礙鹿王蹲鉤鎖骨蟠龍結間如是中間出諸金

光此一一光從一節出入一節間如是和合成一大光如金摩尼住佛肘後焰至項光赤銅爪足指縵網各各有光其光赫弈瑠璃玻瓈備七寶色從佛足趺副稱佛身如摩尼珠亦如前光上至圓光足下輪相及長足跟各生一華其華微妙猶如淨國優鉢羅華佛足跟出圍繞諸光滿足十帀華華相次一一華中有五化佛一一化佛五十菩薩以爲侍者一一菩薩其頂上生摩尼珠光此相現時佛身毛孔一一孔中旋生八萬四千微細諸小光明嚴飾身光極令可愛如是種種雜色名爲常光名適意光亦名隨諸衆生所樂見光亦名施衆生眼光此光一尋其相衆多瞿師羅觀佛此光隨小乃至他方諸大菩薩觀佛之時此光隨大如雜華說佛白父王及勑阿難吾今爲汝悉現具足身相光明作是語已佛從座起告阿難言汝諸比丘并諸釋子皆悉起立合掌向佛諦觀如來從項光明下至足光從頂肉髻下至足下平滿之相復勑比丘復從足下平滿相上乃至肉髻亦觀如來身光項光復勑從佛一一毛孔盡一身分一一事觀皆令了了如人執鏡自觀面像若生垢惡不善心者若有毀犯佛禁戒者見像純黑猶如炭人釋子衆中五百釋子見佛色身猶如炭人比丘衆中有一千人見佛色身如赤土人優婆塞衆中有十六人見佛色身如黑象脚優婆夷衆中二十四人見佛色身猶如聚墨如是四衆各各異見比丘尼衆中有比丘尼見佛色身如白銀色優婆夷衆中有優婆夷見佛色身如藍染青色如是四衆觀

佛色身所見不同時諸四衆聞佛是語啼哭雨淚合掌白佛我等今者不見妙色五百釋子自拔頭髮舉身投地鼻中血出佛生我家佛初生時衆人皆見純黃金色唯有我等恒見佛身猶如炭人亦如羸瘦諸婆羅門我等宿世有何罪咎惟願佛日爲我解說說是語已自拔頭髮啼哭如前宛轉自撲爾時慈父出梵音聲安慰諸釋及諸四衆善男子等如來佛日出現世間正爲除滅汝等罪咎汝等還起佛自知時當爲汝說爾時大衆從地起已遶佛三帀禮世尊足五百釋子詣阿難所禮敬阿難白言尊者我之與汝俱生釋家汝獨聰明總持佛語猶如瀉水置於異器我宿罪故不見佛身何況聞法說是語已對阿難哭爾時如來以梵音聲告諸釋子及勑大衆諸兄弟等勿復號哭過去有佛名毗婆尸如來應供正徧知出現於世教化衆生度人周訖般涅槃後於像法中有一長者名曰月德有五百子聰明多智廣如世間一切文藝星宿曆數無不貫練其父長者信敬佛法常爲諸子說觀佛心亦說甚深十二因緣諸子聞已疑惑不信言父老耄爲諸沙門之所誑惑我諸書籍都無是義父今何處求覓得此時父長者愍諸子故隱匿佛法不爲宣說是時諸子同遇重病父觀諸子命不支久到諸子所一一兒前泣淚合掌語言汝等邪見不信正法今無常刀割切汝身汝心煩悶爲何所怙有佛世尊名毗婆尸汝可稱之諸子聞已敬其父故稱南無佛父復告言汝可稱法汝可稱僧未及三稱其子命終以稱佛故得生

天上四天王處天上壽盡前邪見業墮大地獄地獄受苦獄卒羅刹以熱鐵叉刺壞其眼受是苦時憶父長者所教誨事以念佛故從地獄出還生人中貧窮下賤尸棄佛出亦得值遇但聞佛名不覩佛形毗舍佛出亦聞佛名拘樓孫佛出亦聞其名拘那含牟尼佛出亦聞其名迦葉佛出亦聞其名以聞六佛名因縁故與我同生雖生此處我今身相端嚴乃爾汝見我身如羸婆羅門我身金色閻浮檀金色不得比汝見我色猶如炭人佛告諸釋子汝今可稱過去佛名爲佛作禮并稱汝父禮過去佛亦稱我名敬禮於我未來有佛號曰彌勒亦當敬禮説汝先世邪見之罪今佛現世沙門大衆一切雲集汝當向諸大德衆僧發露悔過隨順佛語懺悔諸罪佛法衆中五體投地如太山崩向佛懺悔心眼得開見佛色身端嚴微妙如須彌山光顯大熾旣見佛已心大歡喜白佛言世尊我今見佛三十二相八十種好身黄金色一一相好無量光明作是語已尋時得道成須陀洹白父王言我等今者欲於佛法出家學道父王告言汝自白佛佛聽汝不即往佛所白言世尊我欲出家佛告釋子善來比丘鬚髮自落即成沙門身所著衣化成法服合掌禮佛稱南無佛未舉頭頃成阿羅漢三明六通皆悉具足佛告父王大王今者見諸釋子懺悔除罪成阿羅漢不父王白佛唯然已見佛告父王是諸比丘前世之時以惡心故謗佛正法但爲父故稱南無佛生生常得聞諸佛名乃至今世遭値我出世見佛色身及見衆僧聞佛所

說懺悔衆罪因懺悔故諸障消除諸障除故成阿羅漢佛告阿難我涅槃後諸天世人若稱我名及稱南無諸佛所獲福德無量無邊況復繫念念諸佛者而不滅諸障礙耶佛告諸比丘汝等所以見佛色身如赤土者汝等前世於然燈佛末法之中出家學道旣出家已於師和尚起不淨心然其和尚得羅漢道知弟子心告言法子汝於和尚及衆僧所莫起疑意若起疑意於諸淨戒永無得理時諸比丘聞和尚說心生瞋恨是時和尚知弟子心漸漸自制不爲其說時千弟子隨壽脩短各欲命終和尚猶存而不涅槃是時和尚到弟子所而說是言汝諸比丘初受法時疑師疑戒虛食信施汝等今者欲何所怙諸人聞是心驚毛豎白言和尚爲我說法和尚告曰汝今事切不宜餘處教汝懺悔汝今但當稱然燈佛如來應供正遍知十號具足爾時諸比丘用和尚語咸皆稱言南無諸佛旣稱佛已尋即命終乘善心故得生天上上生忉利封受自然畢天之壽下生世間坐前世罪虛食信施墮餓鬼中洋銅灌咽壽命長遠八萬四千歲餓鬼罪畢生畜生中畜生罪畢還生人中貧窮下賤以爲莊嚴旣生人中聞諸佛名因於前世出家力故信心內發如前宿識稱南無佛以稱佛名因緣功德八千世中常值佛世而眼不覩諸佛色身況復聞法乃至今日遭值我世見我身體狀如赤土佛告諸比丘汝等先世於不疑處橫生疑見於可信處橫生不信以是罪故不見諸佛不聞正法如我今者現生王宮我色眞正色中最上汝

見赤土時諸比丘聞佛此語各自悔責偏袒右肩合掌向佛而作是言我於前世無量劫時邪見疑師虚受信施此因緣故墮地獄中今雖得出於無量世不見諸佛但聞其名今見世尊身赤土色正長五尺是時世尊被僧祇支示曾𦚾字令比丘讀誦得字已知佛功德智慧莊嚴於卍字印中說佛八萬四千諸功德行比丘見已讚歎佛言世尊甚奇特但於胷字說無量義何況佛心所有功德說是語已向佛懺悔五體投地如太山崩悲號雨淚對佛啼哭是時世尊輭言安慰令諸比丘心得歡喜既歡喜已猶如風吹重雲四散顯發金顏三十二相炳然覩現既見佛已心大歡喜發菩提心佛告父王此千比丘慇懃求法心無懈息於未來世過筭數劫當得作佛號南無光照如來應供正徧知十號具足其作佛時地純金色七寶行樹妙寶樓閣以爲莊嚴其土衆生皆是慙愧懺悔之徒純是菩薩發無上意如是千佛次第出世亦如賢劫千菩薩等次第成佛佛告大王是諸比丘疑師疑僧獲大重罪如向所說稱南無佛所得果報今於我世現前受記何況正念思惟佛者諸比丘尼見佛銀色從座而起偏袒右肩爲佛作禮白言世尊如來今者自說身色除諸衆生無量重罪我等何故從生出家乃至今日見佛銀色銀華銀光諸莊嚴具悉皆是銀我等云何不見如來金光赫𦦨亦不見佛三十二業果報功德是時如來聞諸尼語即便微笑有金色光從面門出繞佛銀身足滿十帀此光現時諸尼見佛身紫金色三十二

相光明顯照不可具說諸尼見已觀眉間白毫右旋宛轉見已歡喜應時即成阿羅漢道三明六通具八解脫諸比丘尼自識宿命曾於前世無量劫時有佛出世亦名釋迦文彼佛滅後有諸弟子出家學道僧中一人遊行教化見五百童女在山澤中歡娛自樂時彼比丘攝持威儀安詳徐步至諸女所敷尼師壇在地而坐諸女見已各各歡喜而作是言此空閑處神仙所遊忽然有此勝士比丘來在此坐必非凡人我宜供養各脫銀鐶散比丘上比丘精進德行純備後必成佛願我見之時女所散鐶汝等貪著銀寶色故生生常在白銀山中受銀山神寶女之身以禮沙門奉獻銀鐶今遭我世沐浴清化成阿羅漢爾時比丘則我身是時諸女者汝身是也汝於前世供養沙門禮諸佛故從是已來恒值諸佛佛告父王佛人中寶祐利處多若聞名者禮拜供養獲大重報何況繫念思佛正顏優婆塞衆中見佛世尊如黒象脚者即從座起偏袒右肩合掌向佛而作是言我生此國我國王子出家成佛阿私陀仙見三十二相即爲我說地天太子成佛無疑我聞是語歸依於佛從是已來恒隨佛後受三歸依受持八齋受五戒法然我罪咎但聞佛聲不見佛形每見佛時如黒象脚何酷之甚說是語已舉手椎胷號泣躃地是時如來以梵音聲猶如慈父安慰其子告諸優婆塞言法子還坐佛當爲汝除斷疑悔滅諸障礙說是語已告諸優婆塞汝等先世無量劫時於閻浮提各作國王王領諸國快得自在有諸沙門爲利養

故爲汝邪說不順佛教法說非法非法說法汝等諸人皆信用之是人以此諸惡教故命終之後墮阿鼻地獄汝等隨順惡友教故命終亦墮黑闇地獄由前聞法善心力故今遭我世受持五戒法汝今應當佛法僧前說汝邪見邪友所教誠心懺悔諸優婆塞聞佛此語稱南無佛稱南無法稱南無僧說諸罪咎誠心懺悔時佛即放眉間大人相光照諸人心心意開解同時即得須陀洹道諸優婆塞既得道已見佛色身端嚴微妙世間無比求佛出家成阿羅漢優婆夷衆中見佛色身猶如聚墨者即從座起合掌向佛雨淚號哭悲不能言舉手拍頭氣絶躃地是時世尊見是事已以梵音聲安慰諸女告言諸女何故愁憂乃至如是是時諸女聞佛語聲諸情根開即起合掌白世尊言佛日出世普照一切衆人皆見如月盛滿唯我不見佛說法時諸人皆聞八種音聲我獨不聞如生聾人尊者舍利弗爲我受戒乃聞其說有五戒法每至佛會見佛世尊猶如聚墨惟願天尊以大慈悲故除我罪咎令我得見是時世尊於師子座還坐伸脚出千輻輪相以此示諸女諸女但見衆妙蓮華從輪相出華上化佛猶如墨人復更合掌向佛作禮白言世尊爲佛弟子已經多時惟有今日見妙蓮華見諸化佛猶如墨塗宿有何罪眼闇乃爾佛告諸女諦聽諦聽善思念之如來今者爲汝分別過去久遠無量世時時世有佛號一寶蓋燈王如來應供正遍知彼佛滅後於像法中有諸比丘入村乞食執蝨持錫杖威儀不犯至淫女家時

諸淫女取比丘盋盛滿盋飯戲比丘言汝釋種子顔色可惡猶如聚墨身所著衣狀如乞人汝之可惡天下無比自言無欲誰當念汝爾時比丘聞此語已擲盋空中飛騰而去諸女見已慙愧懺悔而作是言我等今者施沙門食願於來世身得自在猶如沙門佛告諸女爾時諸女飯羅漢者今汝等是汝以善心施比丘食二千劫中常不飢渴坐前惡罵婬怒因緣六十小劫墮黑闇地獄由前發願善心不滅今遭我世得受五戒乃是供養阿羅漢故見舍利弗不見我身爾時世尊說是語已即於齋中出大蓮華其大蓮華化成光臺其光臺中有百千無數聲聞比丘如舍利弗目揵連等於佛光臺神通自在作十八變諸女見已心生歡喜應時即以智慧大火燒二十億洞然之結得須陀洹道諸優婆夷既得道已見佛色身端嚴微妙唯不見佛白毫相光佛告父王戲弄惡口乃至得道所見不明是故諸人當勤護口專心正意觀佛三昧以見佛故獲無量福是時世尊欲令大衆見佛色身了了分明佛即化精舍如白玉山高妙大小猶如須彌百千龕窟於衆龕窟影現諸像與佛無異時佛前地有大蓮華其華千葉葉有千光光千化佛佛千弟子以爲侍者佛告阿難佛滅度後佛諸弟子若能割損諸事捐棄諸惡繫念思惟佛常光者佛不現在亦名見佛以見佛故一切諸惡皆得消滅隨其所願於未來世當成三種菩提之道佛告阿難如此觀者是名正觀若異觀者名爲邪觀

觀佛三昧海經卷第三

音釋

頰（吉協切面旁也）吻（武粉切口邊也）齗齶（齗魚斤切齶五各切齗齶齒根肉也）鼷（弦雞切小鼠也）瓫（蒲奔切盎也）蹲（市兖切腓腸也）耄（莫報切惛忘也）盋（北末切食器也）

觀佛三昧海經卷第四

東晉天竺三藏法師佛陀跋陀羅譯

觀相品第三之四

佛告父王云何觀如來放常光相如來今者爲未來世諸凡夫人當現少光彼諸凡夫當學是觀如是觀者亦如今日見佛光相無有異也爾時世尊放肉髻光其光千色色作八萬四千支一一支中八萬四千諸妙化佛其化佛身身量無邊化佛頂上亦放此光光光相次乃至上方無量世界於上方界有化菩薩如雲微塵從空而下圍遶諸佛此光現時十方微塵世界諸佛亦悉得見此光直照諸佛頂上諸佛放光其光亦照釋迦文頂佛告阿難衆生欲觀釋迦文佛肉髻光明當作是觀作是觀者若心不利夢中得見雖是心想能除無量百千重罪如是觀者現身必見諸大菩薩見菩薩故聞其說法聞說法故得陀羅尼其陀羅尼名旋憶持如是觀者名爲正觀若異觀者名爲邪觀佛告父王云何名爲觀於如來眉間光明如來今者爲此後世諸衆生故當少現於白毫相光作是語時時佛眉間即放白毫大人相光其光分爲八萬四千支支亦八萬四千色遍照十方無量世界一一光色化一金山一一金山無量龕窟一一窟中有二化佛結跏趺坐入深禪定聲聞菩薩百千大衆以爲眷屬時佛窟中有諸化佛皆放白毫大人相光亦照十方無量世界皆如金色金色地上有金蓮華金蓮華上皆有化佛亦皆同號名釋迦文諸佛眉間亦放此光其光遍照十方世界猶百千億須彌山

王共合一處諸須彌山映現諸佛佛身高顯與山正等是等化佛眉間光明繞諸化佛滿七帀已還入釋迦牟尼眉間此光入時佛身毛孔一毛孔中有一化像一一化像身毛孔中化成八萬四千妙像皆是三千大千世界一時衆生所希見事是名如來八十好中一好光明如是八十隨形好光說不可盡如來少現白毫光時父王所將衆中有八千人遠塵離垢得法眼淨佛告阿難如來白毫相光諸修多羅中佛已廣說如是妙光唯佛見佛十地菩薩見不明了是故此中少分而說說少分者爲凡夫人佛滅度後如是觀者名爲正觀若異觀者名爲邪觀此光除罪如向所說唯見光者心得了了見百億佛見白毛者是心想見云何觀如來頟廣平正相如來面上三輪相髮際相如是衆相一一相中皆出金光其金色光化成金牀一一牀上有千菩薩拘樓孫馱爲始下逮樓至是千菩薩皆放光明坐金牀上如是百億千萬菩薩百億千萬金牀其金牀上皆有寶帳一一寶帳有千光明一一光明成千寶幢一一幢上千萬寶蓋衆寶蓋下有諸寶旛諸寶幢中無量化佛是諸化佛皆說苦空無常無我說此偈時一切化佛亦皆說此釋迦文佛方身丈六在行者前舉其右手而作是言善哉善哉善男子汝今能觀諸佛相好我等先世行菩薩道與汝無異汝今能觀諸佛境界此境界者但是汝心妄想所生作是語已即滅不現頟上諸光復更明顯其光流出有百千億一一光明照寶牀上諸菩薩面彼菩薩面亦出光明照

釋迦文此相現時行者眞觀佛面了了無疑佛告阿難佛滅度後佛諸弟子能如是觀眞見佛面與我住世等無有異作此觀者除却一億劫生死之罪後身生處面見諸佛生諸佛家諸佛菩薩以爲眷屬如是觀者名爲正觀若異觀者名爲邪觀云何觀如來鼻出光明鼻出光明分爲四支上入佛眼佛眉佛睫出大光明其光靉靆如龍象形遍照十方無量世界入諸佛眼此相現時十方大明是時行者見十方界地及虛空諸佛滿中一一佛眼眉睫鼻孔放大光明亦復如是佛眼兩光其明遍照入諸佛眼於虛空中化成光臺其光臺上純是光雲光雲青白世界無比於青光中有青色化佛於白光中有白色化佛此青白佛左右分明百寶色光以爲其雲如神通人飛騰雲間身諸毛孔猶如華樹一一華樹上至梵世諸華葉間有百千億聲聞比丘一一比丘著千納衣千納千色一一色中百千化佛皆純金色是諸比丘涌身雲中亦隨佛後如龍象行其子隨從佛告阿難佛滅度後佛諸弟子若能正心觀佛眼光即於現世重障得除於當來世常得觀佛不離佛日雖處毋胎常入三昧在毋胎時見十方佛皆放眼光來照其身胎㲉中時常受妙法況出於外如是觀者名爲正觀若異觀者名爲邪觀鼻出二光其光遍照十方世界其一一光化成大水其水住空流入諸光此水入時一切光明唯更明顯一一光間生玻瓈山玻瓈山間生七寶華其華臺上湧出衆水其水金色猶如金幢其金幢內有百千萬無量化佛一

一化佛方身丈六身毛孔中八萬四千上妙寶色諸寶色中復放光明其光微妙有恒沙色佛告阿難佛滅度後佛諸弟子作是觀者除却千劫極重惡業後世生處心無所著不處胞胎恒常化生既化生已身光具足不離諸佛如是觀者名爲正觀若異觀者名爲邪觀云何觀如來面門光明其光白色猶如寶山內外俱淨於寶山內無量化佛眞金精色時諸化佛面門出光其光五色徧照十方入諸佛面門此相現時行者行住坐卧恒聞如來說四念處身受心法幷說境界令行者聞聞已憶持閉目思惟此光力故即得四念處法時十方佛及釋迦文於三昧中各申右手摩行者頂而作是言善哉善哉善男子汝能眞實行念佛定如是觀者名爲正觀若異觀者名爲邪觀云何觀如來耳耳出五光其光千色色千化佛佛放千光如是光明遍照十方無量世界化成一華其華甚大量不可知除佛心力無能知者是蓮華中百千萬億無量佛刹皆於中現百千萬億諸大菩薩坐一華鬚華鬚不大菩薩不小亦不相妨如是菩薩耳普聽睡如金蓮華懸處日光亦於耳中旋生五光此相現時佛耳中毛如帝釋樹衆所喜見佛告阿難佛滅度後佛諸弟子作是觀者常聞百億千佛及諸菩薩說深妙法不壞耳根如是觀者名爲正觀若異觀者名爲邪觀云何觀如來頸相頸相出二光其光萬色遍照十方一切世界有諸衆生善根熟者遇斯光明悟十二緣成辟支佛此光照諸辟支佛頸此相現時行者徧見十方一切諸辟

支佛擲吞虛空作十八變諸辟支佛一一足下皆有文字其字演說十二因緣無明緣行行緣識識緣名色名色緣六入六入緣觸觸緣受受緣愛愛緣取取緣有有緣生生緣老死憂悲苦惱一字一光一光十二音一音說苦空無常無我一音演說十二因緣如是辟支佛足下光中皆有是字逆順往返凡十二遍是名生死之根本也此光照諸辟支佛已還入佛頸作此觀者不生人中生兜率天值遇一生補處菩薩爲說妙法旣聞法已身心歡喜學諸菩薩觀緣起法如是觀者名爲正觀若異觀者名爲邪觀云何觀如來缺盆骨滿相滿相光明遍照十方作琥珀色若有衆生遇此光者自然與發聲聞道意是諸聲聞見此光明分爲千支一支千色十千光明光

有化佛一一化佛有四比丘以爲侍者一一比丘皆說苦空無常無我分別四諦說八人義說四果相說三三昧令彼衆生於此法中求出家法出家不久成阿羅漢如是光明遍照十方諸羅漢頂照頂之時如人執瓶灌藥入頂其狀色貌猶如醍醐從頂入已貫徹表裏爾時行者身心安隱其心恬然無有惡想不見諸使及結相貌如是霍然成阿羅漢此光復變作金色蓋其數無量一一蓋中百千七佛一一七佛有四比丘以爲侍者一一比丘入四大定四大定中遍現一切結使相貌八萬戶蟲宛轉而出小蟲種類亦皆隨從此相現時火大先起火大起者初如芥子從毛孔生後漸漸長遍燒諸身身如火聚諸蟲鳴吼如師子聲此聲出時行者心怖迷悶躃地

出定見身如野火行傍樹爲燋此相現時復當起心作一藥想先作身想身想旣成開頂令空作梵王想作帝釋想作諸天手持寶瓶想持藥灌想藥入頂時遍入四體及諸脉中見脉及身如瑠璃筩但見諸蟲如萎死華爾時諸脉更相流注唯有衆水水至之處火則隨滅是時行者節節水出如人仰射水至梵際水水相次至于梵天見身中水如四大海但見諸蟲頭萎摧茹手折脚戾惟心生火分爲十支火入衆水不相消滅水光上衝火光隨逐水火二光皆從心出互相交錯上極三界頂下至阿鼻獄盡一世界際純見水火流東西南北火亦隨走爾時心端自然生一黑毛於其毛端出大黒風其風四色隨心根起如旋嵐風狀如烟燄其風遍吹一切諸水其水波動沫聚成積火亦入中得火力故沫堅如冰復有風來吹諸塵穢九十八種惡不淨物持置冰上冰力弱故隨不淨物著處即解此冰解時八人執刀斫冰叚取各持而去塵土坌汙心悶而卧風火水等合聚一處火力大故燒壞衆物有四惡蛇含一寶珠從火燄出凌雲飛逝有六大龍迎四小螭吞吸而走龍頂生樹至無色界有一小草細若秋毫色正金色從樹稍生下入樹根從樹根生上入樹莖從樹莖生散入枝葉其華白色亦有紅赤其果欲熟猶作四色至八月半純黄金色如此光明照諸聲聞變化無量百千境界如是觀者名爲正觀若異觀者名爲邪觀若有比丘入此定時身如芭蕉無有堅實出定之時身體支節悉皆疼痺若不服藥發狂而死

應當隨時衆藥消息作是觀者除無數刧生死之罪如大水流不久當得阿羅漢道佛告阿難汝持佛語眞實莫忘爲諸比丘當廣宣說說是語時五百比丘得四大定同時皆得四沙門果云何觀如來胷臆字卐字相腋下摩尼珠皆放光明其光紅紫中有金華其華開敷化爲無量百千萬億無數衆華一一華上有無量佛是諸化佛各有千光光一化佛其光五色若有衆生遇此光明狂者得正亂者得定病者得愈貧窮者自然得寶盲者得視聾者得聽瘂者能言癃跛疥癩皆得除愈遍入十方諸佛頂上入已諸佛胷中有百千光從卐字生一一光中歌百千偈演說檀波羅蜜如是衆光演說六波羅蜜其偈無量行者正坐聞無量佛皆說是法一一化佛遣一化人端嚴微妙狀如彌勒安慰行者而作是言善哉善哉善男子汝繫念故見諸佛光諸佛光中說無相施說無相戒說無相忍說無相精進說無相定說無相慧汝聞此法愼勿驚怖過去諸佛繫念思惟亦聞是法亦解是相解是相已不畏生死處大地獄阿鼻猛火火不能燒雖處地獄如遊天宮是故卐字名實相印諸佛如來無量無邊阿僧祇劫學得此印得此印故不畏生死不染五欲佛告阿難佛滅度後佛諸弟子見佛胷相光者除却十二萬億劫生死之罪若不能見胷相分明者入塔觀之如是觀者名爲正觀若異觀者名爲邪觀云何觀如來實臂膞纖圓如象王鼻相手十指合縵掌千輻輪各各皆放百千光明一一光明分爲千支純作紅色如是衆

光遍照十方無量世界照世界已化成金水金水之中有一妙水如水精色餓鬼見者除熱清涼畜生見者自識宿命狂象見者爲師子王師子見之爲金翅鳥諸龍見之爲金翅鳥王是諸畜生各見所尊心生恐怖合掌恭敬以恭敬故命終生天衆人見者如梵天王或如日月星辰見已歡喜命終生兜率天行者見之心眼即開時十方界滿中化佛一一化佛手出光明入行者眼閉目開目恒見諸佛自觀身相如妙寶瓶中有不淨如是見者雖未得通遍至十方歷侍諸佛見一一佛出手光明亦復如是如是觀者名爲正觀若異觀者名爲邪觀云何觀如來脅相如來脅中有萬億寶華一一寶華萬億那由他葉一一葉萬億那由他色一一色萬億那由他光此相現時一切大衆見佛心相如來心者如紅蓮華金華映蔽妙紫金光以爲間錯妙瑠璃筩懸在佛胷見佛身内萬億化佛是諸化佛遊佛心間佛脅出光其光巍然如須彌山衆山中間有無量寶山如須彌山此衆華上皆有化佛嚴顯可觀如須彌山其光千種有十千色分爲十億億支億億支照下方億億支照上方億億支照東方億億支照南方億億支照西方億億支照北方億億支照東南方億億支照西南方億億支照西北方億億支照東北方如是十方各有諸華華極小者猶如百億須彌山大一須彌山有百億萬諸大菩薩身極小者如須彌山諸化菩薩脅中各生一大蓮華其諸蓮華遍覆三千大千世界一一華間有金色光其光猶如閻浮檀金一

一金光化微塵數釋迦牟尼一一釋迦臍中光明亦復如是如是衆光合成光臺其衆光臺亦有無量微塵恒沙諸大化佛佛佛相次放臍光明其光大盛直照上方無量世界復過是界如是衆界數如三千大千世界無量微塵是世界中皆有瑠璃玻瓈億寶以爲佛窟是衆窟中各有萬億無量諸佛諸佛臍中各各皆生一大蓮華與前無異是諸光明照諸一切十地菩薩是諸菩薩遇斯光已即入微妙首楞嚴門復得入於金剛譬定諸天遇者深發無上正眞道意心眼開明見諸佛相如此光明照菩薩已令諸菩薩身諸毛孔一一毛孔中出阿僧祇諸供養雲及衆供具蓋極小者覆閻浮提如是衆多雜寶供具不可悉說此諸供具從首楞嚴海生佛告阿難若善男子善女人作是思惟時如是憶想者夢見此事者生生之處恒常值遇普賢文殊是法王子爲衆行者夢中恒說過去未來三世佛法說首楞嚴三昧般舟三昧亦說觀佛三昧以爲瓔珞覺已憶持無所忘失此人現世功德天女以爲給使除却十萬億劫生死之罪如是觀者名爲正觀若異觀者名爲邪觀億億光照下方令下方地如閻浮提水色於衆水中有恒沙寶樓衆寶樓下有一寶城如揵闥婆城於寶樓上有大寶樹其樹枝葉一切火起其火光燄上下俱燒燒此衆水化成瑠璃瑠璃地上復生諸樹樹有四龍其龍頂上有如意珠其珠光明遍照龍身令龍及樹純黄金色其龍奮迅諸龍毛孔出金色光其光直照下方無量世界復過下方復照無量世

界令下方地皆作金色金色地上有金剛華金剛華上有金天女一一天女百千天女以爲眷屬是諸天女皆讚慈心三昧海從下方出直至上方迦毗羅城其聲如雷讚說慈心說是語時諸龍毛端出諸寶雲一一雲中有恒沙佛刹一一刹中塵數化佛一一化佛出此光明此光現時下方世界有百萬金山於其巖間百億寶窟如雲涌起是衆窟中純諸白佛白妙菩薩及聲聞衆以爲侍者金精寶光在佛左右猶如斷山衆寶映錯有妙寶蓋如須彌山無量寶成一一寶間百億光明迴旋宛轉於衆光中有百億師子座一一師子座上有百億那由他菩薩大衆結跏趺坐時彼菩薩身毛孔中有阿僧祇光一一光中有一化佛其身脩圓如須彌山是諸化佛以百千偈讚說不殺慈爲根本慈是妙藥除生死患慈爲淨目導諸天人是諸化佛讚歎慈已各作變化爲瑠璃山於其山內百億菩薩一一菩薩有萬梵王以爲侍者到行者前於寶山內異口同音皆說是法告言善男子汝於念佛海應修慈心諸佛菩薩以慈心故得佛大慈汝今應當修不殺戒行大慈心爾時亦有天龍八部一切衆生遇此光者聞是語者命終之後必生梵世佛告阿難汝持此語慎勿忘失告諸比丘令行是事佛滅度後佛諸弟子若聞是語思是法者有正念者有正受者三昧不動者心不懈退者發大乘者當知是人恒於夢中見此光明亦聞化佛說慈心法覺已憶持深解義趣思其義故即得慈定如是觀者名爲正觀若異觀者名爲邪觀佛

滅度後佛諸弟子思是法者持是法者當知是人其心清淨如諸佛心除却億劫生死之罪常生梵世值遇諸佛請轉法輪旣聞法已發菩提心於未來世必成佛道億億光照東方乃至東方無量世界令東方地白如雪山於衆山上有白寶雲其白寶雲狀如寶臺衆寶羅網寶鈴萬億衆鈴網間有一億白光是諸白光化成金臺一金臺上有四化佛一一化佛四億菩薩以爲侍者佛與菩薩皆說慈法讚歎不殺凡千億偈如是觀者名爲正觀若異觀者名爲邪觀佛告阿難佛滅度後佛諸弟子如是觀者除半億劫生死之罪億億光照南方令南方地皆作紅色此紅色光乃至南方無量世界變成白雲紅白分明於衆雲間有諸化佛白眞珠色毗瑠璃光上妙金華以爲佛座於金華上百億菩薩皆黃金色百億寶光映蔽白雲一一光中五百化佛是諸化佛異口同音亦讚不殺及大慈悲如是觀者名爲正觀若異觀者名爲邪觀佛告阿難佛滅度後佛諸弟子聞是法者思是法者觀是法者此人恒於夢中見釋迦文放齋光明以用照之此光明相如向所說其人生處不處胞胎恒生淨國若生天上自然化生億億光照西方乃至西方無量世界其光雜色如月如星衆星月間有七寶珠一珠出水一珠出火一珠生樹其樹七寶金剛爲果一珠生華於月光中有梵宮殿梵王眷屬及梵衆寶皆悉具足其星光中有摩醯首羅宮及其眷屬一一天宮百萬億梵王一一梵王無量無數諸天大衆以爲眷屬摩醯首羅等數不

可知是諸寶珠出瑠璃光瑠璃光内有眞金像其眞金像坐白寶座頂佩赤眞珠光赤眞珠光中有緑眞珠化佛是諸化佛及諸天衆異口同音讃說不殺勸進行者行大慈悲佛告阿難如是觀者名爲正觀若異觀者名爲邪觀佛滅度後佛諸弟子有憶想者有思惟者如此觀者常於夢中夢見諸佛爲說慈法除却七億劫生死之罪億億光照北方乃至北方無量世界令北方地皆珊瑚色琥珀玫瑰眞珠碼磘玻瓈等寶以爲間錯一一寶中有一億光一一光化作一師子師子背上有七寶蓋其蓋髙妙如須彌山瑠璃爲竿雜寶綵華以爲莊嚴一一華上有百億化佛一一佛面如閻浮檀金色髮紺瑠璃色身百億寶色臂紅眞珠色爪眞金色手中相白蓮華色鹿王腨優曇華色足下相毗楞摩尼色從足下放五色光上至髮際身諸毛孔皆有化光一毛孔中有一億菩薩一一菩薩齊有一大蓮華其華高大如須彌山百寶所成華上有佛其佛高大與華正等亦出齊光此相現時衆寶師子奮迅若驚師子衆毛一一毛端有百億佛刹一一佛刹無量百億衆寶蓮華以爲莊嚴其蓮華上亦有百千大菩薩衆是諸菩薩亦出齊相如上菩薩如是菩薩衆色光明合成一山其山高顯如眞金臺其臺四角有四梵幢幢端皆有四億佛刹一一刹中有百千塔塔極小者從閻浮提至於梵世無數衆妙一切寶像以爲莊嚴是諸寶塔及化菩薩皆共讚歎喜捨二法若有衆生遇斯光者得大智慧如舍利弗總持不失猶如阿難佛

告阿難佛滅度後佛諸弟子欲見是相者當發慈心修不殺戒普爲十方一切衆生行是行者雖不坐禪恒於夢中得見衆色如向所説佛告阿難持是語者即持佛心作是觀者能觀佛心諸佛如來以大慈悲而以爲心戒定慧解脱解脱知見而以爲身十力四無所畏十八不共法大悲三念處而自莊嚴如是觀者名觀佛心佛告阿難此齋相中略而解之佛心境界後自當説如是觀者名爲正觀若異觀者名爲邪觀佛滅度後佛諸弟子思是法者持是法者觀是法者此人現世惡業罪障皆悉清淨億億光照東南方乃至東南方無量世界化成金輪一一金輪七寶隨從一一金輪百億轉輪聖王一一轉輪聖王千子四兵皆悉具足其化珠寶出大光明如烟

如雲一一光中有大蓮華華相合合華之中出大日光一一日光有金色象菩薩化乘乘象之時萬億瑞應不可宣説諸菩薩光合成一佛其佛金色身量無邊亦出齋相齋相光明亦如上説諸光中人皆讃五戒説十善法諸轉輪王手執金輪宣十善法佛告阿難如是觀者名爲正觀若異觀者名爲邪觀佛滅度後佛諸弟子憶想是者思惟是者觀是法者却二十萬億劫生死之罪常生天上聞十善教億億光照西南方乃至西南方無量世界至彼界已其光如雨似雜色珠一一珠中出百億光一一光合成寶臺一一臺角有十二須彌山一一須彌山龕室無量一一龕中有無量化佛一一化佛有無量菩薩以爲眷屬是衆化佛及化菩薩亦皆讃歎説十善

法如是觀者名爲正觀若異觀者名爲邪觀佛告阿難佛滅度後佛諸弟子憶想是者思惟是者觀是法者除十二億劫生死之罪若欲往生他方淨刹隨意無礙億億光照西北方乃至西北方無量世界其光玉色玻瓈紅紫更相映飾一一光中百億寶車白車白馬紫車紫馬紅車紅馬諸馬毛鬣皆眞金色如是車上有七寶軒軒上皆悉有蓋其蓋十層於軒蓋中有千光明寶鬘垂下光明隨流迴入車中化成化佛佛身高顯萬億由旬一一佛臍出無數光其光遍照無量化佛遇此光者永脫三塗無三惡患此光迴旋正立空中如雲上昇一一雲間百千化佛一一化佛百億弟子如大迦葉勤修十二頭陀苦行心無所著猒離世間如是觀者名爲正觀若異觀者名爲邪觀佛告阿難佛滅度後佛諸弟子想是法者思惟是法者觀是法者當知此人常見諸佛速成大乘除却十億劫生死之罪億億光照東北方乃至東北方無量世界其光清淨無諸濁穢如玻瓈鏡內外俱現於彼光中見十方佛皆出臍相一一佛臍光明遍照十方無量諸佛刹土一一佛刹有微塵數化佛一一化佛微塵數菩薩以爲眷屬如是菩薩臍相光明猶如金柱其金柱端萬億天衣寶箱寶篋譬如雲臺從空而下一一箱篋萬億光明一一光明合成一佛一佛身中無量微塵無數化光於諸光端有諸化佛猶如芥子此小佛身亦出臍相如上所説此臍光明遍照十方入諸佛臍從諸佛臍出入諸菩薩胷從諸菩薩胷出入諸聲聞頂從諸聲聞

頂出譬如大雲無量金色衆寶間錯入佛足下入足下已足下千輻相中出大光明其光如華華華相次繞佛億帀從赤銅爪足趺毛孔乃至頂髻佛身諸毛如蓮華敷一毛孔中有八萬四千蓮華一蓮華上八萬四千化佛一一化佛八萬四千諸大菩薩以爲眷屬一一菩薩眉間衆光出妙音聲讚歎佛色身相釋迦文佛現此光已告大王言如來色身分別色相除佛現已其餘境界如向所現佛說是已爾時父王即從座起整衣服爲佛作禮遶佛七帀胡跪合掌白佛言世尊如來身色一切都現唯佛心内有何境界有何相貌修行何事佛心所念爲是何物佛心光明何所像類是時如來即便微笑其舌相光如上所說遶佛七帀從佛頂入爾時如來入解脫相三昧令父王見如瑠璃窟成真金像真金像内於佛胷中如瑠璃筩從佛咽喉下見如來心如紅蓮華金華映飾紅華金光不開不合團圓如心八萬四千脉一一脉如天畫師所畫之脉一一畫中八萬四千光明一一光明八萬四千種色一一色中無量微塵數化佛一一化佛坐金剛臺其金剛臺放金色光明其光無數不可具說一一光中亦有化佛數如上說是諸化佛皆出廣長舌相上至髮際一一佛舌有一億光其光合聚爲十千段一一光上有百億化佛結跏趺坐入普現色身三昧十方諸佛微妙色身入此三昧海中當佛入此三昧時迦毗羅城及尼拘樓陀精舍并閻浮提如大寶華於華臺上有玻瓈幢玻瓈幢端有玻璃鏡十方無量諸佛淨國皆於中

現時會大衆觀見諸佛或見佛身量同虛空純黃金色或見佛身如須彌山四寶所成或見佛身如瑠璃色長十丈者或見佛身作白銀色長百千丈見釋迦文身故長丈六或見七尺或見三尺或見遍至梵世或見七寸見入鉢支諸鬼神等見如微塵見如芥子見如金粟諸鬼見已小身鬼等皆大歡喜

觀佛三昧海經卷第四

音釋

㲉克角切　萎邕危切蔫也　積子智切聚也　螭抽知切若龍無角者　稭公八切禾稾也　痺卑利切濕病也　瘂癃瘂倚下切瘖也癃良中切罷病也　篋詰叶切箱屬

觀佛三昧海經卷第五

東晋天竺三藏法師佛陀跋陀羅譯

觀佛心品第四

是時佛心如紅蓮華蓮華葉間有八萬四千諸白色光其光徧照五道衆生此光出時受苦衆生皆悉出現所謂苦者阿鼻地獄十八小地獄十八寒地獄十八黒闇地獄十八小熱地獄十八刀輪地獄十八劒輪地獄十八火車地獄十八沸屎地獄十八鑊湯地獄十八灰河地獄五百億刀林地獄五百億劒林地獄五百億刺林地獄五百億銅柱地獄五百億鐵機地獄五百億鐵網地獄十八鐵窟地獄十八鐵丸地獄十八尖石地獄十八飲銅地獄如是等衆多地獄佛告阿難云何名阿鼻地獄阿言無鼻言遮阿言無鼻言救阿言無間鼻言無動阿言極熱鼻言極惱阿言不閑鼻言不住不閑不住名阿鼻地獄阿言大火鼻言猛熱猛火入心名阿鼻地獄佛告阿難阿鼻地獄縱廣正等八千由旬七重鐵城七層鐵網下十八隔周帀七重皆是刀林七重城内復有劒林下十八隔隔八萬四千重於其四角有四大銅狗其身廣長四千由旬眼如掣電牙如劒樹齒如刀山舌如鐵刺一切身毛皆出猛火其烟臭惡世間臭物無以可譬有十八獄卒頭羅刹頭口夜叉口六十四眼眼散迸鐵丸如十里車狗牙上出高四由旬牙頭火流燒前鐵車令鐵車輪一一輪輞化爲一億火刀鋒刃劒戟皆從火出如是流火燒阿鼻城令阿鼻城赤如融銅獄卒頭上有八牛頭一一牛頭十八角一一角頭

皆出火聚火聚復化成十八輞火輞復變作火刀輪如車輪許輪輪相次在火燄間滿阿鼻城銅狗張口吐舌在地舌如鐵刺舌出之時化無量舌滿阿鼻城七重城内有七鐵幢幢頭火涌如沸涌泉其鐵流迸滿阿鼻城阿鼻四門於門閫上有八十釜沸銅涌出從門漫流滿阿鼻城一一隔間有八萬四千鐵蟒大蛇吐毒吐火身滿城内其蛇哮吼如天震雷雨大鐵丸滿阿鼻城此城苦事八萬億千苦中苦者集在此城五百億蟲蟲八萬四千觜觜頭火流如雨而下滿阿鼻城此蟲下時阿鼻猛火其燄大熾赤光火燄照八萬四千由旬從阿鼻地獄上衝大海沃焦山下大海水滴如車軸許成大鐵尖滿阿鼻城佛告阿難若有衆生殺父害母罵辱六親作是罪者

命終之時銅狗張口化十八車狀如金車寶蓋在上一切火燄化爲玉女罪人遥見心生歡喜我欲往中我欲往中風刀解時寒急失聲寧得好火在車上坐然火自爆作是念已即便命終揮霍之間已坐金車顧瞻玉女皆捉鐵斧斬截其身身下火起如旋火輪譬如壯士屈伸臂頃直落阿鼻大地獄中從於上隔如旋火輪至下隔際身遍隔内銅狗大吼齧骨唼髓獄卒羅刹捉大鐵叉叉頭令起遍體火燒滿阿鼻城鐵輞雨刀從毛孔入化閻羅王大聲告勑癡人獄種汝在世時不孝父母邪慢無道汝今生處名阿鼻地獄汝不知恩無有慚愧受此苦惱爲樂不耶作是語已即滅不現爾時獄卒復驅罪人從於下隔乃至上隔經歷八萬四千隔中捭身而過至鐵

網際一日一夜爾乃周遍阿鼻地獄一日一夜此閻浮提日月歲數六十小劫如是壽命盡一大劫五逆罪人無慚無愧造作五逆五逆罪故臨命終時十八風刀如鐵火車解截其身以熱逼故便作是言得好色華清涼大樹於下遊戲不亦樂乎作是念時阿鼻地獄八萬四千諸惡劍林化作寶樹華果茂盛行列在前大熱火燄化爲蓮華在彼樹下罪人見已我所願者今已得果作是語時疾於暴雨坐蓮華上坐已須臾鐵觜諸蟲從火華起穿骨入髓徹心穿惱攀樹而上一切劒林削肉徹骨無量刀林當上而下火車爐炭十八苦事一時來迎此相現時陷墜地下從下隔上身如華敷遍滿下隔從下隔起火燄猛熾至於上隔至上隔已身滿其中熱惱急故張眼吐舌此人罪故萬億融銅百千刀輪從空中下頭入足出一切苦事過於上說百千萬倍具五逆者其人受罪足滿五劫復有衆生犯四重禁虛食信施誹謗邪見不識因果斷學般若毀十方佛偷僧祇物淫泆無道逼掠淨戒諸比丘尼姊妹親戚不知慙愧毀辱所親造衆惡事此人罪報臨命終時風刀解身偃卧不定如被楚撻其心荒越發狂癡想見已室家男女大小一切皆是不淨之物屎尿臭處盈流于外爾時罪人即作是語云何此處無好城郭及好山林使吾遊戲乃處如此不淨物間作是語已獄卒羅剎以大鐵叉擎阿鼻獄及諸刀林化作寶樹及清涼池火燄化作金葉蓮華諸鐵觜蟲化爲鳧鴈地獄痛聲如詠歌音罪人聞已如此好處吾當遊中

念已尋時坐火蓮華諸鐵觜蟲從身毛孔㗖食其軀百千鐵輪從頂上入恒沙鐵叉挑其眼睛地獄銅狗化作百億鐵狗競分其身取心而食俄爾之間身如鐵華滿十八隔中一一華葉八萬四千一一葉頭身手支節在一隔間地獄不大此身不小遍滿如此大地獄中此等罪人墮此地獄經歷八萬四千大劫此泥犁滅復入東方十八隔中如前受苦此阿鼻獄南亦十八隔西亦十八隔北亦十八隔謗方等經具五逆罪破壞僧祇汙比丘尼斷諸善根如此罪人具衆罪者身滿阿鼻獄四支復滿十八隔中此阿鼻獄但燒如此獄種衆生劫欲盡時東門即開見東門外清泉流水華果林樹一切俱現是諸罪人從下隔見眼火暫歇從下隔起宛轉腹行揘身上走到上隔中手攀刀輪時虛空中雨熱鐵丸走趣東門既至門閫獄卒羅刹手捉鐵叉逆刺其眼鐵狗齧心悶絶而死死已復生見南門開如前不異如是西門北門亦皆如此如此時間經歷半劫阿鼻獄死生寒冰中寒冰獄死生黑闇處八千萬歲目無所見受大蛇身宛轉腹行諸情闇塞無所解知百千狐狼牽掣食之命終之後生畜生中五千萬身受鳥獸形還生人中聾盲瘖瘂疥癩癰疽貧窮下賤一切諸衰以爲嚴飾受此賤形經五百身後復還生餓鬼道中餓鬼道中遇善知識諸大菩薩呵責其言汝於前身無量世時作無限罪誹謗不信墮阿鼻獄受諸苦惱不可具說汝今應當發慈悲心時諸餓鬼聞是語已稱南無佛稱佛恩力尋即命終生四天處生

彼天已悔過自責發菩提心諸佛心光不捨是等攝受是輩慈哀是等如羅睺羅教避地獄如愛眼目佛告大王欲知佛心光明所照常照如此無間無救諸苦衆生佛心所緣常緣此等極惡衆生以佛心力自莊嚴故過筭數劫令彼罪人發菩提心佛告阿難云何名十八寒地獄寒地獄者八方冰山山十八隔復有十八諸小冰山如玻瓈色此等寒冰滿冰山間如凡蓮華高十八由旬上有冰輪縱廣正等十二由旬如天雨雹從空而下世間自有無慈心者劫奪無道抄盜剥脱凍殺衆生此人罪報欲命終時一切刀風化爲熱火罪人作念我今云何不卧冰上爲火所逼作是念時獄卒羅刹手執冰輪如白鶴翔躡虛而至罪人見已除熱清涼心便愛念氣絶命終生冰山上既生之後十八冰山如以扇扇一切寒冰從毛孔入十八隔中遍滿一隔劄裂劈坼如赤蓮華冰輪上下遍覆其身八方冰山一時俱合更無餘辭但言阿羅羅爾時罪人即作是念我於何時當免寒冰生熱火中爾時空中有諸鐵烏口觜吐火從空中下破冰啄腦罪人即死命終之後獄卒復以鐵叉打地喚言活活應聲即甦起已思念我今身上大火猛熾願得前冰以滅此火獄卒復以冰輪迎接置餘獄中如是十八隔中無不經歷此寒地獄壽命歲數如四天王日月八千萬歲罪既畢已生賤人中貧窮鄙陋五百世中爲人奴婢衣不蔽形食不充口此罪畢已遇善知識發菩提心佛告阿難云何名黑闇地獄黑闇地獄者十八重黑山十八重黑

網十八重鐵牀十八重鐵縵一一山高八萬四千由旬其鐵縵亦厚八萬四千由旬一一縵間十八重黑鐵圍山羅列如林陰闇此山世間自有愚癡衆生偷佛法僧燈明偷盜父母師長和尚謗説法者亦毀世俗論議師等不忌尊卑不知慚愧以此罪故命欲終時眼有電光睒睒不停即作是念我有何罪常見是火即閉兩目不願欲見及日月光命欲終時獄卒羅刹擎大鐵牀張大鐵傘如大隊雲乘虚而至爾時空中無形有聲此處黑闇汝欲往不罪人聞聲尋即起心欲往彼所氣絶命終坐鐵牀上如鴈王翔落黑闇處旣入中已刀輪上下斬剉其身有大鐵烏觜距長利從山飛來抓啄罪人痛急疾走求明不得足下鋏鏁穿骨徹髓如是慞惶經五百萬億歲亦如四天王日月歲數彼人頭打諸黑闇山腦流眼出獄卒羅刹以鐵叉叉還安眼眶罪畢乃出爲貧窮人眼目角睞盲冥無見或被癩病人所驅逐如是罪報經五百身過是已後遇善知識發菩提心佛告阿難云何名爲十八小熱地獄十八小熱地獄者如阿鼻獄亦七重城七重鐵網無量諸惡以爲莊嚴自有衆生不順師教興惡逆心不知恩養盜師害師汙師淨食坐師牀座捉師鉢盂藏去不淨作五種惡云何爲五所謂罵師謗師打師殺師以諸毒藥持以飲師若沙門婆羅門作諸非法害師謗師此罪惡人無有慚愧剝像破塔劫法寶物殺伯叔父母兄弟姊妹如是罪人命欲終時阿鼻地獄十八獄卒各以鐵叉擎一隔獄如是衆獄如大寶蓋雨微細雨

雨滴如華此人罪報熱惱入心如火燒已見雨清涼即作念言願我得坐蔭蓋之下涼雨灑我不亦樂耶作是語已氣絶命終如擲毱項即便坐於大劍牀上百億劍刃刃皆出火燒刺其身空中寶蓋化爲火輪從上而下直劈其頂其身碎裂爲數千段上雨銅丸從毛孔入獄卒羅刹以大鐵叉刺罪人眼或以鐵箭射其心者悶絶而死須臾還活坐劍牀上旋嵐猛風吹墮地獄既入獄已時閻羅王與宮殿俱在虛空中告言獄種汝作衆惡殺師謗師汝今生處名拔舌阿鼻汝在此獄當經三劫作是語已即滅不現此獄苦痛如上所說佛告阿難云何名十八刀輪地獄刀輪地獄者四面刀山於衆山間積刀如塼虛空中有八百萬億極大刀輪隨次而下猶如雨滴自有衆生樂苦惱他殺害衆生命終之時患逆氣病心悶煩滿心堅如石即作是願得一利刀削此諸患不亦快乎是時獄卒頂戴刀輪翳令不現至罪人所卑言遜辭我有利刀能割重病罪人歡喜即自念言唯此爲快氣絶命終生刀輪上如醉象走墮刀山間是時四山一時俱合四種刀山割切其身不自勝持悶絶而死獄卒羅刹驅喊罪人令登刀山未至山頂刀傷足下乃至肝心畏獄卒故匍匐而上既至山頂獄卒手執一切刀樹撲殺罪人未死之間鐵狗齧心楚毒百端鐵蟲唼食肉皆都盡尋復唱活脚著鐵輪從空而下一日一夜六十億生六十億死如是衆多凡十八種此人罪故遂更增劇如四天王壽八千萬歲罪畢生世墮在畜生五百世中身供

衆口復五百世受卑賤形然後乃遇大善知識發菩提心佛告阿難云何名爲劒林地獄劒林地獄者縱廣正等五十由旬滿中劒樹其樹多少數如稻麻竹葦一一劒樹高四十由旬八萬四千劒輪爲葉八萬四千劒輪爲莖八萬四千劒輪爲果八萬四千沸銅爲枝世間自有愚癡衆生樂殺無猒如此罪人臨命終時遇大熱病即作念言我今身體時熱時寒舉身堅强猶如鐵砧即作願言得金剛劒割却此患樂不可言是時獄卒即自化身如已父母親友之形在其人前而告之言我有袐法如卿所念當用相遺罪人聞已心甚愛念急急欲得氣絶命終如馬奔走生劒華中無量劒刃削骨破肉碎如豆許復有鐵烏從樹上下挑眼啄耳有大羅刹手捉鉞斧破頭出腦鐵狗來舐死已唱活驅令上樹未至樹端身碎如塵一日之中身經諸樹一夜之中復經諸樹一日一夜殺身如塵不可稱數殺人罪故受如此殃經八萬億歲生畜生中身常負重死復剥皮經五百世還生人中貧窮短命多病消瘦過是已後遇善知識發菩提心佛告阿難云何名爲火車地獄火車地獄者一一銅鑊縱廣正等四十由旬滿中盛火下有十二輪上有九十四火輪自有衆生爲佛弟子及事梵天九十六種出家徒衆及在家者誑惑邪命諂曲作惡如此罪人欲命終時風大先動身冷如氷即作是念何時當得大猛火聚入中坐者永除冷病作是念已獄卒羅刹化作火車如金蓮華獄卒在上如童男像手執白拂鼓儛而至罪人見已心生

愛著如此金華光色顯赫照我令熱必除寒冷若得坐上快不可言作是語已氣絶命終載火車上支節火然墮火聚中身體燋散獄卒唱活應聲還活火車轢身凡十八返身碎如塵天雨沸銅遍灑身體即便還活如是往返上至湯際下墮鑊中火車所轢一日一夜九十億死九十億生此人罪畢生貧窮家為人所使繫屬於他不得自在償利養畢爾乃得脱由前出家善心功德遇善知識為其説法心開意解成阿羅漢佛告阿難云何名沸屎地獄沸屎地獄者八十由旬十八鐵城一一鐵城有十八隔一一隔中四壁皆有百億萬劒樹地如刀刃刃厚三尺於其刃上百千蒺蔾不可稱計一一蒺蔾及劒樹間生諸鐵蟲其數無量一一鐵蟲有百千頭一一頭有百千觜觜頭皆有百千蛸蟲此諸蛸蟲口吐熱屎沸如融銅滿鐵郭内上有鐵網鐵烏世間自有衆生破八戒齋汙沙彌戒沙彌尼戒汙式叉摩尼戒汙比丘戒汙比丘尼戒自汙淨戒優婆塞優婆夷戒諸比丘比丘尼優婆塞及優婆夷沙彌沙彌尼式叉摩尼如是七衆及餘一切汙僧淨食汙父母食偷竊先噉不淨手捉及僧知事以自恃故汙僧淨食四部弟子以不淨身坐僧祇牀犯偷蘭遮从不懺悔虚食僧食坐僧衆中與僧布薩如是衆多無量不淨惡業罪人臨命終時舉身皆香如麝香子不可堪處即作是念當於何處不聞此香如此香氣猶如狂風來熏我心作是念已獄卒羅刹自化已身猶如畫瓶中盛糞穢至罪人所以手摩觸令彼罪人心生愛

著氣絶命終猶如風吹墮沸屎中墮已糜爛衆蟲唼食東西走時削骨徹髓飢渴逼故飲熱沸屎蛸蟲蛆蟲唼其舌根一日一夜九十億生九十億死罪畢乃出生貧賤家繫屬於他不得自在設生世時恒值惡王屬邪見主種種惡事逼切其身瘻瘇惡瘡以爲衣服宿世聞法善因緣故遇善知識出家學道成阿羅漢三明六通具八解脱佛告阿難云何名十八鑊湯地獄鑊湯地獄者有十八鑊一一鑊縱廣正等四十由旬七重鐵網滿中沸鐵五百羅刹鼓大石炭燒其銅鑊此石火燄燄燄相承經六十日火不可滅閻浮提日滿十三萬歲如是鑊沸上涌如星化成火輪還入鑊中自有衆生毀佛禁戒殺生祠祀爲噉肉血焚燒山野傷害衆生生燖衆生以火焚燒如此罪人欲命終時身心煩悶失大小便不自禁制或熱如湯或冷如冰即作是念得大温水入中沐浴不亦樂乎獄卒羅刹化作僮僕手擎湯瓮至罪人所罪人心喜愛樂此瓮氣絶命終生鑊湯中速疾消爛唯餘骨在鐵叉撩出鐵狗食之嘔吐在地尋復還活獄卒驅喊還令入鑊畏鑊熱故攀劒樹上骨肉斷壞落鑊湯中殺生罪故一日一夜恒河沙死恒河沙生罪畢乃出生畜生中豬羊鷄狗短命之處無不經歷如是畜身八千萬歲命終之後還生人中受二種報一者多病二者短命短命多病以爲眷屬過筭數劫遇善知識受持五戒行六波羅蜜發菩提心佛告阿難云何名灰河地獄灰河地獄者長二百由旬廣十二由旬下有利刀岸上劒樹滿中猛火

厚十二丈復有融灰以覆火上厚四十丈世間自有無慙愧衆生偷盜父母偷盜師長偷盜善友兄弟姊妹如是癡人無有慙愧不識恩養心無返復貪利欲得不識殃禍不順師教此人罪報欲命終時氣滿心腹喘息不續即作是念我心如泥氣滿胷中得一微火暴我身者不亦快乎獄卒羅剎應念即至化作妻子手擎火爐微灰覆上至罪人所是時罪人心大歡喜以歡喜故氣絶命終生灰河中諸劒樹間有一羅剎手執利劒欲來傷害是人恐怖走於灰河舉足下足刀傷其脚劒樹雨刀從毛孔入羅剎以叉叉其心出躃地悶死尋復還活是人偷盜師長父母罪因緣故一日一夜五百億生五百億死飢渴逼故張口欲食劒林雨刀從舌頭入劈腹裂心悶絶而死由前聞佛法僧名故罪畢之後得生人中貧窮下賤覺世非常出家學道世無佛時成辟支佛世若有佛成阿羅漢佛告阿難云何爲劒林地獄劒林地獄者八千由旬滿中劒樹有熱鐵丸以爲其果如此劒樹高二十四由旬自有衆生不孝父母不敬師長作惡口業無慈愛心刀杖加人此人罪報臨命終時心如胡膠處處生著即作此念我心縛著觸事不捨躭酒嗜色身雖遇患心猶不息得一利刀割截此愛獄卒羅剎應聲即至化爲侍者執明鏡示語罪人言汝心多著可觀此鏡觀此鏡時見於鏡中有利劒像即作是念我今體羸不堪欲事得此利劒割斷我心不亦快乎作是念時氣絶命終受餓鬼身諸劒樹間忽然化生生已鐵丸從頂上入從口而

出腸腈燋爛躃地獄卒復以鐵叉打撲驅令上樹上一樹已鐵觜蟲噉以恐怖故涌身上樹如是展轉悉經劒林一日一夜八萬生八萬死罪畢之後生饑饉世及疾疫劫爲人卑賤口氣恒臭人所惡見過筭數劫遇善知識發菩提心佛告阿難云何名五百億刺林地獄刺林地獄者八千由旬滿中鐵刺一一刺端有十二鉤樹上復有大熱鐵鉗世間自有愚癡衆生惡口兩舌綺語不義語調戲無節誑說是非說經典過毀論義師如此罪報命欲終時咽燥舌乾即作此念得一利刺刺頸出血令衆脉間流注衆水不亦快乎作是念時獄卒羅刹化作父母手執月珠珠頭生刺持用擬口如水欲滴罪人歡喜我所願者今已得果作是念已氣絶命終如天雹頃生刺林間既生之後獄卒羅刹手執鐵鉗拔舌令出八十鐵牛有大鐵犂耕破其舌刺林諸樹有風吹來撲打其軀一日一夜六百生六百死過是已後得生人中脣哆面皺語言謇吃如此罪人體生諸瘡膿血盈流經五百世人所惡見過是已後雖有所說人不信受遇善知識發菩提心佛告阿難云何名五百億銅柱地獄銅柱地獄者有一銅柱狀如火山高六百由旬下有猛火火上鐵牀上有刀輪諸刀輪間有鐵觜蟲鐵烏在傍世間自有愚癡衆生貪惑滋多染愛不淨犯邪婬行非處非時行不淨業設有比丘及比丘尼婆羅門等諸梵行者若於非時非處犯不淨法乃至一切犯邪行者作不淨業如此罪人臨命終時舉身反強振掉不定猶如弓身不自勝持即

作此念得一堅大銅鐵柱者縛此身體令不動搖獄卒羅剎應時即至化作僮僕手執鐵杖至罪人所白言長者汝今身強餘物皆弱可捉此杖心即歡喜氣絶命終如弄杖頃生銅柱頭猛火燄熾焚燒其身驚怖下視見鐵牀上有端正女若是女人見端正男心生愛著從銅柱上欲投于地銅柱貫身鐵網絡頸鐵嘴諸蟲唼食其軀落鐵牀上男女俱時六根火起有鐵嘴蟲從眼而入從男女根出若汙戒者別有萬億諸小蟲輩如瘭疽蟲有十二嘴嘴頭出火唼食其體此邪婬報一日一夜九百億生九百億死罪畢乃出生鳩鴿中受鳩鴿身經五百世復生龍中經五百身後生人中無根二根及不定根黃門之身經五百世設得爲人妻不貞良子不慈孝奴婢不順過是已後遇善知識發菩提心佛告阿難云何名五百億鐵機地獄鐵機地獄者有一鐵牀縱廣正等四百由旬上安諸緫緫間皆有萬億鐵弩鐵弩鏃頭百億鋒刃世間自有愚癡衆生爲貪欲故不孝父母不敬師長不順善教殺害衆生飢諸奸人此人罪報命欲終時身體振動身諸六竅汗自流出如此罪人見自己牀如兜羅綿即生是念何時得一堅冷之處安身卧眠不亦快耶作是念時獄卒羅剎以叉擊牀敷大毾㲪至罪人所罪人見已心生歡喜欲卧毾㲪氣絶命終生鐵機上萬億鐵緫關從下動鐵緫低昂無量鐵弩同時皆張一一鐵箭射罪人心一日一夜六百億生六百億死如是罪人受罪畢已生畜生中經五百世還生人間貧窮下賤爲人所

使多墮刑獄恒受鞭撻過是已後遇善知識發菩提心佛告阿難云何名鐵網地獄鐵網地獄者八十九重諸鐵羅網一一網間百億鐵針一一鐵針施五關總世間自有虛妄衆生邪心諂曲妖媚惑人心懷讒賊晝夜惡念刹那刹那頃成就惡念此人罪報臨命終時身體瘙癢即作此念得一棘針劖刺疥蟲不亦樂乎作是念時獄卒羅刹化爲良醫手執利針唱言治病罪人心喜氣絶命終生鐵網間摔身下過衆總皆動無量諸針射入毛孔如是宛轉諸鐵網間刹那頃死刹那頃生罪畢乃出生於邊地無佛法處亦不聞說世間善語何況正法雖生人中三惡道攝過筭數劫遇善知識雖得聞法心不解了佛告阿難云何名鐵窟地獄鐵窟地獄者餓鬼道中最上苦法有一鐵山縱廣正等二十五由旬山上復有五百萬億大熱鐵丸一一鐵丸團圓正等十三由旬山間復有百千刀劒是時彼山東向開張有一小孔如摩伽陀升口但出黒烟世間自有愚癡衆生慳貪縛著心如金剛但樂求索無有猒足父母妻子悉不給與師長教授視如糞穢奴婢親友不施衣食如是慳人不慮無常護惜財物猶如眼目此人罪報命欲終時諸情閉塞口噤不語心中默念我死之後是諸惡人食我財物如噉鐵丸居我屋宅如處闇室作是念已獄卒羅刹化爲慳人幻收財物至罪人所以火焚之罪人心喜氣絶命終生火山上猶如融銅鑄鐵窟中既入窟中劒蟲刀蟲唼食其軀煙熏其眼不見火焰周慞惶怖東西馳走頭戴鐵山鐵

九上下從頂而入從足而出一念頃死一念頃生罪畢乃出生餓鬼中其身長大數十由旬咽如針筩腹如大山東西求食融銅灌咽經八千歲乃得苦畢生食唾鬼食膿鬼食血鬼中罪畢復生厠神豬狗罪畢復生貧窮卑賤無衣食處遇善知識發菩提心佛告阿難云何名鐵丸地獄鐵丸地獄者八十由旬滿中鐵城八十八隅一一隅中有五刀山持用覆上下有十八大惡鐵蛇蛇皆吐舌舌出鐵劒劒頭火然世間自有愚癡衆生毀辱布施言施無報勸人藏積如是癡人向國王大臣沙門婆羅門及一切衆生說施無因亦無果報如是罪人臨命終時頸强脉縮迴轉不語不喜見人低視而卧心中但念我積財寶得與我俱快不可言獄卒羅刹化作其妻捉熱鐵丸化作寶器在其人前語言我隨汝死宛轉相著終不相離氣絶命終生鐵城中東西馳走鐵蛇出毒纏繞其身節頭火然即作是念願天雨我降注甘雨應念即雨大熱鐵丸從頂而入足下而出罪畢乃出爲貧窮孤獨瘖瘂之人是人歲數如鐵窟說遇善知識發菩提心佛告阿難云何名爲尖石地獄尖石地獄者有二十五石山一一石山有八冰池一一冰池有五毒龍世間自有愚癡衆生比丘比丘尼沙彌沙彌尼式叉摩尼優婆塞優婆夷九十六種諸梵志等法說非法非法說法或犯輕戒久不懺悔心無慚愧猶如猿猴此人罪報命欲終時心下氣滿腹脹如鼓飲食嘔吐水漿不下即作是念得一尖石塞我咽喉不亦快乎作是念時獄卒羅刹化作良

醫幻捉尖石作大藥丸著其口中告言開口心生歡喜氣絶命終生石山間無量尖石從背上入從胷前出獄卒復以鐵叉叉口以石内中一日一夜六十億死六十億生此是生報從此命終墮黑繩地獄黑繩地獄者八百鐵鎖八百鐵山豎大鐵幢兩頭繫鎖獄卒羅刹驅喊罪人令負鐵山鐵繩上走不勝落地墮鑊湯中羅刹驅起渴急飲鐵吞石而走一日一夜經歷是苦九十萬徧罪畢生世爲人僮僕遇善知識爲說實法如好白氎易染受色得阿羅漢三明六通具八解脱佛告阿難云何名十八飲銅地獄飲銅地獄者千二百種雜色銅車一銅車上六千銅丸自有衆生慳貪嫉妬邪見惡説不施父母妻子眷屬及與一切心生慳嫉見他得利如箭入心如是罪人欲命終時多病消瘦昏言寱語口中自説欲得果食作是語時獄卒羅刹化爲銅車滿車載果至罪人所罪人得已心生歡喜即作是念得此美果食不知猒甚適我願歡喜踊躍氣絶命終未經幾時生銅車上不久即往生銅山間銅車轢頸獄卒羅刹以鉗礫口飲以洋銅飲洋銅已迷悶躃地唱言飢飢尋時獄卒擘口令開以銅鐵丸置其口中吞十八九節節火然東西馳走經於一日爾乃命終獄卒唱言汝前身時諛諂邪見慳貪嫉妬以是因緣受鐵丸報或曾出家毀犯輕戒久不悔過虚食信施以此因緣食諸鐵丸此人罪報億千萬歲不識水穀受罪畢已還生人中五百世中言語謇吃不自辯了以宿習故食後噉炭及噉土塊過是已後遇善知識發

菩提心

觀佛三昧海經卷第五

音釋

齧倪結切噬也　捽力沒切捽也　坼恥格切裂也　睒失冉切暫見也

距臼許切　抓側絞切　鏃鑗鏃音疾鑗音梨　喊許戒切大怒聲也

舐甚爾切餂也　轢狼狄切車所踐也　癭瘇癭幺郢切瘤也瘇知隴切足瘇病也　燖徐廉切湯中瀹肉也　喘尺究切疾息也　謇吃謇紀偃切吃居乙切謇吃言難也

瘭疋遙切疽病　緦音思針也　鏃作木切矢末也

飤祥吏切以食飤人也　毾㲪毾他盍切㲪音登毛席也　瘙蘇到切皮上小痒瘡也　劖鋤咸切刺也　寱研計切寐中語也　磔陟格切張也　擘博陌切鈲也

觀佛三昧海經卷第六

東晉天竺三藏法師佛陀跋陀羅譯

觀四無量品第五

爾時世尊說是語時佛神力故十種白光從佛心出其光徧照十方世界一一光中無量化佛乘寶蓮華時會大衆見佛光明如玻瓈水或見如乳見諸化佛從佛胷出入於佛齊遊佛心間乘大寶船經往五道受罪人所一一罪人見諸化佛如已父母善友所親漸漸爲說出世間法是時空中有大音聲告諸大衆汝等今者應觀佛心諸佛心者是大慈也大慈所緣緣苦衆生佛告阿難云何名慈心慈心者應當繫念緣苦衆生苦衆生者謂三惡道極苦惱者佛說是語時會大衆見於地獄餓鬼畜生解脱相三昧力故令諸衆生自識宿命見受苦者皆是前世無量劫中父母師徒諸善親友見已啼泣爲佛作禮白言世尊我等今者因佛力故見苦衆生悉是我等父母師長佛告大衆三界衆生輪迴六趣如旋火輪或爲父母兄弟宗親三界一切無不是汝所親之者云何起意生殺嫉心作是語已淨飯王等一切大衆白佛言世尊云何名爲慈心三昧惟願世尊爲我略說佛告大衆夫慈心者應當起想先緣所親繫念之時念已父母受諸苦惱有不孝者念已妻子所愛衆生受諸苦惱有見衆生癩病癰瘡見已作念當云何救一想成已應作二想二想成已應作三想三想成已滿一室想一室想成已滿於僧坊一僧坊成已滿一由旬一由旬成已滿一閻浮提閻浮提成已滿弗婆提弗婆

提成已滿三天下如是漸廣滿十方界見東方衆生盡是其父見西方衆生悉是其母見南方衆生悉是其兄見北方衆生悉是其弟見下方衆生悉是妻子見上方衆生悉是師長其餘四維悉是沙門婆羅門等見是衆生皆受苦惱或遇重病或見在於刀山劒樹火車爐炭一切苦事見已悲泣欲拔其苦自作我想乘寶蓮華詣諸人所調身按摩爲洗癩瘡見地獄火憂悲雨淚欲滅其火見諸餓鬼刺身出血化作乳想供給餓鬼令得飽滿既飽滿已爲其說法讚佛讚法讚比丘僧作是讚已益更憂悲心無暫捨如是慈心極令通利事事廣說如慈三昧如是慈心名習慈者既習慈已次當行悲悲者見受衆苦如箭入心如破眼目心極悲苦遍體雨血欲拔彼苦

如此悲者有百億門廣說如大悲三昧行慈悲已次行大喜見諸衆生安隱受樂心生歡喜如已無異既生喜已次行捨法是諸衆生無來去相從心想生心想生者因緣和合假名爲心如此心想猶如狂華從顛倒起苦從想起樂從想生心如芭蕉中無堅實廣說如經十譬作是觀時不見身心見一切法同如實性是名菩薩身受心法依因此法廣修三十七助菩提分若取證者是聲聞法不取證者是菩薩法作是語已佛心光明益更明顯從佛心端諸光明中生諸寶華一一寶華恒沙寶華以爲眷屬一一華上無量無邊微妙化佛方身丈六如釋迦文此相現時佛身毛孔八萬四千諸寶蓮華一一華上八萬四千諸大化佛身無量無邊如是化佛身諸毛孔

及心光明亦如向說如是光明照十方已從佛頂入從佛眉間白毫相出從白毫出遍照十方猶如金幢令十方地作眞金色眷諸化佛入佛口中從佛口出亦照十方來入佛胷從佛胷出復照十方來入佛臍此光入時佛身之内如瑠璃水澄清不動三界五道一切衆生映現佛心見諸化佛乗大寶臺猶如寶船遊佛心間一一化佛讃說不殺讃歎念佛讃歎念法讃歎念僧讃歎念戒讃歎念施讃歎念天讃六和敬讃慈三昧如此六念能生善法此六念者是諸佛因佛心者是六念心因六和敬而得此法欲成佛道當學佛心說是語已如來身光倍更明顯佛身化佛及寶蓮華數不可知一一華光如雜華說如是觀者名爲正觀若異觀者名爲邪觀佛滅度後佛諸弟子修六念者名念佛心念佛心者除十二億劫生死之罪作是觀者生生之處終不邪見心不僻謬恒得值遇無生菩薩如是之人若生邊地無佛法處念佛功力自然悟解成辟支佛爾時世尊說是語已還攝身光如本無異佛告父王如大人相白毫光明及一切相有能逆觀順觀分别觀者令觀圓光及丈六者但發是心如見不見除却衆罪如向所說設有施主具五神通得如意珠飛遍十方十方世界一一世界衆生之數不可得知但以無量無邊總爲其數如是衆生皆是羅漢是大施主盡筭數劫供養賢聖四事無乏是人得福寧爲多不父王白言但使供養一方羅漢得福無量何況十方無量羅漢佛告父王正使有人成熟邪見衆生數如上說

皆令彼人得羅漢道三明六通具八解脫不如發心趣向佛慧念佛須臾佛說是語時釋子衆中一億釋子發阿耨多羅三藐三菩提心自誓不求聲聞辟支佛道白佛言世尊諸佛身分乃至一毛無量化佛諸聲聞身如燋敗種爲何所益

觀四威儀品第六

爾時世尊於大衆中即便起行足步虛空父王觀見心甚歡喜亦隨佛行佛舉足時足下千輻輪相一一輪相皆雨八萬四千衆寶蓮華一一蓮華復化八萬四千億那由他華一一蓮華化爲一臺一一華臺一一華葉遍覆十方無量世界一一蓮華八萬四千葉釋迦牟尼足步虛空悉雨寶華如是衆華復有無量微塵數佛足步虛空父王見已心大歡喜得阿那含五體投地爲佛作禮時會大衆皆覩此事白佛言世尊十方世界無數化佛何者眞佛誰是化佛佛告大衆諸佛如來入空寂處解脫三昧隨意自在無有眞化所以者何佛心空寂復入空寂解脫光明王三昧此定力故諸佛如來化無邊身無邊身者是薩婆若薩婆若者名無著三昧無著三昧故如來現行若現乞食若或經行如是二法饒益衆生若有衆生佛在世時見佛行者步步之中見千輻輪相除却千劫極重惡罪佛去世後三昧正受想佛行者亦除千劫極重惡業雖不想行見佛跡者見像行者步步亦除千劫極重惡業佛告阿難汝從今日持如來語遍告弟子佛滅度後造好形像令身相足亦作無量化佛色像及通身光及畫佛跡以微

妙絲及玻瓈珠安白毫處令諸衆生得見是
相但見此相心生歡喜此人除却百億那由
他恒河沙劫生死之罪説此語已如來還坐
父王復問佛出世間有何利事能令衆生得
安樂耶爾時世尊告大王言舍衛城中須達
長者有一老毋名毗低羅謹勤家業長者勑
使手執庫鑰出内取與一切委之須達長者
請佛及僧供給所須時病比丘多所求索老
毋慳貪瞋嫌佛法及與衆僧而作是言我家
長者愚癡迷惑受沙門術是諸乞士多求無
猒何道之有作是語已復發惡願何時當得
不聞佛名不聞法名不見剃髮染衣之人如
是惡聲一人聞已復聞二人展轉遍滿舍衛
城中末利夫人聞此語已而作是言云何須
達如好蓮華人所樂見云何復有毒蛇護之
作是語已勑須達言遣汝婦來吾欲與語阿
那邠坻馳詣王宫到作禮畢却住一面末利
夫人命令就坐坐已語言汝家老婢惡口誹
謗何不驅擯阿那邠坻跪白夫人佛日出世
多所潤益鴦掘摩羅大惡之人尼揵賤人氣
嘘栴陀羅佛能調伏何況老婢而不能調末
利夫人聞是語已心大歡喜我欲請佛汝遣
婢來明日食時請佛及僧於宫供養長者遣
婢持滿瓶金摩尼珠蓋勸助王家供養衆僧
告言可往汝持此物貢上王家婢聞是語歡
喜踊躍持寶瓶走末利夫人見彼婢來此邪
見人佛當教化我見此人受化之時必獲法
利爾時世尊從正門入難陀在左阿難在右
羅睺羅在佛後老毋見佛心驚毛竪可惡此
人隨我後至即時欲退從狗竇出狗竇即閉

四方小巷一時閉塞唯正路開老母覆面以扇自障不喜見佛佛在其前令扇如鏡無所障礙迴頭東視東方有佛南視南方有佛西視西方有佛北視北方有佛舉頭仰看上方有佛低頭伏地地化爲佛以手覆面時手十指皆化爲佛老母閉目心眼即開見虛空中一切化佛滿十方界此相現時舍衛城中有二十五旃陀羅女五十婆羅門女及諸雜類并末利夫人宫中合五百女心生誹謗不信佛法見佛如來足步虛空爲於老母現無數身心大歡喜裂邪見網頭腦頂禮世尊足下爾時世尊以梵音聲安慰諸女告言法女汝今可稱釋迦牟尼稱我名故觀我身相可得解脫作是語已諸女同聲稱南無佛佛放眉間白毫相光照諸女心女見佛行威儀庠序足下雨華猶如華蓋化佛如林不可稱計諸女見已發阿耨多羅三藐三菩提心老母見佛邪見不信猶能除却八十萬億劫生死之罪況復善意恭敬禮拜爾時老母以得見佛巷陌還開疾走歸家白大家言我於今日遇大惡對沙門瞿曇在王宫門多衆之前作諸妖幻身如金山衆華映飾目踰青蓮有萬億光不可具見沙門善幻世間無比大家年少可不喜見作是語已入木籠中以百張皮覆木籠上白氎纏頭却臥闇處爾時世尊還祇陀林末利夫人白言世尊願化邪女莫還精舍佛告末利此女罪重於佛無緣於羅睺羅有大因緣佛今日行爲其除罪作是語已即還精舍告羅睺羅汝詣須達大長者家度惡老母作是語時千二百五十沙門皆作是言

我等今日願欲隨從爾時羅雲承佛威神入如意定禮拜既畢遶佛七帀即自化身作轉輪聖王阿難侍左難陀侍右千二百五十比丘化爲千子阿難爲典藏臣難陀爲主兵臣七寶四兵皆悉具足時金輪寶在虛空中乘蓮華臺徑往須達大長者家夜叉唱言聖王出世擯諸惡人宣揚善法老母聞已心大歡喜聖王出世有如意珠無所求索此當可言爾時聖王搥鍾鳴鼓乘大寶轝至須達家老母見已甚大歡喜聖王出世多所潤益識別善惡必當不爲沙門所惑從木籠出敬禮聖王聖王即遣主寶藏臣往至女所告言姊妹汝宿有福應王者相聖王今者欲以姊妹爲玉女寶老母白言我身卑賤猶如糞穢聖王顧問喜慶無量何所堪任應玉女寶若見念者勑我大家放我令脫所賜已多爾時聖王告須達言卿家老女衆相巍巍吾今欲以充玉女寶須達白言惟命是從願上大王老婢聞放喜悅非恒聖王即便以如意珠照耀女面令女自見如玉女寶倍大歡喜而作是言諸沙門等高談大語自言有道無一効驗聖王出世弘利處多令我老婢如玉女寶作是語已五體投地禮於聖王時典藏臣宣王教令揚十善法女聞十善心大歡喜即作是言聖王所說義無不善爲王作禮悔過自責心既調伏時羅睺羅還復本身老母舉頭見千二百五十比丘即作此言佛法清淨不捨衆生如我弊惡猶尚化度作是語已求受五戒時羅睺羅爲說三歸受五戒法母聞此法未舉頭頃成須陀洹地神歡喜從地涌出告須

達言善哉長者裂邪見網如來出世正爲此耳時羅睺羅將此老母詣祇陀林到已見佛身相紫金色歡喜合掌爲佛作禮懺悔前罪求佛出家佛告羅雲汝將此母詣憍曇彌未至中間羅雲爲說苦空非常無我等法老母聞已頭髮自落成比丘尼三明六通具八解脫身昇虛空作十八變波斯匿王末利夫人見此變化心大歡喜善哉佛日出現世間破無明闇能令邪見得應眞道作是語已爲佛作禮白言世尊如此老母宿有何罪生卑賤處爲人婢使復何福慶值遇世尊如好白氎易受染色應時即得阿羅漢道佛告大王諦聽諦聽善思念之如來爲王分別解說過去久遠無數劫時有佛世尊名一寶蓋燈王如來十號具足彼佛滅後於像法中有王名曰雜寶華光其王有子名曰快見求欲出家父即聽許王子詣山到僧坊中求欲出家時有比丘聰明多智深解實相受爲弟子復有比丘名德華光善說法要誘進初學王子比丘雖復出家猶懷憍慢和尚爲說甚深妙法般若波羅蜜大空之義王子聞已謬解邪說比丘滅後即作此言我大和尚空無智慧但能讚歎虛無空事願我後生不樂見也我阿闍梨智慧辯才願於生生爲善知識王子比丘作是語已法說非法非法說法教諸徒衆皆行邪見雖持禁戒威儀不缺以謬解故命終之後如射箭頃墮阿鼻獄八十億劫恒受苦惱罪畢乃出爲貧賤人五百身中聾癡無目千二百身恒爲人婢佛說是時末利夫人有五百婢懺悔自責發菩提心願於來世解深

空法佛告大王爾時和尚者今我身是阿闍梨者今羅睺羅是王子比丘此老母是徒衆弟子今日邪見女等發菩提心者是佛說此時舍衛城中二萬優婆塞發菩提心得念佛定常於定中見佛說法佛告父王邪見惡人見佛行時尚得如此無量福德何況觀佛行及像行者父王白佛佛毋摩耶生忉利天佛今光相神通具足云何當往爲毋說法佛告大王如來當如轉輪聖王足行之法從閻浮提上忉利天問訊檀越爲說妙法爾時會中有菩薩摩訶薩名曰持地即從座起入首楞嚴三昧三昧力故從金剛際金剛爲輪金剛爲根金剛爲華華華相次出閻浮提時四龍王難陀跋難陀阿耨達多娑伽羅龍王等各持七寶詣持地所奉上七寶爲佛世尊作三道寶階左白銀右玻瓈中黃金從閻浮提金剛地際上忉利宮一一寶階七重欄楯是諸欄楯百億寶成百億光明一一光明百億寶華一一華中無量樂器自然涌出爾時持地以恒河沙七寶蓮華鋪佛蹈處於階道側豎諸寶幢無量寶旛懸其幢頭百億寶蓋彌覆其上忉利諸天雨曼陀羅華摩訶曼陀羅華曼殊沙華摩訶曼殊沙華嚴飾其間時梵天王手擎香爐與萬梵俱侍立階側一一香煙如瑠璃雲彌滿虛空於其雲中百千妓樂不鼓自鳴難陀龍等持海此岸栴檀末香漫散道中香光上出如金光焰高一多羅樹化爲金臺無量諸天持天瓔珞嚴飾階道如是供具不可稱計爾時世尊於閻浮提執持三衣告勑阿難難陀羅睺羅等五百比丘足步大

地始舉足時地六種動下足之時地生寶宮如梵王宮宮相次懸在空中隨映佛後在階道側持地菩薩并彌勒等一千菩薩一時合掌以萬億音歌詠如來無量德行爾時梵王無數百千諸梵天等手擎香爐無量妓樂以供養佛立侍左階釋提桓因無數天子百千天女鼓樂絃歌亦立左階無數聲聞菩薩大衆侍立右階爾時世尊放大光明照階道邊其光如雲百千億色猶如重閣佛處其中八萬四千化佛圍遶五百分身諸佛與佛正等執持衣鉢威儀庠序分身諸佛亦有阿難難陀以爲侍者時魔波旬於虚空中與諸魔衆讚誦妙偈歎如來德釋提桓因白摩耶言如來世雄爲報恩故來至此處摩耶夫人聞佛已來遣諸天女持諸天寶及天妓樂曼陀羅華在階道邊以迎世尊爾時如來舉足下足無數宮殿一一宮殿五百化佛結加趺坐一一如來五百菩薩以爲侍者爾時五百分身諸佛釋迦文入忉利天宮諸天歡喜而說此偈

毗婆尸佛　吉祥中尊　亦放光明　來至此處
尸棄如來　大吉祥尊　化身無數　來至此處
毗舍浮佛　放白毫光　普照一切　來至此處
拘樓孫佛　面門出光　照十方界　來至此處
拘那含佛　化身無數　放大光明　來至此處
迦葉世尊　身如寶臺　足步虚空　來至此處
釋迦牟尼　分身五百　無數化佛　照曜一切
來至此處　彌勒菩薩　賢劫尊者　亦放光明
當至此處　此處吉祥　安隱無爲　諸佛所遊
牟尼生地　名涅槃窟　慧者智度

爾時世尊入忉利宮即放眉間白毫相光其光化作七寶大蓋覆摩耶上七寶飾牀奉摩耶坐佛母摩耶見佛入宮合掌恭敬爲佛作禮五百化佛一時伸手諸天扶持不聽禮敬八萬四千諸化如來皆悉起立爾時摩耶夫人宮中自然涌出五百億光此光明中有大寶臺一一臺上有十方佛如是諸佛自說名字安慰佛母東方善德佛持妙寶華散釋迦牟尼及摩耶上化成華蓋此華蓋中百億化佛合掌起立問訊佛母南方栴檀德佛持寶蓮華散釋迦牟尼及散佛母上化成華蓋於華蓋中無數化佛合掌起立問訊佛母西方無量明佛以寶蓮華散釋迦牟尼及佛母上化成華蓋無數化佛合掌起立問訊佛母北方相德佛以寶蓮華散釋迦牟尼及佛母上化成華蓋無數化佛合掌起立問訊佛母東南方無憂德佛西南方寶施佛西北方華德佛東北方三乘行佛上方廣衆德佛下方明德佛如是等佛各以寶華散釋迦牟尼佛上及散佛母化成華蓋一一蓋中無數化佛合掌起立問訊佛母時忉利宮滿中化佛佛母摩耶頂上自然出衆供具無量幢旛供養諸佛時幢旛中有妙音聲讃佛讃法讃比丘僧佛告阿難是名如來從閻浮提昇忉利宮色相光明諸神化事佛滅度後佛諸弟子若如是觀是名正觀若異觀者名爲邪觀作此觀者除一億劫生死之罪臨命終時見十方佛必生他方淨佛國土佛告阿難汝持是語爲未來世諸衆生等當廣宣說聞此語者思是義者當知是人十方諸佛之所覆護命終必

當生諸佛前佛告父王云何名如來從忉利天下閻浮提時光相變應我初下時無數天子百千天女侍從世尊獨見一佛圓光一尋放千光明足步虛空躡階而下時佛光中化佛像現從佛光出導佛前行時優填王戀慕世尊鑄金爲像聞佛當下象載金像來迎世尊蓮華色比丘尼化作瑠璃山結加趺坐在山窟中無量供具奉迎世尊爾時金像從象上下猶如生佛足步虛空足下雨華亦放光明來迎世尊時鑄金像合掌叉手爲佛作禮爾時世尊亦復長跪合掌向像時虛空中百千化佛亦皆合掌長跪向像爾時世尊而語像言汝於來世大作佛事我滅度後我諸弟子以付囑汝空中化佛異口同音咸作是言若有衆生於佛滅後造立形像旛華衆香持用供養是人來世必得念佛清淨三昧若有衆生知佛下時種種相貌繫念思惟必自得見佛佛告阿難佛滅度後佛諸弟子知佛如來下忉利天及見佛像除却千劫極重惡業如是觀者名爲正觀若異觀者名爲邪觀

觀佛三昧海經卷第六

音釋

鑰（弋約切關下牡也） 出内（出尺類切出之也内諾合切入也） 邠坻（邠補民切坻音池） 躡（尼輒切蹈也）

觀佛三昧海經卷第七

東晉天竺三藏法師佛陀跋陀羅譯

觀四威儀品第六之餘

佛告阿難云何如來至曠野澤伏鬼大將我從舍衛祇陀精舍放金色光照舍衛城令作金色舍衛國內有一長者名曰財德長者有子年始三歲父教其子令受三歸散脂鬼神飢火所逼入舍衛城接取嬰兒爾時嬰兒稱南無佛以稱佛故鬼王口噤不能得食但眼出火以怖嬰兒嬰兒見鬼形狀醜惡胷有三面齎有二面兩膝二面面如象面狗牙上出眼復出火火皆下流童子驚怖稱南無佛南無法南無僧爾時世尊天耳遠聞獨將阿難足步虛空阿難在後從佛不及佛以神力化作寶華其華光明接取阿難阿難坐華上見閻浮提滿中化佛一一化佛身滿三千大千世界是諸化佛說三乘法勸進菩薩修行念佛阿難見聞即憶過去九十億佛所說經藏憶持不失爾時世尊到曠野澤放眉間白毫大人相光其光直照怖小兒身小兒見光如見父母心無驚懼時曠野鬼擧一大石厚十二丈欲擲世尊眼出雷電雨雹如雨一一雹下如赤雞子從空而下未至佛上化成化佛一一化佛入火光三昧諸火光明燒曠野澤大地洞然鬼王不怖擲石住空化成寶臺臺中復有百億化佛異口同音讚歎慈心鬼猶不伏時金剛神手奮金杵揮大利劒髭如劒竦眼如電光以金剛杵擬鬼王額攘臂大叫聲振天地鬼王驚怖抱持小兒長跪上佛白言沙門惟願慈愛救我生命時金剛神化金

剛杵爲大鐵山四面火起繞鬼七帀猛火焰熾焚燒鬼身嬰兒舉手勑鬼王言稱南無佛我稱佛故從死得生汝今可稱南無諸佛爾時鬼王驚怖失聲稱南無佛白言瞿曇可救護我爾時世尊以梵音聲猶如慈父安慰諸子撫慰鬼王亦復如是密迹金剛勑鬼王言汝今速伏歸依佛法及與衆僧汝若不伏碎汝眷屬萬億八千令如微塵時曠野鬼以驚怖故五體投地爲佛作禮白佛言世尊我恒噉人今者不殺當食何物佛勑鬼王汝但不殺我勑弟子常施汝食乃至法滅以我力故令汝飽滿鬼王聞已歡喜合掌受佛五戒受佛五戒已見諸火山焰焰相次變成化佛滿曠野澤皆是化佛一一佛後有一阿難一一化佛異口同音皆說五戒時曠野鬼白金剛

神因大德故得服甘露無上法味時金剛神擲杵空中佛神力故令金剛杵猶如百億金須彌山一一須彌百億龕室一一龕室百億化佛遊步經行是諸化佛舉足下足足下自然生七寶臺一一臺上恒沙化佛結跏趺坐佛告大王佛滅度後佛諸弟子欲知如來伏曠野鬼自在神通如是觀者名爲正觀若異觀者名爲邪觀佛滅度後若有衆生思是法者觀是法者得此想者除百千億劫生死之罪生生之處不受鬼身值遇諸佛閒無空缺設無佛時遇辟支佛無辟支佛恒遇仙人爲說正道佛告阿難汝今持是境界念想爲未來世一切衆生當廣宣說是名諸佛神通境界若失此事則名謗佛斷菩提種持是法者鬼魅不著恒爲諸佛之所護助佛告阿難云

何名如來到那乾訶羅國古仙山瞻蔔華林毒龍池側青蓮華泉北羅刹穴中阿那斯山巖南爾時彼穴有五羅刹化作龍女與毒龍通龍復降雹羅刹亂行饑饉疾疫已歷四年時王驚懼禱祠神祇於事無益召諸呪師令呪毒龍羅刹氣盛呪術不行王作是念得一神人驅此羅刹降是毒龍唯除我身其餘無惜時有梵志聰明多智白言大王迦毗羅城淨飯王子其生之日萬神侍御七寶降瑞阿私陀相處國當爲轉輪聖王若不樂天下成自然佛今者道成號釋迦文巨身丈六三十二相八十種好足躡蓮華項佩日光身相端嚴如真金山王聞是語心大歡喜向佛生地自歸作禮若梵志語審實不虛有佛出世名釋迦文然我相法却後九劫乃當有佛名釋迦文云何今日佛日已興云何不哀至此國界空中有聲告言大王汝莫疑佛釋迦牟尼精進勇猛超越九劫聞是語已復更長跪合掌讚歎佛通明慧應知我心願屈慈悲光臨此國爾時香煙至佛精舍如白瑠璃雲繞佛七帀化作金蓋其蓋有鈴出妙音聲其聲請佛請比丘僧爾時如來勑諸比丘諸得六通者隨從佛後受那乾訶羅王弗巴浮提請摩訶迦葉徒衆五百化作瑠璃山山上皆有流泉浴池七寶行樹樹下皆有金牀銀光光化爲窟摩訶迦葉坐此窟中常坐不卧勑諸弟子行十二頭陀其山如雲疾於猛風詣古仙山大目揵連徒衆五百化百千龍蟠身爲座龍口吐火化成金臺七寶牀座寶帳寶蓋及諸幢旛皆悉備足目連處中如瑠璃人表裏

清徹詣那乾訶舍利弗以神通力化作雪山白玉爲窟均提等五百沙彌坐七寶窟圍遶雪山時舍利弗坐白玉窟如黄金人放金色光其光雜色映耀雪山敷揚大法沙彌聽受往詣彼國摩訶迦旃延與其眷屬五百比丘化作蓮華猶如金臺比丘處上身下出水化爲流泉流諸華間水不滴地上有金蓋彌覆比丘亦往彼國如是千二百五十大弟子各有五百比丘作諸神通如舍利弗目揵連等踊身虚空如鴈王翔往詣彼國爾時世尊著衣持鉢勅語阿難持尼師壇爾時世尊足步虚空佛舉足時四天王釋提桓因梵天王無數天子百千歩女遶佛七帀爲佛作禮侍從佛後爾時世尊放頂金光化作一萬八千諸大化佛一一化佛復放光明如此頂光亦復化作一萬八千諸大化佛佛佛相次滿虚空中如鴈王翔往至彼國始到國界王出奉迎爲佛作禮爾時龍王見世尊來父子徒黨十六大龍興大雲雷震吼雨雹眼中出火口亦吐火鱗甲身毛俱出煙焰五羅刹女現醜惡形眼如掣電住立佛前時龍王子見虚空中滿中化佛白其父言父王吐火欲害一佛試看空中有無數佛時龍吐毒心意猛盛呵責其子唯有一佛何處有多時金剛神手把大杵化身無數杵頭火然如旋火輪輪輪相次從空中下火焰熱熾猶如融銅燒惡龍身龍王驚怖無走遁處走入佛影佛影清涼如甘露灑龍得除熱仰頭視空滿空中佛一一如來放無數光一一光中無量化佛一一化佛亦放無數百千光明時諸光中一時皆是執

金剛神奮金剛杵龍見諸佛極大歡喜見諸
金剛極大惶怖合掌恭敬爲佛作禮五羅刹
女亦禮如來時諸天子雨曼陀羅華摩訶曼
陀羅華曼殊沙華摩訶曼殊沙華而以供養
天鼓自鳴諸天叉手空中立侍時彼國王眷
屬五千燒衆名香頭面禮佛請佛就座時彼
龍王從龍池出獻七寶牀手擎敷置白佛世
尊惟願救我莫使力士傷害我身爾時如來
以梵音聲猶如慈母撫恤嬰兒令彼龍王及
羅刹女受法王化請佛就座爾時國王復敷
高牀氍毹毾㲪極細輭者張白氎縵眞珠羅
網彌覆其上請佛世尊令處縵中爾時世尊
舉足欲行佛鹿王腨腨出五光光有五色繞
佛七帀如天妙華化成華帳衆華葉間百千
無數諸化菩薩合掌讚偈有萬億音空中化
佛放腨光明亦復如是十六小龍手執山石
霹靂起火來至佛所大衆驚怖入佛光中爾
時世尊出金色臂張合縵掌指網縵間雨大
寶華大衆皆見化成化佛唯諸龍見是金翅
鳥欲搏噬之龍畏金翅走入佛影爲佛作禮
叩頭求救佛至縵前勑阿難言敷尼師壇是
時阿難即入縵中先舉右手從左肩上取尼
師壇時尼師壇即復化成五百億金臺七寶
校飾欲敷之時即復化成五百億金蓮華七
寶莊嚴正四角時一角生五百億七寶蓮華
行行相次遍滿縵内爾時世尊就七寶牀結
跏趺坐諸蓮華上皆有佛坐時諸比丘見佛
坐已爲佛作禮右遶七帀各敷坐具比丘坐
具皆悉化成瑠璃之座比丘就坐時瑠璃座
放瑠璃光作瑠璃窟諸比丘等入火光三昧

身作金色時彼國王見佛神變歡喜合掌遶佛七帀爲佛作禮覲佛神化應時即發阿耨多羅三藐三菩提心勑諸臣下皆使發心爾時龍王怖畏金剛大力士故亦發阿耨多羅三藐三菩提心五羅刹女亦發菩提心爾時大王爲佛及僧欲設中膳佛告大王但辦食器餘無所須王受佛勑具諸寶器佛神力故令諸器內天須陀味自然盈滿時諸大衆食是食已自然得入念佛三昧見十方佛身量無邊復聞說法微妙音聲其音純讃念佛念法念比丘僧亦有廣說六波羅蜜三十七品助菩提法聞是語已倍更歡喜遶佛千帀爾時國王請佛入城龍王怒曰汝奪我利吾滅汝國佛告大王檀越先歸佛自知時爾時國王爲佛作禮逡巡而退爾時龍王及羅刹女五體投地求佛受戒佛即如法爲說三歸五戒之法龍王聞已心大歡喜龍王眷屬百千諸龍從池而出爲佛作禮如來應時隨龍音類爲其說法聞法歡喜佛勑目連爲其受戒爾時目連入如意定即自化身作百千億金翅鳥王一一鳥王足躡五龍住在虛空時諸小龍而作是言佛勑和尚爲我受戒和尚云何作恐怖像目連告曰汝於多劫不恐怖中橫生怖想於無瞋恚生瞋恚想於無害所橫生害想我實是人汝惡心故見我是鳥爾時龍王以恐怖故自誓不殺不惱衆生以發善心目連即時還復本身爲說五戒爾時龍王長跪合掌勸請世尊惟願如來常住此間佛若不在我發惡心無由得成阿耨多羅三藐三菩提惟願如來留神垂念常在於此慇懃

三請如是不止時梵天王復來禮佛合掌勸請願婆伽婆爲未來世諸衆生故莫獨偏爲此一小龍百千梵王異口同音皆作是請爾時如來即便微笑口出無量百千光明一一光中無量化佛一一化佛萬億菩薩以爲侍從時彼龍王於其池中出七寶臺奉上如來惟願天尊受我此臺爾時世尊告龍王曰不須此臺汝今但以羅刹石窟持以施我時梵天王無數天子先入窟中時彼龍王以諸雜寶以莊校窟佛告阿難汝教龍王淨掃石窟諸天聞已各脫寶衣競以拂窟爾時如來還攝身光眷諸化佛來入佛頂爾時如來勑諸比丘皆在窟外唯佛獨入自敷坐具敷坐具時令此石山暫爲七寶時羅刹女及以龍王爲四大弟子尊者阿難造五石窟爾時世尊坐龍王窟不移坐處亦受王請入那乾訶城耆闍崛山舍衛國迦毗羅城及諸住處皆見有佛時虛空中蓮華座上無量化佛一切世界滿中化佛龍王歡喜發大誓願願我來世得佛如此佛受王請經七日已王遣一人乘八千里象持諸供具徧一切國供養衆僧到處皆見釋迦文佛信返白王如來世尊不但此國餘國亦有餘國諸佛皆說苦空無常無我六波羅蜜王聞此語廓然意解得無生忍爾時世尊還攝神足從石窟出與諸比丘遊履先世爲菩薩時兩兒布施處投身餓虎處以頭布施處剜身千燈處挑目布施處割肉代鴿處如是諸處龍皆隨從是時龍王聞佛還國啼哭雨淚白佛言世尊請佛常住云何捨我我不見佛當作惡事墜墮惡道爾時世

尊安慰龍王我受汝請坐汝窟中經千五百歲時諸小龍合掌叉手勸請世尊還入窟中諸龍見佛坐已窟中身上出水身下出火作十八變小龍見已復更增進堅固道心釋迦文佛踊身入石猶如明鏡見人面像諸龍皆見佛在石内映現於外爾時諸龍合掌歡喜不出其池常見佛日爾時世尊結跏趺坐在石壁中衆生見時遠望則見近則不現諸天百千供養佛影影亦說法時梵天王各合掌恭敬以偈頌曰

如來處石窟　踊身入石裏　如日無障礙
金光相具足　我今頭面禮　牟尼救世尊

爾時世尊化作五百寶車佛處車中分身五百爾時寶車住虛空中迴旋自在車轂輞間百千光明一一光明無數化佛不動不轉到迦毗羅城坐師子座如入三昧一毛孔中有一佛出一毛孔中一佛還入如是出入滿虛空中無量化佛結跏趺坐是名如來坐時境界佛滅度後佛諸弟子若欲知佛行者如向所說若欲知佛坐者當觀佛影觀佛影者先觀佛像作丈六想結跏趺坐敷草爲座請佛令坐見坐了了復當作想作一石窟高一丈八尺深二十四步青白石想此想成已見坐佛像住虛空中足下雨華復見行想入石窟中入已復令石窟作七寶山想此想成已復見佛像踊入石壁石壁無礙猶如明鏡此想成已如前還想三十二相相相觀之極令明了此想成已見諸化佛坐大寶華結跏趺坐放身光明普照一切一一坐佛身毛孔中雨阿僧祇諸七寶幢一一幢頭百千寶旛旛極

小者縱廣正等如須彌山此寶旛中復有無數百千化佛一一化佛踊身皆入此石窟中佛影齋裏此想現時如佛心說如是觀者名爲正觀若異觀者名爲邪觀佛滅度後如我所說觀佛影者是名眞觀如來坐觀如來坐者如見佛身等無有異除百千劫生死之罪若不能見當入塔觀一切坐像見坐像已懺悔障罪此人觀像因緣功德彌勒出世見彌勒佛初始坐於龍華樹下結跏趺坐見已歡喜三種菩提隨願覺了云何名觀如來行詣拘尸那時降諸力士佛告父王如來不久當於彼國入般涅槃爾時五百力士除妨路石盡力士力不能令去爾時世尊化作沙門以手挑石石飛住空力士驚怖此石設墮走避無所仰看空石皆成化佛猶如金山諸佛圍遶力士見已心大歡喜時化沙門倚卧樹下如人晝眠有日光明從左脇出如百億日入右脇中一一日中有二寶樹有大寶牀諸佛卧上如是光明徧照十方無量世界一一世界無量諸佛倚卧樹下皆有光明從右脇入左脇而出如是光明變成寶臺行者悉見十方世界有一寶臺此寶臺上有一大佛身量巨小與十方等卧倚臺側爾時彼佛左脇流水如瑠璃珠一一寶珠如須彌山一一山内百千卧佛一一卧佛出大光明亦如上說右脇復出萬億乳河流注于下滴滴化成百千化華華有化佛卧蓮華上各以右手灑甘露雨令一切衆皆得服食餓鬼衆生見此相時自然飽滿爾時空中有妙音聲讚四無量心然後分別空無境界無心心想寂滅境界作

是觀者名觀如來臥觀如來臥者當先觀臥像見臥像已當作是念佛在世時所以現臥諸佛如來體無疲倦但爲降伏剛强力士及諸邪見不善衆生或復慈愍諸比丘故現右脇臥如來臥者是大悲臥欲觀佛臥當行慈心行慈心者緣一切衆生見受苦時不惜身分成熟安樂受苦衆生令得無患大悲心者見諸衆生受苦惱時如已父母師長善友生悲哀心淚如猛雨如是等心名爲大悲見他受樂心生歡喜譬如比丘得第三禪是名爲喜捨者一切衆生無衆生相作是觀時先觀自身地大是衆生耶水火風大是衆生耶色是衆生耶受想行識是衆生耶空是衆生耶非空是衆生耶如是衆生耶非如是衆生耶實際是衆生耶非實際是衆生耶有爲空是衆生耶無爲空是衆生耶如是分別解析時不見衆生不得衆生無衆生想心無所著亦無志求解如是等清淨法者名爲行捨佛告阿難若有衆生樂觀佛臥者是則眞觀清淨慈定若有衆生聞佛臥法及諸比丘隨順佛語不壞威儀右脇臥者當知是人著慙愧衣服忍辱藥如此比丘現世坐禪見十方佛爲說大法若不坐禪不毁戒故於未來世見十方佛十方諸佛爲說大法聞法易悟猶如壯士屈伸臂頃應時即得阿羅漢道三明六通具八解脫如來臥者饒益衆生以饒益故名慈悲喜捨此四法者出生諸佛諸菩薩母說是語已佛於衆中舉身放光前八萬四千左八萬四千右八萬四千後八萬四千頂八萬四千是諸毛孔一一孔一毛旋生一一毛端

有百萬億塵數蓮華一蓮華上無量無數微塵化佛諸化佛身高顯莊嚴如千萬億諸須彌山一一佛臍中有五百萬億師子一一師子吐五百萬億諸供養具一一供具有五百萬億七寶華雲一一寶華雲有五百萬億諸偈頌聲雲聲聲相次猶如雨滴爾時如來復更明顯八十種好金色光明從白毫出一一光明徧照十方化成諸佛是諸世尊行者無數住者無數坐者無數臥者無數是諸化佛說大慈悲說三十七品助菩提法說六波羅審說佛如來十力無畏十八不共法此相現時一億諸釋心無所著悟無生忍佛為授記於未來世過筭數劫當得作佛號三昧勝幢如來應供正徧知十號具足次第作佛凡有一億彼佛出時娑婆世界清淨莊嚴猶如聖王伏幢世界光明佛剎等無有異是諸菩薩得佛道時國土無有毀禁亂意不善之名純是菩薩雖有聲聞不謗大乘時諸釋子聞佛授記心大歡喜各脫瓔珞以散佛上是諸瓔珞當佛上住化成華樹一一華樹有恒沙華一一華上有恒沙寶樓一一樓中有恒沙化佛一一化佛演說八萬四千諸波羅審復有化佛教諸聲聞數息安般流光白骨白骨流光心淨想心不淨想起結使想滅結使想斷使支想殺使根想如是諸想九百億塵數如數息安般說是名聲聞法菩薩法者唯有四法何等為四一者晝夜六時說罪懺悔二者常修念佛不誑衆生三者修六和敬心不恚慢四者修行六念如救頭然佛告父王如是等名未來世觀佛三昧亦名分別佛身亦名

知佛色相亦名念佛三昧亦名諸佛光明覆護衆生說是語時天龍夜叉八部鬼神十三億衆發阿耨多羅三藐三菩提心自發誓願願於來世常入三昧見佛色身如今無異時梵天王釋提桓因無數天子爲佛作禮長跪合掌白佛言世尊我等今者得見如來色中上色願當來世濁惡衆生繫念思惟見佛色身此願不虛我今所說及我所見眞實不虛願令我等及諸天衆猶如佛身作是語時自見心中百萬光出一一光明化成無量百千化佛自見已身身眞金色猶如難陀等無有異時諸梵天白佛言如來世雄出現於世必當利益一切衆生昔弘誓願今已得滿不捨衆生此語不虛故我自見心相境界未來衆生必當如是想佛眞身佛告梵天如汝所說眞實不虛未來衆生但發是念得無量福身相具足何況憶想佛說是語時淨飯王及諸釋子比丘尼優婆夷同時俱起禮佛而退爾時父王還至宮中爲諸婇女說佛相好千二百五十婇女聞佛白毫相心生歡喜除百萬億那由他生死之罪空中有聲告諸女言汝聞佛相除諸罪咎應發無上三菩提心聞是語已即見空中無量諸佛見諸佛已亦皆同時得念佛定時諸比丘即從坐起敬禮佛足遶佛七帀却住一面爾時阿難偏袒右肩合掌長跪白佛言世尊佛說三十二相餘有一相如來云何不顯說耶爾時世尊勑諸比丘各令還坐爾時世尊自化左右作五百億寶山一一寶山有四佛坐四佛世尊讚歎念佛佛即微笑口五色光舌十四光如此光明化

成一佛其佛臍中流出五水其色各異一一色中有九億菩薩一一菩薩頂上皆有梵摩尼光光中皆有恒沙化佛一一化佛臍中出水亦復如是如是衆水流入佛臍是諸化佛幷化菩薩皆入佛臍是時佛身表裏俱淨過於淨妙勝瑠璃珠於佛身内有師子座一一師子座如須彌山一一座上有一如來九十億菩薩以爲侍者是諸菩薩頂上諸佛如須彌山如是十方無量諸佛臍中出水皆與水俱來入釋迦文佛臍時諸佛不大釋迦不小釋迦不大諸佛不小釋迦文佛身内心中有無量佛一一佛不相障翳舉身毛孔説念佛法時諸化佛各伸右手摩阿難頂汝今善持觀佛三昧莫使忘失一心憶念爲未來衆生開光明目作是語時過去七佛像住立空中各伸右手摩阿難頂囑累是事時虛空中有無數光一一光中有無數化佛異口同音囑累斯法

觀佛三昧海經卷第七

音釋

噤巨禁切閉也　竦荀勇切動也　攘如陽切捋也　氍毹氍權俱切毹雙雛切氍毹毛褥也　搏伯各切擊也　噬時制切齧也　剜烏歡切刻也

觀佛三昧海經卷第八

東晉天竺三藏法師佛陀跋陀羅譯

觀馬王藏品第七

佛告阿難未來衆生云何當觀如來陰馬藏相陰馬藏相者我在家時耶輸陀羅及五百侍女咸作是念太子生世多諸奇特唯有一事於我有疑婇女衆中有一女子名修曼那即白妃言太子者神人也毗陀經説若有神人質性清淨以梵行故身根平滿太子今者以梵行人納妃多載其諸婇女奉事歷年不見身根況有世事復有一女名曰淨意白言大家我事太子經十八年未見太子有便利患況復諸欲爾時諸女各各異説皆謂太子是不能男太子晝寢皆聞諸女欲見太子陰馬藏相是時太子誓願力故應諸女人安徐轉身内衣被發見金色身光明晃曜雙膝暫開咸覩聖體平如滿月有金色光猶如日輪諸女歡喜如此神人實可敬愛但於我等世情望絶作是語已悲泣雨淚爾時太子於其根處出白蓮華其色紅白上一下二三華相連諸女見已復相謂言如此神人有蓮華相此人云何心有染著作是語已噎不能言是時華中忽有身根如童子形諸女見已更相謂言太子今者現奇特事忽有身根如是漸漸如丈夫形諸女見此滿已情願不勝喜悦現此相時羅睺羅母見彼身根華華相次如天劫貝一一華上乃有無數大身菩薩手執白華圍遶身根現已還没如前日輪此名菩薩陰馬藏相如來今者成菩提道是大丈夫是男子身復當爲汝顯現男相佛告阿難汝

未出家時摩偷羅王有一乳母名頭牟娑乳養彼王經十五載王既長大合掌長跪從王求願白言大王我雖卑賤乳養大王勤劬歷年伏惟大王乞賜一願王白乳母欲求何等乳母即言在王宮中如功德天一切無乏唯闕一事所謂女人情願所幸王白乳母當以乳母配一大臣義同伉儷乳母不願白言大王貴人多事非我所樂願勑國內一切男子十五以上三十已還皆悉從我若能來者我施彼人一大金錢形醜陋者當施銀錢時彼國王報乳母恩造一高樓宣令國內勑諸男子如上所願皆悉來集經歷年歲乳母衰老多招諸女遂有五百一一女人復買諸婢種種莊飾數滿八千時彼國王遘疾崩亡太子紹位智臣白言先王報恩恣此老婢令王國土如婬女村損辱國望實自不少用此何爲宜時擯徙白已出外焚燒高樓驅逐諸女諸女惶怖詣舍衛國既到舍衛於四衢道造立婬舍作妖如前舍衛大國多諸人衆臻諸女家經一宿者輸金錢二百國有長者名如閣達積財百億長者有子名曰華德兄弟三人遊蕩無度競奔婬舍始初一往各各皆輸金錢十五日日夜夜恒輸金錢過倍常人經一月中一藏金盡其父長者案行諸藏見一藏空問守藏者此藏中金爲何所在典藏白言大家諸子日日持錢往婬女舍若不制止用金當盡長者聞已椎胸大哭嗚呼賊子破我家居手執大杖打兒母頭其婦號哭嗚呼賊子生兒無益偷金藏盡父無訓範素不嚴勑見打胡爲長者瞋恚號哭詣王腹拍王前白

言大王國將荒亂摩偷羅國諸羅刹女來住此城破我家業王語長者汝甚大富金藏猶盡況餘凡下寧不困耶長者白王惟願大王速誅惡人王告長者吾受佛戒猶不傷蟻況欲殺人長者聞此舉手拍頭白言大王臣聞王者誅罰惡人爲國除患當有何罪今日大王與惡爲伴縱諸婬女壞亂正法國荒民窮戒將安存王告長者如來出世多所調伏鴦掘摩羅氣噓旃陀羅大力鬼王羅刹魁膾一切皆化今當詣佛啓白此事卿可小忍安慰臣已駕乘名象與諸侍從往詣祇洹爲佛作禮遶佛三帀合掌長跪白言世尊摩偷羅國諸婬女等今來此間惑諸年少願佛化之佛告大王却後七日佛自知之時波斯匿王禮佛而退佛告摩訶迦葉汝往詣須達大長者

家可白檀越却後七日佛詣議場化諸婬女須達聞已歡喜踊躍辦諸供具作七寶華高十一丈置佛坐處懸繒旛蓋香汁灑地其日已至王擊金鼓令諸國內諸論議師皆詣議場須達長者請諸比丘比丘尼優婆塞優婆夷一切皆集當設供養明日時到王與諸人詣論議場長者如閻達遣旃陀羅喚諸婬女須達長者亦白時到是時如來勑千二百五十比丘汝諸比丘各隨定意現大神通上座憍陳如與四比丘化作一窟大如雪山百千蓮華一一華上有五比丘結跏趺坐身出金光令身金色端嚴可愛猶如彌勒復有化人作十八變一一變中有十八比丘作十八變神通可觀中有入三昧者中有經行者光明迴旋猶如金山生諸寶華比丘在窟身心不

散飛到議場坐於上位鬱毗迦葉踊身空中化作六龍蟠身相結爲比丘座在其座上作十八變飛至議場伽耶那提兄弟二人踊身虛空化作大石窟入火光定作十八變飛至議場大德摩訶迦葉著千納衣手擎鉢盂執持威儀足步虛空步步之中化一寶樹一一樹下有化迦葉經行林中作十八變亦至議場大智舍利弗踊身空中作十八變身上出千日光明赫弈不相障蔽身下出千月如秋滿月團圓可愛作十八變飛至議場大目揵連踊身空中化作八萬四千師子座一一師子閉目伏地白如雪山大目揵連坐其背上作十八變飛至議場尊者優波離踊身空中於虛空中鋪尼師壇結跏趺坐入慈三昧身諸毛孔流出金光作十八變飛至議場大迦旃延踊身空中化作十五摩醯首羅一一天子乘一牛王頭上生華大迦旃延處此華座作十八變飛至議場所須菩提踊身空中冥然不現但聞語聲說如此偈

一切法如性　無我無衆生　亦無婬欲想
當復教化誰　諸法本無性　亦無名字想
愛著故起欲　當復教化誰

說是語已作十八變飛至議場時阿那律踊身空中化萬梵王作諸梵宮比丘處中作十八變飛至議場羅睺羅難陀時二比丘踊身空中化作寶樓比丘處中入深禪定作十八變飛至議場如是千二百五十比丘各現異變亦作十八種神通飛至議場爾時世尊獨將阿難持尼師壇手執澡鑵世尊在前阿難在後從佛鉢盂中有六蓮華一一蓮華放金

色光照舍衛國令作金色澡鑵水中有大金幢其金幢頭有五百光一一光明化千化佛三十二相皆悉具足足步虛空飛至議場波斯匿王及諸大衆散華燒香爲佛作禮百千天樂不鼓自鳴歌詠如來無量功德波斯匿王長跪合掌勸請如來令化婬女佛坐華座爲諸大衆略說苦空無常諸波羅蜜諸女不受時女衆中有一婬女名曰可愛告諸女言沙門瞿曇本性無欲人言不男故於衆中演說苦空毀欲不淨若有身分皆具足者於大衆中應去慙愧如尼揵子出身示我審有此相我等歸伏爲其弟子若無此相虛說不淨此無根人性自無欲云何不說欲爲不淨說是語已如來爾時化作一象如轉輪聖王象寶時象腳間出一白華猶如象支漸漸拄地

諸女見已歡喜大笑各相謂言沙門善幻乃化作此佛復化作一馬王像出馬王藏如瑠璃筩下垂至膝諸女見已咸言是幻末利夫人見此化相白諸比丘尼及優婆夷我等諸女宜各退還婬女所說不可聽聞世尊大慈今欲化之必作異變我等宜避禮佛而退佛勑阿難汝告波斯匿王及諸比丘各自遊戲波斯匿王白諸大德如來大慈欲化婬女我等今者宜各速去作是語已却行而退唯此千二百五十比丘侍立佛後佛告憍陳如將汝徒衆經行林中五百比丘大智舍利弗爲衆上首猶故合掌侍佛左右佛告舍利弗汝亦隨意與諸論師論講所宜五百比丘隨舍利弗後至華林中爲波斯匿王更說四諦唯阿難在佛告阿難汝留坐具汝亦宜去作是

語已是時世尊獨往女所是時諸女見佛獨在高聲大笑白言沙門汝今爲有身分不耶佛言我具男身是大丈夫諸女聞已掩口而笑爾時世尊鋪尼師壇金剛地神化作金牀七寶爲脚在坐具下佛坐其上褺僧伽梨被僧祇枝示胷卍字令女見之諸女見字如百千男子年皆盛壯顔貌奇特甚適女意佛復被泥洹僧見佛身體泯然平滿有金色光猶如千日諸女見已皆言瞿曇是無根人佛聞此語如馬王法漸漸出現初出之時猶如八歲童子身根漸漸長大如少年形諸女見已皆悉歡喜時陰馬藏漸漸長大如蓮華幢一一層間有百億蓮華一一蓮華有百億寶色一一色中有百億化佛一一化佛百億菩薩無量大衆以爲侍者時諸化佛異口同音毀諸女人惡欲過患而說偈言

若有諸男子　年皆十五六　盛壯多力勢
數滿恒河沙　持以供給女　不滿須臾意

時諸女人聞此語已心懷慚愧懊惱躃地舉手拍頭而作是言嗚呼惡欲乃令諸佛說如此事我等懷惡心著穢欲不知爲患乃令諸佛聞如此弊猶如盛火焚燒我等說是語時見虛空中一切化佛廣爲諸女說不淨觀所謂九想十想三十想數息安般諸女聞說不淨觀法樂禪定樂不樂欲樂爾時世尊還攝身光端坐金牀大衆雲集還到佛所波斯匿王白言世尊如來出世多所利益乃於此處現大光明況餘身分無量功德一切諸天在虛空中亦讚如來百千梵行如來梵行乃得如此勝陰馬藏沒無處所顯出金華化佛無

數是持戒報功德巍巍時諸女人聞此語已四千女等發阿耨多羅三藐三菩提心二千女人遠塵離垢得法眼淨二千女人於未來世過十二劫次第當得辟支佛道長者如闇達見佛現化惡魔女人讚言善哉善哉如來昔者破波旬軍今化諸女與本無異此相現時無量諸天發菩提心波斯匿王所將士衆有五百人求佛出家鬚髮自落身所著衣變成袈裟應時即得阿羅漢道是時大衆見瑪王藏心歡喜者除五十億劫生死之罪禮佛而退佛告阿難我昔夏安居時波羅柰國有一婬女樓樓上有女名曰妙音昔日於佛有重因緣我與難陀及將汝往此婬女舍日日乞食此女於我不曾恭敬於難陀所偏生愛著已經七日女心念言沙門瞿曇若能遣弟難陀阿難從我願言我當種種供養沙門佛告阿難難陀汝從今日莫往彼村世尊自獨執鉢而行至女樓所一日至三日放金色光化諸天人此女不悟後日世尊復將阿難難陀在樓下行婬女愛敬二比丘故遥以衆華散佛及二比丘阿難告言汝可禮佛女愛阿難應時作禮爾時世尊化三童子年皆十五面貌端正勝諸世間一切人類此女見已身心歡喜爲化年少五體投地敬禮年少白言丈夫我今此舍如功德天福力自在衆寶莊嚴我今以身及與奴婢奉上丈夫可備灑掃若能顧納隨我所願一切供給無所愛惜作是語已化人坐牀未及食頃女前親近白言丈夫願遂我意化人不違隨已所欲既附近已一日一夜心不疲猒至二日時愛心漸息

至三日時白言丈夫可起飲食化人即起纏綿不巳女生猒悔白言丈夫異人乃爾化人告言我先世法凡與女通經十二日爾乃休息女聞此語如人食噎旣不得吐又不得咽身體苦痛如被杵擣至四日時如被車轢至五日時如鐵丸入體至六日時支節悉痛如箭入心女作念言我聞人說迦毗羅城淨飯王子身紫金色三十二相慜諸盲冥救濟苦人恒在此城常行福慶放金色光濟一切人今日何故不來救我作是念已懊惱自責我從今日乃至壽終終不貪色寧與虎狼師子惡獸同處一宂不貪色欲受此苦惱作是語已復起飲食行坐共俱無柰之何化人亦瞋咄弊惡女廢我事業我今共汝合體一處不如早死父母宗親若來覓我於何自藏我寧經死不堪受恥女言弊物我不用爾欲死隨意是時化人取刀刺頸血流漫地塗汙女身逶迤在地女不能勝亦不得免死經二日青瘀臭黑三日膖脹四日爛潰大小便利及諸惡蟲迸血諸膿塗漫女身女極惡猒而不得離至五日時皮肉漸爛至六日時肉落都盡至七日時唯有臭骨如膠如漆粘著女身女發誓言若諸天神及與仙人淨飯王子能免我苦我持此舍一切珍寶以用給施作是念時佛將阿難難陀帝釋在前擎寶香爐燒無價香梵王在後擎大寶蓋無量諸天鼓天妓樂佛放常光照曜天地一切大衆皆見如來詣此女樓時女見佛心懷慙愧藏骨無處取諸白氎無量衆香纏裹臭骨臭勢如故不可覆藏女見世尊爲佛作禮以慙愧故身映骨

上臭骨忽然在女背上女極慙愧流淚而言如來功德慈悲無量若能令我離此苦者願爲弟子心終不退佛神力故臭骨不現女大歡喜爲佛作禮白佛言世尊我今所珍一切施佛佛爲呪願梵音流暢女聞呪願心大歡喜應時即得須陀洹道五百侍女聞佛音聲皆發無上菩提道心無量梵衆見佛神變得無生忍帝釋所將諸天子等有發菩提心者有得阿那含者佛告阿難我昔初成道時伽耶城邊住熈連河側有五尼揵第一尼揵名薩闍多五百徒衆餘四各有二百五十弟子時諸尼揵自稱得道來至我所以其身根繞身七帀來至我所鋪草爲座即作此語瞿曇我無欲故梵行相成我之身根乃能如此如自在天我今神道過踰沙門百千萬倍沙門作一我當作二即於地中化作一樹以其身根絞繞著樹滿七帀已令樹雲霧如龍王氣高聲大喚舉手唱言瞿曇我梵行相事驗如此汝稱男子言大丈夫以何爲證爾時世尊化作寶架寶架兩頭有十四珠一一明珠有千光明一一光明化成化佛作十八變住立空中世尊現化倒住空中脚在架上時佛二足出千蓮華一一蓮華萬億光明一一光明有百億寶臺一一臺中無數化佛一一化佛各攝一脚猶如卷鎖令脚不現一切化佛及釋迦文悉懸一脚倒住空中唯諸尼揵見佛倒住無量天龍八部鬼神見佛世尊安坐講堂敷演大法所謂無相無我等法時空有聲告諸尼揵佛已作一汝可作二時諸尼揵即自騰擲手搏樹枝抱樹而立盡尼揵術不能

倒立樹神現身手搏其耳罵言狂人汝如小蟲敢與獸王師子共戰汝向大喚佛若作一我當作二佛今已住大神通力汝何不為樹神罵已地神堅牢即從地出住立空中以大鐵鎖鎖尼揵脚倒懸空中有五夜叉以杖撾之尼揵痛急自掣墜地未至地頃有一尼揵稱南無佛世尊以手接取尼揵令身不痛時諸尼揵既至地已姤心不歇語地神言汝無慈心偏為瞿曇汝宿罪故受夜叉身在此地下今日復更無慈普愛但為瞿曇困苦我等時恒河神飛住空中手執大石告言尼揵如汝癡人服食牛糞石灰塗頭令髮阤落裸形無恥猶如驢馬亦如貧龍不能潤益如來佛日普照一切汝今云何持黒闇身與日爭光爾時水神唱是語已勸請世尊伏諸尼揵爾時世尊告諸尼揵汝等不知如來身分若欲見者隨意觀之如來積劫修行梵行在家之時無邪欲想心不染累故得斯報猶如寶馬隱顯無常今當為汝少現身分爾時世尊從空而下即於地上化作四水如四大海四海之中有須彌山佛在山下正身仰卧放金色光其光晃曜映諸天目徐出馬藏遶山七帀如金蓮華華華相次上至梵世從佛身出一億那由他雜寶蓮華猶如華幢覆蔽馬藏此蓮華幢有十億層層有百千無量化佛一一化佛百億菩薩無數比丘以為侍者化佛放光照十方界尼揵見已大驚心伏佛梵行相乃至如此不可思議形不醜惡猶如蓮華我今頂禮佛功德海佛智無邊不可窮盡受我懺悔攝取我等作此語已五百尼揵合掌叉

手長跪在地求佛出家佛言善來比丘佛勑迦葉爲辦衣服迦葉爾時至仙人所告大仙人今日世尊伏諸尼揵惟願仙士施少衣裳時諸仙人取好樹皮多羅樹葉裁縫爲衣時仙人師名曰光目合掌叉手告諸弟子佛德無量弘誓周普乃攝受此著邪見人我宜辦衣給裸形者亦敬佛寶可脫諸苦說是語已從迦葉後至世尊所五百仙人見蓮華臺從佛身出如衆蓮華圍遶須彌上至梵世時諸仙人見此事已歡喜合掌敬禮世尊諦觀世尊目不暫捨見佛眉間白毫相光右旋宛轉及見佛身一切衆相作是思惟此相好者必從前世無縛無著無我無作無心無識無人無物無施無受清淨檀波羅蜜生亦隨一切平等無相大智空慧般若波羅蜜生思是義已應時即得無生法忍五百尼揵著僧伽梨爲佛作禮未舉頭頃應時即得阿羅漢道三明六通具八解脫一一尼揵誓願當度五百尼揵現此相時無量諸天龍夜叉衆見佛梵行清淨果報身心歡喜發阿耨多羅三藐三菩提心佛告阿難佛滅度後天衆龍衆夜叉衆沙門衆婆羅門衆問佛世尊過去世時清淨無欲修諸梵行得何果報汝當答言佛有馬王藏相與身平等七合盈滿如金剛器中外俱淨爲度衆生出現是相化佛光明妙蓮華雲其數無量如此身者從無數世無染安隱善持戒慧尸波羅蜜生佛勑阿難佛滅度後佛諸弟子欲觀如來陰馬藏相當作是觀如是觀者是名正觀若異觀者名爲邪觀佛滅度後佛諸弟子若有繫心正念思惟佛梵

行相化佛光明者常於夢中見十方佛此人生生恒修梵行除却二十萬劫生死之罪說是相時夜叉衆中八千夜叉身心歡喜讚歎如來無量德行應時即發阿耨多羅三藐三菩提心

觀佛三昧海經卷第八

音釋

遘居候切遇也　逶迤逶邕危切迤余支切逶迤謂面掩地若蛇行也　瘀於御切氣血壅也　潰胡對切散壞也　粘尼占切相著也

觀佛三昧海經卷第九

東晉天竺三藏法師佛陀跋陀羅譯

本行品第八

佛告阿難如來有三十二大人相八十種隨形好金色光明一一光明無量化佛身諸毛孔一切變現及佛色身略中略者我今爲此時會大衆及淨飯王略說相好佛生人間亦同人事因人相故說三十二相勝諸天故說八十好爲諸菩薩說八萬四千諸妙相好佛寶相好我初成道摩伽陀國寂滅道場爲普賢賢首等諸大菩薩於雜華經已廣分別此尊法中所以略說爲諸凡夫及四部弟子謗方等經作五逆罪犯四重禁偷僧祇物婬比丘尼破八戒齋作諸惡事種種邪見如是等人若能至心一日一夜繫念在前觀佛如來一相好者諸惡罪障皆悉盡滅是故如來名婆伽婆名阿羅訶名三藐三佛陀名功德日名智滿月名清涼池名除罪珠名光明藏名智慧山名戒品河名迷衢導名邪見燈名破煩惱賊名一切衆生父母名大歸依處若有歸依佛世尊者若稱名者除百千劫煩惱重障何況正心修念佛定佛告阿難如來往昔無量無邊阿僧祇劫以智慧火燒煩惱薪修無相定不非時證是故獲得如是勝相一一相中無量化佛何況多相若能繫心觀一毛孔是人名爲行念佛定以念佛故十方諸佛常立其前爲說正法此人即爲能生三世諸如來種何況具足念佛色身如來亦有無量法身十力無畏三昧解脫諸神通事如此妙處非汝凡夫所學境界但當深心起隨喜想

起是想已當復繫念念佛功德念佛功德者所謂戒定智慧解脫解脫知見金色三十二相八十隨形好十力四無所畏十八不共法大悲三念處是若有衆生一聞佛身如上功德相好光明億億千劫不墮惡道不生邪見雜穢之處常得正見勤修不息但聞佛名獲如是福何況繫念觀佛三昧爾時世尊說此語時於虛空中有七寶臺一一臺上有百億寶蓋天雨寶華供養釋迦牟尼佛時文殊師利法王子結跏趺坐坐寶臺中與十億菩薩住虛空中讚言善哉善哉釋迦牟尼大悲世尊說佛身相示佛威儀現佛光明顯諸化佛爲未來世凡愚衆生不見佛者作見佛因善哉阿難慈悲法子汝名歡喜依名定實善持佛語愼勿忘失未來衆生聞汝說者即是見佛思此義者具足見佛微妙色身爾時文殊說此語已與諸菩薩眷屬大衆從空而下敬禮佛足遶佛七帀却住一面佛告文殊佛子汝今在座作此觀時地生蓮華縱廣正等滿一由旬文殊師利及諸菩薩坐蓮華上爾時文殊師利法王子旣已坐竟白佛言世尊我今自欲說於往昔本生因緣惟願世尊加我威神佛告文殊速說勿疑文殊師利告諸大衆對尊者阿難阿難當知我念過去無量數劫復倍是數不可思筭阿僧祇劫彼世有佛名寶威德如來應供正遍知明行足善逝世間解無上士調御丈夫天人師佛世尊彼佛出時衆生弊惡與今無異彼佛世尊亦長丈六身紫金色說三乘法如釋迦文爾時彼國有大長者名一切施長者有子名曰戒護在

母胎時母信敬故豫爲其子受三歸依子既生已年至八歲父母請佛於家供養童子見佛安行徐步足下生華有大光明見已歡喜爲佛作禮禮已諦觀目不暫捨一見佛已即能除却百萬億那由他劫生死之罪從是已後恒得值遇百億那由他恒河沙佛於諸佛所植衆德本是諸世尊皆説如是觀佛三昧亦讃白毫大人相光勸多衆生懺悔繫念過是已後復得值佛名摩尼光多陀阿伽度阿羅訶三藐三佛陀摩尼光佛出現世時常放光明以作佛事度脱人民如是二萬佛皆同一號名摩尼光時諸世尊皆以化佛微妙光明誘接衆生次復有佛名栴檀摩尼光十號具足如是百億佛皆號摩尼光是諸世尊誓願力故正以眉間白毫相光覆護衆生除滅衆罪復有佛出名栴檀海如來應正遍知如是百萬佛皆同一字名栴檀海是諸世尊以胷德字卍字印光化度衆生時彼童子親侍諸佛間無空缺禮拜供養合掌觀佛觀佛功德因緣力故復得值遇百萬阿僧祇佛彼諸世尊亦以色身化度衆生從是已後即得百千億念佛三昧得百萬阿僧祇旋陀羅尼既得此已諸佛現前説無相法須臾之間得首楞嚴三昧時彼童子受三歸依一禮佛故諦觀佛相心無疲猒由此因緣值無數佛何況繫念具足思惟觀佛色身時彼童子豈異人乎今我身是爾時世尊讃文殊師利言善哉善哉文殊師利乃於昔時一禮佛故得值爾許無數諸佛何况未來我諸弟子勤觀佛者佛勅阿難汝持文殊師利語徧告大衆及未

來世衆生若能禮拜者若能念佛者若能觀佛者當知此人與文殊師利等無有異捨身他世文殊師利等諸大菩薩爲其和尚說是語時菩薩衆中有一佛子名曰財首即從座起遶佛七帀恭敬禮拜亦禮文殊師利足以天曼陀羅華摩訶曼陀羅華曼殊沙華摩訶曼殊沙華而散佛上及散文殊師利上亦散尊者阿難是諸天華當於佛上化爲華臺於華臺內有十方佛結跏趺坐東方善德佛告大衆言汝等當知我念過去無量世時有佛世尊名寶威德上王如來應正遍知彼佛出時亦如今日說三乘法時彼佛世有一比丘有九弟子與諸弟子往詣佛塔禮拜佛像見一寶像嚴顯可觀既敬禮已目諦視之說偈讚歎隨壽修短各自命終既命終已生於東方寶威德上王佛國土在大蓮華結跏趺坐忽然化生從此已後恒得值遇無量諸佛於諸佛所淨修梵行得念佛三昧海既得此已諸佛現前即與授記於十方面隨意作佛東方善德佛者則我身是南方栴檀德佛西方無量明佛北方相德佛東南方無憂德佛西南方寶施佛西北方華德佛東北方三乘行佛上方廣衆德佛下方明德佛如是等十方佛世尊因由禮塔一讚偈故於十方面得成爲佛豈異人乎我等十方佛是時十方佛從空而下放千光明顯現色身白毫相光各各皆坐釋迦佛牀各伸右手摩阿難頂告言法子汝師和尚釋迦牟尼百千苦行無數精進求佛智慧報得是身光明色相令爲汝說汝持佛語爲未來世天龍大衆比丘比丘尼優

婆塞優婆夷廣說觀佛法及念佛三昧說是語已然後問訊釋迦文佛起居安隱旣問訊已放大光明各還本國時會大衆見十方佛及諸菩薩國土大小如於明鏡見衆色像財首菩薩所散之華當文殊上即變化成四柱寶臺於其臺內有四世尊放身光明儼然而坐東方阿閦南方寶相西方無量壽北方微妙聲時四世尊以金蓮華散釋迦佛未至佛上化爲華帳有萬億葉一一葉間百千化佛化佛放光光中復有無數化佛寶帳成已四佛世尊從空而下坐釋迦佛牀讚言善哉善哉釋迦牟尼乃能爲於未來之世濁惡衆生說三世佛白毫光相令諸衆生得滅罪咎所以者何念我昔曾空王佛所出家學道時四比丘共爲同學習學三世諸佛正法煩惱覆心不能堅持佛法寶藏多不善業當墮惡道空中聲言汝四比丘空王如來雖復涅槃汝之所犯謂無救者汝等今當入塔觀佛與佛在世等無有異我從空聲入塔觀像眉間毫相即作是念如來在世光明色身與此何異佛大人相願除我罪作是語已如太山崩五體投地懺悔諸罪觀佛眉間懺悔因緣從是已後八十億阿僧祇劫不墮惡道生生常見十方諸佛於諸佛所受持甚深念佛三昧得三昧已諸佛現前授我記莂東方有國國名妙喜彼土有佛號曰阿閦即第一比丘是南方有國國名歡喜佛號寶相即第二比丘是西方有國國名極樂佛號無量壽第三比丘是北方有國國名蓮華莊嚴佛號微妙聲第四比丘是時四如來各伸右手摩阿難頂告

言法子汝持佛語廣爲未來諸衆生説三説此已各放光明還歸本國財首菩薩所散諸華住阿難上者化成華雲遍滿十方一一雲閒無數化佛各伸右手摩阿難頂告言法子諸佛如來所有化身亦如我等等無有異汝今親見當爲未來一切衆生廣分别説令諸衆生修行念佛若念佛者得見化佛與今無異若有衆生聞汝所説則爲見佛除無量罪爾時財首菩薩白佛言世尊我念過去無量世時有佛世尊亦名釋迦牟尼彼佛滅後有一王子名曰金幢憍慢邪見不信正法知識比丘名定自在告王子言世有佛像衆寶嚴飾極爲可愛可暫入塔觀佛形像時彼王子隨善友語入塔觀像見像相好白言比丘佛像端嚴猶尚如此況佛眞身作是語已比丘告言汝今見像若不能禮者當稱南無佛是時王子合掌恭敬稱南無佛還宮繫念念塔中像即於後夜夢見佛像見佛像故心大歡喜捨離邪見歸依三寶隨壽命終由前入塔稱南無佛因縁功德恒得値遇九百萬億那由他佛於諸佛所常勤精進逮得甚深念佛三昧三昧力故諸佛現前爲其授記從是已來百萬阿僧祇劫不墮惡道乃至今日獲得甚深首楞嚴三昧爾時王子今我財首是也如是等諸大菩薩其數無量各説本縁依念佛得如本生經説爾時世尊告諸大衆我念過去無數劫時爾時有佛號栴檀窟莊嚴如來應供正遍知明行足善逝世間解無上士調御丈夫天人師佛世尊十號具足在閻浮提諸德山中於彼山中出家學道足滿七劫

成阿耨多羅三藐三菩提爾時彼世有二童子多聞無猒遊行國界問諸婆羅門時有一婆羅門名牢度叉伽告言童子世間有佛名栴檀窟汝等二人可詣彼所求論議法時二童子長者名爲一切喜見第二童子名勇猛鎧共詣佛所各持天華共散如來爾時世尊寂然禪定入三昧王三昧身心不動普現一切諸佛色身光明無數如般若波羅蜜所説時二童子見佛色身及見光明即時超越那由他恒河沙阿僧祇劫生死之罪恒得值遇無量無數百千諸佛於諸佛所修行甚深念佛三昧現前得見十方諸佛爲其演説不退法輪爾時第一童子豈異人乎今彌勒菩薩是第二童子今我釋迦牟尼是我與賢劫諸菩薩會於過去栴檀窟佛所聞是諸佛色身變化觀佛三昧海以是因緣功德力故超越九百萬億阿僧祇劫生死之罪於此賢劫次第成佛最後樓至如來亦於此處説觀佛三昧佛告阿難此觀佛三昧是一切衆生犯罪者藥破戒者護失道者導盲㝠者眼愚癡者慧黑闇者燈煩惱賊中是勇猛將諸佛世尊之所遊戲首楞嚴等諸大三昧始出生處佛告阿難汝今善持愼勿忘失過去未來三世諸佛是諸世尊皆説如是念佛三昧我與賢劫諸大菩薩因是念佛三昧力故得一切智威神自在如是十方無量諸佛皆由此法成三菩提爾時尊者阿難佛神力故自識宿命無數劫事白佛言世尊我念過去無數億劫有佛世尊名日月燈明十號具足我於彼世見佛如來放大光明其光徧照十方世界皆

作金色一一光中有諸化佛我見是已身心歡喜稱南無佛從是已來常得值遇百千諸佛說法猶如瀉水置於異器憶持不忘是故我今得見世尊親自供侍作是語已說諸偈頌讚歎諸佛微妙色身爾時空中有無數佛皆現光明身身毛孔所出化佛如釋迦文皆告阿難言法子汝今持是觀佛三昧廣爲一切大衆分別今諸凡夫種見佛因說是語已化佛不現爾時世尊爲囑此事故住立空中威儀自在作十八變顯一切光告阿難言若有衆生欲觀佛者當如此觀佛說是語時十二億天子得念佛三昧現前受記

觀像品第九

爾時會中有菩薩摩訶薩名曰彌勒即從座起偏袒右肩頂禮佛足脫身瓔珞奉上如來以眞珠華散佛世尊及文殊師利所散瓔珞自然涌住於虛空中化成八萬億寶臺一一臺中有百億釋迦文佛皆放光明普現色身山林河海一切衆生所有妙色星宿日月諸須彌山諸天龍神及諸宮殿亦於中現五通神仙百億呪術九十六種諸邪見道醫方技藝工巧文詠皆於一毛顯現此事世間邪見穢欲衆生所希見者亦於光明悉自涌出地獄畜生諸阿脩羅八難四倒諸不祥事受報好醜亦於此相自得覺知所散珠華住佛上者化作百億白色光明住文殊上者化作百千億微妙色光此諸光明互相交絡如大龍王蟠身相向一一光中五億寶光如僧伽梨割截分明以金色光縫持令住縷出入處生四寶華一一華中賢劫菩薩結跏趺坐十方

諸佛及諸化佛坐寶蓮華為此賢劫諸大菩薩說般舟甚深三昧亦讚觀佛最初因緣惟無三昧念佛境界金剛譬定說是法已是諸如來各伸右手摩阿難頂告言法子汝今應當善持佛語愼勿忘失爾時彌勒菩薩白佛言世尊惟願天尊大慈大悲憐愍一切未來世中多有衆生造不善業佛不現在何所依怙可除罪咎佛告彌勒阿逸多諦聽諦聽善思念之如來滅後多有衆生以不見佛作諸惡法如是等人當令觀像若觀像者與觀我身等無有異說是語時空中有華十方諸佛住立空中叉手合掌讚言善哉佛子善問此事惟釋迦文救世苦者為諸末後盲冥衆生說觀像法今正是時愼勿疑慮彌勒菩薩重更慇懃勸請世尊說觀像法爾時世尊放常光明照尼拘樓陀精舍及十方國皆作金色佛神力故令金色地分為二分一一分中五百億佛從下方界皆自踊出住立空中合掌讚歎彌勒菩薩摩訶薩言善哉佛子乃能憐愍未來衆生生末法者勸請世尊說觀像相時諸化佛說此語已踊身虛空作十八變釋迦文佛即自微笑笑時口中生大蓮華其華有光如合百億日月星宿衆宿日月間百億化佛結跏趺坐坐師子牀爾時釋迦文佛告彌勒菩薩言諦聽諦聽善思念之如來今者為未來世五苦衆生犯禁比丘不善惡人五逆誹謗行十六種惡律儀者為如是等說除罪法爾時阿難白佛言世尊佛涅槃後此等愚人無依無怙無歸依處云何如來說除罪法佛告阿難汝於佛法心未具解如我在世

歸依我者名歸依佛名歸依法名歸依僧佛滅度後濁惡世中諸衆生等欲除罪咎欲於現世得須陀洹至阿羅漢欲發三菩提心欲解十二因緣當勤修習觀佛三昧阿難白佛言世尊如來在世衆生現見觀佛相好觀佛光明尚不了了况佛滅後佛不現在當云何觀佛告阿難佛滅度後現前無佛當觀佛像觀佛像者若比丘比丘尼優婆塞優婆夷天龍八部一切衆生欲觀像者先入佛塔以好香泥及諸瓦土塗地令淨隨其力能燒香散華供養佛像說已過惡禮佛懺悔如是伏心經一七日復至衆中塗掃僧地除諸糞穢向僧懺悔禮衆僧足復經七日如是供養心不疲猒若出家人應誦毗尼極令通利若在家人孝養父母恭敬師長調心令輭心若不輭當強折伏令心調順如調象馬不令失御心柔順已住於靜處燒衆名香禮釋迦文而作是言南無大德我大和尚應正徧知大悲世尊願以慈雲覆護弟子作是語已五體投地泣淚像前從地而起齊整衣服結跏趺坐繫念一處隨前衆生繫心鼻端繫心額上繫心足指如是種種隨意繫念專置一處勿令馳散使心動搖心若動搖舉舌拄齶閉口閉目叉手端坐一日至七日令身安隱身安隱已然後想像樂逆觀者從像足指次第仰觀初觀足指繫心令專緣佛足指經一七日閉口閉目令了了見金像足指漸次復觀兩足趺上令了了見次觀鹿王腨心既專已次第至髻從髻觀面若不明了復更懺悔倍自苦策以戒淨故見佛像面如真金鏡了了分明作

是觀已觀眉間毫如玻瓈珠右旋宛轉此相現時見佛眉眼如天畫師之所畫作見是事已次觀頂光令分明了了如是衆相名爲逆觀順觀像者從佛頂上諸螺文間一一螺文繫心諦觀令心了了見佛螺文猶如黒絲右旋宛轉次觀佛面觀佛面已具足觀身漸下至足如是往返凡十四徧諦觀一像極令了了觀一成已出定入定恒見立像在行者前見一了了復想二像見二像已次想三像乃至想十皆令了了見十像已想一室内滿中佛像間無空缺滿一室已復更精進燒香散華掃塔塗地澡浴衆僧爲父母師長按摩調身洗浴身體上塗足油四方乞食得好美者先上師長分奉父母作是行已發大誓願我令觀佛以此功德不願人天聲聞緣覺正欲專求佛菩提道發是願已若實至心求大乘者當行懺悔行懺悔已次行請佛行請佛已次行隨喜行隨喜已次行迴向行迴向已次行發願行發願已正身端坐繫念在前觀佛境界令漸廣大一僧坊中滿中佛像方身丈六足下蓮華圓光一尋及通身光摩尼燄相及衆化佛化佛侍者光明衆色皆令了了一僧坊已令心復廣一頃地中滿中佛像此想成已心得安隱身體悦樂若行若立心想利故見一頃地滿中佛像香華供具及諸幢旛皆隨像行以心利故左右前後盡見像行心漸廣大見百頃地滿中佛像開目閉目皆令心想想想不絶心心相續如渴思飲此想成已見一由旬滿中佛像漸增廣遠滿百由旬見一切像三十二相八十隨形好皆悉炳然

此想成已想一閻浮提八千由旬滿中佛像此想成已次想東方弗婆提界八千六十由旬滿中佛像此想成已復想西方瞿耶尼界廣八千九百由旬滿中佛像此想成已復觀北方鬱單越界一萬六千由旬滿中佛像此想成已復更廣遠見百閻浮提滿中佛像此想成已見百億四天下滿中佛像念想成已唯除食時除便轉時一切時中恒見佛像虛空及地滿中佛像像像相次間無空缺念想成已身心歡喜倍加精進頂戴恭敬十二部經於說法者起大師想於佛法僧起父母想令心調柔不起瞋想設瞋恚時當於般若波羅蜜前五體投地誠心懺悔如上所說五法次第應行念想成已閉目叉手端坐正受更作遠想滿十方界見一切像身純金色放大光明若有犯戒作不善者先身犯戒及以今身見諸佛像或黑或白以懺悔故漸見紅色見紅色已漸見金色見金色已身心歡喜勸請諸像使放光明起此想時念想利故見一切像舉身毛孔皆放光明一一光明百億寶色一一色中無量雜色微妙境界悉自涌出此念想成名觀立像佛告阿難如是觀者名爲正觀若異觀者名爲邪觀餘相現者別境界出當疾除之作是觀者除却六十億劫生死之罪亦名見佛於未來世心想利故值遇賢劫千佛世尊爲其和尚於佛法中次第出家一一佛所見佛身相了了分明聞佛說法憶持不忘於星宿劫光明佛所現前受記麤心觀像尚得如是無量功德況復繫念觀佛眉間白毫相光說是語時大梵天王無量梵

衆持諸天華奉散世尊脫身瓔珞以奉上佛其華如雲在空中住所上瓔珞變成金臺於金臺中有金色光其光變爲七佛尊像端嚴微妙色相悉具螺髻梵王長跪合掌勸請世尊而作是言如來大悲慈愍衆生願爲來世盲冥衆生具足演說觀像想法令諸衆生依佛所說恒得值遇諸佛世尊得念佛三昧三昧力故令諸衆生遠離罪惡以罪滅故現見諸佛佛告梵王如是如是如汝所說爾時世尊復爲來世諸衆生故更說觀像坐法觀像坐者至心繫念令前立像足下生華此華生時當起想念令此大地作黃金色作七寶色隨想而現一一寶色黃金爲界一一界間生寶蓮華作此想時有寶蓮華千葉具足應想而現既見華已請諸想像令坐寶華衆像坐時大地自然出大白光如瑠璃色白淨可愛衆白光間百億菩薩白如雪山從想像身毛孔中出一一菩薩身毛孔中出金色光其光如山百千金色閻浮檀金光明赫弈數不可知應想而現一一山頂有一想像高顯可觀閻浮檀金色其光大盛照十方界皆作金色見地及空亦作金色滿中金像金光金蓋金臺金華金旛見想菩薩純白玉色手執白拂有執白華當起想念極令鮮白若餘雜想異境界現當疾除滅若不除滅隨逐餘想隨他境界喜發風病此念佛想是大甘露利益衆生觀佛三昧如服良藥利益四大服此藥者不老不死佛告阿難若有衆生欲觀像坐當如是觀作是觀者名爲正觀若異觀者名爲邪觀若有衆生觀像坐者除五百億劫生死

之罪未來值遇賢劫千佛過賢劫已星宿劫中值遇諸佛數滿十萬一一佛所受持佛語身心安隱終不謬亂一一世尊現前授記過筭數劫得成爲佛爾時世尊告阿難言若有衆生觀像坐已當觀像行觀像行者見十方界滿中像行虛空及地見一一像從座而起一一像起時五百億寶華一一華中有無數光一一光中無數化佛隨心想現坐像起立未起中間當動身時眉間白毫旋舒長短猶如眞佛放白光明爲百千色映飾金光衆白光間無數銀像身白銀色銀光銀華銀蓋銀旛銀臺悉皆是銀時衆金像與銀像俱動身欲起諸像齊中各生蓮華其蓮華中踊出無數百千化佛一一化佛放金色光照行者身是時行者入定之時自見已身三十六物惡露不淨不淨現時當疾除滅而作是念三世諸佛身心清淨我今學佛眞淨法身此不淨觀從貪愛生虛僞不實用此觀爲作是念已當自觀身使諸不淨變爲白玉自見已身如白玉瓶內外俱空作是觀時宜服酥藥勿使身虛此想成時諸像皆起如前立住見像立時當作想念請像令行像旣行已步步之中足下生華成蓮華臺見十方界滿中行像供具妓樂諸天大衆恭敬圍遶行像放光照諸大衆令作金色銀像放光照諸大衆皆作銀色白玉菩薩放白玉光令諸大衆作白玉色雜色諸像放雜色光映飾其間此想成已更起想念請諸行像皆令以手悉摩我頭爾時諸像各伸右手摩行者頭是時衆像放大光明照行者身光照身時行者自見身黃金色

此想成已出定歡喜復更至心禮敬諸佛修諸功德以是功德迴向菩提爾時復當更起想念我今想見衆多金像行坐隨意未見神通起心作想請諸行像及菩薩像作十八變應念即作十八種變現滿十方一切衆像踊身空中作十八變威神自在普現色身令行者見見已歡喜請一切像令轉法輪應念即時一一衆像異口同音讚歎持戒讚歎念佛想聞此已心大歡喜復加精進以精進故心想得成心想成時見十方界一切大地山河石壁皆悉變化爲金剛地金剛地上涌出白光衆白光間無數化佛坐寶蓮華一一化佛放無數億百千光明一一光明復化無數百千化佛此想現時行者自見身諸毛孔出金色光遍照一切若餘境起當疾除滅如此心想疾於猛風須臾之頃見無數化佛行者心利如明眼人執玻瓈鏡自觀面像行者觀像亦復如是此想成已當作是念諸佛世尊住大寂滅身心清淨無來無去如我身者四大五陰所共合成如芭蕉樹中無堅實如水上沫如水中月如鏡中像如熱時燄如野馬行如揵闥婆城作是想已諸像尋滅有金色光於金光間有金佛影如鏡中像行住坐卧四威儀中現一切色此想成時當念如來戒身念戒身時見諸佛影眉間光明猶如白絲空中清淨至行者前行者見已當作是念釋迦牟尼多陀阿伽度阿羅訶三藐三佛陀過去世時以大戒身而自莊嚴是故今日得戒定慧解脫解脫知見作此念時釋迦文佛坐瑠璃窟身紫金色端嚴微妙與諸比丘菩薩大

衆以爲眷屬住行者前告言法子汝修觀佛三昧力故我以涅槃相力示汝色身令汝諦觀汝今坐禪不得多觀汝後世人多作諸惡但觀眉間白毫相光作此觀時所見境界如上所說爾時一念情無所著心大歡喜應時即得念佛三昧念佛三昧者見佛色身了了分明亦見佛心一切境界亦如上來觀佛心說亦見佛身一切光明亦如上觀佛身光說亦見佛身一切毛孔一一毛孔悉生八萬四千蓮華一一華中復有八萬四千化佛佛佛相次滿十方界爾時釋迦牟尼佛即伸右手摩行者頂一切化佛亦伸右手摩行者頂得此觀者名佛現前三昧亦名念佛三昧亦名觀佛色身三昧爾時諸佛異口同音各各皆爲行者說法雖未得道見佛聞法總持不失此名凡夫念佛三昧得此三昧者刹那刹那頃恒見諸佛於念念頃聞佛說法所謂大乘方等經典一日一夜即得通利父母生身惱濁惡世以念佛故得聞總持捨身他世必得見佛於諸佛所得千萬億旋陀羅尼得陀羅尼已八十億佛各伸右手摩行者頂一一諸佛皆說決言汝念佛故過星宿劫得成爲佛身相光明與我無異說是語已八十億佛一時放光光中復有無量化佛一一化佛皆說是語佛告阿難如是衆法名觀像法若觀像法時自當更有無量百千諸勝境界如是觀者名爲正觀若異觀者名爲邪觀

觀佛三昧海經卷第九

觀佛三昧海經卷第十

東晉天竺三藏法師佛陀跋陀羅譯

念七佛品第十

佛告阿難若有衆生觀像心成次當復觀過去七佛像觀七佛者當勤精進晝夜六時勤行六法端坐正受當樂少語除讀誦經廣演法教終不宣說無義之語常念諸佛心心相續乃至無有一念之間不見佛時心專精故不離佛日過去久遠有佛世尊名毗婆尸佛身高顯長六十由旬其佛圓光百二十由旬身紫金色八萬四千相一一相中八萬四千好一一好中無數金光一一光中有恒沙化佛一一化佛有恒沙色光一一光中無數諸天聲聞比丘菩薩大衆以爲侍者人人各持一大寶華華上皆有百千億寶摩尼網豔網豔相次高百千丈以爲佛光是時佛身益更明顯如百千日照紫金山光明豔起化佛無數一一化佛猶如百億日月俱出令行者見毗婆尸佛偏袒右肩出金色臂摩行者頂告言法子汝行觀佛三昧得念佛心故我來證汝汝今可觀我眞色身從一一相次第觀之汝當至心立金剛誓我等先昔行佛道時與汝無異爾時毗婆尸佛慰行人已即時化作大寶蓮華如須彌山佛在華上結跏趺坐爲於行者說念佛念法及說百億旋陀羅尼行者見已倍加歡喜敬禮彼佛彼佛告言若有衆生聞我名者禮拜我者除却五百億劫生死之罪汝今見我消除諸障礙得無量億旋陀羅尼於未來世當得作佛佛告阿難爾時行者見毗婆尸佛心歡喜故我與六佛現其

人前上坐毗婆尸為此法子說念佛三昧尸棄世尊身長四十二由旬身紫金色圓光四十五由旬通身光明一百由旬其光網中無數化佛及諸菩薩聲聞大衆諸天眷屬以為圍遶隨從佛後右旋宛轉是時行者見尸棄佛更復增益無量百千陀羅尼門復更增廣得見百千無數化佛於未來世過筭數劫於其中間恒得值遇諸佛世尊生菩薩家說是語時復有無數百千天子聞是事已見佛色身端嚴微妙同時皆發三菩提心毗舍世尊舉身放光住行者前其佛身長三十二由旬圓光四十二由旬通身光六十二由旬身紫金色光明威相如前無異見此佛已復更增進諸陀羅尼三昧門於未來世必定不疑生諸佛家拘留孫佛亦放大光明住行者前其佛身長二十五由旬圓光三十二由旬通身光五十由旬相好具足如紫金山見此佛者常生淨國不處胞胎臨命終時諸佛世尊必來迎接拘那含牟尼佛放大光明住行者前其佛身長二十由旬圓光三十由旬舉身光長四十由旬光相具足見此佛者即得百億諸三昧門無數陀羅尼若出定時常得諸佛現前三昧如此三昧證明行者所以名諸佛現前三昧者得此三昧出定入定行住坐臥恒得覩見一切諸佛以妙色身現其人前迦葉世尊放大光明住其人前佛長十六丈身紫金色相好具足見此佛者得寂滅光無言相三昧於未來世恒住大空三昧海中釋迦牟尼佛身長丈六放紫金光住行者前彌勒世尊身長十六丈如是諸佛各入普現色身

三昧現其人前令其行者心得歡喜以歡喜故是諸化佛各伸右手摩行者頂見七佛已見於彌勒見彌勒已賢劫菩薩一一次第逮及樓至各放光明住行者前時千菩薩各各讚歎念佛三昧及爲行者說諸菩薩性說諸菩薩解說諸菩薩慧是名因觀像心得念佛三昧佛告阿難佛滅度後佛諸弟子如是觀者是名正觀若異觀者名爲邪觀修此三昧者雖具煩惱不爲煩惱之所使也以是念佛三昧力故十方諸佛放大光明現其人前光明無比三界特尊佛說是語已時梵天王復更勸請願佛世尊說十方佛住行者前光明色相

念十方佛品第十一

佛告阿難云何行者觀十方佛觀十方佛者東方爲始東方有世界國名寶安隱無量億寶有億千色以用合成佛號善德亦放無數光普照百千國亦與無數億分身諸化佛住於行者前身色如金山端嚴甚無比坐大金剛窟無數雜寶光莊嚴爲堂閣一一堂閣前無量微塵數百億諸寶樹一一寶樹下八萬四千師子座一一師子座有一分身佛結跏趺坐三昧座於寶樹下善德佛世尊身長二百五十億那由他由旬一一身毛孔無數億微塵一切勝相好一一相好中有無數化佛一一化佛高顯巍巍如須彌山放大光明坐寶蓮華住虛空中分身諸佛各各開現微妙光明顯出無數百千化佛一一化佛坐寶蓮華一一蓮華有千幢旛一一幢旛演出百億微妙音聲是諸聲中教觀十方無數佛身此

相現時見十方界猶如金剛百億寶色不滅不壞見此相已於諸佛前受法王子位如是境界名性地菩薩南方栴檀德佛身相高顯其佛國土瑠璃爲地恒沙寶色於佛光中亦有無數百千堂閣寶樹行列鋪師子座座上諸佛結跏趺坐寶幢旛蓋說法音聲如佛海三昧說西方無量明佛國土清淨黄金爲地五百億寶色佛身光明重閣講堂寶樹行列寶師子座分身諸佛結跏趺坐坐寶樹下寶幢旛中亦說念佛海北方相德佛其地玻璃色有五百億寶光寶樹行列寶師子座重閣講堂幢旛光明與彼無異東南方無憂德佛其地七寶色一一色上有七百億雜色寶樹行列重閣光明百億萬種一一光明說佛功德海如佛海說西南方寶施佛其地五寶色

一一寶上五百億光明一一光明化爲五百億蓮華雲一一蓮華雲上有百億重閣一一重閣如百千萬億梵王宫一一梵王宫中無數牀座光明蓮華所共合成是諸座上有諸分身佛結跏趺坐演說諸佛大慈悲法光明洞然亦說佛海西北方華德佛其佛國土瑠璃玻瓈色一一色上有無數百千光一一光化爲五百億寶龕一一龕中無數寶蓋一一蓋中百億光明一一光中無數分身佛結跏趺坐放大光明其光明中說念佛三昧因念佛三昧中復更得見無數諸佛東北方三乘行佛其佛國土純白銀色百億萬光光有千色莊嚴國界極令清淨分身化佛寶樹幢旛行列莊嚴數不可知上方廣衆德佛其地五百億寶色一一寶色無數光明一一光明化

爲無數百億化佛一一佛光中無量寶樹行列莊嚴一一樹下百億寶師子座諸佛在上結跏趺坐無數菩薩以爲侍者一切大衆皆悉住佛光明雲中下方明德佛其地金色金光金雲於光雲中無數金臺七寶樓閣百寶行樹羅列莊嚴寶幢旛蓋數億千萬一一樹下百億寶座諸堂樓閣無數坐具狀如寶華無數分身一切諸佛坐寶樹下瑠璃座上衆華色間無數佛會是諸世尊皆悉講說菩薩行法如是十方無數化佛一一化佛顯現光明時十方佛各各悉坐金剛窟中身量光明如善德佛及諸化佛威神國土令行者見如於明鏡自見面像了了分明見十方佛心歡喜故不染諸法住於初心時十方佛廣爲行者各說相似六波羅蜜聞是法已於初地下十心境界無有疑慮見此事者必聞諸佛說般若波羅蜜聞第一義空心不驚疑於諸法中得入空三昧是名相似空相三昧佛告阿難佛滅度後我諸弟子欲觀十方佛者於念佛三昧中但知麤相當自然知無量妙相如是觀者是名正觀若異觀者名爲邪觀得此觀者見佛無數不可限量入此定者名見一切諸佛色身亦得漸漸入三空門遊此空者諸佛力故心不著空於未來世當成阿耨多羅三藐三菩提得不退轉是名不忘菩提之心正順佛道說觀十方佛時十方佛坐金剛山百寶窟中各伸右手摩阿難頂告言法子汝持佛語爲未來世諸衆生等當廣宣說愼勿妄傳當爲堅發三菩提心行念佛定正受者說佛告阿難此念佛三昧若成就者有五

因緣何等爲五一者持戒不犯二者不起邪見三者不生憍慢四者不恚不嫉五者勇猛精進如救頭然行此五事正念諸佛微妙色身令心不退亦當讀誦大乘經典以此功德念佛力故疾疾得見無量諸佛見諸佛者獨一心淨不與他共應當供養十方諸佛云何供養是人出定入塔見像誦持經時若禮一佛當作是念正遍知諸佛心智無有限礙我今禮一佛即禮一切佛若思惟一佛即見一切佛見一一佛前有一行者接足爲禮皆是已身若以一華供養佛時當作是念諸佛法身功德無量不住不壞湛然常安我今以華奉獻諸佛願佛受之作是念已復當起想我所執華從草木生持此供養可用擬想即當作想身諸毛孔令一毛孔出無數華雲以此華雲運想擬意供一切佛一一佛上化成華臺諸佛受之於十方界施作佛事供養香時亦復如是香烟香雲於十方界施作佛事作佛事已還成金臺住行者前若凡夫人欲供養者手擎香爐執華供養亦當起意作華香想當發是願願此華香滿十方界供養一切佛化佛幷菩薩無數聲聞衆受此香華雲以爲光明臺廣於無邊界無量作佛事禮佛若坐禪起是供養心常當發是願願繒蓋幢旛音樂偈頌當作是願我今設此少分供具願此供具遍供十方一切諸佛諸佛受已於幢旛中化光明雲於妓樂中偈頌之中演妙法音作是願已坐時應想令身毛孔一一孔中作無量幢旛想一一幢旛中作無量偈頌雲想作是想時心如香鑪流出金色香烟香雲

身毛孔中如好華樹涌出阿僧祇無量雜華雲是諸華雲於十方界諸佛之上化爲一切諸供養具爾時當於身心分中起一切供養具想若得食飲若施人一錢當起空無我想檀波羅蜜如是等無量供養皆當起心從心想出供養十方一切諸佛是名坐時無量功德從心想海生如是坐時入深禪定無量境界諸三昧海但於心中出息入息念念想想相續不絕於一心中運其心意作無數供具雲上供諸佛下施一切作是念者名學普施此想成時漸漸減少諸煩惱結觀法無二相無相力故當得甚深六波羅蜜

密行品第十二

佛告阿難未來衆生其有得是念佛三昧者觀佛諸相好者得諸佛現前三昧者當教是人密身口意莫起邪命莫生貢高若起邪命及貢高法當知此人是增上慢破滅佛法多使衆生起不善心亂和合僧顯異惑衆是惡魔伴如是惡人雖復念佛失甘露味此人生處以貢高故身恒卑小生下賤家貧窮諸衰無量惡業以爲嚴飾如此種種衆多惡事常自防護令永不生若起如是邪命業者此邪命業猶如狂象壞蓮華池此邪命業亦復如是壞敗善根佛告阿難有念佛者當自防護勿令放逸念佛三昧人若不防護生貢高者邪命惡風吹憍慢火燒滅善法善法者所謂一切無量禪定諸念佛法從諸心想生是名功德藏佛告阿難譬如長者多饒財寶唯有一子長者自知將死不久以諸庫藏委付其子其子得已隨意遊戲忽於一時值有王難

無量衆賊從四面來競取藏物不能遮護唯有一金乃是閻浮檀那紫金重十六兩金鋌長短亦十六寸此金一兩價直餘寶百千萬兩爲賊所逼無柰金何即以穢物纏裹真金置泥團中衆賊見已不識是金脚踐而去賊去之後財主得金心大歡喜念佛三昧亦復如是當密藏之復次阿難譬如有人貧窮薄福依諸豪貴以存性命時有王子遇行出遊執大寶瓶於寶瓶内藏王印綬是時貧者詐來親附得王寶瓶擎持逃走王子覺已遣六大兵乘六黑象手執利劍疾走追之時持瓶人走入深草空野澤中見曠野澤滿中毒蛇四面吐毒吸持瓶者時貧窮人慞惶驚怖馳走東西蛇亦隨之無藏避處於空澤中見一大樹蓊鬱扶踈甚適其意頭戴寶瓶攀樹而上既上樹已六兵乘象馳疾如風尋復來至貧人見已呑王寶印持瓶冠頭以手覆面坐貪惜故不忍見之時六黑象以鼻絞樹令樹躃倒貧人落地身體散壞唯金印在寶瓶現光諸蛇見光四散馳走佛告阿難住念佛者心印不壞亦復如是復次阿難譬如長者多饒財寶無諸子息唯有一女是時長者年過百歲自知朽邁將死不久我此財寶無男兒故財應屬王作是思惟喚其女子密告之言我今有寶寶中上者當以遺汝汝得此寶密藏令堅莫令王知女受父勑持摩尼珠及諸珍寶藏之糞穢室家大小皆亦不知值世饑饉女夫告妻我家貧窮困於衣食汝可他行求自活處妻白夫言我父長者臨命終時以寶賜我今在某處君可取之時夫掘取大獲

珍寶并如意珠持如意珠燒香禮拜先發願言爲我雨食隨語即雨百味飲食如是種種隨意得寶時夫得已告其妻言卿如天女能賜我寶汝藏此寶我尚不知況復他人佛告阿難念佛三昧堅心不動亦復如是復次阿難譬如有王暴虐違道民罹其毒人怨神怒國大亢旱求請神祇不能得雨有臣白言大王當知今此境内林藪之中有一仙士五通無礙王可祈請令其呪龍大王聞已欣踊無量遣人詣林請仙人出仙神飛往大王殿前高聲唱言大王無道諸天龍神皆悉散去不護王國云何使我令請雨也王聞此語極懷慚愧改悔先行所作惡事仙人知王心已輙善應念誦呪神通力故天降甘雨地出涌泉潤澤一切佛告阿難欲念佛者如王棄惡得念佛者如善呪人復次阿難譬如力士自恃大力數犯王法王遣五人收捕力士幽閉囹圄五處枷鎖極令牢固奮力大怒舉體血現枷鎖摧折踰牆逃逝到海岸邊解髻明珠持雇船師船師語言如此白石海中無數我用是爲力士長跪白船師言我此明珠有六種色即以黄繒裹珠置之水中水即金色復還收珠以白繒裹置之水中水即變白收取復以緑繒裹置之水中水色變作緑瑠璃色收取以碧繒裹置之水中水即變作眞金精色收取復以絳繒裹置之水中水即變作硨磲色收取復以紫繒裹置之水中水即變成赤金剛色水上復有紫摩尼光船師見已即留寶珠以大寶鞾鞾勇猛士置大船上望風舉帆疾如射箭到於彼岸到彼岸已心意泰然

安隱無懼大取珍寶報船師恩佛告阿難若念佛者如大力士挽心王鎖斷到慧彼岸復次阿難譬如劫欲盡時二日並出山林樹木河池枯涸三日出時衆色火起四日出時大海消滅三分留一五日出時大海竭盡六日出時須彌崩倒七日出時大地洞然乃至色界唯金剛山不可催破還住本際念佛三昧亦復如是行是定者住過去佛實際海中佛告阿難吾今欲與十方諸佛報念佛三昧恩爾時世尊說是語已及十方諸佛賢劫菩薩入一切色身光明三昧時諸佛身一一毛孔涌出衆多不可稱數微妙化佛雲是諸化佛結跏趺坐住立空中如是無數一切化佛各伸右手摩阿難頂及勑釋提桓因汝等二人持是妙法慎勿忘失爲未來世濁惡衆生滅衆罪障故如來正遍知今於大衆中說一切佛身相爾時尊者阿難即從坐起頂禮佛足白佛言世尊當何名此經此法之要當云何持佛告阿難此經名繫想不動如是受持亦名觀佛白毫相如是受持亦名逆順觀如來身分亦名一一毛孔分別如來身分亦名觀三十二相八十隨形好諸智慧光明亦名觀佛三昧海亦名念佛三昧門亦名諸佛妙華莊嚴色身亦名說戒定慧解脫解脫知見十力四無所畏十八不共法果報所得微妙色身經汝好受持慎勿忘失佛說是語時比丘比丘尼優婆塞優婆夷及諸菩薩大衆天龍八部一切鬼神聞佛說是微妙身相有得須陀洹斯陀含阿那含有得阿羅漢者有種辟支佛道因緣者有發阿耨多羅三藐三菩提

心者有得無生法忍者數甚衆多不可稱説時諸大衆聞佛説法恭敬頂禮奉行佛語作禮求退是時阿難即從座起合掌長跪白佛言世尊如來今者一切身相皆已説竟唯不顯説無見頂相惟願天尊少説頂相光明瑞應令未來世凡愚衆生知佛勝相爾時世尊即入頂三昧海令佛頂上肉髻之中一一毛孔涌出瑠璃光其光如水螺文右旋遍滿十方無數世界如百億世界微塵數海如是八萬四千諸毛孔中皆出是水相一一水相復過是百千萬倍數不可知是諸瑠璃水上生衆多大寶蓮華華有無數百千億葉葉作無數百千億寶色葉極小者遍覆三千大千世界如是華上一一鬚間有無量阿僧祇百千萬億恒河沙化佛一一化佛頂肉髻相流出衆光亦復如是時諸佛身量同虛空不可得知如是諸佛佛佛相次盡世界海際此相現時於十方面各有百億微塵數菩薩身昇虛空現大神變至釋迦牟尼佛所時諸菩薩以佛神力故暫見一毛孔中少分瑞相應時即得無量百千金剛相陀羅尼佛現是相時賢劫千菩薩及十方諸佛皆現此相時會大衆見此少分相者須陀洹人如刹那頃成阿羅漢觀因緣者不緣諸緣成阿羅漢發心菩薩超越境界增進甚深三昧海門住於性地無生菩薩倍加增進無量勝法住首楞嚴三昧佛告阿難佛滅度後濁惡世中若有衆生聞佛勝相心不驚疑不生怖畏當知是人能滅一切煩惱業障聞佛勝相生隨喜者除却千億劫極重惡業後世生處不落三塗不生八

難處佛說是語時長老憍陳如等諸大比丘彌勒等諸大菩薩無量大衆聞佛所說皆大歡喜頂戴奉行

觀佛三昧海經卷第十

音釋

鋌待鼎切金鋌也 藪蘇后切 囹圄囹郎丁切圄魚許切囹圄獄名 涸曷各切水竭也

大方便佛報恩經

失譯人名出後漢録

清刻龍藏佛說法變相圖

大方便佛報恩經卷第一

失譯人名出後漢録

序品第一

如是我聞一時佛住王舍城耆闍崛山中與大比丘衆二萬八千人俱皆所作已辦梵行已立不受後有如摩訶那伽心得自在其名曰摩訶迦葉須菩提憍陳如離越多訶多富樓那彌多羅尼子畢陵伽婆蹉舍利弗摩訶迦旃延阿難羅睺羅等衆所知識菩薩摩訶薩三萬八千人俱此諸菩薩久植德本於無量百千萬億諸佛所常修梵行成滿大願悉能通達百千禪定陀羅尼門不捨大悲隨諸衆生而能饒益紹隆三寶使不斷絶能建法幢爲諸衆生作不請友到大智岸名稱普聞其名曰觀世音菩薩得大勢菩薩常精進菩

薩妙德菩薩妙音菩薩電光菩薩普平菩薩德首菩薩須彌王菩薩香象菩薩大香象菩薩持勢菩薩越三界菩薩常悲菩薩寶掌菩薩至光英菩薩餤熾妙菩薩寶月菩薩大力菩薩無量慧菩薩跋陀和菩薩師子吼菩薩師子作菩薩師子奮迅菩薩滿願菩薩寶積菩薩彌勒菩薩文殊師利法王子等百千眷屬俱復有無量百千欲界諸天子等各與眷屬俱實諸天上微妙香華作天妓樂住虛空中諸天龍夜叉乾闥婆阿脩羅迦樓羅緊那羅摩睺羅伽人非人等各與若干百千眷屬俱各禮佛足退坐一面爾時如來大衆圍遶供養恭敬尊重讚歎爾時阿難承佛威神於晨朝時入王舍城次第乞食爾時城中有一婆羅門子孝養父母其家衰喪家計蕩盡擔負老母亦次第行乞若得好食香美果蓏仰奉於母若得惡食萎菜乾果而自食之阿難見之心生歡喜偈讚此人善哉善哉善男子供養父母奇特難及有一梵志是六師徒黨其人聰辯悉能通達四韋陀典曆數筭計占相吉凶陰陽爻變豫知人心亦是大衆唱導之師多人瞻奉執著邪論爲利養故殘滅正法心懷嫉妬毀佛法衆語阿難言汝師瞿曇諸釋種子自言善好有大功德唯有空名而無實行汝師瞿曇實是惡人適生一七其母命終豈非惡人也踰出宮城父王苦惱生狂癡心迷悶躃地以水灑面七日方能醒悟云何今日失我所天舉聲大哭悲淚而言國是汝有吾唯有汝一子云何捨我入於深山汝師瞿曇不知恩分而不顧錄遂前而去是故

當知是不孝人父王爲立宮殿納娶瞿夷而不行婦人之禮令其愁毒是故當知無恩分人阿難聞是語已心生慙愧乞食得已還詣佛所頭面禮足却住一面合掌白佛言世尊佛法之中頗有孝養父母不耶佛語阿難誰教汝令發是問諸天神耶人耶非人耶汝爲自以智力問於如來耶阿難言亦無諸天龍鬼神人及非人來見教也向者乞食道逢六師徒黨薩遮尼乾子見毀罵辱阿難即以上事向如來說爾時世尊熈怡微笑從其面門放五色光過於東方無量百千萬億佛土彼有世界名曰上勝其佛號曰喜王如來應供正遍知明行足善逝世間解無上士調御丈夫天人師佛世尊國名嚴盛其土平正瑠璃爲地黃金爲繩以界道側七寶行樹其樹皆高盡一箭道華果枝葉次第莊嚴微風吹動出微妙音衆生樂聞無有猒足處處皆有流泉浴池其池清淨金沙布地八功德水盈滿其中其池四邊有妙香華波頭摩華分陀利華跋師迦華青黃赤白大如車輪而覆其上其池水中異類諸鳥相和而鳴出微妙音甚可愛樂有七寶船亦在其中而諸衆生自在遊戲其樹林間敷師子座高一由旬亦以七寶而校飾之復以天衣重敷其上燒天寶香諸天寶華遍布其地喜王如來而坐其上結加趺坐彼國菩薩無量億千前後圍遶却坐一面合掌恭敬向於如來異口同音俱發聲言唯願世尊慈哀憐愍以何因緣有此光明青黃赤白其色暉艷難可得喻從西方來照此大衆其有遇斯光者心意泰然唯願世尊

斷我疑網佛言諸善男子諦聽諦聽善思念之吾當爲汝分別解說西方去此無量百千諸佛世界有世界名娑婆其中有佛號曰釋迦牟尼如來應供正遍知明行足善逝世間解無上士調御丈夫天人師佛世尊大衆圍遶今欲爲諸大衆說大方便大報恩經爲欲饒益一切諸衆生故爲欲拔出一切衆生邪疑毒箭故爲欲令初發意菩薩堅固菩提不退轉故爲令一切聲聞辟支佛究竟一乘道故爲諸大菩薩速成菩提報佛恩故欲令一切衆生念重恩故欲令衆生越於苦海故欲令衆生孝養父母故以是因緣故放斯光明爾時大衆中有十千菩薩一一菩薩皆是大衆唱導之師即從座起偏袒右肩右膝著地叉手合掌而白佛言唯願世尊加威神力令我等輩得往娑婆世界親近供養釋迦牟尼如來并欲聽大方便佛報恩微妙經典爾時彼佛告諸菩薩言善男子汝往娑婆世界若見彼佛應生供養恭敬難遭之想何以故釋迦如來於無量百千萬億阿僧祇劫難行苦行發大悲願若我得成佛時當於穢惡國土山陵堆阜瓦礫荊棘其中衆生具足煩惱五逆十惡於中成佛而利益之使斷一切苦獲一切樂成就法身永盡無餘其佛本願如是汝等今往當如佛住住如佛住諸菩薩衆俱發聲言如世尊勑一一菩薩各將無量百千萬億諸菩薩衆以爲眷屬前後圍遶往詣娑婆世界所經國土六種震動大光普照虛空神天雨曼陀羅華摩訶曼陀羅華放大光明神足感動恒沙世界復有無量百千萬種諸

天妓樂於虛空中不鼓自鳴是諸菩薩等往詣耆闍崛山到如來所頭面禮足遶佛三帀却住一面爾時如來復放一光直照南方過八十萬億諸佛國土有世界名曰光德彼中有佛號曰思惟相如來應供正遍知明行足善逝世間解無上士調御丈夫天人師佛世尊國名善淨其土平正琉璃爲地黃金爲繩以界道側七寶行樹其樹皆高盡一箭道華果枝葉次第莊嚴微風吹動出微妙音衆生樂聞無有猒足處處皆有流泉浴池其池清淨金沙布地八功德水盈滿其中其池四邊有妙香華波頭摩華分陁利華跋師迦華青黃赤白大如車輪而覆其上其池水中異類諸鳥相和悲鳴出微妙音甚可愛樂有七寶船亦在其中而諸衆生自在遊戲其樹林間敷師子座高一由旬亦以七寶而校飾之復以天衣重敷其上燒天寶香諸天寶華遍布其地思惟相如來而坐其上結加趺坐彼國菩薩無量億千前後圍遶却住一面合掌向於如來異口同音俱發聲言唯願世尊慈哀憐愍以何因緣有此光明青黃赤白其色暉艷難可得喻從北方來照此大衆其有遇斯光者心意泰然唯願世尊斷我疑網佛言諸善男子諦聽諦聽善思念之吾當爲汝分別解說北方去此無量百千諸佛世界有世界號名娑婆其中有佛號曰釋迦牟尼如來應供正遍知明行足善逝世間解無上士調御丈夫天人師佛世尊大衆圍遶今欲爲諸大衆說大方便大報恩經爲欲饒益一切諸衆生故爲欲拔出一切衆生邪疑毒箭故爲欲

令初發意菩薩堅固菩提不退轉故爲令一切聲聞辟支佛究竟一乘道故爲諸大菩薩速成菩提報佛恩故欲令一切衆生念重恩故欲令衆生越於苦海故欲令衆生孝養父母故以是因緣故放斯光明爾時大衆中有十千菩薩一一菩薩皆是大衆唱導之師即從座起偏袒右肩右膝著地叉手合掌而白佛言唯願世尊加威神力令我等輩得往娑婆世界親近供養釋迦牟尼如來并欲聽大方便佛報恩微妙經典爾時彼佛告諸菩薩言善男子汝往娑婆世界若見彼佛應生供養恭敬難遭之想何以故釋迦如來於無量百千萬億阿僧祇劫難行苦行發大悲願若我得成佛時當於穢惡國土山陵堆阜瓦礫荆棘其中衆生具足煩惱五逆十惡於中成佛而利益之使斷一切苦獲一切樂成就法身永盡無餘其佛本願如是汝等今往當如佛往住如佛住諸菩薩衆俱發聲言如世尊勑一一菩薩各將無量百千萬億諸菩薩衆以爲眷屬前後圍遶往詣娑婆世界所經國土皆六種震動大光普照虛空神天雨曼陀羅華摩訶曼陀羅華放大光明神足感動恒沙世界復有無量百千萬種諸天妓樂於虛空中不鼓自鳴是諸菩薩等往詣耆闍崛山到如來所頭面禮足遶佛三帀却住一面爾時如來復放大光直照西方過無量百千萬億諸佛國土有世界名淨住其佛號日月燈光如來應供正遍知明行足善逝世間解無上士調御丈夫天人師佛世尊國名妙喜其土平正瑠璃爲地黃金爲繩以界道側七寶

行樹其樹皆高盡一箭道華果枝葉次第莊嚴微風吹動出微妙音衆生樂聞無有猒足處處皆有流泉浴池其池清淨金沙布地八功德水盈滿其中其池四邊有妙香華波頭摩華分陀利華跋師迦華青黃赤白大如車輪而覆其上其池水中有異類諸鳥相和悲鳴出微妙音甚可愛樂有七寶船亦在其中而諸衆生自在遊戲其樹林間敷師子座高一由旬亦以七寶而校飾之復以天衣重敷其上燒天寶香諸天寶華遍布其地日月燈光如來而坐其上結加趺坐彼國菩薩無量億千前後圍遶却住一面合掌恭敬向於如來異口同音俱發聲言唯願世尊慈哀憐愍以何因緣有此光明青黃赤白其色暉艶難可得喻從東方來照此大衆其有遇斯光者心意泰然唯願世尊斷我疑網佛言諸善男子諦聽諦聽善思念之吾當爲汝分別解說東方去此無量百千諸佛世界有世界號名娑婆其中有佛號曰釋迦牟尼如來應供正遍知明行足善逝世間解無上士調御丈夫天人師佛世尊大衆圍遶今欲爲諸大衆說大方便大報恩經爲欲饒益一切諸衆生故爲欲拔出一切衆生邪疑毒箭故爲欲令初發意菩薩堅固菩提不退轉故爲令一切聲聞辟支佛究竟一乘道故爲諸大菩薩速成菩提報佛恩故欲令一切衆生念重恩故欲令衆生越於苦海故欲令衆生孝養父母故以是因緣故放斯光明爾時大衆中有十千菩薩一一菩薩皆是大衆唱導之師即從座起偏袒右肩右膝著地叉手合掌而白佛言

唯願世尊加威神力令我等輩得往娑婆世界親近供養釋迦牟尼如來并欲聽大方便佛報恩微妙經典爾時彼佛告諸菩薩言善男子汝往娑婆世界若見彼佛應生供養恭敬難遭之想何以故釋迦如來於無量百千萬億阿僧祇劫難行苦行發大悲願若我得成佛時當於穢惡國土山陵堆阜瓦礫荊棘其中衆生具足煩惱五逆十惡於中成佛而利益之使斷一切苦獲一切樂成就法身永盡無餘其佛本願如是汝等今往當如佛住如佛住諸菩薩衆俱發聲言如世尊勑一一菩薩各將無量百千萬億諸菩薩衆以爲眷屬前後圍遶往詣娑婆世界所經國土皆六種震動大光普照虛空神天雨曼陀羅華摩訶曼陀羅華放大光明神足感動恒沙世界復有無量百千萬種諸天妓樂於虛空中不鼓自鳴是諸菩薩等往詣耆闍崛山到如來所頭面禮足遶佛三帀却住一面爾時釋迦如來放五色光明照於北方過五百萬億那由他諸佛國土有世界名自在稱王其中有佛號曰紅蓮華光如來應供正遍知明行足善逝世間解無上士調御丈夫天人師佛世尊國名離垢其土清淨瑠璃爲地黃金爲繩以界道側七寶行樹其樹皆高盡一箭道華果枝葉次第莊嚴微風吹動出微妙音衆生樂聞無有猒足處處皆有流泉浴池其池清淨金沙布地八功德水盈滿其中其池四邊有妙香華波頭摩華分陀利華跋師迦華青黃赤白大如車輪而覆其上其池水中有異類諸鳥相和悲鳴出微妙音甚可愛樂有

七寶船亦在其中而諸衆生自在遊戲其樹林間敷師子座高一由旬亦以七寶而校飾之後以天衣重敷其上燒天寶香諸天寶華遍布其地紅蓮華光如來而坐其上結加趺坐彼國菩薩無量億千前後圍遶却住一面合掌恭敬向於如來異口同音俱發聲言唯願世尊慈哀憐愍以何因緣有此光明青黄赤白異色暉艷難可得喻從南方來照此大衆其有遇斯光者心意泰然唯願世尊斷我疑網佛言善男子諦聽諦聽善思念之吾當爲汝分別解說南方去此無量百千諸佛世界有世界號名娑婆其中有佛號曰釋迦牟尼如來應供正遍知明行足善逝世間解無上士調御丈夫天人師佛世尊大衆圍遶今欲爲諸大衆說大方便大報恩經爲欲饒益一切諸衆生故爲欲令初發意菩薩堅固菩提不退轉故爲令一切聲聞辟支佛究竟一乘道故爲諸大菩薩速成菩提報佛恩故欲令一切衆生念重恩故欲令衆生越於苦海故欲令衆生孝養父母故以是因緣故放斯光明爾時大衆中有十千菩薩一一菩薩皆是大衆唱導之師即從座起偏袒右肩右膝著地叉手合掌而白佛言唯願世尊加威神力令我等輩得往娑婆世界親近供養釋迦牟尼如來并欲聽大方便佛報恩微妙經典

爾時彼佛告諸菩薩言善男子汝往娑婆世界若見彼佛應生供養恭敬難遭之想何以故釋迦如來於無量百千萬億阿僧祇劫難行苦行發大悲願若我得成佛時當於穢惡國土山陵堆阜瓦礫荊棘其中衆生具足煩

惱五逆十惡於中成佛而利益之使斷一切苦獲一切樂成就法身永盡無餘其佛本願如是汝等今往當如佛往住如佛住諸菩薩衆俱發聲言如世尊勑一一菩薩各將無量百千萬億諸菩薩衆以爲眷屬前後圍遶往詣娑婆世界所經國土皆六種震動大光普照虛空神天雨曼陀羅華摩訶曼陀羅華放大光明神足感動恒沙世界復有無量百千萬億諸天妓樂於虛空中不鼓自鳴是諸菩薩等往詣耆闍崛山到如來所頭面禮足遶佛三帀却住一面乃至四維上下十方諸來大菩薩摩訶薩衆各與若干百千眷屬俱至如來所供養恭敬尊重讚歎異口同音各說百千偈頌讚歎於佛讚歎佛已却住一面時娑婆世界即變清淨無諸林藪大小諸山江河池湖溪澗溝壑其中衆生尋光見佛歡喜合掌頭頂禮敬心生戀慕目不暫捨爾時世尊即攝光明遶身七帀還從頂入尊者阿難觀察衆心亦咸皆有疑欲顯發如來方便密行故并欲爲未來一切衆生開其慧眼故欲令一切衆生渡渴愛海得至彼岸永得安樂故欲令衆生念識父母師長重恩故即從座起整衣服偏袒右肩胡跪合掌而白佛言世尊阿難事佛已來未曾見佛笑笑必有意願佛示之願佛說之斷除如是大衆疑網

孝養品第二

爾時大衆之中有七寶蓮華從地化生白銀爲莖黃金爲葉甄叔迦寶以爲其臺眞珠羅網次第莊嚴爾時釋迦如來即從座起昇華臺上結跏趺坐即現淨身於其身中現五趣

身一一趣身有萬八千種形類一一形類現百千種身一一身中復有無量恒河沙等身於四恒河沙等一一身中復現四天下大地微塵等身於一微塵身中復現三千大千世界微塵等身於一塵身中復現於十方一一方面各百千億諸佛世界微塵等數身乃至虛空法界不思議衆生等身爾時如來現如是等身已告阿難言及十方諸來大菩薩摩訶薩及一切大衆諸善男子等如來今者以正遍知宣說眞實之言法無言說如來以妙方便能以無名相法作名相說如來本於生死中時於如是等微塵數不思議形類一切衆生中具足受身以受身故一切衆生亦曾爲如來父母如來亦曾爲一切衆生而作父母爲一切父母故常修難行苦行難捨能捨頭目髓腦國城妻子象馬七寶輦轝車乘衣服飲食卧具醫藥一切給與勤修精進戒施多聞禪定智慧乃至具足一切萬行不休不息心無疲倦爲孝養父母知恩報恩故今得速成阿耨多羅三藐三菩提以是故一切衆生能令如來滿足本願故是以當知一切衆生於佛有重恩有重恩故如來不捨衆生以大悲心故常修集有方便爲一切三界二十五有諸衆生中不思已功修平等慈常修捨行方便亦明鑒一切衆生空法空五陰空如是不退不没不沉空有修實相方便故不捨二乘修遍學方便以修如是甚深微妙方便故得明鑒法相佛法初終始末非一然衆生惛濁猖狂有三渴愛所覆没於苦海爲四倒之所顚倒於有漏法中妄想所見無我見我

無常見常無樂見樂不淨見淨生老病死之所遷滅念念無常五蓋十纏之所覆蔽輪迴三有具受生死無有始終譬如循環是以如來教迹隨宜三藏九部乃至十二部經分流道化隨信深淺故説衆經典辯緣使封言者著自以頓足已得涅槃是以如來慈悲本誓顯大方便運召十方一切有緣有緣既集於此大衆中敷演散説此妙經典垂訓千載流布像法使一切衆生常獲大安是故如來無權運化應時而生應時而滅或於異刹稱盧舍那如來應供正遍知明行足善逝世間解無上士調御丈夫天人師佛世尊或昇兜率陀天爲諸天師或從兜率天下現於閻浮提現八十年壽當知如來不可思議世界不可思議業報不可思議衆生不可思議禪定不可思議龍不可思議此是佛不可思議佛欲令一切衆生知佛心者乃至下流鈍根衆生皆令得知欲令一切衆生得見者即便得見欲令不得見者假令對目而不能見正使聲聞緣覺有天眼通亦不得見又佛放大光明下至阿鼻地獄上至有頂所應度者皆令得見不應度者對目不見有時如來或時許可或時默然當知諸佛世尊不可思議不可測量難可得知汝今云何能問如來如是甚深微妙難行苦行汝作是問真是大悲愍傷衆生閉三惡道通人天路阿難善聽吾當爲汝略説孝養父母苦行因緣爾時世尊告於阿難及諸大菩薩摩訶薩一切大衆而作是言乃往過去無量無邊阿僧祇劫爾時有國號波羅㮈彼中有佛出世號毗婆尸如來應供

正遍知明行足善逝世間解無上士調御丈夫天人師佛世尊其佛壽命十二小劫正法住世二十小劫像法亦住二十小劫於像法中有王出世號曰羅闍王波羅柰國王有二萬夫人大臣有四千人有五百健象王主六十小國八百聚落王有三太子皆作邊小國王爾時波羅柰大王聰叡仁賢常以正法治國不枉人民唯王福德力故風雨時節五穀豐熟人民優壤爾時波羅柰大王有一所重大臣名曰羅睺羅睺大臣心生惡逆起四種兵所謂象兵車兵馬兵步兵伐波羅柰國斷大王命已殺王竟復遣四兵往詣邊國殺第一太子次復往收第二太子其最小弟作邊小國王其小王者形體姝大端正殊妙仁性調善語常含笑發言利益不傷人意常以正法治國不邪枉人民國土豐樂人民熾盛多饒財寶家計充盈國土人民歎美其王稱善無量虛空諸天一切神祇亦皆敬愛爾時其王生一太子字須闍提聰明慈仁好喜布施須闍提太子者身黃金色七處平滿人相具足年始七歲其父愛念心不暫捨爾時守宮殿神語大王言大王知不羅睺大臣近生惡逆謀奪國位殺父王竟尋起四兵伺捕二兄已斷命根軍馬不久當至大王今者何不逃命去也爾時大王聞是語已心驚毛豎身體掉動不能自持憂恚懊惱喑嗟煩悶心肝惱熱宛轉躃地悶絕良久乃蘇微聲報虛空中言卿是何人但聞其聲不見其形向者所宣審實爾不即報王言吾是守宮殿神以王聰明福德不枉人民正法治國我以是故先相

告語大王今者宜時速出苦惱衰禍正爾不久爾時大王即入宮中而自思念我今宜應歸投他國復自思惟向於隣國而有兩道一道行滿足七日乃至他國一道經由十四日即便盛七日道粮微服尋出去到城外而便還入宮中呼須闍提太子抱著膝上目不暫捨粗復驚起而復還坐爾時夫人見其大王不安其所似恐怖狀即前問言大王今者似恐怖狀何因緣故坐不安所身坌塵土頭髮蓬亂視瞻不均氣息不定如似失國恩愛別離怨家欲至如是非祥之相願見告語王言吾所有事非汝所知夫人尋白王言我身與王二形一體如似鳥之兩翅身之兩足頭之二目大王今者云何而言不相關預王告夫人汝不知耶羅睺大臣近生惡逆殺父王竟伺捕二兄亦斷命根今者兵馬次來收我今欲逃命即便抱須闍提太子即出進路爾時夫人亦隨後從去時王荒錯心意迷亂悞入十四日道其道險難無有水草前行數日粮餉已盡本意盛一人分粮行七日道今者三人共食悞入十四日道數日粮食已盡前路猶遠是時大王及與夫人舉聲大哭怪哉怪哉苦哉苦哉從生已來常未曾聞有如是苦如何今日身自受之今日窮厄衰禍已至舉手拍頭塵土自坌舉身投地自悔責言我等宿世造何惡行爲殺父母眞人羅漢爲謗正法壞和合僧爲畋獵漁捕輕秤小斗劫奪衆生爲用招提僧物云何今日受此禍對正欲小停懼怨家至若爲怨得必死不疑正欲前進飢渴所逼命在呼噏爾時大王及與夫人

思是苦已失聲大哭王悲悶絶舉聲躃地良久醒悟復自思惟不設方便三人併命不離此死我今何不殺於夫人以活我身并續子命作是念已尋即拔刀欲殺夫人其子須闍提見王異相右手拔刀欲殺其母前捉王手語父王言欲作何等爾時父王悲淚滿目微聲語子欲殺汝母取其肉血以活我身以續汝命若不殺者亦當自死我身今者死活何在今爲子命欲殺汝母爾時須闍提即白父言王若殺母我亦不食何處有子噉於母肉既不噉肉子俱當死父王今者何不殺子濟父母命王聞子言即便悶絶宛轉躃地微聲語子子如吾目何處有人能自挑目而還食也吾寧喪命終不殺子噉其肉也爾時須闍提諫父母言父母今者若斷子命血肉臭爛未得幾日唯願父母莫殺子身欲求一願願莫見違若見違者非慈父母爾時父王語太子言不逆汝意欲願何等便速說之須闍提言父母今者爲愍子故可日日持刀就子身上割三斤肉分作三分二分奉上父母一分還自食之以續身命爾時父母即隨子言割三斤肉分作三分二分父母一分自食以支身命得至前路二日未至身肉轉盡身體支節骨體相連餘命未斷尋便倒地爾時父母尋前抱持舉聲大哭復發聲言我等無狀橫噉汝肉使汝苦痛前路猶遠未達所在而汝肉已盡今者併命聚屍一處爾時須闍提微聲諫言已噉子肉進路至此計前里程餘有一日子身今者不能移動捨命於此父母今者莫如凡人併命一處仰白一言爲憐愍故

莫見拒逆可於身諸節間淨割餘肉用濟父母可達所在爾時父母即隨其言於身支節更取少肉分作三分一分與兒二分自食食已父母別去須闍提起立住視父母父母爾時舉聲大哭隨路而去父母去遠不見須闍提太子戀慕父母目不暫捨良久躃地身體新血肉香於十方面有諸蚊虻聞血肉香來封身上遍體唼食楚毒苦痛不可復言爾時太子餘命未斷發聲立誓願宿世殃惡從是除盡從今已往更不敢作今我此身以供養父母濟其所重願我父母常得十一餘福臥安覺安不見惡夢天護人愛縣官盜賊陰謀消滅觸事吉祥餘身肉血施此諸蚊虻等皆使飽滿令我來世得成作佛得成佛時願以法食除汝飢渴生死重病發是願時天地六種震動日無精光驚諸禽獸四散馳走大海波動須彌山王涌沒低昂乃至忉利諸天亦皆大動時釋提桓因將欲界諸天下閻浮提怯怖須闍提太子化作師子虎狼之屬張目䁾眥跑地大吼波涌騰躑來欲搏齧爾時須闍提見諸禽獸作大威勢微聲語言汝欲敢我隨意取食何爲見恐怖耶爾時天帝釋言我非師子虎狼也是天帝釋故來試卿爾時太子見天帝釋歡喜無量爾時天帝釋問太子言汝是難捨能捨身體骨肉供養父母如是功德爲願生天作魔王梵王天王人王轉輪聖王須闍提報天帝釋言我亦不願生天作魔王梵王天王人王轉輪聖王欲求無上正真之道度脫一切衆生天帝釋言汝大愚也阿耨多羅三藐三菩提久受勤苦然後乃

成汝今云何能受是苦也須闍提報天帝釋言假使熱鐵輪在我頂上旋終不以此苦退於無上道天帝釋言汝唯空言誰當信汝須闍提即立誓願若我欺誑天帝釋者令我身瘡始終莫合若不爾者令我平復如故血當反白爲乳即時身體平復如故血即反白爲乳身體形容端正倍常起爲天帝釋頭面禮足爾時天帝釋即嘆言善哉善哉吾不及汝汝精進勇猛會得阿耨多羅三藐三菩提不久若得阿耨多羅三藐三菩提時願先度我時天帝釋於虛空中即没不現爾時王及夫人得到鄰國時彼國王遠出奉迎供給所須稱意與之爾時大王向彼國王說上事因緣如吾子身肉孝養父母其事如是時彼鄰國王聞是語已感須闍提太子難捨能捨身體肉血供養父母孝養如是感其慈孝故即合四兵還與彼王伐羅睺爾時大王即將四兵順路還歸與須闍提太子别處即自念言吾子亦當死矣今當收取身骨還歸本國舉聲悲哭隨路求覓遥見其子身體平復端正倍常即前抱持悲喜交集語太子言汝今活也爾時須闍提具以上事向父母說父母歡喜共載大象還歸本國以須闍提福德力故伐得本國即立須闍提太子爲王佛告阿難爾時父王者今現我父悅頭檀是爾時母者今現我母摩耶夫人是爾時須闍提太子者今則我身釋迦如來是爾時天帝釋者阿若憍陳如是說此孝養父母品時衆中有二十億菩薩皆得樂說辯才利益一切復有十二萬菩薩皆得無生法忍復有十方諸來微塵等

數皆得陀羅尼門復有恒河沙等微塵數諸聲聞緣覺捨離二乘心究竟一乘復有微塵數優婆塞優婆夷或得初果乃至二果復有百千人發阿耨多羅三藐三菩提心復有諸天龍鬼神乾闥婆阿脩羅迦樓羅緊那羅摩睺羅伽人非人等或發菩提心乃至聲聞辟支佛心佛告阿難菩薩如是為一切衆生故難行苦行孝養父母身體血肉供給父母其事如是一切大衆聞佛說法各得勝利歡喜作禮右遶而去

大方便佛報恩經卷第一

音釋

蓏郎果切木生曰果蔓生曰蓏　噏許及切與吸同　馘古獲切　眥前智切目際也　跑薄交切足跑地也

大方便佛報恩經卷第二

失譯人名出後漢録

對治品第三

爾時世尊處在大衆猶如日輪光明赫弈隱蔽衆星喻如大龍蟠蘭楯輪精練綮爛覩之眼眩思之意亂威光晃曜色無等喻猶螢火光日出不現日月雖有百千光明方於帝釋譬如聚墨帝釋雖有身淨妙光方於大梵王所有光明猶如瓦礫方於夜光摩尼寶珠大梵天王雖有淨妙百千光明方於如來所有光明亦如聚墨何以故如來圓光七尺乃能遠照十方世界其中衆生遇斯光者盲者得視僂者得伸拘躄衆生即得手足邪迷衆生得覩眞言以要言之諸不稱意皆得如願爾時會中有七十大菩薩摩訶薩即從座起頭面禮佛遶百千帀却住一面異口同音説百千偈讃歎如來其名曰不思議菩薩離覺音菩薩惟念安菩薩離垢稱菩薩無量音菩薩大名聞菩薩明埵髻菩薩堅師子菩薩獨遊步菩薩捨所念菩薩及智積菩薩意善住菩薩無極相菩薩慧光曜菩薩消强意菩薩能擁護菩薩至誠英菩薩蓮華界菩薩衆諸安菩薩聖慧業菩薩將功勳菩薩無思議菩薩淨梵施菩薩寶事業菩薩處天華菩薩善思惟菩薩無限法菩薩名聞意菩薩巳辯積菩薩自在門菩薩十種力菩薩有十力菩薩大聖慜菩薩無所越菩薩遊寂然菩薩在於彼菩薩無數天菩薩須彌光菩薩極重藏菩薩因超越菩薩而獨步菩薩威神勝菩薩大部界菩薩以山護菩薩持三世菩薩有功勳菩

薩宣名稱菩薩日光明菩薩師子英菩薩時節王菩薩師子藏菩薩示現有菩薩光遠照菩薩山師子菩薩有取施菩薩莫能勝菩薩爲最幢菩薩喜悅稱菩薩堅精進菩薩無損滅菩薩有名稱菩薩無恐怖菩薩無著天菩薩大明燈菩薩世光曜菩薩微妙音菩薩報功勳菩薩除暗瞑菩薩無等倫菩薩各於佛前發誓願言我等於世尊滅度之後護持佛法於十方界廣令流布使不斷絶何以故我等今者覩如來不思議妙色光明於光明中皆得聞不思議佛法既聞法已離於心障累結永消身心清淨晃如天金萬品斯照我等思惟如是等功德利故於如來所生大師想生慈父想常念佛恩當報佛恩何以故得聞正法不久當坐道場轉正法輪度脫一切衆生皆令以得聞法故得成阿耨多羅三藐三菩提爾時釋迦如來告一切大衆言是七十大菩薩摩訶薩久於過去無量百千萬億微塵數阿僧祇劫中已曾供養無量百千萬億恒河沙世界微塵數諸佛於諸佛所常修梵行供養諸佛心不疲倦以慈修身善護佛法不捨大悲常於十方利益一切若有衆生臨命終時若聞一菩薩名若二若三若四乃至七十稱名歸命者命終即往生有佛國土蓮華化生遠離婬欲不處胞胎離諸臭穢其身清淨有妙香氣衆所恭敬人所愛念爲人所恭敬愛念故其心歡喜以歡喜心故即能發於阿耨多羅三藐三菩提心以發阿耨多羅三藐三菩提心能於一切衆生起大慈悲心以發慈悲心已次亦生於利益衆生心以能

利益衆生心已復能發於不捨衆生心以利益衆生心自利利彼心滅除障礙心寂靜煩惱心能親近善友常生恭敬心專意聽法心憶持不忘思惟妙義心願少聞多解義心不願於多聞而不解義心次生信如心信如實義心以生如實義心已次生如說修行心以生如說修行心已次生不退轉心以生不退轉心已於諸衆生即生等對治心如我不喜死一切三界二十五有有形無形四足多足乃至蟻子有命之屬亦復如是是故菩薩乃至自喪身命終不枉奪他命如我有錢財穀帛衣被飲食象馬車乘國城妻子身體手足供養擁護不喜他人横來侵害者一切衆生亦復如是是故菩薩乃至自喪身命終不於諸衆生衣財飲食生於劫奪之心如我不喜他人欺凌斷我妙色姊妹妻妾者一切衆生亦復如是是故菩薩乃至喪身失命於他美色不生邪念染汙之心況行姧惡如我不喜面毀兩舌惡口一切衆生亦復如是是故菩薩乃至喪失身命終不妄言兩舌鬭亂彼此如我不喜杖石鞭打榜笞拷掠者一切衆生亦復如是是故菩薩乃至喪失身命終不杖石楚毒拷掠衆生如我不喜杻械枷鎖桁械繫閉縛勒諸苦惱者一切衆生亦復如是是故菩薩乃至喪失身命終不枷鎖繫閉杻械衆生如我不喜爲人所陵强力迫脅威怒所逼恃怙形勢壓伏截遏不令而自炳說自顯清白者一切衆生亦復如是是故菩薩乃至喪失身命終不非理加於衆生如我爲人之所供養尊重讚歎令我歡喜者我亦當常布

施衆生衣服飲食卧具醫藥一切樂具若我造作大事若佛事法事僧事智力有限不能令其成辦憂愁苦惱若有智者見我如是憂恚懊惱不能令其事得辦便報我言善男子莫憂愁也我當供辦稱意所須令汝事辦我聞是語心生歡喜是故我亦當常勸化衆事利益衆生如我爲王賊水火縣官所逼若繫若閉心生愁毒復有智者見我如是遇衆苦難便往我所善言誘喻告言莫愁苦也我當爲汝求哀國王若諸大臣若供給財賄若設餘方便令汝解脱使無衰惱我聞是語心生歡喜是故菩薩常當勤修技藝多諸工能音樂倡妓曆數筭計呪術仙藥服乘象馬擥盤槊箭出陣入陣有大功武我有如是衆妙技藝一切衆人若王大臣不敢違逆我意兼我復有衣服飲食珠環釵釧金銀瑠璃珊瑚琥珀硨磲碼碯真珠玫瑰摩尼寶珠象馬輦轝僮僕作使宮人美女流泉浴池七寶臺觀如是種種微妙無量百千菩薩雖有如是威武隨意技藝百千寶藏象馬車乘無量美女勝妙臺觀流泉浴池一切五欲樂具心不貪著而常少欲知足好樂閑靜山林樹下安禪靜默雖處大衆言談語論而心常入對治門中雖與衆生和光塵俗出内財産生業息利終不爲惡利益衆生若有貧窮及諸苦惱來從菩薩求索所須菩薩隨意稱心給與菩薩若見有衆生愛樂佛法而來親近供養承事奉侍洗足按摩浣濯乾曬楊枝澡水拂拭牀敷捲褺被枕初夜後夜供給燈燭前食後食怛鉢那食蒲闍尼食佉陀尼食及諸漿飲所謂

興利師漿馥勒耆果漿蒲萄漿黑石蜜漿如是承事乃至一七至九七日爲欲求請菩薩聽聞佛法菩薩爾時雖見是人如是供給心不歡喜何以故菩薩久於無量阿僧祇劫中爲求佛法故我爲一切衆生心無增減故以慈悲心故住平等心故爾時作轉輪聖王常以十善導化一切衆生爲我意故歡喜奉行命終之後得生人天受微妙五欲快樂尊嚴豪貴隨心適意卧起天宮服乘鞍馬遊戲園苑妓樂自娛歡喜飲食無常卒至老病喪亡室家男女愁毒懊惱舉聲大哭以手搥胷或時拔髮餐飲灰土悶絶躃地持旛乘車啼哭送之殯埋既竟室家男女互相扶持還歸本家愁毒悶絶躃地或時致病或時狂癡或時致死於生者大損於死者無益是時轉輪聖王前後導從案行國界見諸衆生受斯苦惱愍而哀傷而作是言夫爲王者王領國土攝諸衆生雖以十善導化果得如是微妙五欲而不免生老病死無常敗壞當知我雖以正法治國無益於物若無益於物云何名爲大轉輪王云何復名爲大慈父云何復名爲大醫王云何復名爲大導師夫大導師者導以正路示涅槃徑使得無爲常得安樂我等今者名不稱行譬如有人渴乏垂命東西馳走求索冷水遥見空井心生歡喜而作是念我今此身便爲更生何以故若不得水命去不遠今見好井必其望得清淨冷水濟我虚渴運急之命作是念已馳奔往趣往到井上脱所著衣舉著一處入井取水而不得水唯見毒蛇守宮蝮蝎百足之屬瓦礫荊棘及諸草

穢爾時渴人失本願故既不得水衆毒螫身尋欲出井其井朽故陷墜嶔巖其朽故井深一箭道既無梯隥繩索杖木雖復勇身上昇勢不能高氣力羸惙還墮井底爲諸毒蛇之所唼食命未斷頃而作是言我若先知此井無水尚不眼視而況往取今日苦毒爲井所誤爾時轉輪聖王見諸人民室家男女恩愛分離受苦惱時而作是言今我身者喻如空井雖有井名而無有水現有所趣而無所獲喪失身命苦惱如是我今雖處於轉輪聖王之位七寶具足十善導化正法治國令諸衆生生人天中受於微妙五欲快樂故未能免生老病死恩愛分離怨憎和合憂悲苦惱更相哭泣然是我過非衆生咎所以者何以我無有出世間法利益一切衆生雖從於我諮受善法望獲安樂而實不能越於苦海爾時轉輪聖王復作是念我身今者喻如無智大癡施主爾時施主值天大旱七年不雨樹木燋乾時世饑饉穀米湧貴人民飢餓互相茹食飲血噉肉更相殘害枉濫無辜或父食子或子食父父母兄弟妻息男女更相食噉爾時大施主遊行觀看見諸衆生飢餓燋悴羸瘦戰掉氣力虛微顏貌燋悴頭髮蓬亂形體瘦黑於其肩上或見擔揭純是死人所有頭手節腕臂肘脊脅肩臂髖髆足指或是肝膽腸胃時大施主微聲問言汝所擔揭者是何物也答言我所擔者是死人頭手臂肘節腕也問言汝擔是死人臂肘節腕何所作爲答言汝不知耶天時亢旱時世饑饉穀米湧貴人民飢餓互相食耳我所擔者是我飲食爾

時施主聞是語已心驚毛竪悶絶躃地以冷水灑面良久方穌復更問言雖是汝食是何人肉爾時餓人聞是語已舉聲大哭憂恚斷絶報施主言不可言也痛哉痛哉怪哉怪哉大施主我今情實相語我所擔者或言是父或言是母或言妻子或言兄弟宗親骨肉爾時諸飢餓人各各以情實自説因縁大施主更無餘事我等以飢餓因縁故還相噉食耳爾時大施主聞是語已歔氣歎息報衆人言汝等今者更莫共相食噉肉也若有所須衣服飲食種種湯藥所須之物却後一七汝等大衆皆集我家我當隨汝所須衣被飲食病瘦湯藥稱意給與衆人聞已心生歡喜歎言善哉善哉未曾有也爾時施主還到其家喚其夫人及其子息僮僕作使一切皆集於衆人中和顔悦色發柔輭言告喻妻子及諸作使汝等應當至心聽我所説汝等知不天時炎旱時世饑儉人民飢餓死者無數我等居家庫藏盈滿穀米無量可共及時種於福田妻子聞已善哉善哉快善無量我等身命亦隨施主況於大藏錢財飲食耶爾時施主心生歡喜汝等今者真是我無上道伴善哉善哉汝等諸人應當各各而自處分隨所應作隨所應爲應作者便作應爲者速爲却後一七必令成辦爾時施主一一處分已竟即自出外處處觀看何處當有平地寛博安施壇會即時安著清淨之處除去沙鹵株杌荊棘其地清淨安施牀敷氍毺毾㲪即時安施大衆坐處已訖嚴駕五百大象負載飲食運趣施壇飯食如山乳酪如池膏油餅脯種種餚

饍百味具足兼有種種衣服珠環釵釧象馬七珍種種具足莊嚴已竟却後一七明相舉時亦於七日朝搥鐘鳴鼓吹大螺貝高聲唱言一切大衆皆來集於大施主壇爾時衆人聞是唱聲心生歡喜如蒙賢聖聞是語已尋聲往趣大會施壇隨意所取衣被飲食珠環釵釧百種湯藥象馬七珍隨所好喜恣意選取爾時施主所施之物衆人持去已盡爾時施主心生歡喜已即還歸家室家妻子歡喜受樂五欲自娛却後一七聞外人言先所受施主衣被飲食者皆藥發而死或未死者皆發是言怪哉怪哉是大施主雖有慈愍供給所須衣被飲食雖復當時充飢解渴得濟身命於後數日藥發喪命時大施主憂恚懊惱問其妻子汝等云何成熟飲食使惡毒藥令墮食中妻子作使諸僮僕等皆言不爾若不爾者毒從何來答言不審爾時施主重自撿校即入家中次第案行見一井水而覆蓋頭問諸人言此是何井家人答言此是施主於小兒時養三毒蛇穿此一井安置其中此井是毒蛇住處水亦是毒飲者殺人施王見已問作使言汝等先作食時不取此井水用作食也作使答言飲食猥多當時運急汲取此水用作飲食大施主言怪哉怪哉如我今者愚癡無智云何養此毒蛇作此毒井告語妻子速往填塞中三毒蛇者爲吾燒殺是時作使速往除滅爾時施主滅毒井已出外觀看見受施者藥發而死異口同音皆言坐此施主與我毒食令我早喪身命我若先知此食有毒者終不敢食爾時施主聞是語已心生

懊惱如彼轉輪聖王雖復十善導化令諸衆生得生人天雖受如是微妙五欲微妙快樂猶未能免生老病死時轉輪聖王尋發願言我今應當求索無上佛法出世間法令諸衆生讚誦翫習遠離生死得至涅槃爾時轉輪聖王爲求佛法故於閻浮提遍處宣令誰解佛法大轉輪王欲得翫習處處宣令皆云言無到一邊小國中有一婆羅門解知佛法爾時使者徑往詣彼至婆羅門所問言大德解佛法耶答言解耳爾時使者頭面禮足報言大師大轉輪王欲相顧命唯願大師屈神德往至彼轉輪王所時轉輪王遠出奉迎頭面禮足問訊起居冒涉途路得無疲倦耶即請入宮於正殿上敷王御座前請大師願坐此座時婆羅門即昇妙座結加趺坐爾時大王見於大師端坐已定供給所須施安已竟合掌向於婆羅門白言大師解佛法耶時婆羅門報言吾解佛法爾時大王報言大師爲我解說婆羅門言王大愚也吾學是佛法久受勤苦因乃得成今者大王云何直欲得聞爾時大王白大師言欲須何物婆羅門言與我供養王言所須供養爲是何物衣被飲食耶金銀珍寶耶婆羅門言吾不須如是供養王言若不須如是供養者象馬車乘耶國城妻子耶音樂倡伎耶婆羅門言吾都不用如是供養也若能就王身上剜作千瘡灌滿膏油安施燈炷然以供養者吾當爲汝解說佛法若不能者吾欲起去王未答頃尋下高座爾時大王即前抱持報言大師小復留懷今我智慧微淺功德薄少小頃自思惟當奉供養

爾時轉輪聖王即自思惟而作是念我從無始世界已來喪身無數未曾爲法今我此身當歸敗壞都無所爲今日正是其時仰報大師言所須供養者當速辦之爾時大王即入宮中報諸夫人而我今者共汝等别時諸夫人聞王語已心驚毛竪莫知所由微聲問王王欲何去王言今者我身欲剜作千燈供養大師時諸夫人聞王語已宛轉躃地舉聲大哭悶絶吐逆良久穌息報大王言天下所重莫若已身恭敬尊重隨時將養懼畏不適今者云何毀害捐棄王是智人而於今日如似顛狂鬼魅所著耶王言不也若不爾者何緣如是作此苦惱供養是婆羅門何所爲耶王報夫人欲求佛法爲一切衆生若爲一切衆生今日云何便見孤棄王報諸夫人言天下恩愛皆當别離是故吾今以身供養欲爲汝等及一切衆生於大暗室然大智燈照汝生死無明黑暗斷衆累結生死之患超度衆難得至涅槃故汝等諸人今者云何違逆我心時諸夫人聞王語已默然不對心悲哽噎舉聲大哭自拔頭髮爪攫面目復發聲言我等薄相生亡我所天王有五百太子悉皆端正聰明智慧人相具足其父愛念喻如眼目爾時大王語諸子言我於今日欲設供養恐身命不濟與汝等别國土人民所有王法從大者治時諸太子聞是語已身體支節筋脉抽切譬如人噎又不能咽復不得吐微聲問父王言今日云何永棄孤背時諸太子前抱王頸或捉手足舉聲悲哭怪哉怪哉今日云何永失覆護爾時大王諫曉諸子即爲宣説天

下恩愛皆有別離諸子答言雖如父王所說心情戀慕不能捨離大王今日當賜一願令諸子等持此身命奉上大王爲王供養婆羅門師王言諸子幼稚未有所識未能堪辦如是供養如我今者遠請大師許相供養不得違錯夫爲孝子不違父意汝今云何違逆我心時諸太子聞是語已舉聲吼喚驚動神祇舉身投地如太山崩爾時大王復與諸小國王一切辭別還至殿上往大師所脫身瓔珞上妙衣服舉著一面端身正坐告諸大臣諸小國王五百太子二萬夫人汝等今者誰能爲吾剜身千瘡夫人太子及諸羣臣皆共同心而作是言我等今者寧以利刀自剜兩目終不能以手剜王身也爾時大王心生憂惱而我今者單子孤露大衆之中乃無一人見

佐助耶爾時大王有一旃陀羅其性弊惡人所怖畏尋聲往趣語諸太子且莫憂苦也我有方便能令大王事不得成若不成事還王領國土如本不異諸太子聞是語已心生歡喜時旃陀羅往到王前語大王言大王今者何所作爲王告之言剜身千燈供養大師時旃陀羅言欲剜身者我能爲之王聞是語心生歡喜報旃陀羅言汝今眞是我無上道伴時旃陀羅即在王前諏喊噏張高聲唱言大王當知殺人之法斷頭截頸割斷手足抽筋拔脉苦痛如是大王今者能堪是不王聞是語心懷歡喜時旃陀羅持牛舌刀就王身上於胸速頃遍體剜作數滿千瘡時旃陀羅謂王意退而返不移投刀於地馳走而去爾時大王於身諸瘡灌滿膏油巳取上妙細氎纏

以爲炷爾時婆羅門大師見於大王作是事已作是念言我今應當先爲大王宣說佛法何以故大王今當然身諸燈恐命不濟命若不濟誰當聽法思惟是已告大王言精進如是難爲能爲修此苦行爲聞佛法諦聽諦聽善思念之今當爲王宣說佛法王聞是語心大歡喜譬如孝子新喪父母其子愁毒苦不可言父母還活其子歡喜王聞是語亦復如是時婆羅門即便爲王而說半偈謂與衰法

夫生輙死　此滅爲樂

王聞法已心生歡喜告諸太子及諸大臣而作是言諸人若於我有慈悲心者應爲我憶持是法於諸國土處處聚落有人民處城市巷陌宣王優命諸人當知大轉輪王見諸人民一切衆生沒於苦海未能出要於諸衆生起大悲心剜身千燈求此半偈諸人今當感大王大慈悲心應當書寫此偈讀誦諳習思惟其義如說修行諸人聞是語已心生歡喜異口同音讚大王言善哉大王眞是大慈悲父爲諸衆生修此苦行我等應當速往書寫或紙或帛或於石上或於樹木瓦礫草葉蹊徑要路多人行處亦皆書寫其見聞者皆發阿耨多羅三藐三菩提心爾時大王即然千燈供養大師其明遠照十方世界其燈光中亦出音聲說此半偈其聞法者皆發阿耨多羅三藐三菩提心其光上照乃至忉利天宮其燈光明悉能隱蔽諸天光明時忉利天王見此光明遠照天宮即作是念以何因緣有此光明即以天眼觀於世間見是大轉輪王以大慈悲熏修其心爲一切衆生故剜身千

燈供養大師爲度一切衆生故是故我等今當往於世間勸誡佐助令心歡喜即下世間化作凡人往詣王所問大王言剜身千燈修此苦行爲求半偈何所作爲報言善男子我爲一切衆生故令發阿耨多羅三藐三菩提心爾時化人即復釋身光明威曜曒然炳著時天帝釋報大王言作是供養願求天王耶魔王梵王耶是時轉輪聖王報天帝釋言我亦不求人天尊貴正欲求阿耨多羅三藐三菩提爲一切衆生故不安者安不解者解未度者度未得道者欲令得道天帝釋言大王今者不乃愚也求阿耨多羅三藐三菩提者久受勤苦乃可得成汝今云何欲求無上道耶報天帝釋言

假使熱鐵輪　在我頂上旋　終不以此苦　退於無上道

汝今雖發是言吾不信也時轉輪聖王即於天帝釋前立此誓言我若不真實求於阿耨多羅三藐三菩提欺誑天帝釋者使我千瘡終無愈時若不爾者血當爲乳千瘡平復說是語時即復如故天帝釋言善哉大王真是大悲修大悲者如是苦行不久當得阿耨多羅三藐三菩提得三菩提時要先度我時天帝釋放大光明遍照王身與百千諸天俱時發阿耨多羅三藐三菩提心五百太子見其父王身瘡平復歡喜無量即前頭面禮足却住一面合掌向父異口同音俱發聲言未曾有也今者父王真是大悲愍傷一切王報太子汝等若是孝子者當發阿耨多羅三藐三菩提心是諸太子聞是語已心生歡喜感於

父王重恩分故尋聲即發阿耨多羅三藐三菩提心二萬夫人百千婇女亦復如是爾時衆中有七十恒河沙等衆生皆發聲聞辟支佛心復有無量天及乾闥婆阿脩羅迦樓羅緊那羅摩睺羅伽人非人等見聞是已皆發道心歡喜而去

發菩提心品第四

爾時會中有一大菩薩摩訶薩名曰喜王即從座起偏袒右肩右膝著地合掌仰白如來而作是言菩薩云何知恩報恩佛告喜王菩薩善男子諦聽諦聽菩薩摩訶薩知恩者當發阿耨多羅三藐三菩提心報恩者亦當教一切衆生令發阿耨多羅三藐三菩提心若發菩提心云何而發菩薩因何事故所以能發善男子菩薩摩訶薩初發三菩提心時立大誓願作如是言若我得成阿耨多羅三藐三菩提時當大利益一切衆生要當安置一切衆生大涅槃中復當教化一切衆生悉令具足般若波羅蜜是則名爲自利亦名利他是故初發菩提心者則得名爲菩提因緣衆生因緣正義因緣三十七助道法因緣攝取一切善法根本是故菩薩名爲大善亦名一切衆生善根能破一切衆生身口意等三業諸惡一切世間所有誓願及出世間所有誓願無有能勝阿耨多羅三藐三菩提如是誓願無勝無上菩薩摩訶薩初發三菩提心時有五事一者性二者行三者境界四者功德五者增長菩薩若能發菩提心則得名爲菩薩摩訶薩定得阿耨多羅三藐三菩提修大乘行是故初發菩提心即能攝取一切善法

菩薩摩訶薩發菩提心修行漸得阿耨多羅三藐三菩提若不發心終不能得是故發心即得阿耨多羅三藐三菩提根本菩薩摩訶薩見苦衆生心生憐愍是故菩薩因慈悲心故能發阿耨多羅三藐三菩提心因阿耨多羅三藐三菩提心即能習三十七品因三十七品故得阿耨多羅三藐三菩提是故發心名爲根本發菩提心故行菩薩尸羅是故發心名根名因名枝名葉亦名華次第名菓亦名爲子菩薩發心畢竟不畢竟者乃至得阿耨多羅三藐三菩提終無退失不畢竟者有退有失退有二種畢竟退不畢竟退畢竟退者終不能發阿耨多羅三藐三菩提心不能推求修習其法不畢竟退者求菩提心修習其法是菩提心有四種一者若善男子若善女人若見若聞諸佛菩薩不可思議事爾時即生信敬之心作是念言佛菩薩事不可思議若佛菩薩不可思議事是可得者我亦當得阿耨多羅三藐三菩提是故至心念於菩提發菩提心復有不見諸佛菩薩不思議事以聞諸佛菩薩祕密之藏聞已即生信敬之心得生信心故爲阿耨多羅三藐三菩提及摩訶般若是故發菩提心復有不見諸佛菩薩不思議事亦不聞法見法滅時復作是念無上佛法能滅衆生無量苦惱作大利益唯諸佛菩薩能令佛法久住不滅我今亦當發菩提心令諸衆生遠離煩惱願我此身受大苦事護持佛法久住於世故發菩提心復有不見諸佛菩薩法滅之時唯見惡世諸衆生等具重煩惱貪欲瞋恚愚癡等無慚無愧慳

恪等嫉妬恚癡苦惱等不信邪疑懶惰等見是事已即作此念大惡世時衆生不能修善如是惡時尚不能發二乘之心何況阿耨多羅三藐三菩提心我今當發菩提心發菩提心已乃當教一切衆生令發阿耨多羅三藐三菩提心爾時喜王菩薩復白佛言世尊菩薩知恩自發菩提心菩薩報恩教一切衆生令發菩提心者如來世尊於生死時初發菩提心因何事發佛言善男子過去久遠不可計劫生死中時以重煩惱起身口意業故墮在八大地獄所謂阿訶訶地獄阿婆婆地獄阿達多地獄銅釜大銅釜黑石大黑石乃至火車地獄我於爾時墮在火車地獄中共兩人並挽火車牛頭阿傍在車上坐齧脣切齒張目吹火口眼耳鼻烟炎俱起身體姝大臂脚蟠結其色赤黑手執鐵杖隨而鞭之我時苦痛努力挽車力勵前進時我徒伴劣弱少力劣弱在後是時牛頭阿傍以鐵叉刺腹鐵杖鞭背血出沐浴隨體而流其人苦痛高聲大喚苦痛難忍或稱父母或稱妻子雖作如是唱喚無益於已我時見是受大苦惱心生哀愍因慈心生故發菩提心爲此衆罪人故勸請牛頭阿傍此罪人者甚可憐愍小復加哀垂慈憐愍牛頭阿傍聞已心生瞋恚尋以鐵叉前刺我頸尋時命終即得脫於火車地獄百劫之罪我以發阿耨多羅三藐三菩提心故即脫火車地獄之罪佛告喜王挽火車者今我身是因發菩提心故疾得成佛是故當知一切衆生發菩提心其事非一或因慈心或因恚心或因施心或因慳心或因歡喜

或因煩惱或因恩愛别離或因怨憎和合或因親近善知識或因惡友或因見佛或因聞法是故當知一切衆生發菩提心各各不同喜王當知菩薩摩訶薩知恩報恩其事如是説是法時萬八千人發阿耨多羅三藐三菩提心一切大衆中有得須陀洹乃至阿羅漢時天龍鬼神人及非人亦能發聲聞辟支佛心聞法歡喜頭面作禮右遶而去

大方便佛報恩經卷第二

音釋

蒨倉甸切　眩黄絹切目無常主也　僂力主切背傴也　躄必益切足不能行也　埵丁果切　榜笞榜蒲庚切笞擊也笞丑知切　杻械杻敕九切梏也械下戒切桎也　桁寒剛切械夾足及頸皆曰桁　愶虛業切以威力相恐也　賄呼罪切財貨也　鍪莫浮切兜鍪胄也　槊所角切矛屬　出內出尺類切出之也內諾合切入也　曬所戒切曝也　褺徒協切重衣也　螫施隻切蟲行毒也　嶔去金切嶔巖高險也　隥都鄧切登陟之道也　惙側劣切疲也　唼子答切啑也　腕烏貫切臂腕也　臏毗忍切膝端也　踹市兗切腓腸也　鹵郎古切沙鹵确薄之地也　杌五骨切樹無枝也　毾㲪毾吐盍切㲪都騰切毾㲪毛席也　氍氀氍强魚切氀力朱切氍氀毛褥也　噢乙六切噢吚悲泣也　噎於結切哽咽也　單孑孑居列切孑然孤獨貌　譀喊譀許鑑切喊許戒切譀喊怒大聲也　噏張噏正作歙迄及切歙斂也張開也老子云將欲歙之必固張之　蹊胡雞切徑路也　皦古了切明也　緘古咸切閉口不言也　姝昌朱切美也

大方便佛報恩經卷第三

失譯人名出後漢録

論義品第五

爾時如來爲母摩耶夫人并諸大衆說法九十日閻浮提中亦九十日不知如來所在大目揵連神力第一盡其神力於十方推求亦復不知阿那律陀天眼第一遍觀十方三千大千世界亦復不見乃至五百大弟子不見如來心懷憂惱優填大王戀慕如來心懷愁毒即以牛頭栴檀樹像如來所有色身禮事供養如佛在世等無有異爾時大王召諸六師卜問如來爲何所在爾時六師即作是言大王當知瞿曇沙門正是幻術所化作耳幻化之法體無真實大王當知我等經書四圍陀典說言千年二千年當有一幻人出世瞿曇沙門正是其人爾時阿那律陀往詣大王所白言大王當知如來近在忉利天却後七日當還閻浮提王聞是語心生歡喜宣令國土掃洒燒香懸繒幡蓋競共集聚設衆供養種種餚饍華香伎樂爾時六師見衆人集聚設諸供養種種餚饍六師問言汝等諸人設是供養欲請國王耶王子耶荅言非也若不爾者爲請大臣耶婆羅門居士耶若不爾者親族會耶荅言非也欲請於佛六師問言佛者是誰荅言一切智人復言一切智人爲是誰耶荅言大慈悲父汝不知耶白淨王種豪尊第一從劫初已來嫡嫡相承作轉輪王近來二世不作轉輪王雖不作轉輪王而作閻浮提王兄弟三人其最長者號曰淨飯王其次第二名曰斛飯王其最小者名曰甘露飯

王淨飯王生二子長者名悉達小者名難陀斛飯王復生二子長者名提婆達小者名阿難甘露飯王生一女名甘露味女爾時大兄悉達太子出城觀看見老病死患憂思不食悲念人生當有此患無貴無賤有形之類無免此者即夜踰出宮城菩提樹下苦行六年然後得成一切智故號一切智人獨悟成佛具足十力四無所畏十八不共法乃至一切種智其生七日毋便命終生兜率天爲母説法經九十日却後一七當還閻浮提爾時六師聞是語已心生嫉妬憂恚苦惱即時六師徒衆集聚共論議言瞿曇沙門若還閻浮提者一切人民皆當捨我供養瞿曇我等孤窮恐當不濟爾時六師復作是念我等今當速往多人衆中唱如是言諸人當知瞿曇沙門實無所知黄口小兒近出釋氏宮菩提樹下自言得一切種智當知此則虚妄之言所以然者阿耆達王來請瞿曇所施供養唯是馬麥瞿曇不知爲惡而便受請當知非一切智也復次問於阿難安居餘有幾日在阿難言餘有七日在復次問於阿難祇桓中何以多烏鳥聲阿難言衆鳥諍食適生一七其母命終以是事故當知是薄福相人亦是極惡之人所以然者生已喪其母故又復非慈孝非供養目下朝夜供給而反捐棄入於深山亦是無恩分人父王爲納娶瞿夷竟不行婦人之禮令憍曇彌受大苦惱是故當知不知恩不念恩瞿曇沙門徒衆無尊無卑五百弟子各稱第一師既無法弟子亦無修行之業乃至知數具人陀驃比丘亦稱第一聰明知慧舍

利弗亦入其中吶鈍槃特比丘亦入其中乃至少欲之人耶輸陀羅比丘尼亦入其中舍衛城中婬亂不善蓮華色女亦入其中乃至稚小無智均提小兒亦入其中乃至極老須跋陀羅年百二十亦入其中乃至豪尊諸釋種亦入其中極下賤王舍城中擔糞穢人亦入其中是故當知瞿曇法中猥雜競共入中皆無尊卑不可恭敬譬如大風吹諸樹葉聚在一處瞿曇佛法亦復如是譬如衆鳥隨逐世間人所遺棄衣服飲食瞿曇徒衆隨取食之汝等諸人今日云何欲請瞿曇衆人聞已譬如大地不可虧動大衆渴仰如來雖聞六師作如是說心如金剛無有增減渴仰如來如渴欲飲却後一七如來從天來下至閻浮提無量百千諸天隨從如來放大光明神力感動作天伎樂百千萬種乃至一切天一切龍鬼神乾闥婆緊那羅摩睺羅伽人非人等一切大衆皆悉雲集禮拜供養爾時優填大王大衆圍遶遠迎如來頭面禮足却住一面爾時六師徒衆集聚復作是念我等今者衰禍將至雖復衆人之中唱說此言而不信受今當復往天人大衆之中宣令如是可知清白爾時六師作是念已與其徒衆八千人俱前後圍遶往詣大衆到已却坐一面爾時復有一乾闥婆子名曰闥婆摩羅彈七寶琴往詣如來所頭面禮足却住一面鼓樂絃歌出微妙音其音和雅悅可衆心聲聞舍利弗等不覺動身起舞須彌山王踊沒低昂爾時如來即入有相三昧以三昧力令其琴聲遠聞三千大千世界其音具足演說苦空無常不

淨無我放逸衆生聞此妙音具足演説如來知恩報恩久於無量阿僧祇劫孝養父母一切衆生皆隨聲至閻浮提往到佛所頭面禮足却住一面爾時大衆瞻仰如來目不暫捨如來爾時三昧宴默一切大衆亦皆默然於大衆中有七寶塔從地涌出住在空中無數幢幡而懸其上百千寶鈴不鼓自鳴微風吹動出微妙音爾時大衆見此寶塔從地涌出心生疑網以何因緣有此寶塔從地涌出諸聲聞衆舍利弗等盡思度量亦復不知舊住娑婆世界菩薩摩訶薩乃至彌勒菩薩亦復不知爾時六師作是念復何因緣有此寶塔若有人來問我者而我不知若不知者云何復名一切知見復作是念瞿曇何不速爲大衆敷演斯事爾時如來出于三昧釋提桓因忉利天王取以天衣敷師子座爾時如來即昇此座結加趺坐如須彌山王處于大海爾時彌勒菩薩觀察衆心咸皆有疑自亦未了即從座起往到佛前頭面禮足合掌向佛而作是言世尊以何因緣有此寶塔從地涌出佛告彌勒菩薩乃往過去不可思議阿僧祇劫有佛出世號毗婆尸如來應供正遍知明行足善逝世間解無上士調御丈夫天人師佛世尊出現於世教化無量百千萬億阿僧祇衆生皆令堅固阿耨多羅三藐三菩提其佛滅度後於像法中有國名波羅柰其波羅柰大王聰叡仁賢常以正法治國不枉人民王主六十小國八百聚落王了無子王自供養奉事山神樹神一切神祇經十二年不懈不息求索有子第一夫人便覺有娠十月足

滿生一男兒其子端正人相具足生已召諸大臣諸小國王占相吉凶即爲立字以其太子性善不瞋名曰忍辱忍辱太子其年長大好喜布施聰明慈仁於諸衆生等生慈心爾時大王有六大臣其性暴惡奸詭謟佞枉横無道人民猒患時六大臣自知於行有違常懷嫉妬憎惡太子爾時大王身嬰重病苦惱燋悴命在旦夕忍辱太子往告諸臣父王困篤今當奈何諸臣聞已心生瞋恚報太子言王命不久何以故欲求妙藥不可得故是以當知命去不遠太子聞已心生苦惱悶絶躃地時六大臣即入靜室共謀議言忍辱太子不除去者我等終不得安隱也作是念已第一大臣言忍辱太子無事可除一臣復言我有方便能除去之即往太子所報太子言臣向在外於六十小國八百聚落中求覓藥草了不能得太子問言所求藥草爲是何物大臣報言太子當知求藥草者正是從生至終不瞋人眼睛及其人髓若得此藥得全王命若不得者命在不久於諸國土無有此人太子聞已心生憂惱即報大臣我今身者似是其人何以故我從生已來未曾有瞋大臣言太子若是其人者此事亦難何以故天下所重莫若已身太子言不如諸臣所言也但使父王病得損者假使捨百千身亦不爲難況我今日此穢身也大臣報言如此之事隨太子意爾時忍辱太子心生歡喜而作是念若使此藥能除父王病者宜應速辦此事忍辱太子即入宫中到其母所頭面禮足合掌向母而作是言今者此身欲爲父王作治病藥

恐其身命不得存立是故與母共別願母莫憂苦戀慕其子其母聞是語已心生悶絶忘失四方譬如人噎又不得咽不能勸進又不得吐不能勸退即前抱其太子悶絶以水灑面良久乃蘇爾時太子白其母言父王身命須臾之間不得久停宜時速辦令王服之爾時太子即呼大臣諸小國王於大衆中即宣此言我身今者與大衆別爾時大臣即呼旃陀羅斷骨出髓剜其兩目爾時大臣即擣此藥奉上大王王即服之病得除差病既差已問諸大臣汝等於何得此妙藥除我患苦得全身命大臣白王今此藥者忍辱太子之所辦非諸臣力所堪辦也王聞是語心驚毛竪微聲問諸臣言忍辱太子今在何所大臣荅言太子今者在外身體傷損命不云遠王聞是語舉聲大哭怪哉怪哉自投於地塵土坌身如我今者實自無情云何乃能服此子藥往到子所其命已終王及夫人及諸臣民無量大衆前後圍遶其母懊惱投身死屍以我宿世有諸過惡今令子身受是苦也今我身者何不碎末如塵乃令我子喪失身命爾時父王及諸小王即以牛頭栴檀香木積以成積闍維太子所有身骨復以七寶起塔供養爾時世尊告彌勒菩薩善男子等大衆當知爾時波羅㮈大王者今現我父悅頭檀是爾時母者今現我母摩耶是忍辱太子者今我身是菩薩於無量阿僧祇劫孝養父母衣服飲食房舍卧具乃至身肉骨髓其事如是以此因緣自致成佛今此寶塔從地涌出者即是我爲其父母捨此骨髓及其身命即於此

處起塔供養我今成佛即踊現其前爾時大衆中無量人天諸龍鬼神聞是語已悲喜交集淚下滿目異口同音讚歎如來百千功德尋時發於阿耨多羅三藐三菩提心復有無量百千衆生發聲聞辟支佛心復有無量人得須陁洹果乃至阿羅漢道復有無量百千萬億菩薩摩訶薩不久當得阿耨多羅三藐三菩提是故當知如來今者眞是孝養父母

復次菩薩本知母人之德以其本願如是生如來身以生如來滿本願故不堪受其禮故因其將終爾時大衆異口同音讚嘆摩耶善哉摩耶得生如來天人世間無與等者爾時乾闥婆摩羅即從座起偏袒右肩胡跪合掌而白佛言世尊摩耶夫人修何功德以何因緣得生如來佛言善聽吾當爲汝分別解說

佛言乃往過去久遠不可計劫有佛出世號毗婆尸如來應供正遍知明行足善逝世間解無上士調御丈夫天人師佛世尊出現於世乃至正法像法滅已爾時有國號波羅柰去城不遠有山名曰聖所遊居以有百千辟支佛住此中故無量五通神仙亦住其中以多仙聖止住中故故號聖遊居山其山有一仙人住在南窟復有一仙住在北窟二山中間有一泉水其泉水邊有一平石爾時南窟仙人在此石上浣衣洗足已便還所止去後未久有一雌鹿來飲泉水次第到浣衣處即飲是石上浣衣垢汁飲此衣垢汁已迴頭反顧自舐小便處爾時雌鹿尋便懷妊月滿産生鹿産生法要還向本得胎處即還水邊住本石上悲鳴宛轉産生一女爾時仙人聞此

鹿悲鳴大喚爾時南窟仙人聞是鹿大悲鳴聲心生憐愍即出往看見此雌鹿產生一女爾時鹿母宛轉舐之見仙人往便捨而去爾時仙人見此女兒形相端正人相具足見是事已心生憐愍即以草衣裹拭將還採衆妙果隨時將養漸漸長大至年十四其父愛念常使宿火令不斷絶忽於一日心不謹慎便使火滅其父苦責數已語其女言我長身已來未曾使此火滅而汝今日云何令滅北窟有火汝可往取爾時鹿女即隨父教往詣北窟步步舉足皆生蓮華隨其蹤跡行伍次第如似街陌往至北窟從彼仙人乞求少火爾時仙人見此女人福德如是足下生於蓮華報言欲得火者汝當右遶我窟滿足七帀行伍次第了了分明隨其舉足皆生蓮華遶七帀已語其女言欲得火者復當在此右邊還歸去者當與汝火爾時鹿女爲得火故隨教而去其女去後未久之間波羅柰王將諸大臣百千萬衆前後圍遶千乘萬騎入山遊獵馳逐群鹿波羅柰王獨乘名象往到北窟仙人所見其蓮華遶窟行列爾時大王心生歡喜歎言善哉善哉大德神仙大仙導師福德巍巍其事如是爾時仙人即白王言大王當知此蓮華者非我所能王言非大師者是誰所爲報言大王是南窟仙人生育一女姿容端正人相具足世間難有其女行時隨其足下皆生蓮華王聞是語心生歡喜即往南窟見彼仙人頭面禮足爾時仙人即出問訊大王遠涉途路得無疲極爾時大王報仙人言聞君有女欲求婚姻爾時仙人報大王言貧

身有此一女稚小無知未有所識少小以來住此深山未閑人事服草食果王今云何乃欲顧錄又此女者畜生所生即以上事向王具說王言雖爾無苦問其父言鹿女者今在何許報言大王在此草窟爾時大王即入窟中見其鹿女心生歡喜即以沐浴香湯名衣上服百寶瓔珞莊嚴其身乘大名象百千導從作倡伎樂還歸本國爾時鹿女從生以來未曾見如此大衆心驚怖懼爾時其父上高山頂遥看其女目不暫捨而作是念我今遥覩我女遠去不現當還本處悲號懊惱流淚滿目我生育此女未有所知與我遠別復作是念我今住此不應餘轉何以故若我女反顧後望不見我者令子憂苦踦立良久女去不現竟不還顧爾時其父心生恚恨而作是言畜生所生故不妄也我少長養令得成人爲王所念而反孤棄即入窟中誦持呪術而呪其女王若遇汝薄者皦然不論若王以禮待接汝者當令退沒不果所願爾時波羅柰王到宫殿已拜爲第一名曰鹿母夫人諸小國王百官群臣皆來朝賀王見此已心生歡喜未久數日便覺有娠王自供養夫人牀卧飲食皆令細軟至滿十月望其生男紹繼國位月滿産生生一蓮華仙人呪力令王瞋恚而作是言畜生所生故不妄也王即退夫人職其蓮華者使人遺棄其後數日波羅柰王將諸群臣入後園中遊戲觀看作倡伎樂鬪其象馬并諸力士中有第一大力士跟蹄顛蹶以足蹴地地皆震動動蓮華池其華池邊有大瑠瑚於瑠瑚下有一蓮華併墮水中其

華紅赤有妙光明王見此華心生歡喜問群臣言如此蓮華者未曾有也即使使者入池取之其華具足有五百葉於一葉下有一童男面首端正形狀妙好爾時使者即前白王此蓮華者未曾有也大王當知其蓮華者具五百葉於一葉下有一天童男王聞此語心驚毛竪慨歎所以問使者言審實爾耶此非是我鹿母夫人所生華耶即問青衣鹿母夫人所生華者遺棄何處答言大王埋此池邊大瑠璃下王審實其事知是鹿母夫人所生王自入宮向鹿母夫人自責悔過而作是言我實愚癡無智不識賢良橫相惡賤違逆夫人懺謝訖已還復本位王大歡喜召諸羣臣諸小國王并諸婆羅門相師一切集會抱五百太子使諸相師占相吉凶卦曰道德所歸國蒙其福若在家者四海顒顒鬼神保之若出家者必斷生死超度欲流越生死海獲得三明六通具四道果王聞是語遂增歡喜即遍宣令國土選取五百乳母爾時鹿母夫人白大王言王莫撓擾國土召諸乳母王宮中自有五百夫人諸夫人者妬我生男王令可以一太子與一夫人令其乳哺非其子耶王報夫人五百夫人常懷嫉妬惱害鹿母鹿母今者欲令我鞭打杖策擯出驅遣奪其命者不逆夫人夫人今者云何於怨嫌中放捨此事其難及也又復能開天地之恩以其太子與諸夫人爾時五百夫人心大歡喜鹿母夫人施我安隱快樂云何復能以太子與我歡喜無量爾時無量百千大衆聞是事已心生歡喜皆發道心爾時大王報夫人言未曾有

也吾不及汝夫人言貪恚所生皆由嫉妬諌惡以忍諌怒以順我從生以來未曾與物共諍諸夫人者自生惱害譬如有人夜行見杌便起賊想或起惡鬼之想尋時驚怖四散馳走或投高巖或赴水火荊棘叢林傷壞形體因妄想故禍害如是一切衆生亦復如是自生自死如蠶處繭如蛾赴燈無驅馳者一切衆惡從妄想起諸夫人者亦復如是我今不應與彼群愚起諸諍訟五百夫人即前禮鹿母夫人自謝悔過奉事鹿母如蒙賢聖如母姊妹所養太子如所生不異時五百太子年漸長大一一太子力敵一千鄰國反叛不賓屬者自往伐之不起四兵國土安隱天神歡喜風雨以時人民豐穰熾盛時五百太子乘大名象林野觀看遊戲自恣快樂難量父母愛念如護眼目爾時五百太子年漸長大於後一時集一處坐蓮華池邊見其形容水底影現時諸太子共相謂言一切諸法如幻如化如夢所見如水中形體無真實我等今者亦復如是雖復豪尊處在深宮五欲自恣壯年美色不可久保物成有敗人生有死少壯不久會當有老飲食不節會得有病百年壽命會當有死諸太子即愁憂不樂不能飲食即還宮殿白父母言世界皆苦無可樂者父母今者聽我等出家王報太子生老病死一切共有汝何以獨愁白父王言不能復以死受生勞我精神周遍五道王不忍拒即便聽許母報子言汝出家者莫捨我遠去可於後園其中清淨林木茂盛四事供養不令乏少時諸太子即便出家受其母請住後園中一

一太子皆得辟支佛道如是次第四百九十九太子皆得道果往詣宮中至父母前報言父母出家利益今已獲得時諸比丘身昇虛空東踊西沒西踊東沒南踊北沒北踊南沒或作大身滿虛空中復以一身作無量身或身上出水身下出火爲其父母作種種神變已即便燒身取般泥洹時鹿母夫人收取身骨於後園中即起四百九十九塔供養最小太子過九十日已亦得辟支佛道亦爲父母現大神變現神變已即取泥洹爾時其母收其身骨起塔供養爾時鹿母夫人燒衆名香作妙伎樂日日入後園中供養是五百辟支佛塔於其塔前愁憂不樂而作是言我雖生是五百太子雖復出家而無一人發菩提之心即立誓願我供養是五百辟支佛幷起五百塔供養舍利功德悉以迴向普及一切衆生令我來世不用多生諸子而不能發菩提之心但生一子能發道心現世出家得一切智佛告阿難爾時鹿母夫人者今摩耶夫人是摩耶夫人供養五百辟支佛及修無量善業是故今者得生如來身佛說此法時有無量百千人天得初道果乃至四果有無量衆生發阿耨多羅三藐三菩提心爾時阿難白佛言世尊摩耶夫人過去世時造何業行生畜生中爲鹿女也佛告阿難善聽吾當爲汝分別解說摩耶夫人宿世行業因緣乃往過去無量阿僧祇劫爾時有佛出世號毗婆尸如來應供正遍知明行足善逝世間解無上士調御丈夫天人師佛世尊在世教化滅度之後於像法中爾時有國號波羅㮈其國有

一婆羅門唯生一女其父命終婆羅門婦養育此女年轉長大其家唯有一果園其母以女守園自往求食旣自食巳復爲其女而送食分日日如是其母一日而便稽遲過時不與其女悒遲飢渴所逼而便恚心言我母今日何因緣故不與我食不來見看乃至煩惋再三尋復恚言我母今者不如畜生我見畜獸野鹿子飢渴時心不捨離如是未久母持食至正欲飲食有一辟支佛沙門從南方來飛空北過爾時其女見此比丘心生歡喜即起合掌頭面作禮即便請之爲敷淨座取好妙華减其食分奉施比丘比丘食巳爲說妙法示教利喜爾時其女即發願言願我來世遭遇賢聖禮事供養使我面首端正尊榮豪貴若經行時蓮華承足佛告阿難爾時女者鹿母夫人是以其一食淨華覆上施辟支佛五百世中尊榮豪貴衣食自然蓮華承足願力因緣今得值五百辟支佛禮事供養爾時以一惡言不知其恩毀罵其母喻如畜生以是惡口因緣五百身中生鹿腹中佛告阿難人生世間禍從口生當護於口甚於猛火猛火熾然能燒一世惡口熾然燒無數世猛火熾然燒世間財惡口熾然燒聖七財是故阿難一切衆生禍從口出夫口舌者鑿身之斧滅身之禍佛說此經時有千優婆塞優婆夷慎護口過即得初果復有無量比丘比丘尼得初道果乃至四果無量人天皆發阿耨多羅三藐三菩提心乃至辟支佛心一切大衆聞佛說法歡喜奉行作禮而去爾時世尊與阿難入王舍城乞食巳還出城於城門外有

大深坑時王舍城人擔持大小便利棄是坑中天雨惡水亦入其中爾時此汪水中有一虫其形似人衆多手足遥見如來擎頭出水視於如來流淚滿目如來見已愍而哀傷慘然不悅即還耆闍崛山爾時阿難敷尼師壇如來座下結加趺坐爾時阿難觀察衆心問如來言世尊向所見汪水中蟲者先世造何業行生此水中爲幾時耶復於何時當得解脫佛告阿難及諸大衆汝等善聽當爲汝說阿難乃往過去無量千劫爾時有佛出興于世教化已周遷神涅槃滅度之後於像法中有一婆羅門造立僧坊供養衆僧時有檀越多送酥油時有客比丘來爾時知事維那心生瞋恚嫌客僧來多隱匿酥油停待不與客衆僧言何不付酥油蜜耶維那荅言汝客我舊客比丘言此是檀越施現前僧爾時維那凶惡可畏即便罵言汝何不噉屎尿也云何從我乃索酥油以此惡言從是已來九十億劫常生於是汪水之中爾時維那者今此汪水中虫是由過去世發一惡言訶罵衆僧無量千世住此屎中佛告諸弟子當護於口口之過患甚於猛火父母衆僧宜應讚歎軟語常念其恩衆僧者出三界之福田父母者三界內最勝福田何以故衆僧之中有四雙八輩十二賢士供之得福進可成道父母者十月懷抱推乾去濕乳哺長大教誨技藝隨時將養及其出家修得解脫度生死海自利兼利一切衆生佛告阿難父母衆僧是一切衆生二種福田所謂人天泥洹解脫妙果因之得成佛說此經時無量百千衆生人及非人

或得初果乃至四果或發阿耨多羅三藐三菩提心或發聲聞辟支佛心各各合掌禮佛右遶歡喜而去復次波羅奈國有一輔相婆羅門其家大富多饒財寶金銀瑠璃珊瑚琥珀象馬牛羊田業僮僕在所充足年過八十生一男兒妙色端正人相具足父母歡喜召諸相師占相吉凶爲其立字號曰均提年始十歲父母愛念放令出家往詣刹提利因提羅山至如來所爾時如來四衆圍遶爲諸天龍鬼神大衆廣說世論及出世間之法時婆羅門白佛言世尊垂老之年生育此兒世尊大慈普覆一切今以此兒爲佛弟子佛言善來比丘鬚髮自落袈裟著身佛爲說法示教利喜即得道果三明六通具八解脱爾時阿難觀察衆心咸皆有疑即從座起整衣服偏袒右肩叉手合掌白佛言世尊均提沙彌過去世時作何功德修何行業值遇世尊獲得道果何以速疾佛告阿難均提沙彌非適今也過去世時供養父母衆僧修妙功德遇善知識今得道果阿難白佛言願佛説之佛告阿難善聽乃往過去無量千歲有佛出世號毗婆尸在世教化利益天人化緣已周遷神涅槃滅度之後於正法中有一年少比丘通達三藏所謂阿毗曇藏毗尼藏脩多羅藏面首端正人相具足辯才説法有妙音聲多人所識刹利婆羅門之所供養時有一比丘形體麤醜人相不具加復音聲鈍重常好讚歎三寶爾時三藏年少比丘見其聲惡即便毀罵而作是言如是音聲不如狗吠時老比丘言汝何以見毀罵也汝不識我耶三藏少年

言我識汝汝是毗婆尸佛正法中摩訶羅老比丘何以不識摩訶羅言我所作已辦梵行已立不受後有三藏比丘聞是語已心驚毛竪爾時摩訶羅即舉右手放大光明普照十方爾時三藏即前頭面接足禮拜求哀懺悔而我愚癡不識賢聖作是惡業令我來世得近善友值遇聖師漏盡結解亦如大德佛告阿難爾時三藏比丘以一惡言呵罵上座五百身中常作狗身一切大衆聞佛說法皆驚戰悚俱發聲言怪哉苦哉世間毒禍莫先於口爾時無量百千人皆立誓願而說偈言

假使熱鐵輪　在我頂上旋　終不爲此苦
而發於惡言　假使熱鐵輪　在我頂上旋
終不爲此苦　毀聖及善人

佛告阿難舍利弗者於諸衆生爲善知識晝夜六時常以道眼觀五道衆生所應度者尋往度之爾時摩竭提二國中間有五百賈客經過嶮路時賈客主將一白狗爾時伴主初夜煑肉作食於後夜時狗偷食之明日伴主欲早飲食求之不得飢渴所逼瞋恚内發手自持刀斷狗四足投身坑中捨之而去其狗宛轉受大苦惱時舍利弗於初夜時道眼遥見過夜至旦著衣持鉢入城乞食已往詣嶮路至彼狗所持食與之因爲說法示教利喜狗聞法已慚愧不樂却後一七罪畢得出生於人中佛告阿難爾時白狗者今均提沙彌是由過去世毀罵賢聖墮在惡道由尋能改慚愧懺悔發誓願故得遇善友遇善友故罪畢得出生於人中遇佛世尊即得漏盡佛告阿難當念父母及善知識恩是故知恩常當

報恩善知識者是大因緣佛說此法時無量百千衆生發阿耨多羅三藐三菩提心乃至聲聞辟支佛心一切大衆聞佛說法歡喜踊躍作禮而去

大方便佛報恩經卷第三

音釋

嫡都歷切正長曰嫡　驃毗召切　叡俞芮切深明通達也　娠失人切妊也　噎於結切食窒也　剜一九切刻削也　積資四切聚也　舐神紙切餂也　妊汝鴆切孕也　皦古了切明也　踉蹡踉音郎蹡音傍　璠孚袁切寶玉名　杌五骨切木無枝也　穰汝羊切豐也

大方便佛報恩經卷第四

失譯人名出後漢録

惡友品第六

爾時世尊大衆圍遶供養恭敬尊重讚歎爾時如來熙怡微笑從其面門放大光明青黄赤白名曰大悲遠照十方上至阿迦膩吒天下至十八地獄照提婆達多身身諸苦痛即得安寧爾時大衆異口同音讚歎如來善哉善哉世尊眞是大慈眞是大悲能於怨親其心平等提婆達多常懐惡心毀害如來而世尊不以爲患愍而哀傷放大悲光遠照其身如來爾時普告大衆而作是言提婆達多非適今世而傷害我過去世時常欲害我我以慈悲力因乃得濟爾時阿難觀察衆心咸皆有疑即從座起偏袒右肩右膝著地胡跪合掌而白佛言世尊提婆達多過去世時毀害世尊其事云何佛告阿難善聽吾當爲汝分別解說佛言過去世時無量千歲有國名波羅柰其中有佛出世號毗婆尸如來應供正遍知明行足善逝世間解無上士調御丈夫天人師佛世尊在世教化滿十千歲滅度之後正法住世十二千歲像法滅後波羅柰王名摩訶羅闍聰叡仁賢正法治國不枉人民王主六十小國八百聚落五百白象二萬夫人了無有子王自禱祀諸山河池樹木神祇滿十二年王第一所重夫人即便有娠第二夫人亦皆有娠王甚歡喜手自供養牀卧飲食皆令細輭至滿十月太子便生形體端正妙色莊嚴人相具足第二夫人亦皆生男王甚歡喜即召諸臣百官幷諸相師婆羅門等

占相吉凶抱兒示之便令立字相師問言此兒生時有何瑞相答言第一太子其母性行由來弊惡恚恨妬忌憍慢自大從懷子已來其性調善和顏悅色發言含笑先意問訊輭語利益慈愍衆生喻如赤子相師答言此是兒之福德使母如此即便立字名曰善友太子第二夫人所生太子者相師問言其子生時有何瑞相答言其母由來性常調善先意問訊發言柔輭可適衆心懷妊已來其性卒暴發言麤獷惡嫉妬恚癡相師答言此是兒之業行使母如是應當立字名曰惡友太子乳哺長大至年十四善友太子聰明慈仁好喜布施父母偏心愛念視如眼目惡友太子其性暴惡父母憎惡而不喜視嫉妬於兄常欲毀害觸事不順其兄違逆反戾善友太子導從前後作倡伎樂大衆圍遶出城觀看見有耕者墾土出蟲烏隨啄吞善友太子遥見如是愍而哀傷生長深宮未見此事問左右言此作何物共相殘害左右答言太子所以有國依於人民所以有人民者依因飲食所以有飲食者依因耕田種植五穀得存性命太子念言苦哉苦哉少復前行見諸男女自共紡織來往傾動疲勞辛苦太子問曰此作何物左右答言太子此諸人等紡織作諸衣服以遮慚愧蔭覆五形太子言此亦勞苦非一也轉復前行見諸人民屠牛馳馬剗剝豬羊太子問曰此是何人左右答言此諸人等屠殺賣肉以自存活以供衣食太子皮毛瞤動而作是言怪哉苦哉殺者心不忍強弱相害傷殺生以養生積結累劫之殃轉復前行見

諸衆人網鳥餌魚枉濫無辜强弱相淩太子問言此是何人名何事耶左右答言太子網鳥捕魚如是諸事以供衣食太子聞是語已悲淚滿目世間衆生造諸惡本衆苦不息憂愁不悅即迴車還宫王問太子出還何故憂愁如此太子具以上事向父王説王聞是語語太子言上來諸事未常不有何足愁耶太子言今欲從王求索一願王見聽不王言吾有汝一子甚愛念之不逆汝意太子言願欲得父王一切庫藏所有財寶飲食用施一切王言隨汝所願不逆子意善友太子即使傍臣開王庫藏以五百大象負載珍寶出四城門外宣令國土其有欲得衣被飲食者恣意自取而去善友太子名聲遠聞八方一切雲集未久之間三分用二時守庫藏臣即入白

王所有庫藏太子已三分用二王宜思之王言此是太子不敢違逆復經少時諸臣論議所以有國依因庫藏庫藏空竭國亦虛存復往白王所有財寶三分用二王宜思之王言是吾太子不敢違逆汝可小稽遲莫稱其心善友太子欲開庫藏時守藏臣緣行不在鄭重追逐差互不遇善友太子言此小人者何敢違逆我意當是父王教耳夫孝子者不應傾竭父母庫藏我今應當自求財寶給足衆生我若不能給足一切衆生衣被飲食稱意與者云何名爲大王太子即集諸臣百官共論議言夫求財利何業最勝中有第一大臣言世間求利莫先耕田者種一得萬倍復有一大臣言世間求利莫先畜養衆生放牧繁息其利最大復有一大臣言世間求利莫先

入海採取妙寶若得摩尼寶珠者便能稱意給足一切衆生善友太子言唯此爲快耳即入宮中上白父王子今欲入大海採取妙寶王聞此語譬如人噎亦不得咽又不得吐語太子言國是汝有庫藏珍寶隨意取用何爲方復自入大海汝爲吾子生長深宮卧則幃帳食則恣口今者遠涉途路飢渴寒暑誰得知者又復大海之中衆難非一或有惡鬼毒龍湍浪猛風迴波涌洑水泡之山摩竭大魚往者千萬達者一二汝今云何欲入大海吾不聽汝善友太子即便五體投地四布手足而作是言父母若不聽我入大海者我當捨命於此終不起也爾時大王及諸夫人見是事已目不暫捨即前勸諫太子汝可起飲食太子言若不聽我入大海者終不飲食王與夫人愁憂苦惱左右啼泣憂悲懊惱愁悶躃地如是乃至一日不飲不食二日三日至到六日父母憂恐畏其不濟七日即前嗚抱手足善言誘喻可起飲食此毀食身依因飲食而得存立不飲食者汝命不濟太子言父母若不聽許者必没於此終不起也爾時第一夫人便白王言如子心意難可傾動不可違戾何忍當見此子捨命於此願大王垂慈聽入大海故當萬有一冀今不聽者必喪於此王不忍拒而便聽許爾時善友太子即起歡喜頭面禮父王足左右夫人及諸婇女百千萬人互相問言善友太子今者爲死活耶答言太子今者已起歡喜飲食王問太子汝慇懃欲入大海何所作爲答言大王欲取摩尼大寶給足一切衆生所須爾時大王即遍宣

令誰欲入海若往還者七世衣食珍寶無所乏少吾當供給道路船乘所須善友太子亦欲入海採取珍妙摩尼寶珠衆人聞之歡喜聚集具五百人皆言大王我等今者隨從太子爾時波羅柰國有一海師前後數反入於大海善知道路通塞之相而年八十兩目矇盲爾時波羅柰大王往導師所報言導師吾唯一子未更出門勞屈大師入於大海願見隨從爾時導師即舉聲大哭大王大海留難辛苦非一往者千萬達者一二大王今者云何乃能令太子遠涉嶮道王報導師爲憐愍故隨從聽許導師白言不敢違逆爾時善友太子莊嚴五百人行具載至大海邊爾時其弟惡友太子作是念言善友太子父母而常偏心愛念今入大海採取妙寶若達還者父母當遺棄於我作是念已往白父母今我亦欲隨從善友入海採取妙寶父母聞已答言隨意道路急難之時兄弟相隨必相救護至大海已以七鐵鎖鎖其船舫停住七日至日初出時善友太子擊鼓唱令汝等諸人誰欲入海入者默然若當戀著父母兄弟婦兒閻浮提樂者從此還歸莫爲我故所以者何大海之中留難非一往者千萬達者一二如是唱令大衆默然即斷一鎖舉著船上日日唱令至第七日即斷七鎖舉著船上望風舉帆以太子慈心福德力故無諸留難得至海洲至珍寶山到寶所已善友太子即便擊鼓宣令諸人當知道路懸遠汝等諸人速載珍寶極停七日復作是言此寶甚重閻浮提中亦無所直莫大重載船舫沉没不違所至莫大

輕取道路懸遠不補勞苦裝束已訖與諸人別而作是言汝等於是善安隱歸吾方欲前進採摩尼寶珠爾時善友太子與盲導師前進路行一七水齊到膝復更前行一七水齊到頸前進一七浮而得渡即到海處其地純以白銀爲沙導師問言此地何物太子答言其地純是白銀沙導師言四望應當有白銀山汝見未耶太子言東南方有一白銀山現導師言此道在此山下至彼山已導師言次應到金沙爾時導師疲乏悶絕躃地語太子言我身命者勢不得久必喪於此太子於是東行一七當有金山從山復更前進一七其地純是青蓮華復前行一七其地純是紅赤蓮華過是華已應有一七寶城純以黃金而爲却敵白銀以爲樓櫓以赤珊瑚爲其障板硨磲瑪瑙雜廁間錯眞珠羅網而覆其上七重壍壘純紺瑠璃大海龍王所止住處其龍王左耳中有一摩尼如意寶珠汝往從乞若得此珠者能滿閻浮提雨衆七寶衣被飲食病瘦醫藥音樂倡伎總要而言一切衆生所須之物隨意能雨是故名之如意寶珠太子若得是珠者必當滿汝本願爾時導師作是語已氣絕命終爾時善友太子即前抱持導師舉聲悲哭一何薄命生失我所天即以導師金沙覆上埋著地中右繞七帀頂禮而去前至金山過金山已見青蓮華遍布其地其蓮華下有青毒蛇此蛇有三種毒所謂嚙毒觸毒氣噓毒此諸毒蛇以身繞蓮華莖張目喘息而視太子爾時善友太子即入慈心三昧以三昧力即起進路蹋蓮華而去時諸毒

蛇而不毁傷以慈心力故遥至龍王所止住處其城四邊有七重塹其城塹中滿中毒龍以身共相蟠結舉頭交頸守護城門爾時太子到城門外見諸毒龍即慈心念閻浮提一切衆生今我此身若爲此毒龍所害者汝等一切衆生皆當失大利益爾時太子即舉右手告諸毒龍汝等當知我今爲一切衆生欲見龍王爾時諸毒龍即開路令太子得過乃至七重塹守城毒龍得至城門下見二玉女紡頗梨縷太子問曰汝是何人答言我是龍王守外門婢問已前入到中門下見四玉女紡白銀縷太子復問汝是龍王婦耶答言非也是龍王守中門婢耳太子問已前入到内門所見八玉女紡黄金縷太子問曰汝是何人答言我是龍王守門婢耳太子語言汝爲我通大海龍王閻浮提波羅柰王善友太子故來相見今在門下時守門者即白如是王聞是語疑怪所以作是念言自非福德純善之人無由遠涉如是嶮路即請入宫王出奉迎其龍王宫紺瑠璃爲地牀座七寶有種種光明耀動人目即請令坐共相問訊善友太子因爲説法示教利喜種種教化讃説施論戒論人天之論時大海龍王心大歡喜遠屈途涉欲須何物太子言大王閻浮提一切衆生爲衣財飲食故受無窮之苦今欲從王乞左耳中如意摩尼寶珠龍王言受我微供一七日當以奉給爾時善友太子受龍王請過七日已持摩尼寶珠還閻浮提時大海龍王使諸龍神飛空送之得到此岸見弟惡友問言汝徒黨伴侶今何所在答言善友船舫沉

没一切死盡唯弟一身牽挽死屍而得全濟一身財賄一切已盡善友答言天下大寶莫先已身弟言不爾人願富死不貧而生何以知然弟曾至塜閒聞諸死鬼作如是語善友太子其性真直以實語弟汝雖失寶亦是閑耳吾今已得龍王如意摩尼寶珠弟言今在何處善友答言今在髻中弟聞是語心生嫉妬憂恚懊惱作是念言父母而常偏心愛念今復加得摩尼寶珠我身今者父母惡賤甚於瓦礫作是念已白善友言快哉甚善得此寶珠今此嶮路宜加守護爾時善友即解寶珠與弟惡友而誡勑言汝若疲乏眠卧我當守護我若眠卧汝應守護爾時惡友次應守珠其兄眠卧即起求二乾竹刺兄兩目奪珠而去爾時善友即喚其弟惡友此有賊刺我

兩目持寶珠而去惡友不應兄便懊惱我弟惡友似爲賊所殺如是高唱聲動神祇經久不應爾時樹神即發聲言汝弟惡友是汝惡賊刺汝兩目持寶珠去汝今喚惡友何爲善友太子聞是語已悵然飲氣憂恚苦惱爾時惡友賫持寶珠還歸本國與父母相見白言父母我身福德而得全濟善友太子與諸徒伴薄福德故没水死盡父母聞是語已舉聲大哭悶絶躃地以冷水灑面良久乃穌父母語惡友言汝云何乃能持是回來惡友聞是語已心生懊惱即以寶珠埋著土中爾時善友太子被刺兩目乾竹刺者無人爲拔徘徊宛轉靡知所趣當時苦惱大患飢渴求生不得求死不得漸漸前行到利師跋王國利師跋王有女先許與波羅柰王善友太子利師

跋王有一牧人名留承爲利師跋王放五百牛隨逐水草爾時善友太子坐在道中爾時牛羣垂逼蹊蹹中有牛王即以四足騎太子上令諸牛羣皆悉過盡然後移足右旋宛轉反顧迴頭吐舌舐太子兩目拔出竹刺爾時牧牛人尋後得見問言汝是何人善友即自念言我今不應自陳本末炳說上事脫令我弟得大苦惱答言我是盲乞兒耳時牧牛人遍體觀望人相有異語言我家在近當供養汝時牧牛人即將善友還歸其家與種種飲食誡勑家中男女大小汝等供待此人如我不異如是經一月餘日其家猒患而作是言家計不豐云何能常供是盲人善友聞是語已心意悵然過是夜已至明日旦白主人言我今欲去主人報言有何不適而欲捨去善友答言客主之義勢不得久善友言汝若愛念我者爲我作一鳴箏送我著多人民處大城聚落爾時主人即隨意供給送到利師跋城多人衆處安隱還歸善友善巧彈箏其音和雅悅可衆心一切大衆皆共供給飲食乃至充足利師跋道上五百乞兒皆得飽滿時國王有一果園其園茂盛常患鳥雀時守園監語善友言爲我防護鳥雀我當好相供給善友答言我無兩目云何能爲汝驅馳鳥雀耶守園監言我有方便我以繩結諸樹頭安施銅鈴汝坐樹下聞鳥雀聲牽挽繩頭善友答言如是我能將至樹下安隱住已即捨而去善友防護鳥雀兼復彈箏以自娛樂時利師跋王女將諸侍從入園觀看見此盲人即往其所問言汝是何人答言盲乞人耳王女

見已心生愛念不能捨離王復遣使往喚其女女言不去爲我送食共此盲人飲食訖竟白大王言王今持我與此盲人甚適我願王言汝鬼魅所著顛狂心亂云何共是盲人共居汝不知耶父母先以汝許與波羅柰王善友太子善友今者入海未還汝今云何爲乞人作婦女言雖爾乃至捨命終不捨離王聞是語不能拒逆即遣使者將盲人來閉著靜室爾時王女往盲人所語言知不我今欲共汝作夫婦善友報言汝是誰家女欲爲我婦答言我是利師跋王女善友報言汝是王女我是乞人云何能相恭敬婦言我當盡心供養於汝不逆汝意如是經九十日其婦小事出行不白其夫良久乃還善友責數汝私出外而不白我何處行還婦言我不私行壻言私與不私誰當知汝其婦懊惱悲淚滿目即自呪誓言我若私行令汝兩目始終不差若不爾者使汝一目平復如故作是願已其夫一眼目睫瞟動平復如故睛光晃晃踰如流星視瞻清徹得見其婦婦言何如汝信我不善友含笑婦言汝不識恩養我是大國王女汝是小人而我盡心供事於汝而不體信壻言汝識我不答言我識汝是乞人壻言非也我是波羅柰王善友太子婦言汝大愚癡人云何乃發是言波羅柰王善友太子入海未還汝今云何言是其人此妄言耳吾不信也善友言我從生來未曾妄語婦言虛之與實誰當信之壻言我若妄語欺誑汝者使我一目永不得愈若實語者使我一目平復如故令汝得見作是念已即如所誓睛光耀動如

本不異善友太子兩目平復面首端正人相具足妙色超絕世無有比其婦見已心生歡喜如蒙賢聖遍體瞻視目不暫捨即入宮中白父王言今我夫者即是善友太子王言癡人顛狂鬼魅所著而作是言善友太子入海未還汝今云何名是乞人爲太子也女言不也若不信者可一視之王即往看見已便識是善友太子即懷恐怖而作是言波羅柰王若聞此事嫌我不少即前懺謝善友太子我實不知太子言無苦爲我餉致給與此牧牛人利師跋王即以金銀珍寶衣被飲食并與所放五百頭牛其人歡喜稱善無量善友太子而我未有幾許恩分而能報我如是財賄時放牛人於大衆中高聲唱言夫陰施陽報布施之事果報弘廣爾時無量大衆心生歡喜皆發施心拯濟一切求佛爲本虛空神天讚歎其人遂成其言如是如是爾時善友太子未入大海在宮殿時養一白鴈衣被飲食行住坐卧而常共俱爾時夫人往到其所報其鴈言太子在時常共汝俱今入大海未還生死未分而我不能得知定實汝今云何不感念太子鴈聞是語悲鳴宛轉啼淚滿目報言大夫人欲使求覓太子者不敢違命爾時夫人手自作書繫其鴈頸其鴈音響聞太子大海所在身昇虛空飛翔宛轉而去夫人見已心生恃賴今者此鴈其必定得我子死活之實消息飛至大海經過周遍求覓不見次第往到利師跋國遙見善友太子在宮殿前其鴈斂身擁翅往趣到已悲鳴歡喜太子即取母書頭頂禮敬發封披讀即知父母晝夜

悲哭追念太子兩目失明爾時太子即作手書具以上事向父母說復以書繫其鴈頸其鴈歡喜還波羅柰父母得太子書歡喜踊躍稱善無量具知太子爲弟惡友之所危害奪取寶珠苦惱無量父母尋時杻械惡友手脚枷鎖頸項閉著牢獄遣使往告利師跋王汝今云何擁遮太子令我憂苦利師跋王聞是語已心生恐怖即嚴服太子送著界上太子遣使往白利師跋王善友從大海歸爾時利師跋王作倡伎樂前後導從掃灑燒香懸繒旛蓋槌鍾鳴鼓遠迎太子還至宮中以女娉之遣送往詣波羅柰國父母聞太子歸歡喜無量乘大名象作倡伎樂掃灑燒香懸繒旛蓋遠迎太子國土人民男夫女婦聞太子入于大海安隱還歸歡喜無量亦皆出迎善友太子前爲父母頭面禮足王與夫人目瞋不見太子形容以手捫摸汝是我子善友非耶父母念汝憂苦如是太子問訊父母起居訖竟舉手高聲報謝諸小國王及謝群臣國土人民一切大衆而作是言苦屈大衆從是還歸善友太子白父王言我弟惡友今在何處王言汝不須問訊如是惡人今在牢獄不可放也善友太子言願放惡友得與相見如是言至三王不忍拒便開獄門爾時惡友手脚杻械頸項枷鎖往見善友兄見如是上白父母爲弟脫於枷鎖脫枷鎖已即前抱持善言誘喻輭語問訊汝極勞苦耶汝持我寶珠今在何處如是至三而方報言在彼土中善友太子還得寶珠往父母前長跪燒妙寶香即呪誓言此珠實是如意寶者令我父母兩目

明淨如故作是願已尋時平復父母得見其子歡喜踊躍慶幸無量爾時善友太子於月十五日朝淨自澡浴著鮮淨衣燒妙寶香於高樓上手捉香爐頭面頂禮摩尼寶珠立誓願言我爲閻浮提一切衆生故忍大辛苦求是寶珠爾時東方有大風起吹去雲霧虛空之中皎然明淨并閻浮提所有糞穢大小便利灰土草莽涼風動已皆令清淨以珠威德於閻浮提遍雨成熟自然粳米香甘輭細色味具足溝渠盈滿積至于膝次雨名衣上服珠環釵釧次雨金銀七寶衆妙妓樂舉要言之一切衆生所須樂具皆悉充足菩薩修大慈悲行檀波羅蜜給足衆生一切樂具其事如是佛告阿難爾時波羅柰大王者今現我父悅頭檀是爾時母者今現我母摩耶夫人是爾時惡友太子者今提婆達多是爾時善友太子者今我身是阿難提婆達多過去世時常懷惡心毀害於我而我以忍辱力常念施恩因乃得濟况今成佛佛說此法時無量百千人得須陀洹果乃至阿羅漢果復有無量百千人皆發阿耨多羅三藐三菩提心乃至無量百千衆生皆發聲聞辟支佛心阿難白佛言當何名此經云何奉持佛言此經名佛報恩方便給足一切衆生衆會聞經歡喜作禮而去復次提婆達多雖復隨佛出家嫉妬情深窺望利養雖復能多讀誦六萬香象經典而不能免阿鼻獄罪是人與阿闍世王共爲親善心相愛念信用其言時提婆達多報阿闍世王言汝可作新王我亦欲作新佛阿闍世報言此事不然父王存在提婆達多

言汝應除之我亦欲滅佛然後新王新佛教化衆生不亦快乎時阿闍世即隨其言斷父王命王波羅柰國提婆達多報阿闍世王言我欲毀害如來阿闍世言如來有大神力預知人之所念汝今云何乃能加害如來兼有諸大弟子舍利弗大目揵連欽婆羅阿㝹樓䭾等提婆達報阿闍世言王今助我阿闍世言何所作爲報言大王當立制限不聽施諸比丘衣被飲食阿闍世王遍宣令言若有施諸比丘衣被飲食者當斷汝手足是諸大弟子一切大衆共佛住耆闍崛山次第乞食了不能得一日乃至七日舍利弗諸大弟子等皆以神力而往諸方求乞衣食時提婆達多白阿闍世王言佛諸大弟子等今皆不在如來單獨一身王可遣使往請如來若入宫城

即當以酒飲五百大惡黑象極令奔醉佛若受請來入城者當放大醉象而蹋殺之時阿闍世王遣使往請如來佛與五百阿羅漢即受王請前入王舍城爾時阿闍世王即放五百醉象奔逸搪揬樹木摧折墻壁崩倒哮嚇大吼向於如來時五百阿羅漢皆大恐怖踊在空中徘徊佛上爾時阿難圍遶如來恐怖不能得去爾時如來以慈悲力即舉右手於五指頭出五師子開口哮吼五百醉象恐怖躃地爾時如來大衆圍遶前入王宫時阿闍世王即出奉迎請佛令坐佛即坐已求哀懺悔白佛言世尊非是我過提婆達多耳佛言大王我亦知之提婆達多常欲害我非適今也過去世時亦常欲毀害我以慈悲力乃能得濟爾時阿闍世王叉手前白佛言世尊提

婆達多過去世時毀害如來其事云何佛言諦聽吾當爲汝分別解說乃往過去不可計劫有大國王喜食鴈肉使一獵師常網捕鴈時有五百羣鴈從北方來飛空南過中有鴈王墮獵網中爾時獵師心大歡喜即出草菴欲取殺之時有一鴈悲鳴吐血徘徊不去爾時獵師彎弓欲射不避弓矢目不暫捨即鼓兩翅來投鴈王五百羣鴈徘徊虛空亦復不去爾時獵師見此一鴈悲鳴吐血顧戀如是爾時獵師作是念言鳥獸尚能共相戀慕不惜身命其事如是我今當以何心而殺是鴈王尋時開網放使令去爾時一鴈悲鳴歡喜鼓翅隨逐五百羣鴈前後圍遶飛空而去爾時獵師即白大王網得一鴈王應送王廚供辦飲食而見一鴈悲鳴吐血不避弓矢徘徊不去時念此鴈尋放鴈王五百隨從前後圍遶飛空而去爾時大王聞是語已心意慘然尋發慈心鳥獸共相愛念護惜他命其事如是爾時大王即斷鴈肉誓不復捕大王當知爾時王者今大王身是爾時獵師者今提婆達多是爾時一鴈悲鳴吐血者今阿難是爾時五百羣鴈者今五百阿羅漢是爾時鴈王者今我身是爾時阿難心生顧戀如本不異爾時五百阿羅漢飛騰虛空亦如本不異爾時提婆達多常欲毀害於我我以慈悲力故因乃得濟說是法時無量百千人或得初果乃至四果或發阿耨多羅三藐三菩提心乃至聲聞辟支佛心復次提婆達多惡心不息而作是念我今應當長養十指爪甲極令長利於爪甲下塗以毒藥往如來所頭面接足

禮時我當以十指甲掐足趺上毒藥入體其必喪命作是念已如所思惟往如來所頭面作禮以手挍足爾時毒藥變成甘露於如來身竟無所爲復次提婆達多既不果願復作是念如來今者坐耆闍崛山下我今應當上山頂上排山下石斷其命根作是念已上山推石傷佛足指我慈悲心怨親同等復次提婆達多過去久遠不可計劫爾時有佛出興于世號曰應現如來應供正遍知明行足善逝世間解無上士調御丈夫天人師佛世尊佛滅度後於像法中有一坐禪比丘獨住林中爾時比丘常患蟣虱即便共虱而作約言我若坐禪汝宜嘿然隱身寂住其虱如法於後一時有一土蚤來至虱邊問言汝云何身體肌肉肥盛虱言我所依主人常修禪定教我飲食時節我如法飲食故所以身體鮮肥蚤言我亦欲修習其法虱言能爾隨意爾時比丘尋便坐禪爾時土蚤聞血肉香即便食噉爾時比丘心生苦惱即便脫衣以火燒之佛言爾時坐禪比丘者今迦葉佛是爾時土蚤者今提婆達多是爾時虱者今我身是提婆達多爲利養故毀害於我乃至今日成佛亦爲利養出佛身血生入地獄提婆達多常懷惡心毀害如來若說其事窮劫不盡而如來常以慈悲力愍而哀㥔我以值遇提婆達多故速得成佛念重恩故常垂慈愍爾時如來即遣阿難往到地獄問訊提婆達多苦可忍不爾時阿難受如來教至地獄門外問牛頭阿傍言爲我唤提婆達多牛頭阿傍言汝問何佛提婆達多過去諸佛皆有提婆達多

阿難言我喚釋迦牟尼佛提婆達多爾時阿傍即語提婆達多阿難在外欲得相見提婆達多即言善來阿難如來猶能憐念於我耶阿難言如來遣我問訊苦痛可堪忍不提婆達多言我處阿鼻地獄猶如比丘入三禪樂佛言菩薩摩訶薩修大方便引接衆生具受生死無量大苦不以爲患若有人言提婆達多實是惡人入阿鼻獄者無有是處如來爾時即爲大衆顯發提婆達多微密妙行大方便時無量百千菩薩得無生法忍無量百千人發阿耨多羅三藐三菩提心無量百千人得須陀洹果乃至阿羅漢虛空神天雨衆天華遍覆大衆作天妓樂放大光明讚言善哉如來所說未曾有也一切大衆聞佛說法頭面作禮歡喜而去

大方便佛報恩經卷第四

音釋

紡妃兩切紡績也 ⿰犮刂音拔剥也 瞤舒閏殊倫二切動也 洑房六切水洄流也 厠初吏切間雜也 嚙倪結切噬也 睫⿰目需睫即葉切目旁毛也⿰目需輪閏切與瞤同目動也

大方便佛報恩經卷第五

失譯人名出後漢錄

慈品第七

爾時世尊大衆圍遶供養恭敬尊重讚歎爾時如來遊於無量甚深行處欲拔衆生三有劇苦欲發五蓋弁解十纏欲令一切衆生俱得解脫安處無爲即爲開示二種福田一者有作福田二者無作福田所謂父母及與師長諸佛法僧及諸菩薩一切衆生修供得福進可成道爾時世尊告舍利弗大弟子等諸大智慧汝等當知如來不久當取涅槃時舍利弗聞是語已身諸支節痛如針刺憂愁懊惱悶絕躃地以冷水灑面良久乃蘇即起合掌以偈歎佛

佛者譬甘露　聽聞無猒足　佛當有懈怠
無益於一切　五道生死海　譬如在污泥
愛欲所纏故　無智爲世遠　前世行中正
加施而平等　故使眉間相　所照無有限
其眼如月初　徹覩十方國　能令人心眼
見者大歡喜

爾時舍利弗說如是等百千偈讚歎如來已頭面禮足遶百千帀告諸大衆諸天龍鬼神人及非人諸善男子世間虛空怙哉怙哉世間虛空苦哉苦哉世間眼滅痛哉痛哉妙寶法橋今當碎壞無上道樹今當摧折妙寶勝幢今當傾倒無上佛日沒大涅槃山崩一切大衆聞是語已心驚毛竪即大恐怖日無精光諸山崩落地爲大動時舍利弗於大衆中而說偈言

我見佛身相　喻如紫金山　相好衆德滅

唯有名獨存　應當勤精進　得出於三界
選擇衆善業　涅槃最安隱

時舍利弗說是偈慰喻諸大衆已現大神力身昇虛空化作千頭寶象一一象身相蟠結千頭外向一一象皆有七牙一一牙上有七浴池一一浴池有七蓮華於華臺上有七化佛一一化佛皆有侍者舍利弗一一舍利弗放大光明普照十方無量恒沙世界遠召有緣有緣既集時舍利弗復現大身滿虛空中大而現小入地如水出無門入無孔或身下出火身上出水涌沒虛空或作千作百乃至無數種種神變已從虛空下往大衆中廣爲說法示教利喜令無量百千衆生發阿耨多羅三藐三菩提心復有無量百千衆生得須陀洹道乃至阿羅漢果復有無量百千人發聲聞辟支佛心時舍利弗作如是無量利益已告於大衆而作是言我今何忍見於如來入於涅槃作是唱已即昇虛空身中出火即自燒身取於涅槃爾時大衆戀慕舍利弗目不暫捨心生戀慕舉聲大哭塵土坌身日無精光天地大動爾時大衆收取舍利起塔供養爾時有無量百千大衆圍遶舍利弗故心生苦惱猖狂而行忘失正念爾時如來以慈悲力化作舍利弗在大衆中爾時大衆見舍利弗心生歡喜憂苦即除因歡喜心故皆發阿耨多羅三藐三菩提心爾時阿難以如來神力故觀察衆心咸皆有疑即從座起整衣服偏袒右肩右膝著地叉手長跪而白佛言世尊舍利弗以何因緣先如來前而取滅度令諸大衆憂苦如是佛告阿難及諸大衆舍

利弗不但今日先如來前而取滅度過去世時亦不能忍見我先取滅度阿難白佛言世尊舍利弗過去世時先取滅度其事云何佛言善聽乃往過去阿僧祇劫爾時有國名波羅柰其波羅柰王名曰大光明大光明王主六十小國八百聚落其王常懷慈心布施一切不逆人意爾時有一小邊國王常懷惡逆爾時大光明王於月月諸齋日以五百大象載珍寶錢財衣被飲食著大市中及著四城門外布施一切時敵國怨家聞大光明王布施一切不逆人意有須衣服飲食金銀珍寶者恣意自取而去爾時邊小國王聞大光明王布施之德心生嫉妬即集諸臣誰能往波羅柰國乞大光明王頭諸臣皆無能往者王復更宣令誰能往波羅柰國乞大光明王頭能去者賞金千斤其中有一婆羅門言我能往乞之但給我資粮此國去波羅柰六千餘里王即給資粮遣至波羅柰國時婆羅門往至波羅柰界上其地六種震動驚諸禽獸四散馳走日光障蔽月無精光五星諸宿違失常度赤黒白虹晝夜常現流星崩落於其國中有諸流泉浴池華果茂盛常所愛樂者而皆枯乾時婆羅門往到波羅柰城在門外立時守門神語守門者言此大惡婆羅門從遠方來欲乞大光明王頭汝莫聽入時婆羅門住在門外停滯七日不能得前語守門者我從遠來欲見大王時守門者即入白王有一婆羅門從遠方來今在門外王聞是語即出奉迎如子見父前爲作禮所從來耶冒涉途路得無疲倦婆羅門言我在他方聞王功德

布施不逆人意名聲遠聞上徹蒼天下徹黃泉遠近歌歎實無虛言故從遠來歷涉山川今欲有所得王言我今名爲一切之施有所求索莫自疑難婆羅門言審實爾不我不用餘物今欲大祠從王乞頭王聞是已深自思惟我從無始生死已來空喪此身未曾爲法空受生死勞我精神今者此身深欲爲求菩提誓及衆生今不與者違我本心若不以此身施者何緣當得成於阿耨多羅三藐三菩提王言大善須我小自撿挍委付國位夫人太子過七日已當相給與爾時大王即入宫中報諸夫人天下恩愛皆當別離人生有死事成有敗物生於春秋冬自枯夫人太子聞是語已譬如人噎既不能咽復不得吐大王今者何因緣故説如是語王言有婆羅門從遠方來欲乞我頭我已許之夫人太子聞是語已舉身投地舉聲大哭自拔頭髮裂壞衣裳而作是言大王天下所重莫若已身云何今日難捨能捨持用施人時五百大臣語婆羅門言汝用是臭爛膿血頭爲婆羅門言我自乞匃用問我爲大臣言卿入我國我應問卿卿應答我時婆羅門正欲實答心懷恐怖懼畏大臣斷其命根爾時五百大臣語婆羅門汝莫恐怖我等今者施汝無畏以大王故貧婆羅門何急用是膿血頭爲我等五百人人作一七寶頭共相貿易并與所須令汝七世無所乏少婆羅門言吾不用也時諸大臣不果所願心生苦惱舉聲悲哭白大王言大王今者何忍便欲捨此國土人民夫人太子爲一婆羅門永棄孤背王言今爲汝等及一

切衆生故捨身布施時第一大臣聞王語定必欲捨身與婆羅門即自思惟我今云何當見大王捨此身命作是思惟已即入靜室以刀自斷其命爾時大王便入後園喚婆羅門來汝今遠來從我乞頭我以慈心憐愍汝故不逆汝意令我來世得智慧頭施於汝等作是語已即起合掌向十方禮而作是言十方諸佛哀慈憐愍諸尊菩薩威神護助令我此事必得成辦語婆羅門隨汝持去時婆羅門言王有力士之力臨時苦痛脫能變悔不能忍苦或能反害於我王審能爾者何不以頭髮自繫樹枝王聞是語心生慈愍此婆羅門老而且衰若當不能斷我頭者而失大利即隨其言以髮自縛著樹語婆羅門汝斷我頭還著我手中我當以手授與於汝時婆羅門手自捉刀即前向樹爾時樹神即以手指婆羅門頭悶絶倒地爾時大光明王語樹神言汝不助我反於善法而起留難爾時樹神聞是語已心生苦惱即唱是言恠哉苦哉於虛空中無雲雨血天地大動日無精光時婆羅門尋斷王頭持還本國爾時五百太子及諸群臣即收大光明王餘身骨起塔供養佛告阿難爾時第一大臣聞大光明王以頭布施心不堪忍尋自捨命者今舍利弗是爾時大光明王者今則我身釋迦如來是菩薩如是修習苦行誓爲衆生念諸佛恩是故超越得成阿耨多羅三藐三菩提是故舍利弗聞於如來欲入涅槃眼不忍見先取滅度與本不異過去世時不忍見我捨於身命我於此後園在此一樹下捨轉輪王頭布施數滿一千

況餘身分身體手足說是苦行因緣時有無量百千衆生皆發阿耨多羅三藐三菩提心復有無量百千人得須陀洹道乃至阿羅漢果復有無量百千人發聲聞辟支佛心一切大衆諸天龍鬼神人及非人聞佛說法歡喜而去復次摩伽陀國有五百群賊常斷道劫人枉濫無辜王路斷絕爾時摩伽陀王即起四兵而往收捕送著深山懸嶮之處即取一一賊挑其兩目劓刵耳鼻爾時五百群賊身體苦痛命在呼噏爾時五百人中有一人是佛弟子告諸大衆我等今者命不云遠何不至心歸命於佛爾時五百人尋共發聲唱如是言南無釋迦牟尼佛爾時如來在耆闍崛山以慈悲力於遊乾陀山即大風起吹動樹林起栴檀塵滿虛空中風即吹往至彼深山諸群賊所坌諸賊眼及諸身瘡平復如故爾時諸賊還得兩眼身瘡平復血變爲乳俱發是言我等今者蒙佛重恩身體安樂報佛恩者應當速發阿耨多羅三藐三菩提心作是唱已一切大衆異口同音而作是言諸未安衆生我當安之諸未解衆生我當解之諸未度者我當度之未得道者令得涅槃復次如來慈悲方便神力不可思議佛在舍衛國爾時崛山中有五百人止住其中斷道劫人作諸非法如來爾時以方便力化作一人乘大名象身著鎧器帶持弓箭手執鉾鋋所乘大象皆以七寶而莊校之其人亦以七寶而自莊嚴珠環嚴具皆出光明單獨一已而入嶮路往至崛山爾時山中五百群賊遙見是人而相謂言我等積年作賊未見此也爾時賊

主問其人言汝何所見其人答言見有一人乘大名象被服瓔珞并象乘具純是七寶放大光明照動天地隨路而來兼復單獨一已我等若當擒獲此人資生衣食七世無乏爾時賊主聞是語已心生歡喜密共唱令而作是言慎莫斫射徐徐捉取即前後圍繞一時而發時五百人同聲唱喚爾時化人以慈悲力愍而哀傷尋時張弓布箭射之時五百人人被一箭而瘡苦痛難可堪忍即皆躃地宛轉大哭起共拔箭其箭堅固非力所堪爾時五百人即懷恐怖我等今者必死不疑所以者何而此一人難爲抗對由來未有即共同聲說偈問曰

卿是何等人　爲是呪術力　爲是龍鬼神
一箭射五百　苦痛難可陳　我等身歸依
爲我出毒箭　隨順不敢違

爾時化人說偈答曰

斫瘡無過患　射箭無過怒　是　莫能拔
唯從多聞除

爾時化人說是偈已即復佛身放大光明遍照十方一切衆生遇斯光者盲者得視傴者得伸拘躄者得手足邪迷者得覩真言總要而言諸不稱意皆得如願爾時如來爲五百人示教利喜說種種法時五百人聞法歡喜身瘡平復血反爲乳尋時即發阿耨多羅三藐三菩提心即共同聲而說偈言

我等已發心　廣利諸衆生　應當常恭敬
隨順諸佛學　念佛慈悲力　拔苦身心安
應當念佛恩　菩薩及善友　師長及父母
及諸衆生類　怨親心平等　恩德無有二

爾時虛空中欲界諸天憍尸迦等雨衆天華作天妓樂供養如來異口同音而説偈言

我等先世福　光明甚嚴飾　衆妙供養具
利益於一切　世尊甚難遇　妙法亦難聞
宿殖衆德本　今遇釋中神　我等念佛恩
亦當發道心　我今得見佛　所有三業善
爲諸衆生故　迴向無上道

爾時諸天説是偈已繞百千帀頭面禮佛飛空而去復次如來方便慈善根力不可思議

爾時毗舍離國有一婆羅門執著邪見貪著我慢舍利弗大目揵連往來其家説法慰喻而不信受執著邪論其家大富財寶無量家無有子一旦崩亡財賄沒官思惟是已奉祠諸山及諸樹神過九十日其婦便覺有娠月滿生男其兒端正人相具足父母愛念衆人宗敬至年十二共諸等侶出外遊觀道逢醉象馳奔踐蹋即便命終父母聞之舉聲大哭自投於地生狂癡心塵土坌身自拔其髮而作是言一何薄命生亡我珍前趣兒所抱持死屍舉聲慟哭絶而復蘇心發狂癡裸形而行得覩如來如來以慈善根力化作其兒爾時父母即前抱持歡喜無量狂癡即滅還得本心如來爾時即爲説法因聞法故即發阿耨多羅三藐三菩提心復次如來慈善根力不可思議爾時瑠璃王起四種兵伐舍維國得諸釋子穿坑埋之坑悉齊腋令不動摇過一七已如來爾時以慈善根力即化其地變成浴池其浴池水具八功德有妙香華所謂波頭摩華分陀利華青黃赤白大如車輪充滿其中異類衆鳥相和悲鳴時諸釋子見是

事已心生歡喜尋發阿耨多羅三藐三菩提心發菩提心已時瑠璃王即以酒飲五百黑象極令犇醉脚著鐵甲鼻繫利劒即聲惡鼓放諸群象蹋諸釋子身諸支節皮骨糜破狼藉在地以如來慈悲力故身心安樂身心安樂故發菩提心以發菩提心故於諸衆生得平等心心平等故不生瞋恚心不瞋恚故命終生天得生天已即以天眼却觀本緣尋相謂言我等蒙佛慈恩得生於天七寶宮殿名衣上服身諸光明微妙妓樂一切樂具皆是如來神力是故我等發大悲心利益衆生隨有佛法所流布處若城邑聚落山林樹下宮殿舍宅有讀誦書寫解說其義隨流布處稱意供給令無乏少若有刀兵疾疫飢饉我等應當晝夜擁護心不捨離爾時諸天發是願

已身命色力光明晃曜復倍於常歡喜踊躍飛空而去復次如來方便慈善根力不可思議爾時瑠璃王伐舍維國毀害諸釋種已選諸釋女擇取端正才能過人各兼數技取五百人前後圍繞作倡伎樂還歸本國夫人婇女昇正殿上結跏趺坐告大衆言我今快樂稱善無量時諸釋女問瑠璃王言汝今云何快樂答言我得勝怨諸釋女言汝不得勝假使汝國一切四兵不敵於我釋種一人然我釋種是佛弟子不與物諍令汝得勝若起惡者汝前後三四起兵向舍維國而常退縮汝第一往時我諸釋種而作是言此瑠璃王不識恩分反生惡逆若我等與彼戰者賢愚不別皂白不明我等今者宜應恐怖令彼退散即立誓令今者諸人齊共射之令箭莫傷即

起四兵往逆瑠璃去四十里挽弓射之箭箭相續筈筈相拄時瑠璃王見是事巳即懷恐怖退還歸去過九十日復起四兵伐諸釋種爾時諸釋尋共議言瑠璃惡人不知慚愧而復更來欲相危害爾時諸釋復立誓限今日諸人齊共射鎧莫令傷人時諸釋種齊共射之悉令諸人所著鎧仗鉀鉀斷壞裸形而住時瑠璃王心懷怖懼即集諸臣而共議言我等今者恐不全濟中有第一大臣白大王言是諸釋種皆佛弟子持不殺戒修行慈悲若不爾者我等身命久已殞滅王言審如是者更可前進爾時諸釋斂手而住瑠璃軍馬遂至逼近諸釋種中有一婆羅門語諸釋言今衰禍至云何儼然諸釋答言我等今者不與物諍若與彼諍非佛弟子時婆羅門即嫌其言踊出釋前與瑠璃戰一箭射七未久之間傷殺轉多瑠璃四兵即還却退時諸釋種復作是念我等今者不應與是惡人共爲徒黨即集釋衆共擯出是婆羅門種既擯出已瑠璃四兵壞舍維國以是因緣令汝得勝時瑠璃王即生慚愧喚栴陀羅即削耳鼻截斷手足斷手足已即以車載棄於塚間時諸釋女宛轉無復手足悲號酸切苦毒纏身餘命無幾時諸釋女各稱父母兄弟姊妹者或復稱天喚地者苦切無量其中有第一釋女告諸女言姊妹當知我曾從佛聞若有人能於運急之中發於一念念佛至心歸命者即得安隱各稱所願時五百釋女異口同音至心念佛南無釋迦牟尼多陀阿伽度阿羅呵三藐三佛陀復更唱言苦哉苦哉痛哉痛哉嗚呼

婆伽婆脩伽陀作是唱時於虚空中以如來慈善根力故起大悲雲雨大悲雨雨諸女身既蒙雨已身體手足還生如故諸女歡喜同共唱言如來慈父無上世尊世間妙藥世間眼目於三界中能拔其苦施與快樂所以者何我等今者得脱苦難我等今者當念佛恩當念報恩諸女念言當以何事而報佛恩如來身者金剛之身常住之身無飢渴身微妙色身悉是具足百千禪定根力覺道不可思議三十二相八十種隨形之好具二莊嚴住大涅槃等視衆生如羅睺羅怨親等觀亦不望報我等今者欲報佛恩當共出家修持禁戒護持正法思惟是已即求衣鉢往詣王國比丘尼精舍求索出家時有六群比丘尼見諸釋女年時幼稚美色端正今云何能捨此難捨而共出家我等當爲説世間五欲快樂待年限過然後出家不亦快乎彼若還俗必以衣鉢奉施我等思惟是已於釋女前即以上事向諸女説諸女聞已心生苦惱此安隱處云何有大恐怖如餚饍飲食和以毒藥此比丘尼所説亦復如是世間五欲多諸過患我已具知云何而反讃歎其美而勸我等還歸本家在於五欲作是語已舉聲大哭還出僧房時有比丘尼名曰華色即問諸女何爲啼哭諸女答言不果所願比丘尼言汝願何等答言願欲出家不蒙聽許時華色比丘尼聞言汝欲出家者我能度汝諸女聞已心生歡喜即便隨從度爲弟子時諸釋女既蒙聽許悲喜交集而作是言和尚當知我等在家衆苦非一親族喪亡割削耳鼻截斷手足禍

患滋甚爾時和尚報諸弟子汝等辛苦何足言耶我在家時荷負衆苦其事衆多時諸釋女長跪白師願說在家衆苦因緣爾時華色比丘尼即入三昧以神通力放大光明照閻浮提請召有緣天龍鬼神人及非人於大衆中即自說言我在家時是舍衛國人父母嫁我與北方人彼國風俗其婦有娠垂欲產時還父母家如是次第數年生子後復有娠垂產之日皆乘車馬夫妻相將歸父母家中路有河其水暴漲其路曠絕多諸賊難既至河已不能得渡住宿岸邊於初夜時我腹卒痛即便起坐未久之間即便娩身生一男兒岸邊草中有大毒蛇聞新血香即來趣我未至我所我夫及奴眠在道中蛇至奴所尋便螫殺前至夫所夫眠不覺亦螫殺夫我時唱喚蛇來蛇來喚夫不應夫奴已死爾時毒蛇亦螫牛馬至日出已其夫身體膖脹爛壞骨節解散狼藉在地憂悲恐怖悶絕躃地舉聲大哭以手搥胷自拔頭髮塵土坌身尋復悶絕舉身投骨如是憂苦經留數日獨在岸邊其水漸小荷負小兒以手牽持其新產者以裙盛之銜著口中即前入水正到河半反視大兒見一猛虎奔走馳逐開口唱喚口即失裙嬰兒沒水以手探摸而竟不獲其背上者失手落水尋復沒喪其岸上者爲虎所食我見是已心肝分裂口吐熱血舉聲大哭怪哉怪哉我今一旦見此禍酷即到岸上悶絕躃地未久之間有大伴至爾時伴中有一長者是我父母舊所知識我即前問父母消息爾時長者即答我言汝父母家昨夜失火所燒蕩

盡父母亦喪我聞是已悶絶躃地良久乃蘇未久之間有五百群賊即壞衆伴爾時賊主便將我去作賊婦法常使守門若有緩急爲人所逐須速開門後於一時夫與群賊共行抄劫爾時財主王及聚落併力馳逐即還其家爾時其婦在其舍内娩身生子夫在門外再三喚内無人開門爾時賊主即作是念今此婦者欲危害我思惟是已即沿牆入語其婦言以何事故不開門耶婦言以産生故而不及耳爾時賊主見是事已瞋恚少息語其婦言人有身者便當有子汝爲産故危害於我用是子爲速往殺之爾時其婦心生憐愍不忍殺之爾時賊主尋拔刀斫除斷手足語其婦言汝可還噉若不食者當斷汝頭爾時其婦以恐怖故即還食之既還食已瞋恚便息其夫於後續復劫盜爲王所得即治其罪治賊之法要斷其命合婦生埋我時身體著妙瓔珞爾時有人貪利瓔珞於後夜時即便開塚取我瓔珞并將我去復經少時王家伺官即時捉得以律斷之如治賊罪治賊罪法即斷其命合婦生埋埋之不固於後夜時多諸虎狼跑發塚開食噉死屍我因此故尋時得出既得出已荒錯迷悶不知東西即便馳走路見多人即便問言諸人當知我今苦惱何處能有忘憂除患時有長老婆羅門等以憐愍心即語我言曾聞釋迦牟尼佛法之中多諸安隱無諸衰惱我聞是已心生歡喜詣大愛道憍曇彌比丘尼所出家次第修習即得道果三明六通具八解脱以是因緣汝等當知我在家時勤苦如是以是因緣自致得

道時諸釋女聞是說已心大歡喜得法眼淨諸會聽衆各發所願歡喜而去爾時佛姨母憍曇彌比丘尼告一切比丘尼式叉摩尼沙彌尼優婆夷及一切女人而作是言佛法大利一切功德三種果報唯有如來佛法海中乃具有之一切衆生皆悉有分而我等一切女人如來不聽以一切女人多諸疑惑執著難捨以執著故使諸結業無量纏縛癡愛覆心覆心重故愛水所沒不能自出故以二等智故懈怠慢惰故現身不能莊嚴菩提獲得三十二相故於生死中失轉輪聖王所有勝果以十善法攝衆生故亦失無上梵王之位不能爲建立正法勸發諮請使一切衆生得利樂故是故如來不聽女人樂爲弟子天魔波旬及諸邪見一切外道長夜惡邪執著邪

論殘滅正法毀佛法僧是故如來不聽女人樂入佛法我爲一切諸女人故三請如來欲求佛法如是至三亦不聽許時我不果所願心懷悵恨憂悲苦惱即出祇桓悲淚滿目爾時阿難即問我言母人何故憂悲如此我時即報侍者阿難欲求出家修行佛法三請如來如來不許以是因緣我憂愁耳爾時阿難即報我言母人莫愁我當啓請如來使母人得入佛法憍曇彌聞是語已心大歡喜爾時阿難入白佛言世尊今欲從佛啓請一願佛言聽汝說之阿難白佛言憍曇彌母人者乳哺養育如來色身至今得佛依因母人之所成立母人於如來有大恩分如來猶尚聽於一切衆生入佛法中況於母人而不聽許佛告阿難如汝所說如來非不知母人於如來

所有是重恩但不樂使女人入佛法中如來若聽女人入佛法中者正法當漸微漸滅於五百歲是故如來不樂喜聽女人入佛法中爾時阿難頭面禮佛足長跪叉手重白佛言世尊阿難自念過去諸佛具四部衆而我釋迦如來獨不具耶佛告阿難若憍曇彌愛樂佛法發大精進清淨修習八敬之法者聽入佛法阿難即時頭面禮佛右遶三帀即便出外白母人言阿難已勸請如來得使母人奉持佛法憍曇彌聞是語已心大歡喜白阿難言善哉阿難乃能慇懃勸請如來得使母人稱遂本願阿難具宣如來慇懃之教母人聞已悲喜交集而我身者是無常身今日乃得貿易寶身今我命者念念遷滅代謝不定始於今日貿易寶命今我所有身命財者衆緣所共無有眞主今日乃得貿易寶財我思惟如是功德利故於阿難所深生恭敬供養之想白言大德阿難願不有慮如來秘教當盡奉行假使喪失身命終不退失如來即爲宣說微妙八敬之法難可毀犯爾時憍曇彌母人即以大悲熏修其心普爲未來一切女人重白佛言世尊若當未來惡世之中有善女人信樂愛敬於佛法者唯願聽許得掌其例佛言善哉若有女人護持佛法漸次修學戒施多聞及諸善法在家出家三歸五戒乃至具戒及諸度諸助道法皆悉聽許恣意修習亦得是三種果報人天泥洹時憍曇彌聞是說已心生歡喜而白佛言世尊若是果報正是佛恩佛言莫作是說如來終不有恩於諸衆生如來終不於諸衆生而計有恩計有恩

者則破如來平等之心憍曇彌當知如來於諸衆生計有恩無恩者無有平等何以故若有衆生毀害於佛如來不瞋若有衆生以栴檀汁塗如來身如來不喜如來普於衆生怨親等觀唯是阿難非如來也以阿難故令諸女人得入佛法憍曇彌未來末世若有比丘尼及諸一切諸善女人常當至心念阿難恩稱名供養恭敬尊重讃歎令不斷絶若不能常晝夜六時令心不忘時憍曇彌告諸比丘尼及一切諸善女人而作是言我等應當至心歸命阿難大師若有女人欲求安隱吉祥果報常當於二月八日八月八日著淨潔衣至心受持八戒齋法晝夜六時建大精進阿難即以大威神力應聲護助如願即得時會大衆聞法歡喜右繞而去

大方便佛報恩經卷第五

音釋

匃古太切乞也　劓刵劓魚器切截鼻也刵而至切斷耳也　鉾鋋鉾莫浮切與矛同鋋市連切小矛也　筈古活切箭本受弦處　㝃音免生子免身也　螫施隻切蟲行毒也　膖脹膖匹絳切脹涉亮切　沿與專切循也　皰蒲交切

大方便佛報恩經卷第六

失譯人名出後漢錄

優波離品第八

爾時如來大衆圍繞供養恭敬尊重讚歎爾時阿難即從座起觀察衆心咸皆有疑如來世尊云何乃聽優波離下賤之人隨佛出家以聽其出家故毀辱一切諸王刹利種增不敬之心汙信心故永失福田乃使白淨王子難陀比丘生輕慢心佛告阿難及諸大衆汝等善聽汝等乃可說如來無有平等大悲三念處五智三昧不得說言優波離比丘眞實是下賤人修習下行下願下精進也汝等乃可說如來煩惱無常遷變不可得說優波離下賤出家如來以正遍知宣說眞實之言汝等應當信受佛語如來知見生死過患獨覺成佛優波離亦隨出家三明六通具八解脫天人大衆增仰護持正法持律第一堪任供養能令衆生成就三種妙果所謂現報生報後報是故當知優波離者奇特妙行偏爲大悲菩薩已於過去無量百千萬億諸佛所植衆德本亦於諸佛法中持律第一亦於釋迦牟尼佛法中持律第一爾時難陀比丘聞佛說已即從座起頭面禮大憍陳如足次第到優波離前俛仰而立合掌而已爾時如來即爲難陀而說偈言

難陀應當知　汝不憂貧窮　亦不失富貴
出家法應爾

難陀聞佛示教利喜種種說法心生歡喜即正衣服頭面禮優波離足應時天地六種震動身心柔軟逮得已利所作已辦佛告優波

離汝速師子吼於三寶四諦在家出家七衆差別所謂三歸五戒乃至一切戒利益衆生戒淨煩惱戒調御威儀戒禪戒無漏戒興隆三寶時優波離白佛言世尊如來以威神力引接將護我乃少能所諮問耳云何名三寶佛法及衆僧三寶若無性云何分別說法僧差別名歸依三寶者云何而奉行三歸若一者不得說言三若說三歸者云何七衆名爾時優波離白佛言世尊何所歸依名歸依佛爾時如來一一稱解荅曰佛陀者覺覺了一切法相故復次一切衆生長眠三界佛道眼旣開自覺覺彼故名爲覺佛於一切法能一切得一切說問曰佛云何一切說爲應時適會隨宜說耶爲當部黨相從說耶荅曰佛隨物適時說一切法後諸弟子結集法藏以類撰之佛或時爲諸弟子制戒輕重有殘無殘撰爲律藏或時說因果相生諸結諸使及以業相集爲阿毗曇藏爲諸天世人隨時說法集爲增一是勸化人所習爲利根衆生說諸深義名中阿含是學問者所習說種種隨禪法是雜阿含坐禪人習破諸外道是長阿含問曰佛若一切說者有經云佛坐一樹下捉一枝葉問弟子曰此枝葉多樹上葉多荅曰樹上葉多佛言我所知法如樹上葉我所說法如掌中葉云何言佛一切說耶荅曰有別相一切總相一切今言別相一切有言佛能一切說但衆生不能盡受佛非不能說有言應云一切知直言說不得言一切說也問若佛知而能說聲聞緣覺依知而能說何不稱佛耶荅曰不爾佛知說俱盡二乘知說於法

有所不盡復次佛解一切法盡能作名二乘不能復次佛得無邊法能無邊說二乘不能復次有共不共二乘所得共佛所得不共聲聞所得三乘同知中乘所得二乘共知唯佛所得二乘不知獨佛自知復次函大蓋亦大法大法相無邊佛以無邊智知說無邊法二乘智有邊故不稱法相復次有根義根者慧根義者慧所緣法相佛根義俱滿慧所緣法無有不盡二乘根義二俱不滿復次佛得如實智名於一切法相如實了故二乘知法不盡源底兼有所不周是以不得稱如實智以是種種義故二乘不得稱佛婆伽婆者不可以音傳不可以義解云何世尊以能知一切對治法故復次世法言音不同世人自不相解佛悉知之故云世尊復次勤比丘云凡二乘凡夫自說得法或樂靜默或入禪定或以餘緣祕惜不說佛所得法以慈悲力故樂爲他說復次云何以破三毒故得稱世尊問曰二乘亦破三毒何不名世尊耶荅曰不爾二乘有退佛不退故退有三種果退不果退所用退果退者聲聞三果退下果不退中乘二種若百刼習行成辟支佛果不退若本是下乘三果作辟支佛則果有退佛果不退不果退者若向三乘人未得而退若修比丘三業懈惰不進凡有所修習退而不勤名不果退也所用退者凡所得法不現前用如佛十力小乘十智用一餘則不用如誦十萬言經若不誦時盡名所用退也下乘不退果中乘亦有不果退佛無不果退於一切行中無不勤故二乘有所用退也佛則不定又云於十力中

用一不用九故名退也有云無不用退如誦
二十萬言經凡人力劣故或一日二日誦訖
佛能即時誦訖十力亦爾用能即用無障礙
故無不用退又云佛無不用退如著泥洹僧
時不直爾著如凡夫人法皆爲利益衆生故
凡所用法有益則用無益不用非不能用故
無用退雖各有所解而云不可定也佛意不
可思議問曰聲聞何故三果退下果不退荅
曰三果已曾得故退下果未曾得故不退如
人飢得美食久則不忘此義亦爾又云下果
忍作無礙道智作解脫道三果智作無礙道
智作解脫道故退又云見諦道無退思惟道
有退淨不淨想斷結故思惟有逼迫見諦無
逼迫見諦無逼迫見諦結見理思惟微生故
逼迫有退也又云見諦智力强如大梁鎮物

思惟智弱故退也又云見諦欲界忍智二心
能斷九品上界忍智二心斷七十二品結盡
無色界故不退也以是義故獨名世尊復次
佛習氣斷二乘習氣不盡如牛呞比丘常作
牛呞以世世牛中來故如一比丘雖得漏盡
而常以鏡自照以世世從婬女中來故如一
比丘跳擲棚閣以世世從獼猴中來不得名
世尊凡言如是我聞者佛在時言我聞爲是
滅後撰法藏者言我聞佛二十年中說法
阿難不聞何得言我聞荅曰云諸天語阿難
又云佛入世俗心令阿難知又云從諸比丘
邊聞又云阿難從佛請願願佛莫與我故衣
莫令人請我食我爲求法恭敬佛故侍佛所
須不爲衣食諸比丘晨暮二時得見世尊莫
令我爾欲見便見又二十年中佛所說法盡

爲我說問曰二十年中所說法句何出可說答曰佛善巧方便於一句法中演無量法能以無量法爲一句義佛粗示其端緒阿難盡已得知速利强持力故八萬法者又云如樹根莖枝葉名爲一樹佛爲衆生始終說法名爲一藏如是八萬又云佛一坐說法名爲一藏如是八萬又云十六字爲半偈三十二字爲一偈如是八萬又云長短偈四十二字爲一偈如是八萬又云如半月說戒爲一藏如是八萬又云佛自說六萬六千偈爲一藏如是八萬又云佛說塵勞有八萬法藏亦八萬名八萬法藏問曰契經阿毗曇不以佛在初獨律誦以佛在初答曰以勝故佛獨制故如契經中諸弟子說法有時如釋提桓因自說布施第一何以故我以施故得爲天王所願如意佛言如是有時佛化作化佛化佛說法律則不爾一切佛說是故以佛在初又如契經隨處隨決律則不爾若屋中有事不得即結必當出外若白衣邊有事必在衆結若聚落有事亦在衆結若於五衆邊有事必在比丘比丘尼邊結是故以佛在初毗耶離者或有國以王爲名或以地爲稱或以城爲號此國以龍爲目迦蘭陀聚落者以鳥名之又云聚落主名須提那者父母求請神祇得故名求得富貴者富有二種一衆生類二非衆生非衆生者多有金銀七寶倉庫財帛田疇舍宅衆生類者奴婢僕使象馬牛羊村落封邑故名富也貴者或爲封主或有美德人所宗敬故言貴也自歸三寶受三歸法問曰三歸以何爲性有論者言三歸是教無教性受三

歸時胡跪合掌口說三歸是名身口教也若純重心有身口無教是謂教無教又云三歸是三業性身口意業也又云三歸是善五陰以衆生善五陰爲三歸以三寶爲所歸所歸以救護爲義譬如有人有罪於王投向異國以求救護異國王言汝求無畏者莫出我境莫違我教必相救護衆生亦爾繫屬於魔有生死罪歸向三寶以求救護若誠心三寶更無異向不違佛教魔王邪惡無如之何昔有一鴿爲鷹所逐入舍利弗影戰懼不解移入佛影泰然無怖大海可移此鴿無動所以爾者佛有大慈大悲舍利弗無大慈悲佛習氣盡舍利弗習氣未盡佛三阿僧祇劫修菩薩行舍利弗六十劫中修習苦行以是因緣鴿入舍利弗影猶有怖畏入佛影中而無怖也

問曰若歸三寶能除罪過息怖畏者提婆達多亦歸依三寶以信出家受具足戒而犯三逆墮阿鼻獄荅曰夫救護者救可救者提婆達多罪惡深大兼是定業是故難救問曰若有大罪佛不能救若無罪者不須佛救云何三寶能有救護荅曰提婆達多歸三寶心不眞實三歸不滿常求利養名聞自號一切智人與佛爭競以是因緣三寶雖有大力不能救也如阿闍世王雖有逆罪應入阿鼻獄以誠心向佛故滅阿鼻罪入黑繩地獄如人中重罪七日都盡是謂三寶救護力也問曰若提婆達多罪不可救者有經云若人歸佛者不墮三惡道是義云何荅曰提婆達多以歸三寶故雖入阿鼻受苦輕微亦時得暫息又如人在山林曠野恐怖之處若念佛功德恐怖

即滅是故歸依三寶救護不虛三寶於四諦中何諦所攝於二十二根中何根所攝於十八界中何界所攝十二入中何入所攝於五陰中何陰所攝三寶於四諦中盡諦所攝道諦少入根中三根所攝未知已知無知根於十八界所攝意界意識界法界十二入中意入法入所攝五陰中無漏五陰所攝佛寶於四諦中道諦少入法寶於四諦中盡諦所攝僧寶四諦中道諦少入佛寶二十二根中無知根所攝法寶是盡諦無爲故非根所攝僧寶二十二根中三無漏根所攝佛寶於十八界中意界意識界法界少入十二入中意入法入少入五陰中無漏五陰少入法寶於十八界中法界少入十二入中法入少入法寶非五陰攝陰是有爲法寶是無爲故僧寶於十八界中意界意識界法界少入十二入中意入法入少入五陰中無漏五陰少入問歸依佛者爲歸依釋迦文佛爲歸依三世佛耶荅曰歸依三世佛以佛法身同故歸依一佛即是三世諸佛以佛無異故有云若歸依三世諸佛者有諸天自說我迦葉佛弟子我拘留孫佛弟子如是七佛中各稱我是其佛弟子以是因緣正應歸依一佛不應三世有云不應爾何以故如毗沙門經說毗沙門王歸依三寶歸依過去未來現在佛以是義故應歸三世諸佛問曰若爾者如諸天各稱其佛弟子是義云何荅曰諸天所說何足定義有諸天各稱一佛爲歸亦歸三世諸佛直以一佛爲證耳問曰何所歸依名爲歸依佛荅曰歸依語迴轉一切智無學功德爲歸色身歸依法

身耶答曰歸依法身不歸色身不以色爲佛故問曰若色身非佛者何以出佛身血而得逆罪答曰色身是法身器故法身所依故若害色身則得逆罪不以色身是佛故得逆罪歸依法者何所歸依名歸依法答曰歸依語迴轉斷欲無欲盡處涅槃是名歸依法問曰爲歸依自身盡處他身盡處答曰歸自身盡處他身盡處是名歸依法若歸依僧何所歸依答曰歸依語迴轉良祐福田聲聞學無學功德是名歸依僧爲歸俗諦僧爲第一義諦僧若歸第一義諦僧者佛與提謂波利受三自歸不應言未來有僧汝應歸依第一義諦僧常在世間答曰以俗諦僧是第一義諦僧所依故言未來有僧汝應歸依又欲尊重俗諦僧故作如是說佛自說一切諸衆中佛衆第一譬如從乳出酪從酪出酥從酥出醍醐醍醐於中最勝最妙佛弟子衆亦復如是若有衆僧集在是中四向四得無上福田於一切九十六種衆中最尊最上無能及者是故言未來有僧汝應歸依不傷正義問曰佛亦是法法亦是法僧亦是法正是一法有何差別答曰雖是一法以義而言自有差別以三寶而言無師大智及無學地一切功德是謂佛寶盡諦無爲是謂法寶聲聞學無學功德智慧是名僧寶以法而言無師無學法是名佛寶盡諦無爲非學非無學法是名法寶聲聞學無學法是名僧寶以根而言佛是無知根法寶非根法僧是三無漏根以諦而言佛是道諦少入法寶是盡諦僧是道諦少入以沙門果而言佛是沙門法寶是沙門果僧是

沙門法寶是沙門果以婆羅門而言佛是婆羅門法寶是婆羅門果僧是婆羅門法寶是婆羅門果以梵行而言佛是梵行法寶是梵行果僧是梵行法寶是梵行果以因果而言佛是因法寶是果僧是因法寶是果以道果而言佛是道法寶是果僧是道法寶是果佛以法爲師佛從法生法是佛母佛依法住問曰佛若以法爲師者於三寶中何不以法爲初荅曰法雖是佛師而法非佛不弘所謂道由人弘是故以佛在初爾時優波離復白佛言世尊若受三歸戒時先稱法寶後稱佛者成三歸不荅曰無所曉知說不次第者自不得罪得成三歸若有所解故倒說者得罪亦不成三歸問曰若稱佛及法不稱僧者成三歸不若稱法僧不稱佛者成三歸不若稱佛僧不稱法寶成三歸不荅曰不成三歸問曰若不受三歸得五戒不若不受三歸得八戒不若不受三歸得十戒不若不白四羯磨得具戒不荅曰一切不得若受五戒先受三歸三歸旣竟乃得五戒所以說五戒名者欲使前人識戒名字如白四羯磨竟已便得具戒所以說四依四墮十三僧殘者但爲知故說又言受三歸竟說不殺戒爾時得戒所以說一戒得五戒者若能持一戒五盡能持又以五戒勢分相著故兼以本意誓受五戒故又言受五戒竟然後得戒於諸說中受三歸已得五戒者此是正義如白四羯磨法若受八戒若受十戒如五戒說若先受三歸作優婆塞後若受五戒若受八戒若受十戒更須三歸不荅不受三歸一切得戒以先受三歸故

若先不受三歸直白羯磨得戒不答受五戒八戒十戒但受三歸即便得戒若受具戒要以白四羯磨而得具戒不以三歸凡具戒者功德深重不以多緣多力無由致之是故三歸十僧白四羯磨而後得也五戒八戒十戒功德力少是故若受三歸即便得戒不須多緣多力受具戒已何以但說四墮十三僧殘不說餘篇耶此二篇戒最是重者一戒若犯永不起二雖起難起若波利婆沙摩那埵二十衆中而後出罪若難持而能持者餘篇易持戒不須說也是故但說二篇不說餘篇問曰是波羅提木叉戒是無漏戒是禪戒不答曰非無漏戒亦非禪戒此波羅提木叉戒若佛在世則有此戒佛不在世則無此戒禪無漏戒若佛在世若不在世一切時有波羅提木叉戒從教而得禪無漏戒不從教得波羅提木叉戒從他而得禪無漏戒不從他得波羅提木叉戒不問眠與不眠善惡無記心一切時有禪無漏戒必禪無漏心中有戒餘一切心中無也波羅提木叉戒但人中有禪戒無漏戒人天俱有波羅提木叉戒但欲界中有禪無漏戒欲色界成就無漏戒波羅提木叉戒但佛弟子有禪戒外道俱有問曰優婆塞五戒幾是實罪幾是遮罪答曰四是實罪飲酒一戒是遮罪飲酒所以得與四罪同類結為五戒者以飲酒是放逸之本能犯四戒如迦葉佛時有優婆塞以飲酒故邪婬他婦盜殺他鷄他人問言何以故爾答言不作以酒亂故一時能破四戒有以飲酒故能作四逆唯不能破僧耳雖非宿業有狂亂報以飲

酒故迷惑倒亂猶若狂人又酒亂故廢失正業坐禪誦經佐助衆事雖非實罪以是因緣與實罪同優波離復白佛言優婆塞戒但於衆生上得戒非衆生上亦得戒不但於可殺可盜可婬可妄語衆生上得戒耶若於不可殺不可盜不可婬不可欺誑衆生上亦得戒耶答曰於衆生得四戒於非衆生上得不飲酒戒若衆生可殺不可殺可婬不可婬可盜不可盜可妄語不可妄語一切得戒下至阿鼻地獄上至非非想處及三千世界乃至如來一切有命之類得此四戒以初受戒時一切不殺一切不盜一切不婬一切不妄語無所限齊以是故一切衆生上無不得戒凡受戒法先與說法引導開解令於一切衆生上起慈愍心既得增上心便得增上戒夫受戒法於一切衆生上各得四戒四戒差別有十二戒於衆生上不殺不盜不婬不妄語凡起此四惡有三因緣一以貪故起二以瞋故起三以癡故起於一切衆生上有十二惡以反惡故得十二善戒色一切無邊衆生上亦復如是設有百萬千萬阿羅漢入於泥洹先於此羅漢上所得戒始終成就不以羅漢泥洹故此戒亦失得不飲酒戒時此一身始終三千世界中一切所有酒上咽咽得戒色以受戒時一切酒盡不飲故設酒滅盡戒常成就而不失也先受戒時於一切女人上三創門中得不婬戒而後取婦犯此戒不荅曰不犯所以爾者本於女上得邪婬戒今是自婦以非邪婬故不犯此戒以此義推之一切同爾八戒十戒衆生非衆生類得戒亦如是二百

五十戒一切衆生上各得七戒以義分別有二十一戒如於衆生上起身口七惡凡起此惡有三因緣一以貪故起二以瞋故起三以癡故起以三因緣起此七惡三七二十一惡反惡得戒一衆生上得二十一戒色一切衆生亦復如是以此義推可一時得無量戒不可一時盡犯而得一時捨戒也夫破戒法若破重戒更無勝進設還捨戒後更受者更不得戒如破八齋中重戒後更受八戒若受五戒若受十戒若受具戒兼禪戒無漏戒一切戒幷禪戒無漏戒一切不得若破五戒已欲不得若破五戒中重戒已若受八戒十戒具捨五戒更受十戒者無有是處若捨戒已更受五戒若受八戒十戒具戒幷禪戒無漏戒一切不得若破十戒具戒中重戒者若欲勝

進若欲捨戒還受戒者如五戒中說問曰禪戒無漏戒波羅提木叉戒於三戒中何戒爲勝荅禪戒勝有云波羅提木叉戒所以爾者若佛出世得有此戒禪戒無漏戒一切時有於一切衆生非衆生類得波羅提木叉戒禪無漏戒但於衆生上得於一切衆生上慈心得波羅提木叉戒禪無漏戒不以慈心得夫能維持佛法有於七衆在於世間三乘道果相續不斷盡以波羅提木叉爲根本禪無漏戒不爾是故於三界中最尊殊勝初受戒時白四羯磨已戒色成就始一念戒色名業亦名業道第二念已後生戒色但是業非業道所以爾者初一念戒色思願滿足以通思故名思業道以前戒爲因故後戒色任運自生是故但名業非業道初一念戒有教無教後

次第生戒但有無教無有有教初一念戒亦名爲戒亦名善行亦名律儀後次續生戒亦有此義優波離復白佛言於三世中何世得戒荅曰現在一念得戒過去未來是法非衆生故不得戒現在一念是衆生故得戒問曰爲善心中得戒爲不善心中爲無記心中爲無心中得戒荅曰一切盡得先以善心禮僧足已受衣鉢求和尚問精進乞戒胡跪合掌白四羯磨已相續善心戒色成就是謂善心中得戒若先次第法中常生善心起諸教業白四羯磨時起貪欲瞋恚等諸不善念於此心中成就戒色是名不善心中得戒以本善心善教力故而得此戒非不善心力也先以善心起於教業白四羯磨時或睡或眠於眠心中而生戒色是名無記中得戒也先以善心起於教業白四羯磨時入滅盡定即於爾時成就戒色名無心中而得戒也優波離復白佛言若白衣不受五戒直受十戒爲得戒不荅曰一時得二種戒得優婆塞戒得沙彌戒若不受五戒十戒直受具戒一時得三種戒優波離復白佛言若受具戒一時得三種戒者何須次第先受五戒次受十戒後受具戒耶荅曰雖一時得三種戒而染習佛法必須次第先受五戒以自調伏信樂漸增次受十戒既受十戒善根轉深次受具戒如是次第得佛法味深樂堅固難可退敗如遊大海漸漸入深入佛法海亦復如是若一時受具戒者既失次第又破威儀復次或有衆生應受五戒而得道果或有衆生因受十戒而得道果以是種種因緣是故如來說此次第若

先受五戒次受十戒受十戒時亦成就二戒五戒十戒受十戒已次受具戒受具戒時成就三種戒五戒十戒具戒七種受中唯白四羯磨戒次第三時得餘六種受戒但一時得無三時次第也若一時得三種戒若欲捨時若言我是沙彌非比丘即失具戒二種戒在五戒十戒若言我是優婆塞非沙彌即失十戒餘五戒在若言在家出家一切盡捨我是歸依優婆塞三種一時盡失不失三歸若次第得三種戒捨法次第如一時得戒中說若先優婆塞出家受十戒捨五戒不荅曰不捨但失名失次第不失戒也失優婆塞名得沙彌名失白衣次第得出家次第若沙彌受具戒時失十戒五戒不荅曰不失但失名失次第不失戒也失沙彌名得比丘名失沙彌次第得比丘次第終始常是戒而隨時名譬如樹葉春夏則青秋時則黃冬時則白隨時異故樹葉則異而其始終是一葉也戒亦如是常是一戒隨時有異又如乳酪酥醍醐四時差別雖隨時有異而故是一戒亦如是雖三時有異戒無異也優波離復白佛言凡受優婆塞戒勢不能具受五戒若受一戒二戒乃至四戒受得戒不荅曰不得若不得者有經說少分優婆塞多分優婆塞滿分優婆塞此義云何荅曰所以作是說者欲明持戒功德多少不言有如是受戒也優波離復白佛言若受一日二日乃至十日五戒得如是受不荅曰不得佛本制戒各有限齊若受五戒必盡形壽若受八戒必一日一夜受是故不得夫白四羯磨戒有上中下五戒是下品戒十

戒是中品戒具戒是上品戒入五戒中亦有三品若微品心受戒得微品戒若中品心受戒得中品戒若上品心受戒得上品戒十戒具戒亦各三品如五戒說若微品心得戒已後以上中品心受十戒者先得五戒更無增無勝於五戒外乃至不非時食等殘餘五戒得增上五戒先得五戒得本微品也即先微品五戒以中上品心受具足戒先得五戒更無增無勝仍本五戒自五戒外一切諸戒以受具戒時心增上故得增上戒以是推之波羅提木叉戒無有重得以次第而言五戒是微品十戒是中品具戒是上品以義而推亦可以上品心得五戒是上品戒中品心得十戒是中品戒下品心得具戒是下品戒以其義故隨心有上中下得戒不同無定限也若

請和上受十戒時和上不現前亦得十戒若受十戒時和上死者若聞知死受戒不得若不聞死受戒得戒若白羯磨受戒和上不現前不得受戒以僧數不滿故若僧數滿設無和上亦得受戒優波離復白佛言五戒優婆塞得販賣不答曰得聽販賣但不得作五業一者不得販賣畜生以此爲業若自有畜生直賣者聽但莫賣與屠兒二者不得販賣弓箭刀仗以此爲業若自有者直賣者聽三者不得沽酒爲業若自有者亦聽直賣四者不得壓油多殺蟲故天竺法爾罽賓以來麻中一切若無蟲處壓油無過五者不得作五大色染業以多殺蟲故洛沙等外國染法多殺諸蟲是故不聽謂秦地染青法亦多殺蟲墮五大染數優波離復白佛言夫八齋法通過

中不食乃有九法何以八事得名荅曰齋法過中不食爲體八事助成齋體共相枝持名八枝齋法是故言八齋不云九也若受八戒人於七衆爲在何衆雖不受終身戒以有一日一夜戒故應名優婆塞有云若名優婆塞無終身戒若非優婆塞有一日一夜戒但名中間人有經說優波離復白佛言若七衆外有波羅提木叉戒不荅曰有八齋戒是以是義推若受八齋不在七衆也受八齋法應言一日一夜不殺生令言語決絕莫使與終身戒相亂也問曰受八戒法得二日三日乃至十日一時受不荅曰佛本制一日一夜戒不得過限若有力能受一日過已次第更受如是隨力多少不計日數夫受齋法必從他人邊受於何人受五衆邊受旣受八戒若鞭打衆生齋不清淨雖即日不鞭打若待明日鞭打衆生不清淨以要而言若身口作不威儀事雖不破齋無清淨法設身口清淨若心起貪欲覺瞋恚覺惱害覺亦名齋不清淨若身口意三業清淨若不修六念亦名齋不清淨受八戒已精修六念是名齋清淨有經說若作閻浮提王於閻浮提地中一切人民金銀財寶於中自在雖有如是功德分作十六分閻浮提王功德於十六分中不及一分所謂最後清淨八齋也若人欲受八齋先恣情色或作音樂或貪噉肉種種戲笑如是等放逸事恣心作已而後受齋不問中前中後盡不得齋若本無心受齋而作種種放逸事後遇善知識即受齋者不問中前中後一切得齋若欲受齋而以事難自礙不得自在事難解

已而受齋者不問中前中後一切得齋問曰若欲限受晝日齋法不受夜齋得八戒不若欲受夜齋不受晝齋得八戒不荅曰不得所以爾者佛本聽受一日一夜齋法以有定限不可違也優波離復白佛言若不得者如皮革中説億耳在壙野處見諸餓鬼種種受罪或晝受福夜則受罪或夜受福晝則受罪所以爾者以本人中晝受戒法夜作惡行或夜受戒法晝作惡行是以不同此義云何荅曰凡是本生因緣不可依也此中説者非是修多羅非是毗尼不可以定實義也又云此戒是迦旃延以度億耳故作此變化感悟其心非是實事若受齋已欲捨齋者不必要從五衆而捨若欲食時趣語一人齋即捨也凡得波羅提木叉戒者以五道而言唯人道得戒餘四道不得如天道以著樂故深重不能得戒如昔天時大目揵連以弟子有病上忉利天以問耆婆正值諸天入歡喜園爾時目連在路側立一切諸天無顧看者耆婆後至顧見目連向舉一手乘車直過目連自念此本人中是我弟子今受天福以著天樂都失本心即以神力制車令住耆婆下車禮目連足目連種種因緣責其不可耆婆荅曰目連以我人中爲大德弟子是故舉手問訊頗見諸天有爾者不生天以著樂深心不得自在是使爾耳目連語耆婆曰有弟子病當云何治耆婆荅言唯以斷食爲本有時目連勸釋提桓因佛出世難遇何不數數親近諮受正法帝釋欲解目連意故遣使勑一天子而來反覆三喚猶故不來此一天子唯有一婦有一伎

樂以染欲情深雖復天王命重不能自割後不獲已而來帝釋問曰何故爾耶即以實而對帝釋白目連曰此天子唯有一天女一伎樂以自娛樂不能自割況作天王種種宮觀無數天女天須陀食自然百味百千伎樂以自娛樂視東忘西雖知佛世難遇正法難聞而以染樂纏縛不得自在知可如何凡受戒法以勇猛心自誓決斷然後得戒諸天著樂心多善心力弱何由得戒餓鬼以飢渴若身心燒然地獄無量苦惱種種楚毒心意痛著無緣得戒畜生中以業障故無所曉知無受戒法雖處處經中說龍受齋法以善心故而受八戒一日一夜得善心功德不得戒也以業障故以四天下而言唯三天下閻浮提拘耶尼弗婆提及三天下中間海洲上人一切得戒如拘耶尼佛遣賓頭盧往彼大作佛事有四部衆東方亦有比丘在彼亦作佛事有四部衆唯鬱單越無有佛法亦不得戒以福報障故并愚癡故不受聖法有四種人一男二女三黃門四二根四種人中唯男女得戒二種人不得戒黃門二根如男女中若殺父母阿羅漢出佛身血破壞僧輪汙比丘尼賊住越濟人斷善根如是人等盡不得戒大而觀之愛染佛法者蓋不足言若天若龍鬼神若鬱單越若不男二根種種非人盡得受三歸也問曰三世諸佛得戒等不荅曰不等凡得戒者於衆生非衆生類上得戒而一佛出世度無數阿僧祇衆生入無餘泥洹而後佛出世於此衆生盡不得戒如是諸佛先後得戒各各不等如迦葉佛度無數阿僧祇衆生

入無餘泥洹而迦葉佛於此衆生盡皆得戒釋迦文佛於此衆生盡不得戒一切諸佛有三事等一積行等二法身等三度衆生等一切諸佛盡三阿僧祇劫修菩薩行盡具足五分法身十力四無所畏十八不共法盡度無數阿僧祇衆生入於泥洹問曰經說一佛出世度九十那由他衆生入於泥洹何以言無數阿僧祇衆生耶荅曰此經說一佛出世度九十那由他衆生者但云從佛得度者有爾所衆生而衆生或自從佛得度或從弟子或遺法中而得度者言九十那由他衆生者值佛邊得度者總而言之無數阿僧祇衆生入無餘泥洹三世諸佛三等盡等而得戒不等問曰惡律儀戒衆生類非衆生類上得也能以不能盡得戒不荅曰但於衆生上得惡律儀戒非衆生類上不得惡戒有云但於能殺衆生上得惡戒不可殺衆生上不得惡戒又云可殺不可殺衆生上盡得惡戒如屠兒殺羊常懷殺心作意殺羊無所齊限設在人天中者不殺而受生展轉有墮羊中理是故於一切衆生盡得惡戒十二惡律儀亦如是十二惡律儀者一者屠兒二者魁膾三者養猪四者養鷄五者捕魚六者獵師七者網鳥八者捕蟒九者呪龍十者獄吏十一者作賊十二者王家常差捕賊是爲十二惡律儀人養蠶業等謂皆不離惡律儀惡律儀戒有三時捨死者欲愛盡時受律儀戒時如受三歸時初始一說即捨惡戒第二第三說時即得善戒人作惡戒時何時捨善戒得惡戒耶荅曰一說言我作屠兒即捨善戒第二第三說我

作屠兒即得惡戒又云隨何時捨善戒即得惡戒若善戒人未自誓作屠兒但以貪利共屠兒作殺害事爾時名犯善戒求捨善戒求得惡戒必自誓作屠兒而得惡戒若受惡戒自誓便得不從他受若欲受一日二日乃至十日一年二年惡律儀戒隨誓心久近隨意即得所以爾者以是惡法順生死流無勝進義是故隨事即得不同善律儀戒

大方便佛報恩經卷第六

音釋

哃（書之切）　棚（蒲庚切棧也）

大方便佛報恩經卷第七

失譯人名出後漢録

親近品第九

復次菩薩摩訶薩知恩報恩修大方便利益衆生應適隨宜顯示無方善男子有佛出世號無畏王如來應供正遍知明行足善逝世間解無上士調御丈夫天人師佛世尊應現世間引接有緣有緣既盡遷神涅槃滅度之後於正法中有一婆羅門子聰明黠慧受持五戒護持正法婆羅門子緣事他行遠至餘國到於中路多諸賊難有五百人共爲徒侶前至嶮路於頓止處五百群賊常住其中前後圍繞欲劫行伴爾時賊主寄遣一人歷伺諸伴應時欲發爾時賊中復有一人先與是婆羅門子親善知識以親善故先來告語善男子當知於初夜時當有賊發當時憒閙恐相傷損故相告語汝密自作方便遠捨而去勿令伴知爾時婆羅門子聞此語已譬如人噎既不得咽又不得吐欲告諸伴懼畏諸伴害此一人若害此人懼畏諸伴没三惡道受無量苦若默然者賊當害伴若殺諸伴賊墮三惡道受無量苦作是念已我當設大方便利益衆生不自爲已三惡道苦是我所宜思惟是已即便持刀斷此賊命使諸同伴安隱無爲爾時衆伴異口同音而作是言大婆羅門子卿是勝人亦是純善之人云何今日作此大惡爾時婆羅門子胡跪合掌心生慚愧而我今日不應作惡爲利衆生及諸同伴爾時衆伴復作是言汝自殺人於我何益咎衆人言此是惡賊欲謀害衆伴爲衆伴故斷此

人命令伴安隱還家而我罪報甘受地獄苦爾時五百伴人舉聲大哭悲喜交集而作是言天下所重無過於命所畏無過於死所以然者一切衆生皆捨金銀珍寶國城妻子衣服飲食爲救身命我等衆伴便爲更生作是語已此婆羅門子爲衆生故不辭衆苦及三惡報我等今日當念重恩報重恩者今當速發阿耨多羅三藐三菩提心作是語已即令發心爾時五百群賊復作是言卿是勝人純善之人云何乃能作是大惡婆羅門子言我誠不應作是大惡爲欲利益一切衆生并護汝等身命故爾時群賊而作是言卿自殺人於我何益時婆羅門子報諸賊言我先知汝等在此但我默然不告語國王及我諸伴以是故令汝等身命安隱爾時諸賊聞是語已而作是念我等身命便爲更生即前合掌向是童子善哉大士修大悲者願勑我等何所作爲答曰我所作者唯當速發無上菩提之心爾時諸賊爲報恩故尋聲即發阿耨多羅三藐三菩提心佛告阿難菩薩勤求精進欲莊嚴菩提欲報佛恩常當憶念一切衆生如一子想善男子當知爾時婆羅門子豈異人乎則我身是以是因緣超越九劫疾成阿耨多羅三藐三菩提復次菩薩修大方便知恩報恩佛在竹園精舍有一比丘身患惡瘡形體周帀膿血常流衆所惡賤無人親近住在邊外朽壞房中爾時如來即示神力隱蔽大衆令無知者如來獨往病比丘所隨其所須取水洗之思惟是已令欲界一切諸天知之釋提桓因與諸眷屬無量百千前後圍遶雨

衆天華作種種天樂住虛空中爾時忉利天王手持百福莊嚴微妙澡罐盛滿清淨大悲淨水即前奉迎頭面禮如來足却住一面爾時如來即伸百福莊嚴臂即於纖長五指放大光明遠照諸天大衆已集如來躬往病比丘所即放頂光照病比丘比丘遇光苦痛即除於膿血中而起歸命稽首而形不隨如來即以右手從天帝釋受取寶缾灌病比丘頂左手摩拭病比丘身身諸瘡病隨如來手尋得平復得平復已歡喜無量南無釋迦牟尼南無大慈悲父南無無上最勝醫王而我今日身病除愈唯有心病如來今者爲憐愍故施我法藥除我身心所有重患爾時如來告病比丘如來今者念汝重恩如來今者欲報汝恩爾時病比丘驚喜無量佛時即爲示教利喜比丘歡喜即得阿羅漢果三明六通具八解脫釋提桓因及諸眷屬無量餘天皆墮疑網如來云何枉屈神德洗病比丘瘡痍膿血云言報恩其事云何願爲我等分別解說佛告釋提桓因及諸天大衆汝等善聽當爲汝說宿世之事釋提桓因乃往過去無量阿僧祇劫爾時有王惡逆無道非理壓伏逼奪取財爾時惡王臣名伍百深心相知咨共要言若當有人犯官事者汝當苦治威恩隨汝若得財賄與我共之爾時伍百常行鞭杖得財多者便令不著若無財者或致失命以此爲常時有優婆塞犯小官事將付伍百應受鞭楚聞是優婆塞是好善人便令無著於楚毒中而得脫難以是因緣歡喜無量憍尸迦當知爾時伍百者今病比丘是優婆塞者今

我身是是故菩薩於無量阿僧祇劫輕恩重報乃至正覺心常不忘爾時釋提桓因及無量天衆歡喜無量有四萬八千諸天發阿耨多羅三藐三菩提心發菩提心已作天伎樂各還所止佛告阿難若有善男子善女人知恩報恩當行四事一者親近善友二者至心聽法三者思惟其義四者如說修行復有四法一者隨法不隨人二者隨義不隨字三者隨智不隨識四者隨了義經不隨不了義經行此八法名爲知恩復行八法是名報恩何等爲八一者利二者衰三者毀四者譽五者稱六者譏七者苦八者樂復行四事是名知恩亦名報恩一者見惡衆生心生憐愍以修慈因緣故二者見苦衆生目不暫捨起悲因緣故三者見師長父母有德之人心情歡悅起喜因緣故四者見怨家衆生心不瞋恚修捨因緣故爾時阿難即整衣服前白佛言世尊如來初發菩提心時知恩報恩行初四事其義云何佛告阿難乃往過去無量阿僧祇劫爾時有佛出世名毗婆尸如來應供正遍知明行足善逝世間解無上士調御丈夫天人師佛世尊出興于世教導有緣有緣已盡還神涅槃正法像法滅已有國名波羅柰人民熾盛國土豐熟其王常以正法治國不枉人民其國有山名仙聖山其山常有五百辟支佛止住其中多有五通神仙亦住其中爾時多有諸禽獸等而來依附有一師子名曰堅誓身毛金色有大威武力敵於千發聲哮吼飛鳥墮落走獸隱伏遊行山澤見一辟支佛沙門威儀清淨見已心喜日日親近常聞

誦經說微妙法爾時有大獵師見是師子身毛金色心生歡喜而作是念我若得此師子剥取其皮奉上國王必施爵禄七世無乏思惟是已復發是言堅誓師子獸中之王弓箭所不及羅網所不制我今復當更設異計堅誓師子所敬望者遂是沙門我今當作沙門之像密弓射之袈裟覆上細視徐行往詣樹下彼若見我必來親附以親近已便復挽弓藥箭射之萬無不獲思惟是已即便還家而唱是言祖先已來歷世相承常爲獵師未曾聞獸身毛金色況復見之今欲獵取即剃鬚髮而被法服如所思惟還入山中坐一樹下爾時堅誓師子見是比丘心生歡喜騰躍親附䑛比丘足爾時獵師即便射之既被毒箭嗟㘁哮吼欲前搏撮臨欲毀害復作是念此是沙門被壞色衣是三世佛賢聖標式我今若害不足爲難若奪其命便奪諸佛賢聖標相思惟是已飲氣忍苦復經少時毒藥轉深苦痛難忍思惟是已復欲搏嚙復發是言不足爲難若毀害者諸佛賢聖之所呵責又復世間善惡不别此是惡人懷毒陰謀欲來害我我若不忍與彼惡人則無有異修忍之人一切愛敬不忍之人衆所憎惡增長煩惱長煩惱故生死增長長生死故生諸難處生難處故遠離善友遠善友故不聞正法不聞正法故重翳疑網以疑網故遠離阿耨多羅三藐三菩提是故我今不應起惡作是念已即說偈言

願自喪身命　終不起惡心　向於壞色服

願自喪身命　終不起惡心　向於出家人

說是偈已即便命終天地六反震動驚諸禽獸四散馳走無雲雨血日無精光爾時獵師即脫被服持刀剥之擔負還歸旣至家已奉上國王王見歡喜問諸臣言我從生來未聞畜獸身毛金色如何今日親自眼見奇哉怪哉徐問獵師以何方便而得是皮爾時獵師即前白王唯願大王賜我無畏當以上事向大王說王言隨汝所願爾時獵師具以上事向大王說王聞是語心生憂惱譬如人噎復不得咽又不得吐即出宣令一切大臣及諸小王大衆已集即自宣言諸君當知我曾從智者聞如是語若有畜獸身毛金色必是菩薩若一衆生發菩提心令一切衆生得大利益如何今日是惡獵師設是方便殺是菩薩我今若以官爵俸禄象馬七珍衣服飲食錢財穀帛賜是惡人則與彼一道共爲勞侶思惟是已即取獵師奪其命根持師子皮還入山中到屍骸所即以牛頭栴檀聚而成積火闍維之師子皮骨收取舍利起塔供養佛告阿難諸善男子堅誓師子者今則我身釋迦文是菩薩如是親近善友乃至喪命終不起惡何以故爲知恩報恩故所以者何菩薩得近善知識故能速成辦阿耨多羅三藐三菩提善男子菩薩常勤求善知識爲聞佛法乃至一句一偈一義三界煩惱皆悉萎悴菩薩至心求佛語時渴法情重不惜身命設踐熱鐵猛火之地不以爲患菩薩爲一偈故尚不惜命況十二部經爲一偈故尚不惜命況餘財物聞法利故身得安樂深生信心直心正見見說法者如見父母心無憍慢爲衆生故

至心聽法不爲利養爲衆生故不爲自利爲正法故不畏王難飢渴寒熱虎狼惡獸盜賊等事先自調伏煩惱諸根然後聽法非時不聽至心聽法恭敬說者尊重於法是名菩薩知恩報恩云何菩薩至心聽法聽法有四一者至心二者一心三者一切心四者善心是名菩薩勤求十二部經所以者何念佛重恩爲欲流布諸佛正法爲欲增長諸佛法故爲令世間信佛法故爲令一切無量衆生悉得無上菩提道故是故菩薩念十方無量諸衆生故爲報諸佛重恩故是故菩薩所以勤求十二部經菩薩何故勤求佛法故欲令衆生生信心故是故求於因論爲知諸過罪故爲破外道惡邪論故爲知方便調衆生故爲欲分別如來語義世語義故是故菩薩求於因論菩薩何故求於聲論爲令言辭淨莊嚴故不淨之言不能宣說明了義故爲欲解知一切義故不壞正語憍慢心故破於邪見爲知方便調衆生故是故菩薩求於聲論菩薩何故求諸醫方爲令衆生離諸惡不善四百四病故爲憐愍一切衆生爲令生信心故既得離患心生歡喜故以得歡喜心常念諸佛大悲度衆生故是故菩薩求諸醫方菩薩何故求世方術爲易得財利衆生故爲衆生生信心故爲知世事破憍慢故調伏衆生故破一切法相諸暗障故若有菩薩不能如是求五事者終不能得阿耨多羅三藐三菩提成一切智爲得無上菩提故求於五事菩薩知恩報恩者爲衆生說說何事云何說說何事謂十二部經云何說成就五事爲得阿耨多羅

三藐三菩提故說有二事一者次第說二者清淨說次第說者初說檀波羅蜜次說尸波羅蜜乃至般若波羅蜜爲知恩報恩故思惟其義如法而住是名次第說清淨說者聽者坐說者立不應爲說若聽者求於法過求說者過不應爲說若聽者依人不依法不依法者不應爲說若聽者依字不依義不應爲說乃至聽者不依了義經者不應爲說何以故是人不能恭敬諸佛菩薩清淨法故若說者尊重於法聽法之人亦生崇敬至心聽受不生輕慢是名清淨說法次第說者一切說一切說者謂十二部經乃至一句一偈乃至半偈若辭若義若法於其法義示教利喜時或時呵責或時直說或時喻說隨所應說或淺近說或易入說隨所樂聞是名菩薩知恩報恩次第說法清淨說者菩薩摩訶薩於怨憎中修習慈心得慈心已於惡衆生及放逸人以諸方便而爲說法乃至愛樂其心憍恣及貧窮人方便開示而爲說法不爲讃已毀他飲食利養名譽故是名菩薩知恩報恩清淨說法云何如法住身口意業修習善法具足清淨知恩報恩爲莊嚴阿耨多羅三藐三菩提故復次菩薩摩訶薩知恩報恩思惟其義多聞遠得總持熾然法炬爲利益一切衆生應當修施戒多聞供養說者不求法過及說者過無有害心施衆無畏是名知恩受人天樂得道涅槃是名報恩菩薩復有四事修於忍辱破壞不忍莊嚴菩提攝取衆生令修忍辱若自忍若使他忍遠離怖畏是名知恩以忍辱因緣無有瞋心眷屬不壞不受苦惱心

無悔恨捨是身已受人天樂得涅槃樂是名報恩善男子菩薩復有四事勤修精進破壞懈怠莊嚴菩提攝取衆生爲菩提道令修精進卧安覺安離諸煩惱增長善法身受安樂是名自利菩薩精進不惱衆生打擲呵責是名利他捨是身已受人天樂身得大安獲菩提道是名大果是名菩薩精進四事菩薩修定破壞亂心莊嚴菩提攝取衆生爲菩提道令修禪定現受世樂身心寂靜是名知恩以身心寂靜故不惱衆生是名知恩報恩菩薩捨是身已受清淨身安隱快樂得大涅槃是名菩薩禪定四事復次菩薩知恩報恩成就智慧破壞無明莊嚴菩提以四攝法攝取衆生爲菩提道修行智慧以知法界故受身安樂是名自利能發衆生世間之事及出世事是名利他能壞煩惱智慧二障是名大果是名知恩是名報恩菩薩智慧四事不可思議復次菩薩以宿命智知宿世事爲觀衆生善惡諸業同受善者爲欲利益一切衆生故菩薩摩訶薩以大方便處兜率天成就壽命有三事勝一者壽勝二者色勝三者名稱勝初下之時放大光明遍照十方自知始入母胞胎時住時出時於十方面行七步時無人扶持作如是言我今此身是最後邊諸天鬼神乾闥婆阿脩羅迦樓羅緊那羅摩睺羅伽以諸華香微妙妓樂旛蓋供養三十二相莊嚴其身無能勝者以慈善力壞魔兵衆一一支節同那羅延所得大力童戲之年不學世事而能知之無師而學自然而得阿耨多羅三藐三菩提梵天勸請爲諸衆生轉正法輪正

受三昧雷聲震吼不能令動諸獸親附愛如父母畜生奉食佛知心故靈神降雨洗浴其身樹垂曲枝蔭翳其軀既成道已六年之中魔常伺求不得其短常在禪定成就六念心善能了知覺觀起滅是名菩薩共生不可思議不共生者爲欲利益一切衆生如彼狂人縁見如來還得本心盲者得眼倒産得順聾者得聽貪瞋癡者悉得除滅是名不共生不可思議又共生者如來所行不可思議常右脇卧如師子王若草若葉無有動亂旋嵐猛風不動衣服發足行步如師子王白鵝王等若欲行時先發右足所行之處高下皆平食無完過遺粒在口是名共生不可思議復次共生不可思議一者足下平二者足下千輻輪三者指纖長四者足跟𦟛滿五者指網縵六者手足柔輭七者𦟛膞腸如伊尼延鹿王八者踝骨不現九者平住手摩於膝十者陰藏相如象馬王十一者身圓滿足如尼拘陀樹十二者身毛上靡十三者一一毛右旋十四者身眞金色十五者常光各一尋十六者皮膚細輭塵垢不著十七者七處滿十八者上身如師子十九者臂肘𦟛圓二十者胷骨平滿二十一者得身𦟛相二十二者口四十齒二十三者齒密不踈現而齊平二十四者齒色白二十五者頰車方如師子二十六者味中得上味二十七者肉髻相二十八者廣長舌二十九者梵音聲三十者目紺青色三十一者眼如牛王三十二者眉間白毫如是八十種不可思議相好一一相好復有無量百千種微妙相好一一相好皆是菩薩從初

發心堅固菩提知恩報恩修是妙行是故今得無上菩提佛言如來久於無量阿僧祇劫至心修持淨戒故得足下平供養父母和尚師長有德之人以是因緣得足下輪相於諸衆生不生害心無劫盜想若見父母和尚師長有德之人遠出奉迎安施床座恭敬禮拜破除憍慢以是因緣得纖長指具上三行得足跟傭滿以四攝法攝取衆生以是因緣得指網縵以好酥油摩洗父母和尚師長有德之人以是因緣得手足柔輭修習善法不知猒足以是因緣得傭腨腸聞法歡喜樂爲人說爲法走使以是因緣得踝骨不現相三業清淨瞻病施藥破除憍慢飲食知足以是因緣得平立手摩膝相見分離者善言和合自修慚愧亦教人修以是因緣得馬藏相自淨三業亦教人淨若有衆生四大不調能爲療治以是因緣得身圓相聞法歡喜樂爲人說以是因緣得身毛上靡相思惟諸法甚深之義樂修善法供養父母和尚師長有德之人若行道路供塔僧坊除去塼石荊棘不淨以是因緣得一一毛右旋相若以飲食瓔珞施人除去瞋心以是因緣獲得二相一者金色二者常光以何業緣得一一毛相即此業緣得身細輭塵垢不著常施衆生所須之物以是因緣得七處滿相自破憍慢調柔其性隨衆生心如法而行爲除不善教以善法以是因緣得上身如師子相得臂肘傭圓胷骨平滿相以何業緣得纖指相即此業緣得身傭相遠離兩舌和合鬬諍以是因緣得四十齒相齒密不踈相齒齊平相修欲界慈以是因

緣得白齒相見有求者歡喜迎送以是因緣得方頰車相等視衆生猶如一子以是因緣得上味相常施衆生無上法味見有忘者施其憶念自持五戒轉以教人修集慈心能大法施以是因緣得肉髻相廣長舌相實語法喜語法輭語非時不語以是因緣得梵音聲相修集悲心視諸衆生猶如父母以是因緣獲得二相一者目紺青色二者眼如牛王見有德者稱實讚歎以是因緣得白毫相三十二相雖復各各說其因緣其因緣者持戒精進何以故若不持戒能修精進尚不得人身況得三十二相無見頂及肉髻相等無差別復次凡所作事定心不悔以是因緣得足下平相若至心作以是因緣得千輻輪相第二第三指網縵相七處滿相細輭肩圓缺滿身直廣長舌相若常作者以是因緣得長指相平住摩膝常光一尋相齒密不踈相若淨作者以是因緣獲得餘相復次若於衆生生淳善心以是因緣得手足柔輭膚體細滑塵垢不著次第修集時節修集以是因緣得第二第三第四相喜修善法心無悔退以是因緣得金色身常光齒白眉間毫相若聞讚歎不生憍慢覆藏善法不令人知以是因緣得馬藏相所修善法迴向菩提以是因緣得一一孔一毛相身毛上靡口四十齒最上味相勤精進故以是因緣得方頰車上身如師子相至心愛念一切衆生如視一子以是因緣得齒齊平紺青目如牛王眼相修集善法不知猒足以是因緣獲得餘相菩薩摩訶薩住淨行時修三十二相業住淨行時雖有如是

三十二相相不具足未得明淨住十三行爾乃了了明顯具足一切佛法雖無量相衆生不同有上中下不可思議是故佛說三十二相一切衆生所有功德和合集聚正與如來一毛相等一切毛孔所有功德和合集聚乃成一好合集衆好所有功德增至百倍乃成一相唯除白毫無見頂相合集其餘一切諸相增至千倍成是二相和合集聚三十二相八十種好所有功德增至千萬億倍乃成如來深遠雷音其聲聞于無量無邊不可思議微塵等諸佛世界爲衆生故行大慈悲知恩報恩修集此不可思議甚深微妙不可思議如是好相一一相能利益無量百千萬億大地微塵等衆生令發菩提心次第修集具足得成三十二相好具相好已悉令往趣菩提

樹下降魔成佛轉正法輪利益衆生度渴愛海到大智岸成就利益一切衆生佛告阿難一切大衆諸菩薩摩訶薩等諸善男子汝等誰能常念佛恩護持正法書寫讀誦微妙甚深大方便佛報恩經典誰能於後惡世建大精進受持擁護阿耨多羅三藐三菩提誰能護法流布此經於一切衆生作無邊利益爾時大會中有萬八千大菩薩摩訶薩即從座起整衣服偏袒右肩右膝著地叉手長跪而白佛言世尊我等能於後惡世之中受持擁護阿耨多羅三藐三菩提能護正法教化衆生爾時師子菩薩復作是言世尊我亦能以種種方便攝持衆生金剛菩薩言世尊若有衆生當墮三惡道我能遮持令不墮落文殊師利復作是言世尊若有衆生凡所求索我

悉能令一切具足智幢菩薩復作是言我能惠施衆生大智法幢菩薩復作是言世尊我能以法普施衆生日光菩薩言世尊我願施於衆生安樂月光菩薩言世尊我能教化一切衆生令修福德善護菩薩言世尊我能教化一切衆生令不放逸無盡意菩薩言世尊我能教化一切衆生悉令見無盡界義月上菩薩言世尊我能惠施一切衆生無上安樂如是等諸菩薩各自立奇特妙願莊嚴菩提利益一切衆生爲念佛恩爲報佛恩故即從座起胡跪合掌而白佛言願以此經付囑我等諸菩薩衆阿難白佛言世尊云何名此經云何奉行佛告阿難此經名攝衆善本亦名大方便亦名微密行亦名佛報恩佛告阿難及諸大菩薩摩訶薩衆汝等當如說修行說是囑累品時七萬二千聲聞發無上菩提之心及餘一切諸天龍鬼神揵闥婆緊那羅摩睺羅伽人非人等及一切大衆聞佛所說歡喜奉行

大方便佛報恩經卷第七

音釋

搵其亮切與弶同　齓初覲切毀齒也　跟古痕切足踵也　䐜丑凶切均直也

膞市兗切腓腸也　踝胡瓦切足骨也

菩薩本行經

失譯人名附東晉錄

清刻龍藏佛說法變相圖

菩薩本行經卷上

失譯人名附東晉録

聞如是一時佛在舍衛國祇樹給孤獨園爾時世尊見諸沙門身心懈怠不勤精進告阿難言夫懈怠者衆行之累居家懈怠則衣食不供產業不舉出家懈怠不能出離生死之苦一切衆事皆由精進而得興起在家精進衣食豐饒居業益廣遠近稱歎出家精進行道皆成欲得具足三十七品諸禪三昧道法之藏截生死流至泥洹岸無爲安樂當勤精進勤修爲本欲得六度無極四等四恩如來十力四無所畏十八不共特異之法六通三達成一切智欲得具足三十二相八十種好嚴淨國土教化衆生皆由精進而得成辦佛告阿難乃往過去無央數劫時有五百長者

子設施大檀竪立大旛擊鼓宣令沙門婆羅門貧窮乞匃悉當惠與五百長者子各出珍寶象馬車乘衣被飲食各隨所乏悉皆與之時有一貧人周行諸國至此國中見五百長者子施立大檀賑窮濟乏周救一切無所遺惜而問之言汝等布施所作功德求何等願即便荅言持此功德欲求佛道爾時貧人重復問曰何謂佛道其法云何諸長者子而答之言夫佛道者過於羅漢辟支佛上三界特尊天人之師無量大慈無極大哀普愍五道衆生之類猶如赤子教化一切悉令爲善斷絕衆生三塗之苦度生死海使至泥洹安樂之處所謂佛者諸惡永盡諸善普會無復衆垢諸欲都滅六度無極皆悉滿畢以權方便隨時教化而無有極有十神力四無所畏十八不共奇特之法三十七品道法之藏而無有極身紫金色三十二相八十種好六通清徹無所罣礙前知無窮却覩無極現在之事靡所不知三達遐鑒顯千十句有如此德故號爲佛也諸長者子等各各歎佛無量德行悉皆如是於時貧人聞佛功德心自念言我今亦欲學習此願度脫一切加復貧窮無有財寶當用何等而行布施意自念言當持已身而用惠施作是念已便行索蜜而用塗身卧於塚間便作願言今我以身施與一切若有須肉頭目髓腦我悉與之持是功德用求佛道廣度一切作是願已應時三千大千世界爲大震動諸天宮殿岠峨踊沒時諸天人騷動惶懅釋提桓因即以天眼觀閻浮提見於菩薩在於塚間以身布施即便來下而欲

試之化作衆狗飛鳥走獸欲來食之於是菩薩而見衆狗諸飛鳥輩來取其身心便歡喜無有退轉傾動之意於時天帝還復釋身而讚嘆言善哉善哉甚奇難及所作功德欲求何願天帝梵王轉輪王乎於是菩薩便起荅言不求天帝轉輪王魔王梵王亦不願求三界之樂今我至意欲求佛道我旣貧窮無有財寶可用布施以身惠施用求佛道廣度一切無量衆生爾時天帝釋無數諸天異口同音讚言善哉善哉奇特難及時天帝釋便說偈言

欲求最勝道　不惜其軀命　棄身如糞土
解了無吾我　雖用財寶施　此事不爲難
勇猛如是者　精進得佛疾

時天帝釋語菩薩言汝勇猛精進難及過踰於此五百菩薩所施者上百千億倍不可計倍當先在前而得作佛帝釋諸天以天香華而散其上歡喜而去佛告阿難爾時貧人者今我身是五百長者子今此彌勒五百菩薩是我以精進勇猛之故超諸菩薩所作功德而先成佛精進勤修不可不逮也菩薩布施如是於是阿難及諸比丘聞佛所說莫不歡喜爲佛作禮各各精進修建道行

聞如是一時佛在舍衞國祇樹給孤獨園有一居士財富無數所有珍寶多於王藏字摩訶男摩爲人慳貪不敢衣食不知布施若行出時乘朽故車結草爲蓋著弊故衣食麤陳穀未曾美食食便閉門時病困篤遂便喪亡又無子息所有財寶波斯匿王盡奪收去已身妻女不蒙其恩波斯匿王往至佛所稽首

佛足却坐常位問世尊言國有居士名摩訶男摩爲人慳貪不肯布施不知衣食今者已死生於何道佛告王曰墮於盧獦地獄之中數千萬歲受衆苦痛從地獄中出當墮餓鬼晝夜飢渴身常火然百千萬歲初不曾聞水穀之名王聞佛說心驚毛竪悲泣哽咽不能自勝佛告王曰夫爲智者能捨慳貪行於布施現世獲祐後世受福昔過去世此閻浮提有大國王名迦那迦跋彌爲人慈仁典閻浮提八萬四千諸小國王有萬大臣二萬婇女一萬夫人人民興盛時火星運現太史占之當旱不雨經十二年太史白王星運變現舉閻浮提十二年中當旱不雨若不雨者則五穀不収人民飢餓國欲大荒當云何耶時王聞之大用愁憂即勑群臣召八萬四千諸小國王盡來集會盡皆條疏人民口數又疏現穀多少斛斗不問男女豪貴貧賤大小計人幷計日日與一升粟不得長食群臣諸王皆悉受教各還本國宣令所勑悉皆如是從是已後天旱不雨而不耕種無有米穀人民飢餓死者甚多群臣白王人民飢困死者甚多王告群臣宣令諸國告勑人民各持十善雖復身死神得生天快樂自然諸臣受教咸各宣令人民大小皆持十善其有死者盡得生天時有一人聰明智慧端正無比見比舍家母與兒共通其人見之心便不樂意自念言雖得人身作畜生行色欲所惑子不識母母不識子顛倒上下不相分別生死之中甚大可畏即便剃頭而著袈裟詣於山澤坐禪思惟由有愚癡貪婬瞋恚致有諸行便受五道

生死衆苦若無三毒則無諸行諸行已滅則不受身已無有身衆苦便滅思惟如是霍然意解諸欲永盡即時便得辟支佛道六通清徹無所罣礙便自思惟我今當受阿誰食耶觀閻浮提一切人民皆悉飢餓食不可得唯當往詣大王迦那迦跋彌所而乞食耳即便飛到大王宮內從王乞食王言我食齊此今日便盡王自念言今我自食會亦當死若我不食亦當死耳今得值此神人難遇我寧不食飯此快士自持食分即便用飯此辟支佛辟支佛食飯已訖意自念言今此大王所施難及當使其王盡加歡喜即於王前昇於虛空飛騰變化東踊西沒西踊東沒南踊北沒北踊南沒上方踊下方沒下方踊上方沒經行虛空或坐或臥身上出水身下出火身下出火身上出水自分一身作百作千作萬乃至無數以無數身還合爲一現變已竟從空來下住於王前而語王言汝今所施實爲難及欲求何願必當與王王及群臣夫人婇女皆大歡喜頭面著地禮辟支佛足而求願言今我國土人民飢餓危困至甚命在旦夕今我持此最後之食施此快士持此功德除我國中飢困唯求此願時辟支佛即荅王言當如所願言竟即便飛去應時四方即便雲起合於虛空便作大風吹地不淨瑕穢糞除悉令化去便雨自然百味飲食遍閻浮提復雨五穀次雨衣被次雨七寶閻浮提內八萬四千諸王臣民皆大歡喜王告勑群臣宣令八萬四千諸王各勑所局一切人民皆持十善時閻浮提五穀豐盛人民歡喜行於十善慈

心相向如父如母如兒如弟於時人民壽終之後盡得生天無有墮於三惡道者佛告王曰爾時迦那迦跋彌者我身是也而我爾時直以一食施辟支佛現世獲福功德如是因此功德自致成佛一切衆生諸有飢渴苦惱之者令獲道跡證安隱快樂使至無爲時諸弟子帝王臣民皆大歡喜爾時世尊重告王曰一切衆生爲慳悋所縛慳蓋所覆不知布施獲其大報不可稱量自念曩昔過去世時此閻浮提有城名不流沙王名婆檀寧夫人字跋摩竭提時國穀貴人民飢餓加有疫病時王亦病夫人自出祠天階邊有一家夫行不在時婦產兒又無婢使產後飢虛復無有食飢餓欲死便自念言今死垂至更無餘計唯當還自噉其兒耳而用濟命即便取刀適欲殺兒心爲悲感舉聲大哭爾時夫人欲還宮中聞此婦人悲聲慘切愴然憐傷便住聽之而此婦人適欲舉刀欲殺其子便自念言何忍噉其子肉作是念已便復涕哭夫人便入其舍就而問之何以涕哭欲作何等婦即答言無食食之加復產後身倍虛羸欲自殺兒用濟其命夫人聞之心爲悼愍語言莫殺其子我到宮中當送食來婦人答言夫人尊貴或復稽遲或能忘之而我今日命在呼吸不踰時節不如自噉其子以用濟命夫人問言更得餘肉食之可不答言果得濟命不問好醜也於是夫人即便取刀自割其乳便自願言今我以乳持用布施濟此危厄不願作轉輪聖王天帝魔王梵王也持此功德用成無上正真之道即便持乳與此婦人適欲舉

刀更割一乳應時三千大千世界爲大震動諸天宮殿皆悉動摇時天帝釋天眼觀之見夫人自割其乳濟其危厄時天帝釋無數諸天即時來下住虛空中皆爲悲泣淚如盛雨於時天帝住夫人前而便問言汝今所施甚爲難及求何願耶夫人答言持此功德用求無上正眞之道度脱一切衆生苦厄天帝答言汝求此願以何爲證於是夫人即時立誓令我所施功德審諦成正覺者我乳尋當平復如故其乳尋時平復如故天帝讚言善哉善哉汝成佛不久諸天歡喜即便現形嘆夫人言汝今所施得無悔恨以爲痛耶答言我無悔恨不以爲痛天復答言若無悔恨以何爲證於是夫人便立誓言我今所施用求佛道無悔恨者令我女身變成男子立誓已訖應時女身變成男子時諸天神讚言善哉善哉如汝所願成佛不久王及臣民嘆甚奇特歡喜無量是時國中衆病消除穀米豐賤人民安樂却後國王崩亡群臣共議當更立王時天帝釋來下語群臣言跋摩竭提變身化成男子加有福德應得爲王諸臣歡喜即拜爲王人民熾盛國遂興隆佛告王言爾時跋摩竭提者今我身是而我爾時不惜身命布施如是現世獲報即變其身成於男子得紹王位因是功德今得成佛普救一切菩薩行檀波羅蜜勇猛如是諸弟子國王臣民皆大歡喜爲佛作禮而去

聞如是一時佛在舍衛國祇樹給孤獨園城中有一婆羅門於城外興立祠壇設施飲食請諸婆羅門祠祀已訖便還入城時佛入城

乞食來出道中見佛光相巍巍歡喜踊躍遶佛一帀作禮而去時佛便笑光從口出遍照十方上至三十三天下至十八大地獄諸畜生禽獸諸餓鬼五道境界莫不蒙明病者皆愈牢獄繫閉悉得放解諸天人民見佛光明歡喜無量來至佛所以若干華香供養世尊阿難長跪前白佛言今日世尊欣笑如是願說笑意佛告阿難見此婆羅門繞佛一帀者不對曰唯然見之佛告阿難此婆羅門見佛歡喜清淨敬意繞佛一帀以此功德從是以後二十五劫不墮三塗天上人中所生之處快樂無極竟二十五劫當得辟支佛名特櫬那祇梨阿難及一切大衆聞佛所說身心清淨有得須陀洹斯陀含阿那含阿羅漢者或發無上正眞道者衆會歡喜爲佛作禮右遶而去

聞如是一時佛在欝單羅延國佛與千二百五十沙門俱行詣村落如來色相三十有二八十種好光明晃昱照曜天地莫不大明猶如盛月星中特明時天盛熱無有蔭涼有一牧羊人見佛光明心自念言如來世尊三界之師涉冒盛熱無有蔭涼即編草作蓋用覆佛上旋隨佛行去羊大遠放蓋擲地還趣羊邊佛便微笑金色光從口中出數千萬歧歧出百千萬光遍照十方上至三十三天下至十八地獄禽獸餓鬼莫不大明三界天人見佛光明應時皆來至於佛所一切人民及諸龍阿脩倫無數衆會皆大歡喜持香華妓樂供養如來阿難長跪前白佛言佛不妄笑願說其意佛告阿難汝今見此牧羊人不對曰

唯然見之佛告阿難此牧羊人以恭敬之心而以草蓋用覆佛上以此功德十三劫中天上世間生尊貴處常有自然七寶之蓋而在其上命終之後不墮三惡道中竟十三劫出家爲道成辟支佛名阿耨婆達一切大衆聞佛所說或得道迹往來不還無著之證成辟支佛或發無上正眞道意者或得立不退轉地者衆會歡喜爲佛作禮而去

聞如是一時佛在舍衛國祇樹給孤獨園佛尊弟子名舍利弗晝夜六時常以道眼觀於衆生應得度者輙往度之王波斯匿有一大臣名曰師質財富無量應時得度時舍利弗明日晨朝著衣持鉢往詣其家而從乞食於是師質見即作禮問訊請命入坐施設牀座飯食時舍利弗食訖澡手漱口爲說經法富貴榮祿衆苦之本居家恩愛猶如牢獄之中一切所有皆悉非常三界尊貴猶如幻化五道生死轉貿身形無有吾我師質聞法心意竦然不慕榮貴不樂恩愛觀於居家猶如丘墓便以居業一切盡以用付其弟便剃鬚髮而著袈裟便入深山坐禪行道其婦愁憂思念前夫不順後夫後夫問言居家財産珍寶甚多何所乏短常愁不樂其婦報言思念前夫是以愁耳其夫復問汝今與我共爲夫婦何以晝夜思念前夫婦復答言前夫心意甚好無比是以思念其弟見嫂思念恐兄返戒還奪其業便語賊帥顧汝五百金錢斫彼沙門頭來賊帥受錢往到山中見彼沙門沙門語言我唯弊衣無有財産汝何以來賊即答言汝弟顧我使來殺汝沙門恐怖便語賊言

我新作道人又未見佛不解道法且莫殺我我須見佛解少經法殺我不遲賊語之言今必殺汝不得止也沙門即舉一臂而語賊言且斫一臂留我殘命使得見佛時賊便斫一臂持去與弟於是沙門便往見佛作禮却坐佛爲說法汝無數劫久遠以來割奪其頭手脚之血多於四大海水積身之骨高於須彌涕泣之淚過於四江飲親之乳多於江海汝從無數劫以來不但今也一切有身皆受衆苦一切衆苦皆從習生由習恩愛有斯衆苦癡愛已斷不習衆行不習衆行便無有身已無有身衆苦便滅唯當思惟八正之道於是沙門聞佛所說霍然意解即於佛前得阿羅漢道便放身命而般涅槃賊擔其臂往持與弟弟便持臂著於嫂前語其嫂言常云思念前壻此是其臂其嫂悲泣哽咽不樂便往白王王即推校如實不虛便殺其弟諸比丘有疑問佛而此沙門前世之時作何惡行今見斫臂修何德本今值世尊得阿羅漢道佛告諸比丘乃昔過去世波羅奈國爾時有王名婆羅達出行遊獵馳逐走獸迷失徑路不知出處草木參天餘無方計而得來出大用恐怖遂復前行見一辟支佛王問其言迷失徑路從何得出軍馬人衆在於何所時辟支佛臂有惡瘡不能舉手即便持脚示其道徑王便瞋恚此是我民見我不起反持其脚示我道徑王便拔刀斫斷其臂時辟支佛意自念言王若不自悔責以往當受重罪無有出期於是辟支佛即於王前飛昇虛空神足變現時王見之以身投地舉聲大哭悔過自謝辟

支佛唯願來下受我懺悔時辟支佛即便來下受其懺悔王持頭面著辟支佛足作禮自陳唯見矜愍受我懺悔願莫使我久受苦痛時辟支佛便放身入於無餘涅槃王便收取耶旬起塔華香供養常於塔前懺悔求願而得度脫佛言爾時王者此沙門是由斫辟支佛臂五百世中常見斫臂而死至于今日由懺悔故不墮地獄解了智慧而得度脫成阿羅漢道佛告諸比丘一切殃福終不朽敗諸比丘聞佛所說莫不驚悚頭面作禮

昔佛在阿耨達池告五百阿羅漢汝等各各自說前世宿行今得成道時諸阿羅漢承佛教誨各各自說宿行所作功德時有阿羅漢名婆多竭梨自說前世無央數劫時世有佛名曰定光如來至真等正覺明行成爲善逝世間解無上士道法御天人師有大慈哀衆祐一切爲於衆生作大依怙興出于世教化人天皆令成道乃取滅度分布舍利起於塔廟法欲末時我爲貧人無餘方業躬行採薪遥見大澤中有塔寺甚爲巍巍我時見之心用欣然踊躍難量即便行往到其塔所瞻覩形像歡喜作禮見諸狐狼飛鳥走獸在中止宿草木荆棘不淨滿中迴絶無人無人行跡無供養者而我覩見心用愴然不曉知如來威神功德之法但以歡喜誅伐草木及於掃除不淨盡去掃塔已訖一心歡喜繞之八帀叉手作禮而去持此功德壽終之後得生第十五光音天上以衆名寶用爲宫殿光明晃昱於諸天中特爲巍巍不可計量盡其天壽而復百返爲轉輪聖王七寶自然典主四域

復畢其壽常生國王大姓長者家財富無數顏容殊妙無有雙比人見歡喜莫不愛敬欲行之時道路自淨虛空之中雨散衆華用此恭敬生處自然一阿僧祇九十劫中迴流宛轉常生天上及與人中尊榮豪貴封受自然不墮三塗我憶此事大自雅奇今我最後福願畢滿遭值釋師三界中雄入於尊法便成沙門六通清徹無不解達諸欲永盡得成羅漢無復惱熱泠而無暖其心清淨獲於大安若有能於佛法及與衆僧所作如毛髮之善所生之處受報弘大無有窮極自念往古所作德行報應如是耆年婆多竭梨於佛前自說宿行已爲佛作禮却住一面

昔佛初得道惟念衆生愚癡倒見剛强難化吾設當爲說法者誰肯信受不如取般涅槃亦無有來請佛說法者梵天知佛意欲取涅槃即與無數梵衆如人屈伸臂頃來至佛所頭面作禮遶佛三帀長跪叉手前白佛言三界衆生盲冥甚久大聖出現唯願世尊以大慈大悲無量大哀願受我請必受我請開演法藏施慧光明佛告梵天衆生難悟迷惑倒見吾設當爲說其經法誰肯信受吾不如早取泥洹於是梵天重復請曰三界衆生爲久在幽冥億百千劫乃有佛耳猶優曇鉢華時時乃有佛興難值唯願如來重加大哀開寤愚癡願說經法世尊往昔無數劫來放捨身命頭目髓腦肌肉骨血國城妻子施與一切爲衆生故起大弘誓當爲衆生作大光明乃昔過去無央數劫時閻浮提有大國王名度闍那謝梨慈仁勇猛端正第一典主八萬四

千諸國其國豐盛人民安樂爾時國王處於正殿坐自思惟夫人在世尊榮豪貴富樂自然皆由先世施行衆善修習智慧以是之故今致自然已得自然迷惑色欲不惟非常不知更招來世之福猶如畜生飽食終日無所用心夫爲智者唯當修習智慧正法日新之益作是思惟已便告傍臣命請中有智慧者爲吾說法我欲聞之群臣受教遣使四出諸國命請聰明大智慧者時有一婆羅門學問廣博智慧第一來應王命群臣白王今有婆羅門聰明博達來在門外王聞歡喜即出奉迎頭面作禮施設寶座供施甘饌食訖澡漱王語婆羅門言久聞有德故遠相屈唯願大仙爲說經法答言我學以來積年勤苦大王云何直爾欲聞王語婆羅門言欲須國城珍寶隨意所欲悉當相給答言我亦不用珍寶國城妻子象馬大王若能剜其身肉用作千燈若能爾者當爲說法不能爾者經法難聞王自念言無數劫來喪身叵計未曾爲法今爲法故以身爲燈甚爲快善王大歡喜答婆羅門言如汝所勑即當奉行不敢違命婆羅門言能爾者大善何時當爲王復答言却後七日乃當爲之王勑群臣告下諸國大王却後七日爲聞法故當於身上而然千燈諸欲來見王者皆悉集於大國群臣受教同時遣使下八萬四千諸國大王却後七日當於身上而然千燈諸王臣民諸欲來見王者疾來馳至集於大國當是之時諸王臣民聞之驚愕如喪父母哀號涕泣動閻浮提諸王臣民悉來集會王勑語傍臣於大廣博平坦之地

設施座席群臣奉命即時於廣博地設施牀座時王飯已與諸夫人二萬婇女一萬大臣導從前後王於座所王處正坐諸夫人婇女及諸王群臣人民皆悉同時腹拍王前同聲白王言唯願大王大慈大悲無量大哀以我等故莫於身上而然千燈王答謝諸王臣民夫人婇女吾從無央數劫五道生死壞身無數未曾爲法喪身命也今爲法故以身作燈持是功德用求佛道普爲十方無量衆生作大光明除去衆生三毒癡冥吾成佛時當爲汝等施慧光明照除生死開涅槃門入安隱法汝等莫却我無上道心時諸會者皆悉默然於是大王即便持刀授與左右勑令剜身作千燈處出其身肉深如大錢以酥油灌中而作千燈安炷已訖語婆羅門言先說經法然後然燈而婆羅門爲王唯說一偈言

常者皆盡　高者亦墮　合會有離　生者有死

王聞偈已歡喜踊躍告諸群臣夫人婇女皆悉受誦即便疏偈題著諸門街陌里巷勑諸人民皆令諷誦下閻浮提諸王臣民亦令諷誦於是大王告婆羅門今可然燈王便立誓今爲法故以身爲燈我不求作聖王上至天帝及諸天王世界榮樂亦不求二乘之證持是功德願求無上正眞之道普爲十方五道衆生作大法光明照於衆冥爾時國王發是願已即時三千大千世界六種震動上至首陀會天一切宮殿皆悉震動時諸天人甚大惶怖是何瑞應令地大動即以天眼觀閻浮提見於菩薩爲於法故身然千燈發於弘誓是使爾耳時諸天人皆悉來下而見菩薩身

然千燈無數諸天悲泣雨淚時天帝釋住於王前讚言善哉善哉爲於法故不惜身命欲求何等菩薩答言我亦不求轉輪聖王天帝魔王及梵天王色聲香味亦不求羅漢辟支佛持是功德用求無上正眞之道普爲十方無量衆生施慧光明照除衆生三毒癡冥令離衆苦至泥洹安樂時天帝釋復問王言身然千燈得無爲痛頗而有悔耶王答天帝不以爲痛亦無悔恨天帝重問若無悔恨以何爲證於是國王便自誓言而我今日爲於法故身然千燈持是功德用求無上正眞之道審當成佛者千燈諸瘡即當除愈身即平復無有瘡瘢作是語已身即平復無復瘡瘢端正姝好過踰於前時天帝釋無數諸天國王群臣夫人婇女無量臣民異口同音悉讚嘆言善哉善哉嘆未曾有歡喜踊躍皆奉行十善之教佛言爾時國王者則我身是時婆羅門者調達是菩薩求習智慧精進如是

菩薩本行經卷上

音釋

賑 章忍切濟也 岠峨 岠普火切峨音我岠峨搖動貌 猲 古曷切 [忄+親] 初覲切 竦 息拱切竦動也 悚 息拱切悚怖也 怙 胡古切恃也 瘢 薄官切瘡痕也

菩薩本行經卷中

失譯人名附東晉錄

昔佛在舍衛國祇樹給孤獨園時有賢者名曰須達居家貧窮無有財産至信道德往至佛所頭面作禮稽首佛足却坐一面聽說經法佛問須達在家之士當行布施不布施也須達白佛當行布施多布施耶少布施也當以好意而布施耶以不好意而布施乎佛告須達夫於布施所施雖多而獲報少布施雖少而獲報多何謂施多而獲報少雖多布施而無至心無恭敬心不大歡喜貢高自大所施之人信邪倒見非是正見不得快士所施雖多而獲報少猶如耕田薄地之中下種雖多收實甚少何謂施少而獲大福所施雖少歡喜與淨潔心與恭敬與不望報與所施之人復得快士佛及辟支佛沙門四道應正見者所施雖少獲報弘大猶如良田所種雖少收實甚多佛告須達吾自憶念過去世時此閻浮提有轉輪王名波陁颰寧王有千子主四天下此閻浮提有八萬四千國時有一婆羅門名曰比藍身體金色端正無比聰明智慧天地變運醫方鎭厭上知天文下察地理中知人情一切典籍靡不貫達爲人仁愛慈愍一切王甚愛敬八萬四千諸王及國人民亦皆奉敬以爲師主比藍大師是爲大王非是波陁颰寧何以故波陁颰寧王治國正民一一諮啓比藍大師爾乃教化諸王臣民莫不歡喜於時大王而從比藍啓受經典亦復宣告八萬四千諸小國王群臣太子一切人民皆從比藍諮受經典習學智慧諸王臣民

皆從比藍啓受經典莫不歡喜皆言此是梵天來化我等爲於好事非是凡人於時八萬四千諸王受學智慧心意開解皆大歡喜八萬四千諸小王人持一白象金銀交絡駿馬一疋亦金銀交絡牛一頭亦金銀交絡妙女一人亦端正無比七寶瓔珞服飾姝好金鉢盛銀粟銀鉢盛金粟瑠璃鉢盛金粟頗梨鉢盛金粟以金爲車七寶莊飾各各皆爾有八萬四千以用貢上比藍大師爾時天王波陀颰寧聞諸小王貢遺比藍大用歡喜我亦當復貢上比藍大師財寶卽時莊嚴八萬四千玉女之等七寶珠璣服飾姝妙瓔珞其身八萬四千白象純金校飾八萬四千疋馬亦金銀交絡八萬四千頭牛盡金莊校八萬四千金鉢盛銀粟八萬四十銀鉢盛金粟八萬四千瑠璃鉢盛金粟八萬四千頗梨鉢盡盛金粟八萬四千乘車盡金校飾用上比藍比藍受巳念此財寶象馬車乘一切所有皆悉非常而不堅固白大王言財產所有皆悉非常磨滅之法我不用之意欲布施濟諸窮乏王聞其言大用歡喜告勑群臣擊鼓宣令閻浮提內貧窮孤老婆羅門梵志皆悉來集比藍即設大檀人民聞令雲興而集强弱相扶皆悉來至於時比藍欲澡婆羅門手傾於軍持而水不出大用愁憂今我大祠將有何過意不清淨所施不好以何等故而水不出即時天人於虛空中語比藍言汝今布施大好無比其心淨潔無能過者汝之功德天下第一無過上者但所施人盡是邪僞倒見之徒非是清高快士之輩而不堪任受汝澡敬以是

之故水不出耳於是比藍聞天人語意便開解即作誓言令我所施用成無上正眞之道審如所願者令我瀉水當墮我手中作誓願已訖便傾澡缾水即來出自墮掌中諸天空中讃言善哉善哉如汝所願成佛不久爾時比藍布施貧乏衣被飲食一切所須十二年中象馬珍寶玉女之等盡用布施無所藏積佛告須達爾時比藍婆羅門者今我身是而我爾時所施亦好其心亦好受者不好所施雖多獲報甚少而今我法眞妙清淨弟子眞正所施雖少獲報甚多於是比藍十二年中所作布施及閻浮提一切人民行於布施計其功德不如布施一須陀洹人其福甚多過出其上設施百須陀洹幷前比藍所施閻浮提人所得福報不如施一斯陀含人其福甚多亦過其上正使施百斯陀含百須陀洹及前比藍施閻浮提人所得福報不如施一阿那含人其福倍多過出其上施百阿那含人百斯陀含百須陀洹幷前比藍閻浮提人所得福報不如施一阿羅漢其福甚多過出其上正使施百阿羅漢百阿那含百斯陀含百須陀洹幷前比藍閻浮提人所施功德不如施一辟支佛其福甚多過出其上正使布施百辟支佛百阿羅漢百阿那含百斯陀含百須陀洹及前比藍施閻浮提人所得功德不如起塔僧坊精舍衣被牀卧飲食供養過去當來今現在四方衆僧沙門道士給其所須計其功德過前所作功德者上雖起塔僧房精舍施辟支佛阿羅漢阿那含斯陀含須陀洹幷前比藍閻浮提人所作布施福德不如

施佛一人功德甚多不可復計雖供養佛起塔僧房精舍及辟支佛阿羅漢阿那含斯陀含須陀洹并前比藍閻浮提人所施功德不如有人一日之中受三自歸八關齋若持五戒所得功德踰過於前所施福德百千萬倍不可爲喻復以持戒之福并合集前一切施佛功德及辟支佛四道之等合前比藍閻浮提人所施福德不如坐禪慈念衆生經一食之頃所得功德踰過於前百千萬倍踰前比藍閻浮提人所作布施及施四道辟支佛起塔僧伽藍上至施佛持戒坐禪慈念衆生合集其德不如聞法執在心懷思惟四諦非常苦空非身之法泥洹寂滅比前所作一切功德最尊第一無有過上於是須達聞法踊躍無量身心清淨得阿那含道唯有五金錢一日持一錢施佛一錢施法一錢施僧一錢自食一錢作本日日如是常有一錢在終無有盡耶受五戒長跪白佛言我今日欲心已斷處在居家當云何也佛告須達如汝今日心意清淨無復愛欲汝還歸家問諸婦女今我欲心已滅汝等各從所樂須夫壻者恣從所好若欲在此當給衣食須達受教爲佛作禮便還歸家問諸婦女我今愛欲都已永盡無復欲事汝等若欲須夫壻者各隨所好欲在此者供給衣食令無乏少諸婦女等各各從意隨其所樂時有一婦人熘穀作麨有羊羝來抴熘麥不可奈何捉擿火杖用打羊羝杖頭有火著羊毛住羊毛得火熱用揩象廄象廄火然并燒王象象身爛破便殺獼猴用拍象身天於空中而說偈言

瞋恚鬪諍邊　不當於中止　羯羠共相抵
蠅蟻於中死　婢共牂羝鬪　獼猴而坐死
智者遠嫌疑　莫與愚人止

波斯匿王勑臣作限自今以去夜不得然火及於燈燭其有犯者罰金千兩爾時須達修道在家晝夜坐禪初人定時然燈坐禪夜半休息鷄鳴復然燈坐禪伺捕得之捉燈白王當輸罰負須達白王今我貧窮無百錢產當用何等輸王罰負王瞋勑使閉著獄中即將須達付獄執守四天王見須達被閉在獄初夜四天王來下語須達言我與汝錢用輸王罰可得來出須達答言王自當歡喜意解不須用錢爲四天王而說經竟天王便去到中夜天帝釋復來下就而見之須達爲說法竟帝釋便去次到後夜梵天復下見於須達便爲說法梵天復去時王夜於觀上見獄上有火光時王明日即便遣人往語須達坐火被閉而無慙羞續復然火須達答言我不然火若然火者當有煙灰表識復語須達初夜有四火中夜有一火倍大前火後夜復有一火遂倍於前言不然火爲是何等須達答言此非是火也初夜四天王來下見我中夜第二天帝來下見我後夜第七梵天來下見我是天身上光明之焰非是火也吏聞其語即往白王王聞如是心驚毛竪王言此人福德殊特乃爾我今云何而毀辱之即勑吏言促放出去勿使稽遲便放令去須達得出往至佛所頭面作禮却坐聽法波斯匿王即便嚴駕尋至佛所人民見王皆悉避坐而起唯有須達心存法味見王不起王心微恨此是我民

懷於輕慢見我不起遂懷慍心佛知其意止不說法王白佛言願說經法佛告王言今非是時爲王說法云何非時人起瞋恚忿結不解若起貪婬躭荒女色憍貴自大無恭敬心其心垢濁聞於妙法而不能解以是之故今非是時爲王說法王聞佛語意自念言坐此人故令我今日有二折減又起瞋恚不得聞法爲佛作禮而去出到於外勑語左右此人若出宜斫取頭作是語已應時四面虎狼師子毒害之獸悉來圍遶於王王見如是即大恐怖還至佛所佛問大王何以來還王白佛言見其如是恐怖來還佛告王曰識此人不王曰不識佛言此人已得阿那含道坐起惡意向此人故是使爾耳若不還者王必當危不得全濟王聞佛語即大恐怖即向須達懺悔作禮羊皮四布於須達前王言此是我民而向屈辱實爲甚難須達復言而我貧窮行於布施亦復甚難尸羅師質爲國平正爲賊所捉賊語之曰言不見我我當放汝不者殺汝尸羅師質意自念言今作妄語爲非法事若墮地獄誰當放我作是思惟便語賊言寧斫我頭終不妄語賊便放之危害垂至不犯妄語順行正法實爲甚難復有天名曰尸迦梨復自說我受八關齋於高樓上卧有天玉女來至我所以持禁戒而不受之實爲甚難於是四人各各自說如是即於佛前而說頌曰

貧窮布施難　豪貴忍辱難　危嶮持戒難

少壯捨欲難

佛說偈已重說經法王及臣民皆大歡喜爲

佛作禮而去

聞如是一時佛在羅閱祇比留畔迦蘭陀尼波僧伽藍憂連聚落有一泉水中有毒龍名曰酸陀梨甚大凶惡放於雹霜傷破五穀令不成熟人民飢餓時有婆羅門呪龍伏之令不雹霜五穀熟成經有年載此婆羅門遂便老耄呪術不行爾時有壯婆羅門呪術流利舉聲誦呪雲便解散令不雹霜五穀豐熟人民歡喜語婆羅門在此住止當共供給令不乏少婆羅門言可便住於彼常共合歛輸婆羅門不使有乏自佛來入國廣說經法人民大小咸受道化得道甚多諸龍鬼神皆悉爲善不作惡害風雨時節五穀豐賤更不供給婆羅門所須婆羅門往從索之諸人民輩逆更唾罵而不與之時婆羅門心起瞋恚蒙我恩力而得飽滿反更調我欲得破滅人民國土便問人言求心所願云何得之人語之言飯佛四尊弟子必得從願如心所欲時婆羅門即設飯食請大迦葉舍利弗目連阿那律飯是四尊至心作禮求心所願我今持此所作福德願使我作大力毒龍破滅此國必當使我得此所願時舍利弗道眼觀之求何等願知婆羅門心中所念願作毒龍欲滅此國時舍利弗語婆羅門莫作此願用作龍蛇害惡身爲若欲作轉輪聖王若天帝釋魔王梵王盡皆可得用此惡身不好願爲時婆羅門答舍利弗言久求此願適欲得此不用餘願時婆羅門舉手五指水即流出時舍利弗見其意堅固證現如此默然而止時婆羅門及婦二兒俱願作龍死受龍身有大神力至爲

毒惡便殺酸陀梨龍奪其處住便放風雨大墮雹霜傷殺五穀唯有草秸因名其龍阿波羅利婦名比壽尼龍有二子一名璣鄯尼人民飢餓死者甚多加復疫病死者無數時阿闍世王往至佛所頭面作禮長跪白佛國界人民爲惡龍疫鬼所見傷害死者無數唯願世尊大慈大悲憐愍一切唯見救護攘却灾害佛即可之爾時世尊明日晨朝著衣持鉢入城乞食詣於龍泉食訖洗鉢洗鉢之水注於泉中龍大瞋恚即便出水吐於毒氣吐火向佛佛身出水滅之復雨大雹在於虛空化成天華復雨大石化成琦飾復雨刀劒化成七寶化現羅刹佛復化現毗沙門王羅刹便滅龍復化作大象鼻捉利劒佛即化作大師子王象便滅去適作龍像佛復化作金翅鳥王龍便突走盡其神力不能害佛突入泉中密迹力士舉金剛杵打山山壞半墮泉中欲走來出佛化泉水盡成大火急欲突走於是世尊蹈龍頂上龍不得去龍乃降伏長跪白佛言世尊今日特見苦酷佛告龍曰何以懷惡苦惱衆生龍便頭面作禮稽首佛足長跪白佛言願見放捨世尊所勑我當奉受佛告龍曰當受五戒爲優婆塞龍及妻子盡受五戒爲優婆塞慈心行善不更霜雹風雨時節五穀豐熟諸疫鬼輩盡皆走去向毗舍離摩竭國中人民飽滿衆病除愈遂便安樂毗舍離人民疫病死者甚多聞摩竭國佛在其中降伏惡龍疫病消滅毗舍離王即遣使者往至佛所於是使者前至佛所稽首佛足長跪白佛言王故遣我來稽首問訊如來大聖我

國疫死者甚多唯願世尊大慈憐愍臨覆我國勞屈光威望得全濟毗舍離國與摩竭國素有怨嫌阿闍世王聞毗舍離國疫鬼流行大用歡喜爾時世尊告毗舍離使我以先受阿闍世王九十日請而今未竟汝自往語阿闍世王使白佛言二國素有怨嫌我今往到必當見殺佛告使言汝但爲佛作使終無有能殺汝者也佛重告使言語阿闍世王殺父惡逆之罪用向如來改悔故在地獄中當受世間五百日罪便當得脫使即受教往詣王門王及群臣聞毗舍離使在於門外咸共瞋恚皆共議言當截其頭刵其耳鼻碎其身骨當使如麵使入到殿前大唱聲言世尊遣我到大王邊聞是佛使皆各歡喜王問使言佛遣汝來何所告勑使便答言佛謝大王所作惡逆殺父之罪用向如來懺悔之故在於地獄當受世間五百日罪便當得出唯當自責改往修來莫用愁憂王聞是語歡喜踊躍不能自勝我造逆罪在於地獄爲有出期即遥向佛稽首作禮王語使言汝能爲我致此消息快不可言欲求何願恣當與汝使白王言毗舍離國疫病流行欲得請佛光臨國界望得全濟唯願大王聽佛使去王即可之便報使言語汝大王我從城門到恒水邊修治道路以華布地羅列幢旛到恒水邊舉國兵衆侍送世尊到恒水邊汝亦當從毗舍離城平治道路而散華香羅列幢旛到恒水邊舉毗舍離臣民兵衆盡來迎佛到恒水邊若能爾者聽佛使去不能爾者不放使去毗舍離使闍王所使歡喜踊躍即便辤還到於佛所頭

面作禮白佛如是佛即可之使便辭佛作禮而去還毗舍離白王如是王聞所言大用歡喜我曹國中亦須種福即便宣令平治道路從於城門到恒水邊悉令清淨布散諸華燒衆名香豎諸幢旛毗舍離王舉國臣民椎鍾鳴鼓作衆妓樂到恒水邊迎佛世尊持五百蓋上貢世尊摩竭國王亦復宣令修治道路悉令清淨布散華香豎諸幢旛到恒水邊與諸臣民舉國兵衆椎鍾鳴鼓作衆妓樂震動天地侍送世尊到恒水邊以五百蓋奉上世尊四天王忉利天王上至他化應聲天王各各皆與無數諸天各賫天上異妙珍琦雜種華香若干妓樂持五百寶蓋來貢上世尊第七梵天王上至首陀會天是諸天王各與無數諸天子等各賫天上雜妙香華若干妓樂時五百寶蓋貢上世尊毗摩質多羅阿須倫王與無央數阿須倫民持於衆寶雜種華香若干妓樂五百寶蓋來奉上佛娑竭龍王與無數諸龍眷屬各賫若干種香作衆妓樂五百寶蓋來奉上世尊合三千蓋唯留一蓋餘悉受之所留一蓋者持用覆護從諸弟子令得供養當于爾時諸天人民龍阿須倫不可稱計來至佛所毗舍離王及諸臣民皆言今佛當度恒水我曹當共作五百船使佛度水摩竭國王及諸臣民亦言今日佛當度水我曹亦當作五百船令佛度水諸天亦各作五百寶船諸阿須倫亦復共作五百寶船于時諸龍自共編身作五百橋欲令世尊蹈上而度爾時世尊見於諸天一切人民龍阿須倫各各歡喜有恭敬心欲使衆生普得其福即

便化身遍諸船上諸天人民龍阿須倫皆各自見如來世尊獨在我船不在餘船於是如來度水已竟無數諸天畟塞虛空散衆名華燒異妙香作諸妓樂人及諸龍弁阿須倫皆亦如是散衆名華燒衆雜香作諸妓樂娯樂世尊歡喜無量于時如來觀於三界諸天人民心懷歡喜踊躍無量供養如來世尊將欲說於前世本所修行菩薩道時即便微笑五色光明從口中出光有五分一一光頭出無數明一一光頭有寶蓮華一一華上皆有化佛一分光明上照欲界色界無色界三界諸天見其光明又覩化佛皆悉歡喜各離欲樂來詣化佛所聽說經法無量諸天聞說經法歡喜踊躍皆各得道迹往來不還無著證者發大道意入不退轉者一分光明遍照三千大千世界在人道者光明化佛彌滿世界一切人民見其光明又覩化佛瞋恚盛者忿意消滅皆發慈心婬火盛者欲心消除觀其瑕穢愚癡盲冥皆悉醒寤解四非常牢獄繫閉悉皆放解盲者得視聾者得聽瘂者能語拘躄者得伸手足瘙殘百病皆悉除愈一切人民莫不歡喜各離所樂來詣佛所時諸化佛各各說法心意開解或得道迹往來不還無著之果發於無上正真道意堅住大乘不退轉者不可稱計一分光明照於一切餓鬼境界光明化佛悉遍餓鬼境界之處諸餓鬼等見佛光明自然飽滿無有飢渴身心清淨無諸惱熱聞其說法皆悉歡喜慳垢消滅壽終之後皆得生天一分光明照於大千畜生境界一切禽獸見佛光明皆悉歡喜善心自生

虎狼師子龍蛇毒惡之心皆悉消滅慈心相向不相傷害壽終之後皆生天上一分光明遍照大千地獄鐵圍山間幽冥之處莫不明徹一切地獄衆生之類見其光明又覩化佛歡喜踊躍火滅湯冷拷治酷毒皆得休息氷寒獄中自然温煖地獄衆生既得休息歡喜踊躍諸化佛等各爲說法心開意解即時壽終盡得生天當于是時光明化佛彌滿三千大千世界五道衆生皆得度脱凡於如來光明入處各有所應欲說地獄事光從足下入欲說畜生事光從足上入欲說餓鬼事光從脛踝入欲說人道事光從䏶入欲說轉輪聖王事光從齋入欲說羅漢事光從口入欲說辟支佛事光從眉間入欲說菩薩事光從頂入欲說過去事光從後入欲說當來今現在事光從前入爾時世尊現大變化光明普照十方世界大千境界雨衆天華無量妓樂不鼓自鳴諸天人民一切大衆莫不歡喜倍加踊躍於是世尊還攝神足光明便還遶佛三帀光從後入無量諸天一切大衆異口同音讃嘆如來功德巍巍難量不可思議乃如是乎於是阿難長跪叉手前白佛言佛不妄笑笑必有因今日世尊欣笑如是將欲自說先世宿行佛告阿難及諸大衆乃昔過去久遠無量無數世時此閻浮提有轉輪王名修陀梨鄯寧王四天下此閻浮提八萬四千諸小國王八萬四千城王有七寶一金輪寶輪有千輻縱廣四十里周帀百二十里王欲行時輪在前導不賓伏者金輪自然在頭上旋自然降伏不用兵仗有二摩尼珠寶著於幢頭

晝夜常照千六百里三白象寶其象身體優修姝好白如雪光王乘其上自然飛行一食之頃周四天下四紺馬寶朱色髦尾王乘其上一食之頃遍四天下五典兵臣王意欲得百千萬兵自然而至六典藏臣王意欲須金銀七寶衣被飲食披其兩手七寶財產一切所須隨意所欲從手中出而無有盡七玉女寶端正無比猶若天女無有女人瑕穢之垢身體香潔如優鉢華王意欲得清涼之時身自然冷欲得溫時身自然溫聲如梵聲常能使王歡喜踊躍名曰玉女寶王有千子勇猛無比王欲出時七寶大蓋常在其頭上七寶隨從群臣無數導從前後百千妓樂其音和雅巍巍堂堂不可稱計王千子中其最小者見王如是問其母言此何國王巍巍如是其母答言此是修陀鄯寧大轉輪王主四天下汝之父也不識之耶太子報言我當何時應得爲王母復答言王有千子汝第一小不應得王太子復言若不應得爲王者何用在家作白衣爲即便長跪白其母言願聽出家作沙門詣山澤中學於仙道母即聽之其母告言若汝思惟所得智慧必還語我兒即許之即便剃頭而著袈裟詣於山澤精進坐禪思惟智慧內解五陰外了萬物皆悉非常一切受身衆苦之器飛輪王帝豪俊世主三界尊榮猶若幻化空無吾我緣會則有緣離則無皆從癡愛因有諸行以有諸行受一切身五道之分便有衆苦若無癡愛則無諸行以無諸行則無五道以無五道則不受身以無有身衆苦便滅思惟如是霍然意解成辟支佛

飛騰變化六通清徹無所罣礙如其本誓便還見母現其神足身昇虛空經行坐卧身上出水身下出火身上出火身下出水分一身作百作千作萬無數還合爲一其母見之歡喜踊躍頭面作禮母復問言從何所而得飲食答言乞匃自存母復白言莫更乞食當受我請從今以往在此園中住願當日日受我飲食亦當使我得其福德時辟支佛便受母請住於園中其母日日自往飯之於彼園中經涉數年思惟身分瑕穢不淨身爲苦器何用此爲便捨身命入於泥洹而般泥洹其母即便耶旬起塔華香供養王於異時到此園中見此塔即問左右而此園中素無是塔誰起此塔辟支佛母即便白言是王太子之中第一小者見王出時而問我言是何大王巍巍如是我即答言修陀梨鄯寧轉輪聖王是卿之父復問我言我當何時應得爲王我語之曰汝於千子第一最小不應得王其子便言若使不得應作王者何用在家作白衣爲便辭我出家學道我便聽之我與共要若得道者必還見我剃除鬚髮著於袈裟詣山澤中精進坐禪成辟支佛道如其所誓便還見我我即請之在此園中日日供養飲食所須經歷數年便般泥洹在此耶旬起於塔廟是其塔也王聞此語且悲且喜答夫人言何不語我我即當以轉輪王位而用與之我不得聞大有折減而今雖死我以王位而用與之即脱天冠七寶拂飾王者威服著於塔上王大寶蓋用覆塔上頭面作禮華香供養妓樂娛樂佛告阿難乃昔爾時修陀梨鄯寧轉輪

王者今我身是而我爾時自我之子成辟支佛供養其塔而以王位而用施之大七寶蓋覆於塔上因是功德無央數劫作轉輪王主四天下七寶隨從常有三千七寶之蓋自然而至無央數劫或作天帝或作梵王至于今日若我不取佛者三千寶蓋常自然至無有窮盡供養一辟支佛塔受其功德不可窮盡何況供養如來色身及滅度後舍利起塔作佛形像供養之者計其功德過踰於彼百千億倍不可計倍無以爲喻於時大衆皆大歡喜心悅意解應時有得須陀洹者斯陀含者阿那含者阿羅漢者或發無上正眞道意者或住立不退轉者不可稱計爾時大衆皆大歡喜遶佛三帀頭面作禮各還本所於是世尊進至毗舍離城到門閫上而說偈言

在地諸天神　虛空住諸天　諸來在此者
皆當發慈心　晝夜懷歡喜　當隨正法言
勿得懷害意　嬈惱諸人民

菩薩本行經卷中

音釋

颰蒲撥切　㹜初巧切與炒同　麨尺小切乾糧也　牂則郎切牝羊也　羝都奚切牡羊也　抴余世切拖也　擿直炙切與擲同投也　廏居祐切象馬舍也　羠以脂切犍羊也　秸古黠切禾稈也　鄯時戰切　刓五丸切剸也　畟正作⿰土則測力切遮過也　脛胡定切脚脛也　䏶傍禮切股也　髦莫包切巤也

菩薩本行經卷下

失譯人名附東晉錄

爾時如來說是正眞微妙語時諸疫鬼輩悉皆走去向摩竭國毗舍離國病盡除差時佛復還摩竭國中疫鬼復還毗舍離國爾時世尊往來七反即便說言我從無數劫已來所作功德大作誓願我今以此正眞之行除去一切衆生身病并除意病佛言我爲尸毗王時爲一鴿故割其身肉與立誓願除去一切衆生危嶮摩訶薩埵太子時爲餓虎故放捨身命舍尸王時自以身肉供養病人經十二年阿彌陀迦良王時病自合藥而欲服之時有辟支佛病與王同來從乞藥王自不服即便持藥施辟支佛自作誓願使一切病皆悉除愈修陀素彌王時百王臨死而濟其命令迦摩沙颰王使入正見十二年惡誓使得消除須大拏太子時二兒及婦持用布施摩休沙陀太子時以藥除衆生病復入大海得摩尼珠復除衆生貧困摩訶婆利王時二十四日自以身肉以供病人鞞提婆羅仙人時割截手足不起恚意迦尸王時人民疫病王受八關齋起大慈心念於衆生人民病者皆悉除差毗婆浮爲解呪即時人民疫病以身血肉持用解除與鬼敢之人民衆病皆悉除差梵天王時爲一偈故自剝身皮而用寫經毗楞竭梨王時爲一偈故於其身上而豖千釘優多梨仙人時爲一偈故剝身皮爲紙析骨爲筆血用和墨跋彌王時國中人民盡有瘡病王自行見毒樹此毒樹葉墮於水中人飲此水令人有病即拔毒樹根株盡墮以火燒

之人民瘡病半得除差其中故有不差者王問醫言衆生瘡病何以不差醫答王言此瘡病重當得魚肉食之乃差王聞其言即到水邊上樹求願作魚令我以身除衆生病持此功德用求佛道普除一切衆生無量身病意病審如所願其有衆生食我肉者病盡除差即從樹上投身水中便化成魚而有聲言其有病者來取我肉敢病當除差人民聞聲皆來取魚肉食之病盡除愈於是世尊自説前世宿行所作結於誓願令皆得之令我以此正真之教除去一切衆生災禍時佛便自化身作兩頭一頭看毗舍離國一頭看摩竭國疫鬼盡去還於大海人民衆病皆悉除差五穀豐熟人民安樂以法廣化并使意中諸欲之病悉得清淨立之於道一切人民皆大歡喜於是諸比丘異口同音讃歎如來無量功德甚奇甚特不可思議佛告諸比丘我不但令除衆生病飢渴之患過去世時亦復如是乃往過去無數世時此閻浮提有大國王名曰梵天與閻浮提八萬四千諸小國王有二萬夫人婇女一萬無有太子晝夜愁憂禱祠神祇梵天天帝摩訶霸梨天諸大神日月天地因乃得兒時子生皆端正姝好有大人相名大自在天爲人慈仁聰明智慧世之典籍星宿變運日月博蝕一切技術莫不通達復學醫術和合諸藥宣令國中諸有病者悉來詣我當給醫藥飲食瞻視人民聞令諸有病者盡詣太子國中大小皆悉歡喜莫不歎德更不向餘醫輕慢餘醫諸醫師輩盡皆瞋恚妬忌太子當于是時舉閻浮提人民疫病加

復穀貴集諸醫藥不能令差人民死者日日甚多王大愁憂命召諸醫問其方藥時有一醫姤王太子者心自念言今此太子是我寃家今乃得便即白王言更有一方試盡推覓王便可之即時便去明日乃還前白王言推得一方若使大王得服之者衆病必除王即告言須何等藥便試說之醫答王言當得從生以來人慈愍衆生未曾起於瞋恚意者當用其血和藥服之得其兩眼用解遣鬼衆病乃差王即答言從生以來不起瞋恚此實難有此事甚難不可得也太子聞之白父王言此事易耳不爲難得太子白王言我是父王之子我從生以來不曾恚瞋加害於人常慈愍一切初無惡相我身非常而無堅固不久會亦當死唯願大王聽我爲藥除衆生病王便答言我無子息禱祠諸天日月星辰四山五嶽因乃得子今寧亡身失國終不聽汝太子便白父王言我求佛道今我以血施與衆生持此功德佛諸經法盡當解了我今以此肉眼施與衆生以此功德當得如來智慧之眼當爲一切而作正導大王雖無太子故得爲王若使國土無有人民爲誰作王使諸人民衆病悉除亦使父王無有憂愁王復悲泣答太子言今我寧棄國王位可哀之子實不能捨於是太子長跪叉手白父王言今我求於無上正眞之道若使愛惜臭穢之身云何得解如來智慧深妙之法云何當得一切慧眼唯願父王莫得却我無上道心父王黙然更無所說醫白王言我試取血持用和藥與諸病人若便得差乃出其眼若不差者不須

出眼於是太子刺臂出血作誓願言我以此血除衆生病持此功德用成無上正眞之道審成佛者一切衆生服此藥者病當除差便以血和藥與諸病人病皆除愈醫便白王其有病人服此藥者皆悉除差目前現事可不信也時閻浮提八萬四千諸小王臣民聞大王太子自出其眼愍救一切莫不悲泣皆悉來集長跪叉手白太子言唯願大王太子我曹寧自放捨身命不使太子毀其眼目汝之慈愍一切衆生不久成佛願莫自毀壞其眼目於是太子誎謝諸王臣民今我以此血肉之眼除衆生病持此功德用求佛道我成佛時當除汝等身病意病莫得却我無上道心爾時諸王一切臣民聞是語已默然而住於是太子便勑左右設施解具欲挑其眼語左右人言誰能挑我眼者左右人民皆辭不能時醫妬太子者答言我能太子歡喜報言甚快持刀授之語醫者言挑眼著我掌中便挑一眼著太子掌中於是太子便立誓言今我以此肉眼施與衆生不求轉輪聖王不求魔王不求梵王色聲香味細滑之樂持此功德用求無上正眞之道使我得成一切智眼普爲十方無量衆生作大醫王除去一切衆生身病意病施衆生智慧之眼作是語已即便持眼著於案上審如我心所願者一切衆生病皆除愈父母見之即便悶絶良久乃穌諸王臣民舉聲啼哭動於天地宛轉自撲或有迷悶絶者適欲舉刀更挑一眼應時三千大千世界爲大震動三界諸天皆悉來下見於菩薩爲衆生故自挑其眼而血流出無數諸

天皆悉悲泣淚如盛雨時天帝釋到太子前問太子言汝今慈愍爲衆生故不惜身命出其肉眼如是勤苦實爲甚難所作功德欲求何等求轉輪王天帝魔王梵天王子求何等願耶太子答言不求聖王天帝魔王梵天王也不求三界色聲香味細滑之樂持此功德用求無上正眞之道爲十方一切衆生作大醫王普除一切衆生身病意病施與衆生智慧之眼普離生死一切諸患時天帝釋一切諸天讚言善哉善哉甚快難及如汝所願成佛不久時天帝釋即取其眼還用持著太子眼中於時太子眼即平復絶更明好踰倍於前無量諸天即以天華而散其上莫不歡喜父王及母夫人婇女諸王臣民皆大歡喜踊躍無量時天帝釋勑比婆㖙摩大將軍逐諸疫鬼盡還大海一切病者皆悉除愈天帝便雨種種飲食次雨穀米次雨衣服次雨七寶一切衆生病盡除差皆悉飽滿無飢渴者人民歡喜國遂興隆却後數年父王命終便登王位坐於正殿七寶自至爲轉輪王主四天下莫不蒙慶所作功德現世獲之佛告諸比丘爾時太子大自在天者則我身是爾時父王梵天者則令父王白淨是爾時母者今我母摩耶是爾時醫挑我眼者今調達是爾時閻浮提人民者今毗舍離國摩竭國人民是而我爾時亦除其病飢渴之困我今亦復除去衆生身病意病亦使衆生普得慧眼立於道證菩薩行檀波羅蜜勤苦如是時諸比丘聞佛所說皆大歡喜爲佛作禮

聞如是一時佛在舍衛國祇樹給孤獨園佛

與千二百五十沙門俱欲入城分衞其佛欲入城之時五百天人先放香風吹於道路及諸里巷悉令清淨不淨瑕穢糞除臭處自然入地悉令道路淨潔五百天人雨於香汁道路街巷悉令潤澤而散天華國王臣民見其瑞應知佛當來悉捨所好諸事緣務皆悉馳走來迎世尊人民見佛中有掃地者散華者燒香者持衣布地者中有解髮布地欲令佛蹈上而過者以身投地四布令佛蹈上者有持旛蓋者有作妓樂者一心叉手以清淨意而視佛一切衆生各各種種恭敬世尊時有一婆羅門至爲貧窮無有華香供養之調用自慙恥更無餘計唯當一心淨意視佛即便恭肅敬意以踊躍心叉手而住視於如來以偈歎佛而說偈曰

表容紫金耀　三十二相明　一切衆生類
覩者莫不歡　見佛心踊躍　憂愁皆消除
永度生死海　稽首禮大安

爾時世尊欣然而笑五色光從口中出有千百奇一一光頭出無數明一一光端有七寶蓮華一一華上皆有化佛遍照十方下至諸大地獄上至三十三天遍照五道幽冥之處極佛境界莫不大明三千世界諸天人民見佛光明莫不踊躍各離宮殿捨其所樂咸至佛所聽說經法而得度者見其光明而得度者咸聞化佛所說經法而得度者或有尋光來至佛所而得度者無量地獄拷治之處悉得休息壽終之後盡得生天一切畜生禽獸之處善心自生慈心相向不相傷害壽終之後亦得生天餓鬼之中都悉自然得百味食

無有飢渇之想歡喜踊躍無復慳心壽終之後盡得生天無量衆生盲者得視聾者得聽瘂者得語僂者得伸拘躄能行癃殘百病皆悉除愈牢獄繫閉悉皆放解當爾之時大千世界諸天人民一切大衆莫不歡喜心皆清淨無復三垢其中或有得生天者得道迹者往來者不還者得羅漢者得辟支佛道者有發無上正眞道意者或有堅住不退轉者各各如是不可稱計世尊光明照十方已還遶身三帀從眉間入於是阿難更整衣服長跪叉手前白佛言世尊今笑必有所因唯願說之佛告阿難見此婆羅門不阿難對曰唯然已見佛告阿難此婆羅門以清淨心一偈歎佛從是以後十三劫中天上人中封受自然常得端正言辭辯慧人所讃歎不墮三塗八難之處却後皆當成辟支佛名曰歡悅一切衆會聞佛所說皆悉歡喜歌歎佛德阿難白佛言如來功德不可思議此婆羅門一偈歎佛所得功德不可限量快乃如是佛告阿難此婆羅門非但今日而讃歎我而得善利乃往過去世波羅柰國王名婆摩達多而出遊獵象兵馬兵車兵導從前後遊獵於山得一白象身白如雪光澤可愛而有六牙王得此象大用歡喜即付象師令使調之于時象師即著枷鞅鞥大禁閉之於時其象悲泣淚出不欲飲食經于七日象師怖懅此王家象若不飲食不久便死即白王言所得白象不肯飲食悲泣淚出王聞其言即往看之王問象言何以不食象便作人語而白王言我心愁憂唯願大王當去我愁王復問言有何等愁

象答王言我有父毋年老朽邁不能行來更無供養者唯我供養採取飲食若我在此拘繫無供養者便當俱没用爲悲愁大王若有大慈放我使去供養父毋畢其年命自當來還供養大王不違此誓王聞其言愴然不樂即讃歎言汝雖畜生修於人行我雖爲人作畜生行王即長跪解象令去時象便去供養父毋經十二年父毋終亡即便來還詣於王宮王見象還益加歡喜七寶莊嚴瓔珞其身王欲出時象在前導王愛此象過踰太子衆象中最因名象播時有貧婆羅門欲詣王乞便問人言作何方便可得財賄有人語之王有白象甚爲敬愛汝若能歎此象者乃可大得時婆羅門伺王出時在路傍住即歎白象而説偈言

汝身甚姝好　猶若天帝象　衆象相具足
福德甚巍巍　形影無雙比　猶若白雪光
身體甚難及　奇特不可量

爾時國王聞歎白象大用歡喜賜婆羅門金錢五百便用致富佛告阿難爾時象播者則我身是時婆羅門者今此婆羅門是爾時歎我而得益利用濟窮乏今我成佛而復歎我獲其福報不可限量因得濟度生死之難阿難長跪前白佛言若使有人四句一頌讃歎如來當得幾許功德之報佛告阿難正使億百千那術無數衆生皆得人身悉得成就辟支佛道設使有人供養是等諸辟支佛衣被飲食醫藥牀臥敷具滿百歲中其人功德寧爲多不阿難白佛言甚多甚多不可計量若使有人四句一偈以歡喜心讃歎如來所得

功德過於供養諸辟支佛得福德者上百千萬倍億億無數倍無以爲喻賢者阿難一切大會聞佛所說皆大歡喜遶佛三帀頭面作禮

聞如是一時佛在波羅柰國精舍中止諸佛之法晝三時夜三時以正覺眼觀於衆生誰應度者輙往度之時波羅柰王有輔相婆羅門新娶婦甚爲愛敬其婦白夫與我一願輔相答曰欲求何等恣隨汝意婦即報言聽我施佛及比丘僧手自斟酌聽說經法夫即可之從汝所欲爾時世尊知其應度明旦晨朝著衣持鉢往詣其家輔相夫婦聞佛在外歡喜踊躍即出奉迎稽首佛足施設牀座請佛入坐供施甘饌世尊食畢輔相夫婦手自執水灌世尊手於是如來洗手漱口已訖爲說經法讚施之德持戒之福天上人中封受自然尊榮豪貴富樂無極雖復高尊諸欲自恣不能得免三塗之苦地獄之中火燒湯煮刀山劒樹火車爐炭刀鋸解析甚酷甚痛不可具陳餓鬼中苦身瘦腹大咽細如針孔骨節相敲共相切磨舉身火然百千萬歲不聞水穀之名飢渴甚困不可具說畜生中苦虎狼師子蛇蟒蝮蝎更相殘害互相噉食三塗之中惡心熾盛無有善意大如毛髮宛轉苦毒無有出期唯捨諸欲思惟正諦爾乃得離衆苦毒耳受三界身悉皆有苦一切衆苦皆從集生由集諸欲三毒之垢諸行之報便有衆苦斷絕三毒消然諸欲則無諸行衆行已盡則不受身已無有身衆苦便滅欲盡諸行一切縛者唯當思惟八正之道佛爲輔相夫婦

說此法已應時夫婦歡喜踊躍入四正諦即於佛前得須陀洹道於是夫婦覩家如獄見欲如火不樂恩愛長跪白佛願爲沙門佛即可之髮鬚自墮法衣在身其夫便成沙門婦即成比丘尼俱隨佛後到於精舍爾時世尊重爲說法三十七品諸禪三昧思惟意解諸欲永盡俱成羅漢六通清徹時諸比丘讚歎如來神力智慧并復讚歎二阿羅漢甚奇甚特在於尊豪便能放捨尊貴榮祿其婦少壯棄欲捨樂甚爲難及佛告諸比丘此阿羅漢乃前世時亦有好心令意亦好乃往過去無量世時波羅柰國婆羅摩達王王有輔相名比豆梨爲人慈仁聰明博達靡所不通唯以十善而用教化王及臣民莫不諮受王甚敬愛時海龍王名波留尼王有夫人名摩那斯

王甚愛敬於時龍王欲至天上會於釋所龍王持婦囑宮中五百婇女無得嬈惱觸忤其意龍王去後於是夫人坐自思惟宿命之事憶念前世爲人之時毀失禁戒令墮龍中即便不樂悲泣淚出諸侍女輩見其不樂咸共問之何以不樂夫人答言憶念先世本爲人時坐犯禁戒令作龍身受此毒惡醜穢之形用爲不樂問諸侍女作何方便得脫龍身生於天上諸侍女言以龍之形含毒熾盛求脫龍身生於天上甚難甚難求索人身尚不可得況生天上中有一女而便答言我曾聞於閻浮提波羅柰國婆羅達王有一輔相至爲慈仁智慧無比一切經典靡不通達生天人中五道所趣悉皆知之五戒十善而用教化能往問之乃知生天所行之法脫龍之行龍

王來還見於夫人顏色不樂即便問言何以不樂夫人答言閻浮提波羅柰國婆羅達王有一輔相名比豆梨至爲慈仁憐愍衆生智慧無比一切經籍靡不通達欲得此心而用食之欲得其血而欲飲之若得此者我愁乃除龍王答言莫得憂愁我當求索於是龍王有親友夜叉名曰不那奇語夜叉言而我夫人聞閻浮提波羅柰國王有輔相名比豆梨爲人慈愍智慧第一一切經籍莫不通暢欲得此心并及其血而飲食之爲我索來持兩明珠而用與之於是夜叉即便受教取明珠去到閻浮提化作賈客人波羅柰城捉摩尼珠行人問之言汝持此珠欲賣之不答言不賣欲用博戲即便白王外有賈客持二明珠欲用博戲其王聞之大用歡喜王自恃巧博必足得勝王言將來即喚入宮時王問言欲願何等夜叉答言我得勝者持比豆梨與我王若得勝此珠屬王王便可之諸臣左右咸皆難之王利明珠自恃巧博我必得勝不用臣語即便共博夜叉得勝得比豆梨於時夜叉捉比豆梨徑飛虛空王失比豆梨大用愁憂諸臣皆言王行五事亡國失位一者博戲二者嗜酒三者耽荒女色惑於音樂四者好出遊獵五者不用忠諫行此五事王不得久於是夜叉擔比豆梨到於山間便欲殺之時比豆梨問夜叉言何以殺我夜叉答言龍王夫人聞汝聰明智慧第一爲人慈仁欲得汝血并及其心是以殺汝比豆梨言汝之愚癡不解意趣聞我智慧欲得我血者欲得我法欲得我心者而欲得我心中智慧共往見之

欲須何等我盡與之時比丘梨即爲夜叉說人作惡有五事一者作事倉卒而不審諦二者後當多悔三者多懷瞋恚無有慈心四者惡名遠聞人所憎嫉不欲見之五者死墮地獄畜生餓鬼修善之人有五事好何等爲五一者所作審諦以法自御而不卒暴後無所悔二者多慈愍心無所加害三者好名流布聲振四遠四者人皆敬愛猶若師父五者死生天上及與人中快樂無極於是夜叉聞其所說心即開解頭面作禮稽首其足即從比丘梨求受教誨時比丘梨爲說十善生天之法夜叉聞法歡喜踊躍奉而行之即將比丘梨至龍王所夫人見比丘梨歡喜無量頭面作禮稽首歸命設施寶座供百味饌於是比丘梨便爲龍王及夫人說於五道所行罪福

攝身三惡慈愍衆生無所傷害除捨慳貪義讓不盜觀欲瑕穢離於女色貞潔不婬言常至誠無有虛欺言常柔軟無麤獷辭和其鬪諍不訟彼此語則應律不加綺飾心常慈忍不起瞋恚見人快善代用歡喜無嫉妬心一心奉信佛法聖衆及至眞戒明了罪福意無狐疑行此十善具足無缺便得生天七寶宮殿所欲自然不殺不盜不婬不欺絕酒不醉五事具足生於人中國王大姓長者之家尊榮豪貴富樂無極無有慈心殘害衆生强劫人財盜竊非道婬犯他妻愛欲情態無有猒足妄言兩舌惡口罵詈瞋恚嫉妬不孝父母不信三尊背正向邪行此諸惡死入地獄燒炙搒笞萬毒皆更痛不可言負債不償借貸不歸牴突無信憍慢自大謗毀三寶死墮畜

生驢馬駱駝豬羊狗犬師子虎狼蚖蛇蝮蝎蜥蜴及餘禽獸更相殘害毒心熾盛死轉受苦無有出期慳貪嫉妬不肯布施不知衣食不信三尊慳火所燒死墮餓鬼形體羸瘦骨節相敲舉身火然百千萬歲無有解時晝夜飢渴初不曾聞水穀之名唯行十善攝身口意長得生天快樂無極於是龍王及與夫人一切諸龍悚然心驚毛竪皆奉十善攝身口意持八關齋諸龍歡喜當乎是時金翅鳥王欲來噉龍盡其神力而不能近於是諸龍甚自欣慶怪未曾有龍王夫人大海諸龍一切夜叉盡奉十善莫不歡喜作禮稽首龍王即問比丘梨言大師欲還閻浮提不答言欲還於是龍王即以栴檀摩尼明珠及諸妙寶貢上菩薩夫人婇女一切諸龍及諸夜叉各各奉上異妙珍奇遠送比丘梨至波羅柰稽首作禮歡喜辭去大海諸龍及諸夜叉毒心消滅死皆生天婆羅達王及諸群臣一切人民還得覲見師比丘梨皆大歡喜頭面作禮問訊起居時比丘梨為王具說本末如是王及臣民莫不歡喜歎未曾有於是比丘梨以摩尼珠舉著幢頭至心求願即雨七寶衣被飲食遍閻浮提無量臣民皆悉豐樂時天帝釋及與人王大海龍王迦留金翅鳥王各捨諸欲來在山澤持齋坐禪自守身心各各自言我得福多天王自言我捨天上諸欲之樂今來在此攝身口意我得福多人王復言我捨宮中諸欲之娛來在此閒守身口意我得福多龍王復言我捨大海七寶宮殿諸欲之樂今來在此守身口意我得福多金翅鳥王亦

復說言今此龍王是我之食我今持齋攝身口意無傷害心而不食之我得福多於是四王各自歎說意不決了便相謂言今當共往問師比丘梨即往比丘梨所頭面作禮各白如是誰得福多菩薩答言汝等各豎四幢旛青色白色黃色赤色即便受教豎四幢旛菩薩問言其影異也一種色乎四王答言旛色各異其影一色而無有異菩薩答言汝等四王各捨所欲而來在此持戒自守所得功德皆悉同等而無差特如四色旛其影一類而無有異於時四王聞其所言各各意解歡喜踊躍時天帝釋即以天上劫波育衣奉上菩薩於時人王即以雜妙之寶上於菩薩大海龍王即以髻中摩尼寶珠以上菩薩金翅鳥王天金拂飾以貢菩薩於時四王皆大歡喜作禮而去時閻浮提一切人民龍及夜叉盡行十善當是之時世有壽終者盡皆生天無有墮於三塗中者佛告諸比丘爾時國師比丘梨者今我身是爾時龍王波留尼者今輔相是龍王夫人摩那斯者今此輔相婦是昔爲龍時從我聞法歡喜入心得脫龍身生於天上今我得佛從我聞法歡喜意解即便出家思惟智慧諸欲永盡俱得羅漢過去世時其心亦好至乎今世其心亦好時諸比丘聞佛所說皆大歡喜爲佛作禮

菩薩本行經卷下

音釋

哰 牛金切與吟同 僂 力主切傴僂也 鞅靽 鞅於兩切靽補畔切鞅靽象馬駕具在腹曰鞅在後曰靽 搒笞 搒蒲庚切笞丑知切搒笞捶擊也 觝 都禮切觸也 蜥蜴 蜥先擊切蜴羊益切蜥蜴蝎虎也

菩薩處胎經

姚秦三藏法師竺佛念譯

清刻龍藏佛說法變相圖

菩薩處胎經卷第一

姚秦三藏法師竺佛念譯

天宮品第一

如是我聞一時佛在伽毗羅婆兜釋翅搜城北雙樹間欲捨身壽入於涅槃二月八日夜半躬自襞僧伽梨鬱多羅僧安陀羅跋薩各三條敷金棺裏襯身卧上脚脚相累以鉢錫杖手付阿難八大國王皆持五百張白氎栴檀木樒盡內金棺裏以五百張氎纏裹金棺復以五百乘車載香酥油以灌白氎爾時大梵天王將諸梵衆在右面立釋提桓因將忉利諸天在左面立彌勒菩薩摩訶薩及十方諸神通菩薩當前而立爾時世尊欲入金剛三昧碎身舍利善哉不思議法於娑婆世界轉此真實法爾時世尊作是念已十方世界

皆六反震動爾時世尊從金棺裏出金色臂即問阿難迦葉比丘今來至不對曰未至世尊重問牛呞比丘來至未耶對曰於彼天上般涅槃三衣鉢至佛告四衆吾今永取滅度即復撿氎入金棺裏寂然不語如是再三出手須臾佛問阿難及諸四衆比丘比丘尼優婆塞優婆夷八大國王天龍鬼神阿脩羅迦留羅緊陀羅摩睺羅伽乾闥婆人與非人云何阿難吾前後所出方等大乘摩訶衍經汝悉得不對曰唯佛知之如是再三佛告阿難吾於忉利天宮與母摩耶說法汝亦知不對曰不知云何阿難吾於龍宮與龍說法無量億千諸龍子等皆令得道留全身舍利百三十丈汝亦知不對曰不知云何阿難吾處母胎十月與諸菩薩說不退轉難有之法不思議行汝復知耶對曰不知佛告阿難諦聽諦聽善思念之吾今與汝一一分別菩薩大士難有之行阿難白佛言願樂欲聞佛告阿難去此東南方一億一萬一千六十二恒河沙刹彼有世界名曰思樂佛名香餤如來應供正遍知明行足善逝世間解無上士調御丈夫天人師佛世尊於彼現般涅槃而來至此忉利天宮經歷無數阿僧祇劫三十六反作大梵天王三十六反作帝釋身三十六反作轉輪王所度衆生無墮二乘及諸惡趣何以故皆是諸佛神智所感云何阿難如來世尊有胎分耶無胎分耶阿難白佛如來之身無有胎分也佛告阿難若如來無胎分者云何如來十月處胎教化說法阿難白佛有胎分者此亦虛寂無胎分者亦復虛寂爾時世尊

即以神足現毋摩耶身中坐卧經行敷大高座縱廣八十由旬金銀梯陛天繒天蓋懸處虛空作倡娛樂不可稱計復以神足東方去此娑訶世界萬八千土菩薩大士皆來雲集南方西方北方四維亦爾復有下方六十二億刹土諸神通菩薩亦來大會上方七十二億空界菩薩亦來雲集入胎舍中爾時文殊師利菩薩即從座起白世尊曰此諸菩薩大士雲集欲聽世尊不思議法諸三昧門陀隣尼門一相三昧門空三昧道性三昧眞實三昧虛空王三昧逝習緒三昧受性三昧行跡三昧降魔三昧除穢汙三昧如是三昧億千那由他如今如來入何三昧居於胎舍與諸大士說不思議法佛告文殊汝今觀察一住二住乃至十住一生補處諸方菩薩各當其位勿相雜錯所以者何吾今欲與諸大士說不思議法今此大衆清淨無雜寄生枝葉亦無穢惡爾時世尊以清淨音即說頌曰

昔來無數劫　成佛身無數　今復入胎舍
欲度諸衆生　身淨無惡行　口行無虛妄
意行常慈悲　清淨菩薩道　愍彼衆生類
恒處四駛河　計常及斷滅　迴向菩提道
勤苦獲此身　勿興穢汙想　計身如丘墓
野干之所伺　愚者深染著　躭愛不能捨
此身無反復　晝夜欲唼崠　衆苦爲關揵
如畫瓶盛糞　欲渴之所逼　何爲生苦惱
如海吞衆流　愚者以爲實　身非金剛數
莫爲衆惡行　受身要當終　何不速行道
若人壽億劫　彼亦應捨欲　況壽不滿百
何不知止足　愚者恒自稱　宿福獲此身

應常快自恣 未樂便當終 此欲無牢固
非智所能守 夫人欲捨欲 十慧無想觀
欲非眞實法 起滅如水泡 幻師之所造
變現若干像 愚者謂爲實 求實無所得
空性本自空 始終無起滅 分別無想定
能盡衆生漏 文殊汝今知 十方無漏會
我入瑠璃定 廣演方等法 十方恒沙佛
如我說無異 愍此群萌類 永處燄火舍
捨胎復受胎 往彼復來此 十方諸菩薩
積行恒河劫 雖處娑婆界 五苦五惱劫
如我十方界 方比於此土 周旋五道中
受罪此最劇 解空無定相 亦復無本際
究竟一相義 性自本虛寂 常想無起滅
有餘及無餘 昔我弘誓願 遍受五道胎
化濕卵胎中 亦說難有法 染著五陰者
與說無所有 十二牽連法 癡行生死本
墜墮四顛倒 爲說四眞實 苦諦無有諦
集盡道亦爾 欲我戒見受 亦及於四愛
分別眞實性 虛無寂寞要 雖度生死岸
不處於涅槃 今處於母胎 說法悟群生
娑婆國土中 無數恒河沙 處胎說法者
濟度阿僧祇 虛空無邊界 佛國亦如是
衆生受識神 眞實性不同 明慧所教化
隨類而度之 或見身受度 聞聲得解脫
或復思惟苦 集諦盡道本 思惟四意止
斷意四神足 五根及五力 七覺以爲華
賢聖八品道 以用瓔珞身 分別彼我空
無想寂滅慧 不願有所求 永處空無慧
初入有覺定 三十不淨觀 逆順知有覺
入定解無觀 九次入初定 分別無覺觀

又樂滅盡道　初定五行法　喜樂意已滅
安隱入四法　通慧諸大士　不以此爲行
爲諸煩惱故　應適前衆生　禪定經歷劫
形枯如槁木　三禪香氣熏　五枝不凋落
佛慧不可量　於有亦不有　無上最正覺
無生無亦無　吾從成佛來　遊觀於三禪
設當入四禪　無說而得度　我觀虛空界
衆生無有依　諸佛神力智　乃能盡源本
斷漏諸學人　未能悉分別　道品甚深妙
二乘所不及　吾以天眼觀　慧眼及佛眼
四識所受形　亦復於中化　亦無地水火
形色可觀見　唯佛大神力　皆令至彼岸
十方諸佛土　恒沙阿僧祇　亦以道慧本
遊處虛空界　設當以肉眼　觀空界衆生
欠口出入息　無數衆生入　爾時此等輩
各得成道跡　當知佛法身　眞實不思議
佛爲三界將　愍念濟一切　欲色無色有
令受道慧證　彼亦無婬怒　及癡眷屬衆
覩形即入道　豈須學無學　無量諸佛剎
成道各各異　或從有想定　或從無想成
不復修習此　眞如四聖諦　菩薩清淨觀
入禪無礙道　羅漢辟支佛　入定各不同
生生不見生　豈當有生本　愚惑染著人
謂爲生是我　吾我自稱我　不見有吾我
菩薩四禪行　緣覺所不知　菩薩入初禪
三十無漏行　百七三昧定　出入息具足
二定七十二　自觀無我想　雖經累劫苦
不離於禪行　四住斷諸漏　乃逮此二禪
六住故猶豫　入定如水波　八萬四千行
猶尚不自制　我本於六住　十二劫退轉

常想起樂想　輪轉生死淵　大聖定光佛
記莂心堅固　立志不退轉　爾乃逮三禪
斷除七萬垢　永滅無根本　無畏師子步
闡揚大法典　廣遊諸佛剎　禮事常恭敬
過去阿僧祇　諸佛世尊等　各各於本剎
誓願行佛事　心雖不退轉　常恐墮下劣
億千魔徒衆　不能動一毛　超越八住行
進入於菩提　可樂所戀著　永除無想念
除師尊父母　餘者不顧戀　方成一禪行
名施度無極　習觀無等倫　九地通慧本
不復入滅盡　移坐即成佛　爲緣衆生故
往詣佛樹下　廣及阿僧祇　普集在道場
十方無量界　諸佛世尊等　各各舒右手
善哉大師子　十力無所畏　堅固入四禪
慈愍群萌類　願速從禪覺　未度者使度
未脫者使脫　四識處幽冥　渴仰禪悅味
不違諸佛教　輒便自稱揚　復自內思念
用此身累爲　畢取於涅槃　用度衆生爲
諸佛各面現　善哉釋迦文　建立弘誓意
勿起退轉心　轉無上法輪　擊於大法鼓
聞者速解脫　不經劫數難　捷智無礙智
辯智通達智　道智明慧智　斷智無生智
不起盡滅智　消智九次智　無畏師子智
雷吼音響智　端坐不動智　大悲無礙智
身相莊嚴智　拔苦愍護智　結解無縛智
受莂取證智　降魔破軍智　成無我慢智
意勇精進智　施不望報智　行忍受辱智
金剛十力智　住劫不動智　集衆和合智
最上導師智　慙愧法服智　菩薩誓願智
神足變現智　境界無礙智　斷意滅結智

清淨照明智　自識宿命智　玄鑒他心智
父母眞淨智　分身刹土智　處胎無穢智
識定不亂智　一向信受智　入定觀察智
分別身相智　三十不淨智　滅災除患智
菩薩次第智　超越教化智　滅十二緣智
緣覺時悟智　聞聲受化智　出十二入智
觀慧無礙智　受道玄鑒智　一夜爲刧智
以刧爲日智　念佛佛現智　刹土清淨智
無有二乘智　獨步無畏智　悅可衆意智
所作已辦智　不造前後智　滅故無新智
入定除想智　觀內外身智　如來受慧智
賢聖默然智

爾時世尊說此偈時億百千衆無量衆生皆悉發趣立盡信地復有菩薩十二那由他在觀行地不住三住成就國土在右分中七萬七千億衆生逮阿惟越致佛復告文殊今此座上無有一人雜垢穢惡有退轉者所以者何皆是利根不處生死無縛無著無滅無生修道清淨受證成就願樂欲聞諸佛不可思議正法降伏衆魔除去憍慢外雖教化諸佛刹土阿僧祇衆生內心遊戲無量百千三昧其三昧者師子奮迅三昧超行登位三昧廣進超步三昧童眞樂法三昧四道生滅三昧無想等行三昧往詣不退道場三昧觀察衆心三昧念一生補處三昧無形像三昧地中湧出三昧解縛戰鬪三昧頂受最勝三昧衆生喜見三昧入不思議三昧佛界不思議三昧法界除穢不思議三昧聖衆不思議三昧衆生起滅不思議三昧龍力興降不思議三昧在衆上中王不思議三昧勇猛降伏怨不

思議三昧壽命無量不思議三昧在五道能受苦不思議三昧諸佛現在不思議三昧四事供養不思議三昧如是三昧一億一千莊嚴其身復有名速疾一日中出家行道往詣樹下成佛教化衆生淨佛國土不思議三昧復有留住待緣不思議三昧如來緣是三昧住壽無量阿僧祇劫爲有緣衆生得度於無餘涅槃界不取涅槃更造因緣行菩薩道復有佛力不思議三昧從一佛刹至一佛刹如人合掌彈指頃授無量無限恒河沙數衆生記莂亦復使彼一日成佛處胎菩薩神力如是

遊步品第二

爾時彌勒菩薩即從座起整衣服偏袒右臂右膝著地白世尊言善哉善哉如來說不思議法今此衆中有踐跡者未踐跡者有住信地未住信地者或有菩薩從光音天盧天波利陀天阿波魔那天阿會亘修天首阿天須乾天須室祇耨天吉那天乃至一究竟天化自在天他化自在天或有菩薩空處識處不用處乃至非想非非想處云何於彼入胎教化世尊告曰勿作斯問何以故如來終不說此義我今問汝汝當報我云何彌勒空有形質無形質耶對曰無也世尊告曰云何彌勒若空無形質云何衆生有生有老有病有死耶彌勒白佛言於第一義無生老病死以是故空無形無質佛告彌勒若無形質此衆生等誰有授決誰有受決者云何菩薩往詣樹下或時經行或時入定云何菩薩自觀身相觀他身相云何菩薩現行七步自稱成佛降

伏衆魔云何菩薩修治道場請召十方諸衆生耶彌勒白佛言此亦空寂無形無質如來身相亦是假號乃至一究竟義悉空無所有佛復告彌勒行空菩薩云何遊至十方刹土教化衆生彌勒白佛言行空菩薩不見刹土亦無有佛佛自無佛云何有佛地水火風識界我人壽命皆悉空寂以是之故無有胎分佛告彌勒汝在三十三天與諸天人說空行法於彼座中有踐跡耶無踐跡耶彌勒白佛言彼諸天人常想樂想淨想計我爲我想以是故無有踐跡無踐跡也佛復告彌勒彼諸天人有色行陰無色行陰有報應陰無報應陰有破有陰無破有陰有受入陰無受入陰有聲響陰無聲響陰有中間陰無中間陰有彼此陰無彼此陰有究竟陰無究竟陰有黙然陰無黙然陰云何彌勒汝在天宮與諸天人說眞法言有此諸陰名號耶彌勒白佛言無也世尊言云何彌勒十方諸佛授汝記莂成無上正眞道爲有正眞道爲無正眞道耶彌勒對曰無耶世尊言有道者斯亦假號言彌勒者亦是假號如自性本際亦是假號如來色身身自空相相自空本末本末空彼此彼此空云何自知號彌勒決言性性自空言有有自空言無無自空無自常住無能令不住言住住自空言自相自相空言陰陰自空言胎胎有空乃至道場言行行陰空以是故世尊無有踐跡無踐跡也佛復告彌勒有踐跡無踐跡者有果證無果證耶是有爲性非有爲性耶是有爲中無爲性耶是無爲中無爲性耶是有漏中無漏性耶是無漏中無漏

性耶是欲界中有盡性耶是欲界中無盡性耶是色無色界中有盡性耶是色無色界中無盡性耶是空界滅識性耶是空界非滅識性耶乃至有爲空無爲空自性空有以有爲空無以無爲空大空最空一相無相空有餘涅槃空無餘涅槃空是跢性耶非跢性耶彌勒白佛言跢法非法非法亦非跢云何彌勒有爲法非無爲無爲法非有爲云何汝言有跢法無跢無跢法亦無跢彌勒白佛言最第一義有相無相法中求有爲非無爲求無爲非有爲耶佛告彌勒吾今問汝眞實根論非無根論有爲無爲從何而生有何名號彌勒白世尊言虛空寂滅性字義名號皆非眞實是無根論非有根論佛告彌勒根義云何生無根論彌勒白佛言於世俗義根爲法性無根爲澄靜而不動亦不不動一相無相乃至有爲無爲法有漏無漏法有對無對法色法無色法可見法不可見法不住亦不不住是無根義佛言善哉善哉彌勒空行菩薩曉了無根不生亦不不生未來無對現在不住過去已滅無著無斷不住亦不不住爾時座中有菩薩名分別身觀白佛言今聞如來說無根義說有身相說無身相說有自性空說無自性空說無根義者從如中來耶不從如中來耶無根義者有生滅耶無生滅耶有對法耶無對法耶有色法耶無色法耶有爲法耶無爲法耶有漏法耶無漏法耶有相法耶無相法耶有身觀耶無身觀耶佛告分別身觀菩薩曰何者是身何者是觀身誰爲主誰行此觀分別身觀菩薩白佛言地水火風名身

陰也識分別名觀也佛復告曰言地地自空言水水自空言火火自空言風風自空言識識自空言空空自空何者是身云何是觀身觀菩薩白佛言如佛所說虛空法界皆悉空寂無佛言佛無法言法無僧言僧無今世後世無罪無福將不與六師同耶佛告分別身觀菩薩曰汝入滅盡定時頗見眼觀色乃至意觀法不身觀菩薩白佛言不也世尊所以者何滅盡定中無生無滅佛告身觀菩薩如是如是如汝所言眼觀色色非我色我非彼色識非我識我非彼識乃至聲香味觸法亦復如是法非我法我非彼法於無根義無增無減根清淨道亦清淨相空清淨乃至究竟空亦復清淨一清淨而無二五陰淨行淨道亦清淨有對淨無對淨色淨道亦清淨菩薩觀淨六塵淨道亦清淨眷屬淨姓淨道亦清淨地淨住淨道亦清淨是爲菩薩摩訶薩無根義佛復告身觀菩薩曰苦淨不苦不樂淨道亦清淨門淨種淨生淨道亦清淨是爲菩薩摩訶薩無根義佛復告身觀菩薩曰道場淨國土淨衆生淨道亦清淨是爲菩薩摩訶薩無根義根淨力淨覺意淨道品淨道亦清淨云何身觀菩薩我今問汝汝當報我如來修治道場坐樹王下云何分別衆生之類用有記法耶無記法耶有記法者塵勞之垢無記法者亦是塵勞之垢以何無記而授衆生決身觀菩薩白佛言有記之法非塵勞垢無記之法亦非塵勞何以故塵勞垢者是卑賤法有記無記法是上尊法無以無記對於塵勞何以故塵勞法者如來種也佛告身觀菩

薩止止莫作此語汝言塵勞是生死法今復言如來種耶身觀菩薩白佛言如來身者爲是化非衆生耶若是化者無有塵勞衆生之趣設從衆生有如來身者塵勞之垢非如來種乎佛告身觀菩薩曰如是如是如汝所言以假號名字而有塵勞第一義中無有塵勞佛復告身觀菩薩如來應供正遍知明行足善逝世間解無上士調御丈夫天人師佛世尊常以天眼觀十方世界阿僧祇衆生意識生念有欲心多者無欲心多者有恚心多者無恚心多者有癡心多者無癡心多者有解脱心者無解脱心者有增上慢者無增上慢者有易究竟者難究竟者菩薩悉知悉觀而往度之云何菩薩以天眼觀知少欲者知多欲者於是菩薩在彼衆中現婬女形與説婬欲快樂難忘視無猒足使彼欲意倍生喜樂後漸與説身爲穢汙無常無我苦空非身欲爲火坑燒煑心識使令猒患令無婬欲此衆生等即於胎中受無上記身觀菩薩汝當知之如此衆生無瞋恚癡斷欲得道或有菩薩在彼衆中共爲善友與説殺業快樂難忘快哉殺生減汝壽命增我壽命後漸漸與説殺生受罪極重與説百八殺生重罪爲苦爲惱引令入於得在道檢無有欲癡即於胎中成無上道或有菩薩在彼衆中共爲朋友説十不善道迹身教口教意教不善以眞爲虛無常謂常空謂有實無身謂有身苦謂有樂無世謂有世後漸漸與説廣大深智無量辯才然法熾法爲竪法幢漸漸引入智慧叢林諸人當知若有狐疑於我所者當以智慧火燒

汝狐疑山若人布施手執財物有人受者解了三事空無所有即於胎中成無上道見人持戒戒品成就毫釐不犯解了空寂而無所有即於胎中成無上道或有衆生忍心不起若有人來段段割截心無恚想頭目髓腦無所愛惜即於胎中成無上道若有衆生心若金剛不可沮壞設當有人輭語誘導劫數難量流轉生死難可免濟何不於此自度而已爲彼衆生唐勞勤苦菩薩心進終不退轉墮落生死即於胎中成無上道若人行禪心識不移弊魔波旬在虛空中雷吼震烈不能令彼動於一毛何況使彼退於禪道即於胎中成無上道若有衆生分別諸行此則可行此不可行若人貪著愛樂身者即便爲說四意止法一一分別諸法要藏暢達演說無量法界即於胎中成無上道或有菩薩入慈三昧遍滿東方無限無量阿僧祇恒河沙等刹衆生之類慈愍愛念欲令解脫譬如恒河沙中取一沙過恒河沙國土下一沙如是盡恒河沙慈心故不盡菩薩發願堅固難動設有人來取菩薩身臠臠割截即時彌滿三千大千國土血變爲乳如母念子是爲菩薩行慈三昧即於胎中成無上道或時菩薩入悲三昧遍滿南方無限無量阿僧祇恒河沙等刹衆生之類悲念欲令解脫以恒河沙中取一沙過恒河沙國土下一沙如是盡恒河沙悲心不盡堪任代彼衆生受苦皆是菩薩堅固誓願衆生見者以清淨心遠離衆惡妄想已斷即於胎中成無上道或時菩薩入喜三昧遍滿西方無限無量阿僧祇恒河沙等刹衆生

之類喜念衆生欲令解脱以恒河沙中取一沙過恒河沙等國乃下一沙如是盡恒河沙喜心不盡若彼衆生入喜令自娱樂皆是菩薩發意堅固即於胎中成無上道或有菩薩入捨三昧遍滿北方無限無量阿僧祇恒河沙等刹衆生之類恐彼衆生有缺漏行將養擁護不令没溺取恒河沙中一沙過恒河沙國土乃下一沙如是盡恒河沙捨心不盡皆是菩薩誓願堅固即於胎中成無上道於時菩薩眞實法明修大慈大悲非羅漢辟支佛所行遍滿四方欲令衆生一聞音聲尋聲即至皆是菩薩誓願堅固即於胎中成無上道

聖諦品第三

佛告菩薩摩訶薩比丘比丘尼優婆塞優婆夷天龍鬼神阿脩羅迦留羅緊陀羅摩睺勒毗舍遮鳩槃茶富單那摩嵬舍阿摩嵬舍等吾今爲汝説菩薩摩訶薩賢聖諦諦聽諦聽善思念之所以者何吾從無數阿僧祇劫修習道果此没生彼周流五道不捨菩薩賢聖諦云何菩薩修習聖諦或時菩薩從初發意乃至道場行無礙法不取禪證滅諸惡想或有菩薩入初禪地見清淨行恥而猒患捨而進趣欲登六住殷勤進業入二禪地心谿然悟如月雲除自觀身中心發誓願爲堅固耶不堅固耶自以已心復觀衆生心易度難度皆悉知之時菩薩心極大歡喜吾將成佛審然不疑刹土清淨除衆生垢降伏於魔轉於無上賢聖法輪快哉福報所願皆成爾時菩薩入不亂定以心舉心以身舉身即得成就神足聖道從一佛刹至一佛刹禮事供養諸

佛世尊聽受深法不難不畏轉入三禪觀諸色像悉空無所有住於三禪觀衆生類悉能分別彼没生此此没生彼自識宿命亦復知彼所從來處刹利種婆羅門種居士種長者種斯應行人不應行人應受果不應受果出入息非出入息斯四意止四意斷根力神足覺意入道斯人受決某國某處某衆生中成佛皆悉知之是謂菩薩於三禪地得清淨心

復次菩薩摩訶薩於三禪地上望八住雖望而不得晝夜勤精進求清淨心入四禪中面自見十方諸佛爲說四禪不退轉法無礙解脱行四神足能分一身爲無數身以無數身合爲一身入火光三昧遍滿三千大千世界令彼衆生見火光三昧心意恐懼衣毛皆豎自來歸依於菩薩所因三昧力而得度脱爾時於四禪中分別世界眞如法性心退還墮習六住行菩薩自念我今未得不退轉地云何當得八住於四禪中慇懃修習淨衆生行代其執苦雖行此法不自稱譽除去憍慢無有吾我修六思念雖復行道在九衆生居心不染著戀慕生死心豁然悟逮不退轉是謂菩薩摩訶薩於聖諦得清淨心於是菩薩入空處三昧觀此三千大千世界衆生之類心識清淨法離縛著無所戀慕能自住壽一劫二劫至無數劫於其劫中教化衆生生者滅者漸漸將導獲清淨道即於胎中成無上道或時菩薩入識處三昧觀此三千大千世界識神所趣天道人道餓鬼道畜生道地獄道易度難度皆悉知之即於胎中成無上道或時菩薩入不用處三昧觀此三千大千世界

衆生之類青黃赤白有多有少即自猒患不用久住即於胎中成無上道或有菩薩入非想非不想處三昧觀此三千大千世界衆生識神所趣生者滅者青黃赤白有長有短令彼衆生使知壽盡即於胎中成無上道於是菩薩入大虛空大寂定三昧觀此三千大千世界上至無邊無盡刹土衆生之類識神所趣思惟分別空無之法是謂菩薩摩訶薩即於胎中成無上道於是菩薩入無形界三昧普觀三千大千世界衆生之類心所繫縛亦無有縛識神無形所觀識法亦復無形於無形法即於胎中成無上道

佛樹品第四

爾時世尊將欲入無餘涅槃界集諸神通大德菩薩神足變化說不思議法今我寧可化作七寶樹度此長流永在生死諸没溺者令得解脱即入瑠璃定無形三昧東方去此忍界六十四億恒河沙刹化作七寶樹遍滿其中諸寶樹上莖節枝柯葉華果實各各皆有七寶宮殿宮殿有佛諸佛各說四非常法後園浴池衆鳥集聚娛樂其中快樂難勝其池水中生優鉢蓮華須乾提華末願乾提華於彼陸地生瞻蔔華須曼羅華牛頭栴檀擣香末香天繒旛蓋懸處虛空爾時風神王名曰隨意放大香風吹七寶樹葉柔輭香熏枝葉相振皆出自然八種音響善哉出大光明如來八種音聲將欲度未度者誰現是瑞應昔我不聞此亦復不現覩見起滅無常之相將非幻化耶爾時樹葉上七寶宮殿中諸如來至真等正覺發大音聲闡揚不思議難有之

法欲說八地中莊嚴諸佛刹猶如有人欲覩大海水去海百由旬不見諸生木遇見榮水甞之知海尚遠即自辦入海之具不見形相念定如空始至海岸以無畏心自莊嚴身善哉大聖我所求者今乃獲之欣之樂之心無猒倦即時捨所資生盡入海中隨本所願皆悉在前菩薩摩訶薩亦復如是能斷一住至六住地盡衆生結使永盡無餘今我成佛必然不疑是謂菩薩摩訶薩即於胎中莊嚴佛樹復次菩薩摩訶薩欲自莊嚴身相具足三十二大人之相爲真實不從頂至足足有千輪輪有千輻輻有千相相有六度無極所成無見頂相者破憍慢山得成肉髻相吾從無數阿僧祇劫得不犯婬欲果報得陰馬藏相陰馬藏相者壞彼邪見放相光明遍滿十方恒河沙刹一一光明皆有化佛一一化佛皆坐七寶高座發大音聲演說六度無極如諸如來常所說法苦集滅道施戒忍精進禪般若波羅蜜善權方便解了諸法空空大空無量空内空外空最空行空相空報空滅三災空三明報空三慧空三達空三等空三世空三分法身空三界寂滅空過去當來現在空自相空是謂菩薩摩訶薩不犯婬報相吾從阿僧祇劫常修口淨不從彼聞此說不從此聞彼說得廣長舌相遍滿十方阿僧祇恒河沙刹放舌相光明一一光明皆有化佛一一化佛皆坐七寶座上以清淨音聲演說無量口行清淨報業真實所作成辦四事無畏曉了諸法無來無去音響清淨以度生死畏地無所罣礙分别衆生一一音響演說無量智

慧辯才度五道淵法法成就以九解脫而自瓔珞十力具足空性無形不可沮壞其聞法者悉皆信解是謂菩薩摩訶薩口淨舌相果報吾從無數阿僧祇劫得音響相遍滿三千大千剎土柔輭和雅所說不麤出言成就不從彼受其聞音者無不悅滿此音響中亦有無數清淨之音如諸如來常所說法十二因緣癡行生死自觀其身觀他人身觀內外身息長亦知息短亦知化彼衆生越次取證亦不住證發聲響相光明一一光明皆有化佛一一化佛皆坐七寶高座上普與衆生說無量法門心趣解脫空無相願觀了諸法悉無所有常以四事慈悲喜捨四禪四諦衆智法門得總持法門捷疾法門應聲法門辯才法門無量法藏常現在前心常遊戲無量百千三昧是謂菩薩摩訶薩音響相吾從無數阿僧祇劫恒修心清淨所念專正所行慙愧執心一向無他異想悉無塵垢若有人毀不生憂慼設當稱譽不以爲歡心不移易所行堅固難動如地從無數劫承事諸佛與諸衆生說微妙法所行不僞一向趣道有佛有法僧處輒身往化講論無量總持法門所謂論者施論戒論生天之論欲是不淨涅槃是樂引導衆生入定三昧分別苦諦去離四縛羂除集法滅大分結道除雜糅不起法忍住不退轉得清淨觀知彼衆生心之所念隨類開化得成道果猶如新成白氎易染爲色自常攝心不譏彼受常樂閑靜不處憒閙入比丘衆威儀具足若入禪定繫意在明經行往來心無懈慢於大衆中能師子吼分別空性悉無

所有是諸菩薩摩訶薩心清淨門吾從無數阿僧祇劫修總持法門不可沮壞聞一得百聞百得千聞千得萬諸佛所説句義字義皆悉總持而不忘失是謂菩薩摩訶薩成就總持法門吾從無數阿僧祇劫常自修習無常觀行一切諸法皆歸無常生者有滅在在處處與隆法樂淨治佛土所説誠諦自識宿命所經歷處爲説法化心識堅固神足無畏不可思議從無數劫積諸苦行所發誓願不違本行遊戲諸法自在無礙是謂菩薩摩訶薩成就總持法門吾從無數阿僧祇劫修眼神通遍知十方衆生之類有應空行不應空行有定意無定意者有亂意無亂意者有金剛志無金剛志者有思惟定無思惟定者天道人道餓鬼道畜生道地獄道以天眼悉見悉知見此衆生趣有餘涅槃無餘涅槃者亦知此衆生於中陰取涅槃亦悉知之知此衆生向須陀洹得須陀洹果向斯陀含得斯陀含果向阿那含得阿那含果向阿羅漢得阿羅漢果向辟支佛得辟支佛果亦觀衆生出家苦行不捨本誓剃除鬚髮身被法服入師子遊步三昧在樹王下思惟觀樹或一日二日乃至七日或一歲二歲乃至七歲或一劫二劫乃至七劫是謂菩薩摩訶薩成就天眼通吾從無數阿僧祇劫修耳神通遍聞十方衆生行報黑有黑果報白有白果報不黑不白有不黑不白果報有漏有漏果報無漏無漏果報聞彼衆生清淨音響不男聲不女聲不男不女柔輭聲不長不短聲不非人聲梵清淨聲伽羅毗羅柔和聲不麤聲不細聲復以

天耳聞彼衆生除垢斷縛不住有爲相不住無爲相不住過去當來現在相住亦不住不住亦不不住吾我不住不住亦不不住成佛不成佛者成道不成道者生天不生天者生人不生人者生餓鬼不生餓鬼者生地獄不生地獄者生畜生不生畜生者分別五道以天耳聽悉聞知之是謂菩薩摩訶薩成就天耳通吾從無數阿僧祇劫修鼻神通遍齅十方無量衆生悉知分別善香惡香麤香細香内香外香俗香道香乃至菩薩坐樹王下香戒香定香慧香解脱香解脱知見香教授衆生大慈無邊香悲愍衆生香喜悦和顔香放捨周遍香神足無畏香覺力根本香破慢貢高香自然普熏香莊嚴佛道香趣三解脱門香相相殊勝香明行果報香智分別微塵香光明遠照香集衆和合香五聚清淨香持入不起香止滅衆垢香觀滅衆垢香聞戒布施香慚愧無慢香仙人法勝香説法無礙香舍利流布香封印佛藏香七寶無盡香爾時世尊便説頌曰

摩伽山所出　華香及栴檀　三界所有香
不如戒香勝　戒香滅衆垢　往來入無間
菩薩不退轉　涅槃香第一　譬如善射人
仰射於虛空　箭勢不盡空　尋復墜于地
德香遠無際　終不有轉還　今説佛身香
戒定慧解脱　於億百千劫　不能盡佛香
若於千萬劫　佛讚佛功德　大聖不能盡
佛身戒德香　諸佛威儀法　授前補處莂
口中五色香　上至忉利天　還來至佛前
遶佛身七帀　諸天散華香　稱歎未曾有

定香遠流布　濟度阿僧祇

爾時世尊說此偈已於彼會中十二那由他衆生心識開悟皆悉發意願樂欲生香積佛刹是謂菩薩摩訶薩成就鼻通吾從無數阿僧祇劫修口神通言教往來終不中滯有所言說言則有光唇唇有光齒齒有光舌舌有光如來於大衆中說甚深法所有法者一名阿阿者無無有千萬義千萬義中取一無義度無量衆生二名羅羅者除垢除垢有千萬義千萬義中取一除垢義除無量衆生垢三名波遮波遮名果熟果熟有千萬義千萬義中取一果熟義使無量衆生皆悉果熟四名那那者非常義非常義有千萬義千萬義中取一非常義使無量衆生悉解非常義五名荼荼字者盡無名盡無名言有無有言無亦無無無盡義有千萬義千萬義中取一無盡義使無量衆生得解於盡是爲荼盡義十方無量恒河沙諸佛受食威儀從閻浮提上至十八天皆見如來食從一住至四住菩薩見如來身瑠璃咽喉不退轉菩薩乃至九地見捷疾天子接如來食乃至他方施行佛事是爲如來神口果報如來現食味味次第味不動味不哊咽不⿰口尃⿰口集世尊擧飯向口時心念十方諸五道衆生等同此味即如念皆悉飽滿猶如比丘得九次第禪心輭美飽是謂菩薩摩訶薩口通清淨吾昔無數阿僧祇劫修身神通分別身中淨不淨想不淨淨想三十六物汗露不眞髮毛爪齒骨血涕淚反復思惟以已身法觀衆生身亦復如是自化其身胮脹爛臭膿血流出或復現身白骨灰色青

瘀色焦黑色與地同色無量衆生見此身者皆生苦空無常無我想復與衆生説身業報法此身非身何者是身一一分別從頭至足悉無所有以無有身則無有識衆生聞此自思惟身穢惡不淨猶如光音清淨天下觀閻浮提臭穢惡氣上熏七千萬里是以菩薩不生光音天身通菩薩入金剛三昧碎身如塵一一塵皆作化佛濟度無量阿僧祇衆生之類現身色相身上出火身下出水身下出火身上出水東涌西没西涌東没現如來十八神變衆生之類見如來變尋時覺悟衆結永盡入無爲道微塵化佛現身教化濟度無量阿僧祇衆生是爲如來身密教化而不説法吾昔無數阿僧祇劫脩習意識成菩薩神通攝意入定遊至無量諸佛刹土猶如力人屈伸臂頃還來故處意識菩薩亦入化生胎生濕生卵生現不思議神變教化即於彼處成無爲道意識菩薩於諸通中最上最勝非辟支佛羅漢所能思議何以故非彼境界

菩薩處胎經卷第一

音釋

襞必益切疊衣也　襯親切近身衣也　哃書之切　唼啑唼子合切齧也啑所角切含吸也　盧烏合切　室陟栗切　欒力轉切　振直庚切觸也　糅女救切雜也　㖃於六切　嚩嗺嚩補各切嗺子立切　膖脹膖匹絳切脹知亮切　丈直兩切函也

菩薩處胎經卷第二

姚秦三藏法師竺佛念譯

三世等品第五

爾時座中有菩薩名曰喜見辯才無礙登躡十住如來所行悉能總持即從座起偏露右臂右膝著地叉手合掌前白佛言善哉世尊今聞此法至未曾有過去無數恒沙如來有入涅槃不入涅槃若入涅槃欲界衆生云何得度若如來不入涅槃彼諸如來住何佛界佛告喜見菩薩善哉善哉乃能於如來前作師子吼諦聽諦聽善思念之吾今與汝一一分別說之喜見對曰如是世尊願樂欲聞佛言過去恒河沙諸佛世尊名字假號不可勝說亦如衆生生生不滅無邊無際亦無端緒諸佛要集心如空界涅槃者即衆生是也是故如來不入涅槃何以故爲衆生故喜見菩薩白佛言過去多薩阿竭阿羅訶三耶三佛所度衆生有滅度無滅度耶佛告喜見菩薩云何喜見汝從無數阿僧祇劫承事諸佛禮事供養香華旛蓋頗見如來取般涅槃不對曰不也云何喜見我號釋迦文多薩阿竭阿羅訶三耶三佛今處母胎爲是涅槃爲非涅槃對曰不也世尊云何喜見菩薩衆生受莂當成無上正眞道是眞實道非眞實道對曰是道非眞實道若眞實道何以故有佛有說法見化衆生以是故是道非眞實道緣緣衆生是道緣緣盡衆生是眞實道過去緣緣盡衆生於現在非眞實道現在緣緣盡衆生於過去非眞實道過去現在緣緣盡衆生於未來非眞實道未來緣緣盡衆生於過去現在

非真實道何以故是道非真實道過去緣緣盡衆生現在緣緣盡衆生未來緣緣盡衆生是真實道菩薩摩訶薩知而見之不處不入何以故猶如九行不盡所謂九行者上上上中上下中上中中中下下上下中下下下上緣盡上中緣不盡非真實道上中緣盡上下緣不盡非真實道上下緣盡中上緣不盡非真實道中上緣盡中中緣不盡非真實道中中緣盡中下緣不盡非真實道中下緣盡下上緣不盡非真實道下上緣盡下中緣不盡非真實道下中緣盡下下緣不盡非真實道下下緣盡是真實道菩薩摩訶薩於真實性不取不捨不住不不住過去當來現在等道等涅槃等一等無有二法性等自然相等衆生等垢等五陰等緣等癡行等道行清淨不一

不二欲行緣盡非色行緣盡色行緣盡非無色行緣盡無色行緣盡色行緣盡欲界行緣盡是謂菩薩等非一非二爾時佛告喜見菩薩曰汝欲知過去諸佛滅不滅剎土不耶爾時世尊即以神力入無畏空界三昧使一切衆盡見釋迦文身寂然無言身相具足菩薩當知我過去身其數不可稱不可量即以神足入濕生界衆相具足與無數阿僧祇爲濕識衆生說法令彼濕識隨意所願各得解脫復以神足入化生衆生現身色相與無央數阿僧祇衆生說法令彼化識隨意所願各得解脫爾時世尊即以神足入卵識衆生現身色相與無央數阿僧祇衆生說法令彼衆生隨意所願各得解脫爾時世尊復以神足現當來世界入四生中現身色相與無央數阿

僧祇衆生説法令彼四生衆生隨意所願各得解脱如我今日在毋胎中與諸十方神通菩薩説不退轉難有之法亦以神通入天四生入地獄四生餓鬼四生畜生四生於四生中胎化二生盡漏疾濕生卵生盡漏遲化生胎生是利根人濕生卵生是鈍根人爾時世尊復以神足現寂寞世界使彼大衆皆悉知見亦無言教苦集滅道之名何以故彼土衆生皆是胎化利根人佛復以神足亦現下方照光世界視彼衆生稟受讀誦經歷劫數乃成道果知此衆生濕生卵生是鈍根人佛復以神足現不死剎土使彼大衆知彼衆生不聞死名知此衆生大慈誓願利根中勝根佛復以神足現中夭剎土使彼大衆皆悉知見見彼衆生有中夭者由彼衆生自造苦本本壽極長今壽轉短彼世界王名曰除憂剎死人皮以用作鼓百歲一打使彼衆生皆知死名壽命轉減至于百歲時有出者吾今捨壽八十有四出五濁世胎生化生是我利根分汝等當知命不久存非佛神力所能留住此身如泡勢不久立是身如霧常亂人想是身如夢增益瞋恚是身如幻誑惑世人是身如響求對無形是身如影眼見不獲如是我身於此滅盡更不復生何者不生不於此閻浮提生復於十方三十二姟佛剎遍滿彼剎施行佛事此非過去以是之故緣緣盡緣緣不盡無有涅槃者爾時彌勒菩薩摩訶薩即從座起正衣服偏露右臂右膝著地前白佛言甚奇世尊世界若干衆生不同善惡行報各各別異如來説法空無寂寞不可思議入何

三昧威神感動如是難測有識衆生咸可易化山河石壁生樹草木皆變人形爲有識衆生無識衆生佛告彌勒汝昔與我共越山海見一惡獸應食十住菩薩肉耶彌勒白佛言對曰不也何以故正使三千大千刹土滿中惡獸欲食菩薩肉者是事不然吾昔勸汝誰能先進汝及文殊皆言不能當吾爾時即以神力以甘露味示彼飢獸執意堅固得成無上正真等正覺汝說權退在後悉是有識教化非無識教化佛告彌勒汝豈不憶古昔無數阿僧祇劫去此西北六十二恒河沙刹佛名平等其刹名無形如今現在說法無有辟支佛聲聞乘無有日月時節劫數多少彼佛教化盡一佛界現界衆生盡得成佛更不移處他佛世界云何彌勒當名彼佛爲過去未來現在耶彌勒白佛言亦過去現在未來何以故皆從諸刹往至彼土諸緣盡衆生盡得度脫故現有現在佛告彌勒汝今現在耶對曰不也世尊名雖現在行不現在前行過去後行未至識念思惟三事成就是故無現在佛即問彌勒心有所念幾念幾想幾識耶彌勒言拍手彈指之頃三十二億百千念念念成形形形皆有識識念極微細不可執持佛之威神入彼微識皆令得度此識教化非無識也復次微識極微細過於微塵此微塵識不可覩見如來威神入彼教化皆令得度彌勒當知未有狐疑此微塵識亦受四氣亦有四生何以故衆生無邊邊亦無邊如來亦無邊道亦無邊一切言有有亦無有無界無處無住亦無教授化衆生者此名逆順三昧不

住不不住一相無相不著不縛亦無眞際修治道場淨佛境界權變無數非下劣所及爾時世尊將欲解釋彌勒狐疑即現身色柔輭妙色無猒足色内外清淨無瑕穢色吾從無數阿僧祇劫修眼清淨内外無礙今獲色身身亦無身色亦無色知身空色空身色俱空知身色俱空者此空空空知無身空無色空知無身無色俱空知無身無色無空者此空空空知過去身空知過去色空知過去身色俱空知過去身色俱空者此空空空知未來身空知未來色空知未來身色俱空知未來身色俱空者此空空空知現在身空知現在色空知現在身色俱空知現在身色俱空者此空空空知過去無身空知過去無色空知過去無身無色俱空知過去無身無色俱空

者此空空空知未來無身空知未來無色空知未來無身無色俱空知未來無身無色俱空者此空空空知現在無身空知現在無色空知現在無身無色俱空知現在無身無色俱空者此空空空知欲界身空知欲界色空知欲界身色俱空知欲界身色俱空者此空空空知色界身空知色界色空知色界身色俱空知色界身色俱空者此空空空知無色界身空知無色界色空知無色界身色俱空知無色界身色俱空者此空空空知欲界無身空知欲界無色空知欲界無身無色俱空知欲界無身無色俱空者此空空空知色界無身空知色界無色空知色界無身無色俱空知色界無身無色俱空者此空空空知無色界無身空知無色界無色空知無色界無

身無色俱空知無色界無身無色俱空者此空空空知緣緣身空知緣緣色空知緣緣身色俱空知緣緣身色俱空者此空空空知緣緣無身空知緣緣無色空知緣緣無身無色俱空知緣緣無身無色俱空者此空空空知胎生身空知胎生色空知胎生身色俱空知胎生身色俱空者此空空空知胎生無身空知胎生無色空知胎生無身無色俱空知胎生無身無色俱空者此空空空知化生身空知化生色空知化生身色俱空知化生身色俱空者此空空空知化生無身空知化生無色空知化生無身無色俱空知化生無身無色俱空者此空空空知濕生身空知濕生色空知濕生身色俱空知濕生身色俱空者此空空空知濕生無身空知濕生無色空知濕

生無身無色俱空知濕生無身無色俱空者此空空空知卵生身空知卵生色空知卵生身色俱空知卵生身色俱空者此空空空知卵生無身空知卵生無色空知卵生無身無色俱空知卵生無身無色俱空者此空空空知未至禪身空知未至禪色空知未至禪身色俱空知未至禪身色俱空者此空空空知未至禪無身空知未至禪無色空知未至禪無身無色俱空知未至禪無身無色俱空者此空空空知初禪身空知初禪色空知初禪身色俱空知初禪身色俱空者此空空空知初禪無身空知初禪無色空知初禪無身無色俱空知初禪無身無色俱空者此空空空知中間禪身空知中間禪色空知中間禪身色俱空知中間禪身色俱空者此空空空知

中間禪無身空知中間禪無色空知中間禪無身無色俱空知中間禪無身無色俱空者此空空空知二禪身空知二禪色空知二禪身色俱空知二禪身色俱空者此空空空知二禪無身空知二禪無色空知二禪無身無色俱空知二禪無身無色俱空者此空空空知三禪身空知三禪色空知三禪身色俱空知三禪身色俱空者此空空空知三禪無身空知三禪無色空知三禪無身無色俱空知三禪無身無色俱空者此空空空知四禪身空知四禪色空知四禪身色俱空知四禪身色俱空者此空空空知四禪無身空知四禪無色空知四禪無身無色俱空知四禪無身無色俱空者此空空空知空處身空知空處色空知空處身色俱空知空處身色俱空者此空空空知空處無身空知空處無色空知空處無身無色俱空知空處無身無色俱空者此空空空知識處身空知識處色空知識處身色俱空知識處身色俱空者此空空空知識處無身空知識處無色空知識處無身無色俱空知識處無身無色俱空者此空空空知不用處身空知不用處色空知不用處身色俱空知不用處身色俱空者此空空空知不用處無身空知不用處無色空知不用處無身無色俱空知不用處無身無色俱空者此空空空知非想非不想處身空知非想非不想處色空知非想非不想處身色俱空知非想非不想處身色俱空者此空空空知非想非不想處無身空知非想非不想處無色空知非想非不想處無身無色俱空知非

想非不想處無身無色俱空者此空空空佛告彌勒今當與汝說生義根義諦聽諦聽善思念之云何生義生者七九是也根者連著義也如來無所著已知未知無知已知根者過去當來現在未知根者結使障礙無知根者如來至真等正覺過去當來現在諸佛成就此根分別諸根無根亦不無根無說無義分別字義空無所有是根義也從初發意乃至坐樹王下轉無上法輪集諸法門行無行法門思議法門總持根法門虛空法藏法門此是諸佛要集三昧彌勒當知汝復受記五十六億七千萬歲於此樹王下成無上等正覺我以右脅生汝彌勒從頂生如我壽百歲彌勒壽八萬四千歲我國土土汝國土金我國土苦汝國土樂爾時世尊即說頌曰

如來十力尊　虛空無邊際　忍慧福業力
誓願力最勝　汝生快樂國　不如我界苦
汝說法甚易　我說法甚難　初說九十六
二說九十四　三說九十二　我初說十二
二說二十四　三說三十六　汝所三說人
是吾先所化　汝父梵摩淨　將八萬四千
非我先所化　是汝所開度　九十六億人
受我五戒者　九十四億人　受持三歸者
九十二億人　一稱南無佛　初說千比丘
二十四億天　三三十六億　所度諸眾生
汝樂我勤苦　汝怠我精進

當佛說此偈時苦行眾生七十二億即於座上不動得不起法忍

想無想品第六

爾時世尊告彌勒菩薩今此座中無有異類

純一生補處今當說識想受無識無想無受是時菩薩云何說識想受於是菩薩分別說識想受識非想非受受非識非想想非受非識想非過去非未來非現在受非過去非未來非現在識非過去非未來非現在非識非過去非未來非現在非想非過去非未來非現在非受非過去非未來非現在云何識非過去未來現在於是菩薩入無礙定化受識衆生從有住地至無住地此識非過去非未來非現在復次菩薩摩訶薩化想衆生從住地至無住地菩薩化受衆生從住地至無住地爾時尊者大迦葉即從座起偏露右臂右膝著地前白佛言世尊意心識受想有何差別佛告迦葉知身即知差別爲衆生故從足至頭支節各各別名如樹喻經說根皮莖節枝葉故名爲樹心意識受想亦復如是大迦葉白佛言想是外法受是內法云何爲一佛告大迦葉想從外來受從內出也迦葉白佛言想從外來何以故知若外無形內想何由得生若外物不害內何由知痛佛告迦葉此事不然何以故此識非外非內非兩中間識住處非識住處外想外受即是內法非外法也菩薩摩訶薩信解甚深內外中間法乃能解了識所住處此是衆生此非衆生乃至有無法非此非彼便入無礙獨步三昧迦葉白佛言今聞說法增益狐疑何以故如佛所說想亦是受受亦是想識法分別識亦是想亦是受想想自空受受自空識識自空想空非識空識空非受空受空非想空如樹喻者是事不然佛告迦葉我當與汝說喻智者以喻

得解往昔有王王名特異王有四子一名喜悅二名長壽三名百歲四名無畏彼長壽子不滿月數即便命終喜悅子者身生瘡痍見者惡賤父母猒患常無歡心百歲子者不滿百日便取命終無畏子者脣褰鼻仰反齒橫牙人見恐畏此亦如是想受識無若干差別佛告迦葉吾今與汝說識想受一一分別過去九十一劫有王名智慧專行十善以法治化無有煩惱察衆生意行知彼衆生所念不同即遣侍臣案行國界諸有盲人盡仰來集宮庭臣受王教即出巡行國界得五百盲人將詣庭內王復以五百白象羅列殿前一一令諸盲人自在捉象是時盲人或捉象鼻或捉象耳或捉象頭或捉象脚或捉象腹或捉象尾王問諸盲人曰象何所像類盲人荅曰捉鼻者言如角捉頭者言如甕捉耳者言如簸箕捉腹者言如篅捉脚者言如柱捉尾者言如箒特傍觀有目之士笑彼盲者不得象具相盲人屏處自共論說各言已是而共爭競此衆生類亦復如是識想受法各各不同佛告迦葉猶如有人設百味食粳米豆麥大小麻子當其所得得粳米者不知有餘豆麥之屬迦葉此亦如是識想受法各各不同觀諸法性無異無別爾時世尊即與迦葉而說頌曰

見額知有頭　視煙知有火　覩雲知有雨
觀行知體性　空無兩足跡　水影不可捉
言議盡法師　結使盡涅槃　想盡在無想
受滅亦無受　識滅無有識　梵行無上道
吾從無數劫　常爲識所惑　今世及後世

不遇安樂處　我今現在胎　分別諸法相
不見想受名　況當有識法

爾時世尊說此偈時五百比丘得不起法忍有千衆生心樂空行於無餘涅槃界心得自在

住不住品第七

爾時座中有菩薩名曰無住法行即從座起偏露右臂右膝著地叉手前白佛言善哉善哉此諸大會快得善利得聞如來無量法義昔所誓願今乃得聞即於佛前以偈歎曰

虛空無邊界　演出無量義　有無不生滅
憺怕無受想　過去諸佛等　修施戒忍辱
入定心不亂　慧光照世間　其德不可量
非有亦不無　音響極清妙　無等無疇匹
一音報萬億　由是得成佛　法鼓聲遠聞
聲聲各各別　猶如轉輪王　念則雨七寶
佛聲極遠振　雨七覺意寶　修治佛道場
莊嚴道樹果　不住不不住　慈悲護衆生
心念身相具　不辭劫數難　十方諸如來
發印開法藏　我等今得聞　得住無爲岸
善哉如來力　曠大無涯底　解縛不處有
眞際實相法　欲界煩惱世　教化諸愚癡
佛祕深藏義　布現示衆生　疆界無邊際
皆得無上道

爾時無住菩薩說此偈讚佛已前白佛言過去當來現在五陰清淨不住不不住乃至三十七品梵行不住不不住前後中間境界究竟淨不淨空不住不不住我不造非不造非梵行非不梵行唯願世尊說住不住佛告無住菩薩曰色相不住不不住受相不住不不

住想相不住不不住行相不住不不住識相不住不不住內法清淨不住不不住外法清淨不住不不住內外法清淨不住不不住從初發意乃至道場斷除諸想淨一切智不住不不住除衆生垢清淨不住不不住莊嚴佛土清淨不住不不住入金剛三昧堅固其志清淨不住不不住碎身舍利清淨不住不不住遊戲百千三昧清淨不住不不住不在凡夫地不入賢聖室清淨不住不不住不自稱已我成道果清淨不住不不住三十二大人之相放大光明遠照十方無量世界一切衆生尋光來至得聞如來深奧之法隨彼所念上中下語悉令充足分別諸法住亦不住不住亦不不住色受想行識十二因緣四無礙慧空無相願四禪四無量慧清淨不住不不住以神足力入于五道清淨不住不不住入解脱門戒身定身慧身解脱身解脱知見身清淨不住不不住佛告迦葉今當說八清淨甘露法味池何等爲八如我今日坐自在講堂東視清淨浴池周帀欄楯七寶所成當於爾時亦不與衆生說苦集滅道飲此池水皆成道果是謂菩薩神力所作在南西北方亦復如是我本成佛四方以右不從四維成佛四維成佛者示現成佛不實何以故從無數阿僧祇劫成就八味法何謂爲八一爲喜味二爲盡味三爲定味四爲到味五爲靜味六爲相味七爲不動味八爲不究竟味是爲浴池八味若菩薩摩訶薩飲此甘露漿者不入地獄餓鬼畜生成無上道從初發心乃至道樹洗除心垢永盡無餘何者七覺意池八解

脱水初心解脱未至中間已至已至中間住二地爾乃得名菩薩若復菩薩從八池水分别氣味此味非味此道非道耳不别聲鼻不别香舌不别味一一分别無所有諸法聾故是爲菩薩摩訶薩淨修清淨行

八種身品第八

佛告諸來會菩薩摩訶薩學無學及四部衆比丘比丘尼優婆塞優婆夷一切衆生所可供養或有衆生見地薄地淨地如來地辟支佛地不退轉地道場地説法地由此八地成無上等正覺云何見地菩薩發意趣向阿耨多羅三藐三菩提復有菩薩摩訶薩從初發意乃至坐道樹自伏其心欲降伏諸魔即於座上入三昧定其三昧者去嫉妬三昧心勝三昧秘藏三昧除癡三昧感神伏三昧如諸佛世尊無言教三昧示現變化三昧是時弊魔波旬來擾佛者非自已力所能來至皆是如來威神之所感致所以者何欲現世法爲劣第一義勝何以故如弊魔波旬起怒害心聲響振地佛以忍三昧不動不揺使無央數弊魔衆等顛倒墮地猶如蛣蟦蟻子及蠅不能得動弊魔波旬亦復如是若魔來者不能得動我一毛也爾時世尊即以威神入三昧定感動一佛境界滿中弊魔令此諸魔惡聲流布瞿曇沙門執心輭弱無丈夫意在此大畏之處欲求佛道佛告大衆弊魔波旬是我所作彼魔心者爲是惡心爲是善心爾時有天子名曰拘毗白佛言佛降伏魔非是魔力是佛神力何以故彼衆生類不解俗法及以道法以是欲化諸衆生故降致魔來其有衆

生見諸魔者心不願樂如千眼比數千萬衆心立不退轉地復次菩薩摩訶薩從忉利天生十方刹不因濕生卵生化生胎生教化衆生此菩薩等成就無記根所化衆生亦成無記根何者是阿閦佛境界是或有菩薩摩訶薩從忍世界生北方光影佛土成就有記無記根教化衆生皆成就有記無記根欲樂世界妙光佛土衆生是也或有菩薩摩訶薩從初發意乃至成佛執心一向無若干想無瞋無怒願樂欲生無量壽佛國一切衆生其生彼者四部衆比丘比丘尼優婆塞優婆夷皆同一金色西方去此閻浮提十二億那由他有懈慢界國土快樂作倡妓樂衣被服飾香華莊嚴七寶轉關牀舉目東視寶牀隨轉北視西視南視亦如是轉前後發意衆生欲生阿彌陀佛國者而皆染著懈慢國土不能前進生阿彌陀佛國億千萬衆時有一人能生阿彌陀佛國何以故皆由懈慢執心不牢固斯等衆生自不殺生亦教他不殺有此福報生無量壽國或有菩薩摩訶薩具足六度施戒忍精進禪定解脱智慧生南方踊躍佛刹去此閻浮提一億佛國彼衆生等無有癡愛婬欲之想何以故皆從欲界斷三十六種婬欲行滅種姓成就所行清淨如日光明無有塵翳彼土衆生行十二苦行云何十二晝夜三昧不失時節經行坐禪或在樹下或在塚間或在空地或在巖石無人之處或依泉源或時一食或不用食法服齊整不失威儀或時說法或不說法周旋經行知足知滿所可說法少欲眞道多欲非道息心定意解空無

相不願之法是謂踊躍世界菩薩所行彼土衆生純一乘學無有羅漢辟支佛乘相好具足稱譽正法解空無我爾時世尊即說頌曰

一切行已滅　識爲是外法　生者都歸盡
涅槃最爲樂　歸命踊躍佛　法王最第一
坐閻浮樹下　最初破欲網　說法度人民
供養諸福田　樹下坐思惟　梵王來勸請
願尊從禪覺　愍念愚惑人　時大梵天王
手執瑠璃琴　歎說佛功德　柔軟和雅音
於億百千劫　時有發道心　道心菩薩本
億劫時乃有　願速從禪起　轉無上法輪
如優曇鉢華　時時乃一有　佛出照世間
除諸塵勞冥　踊躍佛世界　聞戒施清淨
不似能忍土　剛强難可化　思惟禪定道
滅身不受證　三轉五礙法　十二牽連縛
道業三十二　十六慈哀心　古昔無量劫
誓願金剛志　演放大光明　遍照諸佛刹

爾時佛說偈已告諸會者東北方去此能忍世界五百恒河沙刹土國名果熟佛名華英如來應供正遍知明行足善逝世間解無上士調御丈夫天人師佛世尊今現在說法上語亦善中語亦善下語亦善義味深邃等同梵行彼土衆生無有胎生化生濕生卵生從蓮華生慈悲喜捨百七難有神足定意皆共修習三昧王三昧所有三昧者首楞嚴三昧覺道三昧威儀禁戒三昧除衆生苦本三昧自照光明三昧覺味衆生三昧如此等百七三昧內觀身外觀身內外觀身內法外法內外法內定外定內外定思惟分別觀了無形無想無念菩薩摩訶薩入解脫門觀一切法

空寂無形爾時世尊即說偈曰

虛空無邊際　音響說妙法　果熟剎土人
華英最勝尊　不由四胞胎　自然蓮華生
無我無彼想　壽命不可量　國土七寶成
亦如閻浮提　轉輪七寶王　象馬玉女寶
典藏四種兵　摩尼金輪寶　所至無罣礙
彼界摩尼寶　普照一佛剎　無邊照亦然
彼無日月照　星宿及火光　分別四妙諦
無常苦空道　令彼衆生類　無生斷滅想

爾時佛說偈已告諸會者西北方去此閻浮提七萬恒河沙剎國名寶瑠璃佛名慧成就如來應供正遍知明行足善逝世間解無上士調御丈夫天人師佛世尊今現在說法初語善中語善竟語善彼土衆生受性柔輭觀道無常去離三患無婬怒癡無三惡道地獄餓鬼畜生爾時世尊與諸大衆而說偈言

諸入煩惱道　及與四顛倒　一切求除盡
如空無形像　壽命無央數　無有中夭者
行四無畏法　成果不動搖　其生彼土者
行慈三昧報　如我釋迦文　勇猛超劫數
國財妻子施　去想無所戀　汝等諸佛子
發願得生彼　亦無聲聞法　因緣覺佛道
於此百千劫　勤苦修道德　於此十六分
未能獲其一　法性觀諸法　通達慧無礙
盡滅吾我心　即住無生地　彼上諸衆生
建志堅固法　破有不住有　補處之所尊
汝等諸佛子　曉了無所行　捨禪入初禪
始知衆生苦　中間九無礙　禪想不可量
衆生心清淨　各各念不同　已離五道淵
佛日照三界　善哉獲大利　感動諸天宮

童眞一切智　開化而無倦　衆生得慈心
戀慕無上道　從無央數劫　捨身復受身
輪轉生死中　於縛得離縛　四諦栴檀香
木榓細擣香　三昧智慧力　破壞魔兵衆
過去一念結　以何三昧斷　未來二念結
何定何道除　現在三念結　除盡要有本
過去一念結　九萬億塵垢　以空清淨定
得至空無岸　未來無九結　定意無想念
寂然至佛道　永處無所住　現在三九結
顚法無罣礙　蠲除心意識　漸住至無礙

佛說此偈已告諸大衆西南方去此能忍世界三十二恒河沙刹國名無想佛名一住如來應供正遍知明行足善逝世間解無上士調御丈夫天人師佛世尊今現在說法初善中善竟善義味深邃分別五陰色受想行識六情六塵修無常想係意在前初法思惟壞破於身惑此身非有四蛇爲家此身如毒壞人禪道是身如象心無滿足是身如龍樂住深淵佛道無爲清淨無瑕如水蓮華塵垢不染日照天地蔽翳螢火衆山岳峙須彌爲上衆星微光月明爲最如來出世法燈第一爾時世尊而說偈言

斷垢滅除想　縛著心得離　意念寂然定
淨行得具足　一意一念中　斷滅結使跡
除去永劫苦　令盡不復生　空寂無上道
如有如不有　彼我及諸識　如夢影幻想
菩薩積苦行　劫數難可量　欲說盡根本
非一非二形　若有智慧人　口演無量義
一義有億句　句句各各異　虛空可填滿
其義不可盡　吾昔從本來　行六度無極

布施除貪想　禪定亦如是　劫燒心不動
不到餘佛刹　神力之所感　住劫而教化
爾時世尊說此偈已即以定意自莊嚴身告衆會者東南方去此能忍世界三十二恒河沙其刹名瑠璃佛名信解如來應供正遍知明行足善逝世間解無上士調御丈夫天人師佛世尊今現在說法初善中善竟善分別四道吉祥之行七生更三不復往來即於現法入般涅槃斷苦集滅取道成證時有天子名曰眼淨在彼衆中心懷狐疑今我寧可問如來義及我同類悉得開悟爾時天子即從座起長跪叉手前白佛言唯願世尊與我等說平等大乘婬怒癡業何等過去未來現在癡冥衆生入解脫門佛告眼淨菩薩曰善哉善哉乃爲一切開示眼目汝今諦聽善思念之吾當與汝一一分別云何眼是色耶答曰非也又問非色耶對曰非也又問是色非色也對曰色無住處也佛告眼淨菩薩如卿所說是色非色色非色無住處者云何立字名曰爲色眼淨菩薩白佛言色性腐敗現滅不住過去不現此世後世永盡無餘故曰無餘涅槃佛問眼淨此識從本已來爲從何生今曰四衆滅三世垢去至何處眼淨白佛言本從空來今還於空佛言前空後空復有何異也對曰無也當知諸法實相前不可窮後不可盡佛告眼淨菩薩吾從無數阿僧祇劫積行福業普念一切沉溺衆生悲念哀苦欲令度脫所以者何吾今處胎所欲滅者都已滅盡果願成報今日已獲彼土衆生不以成佛不成佛以此爲累所以者何彼土衆生建意

勇猛不處有胎不處無胎不處化生功德成就非覺非不覺何者是覺云何非覺一切衆生愚癡者我悉覺之是名覺也一切覺人斷結使者是名非覺爾時世尊即説偈曰

覺佛出世間　遠放大光明　苦集滅結使
獨立無敢近　正使地振動　三界猶若塵
執心入定意　衆相各不異　如來至眞念
除想不入定　還入衆生中　因造更造緣
精進勇慧智　化導愚癡人　導引衆生類
可度不度者

全身舍利品第九

爾時世尊告諸來會者念我古昔所行功德捨身受身非一非二今當爲汝説一形法云何名一形法此大地種厚八十四萬億里乃有利風厚八十四萬億里風下有水厚八十四萬億里水下有火厚八十四萬億里火下有沙厚八十四萬億里沙下有金剛刹厚八十四萬億里諸佛全身舍利盡在彼金剛刹中金剛刹復厚八十四萬億里下有諸佛碎身舍利盡在彼刹彼有佛刹名曰妙香佛名不住如來十號具足今現在説法初中竟善淨修梵行國土成就彼佛舍利極小微細能現佛身弟子眷屬周旋教化如我今日處胎説法彼諸衆生不見於我我此衆生不見於彼破有至無求寂眞性住無疑處是謂一舍利之所感也佛復告諸來會者碎身舍利下厚八十四萬億里國土名清淨佛名遍光十號具足彼佛今現在説法初中竟善淨修梵行彼佛光明色色各異一一光明皆成諸佛一一諸佛盡説六度無極何謂六度布施持

戒忍辱精進禪定智慧善權方便降伏心識不生愚癡無婬無欲曉了觀法如月除雲復自觀身彼我無異心得空定皆悉成就端坐道場稱揚正法無怯弱心去此下方光明佛刹八十四萬億里有土名曰施無盡藏佛名勸助如來十號具足今現在說法初中竟善常修梵行所施惠物有人執持便得道果是謂如來一未曾有施無盡世界下有法鼓世界厚八十四萬億里佛名善見十號具足今現在說法彼土衆生盡同一姓一字無若干名聞法則解不重思惟彼土乃有全身舍利過去億千萬佛皆留舍利彼土舍利我亦有分非一非二彼佛舍利不住一處亦非不住周旋往來恒河沙刹土光相具足隨衆人化無懈怠者三十一億結使斷滅妄想纏連二萬二千十八特勝不共之法示現教化受無畏證爾時世尊即說偈曰

吾從無數劫　往來生死道　捨身復受身
不離胞胎生　計我所經歷　記一不記餘
純作白狗形　積骨億須彌　以針刺地種
無不值我體　何況餘色狗　其數不可量
吾故攝其心　不令墮放逸　如人立須彌
執不死藥瓶　下人以瓶承　注藥不遺落
中間諸艱難　隨嵐風所吹　凡夫身如塵
唯除八住人　此二持瓶人　何者爲最妙
下人執心正　恒恐東西没　受藥不失義
故名神足道　上有大慈心　一說不尋究
意識各各異　成道亦如是　我此苦忍界
成佛猶下人　積行阿僧祇　乃能成佛道
從刹至一刹　如是數千億　如針投於海

舒手便得之　無慧抒水求　積劫不能得
世間愚惑人　不別善惡行　須彌四實山
謂爲灰塠聚　金翅飛鳥王　謂呼蚑蚋是
夏熱牛跡蟲　不覩海廣大　日光實野馬
愚者謂火燄　彼法非我造　愚惑行自成
出入識無間　練精道行成

爾時世尊即說呪曰

伊禰　魔禰　荼譬　荼雜譬　諄同　翅離翅

爾時毗沙門大天王即從座起頭面禮佛足我當擁護行法善人善男子善女人擁護其身三光三影何等爲三光三影如我今日領羅刹衆身影身身影影影何等爲身影何等爲身身影何等爲影影爾時世尊即以偈說曰

身爲四大聚　地水火風成　來往周旋處
住亦不見住　身及身身者　周生卒蜕身
影影三句義　如佛留神光　白氎裹魔祇
香去處故香　諸佛此要法　清淨無瑕穢
身身影教化　靡不得度脫　或見身相法
入定身身念　影影無狐疑　悉成無上道

爾時提頭賴吒欲得擁護諸法師故即說呪曰

伊醯　魔醯　閻浮　閻嵐浮　突突勒翅

我當擁護法師億千百萬由旬內令無嬈亂者毗樓天王即從座起前白佛言我亦擁護眞實法師即說呪曰

伽梨伽羅　梨尼　稚究槃梨槃稚

令億百萬由旬內無有觸嬈者毗樓鞞叉王即從座起頭面禮足前白佛言世尊我當擁

護眞實法師即說呪曰
舍彌　舍彌　鉢婆大磨　樓醯
令百億由旬內無有觸嬈者爾時世尊即說
偈曰

華香色極妙　感動諸佛國　佛從無想念
成佛一向道　忍力無疆界　破有無三乘
全身舍利相　及與微細塵　拯濟恒沙等
不墮三惡趣　佛出勤苦劫　覆護行大慈
衆生無邊際　令成無上道

爾時座中三十二億衆生即發無上平等道意

常無常品第十

爾時座中有菩薩名曰觀見無常即從座起偏露右臂右膝著地叉手合掌前白佛言善哉善哉世尊快說斯義諸佛正法不可思議非羅漢辟支佛之所能及本無眞性不可窮盡如來降形出一入一變化無方或碎身舍利或全身舍利或隱沒不現或流布世間或現一佛境界或現若干諸佛境界神足變化道力自在甚奇甚特如虛空界常亦無常無常亦無常住亦無住無住亦無住變易非一願從如來聞說常無常義如我今日在於九地爲是常耶爲是無常耶爾時世尊告常無常菩薩曰我今問汝汝當以眞性報我云何族姓子色爲常耶對曰非也世尊色無常耶對曰非也色常無常耶對曰非也色是常非常耶對曰非也云何族姓子色有餘耶對曰非也色無餘耶對曰非也色有餘無餘耶對曰非也佛告族姓子受想行識常耶對曰非也受想行識無常耶對曰非也受想行識常

無常耶對曰非也受想行識非常非無常耶對曰非也受想行識有餘耶對曰非也受想行識無餘耶對曰非也受想行識有餘無餘耶對曰非也受想行識非有餘非無餘耶對曰非也佛問常無常菩薩曰涅槃淨耶對曰非也涅槃不淨耶對曰非也涅槃淨不淨耶對曰非也佛告常無常菩薩曰涅槃實性正何所立對曰立無所立又問非有衆生非無衆生耶對曰非也緣未斷從五聚性乃至三十七品空無相無願緣未斷無離無不離無生無不生故曰立無所立何以故性自然空此空彼空內外空涅槃空如來出現於五濁世不見有生滅著斷不見有定有亂不見持戒犯戒不見有忍有瞋不見精進懈怠不見有煩惱定意不見愚癡智慧不見有意識思想不見是道是俗波羅蜜不見佛土清淨不見淨修道場不見有斷垢衆生是謂菩薩立無所立爾時世尊即說偈曰

梵行心清淨　破壞魔境界　忍力無上道
寂定不思議　吾從無數劫　常處立無立
一向入空慧　衆相莊嚴身　當來族姓子
及諸現在者　悉當立無立　解常無常性
塵垢諸障礙　壞我善業行　蠲除塵垢盡
如金無瑕穢　慧爲世間將　示導開無目
乃令愚惑人　深解眞如法　無爲因緣道
開達六神通　無盡大法藏　給施下劣人
貪愛三解脫　三世無所著　現在一切法
垢盡入佛定　如來大慧光　斷除狐疑法
癡相澄然淨　解空無常道　一切計常人
貪著在生死　不離有爲法　煩惱所係著

六度三慧法　珍寶及妻子　割愛無所惜
出家道得成　人有善惡念　初中下品等
輪轉五道中　生滅無眞性　苦本無央數
生生不休息　法鼓振大千　動彼魔境界
汝等群生類　依憑六神通　心念身則隨
所至無罣礙　歲月修行道　晝夜不失時
積德如須彌　成就佛果證　生滅如幻化
亦如鏡影像　受入三十六　入定乃成道
如來眞實法　無染無所著　行慈超七度
衆寶自瓔珞　二十二億結　縛著難可解
要以智慧劒　割除無所有　復以八解脫
甘露法味漿　令彼渴愛者　充滿無思想
昔我未行禪　恒處愚癡聚　連著四顚倒
求解難可獲　遊四無礙禪　自在無怯弱
定意心堅固　盡生更不受

爾時世尊說此偈已八十四億衆生發無上正眞道意立於信行不復退轉

菩薩處胎經卷第二

音釋

痍 弋支切瘡也　褰 起虔切　簸 補過切簸箕竹器　篅 市緣切竹器
蛄蟥 蛄攻乎切蟥音上蛄蟥並蟲名　峙 直里切山屹立也　抒 神與切挹
也　塠 都回切聚也　諄 章倫切　蜕 舒芮切

菩薩處胎經卷第三

姚秦三藏法師竺佛念譯

隨喜品第十一

爾時會中有菩薩名曰頂王將二萬五千人從東方安住世界來至佛所頭面禮足在一面坐須臾退坐前白佛言吾聞如來應供正遍知明行足善逝世間解無上士調御丈夫天人師佛世尊無量神變在胎教化七寶宮殿衆寶成就諸佛世尊宗奉恭敬過去諸佛世尊及當來現在未曾說此難有之法眞際法相不可窮盡從無數刼積行勤苦於其中間有生有滅願樂欲聞如來神德所化多少國土差別衆行平等入無爲道入解童眞清淨梵行使我等永無猶豫佛言善哉善哉頂王大士汝所問者甚深難量多所利益濟度愚惑福不可盡爾時世尊即以三昧禪定之力舒金體臂垂過下方過二十二億佛剎抄舉式棄如來七寶神塔縱廣一萬八千由旬外郭遶塔七寶欄楯池水園果皆七寶成後園浴池金銀梯陛彼池水中自然八味甘露之水鳧鴈鴛鴦奇類衆鳥數千百種鳥聲悲鳴共相娛樂極樂難勝爾時世尊即與頂王菩薩而說偈曰

過去式棄佛　神塔七寶成　華樹若干色

金華銀爲埿　浴池水八味　充飽飢渴者

供福獲果報　在胎功德成　次復佛滅度

隨式本元尊　彼佛七寶塔　遍滿恒沙剎

衆寶相雜廁　快樂亦難勝　次佛取滅度

最尊第一勝　亦有七寶塔　遍滿虛空界

明眼有識人　供奉心恭敬　除慢不貢高

不貪著利養　七寶池水果　想斷無所著
亦現處胎化　流布無數劫　次佛般涅槃
拘那含牟尼　神德大通達　所度倍三佛
教化諸弟子　三乘不斷絶　去此東方剎
在胎現變化　勸恤後來者　將導入閑靜
次佛迦葉尊　端坐億百劫　諸天爲眷屬
寂靜不移動　亦有七寶塔　在金剛佛剎
救護諸墮落　不使墮邪道　我今釋迦文
勇猛獨特出　一向執意志　不著生死道
佛土雖弊惡　所度不可量　今處母胞胎
神變自娛樂　欲界衆生等　墮落入鑊湯
將導引令出　如蛾投火燄
爾時世尊即以神力變此三千大千世界晃然金色使令衆會見安樂世界彼諸菩薩皆坐七寶蓮華上弟子眷屬斯皆金色所噉飲食禪定解脱戒律威儀未常違失云何頂王菩薩向所現國剎土佛所遊化供養承事其福寧多不耶頂王菩薩白佛言甚多甚多世尊何以故供養一佛剎其福難量況爾所佛剎佛言若有菩薩過不退轉在一生補處令在胎中現神變化敬此菩薩者其德最勝何以故此菩薩者即行佛事不可思議佛復告頂王菩薩吾今與汝説八正道去八顛倒滿十方恒沙諸佛剎土滿中七寶塔不如此供養八正道菩薩衣被飲食牀褥卧具病瘦醫藥擣香雜香栴檀末香繒綵華蓋便身之具其福最多若有菩薩摩訶薩能於胎化濕卵分別四意止一日二日乃至七日一月二月乃至七月一歲二歲乃至七歲一劫二劫乃至七劫若有衆生承事供養前七寶塔乃至

八正道菩薩不如此人供養四意止菩薩其福最多若一生補處菩薩在母胎中轉無上法輪包容一切變易無數神德大士周旋往來無有障礙還合爲一無覺知者若有衆生供養承事便身之具無所愛惜如我今日從三阿僧祇劫斷除滅想今最後身入胎舍教化果證神通悉令得解猶如果熟變易不住佛身空無戒定慧解而自香熏道德威儀不失十二頭陀之行此一分苦是我境界爾時項王菩薩即如來前而讚頌曰

識是生死本　亦爲涅槃徑　中息在胞胎
遊戲無量界　四生成佛土　十六神足降
本無一相道　誓願各各同　以衆生縛著
現有優劣人　無形不可見　今乃得觀察
過去諸佛身　遺教無邊際　八道無上法
一向度群萌　經法舍利形　神通流布世
今我所將從　得聞不思議　六佛神寶塔
寶藏七寶臺　一一深分別　義味不可量
佛本所行道　如空無所著　今處神母胎
受化非一類　得佛眞如性　亦如實相住
除去憍慢心　今禮空無性　一一舍利光
遍照諸佛刹　受化如恒沙　是佛神德感
刹土去此遠　受佛甘露道　今欲還本國
宣暢如來法

爾時項王菩薩說此偈讚佛已右遶三帀禮佛而去

五道尋識品第十二

爾時世尊將欲示現識所趣向道識俗識有爲識無爲識有漏識無漏識華識果識報識無報識天識龍識鬼神阿脩羅伽留羅緊那

羅摩睺羅伽人非人識上至二十八天識下至無救地獄識爾時世尊即於胎中現鉤鎖骸骨遍滿三千大千世界佛告阿祁陀汝能別此骸骨識耶對曰不別何以故未得通徹行力未至佛告彌勒菩薩汝此天中未得神通耶彌勒白佛言有成就者有不成就者佛告彌勒汝觀鉤鎖骸骨令一切衆知識所趣分別決了令無疑滯爾時彌勒菩薩即從座起手執金剛七寶神杖敲鉤鎖骸骨聽彼骨聲即白佛言此人命終瞋恚結多識墮龍中次復敲骨此人前身十善行具得生天上次復敲骨此人前身破戒犯律生地獄中如是敲骨有漏無漏有爲無爲從二十八天下至無救地獄知識所趣善惡果報白黑行報有一全身舍利無有缺減爾時彌勒以杖敲之推尋此識了不知處如是三敲前白佛言此人神識了不可知將非如來入涅槃耶佛告彌勒汝紹佛位於當來世當得作佛成無上道何以敲舍利而不知識處耶彌勒白佛言佛不思議不可限量非我等境界所能籌量今有狐疑惟願世尊當解說之五道神識盡能得知彼善惡所趣不敢有疑於如來所今此舍利無有缺減願說此識令我等知佛告彌勒過去未來現在諸佛舍利流布非汝等境界所能分別何以故此舍利即是吾舍利何能尋究如來神識今當與汝分別如來上中下識至薩芸然各各不同初住菩薩未立根德力雖得神通二住菩薩以天眼觀知識所趣退不退地亦復觀見欲界色界無色界者或復觀見生東方無數恒河沙佛刹供養

諸佛奉律無礙亦復知彼受記劫數一劫二劫乃至百千億劫或有菩薩於三住地觀見舍利知識所趣於有餘涅槃無餘涅槃然復不見四住所行識所趣向四住菩薩見一見二三住識法然復不見五住舍利識法所趣佛告彌勒五地菩薩分別下品於六住分或見或不見識法所趣不退轉菩薩上至一生補處不見如來上足下足心識所向次第菩薩見八七六然復不見一生補處舉足下足況欲敲鉤鎖骸骨欲分別之此事不然佛告彌勒汝當知之十號如來應供正遍知明行足善逝世間解無上士調御丈夫天人師佛世尊唯佛知佛神識所念爾時世尊與諸大衆而說頌曰

周旋五道淵　唐勞其識神　耳鼻身心垢
不能自去離　識想結重垢　剋以智慧力
慧能照愚瞑　得至無畏場　佛識悉遍見
舍利鉤鎖骨　正使碎如塵　微細不可見
如來一一別　報應善惡法　佛識甚微妙
非爲非不爲　一說度萬億　阿僧祇衆生
彌勒復成佛　亦當捨舍利　於本所生母
胎法亦如今

爾時彌勒菩薩聞佛所說遶佛七帀頭面禮足還就本位

諸佛行齊無差別品第十三

爾時世尊即復示現奇特像變一切菩薩盡作佛身光相具足皆共異口同音說法分別無常生生歸盡其德難量互相敬奉威儀禮節雖說妙法無有揖讓屈伸俯仰各坐七寶極妙高座羅縠帳幔初一說法度于無數純

男無女第二說法純女無男第三說法純度正見人第四說法純度邪見人第五說法男女正等第六說法邪正亦等當爾時法法成就而無吾我道果成熟諸佛常法法說法義說神足第三八萬四千空行法門八萬四千無相法門八萬四千無願法門一一法門有無量義猶如黠慧之人身有千頭頭有千舌舌有千義欲得究盡三法門義於百千分未獲其一此是諸佛祕要之藏皆由前身宿學成就爾時諸佛異口同音而說頌曰

我等本所願　今者已果成　金體柔輭響
衆相悉具足　欲求無極慧　畢竟無有疑
善哉三界尊　最勝無能過　吾昔兠術天
選擇受生處　來降入母胎　集諸如來等
外無緣衆生　謂吾不成道　因胎化衆生
倍於成佛時　前後所說經　八十四億象
象力及人力　荷載不能勝　今我歡喜子
强記不漏失　遺法不成道　流布胎正法
佛行無差別　平等無若干　唯佛能知佛
功德多少義　欲得思議佛　所行奇特事
從劫無數劫　不能得毫分

爾時諸佛說此頌已初一說法純男無女者即於座上立不退轉信心不可沮壞爾時釋迦牟尼還攝威神如前無異即說頌曰

八正道果證　無師自然悟　獨步三界將
自得涅槃道　本無一相法　捷疾辯才義
我今已果獲　無愛無所染　五陰法性本
不見有善惡　神力拔濟苦　坦然寂滅道
汝等諸會者　所願已成辦　未得今已得
快哉此利業　因緣縛著礙　永除無處所

吾我羅網法　自然得毀壞　愚惑不見眞
自墮四色緣　未得審諦觀　分別苦相本
如我今成道　功夫不足言　後佛師子吼
熾燄惡劒劫　陶冶苦衆生　隨色染其素
忍辱受其害　對至終不報　執心如虛空
變易不久住　當於爾時世　五逆苦惱罪
難化不可度　諸佛所不救　尋爲現緣本
將示無爲處　彼彼剛强心　專一得解脫
初說一法教　無生無起滅　皆趣向佛道
不令有遺落

爾時世尊說此頌已男衆女衆正衆邪衆皆得盡信得不退轉地佛復告菩薩摩訶薩汝等欲見如來神力化不思議道法性純熟無男無女善權義說受女人身無佛記莂魔釋梵王無眞實相汝等欲知此四衆者受莂成佛乎爾時有菩薩名曰無盡意即從座起偏露右臂右膝著地叉手合掌前白佛言未曾聞如來說法此四種人得成佛者今日乃能開演大義即重白佛捨身受身即身成佛耶佛告無盡意諦聽諦聽善思念之今當與汝一一分別過去九十一劫有梵天王名大辯才分別古今常樂閑居坐天宮内今我寧可化此宮女及諸梵天我得成佛諸天翼從剃鬚髮著法服一時成道不亦快乎作是念已即於天宮詣晝度樹端坐思惟一意一心繫念在前無他異想即得成佛三十二大人相八十種隨形好諸天眷屬修行比丘正法得阿羅漢皆是利根彼天女衆有得須陀洹斯陀含阿那含不往還此間即於彼般涅槃是謂梵天王不捨身受身現身得成佛道佛告

無盡意菩薩過去七十六劫有第六天王典領三千大千世界名曰害惡從六天以下自在無礙在彼天宮經歷無數久久思惟悔本所作謗毀三尊遮截道果設我受報墜墮三塗不離惡道我今寧可改心惡行并此天宮諸天眷屬共修梵行求無上道進前成佛不亦樂乎復自思惟所典境界無量無限天女娛樂樂豈過是設我成佛與此國界正等無異漸漸懈慢復更劫數魔有知識行登十住說佛功德出家修道衆相具足魔心開解改心入定無若干想利想捷疾即於天宮三明通達莊嚴佛土不更受身便成無上至真等正覺放大光明普照魔界莫不眼見見魔成佛有三億天子心自生念謂魔幻化非真實佛盡退還宮十六億天子皆來影附承事供養如佛無異尋於座上皆成四果是爲害惡大天王不捨身受身而成佛道佛復告無盡意菩薩過去六十一劫東方有釋天主修天眼淨心樂禪定常欲求出家進向佛道彼諸天法有衰瑞應不久命終諸天翼從轉轉滅少貪著睡眠身體塵垢華自萎枯不樂寶座所食不甘即出到後園中沐浴澡洗今我天身眼能徹視何方有佛當往禮省恭奉供養受佛禁戒即以此身得成佛道作是念已端坐思惟以天眼視上方有佛名無量空行世界名清淨今現在說法初中竟善即以神力如人屈伸臂頃到彼佛所頭面禮足在一面立即以此偈讚歎佛德

光相照十方　降伏衆魔怨　爲說道徑路

斷疑求無惑　梵行清淨人　皆蒙最勝行

隨類說真法　不違本行法　我爲諸天主
欲修清淨道　惟佛垂愍念　得至安隱處

爾時世尊即告釋曰善哉善哉發心廣大欲得拔濟衆生之苦未得者得未獲者獲未成就者欲令成就欲令盲者見明聾者聞聲僂者得伸無手足者令得手足汝還本宮坐道樹下分別衆行聚法散法釋聞語已即前禮佛於彼不現還至天宮諸天眷屬皆來歸附功德轉盛衰耗之相永滅無餘端坐攝身心意不動得成無上至真等正覺所將天女九十三億成四道果證是謂天帝釋不捨身受身而成佛道佛告無盡意菩薩過去五十四億恒河沙劫有世界名曰火燄佛名無欲如來應供正遍知明行足善逝世間解無上士調御丈夫天人師佛世尊說法度人善修梵行四審諦法施惠一切彼土人民悉受女身解了無常苦空非身分別受入無諸煩惱猒患身苦齊同一願發大弘誓著無畏鎧欲度衆生淨佛國土蠲除穢惡立志堅固樂不退轉時有七十萬二千億女在大曠野非人行處齊同一行解空無相無願之法一日一時三等通達即成佛道衆相具足存亡自在以小受大以大入小即於彼日度阿僧祇無量衆生於無餘涅槃化度衆生是謂不捨身受身而成佛道爾時世尊欲重宣此義而說頌曰

法性如大海　不計有是非　凡夫賢聖人
平等無高下　唯在心垢滅　取證如反掌
道成王三界　闡揚師子吼　分別本無法
無有男女行　今在五濁世　現有受身分

斷滅計常者　障礙經劫數
爾時世尊説此偈時八萬四千億衆生立志堅固皆願成佛不經後身

行定不定品第十四

爾時座中有菩薩名曰常笑六通玄鑒德力自在辯才無畏盡生死分四無所著所説信用解諸法空如化如夢如熱時燄如赤葉在水愚獸謂肉水盡不獲如山中響解了諸法不起不滅欲斷一切衆生狐疑即從座起偏露右臂右膝著地叉手合掌前白佛言唯然世尊有少疑滯若見聽者乃敢宣白如來大聖神智無礙前知過去因緣繫縛衆行集聚後明未來成敗所趣因緣合散善惡行業發心不同今聞如來胎化衆生行有差別有對無對有報無報有黑白行無黑白行復有衆生從初發意經歷劫數不得成就或有衆生朝發道心即得成佛願樂欲聞惟願世尊説

爾時世尊告常笑菩薩汝所問義皆是如來威神所感欲成就諸法不斷前後如來實性何以故如來法性不可護持亦非羅漢辟支佛所知爾時世尊即以神力出廣長舌舌相光明照東方無極阿僧祇佛刹土使五道衆生見光明者尋光來至到如來所爾時世尊復以眉間出白毫相光明上照八十四億恒河沙刹土衆生至如來所爾時世尊即與常笑菩薩而説頌曰

三十一音響　業報有清白　四十八塵垢
天行五十五　菩薩七寶鬘　發起衆生心
四種道果樹　心識定不亂　尠智無福人
口業獲報多　於食知止足　行步威儀法

等心愍一切　乃稱菩薩道　三有五濁世
顛倒著魔界　破壞善業根　如影不相離
根性有利鈍　進退念不定　發願度衆生
功德充足滿　十力成就身　世俗有爲法
思惟難可量　一滅一復生　如火焚山林
心念然熾法　廣及阿僧祇　身被僧那鎧
勇猛伏難化　摧滅魔軍衆　人身諸毛孔
六十有四萬　慧能辯分別　諸毛行報業
閻浮提利人　受形極醜陋　孔孔毛毛生
踈漏不窓緻　如來金剛身　孔毛三十七
窓緻不踈漏　不爲火所燒　魔及魔天等
沙門婆羅門　梵天及釋衆　神力鬼神等
欲斷佛毛髮　此事終不能　虛空爲地界
日月可墮落　欲斷佛毛髮　此事終不然
此是俗法業　非是無爲相　受行報業果
衆相各不同　佛身金剛體　外相業報行
亦是世俗報　去離無爲遠　佛相眞實法
終不露現外　欲知佛內相　神足感動是

爾時世尊說此頌已告常笑菩薩緣報緣緣報至道無礙報三寶眞性報行趣涅槃報世俗無著報一向究竟報是謂菩薩摩訶薩最第一義無染無著不可護持不著欲界亦不離欲界過有當有現有非過有非當有非現有報無生無滅菩薩摩訶薩從百千劫通達不障礙令等分衆生解空本報口業成就音響通達或有菩薩摩訶薩一時之頃能令三千大千刹土即爲水界猶如得禪比丘觀無量水界水性之蟲黿鼉魚鱉無所觸嬈積劫功勳不敗不朽是謂菩薩摩訶薩入水界三昧或有衆生見菩薩入定謂爲是水或持瓦

石草木投水入定菩薩心如虛空不覺有觸嬈者是謂菩薩摩訶薩入水界之力或有菩薩摩訶薩禪定攝意入火界三昧令此三千大千刹土焗然爲火愚惑衆生謂是菩薩遭火劫燒奔馳四方不離火光清淨無熱是謂菩薩摩訶薩入火光三昧三昧威神難可測度亦非羅漢辟支佛所能尋究復有菩薩摩訶薩入五分法身難動定意亦使三千大千刹土蜎飛蠕動之類下至蟻蟲以威神接不遭煩惱七日安隱後命終時皆生天上如我今日在在說法處處現化其有覩見如來神德諸塵垢盡隨願所生或生他方諸佛刹土是爲菩薩摩訶薩五分法身定意所感復次菩薩摩訶薩入不動師子奮迅三昧能令三千大千刹土六反震動其中衆生咸悉歸附修清淨行被慚愧衣除去憍慢引致衆生至八正道去吾我想七十七心塵累染垢一時除盡是謂菩薩摩訶薩奮迅無畏之所感動復次菩薩摩訶薩入散身定意分別識聚爲從何來去至何所一一分別空無寂然前後中間無有端緒是謂菩薩摩訶薩入散身定意之所感動復次菩薩摩訶薩入忍頂三昧能令此身作無手脚蟲遍滿三千大千刹土衆生見者不能名字謂爲肉聚其取食者味若甘露悉能充飽衆生飢渴是謂菩薩摩訶薩入忍頂三昧之所感動或有菩薩摩訶薩以三昧力令此三千大千刹土山河石壁化爲甘露狀如石蜜食無猒足令彼衆生四使重病永除無餘衆生發願願樂欲生無盡世界是謂菩薩摩訶薩神力之所感動復次菩

薩摩訶薩入獨步三昧使此三千大千世界一切衆生見菩薩行舉足下足其遇菩薩見行步者能制罪人不入地獄餓鬼畜生皆由菩薩身口意淨發願濟度要至究竟終不退還是謂菩薩摩訶薩無量善福心願所感復次菩薩摩訶薩以神通定入樂法三昧令此三千大千世界諸衆生類皆來歸趣到菩薩所求請出家修無上梵行發意齊同剃除鬚髮被著法服如諸佛常法威儀禁戒教授法則能一時在明慧地明慧地者入住菩薩之所行法非是二乘所能修習是謂菩薩摩訶薩神力所感復次菩薩摩訶薩以佛大慈入無礙定令此三千大千剎土羣萌之類與作父母兄弟朋友種族知識無財與財給施所須乃至國財妻子象馬金銀珍寶硨磲瑪瑙白珠琥珀水精瑠璃碧石雜珍衣被飲食牀敷卧具病瘦醫藥香華芬薰皆令充足於中教化各令滿足發起衆生在樂法之地云何樂法之地導引彼衆應須陀洹道與說真要斷三結法應斯陀含者與說七生久久成道應阿那含者與說善法無五陰覆蔽應阿羅漢者與說涅槃受證無疑應菩薩道者與說六度頂忍之法發意進趣向佛道者與說究竟淨一切智修治佛土教化衆生從一佛國至一佛國供養禮事諸佛世尊得六神通眼能徹視耳能徹聽自識宿命知他人心身能飛行諸塵垢盡不復狐疑於佛法衆是謂菩薩摩訶薩入樂法三昧神力所感復次菩薩摩訶薩入金剛三昧能令三千大千剎土變爲七寶周窮濟乏求漿與漿求食與食即便

與說慳貪之果夫人慳貪死入惡道餓鬼畜生貧窮裸跣衣不蓋形爲人所憎或爲奴婢爲人走使或墮畜生荷負重擔或時菩薩爲說生天不婬之行婬爲穢惡死入惡道刀山劍樹火車爐炭鍼觜地獄黑繩地獄沸屎地獄氷山碓臼受苦無量或入蓮華優鉢獄中風吹火炙骨節分離菩薩於中與說無常身非久居琢石見火雷電過目幻化非一何爲受苦精神腐爛求出無期如是菩薩爲說眞要令受罪人盡得拔苦至無苦地是謂菩薩摩訶薩以佛大慈三昧定意之所感動爾時世尊即說頌曰

衆生欲出離　三界五道礙　精進不懈怠
安住無爲道　如人起屋舍　非材木得成
要先修治地　起立牆壁柱　佛道如大空
不由一行成　執意要堅固　放心無戀慕
過佛如恒沙　來者不可盡　或有次第成
亦有超越者　我今悟未悟　令至八正道
聞輙不再受　此法由誰造　昔吾捨身想
劫數不以難　無師而自覺　得爲一切尊
導師出現世　非緣不降神　要度未度者
示現無爲城

爾時世尊說此頌時五十六億恒河沙衆生望斷想盡不復願樂在俗家業向時發願求無上道

入六道衆生品第十五

爾時世尊入無量遍觀定意觀察衆會心懷猶豫將欲決疑現以眞實即出右脚指蹈此地界使六趣衆生各各履行羅列跱立爾時世尊告衆會者汝等見此六趣衆生不乎對

曰唯然見之時彼會中有菩薩名曰自在得虛空藏無盡法門神智辯才應對無礙此賢劫中十六聖子最大者是遊十方刹施行佛事即從座起偏露右臂右膝著地叉手合掌前白佛言今如來應供正遍知明行足善逝世間解無上士調御丈夫天人師佛世尊願欲聞說六趣衆生行業果報所問微淺願時發遣爾時世尊於大衆中和顏悅笑諸佛如來常法佛不妄笑笑有因緣若有衆生生梵天者爾時佛微笑有應作轉輪聖王者佛復微笑有作獄卒者閻羅王者時佛亦笑有受餓鬼身者佛即時笑有作畜生王者佛即亦笑爾時世尊面門出五色光普照三千大千刹土即還攝光從頂上入即告自在菩薩汝所問者乃是如來威神所接亦是十方諸佛所護能發此問今當與汝一一分別說六趣衆生行業因緣諦聽諦聽善思念之唯然世尊願樂欲聞佛告自在菩薩汝今舉目觀東方梵天大梵天清淨梵天乃至色究竟天此諸天人先修梵行皆是佛種修諸功德以貪福報染著五樂因緣道果皆受天身計梵天福稱量測度今當與汝一一說之滿此三千大千刹土轉輪聖王七寶導從所謂七寶者一者象寶三十二牙毛色純白脚躡蓮華身能飛行二者馬寶身紺青色毛鬣朱色身能飛行所至無礙知人心念三者珠寶光明徹照遍滿虛空及四天下皆悉遍照四者輪寶輪有千輻雕文刻鏤視之無猒此第四寶無有識者五者玉女寶女中殊妙性行柔和端正殊妙世之希有不長不短不白不黑身作

優鉢羅蓮華香口作牛頭栴檀香恭肅謙下知聖王志趣六者典藏寶臣王須寶時手執神器用以擲空寫則成寶取止隨王七者典兵寶聖王出遊須四種兵王告之曰吾今欲出巡遊國界速集兵衆集我殿前勿令影移即受王教迴身東顧象兵已集行列在東迴身南眄馬兵已集行列在南迴身西顧車兵已集行列在西迴身北望步兵已集行列在北轉輪聖王隨意所乘或馬或象或至弗于逮鬱單曰提拘耶尼提遊行四方足不蹈地或百歲千歲數千百歲食福自然計轉輪聖王身滿四天下不如帝釋身何以故帝釋所領七寶宮殿玉女眷屬坐七寶殿堂天樂自娛視東忘西視南忘北快樂不可言如彼帝釋身不如第六天王身有三十相神德自在隨形變化心念則成所將兵衆不可稱數功德福業布施無礙如六天王等滿四天下不如一大梵天功德廣大典領三千大千刹土諸梵天衆無量無限不可稱數壽命極長過一賢劫其命乃終爾時世尊告自在菩薩汝今舉目南看見無央數轉輪聖王列住南方轉輪聖王功德多少如上所説五戒十善恭奉賢聖持仙人戒八清淨齋根相連屬爲人慈愍無傷害心受業果報其福難量故得紹係轉輪王位佛告自在菩薩曰汝今舉自西看見師子王列住西面以常六事跱立不動毛色純白胷臆方正皆由先身德行福報雖受畜身分别善惡足蹈蓮華塵垢不染終不殺生食肉飲血師子一吼飛落走伏斯亦五戒不犯三過故獲斯報雖墮畜生轉身成道

佛告自在王菩薩汝迴目比顧視餓鬼道七寶宮殿左右眷屬皆食自然甘露法味雖名在餓鬼皆緣人中積善擁護亦有神足到諸佛刹禮敬諸佛稟受正法要可行知行可住知住感動隨時不守常法遊此忍界衆善普會轉則成道亦復不久佛告自在菩薩汝迴目下顧見閻羅王以五事治化無有阿曲云何爲五罪人在前即面詰問汝在人間知有佛有法有比丘僧有父有毋耶罪人報曰實有大王爾時聖王以偈問曰

杻械鐵鎖靽　鑊湯熱銅柱　洋銅熱鉗叉
償對今非久　自造因緣本　報業無人作
非父母兄弟　誰能代受苦　我願出家學
守戒不妄犯　行正法平等　猶尚日三煑

爾時閻羅王以五事問即勑獄卒隨罪輕重付令治之彼罪人中聞佛法聲罪滅福生還復人身修清淨行是謂菩薩六趣衆生報應如是自在菩薩禮佛足已還在本位時彼會中有八千億衆生不樂處苦墮六趣道盡發無上寂滅空無去離生死

轉法輪品第十六

爾時世尊將欲示現諸佛無量遺體報應令一切會神通菩薩學無學等比丘比丘尼優婆塞優婆夷四衆圍遶現生受報轉大法輪非沙門婆羅門魔若魔天所能轉者即以神足定力放諸身節毛孔光明遠照十方諸佛刹土一一光明皆有三千大千佛國一一佛國皆有化佛一一化佛皆有三千大千衆生之類一一諸佛與彼諸會者說無盡法藏無量奇特無與等法真際甚深所說法者初中

竟善除婬怒癡以八解水洗除心垢爾時諸佛於池水中化作七寶高臺去地七仞彼寶臺上敷寶高座於四角頭皆懸金鈴衆寶雜廁其間懸繒旛蓋五色玄黄快樂不可言爾時衆生在座聞法無盡之藏端坐思惟心不錯亂皆願欲聞如來秘要爾時世尊如諸佛常法復放肉髻光明上至無數億佛刹土空界佛刹佛名寶如來應供正遍知明行足善逝世間解無上士調御丈夫天人師佛世尊見釋迦牟尼佛肉髻光明即告彼土諸會菩薩下方有佛釋迦牟尼如來應供正遍知明行足善逝世間解無上士調御丈夫天人師佛世尊今在母胎廣說深要無上法藏引致十方諸神通菩薩汝等可往禮敬問訊并持我名問訊釋迦文佛德化日進遊步康强也

彼土衆生易受化耶汝等詣彼攝持威儀彼土衆生多諸惱害憍慢熾盛爾時彼土菩薩齊整法服五十七萬二億菩薩禮彼佛足忽然不現來至忍土釋迦牟尼佛復以定意神力令彼來菩薩不見釋迦牟尼佛說法道場周障四面從閻浮提遍三千大千刹土推求釋迦牟尼佛彼諸菩薩各各自相謂言上虚空界我等刹土去此極遠向所見光將無釋迦牟尼佛取般涅槃放斯光耶我得無失天眼通耶何以故遊至十方遍諸世界不知所在各悉發心内自思惟我等寧可還至本界作是念已各各不能至本佛刹各懷恐懼衣毛皆竪謂失神足疲猒心生不能究盡無盡法藏所以者何皆是釋迦牟尼佛威神使然佛悉知彼諸菩薩心即以神足接諸菩薩在

母胎中爾時諸菩薩等加敬作禮兼以佛遣問訊各一面坐爾時釋迦牟尼名怛薩阿竭復以神足之力放大光明照東南方燄世界國名奇特佛名深義如來應供正遍知明行足善逝世間解無上士調御丈夫天人師佛世尊現在說法初中竟善見大光明告諸菩薩汝等莊嚴諸忍世界釋迦牟尼佛所聽無盡法藏多所饒益何以故彼土菩薩皆一生補處必有奇特難思議法諸菩薩等敬承佛教禮彼佛足忽然不現來至忍界釋迦牟尼佛所頭面禮足各坐一面佛以神德召魔波旬將有所感動故致魔來爾時世尊知衆生集諸天作樂讚頌如來無量福業佛告文殊師利止諸天樂吾欲說法佛告諸來會者佛出於世億千萬劫時時乃有如優曇鉢華菩薩摩訶薩漏盡神通根本法者除想去念是謂有盡不見漏盡無想法者是謂無盡菩薩摩訶薩計身縛著不至彼岸是謂有盡能去身想不在彼此是謂無盡菩薩摩訶薩縛結已解不住眞際是謂有盡不見縛結空無我想是謂無盡菩薩摩訶薩入出入息觀諸世界了無所有是謂有盡分別虛無不見有度無度國界無若干是謂無盡菩薩摩訶薩修行十六殊勝之法濟度阿僧祇衆生是謂有盡十六殊勝自性空寂不見度不見不度是謂無盡菩薩摩訶薩廣修刹土爲衆生執苦不以爲勞是謂有盡不見衆生刹土清淨不一不二是謂無盡菩薩摩訶薩奉戒修法入三脫門是謂有盡不見衆生缺戒全戒是謂無盡菩薩摩訶薩曉了分別句義字義應適

無方是謂有盡不見句義分別字義是謂無盡菩薩摩訶薩分別天道人道畜生餓鬼地獄於中拔濟使得解脫是謂有盡雖處五濁不染於濁無所染亦無所著是謂無盡菩薩摩訶薩除貪貢高無增上慢亦不自下修清淨行是謂有盡法性空寂無自大心不見慢墮於法有失不見精勤受道果證是謂無盡菩薩摩訶薩莊嚴佛樹演暢無數音聲清淨普聞十方破壞貪著使行布施是謂有盡不見世界成敗起滅有貪著者是謂無盡菩薩摩訶薩以金剛心破三界結從初發意至不退轉不見斷滅有礙衆生是謂有盡吾我貪者無吾無我云何我我自無我亦無有我是謂無盡菩薩摩訶薩滅種性名不著俗法言是我所非我所是父是母是兄是弟我姓最勝彼姓不如我族姓子彼非是族姓子計名號者是謂有盡從初發意乃至成佛不見有成亦不見佛假號名字悉皆空寂不見有空云何爲空誰造此空空自無空云何言空是謂無盡菩薩摩訶薩法說義說句說字說從無明至行乃至生死無明愛取妄法因緣不盡迷惑顛倒無明所繫從冥入冥能拔濟出是謂有盡無明緣行行緣識識緣名色名色緣六入六入緣觸觸緣受受緣愛愛緣取取緣有有緣生生緣老死憂悲苦惱縛著繫戀蠲除無所著則無明滅無明滅則行滅行滅則識滅識滅則名色滅名色滅則六入滅六入滅則觸滅觸滅則受滅受滅則愛滅愛滅則取滅取滅則有滅有滅則生滅生滅則老死憂悲苦惱滅老死憂悲苦惱緣生生緣有

有緣取取緣愛愛緣受受緣觸觸緣六入六入緣名色名色緣識識緣行行緣無明老死憂悲苦惱滅則生滅生滅則有滅有滅則取滅取滅則愛滅愛滅則受滅受滅則觸滅觸滅則六入滅六入滅則名色滅名色滅則識滅識滅則行滅行滅則無明滅解了法性種種滅不滅亦不見滅亦不見不滅云何爲滅滅無滅是謂無盡菩薩摩訶薩分別曉了起法盡法起不知所從來盡不知所從去起亦無起盡亦無盡是謂無盡曉了起盡悉無處所如空無著云何無著不見無著無著無此無著是謂無盡菩薩摩訶薩欲得總持三昧四無礙慧晝夜經行擧身輕重初習法觀去地初如阿摩勒果漸如鞞醯勒果轉如訶梨勒果去地如指影等漸漸去地七人影等此是俗禪凡夫仙學菩薩於是學而不住是謂有盡心通無礙不住五通非不住通解了諸法法性自然無明眞際皆悉自然亦無自然云何自然不見自然無自然是謂無盡菩薩摩訶薩以空滅想於色無受等分衆生不見差降在閑靜處思惟識念不見造色不見無造色一向究竟向涅槃門是謂有盡念身非常施戒定意不畏墮落沒溺生死雖處生死如鳥飛空不見形影悉知無所有是謂爲盡火滅灰聚無有熱氣求火主質無人無我無壽無命觀察分別誰所造作識亦無識十八界入推尋無本百八愛著悉無所有通達往來不見不可見不可護持不見有持者云何爲持持無所持是謂無盡爾時座中有菩薩名曰金色六通清徹深解佛慧功德無量權

變非一欲問如來無盡之義即從座起偏露右臂右膝著地叉手合掌前白佛言齊何名爲無盡義耶佛告金色菩薩摩訶薩無盡法者無言無説云何見聞説無盡法爾時世尊即與金色菩薩而説頌曰

虚空無色像　尋生亦無本　胎分無有量
如河注于海　無盡法寶藏　三世佛父母
欲得求盡本　正可生惑心　解了法相空
塵垢滅無餘　成佛金剛身　莊嚴衆相具
分別佛身空　内外無所著　雖演無盡寶
億萬不説一

爾時如來説無盡寶時現座菩薩學無學等發意趣向無盡法藏諸天龍神人與非人皆發無上立不退轉

五神通品第十七

爾時座中有菩薩名曰妙勝具足六度善權方便所在教化靡不周遍處處入衆見靡不喜止覲定意爲世福田若善男子善女人遭此菩薩摩訶薩諸惡除盡普蒙福慶思惟平等不二法門恒以如幻如化如夢法濟度群生修治佛道無有彼我爾時妙勝菩薩即從座起叉手合掌前白佛言善哉世尊五神通菩薩云何得知分別其行修習何法得神通道佛告妙勝諦聽諦聽善思念之吾當爲汝分別通慧唯然世尊願樂欲聞佛告妙勝此欲界中善男子善女人不須眼通生便徹見一閻浮提内衆生之類麤細好醜青黄赤白城郭屋舍山巖樹木或有善男子善女人眼能觀二天下三天下四天下不須眼通生便觀見或有善男子善女人不須耳通耳根清

徹聞一天下男聲女聲馬聲車聲所聞聲響即能别知不修耳通一一曉了或有善男子善女人不習不學自識宿命吾從其處來至此間父姓其母姓其兄弟姊妹名姓種族盡能别知或有善男子善女人不修習神通知他人心行善行惡斯趣惡道斯趣善道此生天上此生人中此生餓鬼此生地獄此生畜生此是有緣衆生此是無緣衆生或有善男子善女人身能飛行周旋往來不修身通身便能飛無所觸礙履空如地履地如空佛告妙勝此五種人非實神通退法衆生或有善男子善女人修眼聖通除色斷垢念不移易究竟道門何謂道門三空定是便能得見千天下二千天下三千大千天下或有善男子善女人修耳聖通寂然入定清淨聞一天下千天下二千天下三千大千天下男聲女聲象聲馬聲車乘鍾鼓之聲一一分别知聲好惡知聲生天知聲生人知聲生餓鬼知聲生畜生知聲生地獄知聲有緣衆生知聲無緣衆生皆悉分别一一曉了或有善男子善女人修清淨道除去識垢内外無瑕得意聖通自識宿命一生二生三生四生乃至無數阿僧祇劫從所來處父母兄弟國土清淨悉能識知或有善男子善女人修十神通解知法性强記不忘意止覺道分别三明定意不亂便能得知他人心念一生二生三生四生乃至無數阿僧祇劫所從來處皆悉知之父母兄弟國土清淨名姓種族皆悉知之或有善男子善女人思惟法觀以心持身以身持心食知止足睡眠覺寤意想如空於婬怒癡亦

不慇懃計身無我心法清淨意識以定便能舉身一鼓二鼓乃至七鼓漸漸習定遊一天下二天下乃至三千大千剎土入地如空山河石壁無所罣礙或有善男子善女人臨當成佛以智慧力除衆生垢坐樹王下端坐思惟自發誓願吾不成佛不起于座如我曩昔坐閻浮樹下三十八日觀樹思惟發此誓時感動天地六反震動弊魔波旬將諸兵衆雨沙礫石雷電震吼不能令吾動於一毛何以故慈潤普遍愍衆生故得成作佛六通清徹爾時世尊即說頌曰

凡夫所得通　猶如諸飛鳥　有近亦有遠

不離生死道　佛通無礙法　眞實無垢穢

念則到十方　往反不疲倦　以慈念衆生

得通無罣礙　仙人五通慧　轉退不成就

我通堅固法　要入涅槃門

爾時世尊與妙勝菩薩說此法時有百七十億衆生捨俗五通得六通慧

菩薩處胎經卷第三

音釋

剗楚限切削也　僂隴主切俯也　緻直利切密也　烔音同　蜎許玄切小飛也　蠕而兗切蟲動貌　裸跣裸郎果切赤體也跣息淺切足親地也　孿俱願切抒滿也　眄彌典切斜視也　礫郎擊切小石也

菩薩處胎經卷第四

姚秦三藏法師竺佛念譯

識住處品第十八

爾時座中有菩薩名曰普光大慈大悲神足自在好樂深奧功德成就從無央數阿僧祇劫拯濟衆生拔苦根本得六神通所經過處佛事不斷即從座起偏露右臂右膝著地叉手合掌前白佛言既聞如來分別六通無所罣礙遍滿十方諸佛世界假令諸佛正法平等無有差別今此識法住無所住六通識法識是一法爲若干也若識是一法如來金色神足道場得遊諸佛刹土爲識致身爲身致識若身致識則無六通若識致身此名一法無身無識唯願世尊報我此義佛告普光菩薩汝所問義爲第一義問爲世俗義問若俗義問識法若干無有定相第一義問則無身無識何以故分別識法自性空寂無來無去亦無染著汝問金色此有爲法五陰成就非自然法非第一義佛色身法於第一義則爲有失我今爲汝說識相法菩薩行六通身識共俱非識先身後非身先識後何以故相法自然識不離身身不離識猶如二牛共一軛若黒牛前白牛後則種不成就若白牛前黒牛後種亦不成就非黒牛前白牛後非白牛前黒牛後則種成就神足道果亦復如是身識共俱無有前後中間如來色身有前有後有中間此世俗法非第一義於虛寂法無有若干爾時世尊即說頌曰

如來金色體　三世所奉敬　爲人作重任
無上無極尊　忉利諸天人　晝夜散華香

梵天及營從　作樂而娛樂　於百由旬內
遍滿虛空界　高聲稱善哉　佛識不可見
無內外中間　爲世愚惑故　現有六通法
過去無數佛　光相亦如今　欲求識法本
寂滅不可見　菩薩六通道　現盡無有盡
出息入息念　不著三界有　觀身內外淨
金色空無著　識法亦如是　無去來現在
五陰性清淨　無今身後身　一一分別相
求到安隱處　識相有六事　亦名六障法
六識所住處　生滅不可盡　猶如水上泡
一滅以復生　識法自然空　流馳滿諸方
我今所造行　身識二事俱　獨步無等侶
說法無上道　諸法識爲本　所向隨身相
雖住亦不住　教化苦惱者　眼見前色法
識在中間障　非色來入眼　亦不眼就色
分別此彼法　由識知善惡　識自無識法
耳聲鼻別香　六業自生緣　故造善惡行
聲不來就耳　鼻口意亦爾　法法相因緣
無著空無法　賢聖八品道　三十七行觀
虛空寂然界　無相無有願　行有黑白報
受對識分別　欲求識實相　不見有住處
莊嚴佛刹土　四等無所畏　解了識空法
識滅行亦滅　菩薩成道果　無去來今法
識如幻化道　不住於彼此　識滅歸虛空
假號無眞實　初入四空定　除想無係著
豎顯高法幢　演暢識相法　前識非後識
亦不離於識　三界第一尊　乃能究識性
如人在山頂　通達見四遠　分別善惡行
天眼通第一　遠見十方界　有黠智慧人
如掌觀明珠

爾時世尊説此頌時八十四億衆生欲得遠離六識法相不樂生死流轉五道發弘誓心住無識地

善權品第十九

爾時座中有菩薩名曰舉手前白佛言世尊願聞菩薩摩訶薩權變無數不可稱計佛言菩薩摩訶薩常行善權非此非彼非兩中間隨前適化義説句説思惟義趣莊嚴佛土六度無極乃至想知滅方便導引無所罣礙不自貢高亦無憍慢容貌端正法服齊整受前信施非度不捨光相端嚴言説清淨爲一衆生住壽億劫留形在後餘方教化如是分身難可思量所可遊化無覺知者在鬼神界現大神力亦使彼鬼度化衆生展轉相教不失道教復次權變化佛形像光相炳然其有覩見及聞所説法初中竟語安隱快樂禪定覺道明慧解脱契經偈經記經授決經處經出要經廣長經聚經生經廣普經未曾有經現經轉經譬喻經因縁經隨所趣向與説深法解空無我衆生所念各各不同能令一切入解脱門譬如泉源陂池五河駛流各各有名悉歸于海便無本名亦如須彌跱立難動雜色衆鳥往依附山皆同一色便無本色菩薩摩訶薩教化衆生淨佛國土亦復如是衆生心識所念不同若干思想能令一切至解脱門想定意滅便無本念同一解脱是謂菩薩摩訶薩權變適化不可測量爾時世尊即説頌曰

譬如田農夫　選擇良美地　下種不失時
溉灌以時節　長養苗成就　不傷蟲蝗灾

究竟獲果實　收藏無憂畏　菩薩眞實法
六度無極田　消除慳貪心　溉以甘露水
善權方便道　明了去就法　導引衆生類
得至不滅處　生老病煩惱　燒諸心善根
善權方便護　解了去就法　夫人欲出家
禁戒以爲首　不著飾好法　行權菩薩道
畢命不惜身　不犯如毫氂　身如草土糞
隨人所剬割　忍如安明山　堅固不可沮
護戒方便道　毀譽無增減　出冥在明處
菩薩善權道　現身在人間　哀愍一切故
或現微細形　出入無罣礙　道場諸佛坐
滅結更不生　其有至道場　結盡永無餘
亦如大導師　將諸商賈等　入海採珍琦
珊瑚琥珀珠　明月隨意寶　安隱還本國
父母諸兄弟　眷屬奴婢使　和悅心歡喜
如定除去想　行權菩薩等　搜求無盡藏
了別珍琦妙　自用瓔珞身　善權導師長
六度爲妻息　四等心覆蓋　塵垢不著心
世多愚惑人　守慳不布施　積財千萬億
稱言是我有　臨欲壽命終　眼見惡鬼神
刀風解其形　無復出入息　貪識隨善惡
受報甚苦辛　將至受罪處　變悔無所及
佛以權智度　就彼而說法　利根自省罪
悔心不藏匿　聞法得度脫　菩薩善權道
如人生便盲　不識玄黃色　遭遇聖巧匠
療治以法藥　昔聞有五色　青黃赤白黑
旣得明眼識　不別青黃赤　菩薩善權道
分別至究竟　蕩除八難法　不生亦不滅

爾時世尊說此頌已有百億居士行善權道畢竟無爲住無住地

無明品第二十

爾時座中有菩薩名曰智清淨分別空無生老病死婬怒癡多者婬怒癡少者分别衆生三品差別於等分中何病最重所謂重者耶見是智清淨菩薩即從座起偏袒右臂右膝著地長跪叉手前白佛言如來無所著等正覺無所不知無所不見過去當來今現在蚑行喘息人物之類心所念法口所言說身行善惡甚深禁法威儀戒律知多知少知重知輕今我所問非空非不空非有非不有非有空非有有三聚衆生何者爲輕何者爲重何者現報何者生報何者後報云何想知滅云何涅槃云何無餘佛告智清淨菩薩善哉善哉快問斯義愍諸一切多所饒益乃能於佛前問平等法汝還復座吾當與汝解說句義初中竟品黑業受黑報白業受白報一一分別令汝知之爾時世尊即說頌曰

如人種果樹　子苦果亦苦　爲罪得黑報
經歷劫數苦　種甘得甘果　還受甘果報
香潔甚香美　得受清白報　如人在池水
內外清淨徹　無風無塵穢　香美得清淨
其有衆生見　娛樂不能離　佛道清淨行
與彼無有異　黑報衆生等　墜墮三塗難
高下隨駛水　漂流厄難處　當時煩惱苦
獨受無人代　破骨入髓腦　燒煮不可量
已至無救獄　意悟求解脫　無明所覆蓋
不見慧光明　如人行路迷　舉南以爲北
終日心不悟　雖聞亦不信　受罪重苦惱
毒痛加其身　久後罪雖畢　世人所惡賤
形體腥臊醜　如猪卧深溷　宛轉入鑊湯

死而復更生　愚癡本所造　受報如影響
善惡二俱等　等分衆生義　無道無偏黨
行亦有高下　持戒生天人　不施福最少
揣食畏人見　慙愧不露出　雖有天女衆
音樂不和雅　時時出遊觀　畏逢神妙天
若戒布施具　甘露衣食至　前後妓樂遶
如月星中明　久久出遊觀　營從自莊嚴
天樂自然作　斯由此人間　持戒布施具
福報如影隨　諸天雖受福　亦有劫數難
臨欲命終時　乃知衰耗法　善念轉欲微
當復更受身　輪轉五道中　經歷無數劫
善惡受對時　不避豪貴賤　於中能獨拔
如我釋迦文

爾時世尊說此頌已於大衆中諸天及人七萬七千億那由他皆發無上正真道意爾時世尊告智清淨菩薩曰一生補處菩薩大士以權方便在卑賤家生欲得示現除無明結十月在胎臨生之日現無手足父母覩見謂爲是鬼捐棄曠野不使人見所以者何菩薩權化欲令愚癡父母眷屬覩見道明其後數月母復懷身具滿十月生一男兒端正姝妙世之希有晝生夜死父母號哭椎胷向天山神樹神何不憐我先生一子而無手足捐棄曠野今生一子端正無比狀如天神今復晝生夜死心肝斷絶當復奈何復經數月母漸懷妊十月具滿生一男兒三頭八脚四眼八臂覩者毛竪父母眷屬捨而欲去菩薩權現不令得去父母問曰爲是天耶爲是龍鬼神阿脩羅乾闥婆伽樓羅緊那羅摩睺羅伽人與非人耶爾時所生男兒即以偈報父母曰

非天夜叉鬼　須倫伽樓羅　爲母除愚闇
權生父母家　先無手足子　亦復是我身
朝生若暮死　八住無上尊　我今受形分
三頭八手脚　何爲捨我去　徑向地獄門
地獄衆苦備　十八鑊湯沸　一一鑊湯者
十六隔子園　受苦無量劫　求出甚爲難
父母愚惑久　不識眞法性　邪見禱神祠
謂當脫苦難　如火焱熾然　益以乾薪草
焚燒善根本　求滅亦欲難　今我還復體
現本端正形　道本心堅固　修習三通慧
從阿僧祇劫　誓度不度者　守戒不失願
託生父母家　前後捨身命　其數如微塵
所可經歷處　靡不蒙福祐　群品若干種
行跡各不同　應與歡悅度　亦以恐畏化
隨彼衆生念　令復心所願　衆生病非一
投以甘露藥　趣使入道檢　不令入邪徑
諸天受福樂　甘露除病樂　不違聖教樂
解脫涅槃樂

爾時菩薩說此偈時父母宗族及諸來會者皆發無上平等度意

苦行品第二十一

爾時諸會菩薩天龍鬼神阿脩羅乾闥婆迦留羅摩睺羅伽緊那羅人非人學無學及四部衆比丘比丘尼優婆塞優婆夷如來觀察知諸衆生心之所念欲使如來說究竟成就苦行無量齊何發意得成佛道佛知彼心即與說本勤苦之行佛告諸來會菩薩摩訶薩聽我所說眞實法相亦不由俗數得道亦不離俗數得道不從眞道亦不離眞道何以故黑中白妙俗中道妙苦樂甘勝所以者何吾

昔學道直信不疑作日月王日宮殿者縱廣五十一由旬月宮殿者縱廣四十九由旬日放光明一億一千光明月放光明一億光明吾爲日月天子謂爲常住不朽不敗經歷恒河沙億千萬國土作日天子作月天子命盡乃知非實非眞後壽轉減作日月大臣名曰荷伽羅宮殿縱廣二十五由旬次復作毗梨訶波提宮殿縱廣二十由旬次復作鴦伽羅宮殿縱廣十九由旬次復作醘謀宮殿縱廣十九由旬次復作舍尼宮殿縱廣十五由旬此五大臣日月左右於無央數百千劫作此五星壽盡墮落亦不眞實其壽轉減吾曾爲昴宿同伴六人度數三十吾曾作畢宿朋黨五人度數四十五吾曾爲觜宿朋黨三人度數三十吾曾爲參宿單獨一已度數十五吾曾爲井宿朋黨二人度數四十五吾曾爲鬼宿朋黨三人度數四十吾曾爲柳宿朋黨五人度數十五菩薩當知此七宿者跱立東方吾曾爲星宿朋黨五人度數三十吾曾爲張宿朋友二人度數三十吾曾爲翼宿朋友二人度數三十五吾曾爲軫宿朋友五人度數三十吾曾爲角宿單獨一已度數三十吾曾爲亢宿亦獨一已度數十五吾曾爲氐宿朋友二人度數三十五菩薩當知此七宿者跱立南方吾曾爲房宿朋友四人度數三十吾曾爲心宿朋友三人度數十五吾曾爲尾宿朋友三人度數三十吾曾爲箕宿朋友四人度數三十吾曾爲斗宿朋友四人度數三十五吾曾爲牛宿朋友三人度數十六吾曾爲女宿朋友三人度數三十菩薩當知此七宿

者跱立西方吾曾爲虚宿朋友四人度數三十吾曾爲危宿單獨一已度數十五吾曾爲室宿朋黨二人度數三十吾曾爲壁宿朋友二人度數三十五吾曾爲奎宿朋友二人度數三十吾曾爲婁宿朋友三人度數二十吾曾爲胃宿朋友二人度數三十菩薩當知此七宿者跱立北方吾從無數阿僧祇劫或爲日月王或爲臣佐周旋往來形骸朽敗無眞實道後來人間或爲轉輪聖王雜散小王或爲長者居士求清淨道謂爲眞實皆是虚行不合眞道吾昔一時入山求道見諸仙學五千人俱集在一處或翹一足叉手合掌隨日轉身或有事月叉手合掌隨月轉身或卧棘刺或眠沙石中持秃梟牛馬鹿戒或在山頂投身深壑或抱石自沉入於深水或五火自炙求生梵天或解身支節求神所在或發頭頂以腦然燈持供養天或投身熱沸油酥或江右殺無量衆生或江左燒香令命過衆生盡得生天或自念言曼我今在先度父母即以父母擲於火中唱生梵天或食牛糞或食果蓏或七日一食或時不食形骸枯燥或編樹葉以爲衣服或連髑髏以爲衣服或以髑髏以爲食器或服刺針刺心持心令住或時聚會一處互相破腹洗腸去垢唱生梵天吾昔苦行不可稱計於樹王下六年學道日食一麻一米青鴿飛雀頂上生乳蛇虺纏身牧牛犢師瓦石撩擲或時斫刺破壞形體或時以杖搥腹乃至於脊遭此百千萬痛不以爲苦何以故吾當於爾時謂爲是道實非眞道於虚空有天叉手白菩薩言忍力最大破碎

結使今垂成佛愼勿退轉過去恒河沙諸佛世尊不如菩薩斷食求道天神所感使彌家女奉上乳糜食已氣力充足七日思惟降伏魔怨梵天下請得成爲佛闡揚大法可謂眞道無過涅槃涅槃無生老病死吾昔所更苦行如是爾時衆會菩薩歎未曾有皆發無上平等道心

四道和合品第二十二

爾時座中有菩薩名曰遍光神智通達住不退轉弘誓之心不可沮壞諸佛所稱非一非二乃至恒河沙佛功德無量積行無畏恒遊行無量諸佛世界同學八人一名不邪見菩薩二名直意菩薩三名衆相菩薩四名屈伸菩薩五名解脱菩薩六名解縛菩薩七名印可菩薩八名得誓願菩薩從無央數劫已住盡地得不退轉爾時遍光菩薩白佛言云何菩薩摩訶薩入四種道無有前後得成無上等正覺道於是菩薩晝夜思惟見欲如火想知念盡顚倒行法見初利法授阿那含即彼天宫取道明證如是不久或時菩薩在上分地下觀欲界猶如聚沫斷三結使遠離三惡於有無有或有菩薩得根得力立志自在破有滅無無四等心心等彼此無我想非去來今亦非等正覺今此衆生於無上道有何差別佛言善哉斯問吾當與汝具分别之云何菩薩因縁因縁云何名因縁因縁兩臂釧相振故名爲因縁因縁彼教我受承聲受化是謂聲聞無師無智不因彼此故名覺佛復次菩薩摩訶薩此道彼道共相授決處證無證周流五道是謂爲覺亦不見覺亦不見不覺

不一不二是不二入菩薩摩訶薩本行習盡解了縁覺有餘無餘結使永盡是不二入等分衆生解了無常身非我有内外盡空是不二入佛恩流布廣普無邊以苦集道得至無爲是不二入大慈四等覆蓋一切愚惑衆生得至眞實是不二入爾時世尊即説頌曰

聲聞辟支道　假號音響名　猶彼大戰師
勝怨乃爲上　佛爲無等倫　獨步三界尊
伏心降魔兵　忍力至涅槃　輪轉生死苦
命如琢石火　經歷億百千　求脱無有期
佛本無號字　隨人所尊重　羅漢辟支佛
本一無有二　如彼定光佛　授我無上訣
刼後九十一　於此賢刼中　第四最勝尊
號曰釋迦文　五濁鼎沸世　不孝順父母
殺害阿羅漢　不奉三尊教　我所經歷處
非一非二道　六趣煩惱中　經歷無央數
初中後不寐　經行修道德　敬心自覺悟
去離二有著　昔佛所行願　不捨取滅度
一身一識神　與已無別異　勤苦數刼中
精神腐朽敗　爲彼不自已　故得成佛道
我爲一切智　遍教不教者　通慧無所著
一音除狐疑　三生須陀洹　得至無爲道
況復第一者　取佛無有疑　我今諸弟子
有學及無學　四等拔濟苦　無起無生滅
本從思想生　還從思想滅　非我思想生
非我思想滅　行本自有根　流馳非一端
根斷無思想　無復根本念

爾時世尊説此頌時十二那由他衆生皆發無上平等道心

意品第二十三

爾時座中有菩薩名曰根蓮華惠施無礙行四等心堅固難沮進止行來不失威儀禮節從無數劫來常修梵行禪定不亂分別善惡觀察衆生有婬怒癡心無婬怒癡心若多若少皆悉知之遊諸佛國供養承事諸佛世尊善權方便示現無常無我無身無命無人可行知行可住知住慈愍一切時根蓮華菩薩即從座起偏露右臂右膝著地叉手合掌前白佛言善哉世尊四道所趣意何所在爲有意耶爲無意耶意是果耶爲非果耶意是有對無對耶意可見不可見耶意是過去未來現在耶非過去未來現在耶意是仙人法非仙人法耶意是有爲法耶無爲法耶意是有漏法無漏法耶於三法報耶意何所在耶意在黑黑報耶意在白白報耶意在不黑不白不白不黑報耶意在不麤行法細行法耶爾時世尊告根蓮華菩薩言善哉善哉根蓮華菩薩汝所問義愍念一切開化衆生心意識法爲盲冥者示現光明汝今諦聽諦聽善思念之爾時世尊即說頌曰

最勝無等倫　清淨無瑕穢　眼淨如蓮華
不爲塵垢汙　處世有爲法　墜墮三有難
我空彼亦無　意寂無心識　如水在器中
規矩隨前物　過去非本有　現在善惡行
未來當壞敗　此意非本意　菩薩行大慈
示現對無對　洗除塵垢病　安處究竟道
人有五事蔽　令心有障礙　如日照天下
恒有五事蔽　須倫煙霧塵　閉塞根門法
意本無善惡　隨行之所造　寂滅空無法
如果繁折枝　譬如芭蕉樹　葉葉空無實

四大成人身　求意無意根　意在去來今
去來今無意　分別識心法　求神無所有
意法無形貌　不可言是意　心念若干事
生滅不斷絶　過念善惡行　未來當受對
現在行已滿　意造非他爲　一念九十億
有善有惡行　一念之所造　蠲除不可盡
況復日月劫　所造善惡行　智者將護身
堅固不傾動　如彼犯罪人　擎持滿鉢油
若棄油一渧　罪交入大辟　左右作妓樂
矍死不顧視　菩薩修淨觀　執意如金剛
毀譽及惱亂　心意不傾動　解空本求淨
無彼此中間　真如四諦法　趣向涅槃門
本我所造行　牽連身根本　非筭師弟子
所可能籌量　無數億千劫　以身償罪對
象馬六畜形　除人不在次　雖得爲人身
聾盲瘖瘂僂　佛出照世間　邊地不見佛
苦惱五鼎沸　純惡不聞善　顛倒邪法興
真性中道衰　我於無數劫　持行如油鉢
愛身自將護　引致無畏處　九十六種興
如夜見螢火　佛日照世間　除去諸闇冥
佛出世人樂　醫出病人樂　寶出貧人樂
持佛涅槃樂　苦行忍辱樂　我不著色樂
慳貪布施樂　持戒不犯樂　面受聖教樂
思惟禪定樂　有無平等樂　難遭值遇樂
地獄八難苦　無救第一苦　種子腐敗苦
生苗不成苦　生天入罪苦　正見顛倒苦
難陀跋難陀　遶著須彌苦　劫燒火熾苦
心悔求佛苦　一行向一道　一心意不搖
一身修道德　終竟成一實　修一不離一
端嚴一識一　守一不離一　故名獨一步

當其世尊說此頌時十六那由他衆生初行道跡除去塵垢得法眼淨於無所著入定三昧

定意品第二十四

爾時座中有菩薩名曰持空相好具足入四法門辯才第一修持佛土一一佛土留身教化現生現滅隨人高下言語音響有甜有苦說去知來現在明了前人問一報以萬億義味深邃難可思量爾時持空菩薩即從座起偏露右臂右膝著地前白佛言云何菩薩度苦衆生佛告持空菩薩能使衆生聞苦聲響苦行菩薩斷苦滅苦不見苦本一道推苦由恩愛而生集結恩愛縛著人心以藥療治二十八行無從苦本積行累劫滅以復生邪見衆生稱言眞道轉入清淨三昧定意清淨無瑕無彼無此心識開悟暫得定意善哉我利安隱快樂無過此勝意識心結當時暫解謂是眞道此非眞實何以故虛僞誑法非佛本行古昔諸佛所行眞實非我非過佛所行法眞實四不思議何謂爲四持意菩薩能令佛土三千大千刹土盡爲七寶還復如故是一不思議如我今日處母胞胎引汲無量阿僧祇衆生不度者度不到者到除垢至無垢是二不思議我本誓願要度苦人到無苦處一苦不度吾終不取涅槃是三不思議佛身無量非東西南北方之所能受獨一無侶自性法空觀別衆生自觀己性此好此醜此淨此不淨此地水火風此我所此非我所此苦此非苦此樂此非樂此常此非常此今世此後世作福得福作罪得罪爾時世尊即說頌曰

身如灰土糞　四大和合成　無風水莊嚴
地大各自離　火滅在斯須　識無住處所
多罪積苦本　此是識所爲　我今如識本
捨汝不有汝　五色玄黄緑　壞敗人心意
如人出入息　行法不久停　解知非常苦
無我彼中間　一音報萬億　興顯第一教
無常苦空身　曉了諸法相　一還住六淨
解空無相願　了身非我有　如佛教化衆
留身心識離　若佛無此神　云何分身化
隨前罪福報　各令充足願　今受後亦受
現在亦如是　殺害父母罪　亦現亦不現
猶如拍毱報　神識之所染　或逆或變悔
一意向清淨　無爲大導師　捨身去俗累
本無因縁法　其報如影響　如有亦不有
邪見言眞實　癡網所纏裹　從黒還入黒
不別清白法　戒忍有五行　無畏無所懼
定力動大千　降魔如使兵　人求無上道
有退有進者　如何趣大海　往多達者少
遭遇大悲船　善權度彼岸　佛爲一切智
無染無所著　我本行苦業　捨國城妻子
除父母師長　不惜身軀命　如人行曠野
渴乏諸漿水　遇河泉池井　自濟無渴乏
人受四大身　有定不定處　況識有善惡
受報識明白　持戒七寶堂　天女數百萬
天樂自娯樂　念念無愁想　佛力一切智
遍潤一切人　先進五神通　甘露法自潤
稱揚四句義　無前後中間　法法然熾法
法性内外通　如我本所造　愛使之所縛
展轉五道中　以爲屋舍堂　天道琢石光
尋究無有盡　盲龜浮木孔　時時猶可値

人一失命根　億劫復難是　海水深廣大
三百三十六　一針投海中　求之尚可得
一失人身命　難得過於是　奉律持戒人
處世難可值　於億萬千劫　佛如優曇華
有緣衆生等　受化於佛道　斷滅除結使
永盡無所著

當佛說此頌時十二那由他衆生信根竪立無有傾邪尋發無上正真道意

光影品第二十五

爾時世尊於母胎中廣說大乘不可思議將欲滅度示現光影神德令諸會者皆同一色如佛金色無若干差別諸天龍神阿脩羅迦留羅緊那羅摩睺羅伽人與非人及四部衆比丘比丘尼優婆塞優婆夷或有向果或有得果悉令同色欲聞如來光影定意建立功德解脫無礙四辯才智應對捷疾想知滅盡所可拔濟爲人重擔行來進止不失威儀如諸佛法常所講說苦集滅道導引衆生入四意止觀法成就斷意覺力師子無畏賢聖八道空無相願時會中有菩薩名曰賢光即從座起偏露右臂右膝著地叉手合掌前白佛言如來應供正遍知明行足善逝世間解無上士調御丈夫天人師佛世尊放此光明普照三千大千世界此光明所化如佛化不佛力功德非一非二光明所接不可窮盡此二德行有何差別唯願世尊解釋疑結使未信人永無狐疑爾時世尊告賢光菩薩曰汝所問者皆是如來神力何以故如來神光濟度衆生無所罣礙從閻浮提上至果實天光明遠照演暢六度無極布施持戒忍辱精進禪

定智慧如佛神力度脫衆生無彼無此濟度無數阿僧祇衆生皆是佛光蔭涼覆蓋爾時光明有自然音響而說頌曰

過去無數佛　靡不放光明　一一諸光明
說六度無極　戒忍解脫門　樂法以自娛
初說三空定　以次成就道　三毒等分人
無縛無所著　結結四十八　無救罪門閾
非真行道人　所可經歷處　三活歡喜門
神人跡可貴　上勝所經過　得至無爲岸
立行不退轉　無畏神力成　神光所接度
非百億萬倍　如彼一光明　分爲微塵數
一塵作諸刹　無數不可稱　佛力不可量
非有亦非無　一光演說法　度脫阿僧祇
法身自然空　內外清淨行　煩惱八萬四
定意不起亂　昔吾九十二　劫數難可盡
端坐樹王下　行道不中退　人天須倫鬼
勸請問我義　神光遠接度　度脫無央數
過去式棄佛　留光後教化　得入彼無畏
消滅三毒患　次佛惟衛尊　神德不可量
亦復留光明　救濟苦惱人　拘那含牟尼
特出三界尊　今在仙人山　光影炳然著
拘樓天中天　無著無所染　寂滅入涅槃
留光在後化　迦葉本無尊　所度不可量
亦以光明德　今度不度者　我釋迦牟尼
處胎而說法　身此光明彼　遍滿諸佛刹
此非小節人　所可能籌量　唯佛能量佛
功德無差別　當來諸佛等　皆以光明化
現可度衆生　先光而後法

爾時世尊說此頌已當其座上百七十億衆生聞佛說此光明神德皆發無上平等度意

破邪見品第二十六

爾時世尊入正定三昧分身變化放大光明欲令菩薩摩訶薩及四部衆比丘比丘尼優婆塞優婆夷破魔境界住於正地告諸會者吾念過去九十一劫在清明城北雪山南界師宗五千人山中苦行我於彼衆最小弟子諷誦經典筭數技術天文地理靡不綜練彼衆常法其有弟子所學已成當報師恩時我一已亦無財物寶貨可奉上師即跪拜謝欲下彼山人中乞索師不見聽如是再三求哀乞索師復不聽何以故以我明曉經典衆中最勝師告我言吾有秘要寶藏經典卿未諷誦何爲捨吾人間乞求爾時師即以祕要一句五百言使我諷誦未經數日誦習已訖即前白師見聽下山乞求欲報師恩師復不聽而告我言汝當學問秘讖文書日月星辰灾怪禍福山移地動汝亦未知何爲欲捨我人間乞求復更出經一句千言勑我誦讀又未經幾日復得成就白師求乞欲報師恩師復不聽吾更有經一句萬言經中衆寶卿亦未讀誦何由欲捨吾乞求即復出經使讀誦未經幾日已復通達技術灾怪衆星運度皆悉明了時師慇懃欲得留住更無異經可以與者即辭師下山詣村乞求見異學梵志衆五千餘人於大聚落而共祠天彼祠天法殺五百牸牛五百羝羊五百駱駝五百疋馬象中精健六牙成就五百女人金杖一枚金澡罐一枚白氎千張金銀錢各五萬此諸寶物祠天訖竟當入於師時我下山衣裳塵垢先在山中苦行積年被鹿皮衣聞彼聚中異學梵

志師宗五千人設大檀會我即過之時彼師長問吾經典技術多者得爲上座經典少者乃處下座彼師所知不能通達祕要讖記即以我爲上座彼師瞋恚此爲何人珍寶雜物今應屬我此人見奪若當更生共相值遇要當報怨如今奪我無異時我即說邪見顛倒非眞非實分別有無爲說涅槃無生老病死無彼無此中間自相觀法清淨四無所畏爲福生天爲罪地獄慳貪餓鬼抵債畜生善惡之報如影隨形時五千人心識開悟即請我爲師時象馬牛羊駱駝盡應殺之而我不殺金杖澡鑵我應取之我即以與上座瞋者五百女人還寄祠祀之主五萬金錢吾取五百五萬銀錢吾取五百餘寄祠主吾從村至村從國至國漸漸至清明城至東門外見五百梵志耆年宿德學道日久日暴火炙形貌醜穢吾即以五百金錢各與一枚辭別入城見城中人香水灑地除去塵穢懸繒旛蓋行列端嚴皆欲出城我小前行見一女人持華七枚我時左右顧視求香覓華了不能得即問此女汝華可得者吾欲買之女報我言此華王華佛當入城持用上佛不可得也菩薩復以善權方便更告語女吾有寶錢五百枚一華百錢若見與者出錢相付女貪得寶即以五華與之行數十步女自念言此人顏貌端正身被鹿皮衣貪我五枚華不惜銀錢此必有以迴顧喚言男子卿用華爲報言上佛時女聞佛名即以二華持用寄我我即出城遥見佛來諸天人民塡塞道路無有空缺地可禮拜佛前有一汪水可受一人吾即解髮布

髮水中即以此偈而讚歎佛

破愛憍慢山　能滅欲怒癡　第一光相足
惟佛照我心　昔我所求願　今日得見佛
今散五莖華　願得不退轉　餘二非我華
王女寄上佛　無上大導師　見愍蹈我髮

時光明如來見我淨心發大弘誓不可沮壞即以偈而讚我言

摩納發大心　曠濟無數人　弘誓不自爲
植衆功德本　刦後無數刦　五鼎五濁世
成佛度衆生　號字釋迦文　光相三十二
奇特人中尊　受慧稱佛竟　地六返震動
諸天世人民　見我得記莂　常想衆結滅
皆願生我世

爾時光明如來即以足蹈我髮上過佛以神力接我五華及以我身即在虛空餘有二華在佛左右肩上吾昔所行破五千梵志祠天事火之具使行正見八平等法坐卧經行步步饒益度脫衆生從此以來未曾墜墮三塗八難世智辯聰邊地佛後爾時座上魔界衆生計常斷滅言苦有樂無常謂有常無身謂有身習四顛倒不識明慧五蓋自覆貪著利養爾時世尊欲度斯等邪見之人重說頌曰

邪見非眞道　如彼鐵嘴蟲　破骨入髓腦
苦痛無央數　利養壞道德　智者所不習
躬行堅固心　淨除無想法

爾時世尊說此邪見句義味義字義說眞實法無央數百千衆生皆發無上正眞道意

文殊身變化品第二十七

爾時世尊無所著等正覺入上尊定意三昧觀察過去當來今現在菩薩摩訶薩刧數多

少應從一劫二劫乃至百千無數億劫應即般涅槃者或有菩薩摩訶薩供養諸佛功德成就教化衆生淨佛國土或有菩薩摩訶薩行八住童眞不取妻息除婬欲想自住其地無父母兄弟得成無上正眞等正覺佛告文殊師利現汝古昔七十九劫於華光世界在胎說法全身舍利其土人民身長千由旬佛身萬由旬東西南北四維上下無量無限不可稱計非筭師筭師弟子所能籌量根本清淨汝本在彼佛身光相示現神足令此大會得一覩見於如來種利益衆生爾時世尊即說頌曰

文殊本成佛　在胎現變化　方身萬由旬
光相炳然著　目如青蓮華　脣口珠火明
方白四十齒　眼眴上下迎　諸天龍鬼神
香華歸命禮　今我處此胎　此方汝彼剎
於十六分中　不得如毫釐　如來神德化
通達無所礙　禁戒香遠布　諸佛悉歡譽
此今諸來會　欲問難有法　濡首現汝力
蠲除疑網結

爾時文殊師利菩薩摩訶薩不離本座即以神足定力猶如大力人屈伸臂頃接華光世界內娑訶世界釋迦牟尼母胎會中二佛世界不相障礙現身佛相衆好具足坐樹王下敷演深奧最勝之法彼土菩薩亦來親近釋迦文佛供養承事香華旛蓋釋迦文尼菩薩弟子亦復至彼禮事供養彼此音響說甚深妙法共相開通無有罣礙彼說無生此亦如是我說意止彼亦如是意斷根力覺道彼此無異彼說苦空非身此亦如是爾時文殊師

利即說頌曰

觀內外清淨　緣滅想亦然　十方諸佛刹
神德無有異　皆由衆生根　現有妙不妙
計我成佛身　此刹爲最小　座中有疑故
於胎現變化　我身如微塵　今在他國土
三十二相明　在在無不現　本爲能仁師
今乃爲弟子　佛道極曠大　清淨無增減
我欲現佛身　二尊不竝立　此界現受教
我刹見佛身　此刹有劫燒　我土無壞敗
佛力悉周遍　衆生心非一　衆會聽我說
除此更有餘　佛刹名無礙　佛名昇仙尊
國土倍復倍　清淨無瑕穢　國城皆七寶
水精瑠璃地　八解甘露池　洗浴去塵垢
令住無礙處　霍然覩大明　彼昇仙佛者
勿謂爲異人　衆會欲知者　我身濡首是

置此更有餘　刹土名究竟　佛名大智慧
過諸菩薩量　彼無二乘學　辟支聲聞等
菩薩摩訶薩　無有欲恚癡　根敗葉不生
況復有果實　大人相具足　先救後自濟
命如五河流　五使五纏結　五盛陰嘍唻
輪轉五道中　七使熏堅著　不離七生處
無爲八正道　除去八邪業　八慧清淨觀
洗以八解水　八住八除入　有爲八法道
苦法有九分　六趣衆生行　究竟九無礙
莊嚴佛道樹　十力無畏法　被慈弘誓鎧
手執智慧劒　芟除結使林　此界諸衆生
貪著生貢高　重病離良醫　療治方更劇
猶如野火熾　焚燒山林澤　隨嵐大風吹
燄熾何時滅　今我等世界　廣演大智慧
如我今日身　大智如來是

爾時文殊師利說此頌已無量阿僧祇衆生皆悉願樂生華刹土時文殊師利還攝神足現釋迦文佛菩薩弟子國土多少還復如故

八賢聖齋品第二十八

爾時座中有菩薩名曰智積於過去佛造衆德本降伏魔怨善權變化莊嚴佛土於無央數修忍辱忍心不闕禪行不廢於大衆中爲師子吼獨步三界隨時高下靡所不入應適無方能使山河石壁皆爲七寶給施貧窮四事不乏解了空觀法性清淨分別三世威儀法則如幻如化如鏡中像如熱時燄如谷中響所將眷屬根本成就奉持禁戒不犯毫釐即從座起偏露右臂右膝著地叉手合掌前白佛言快哉世尊如來所化無不周遍天龍人鬼皆至道場空界衆生及以胎化所可濟度不可稱量唯願世尊分別六趣善惡之行威儀禁戒初中竟善一一分別使未學者學未知者知佛告智積菩薩善哉善哉能問如來甚深之義今當與汝分別善惡禁戒所趣諦聽諦聽善思念之吾昔一時無央數劫爲金翅鳥王七寶宮殿後園浴池皆七寶成遊戲園觀心得自在所行法則如轉輪聖王內宮婦女狀如天人於百千萬劫時乃入海求龍爲食時彼海中有化生龍子八日十四日十五日受如來齋八禁戒法不殺不盜不婬不妄言綺語不飲酒不聽作倡妓樂香華脂粉高廣牀非時不食奉持賢聖八法時金翅鳥王身長八千由旬左右翅各各長四千由旬大海縱廣三百三十六萬里金翅鳥以翅斫水取龍水未合頃銜龍飛出金翅鳥法欲

食龍時先從尾而吞到須彌山北有大鐵樹高十六萬里銜龍至彼欲得食噉即求龍尾了不知處以經日夜明日龍出尾語金翅鳥化生龍者我身是也若我不持八關齋法者汝即灰滅我金翅鳥聞之悔過自責佛之威神甚深難量我有宮殿去此不遠共我至彼以相娛樂龍即隨金翅鳥至宮殿觀看今此眷屬不聞如來八關齋法惟願指授禁戒威儀若壽終後得生人中爾時龍子具以禁戒法使讀誦即於鳥王宮而說頌曰

七寶宮殿舍　莊嚴極快樂　行滿戒不具
受此金翅身　我是龍王子　修道七萬劫
以針刺樹果　犯戒作龍身　我非胎生龍
濕生及卵生　轉身不退轉　興顯佛法衆
汝今受八齋　化汝眷屬等　奉禁無所犯
必得生善處　我宮在海水　亦以七寶成
摩尼玻瓈珠　明月珠金銀　可隨我到彼
觀看修佛事　復益善根本　慈潤悉周遍

爾時金翅鳥聞龍子所說受八關齋法口自發言自今以後盡形壽不殺如諸佛教金翅鳥眷屬受三自歸已即從龍子到海宮殿彼宮殿中有七寶塔諸佛所說諸法深藏別有七寶函滿中佛說十二因緣總持三昧見彼龍子及諸龍女香華供養禮拜承事猶如天上難檀婆那金殿無異龍子語金翅鳥我受龍身劫壽未盡未曾殺生嬈觸水性爾時龍子復與金翅鳥而說頌曰

殺是不善行　滅壽命中天　身如朝露蟲
見光則命終　持戒奉佛語　得生長壽天
累劫積福德　不墮畜生道　今我爲龍身

戒德清明行　雖墮六畜中　必望自濟度

是時龍子說此頌時龍子龍女心意開解壽終之後皆當生阿彌陀佛國佛告智積菩薩我宿命所行戒德完具得成佛身變化自在無所不入亦入於金翅鳥亦入於龍子亦入於魚鱉黿鼉所化如是

菩薩處胎經卷第四

音釋

漑灌 漑古代切沃也灌古玩切澆也 剬 止兖切細割也 蚑 去纖切蟲行貌 揣 徒官切與摶同 蓏 郎果切果蓏也 獦 力涉切與獵同 挃 職日切撞也 毱 渠竹切毛丸也 閾 皮逼切門限也 羝 都奚切牡羊也 讖 楚禁切符讖也 眴 舒閏切目動也 濡 而兖切 芟 師銜切刈也

菩薩處胎經卷第五

姚秦三藏法師竺佛念譯

五樂品第二十九

爾時世尊觀察衆生心識所念欲知如來所經歷處曾生金翅鳥中受龍子教戒所度無量不可稱計齊是更有餘願聞其意解佛知衆生心中所念將欲示現本所造行身口意法諸族姓子族姓女聽我所說昔有天帝釋去世已來經無數劫天福自然於三千大千諸釋之中最尊第一羅睺羅阿脩羅王生女端正具足女法六十四能行步進止不失儀則面如桃華色口出言氣如優鉢蓮華香身作牛頭栴檀香不長不短不白不黑不肥不瘦具足女法時釋提桓因內自思惟我今此宮天女衆多顏貌端正諸天中勝然不如彼阿須倫女今我寧可集諸兵衆與彼共鬪可得彼女給我使令作是念已即召諸天論說鬪事諸天白帝釋諸天鬪戰必不如彼權可遣執樂神等手執瑠璃九十九弦琴及一弦琴歌歎我天受福快樂無量功德諸天稱善此語可從即勑執樂天子般遮翼等嚴辦樂具即於天上忽然不見如有力士屈伸臂頃已至阿須倫王婆訶前立彈琴出聲作如是頌

我是天帝釋　絕妙彈琴師　歌曲音相和
清淨聲極妙　如我彼天樂　無有憂畏想
念則衣食至　七寶甘露珍　金銀牀玉机
轉關身迴旋　視樂無猒足　天中尊第一
今遣我等來　欲說無諍行　并獻甘露食
求欲作婚姻　我主彼宮殿　琦珍不可量

天女爲眷屬　非千萬億數　知婆訶有女
應與我給使　若不見與者　正爾兵衆攻
須倫聞此語　瞋恚極熾盛　小物興大意
乃欲有所爲　我雖無甘露　豫以自充飽
亦有大兵衆　足得相拒逆

爾時般遮翼等聞此語已即還以其此語具向天帝釋說時婆訶阿須倫王即勑左右促集兵衆吾有所伐正爾令辦各勿有疑即以此偈向所勑說

豪貴天帝釋　遣使般遮翼　歌頌出五音
求我爲婚姻　及彼未集兵　我宜先集衆
往攻不用力　萬得不一失

時彼阿須倫臣佐聞此教已即集四兵往詣須彌山腹壞曲脚天宮次壞風天宮次壞馬天宮次壞莊嚴天宮時有天子名曰大力詣釋提桓因所天王當知阿須倫婆訶集諸兵衆已壞四門天子天王今欲如何時天帝釋憶本所誦口說頌曰

諸佛威神等　救護我今厄　忍慧破恚怒
解脫安隱處　昔我無睡眠　昨日忽眠寐
此瑞非吉祥　須倫侵我境

爾時天帝釋憶佛功德須倫兵衆漸漸却退從四門後園入池水中藕莖絲孔中藏時釋提桓因即勑大臣汝速集兵衆吾欲急逐阿須倫兵衆爾時帝釋諸臣受天王教即集天衆從四門求覓但見刀鎧弓箭在地不見須倫衆轉轉前進直入阿須倫宮殿見婆訶阿須倫女數千萬衆不見阿須倫身將諸女衆歸詣忉利天宮時諸阿須倫等求哀歸命向釋提桓因我等愚惑不知佛弟子神力巍巍

如是我等先祖信奉如來聞佛有戒不取他物今天王釋將我眷屬盡填天宮非佛弟子所行法則帝釋聞之悵然不樂須倫先語證我犯於不與取戒我寧當奉禁不犯偷盜即還諸女爾時阿須倫王即以最所敬女與天帝釋帝釋即以美好甘露與須倫須倫與天和合共修行善不殺不盜不婬不欺不飲酒不香華脂粉作倡妓樂上高廣牀非時不食奉持如來三歸依法吾昔所行無數生中作轉輪聖王無數生中作天帝釋無數生中作梵天王奉持賢聖八關齋法度難救厄設四天下滿中火燄譬如劫燒一心歸命稱如來名持八關齋法投身入火火不能燒若滿中水水不能溺八關齋者諸佛父母

緊陀羅品第三十

爾時座中有菩薩名曰信解脫過去無央數阿僧祇劫爲緊陀羅王須彌山北過瑠璃山瑠璃山北過小鐵圍山鐵圍山北有大黑山緊陀羅王緊陀羅王在中治化過去無數恒沙諸佛亦不覩見亦不聞法亦無有聖衆教化無日月星辰光明所照由昔積福一施之報居在七寶宮殿壽命極長何以故本在人間值遇良田有大長者造佛塔廟此緊陀羅王施一刹柱成辦廟寺復以淨食施彼工匠壽終命盡作胷臆神王在兩山中間自然七寶宮殿屋舍昔在人間居財無量有一沙門中時持鉢乞食婦見沙門在門乞食即擎飯施與長者見婦與沙門食即便瞋恚此何乞人膽視我婦當令此人手脚段段斷壞壽終之後受此醜形八十四劫恒無手足在人間

時學仙人法在深山中誦習呪術能移動日月以夜爲晝以晝爲夜呼吸之頃能吐出金銀七寶能使枯樹悉生枝葉華果能使海水消竭在火不燒身能飛行眼能徹視自識宿命知他人心耳遠聞聲眷屬弟子有五百人聞佛出世佛名清淨光如來應供正遍知明行足善逝世間解無上士調御丈夫天人師佛世尊說微妙法初中竟善大慈平等功勳難量我將諸弟子從深山出飛行經過王宮後園浴池見諸婇女在池洗浴我及弟子下見婦女生染愛心皆失神足即墮園中時我瞋恚故來求佛失我神足時婇女衆見五百丈夫盡在園中尋入白王王勑左右將彼人來我欲問之尋將詣王王問言卿等何人答曰我等在山學仙道人山中誦習呪術能移動日月以夜爲晝以晝爲夜乃至耳遠聞聲眷屬弟子有五百人聞佛出世佛名清淨光我將諸弟子從深山出飛行經過王宮後園浴池見諸婇女在池洗浴我及弟子下見婦女生染愛心皆失神足即墮園中時王告之曰汝等在深山學仙道來爲久近耶答曰二十二小劫王復問曰積劫學道心如死灰不動不搖云何欲心而失神足答曰本謂眞道神靈第一涌沒自在所念皆成不圖今日忽然失道慙愧聖王隨王刑罰王告之曰汝本學道二十二小劫形枯心疲所習不眞如愚惑人空中求實於眞際法不獲實相汝所求師如來等正覺者近在岳峙山中我當將汝等往至佛所若佛有所說當奉行之爾時大王即時嚴駕羽葆之車具五威儀將諸眷屬

及五百仙學人等往詣岳峙山王即下車解劒去蓋却五威儀步至佛所頭面禮足在一面坐爾時國王須臾退坐前白佛言此五百人在山學仙二十二小劫聞佛出世欲來見佛飛過後宮貪著欲愛即失神足唯願世尊與說微妙之法當令還復五神通道佛告大王此五百人所行善根成便壞敗終不究竟本爲長者比丘乞食瞋恚罵言使汝無手無足無數劫中作胷臆神王在大鐵圍黑山中間雖復受報日月所不照先在人間以刹柱施人以一施之惠與辟支佛後得人身於山中學仙欲心熾盛還失神足此緣久有非適今也此五百人於今世命終皆當往生無怒佛所彼佛與說生老病死十二因緣苦無苦本集滅道果亦復如是佛說是時王意開解亦樂欲生無怒佛所爾時國王及五百仙人即從座起禮佛而去

香音神品第三十一

爾時世尊知諸會者心中所念便入定意無形三昧隨衆生意而濟度之昔我人間爲香音神王一閻浮提二閻浮提乃至無數恒沙閻浮提男女眷屬以香爲食衣被服飾皆悉香熏或生北方鬱單越土拘耶尼弗于逮在在所生爲香音王或壽一劫二劫三劫乃至無數阿僧祇劫知有佛有法有比丘僧心常遠離而不親近何以故貪著五樂以善香爲樂於善香中不聞餘音但聞五欲歌笑戲樂終日竟夜不知猒足有善知識昔修善根從地涌出半身人現而告我言此處樂耶何爲貪著此非真實清淨之行除去香熏可得安

隱處此香爲灾爲幻爲化今佛在世可往受教得清淨香遍滿諸方香音神王聞之極大歡喜善哉善哉善知識欲導引我示清淨香今正是時佛爲所在共往禮拜爾時涌出地神即以偈告香音神曰

如來無所著　今在南方界　在胎清淨觀
眷屬無央數　燒諸衆妙香　懸繒華蓋旛
供養如恒沙　戒德甚深香　遍滿十方世
其有聞香者　盡得無上道　汝可將眷屬
往到閻浮提　一心歸依尊　當自面見佛
佛德無邊涯　各隨本所行　一聞三句義
成道不移座　三空慧定力　十八不共法
大人相好具　汝後必獲之　紫磨金色體
輭細不受塵　法身智慧足　汝當悉具得
到彼勿懷懼　正心莫生疑　勇猛不怯弱
便逮師子步　分別身心觀　悉解空自然
眼識無色本　除對不造垢　當行三法門
現後及中間　獲淨三通慧　總持無礙法
無常無樂想　劫數造不善　慧火彈指燒
金銀寶瑠璃　須彌四寶成　劫燒火所焚
行報不可滅　如來在世化　愍彼不爲己
處處在在生　盡緣縛著人　是人射虛空
箭窮還到地　供養諸福田　不選必遇聖
亦如服毒藥　處處求解具　毒氣轉隆盛
命終亦不久　宿有善知識　授以解藥具
次第不選擇　會值解藥法　行施作福業
不選擇高下　此福聖所譽　最尊爲第一

時香音神王聞涌出地神語心開意解五體投地汝爲我師化我童蒙我今愚惑不別眞僞受我悔過如癡如愚爾時地神即從地涌

出現佛金色身三十二相放大光明以神足力接香音神至於胎觀彼諸會衆無覺知者佛告諸來會者吾從無數阿僧祇劫能大能小入細無礙或在天上劫數教化或在人中代彼受苦或在畜生餓鬼地獄分身教化無所不入時香音神王及七十二億眷屬尋發無上住不退轉

地神品第三十二

爾時座中有菩薩名曰善業即從座起偏露右臂右膝著地叉手合掌前白佛言欲問所疑聽者敢說佛告善業恣汝所問吾當爲汝一一分別善業白佛言云何世尊六大衆神何者爲妙地水火風空識耶爾時世尊即以神足令彼地神從地涌出在地界立水神從水涌出在水中立火神從火涌出在火中立風神從風涌出在風中立空神從空涌出在空中立識神從識涌出在識中立佛告善業此六識神汝自問之善業菩薩即問地神於六大中汝爲妙不地神報言於六神中我爲最勝所以者何所生萬物山河石壁樹木華果皆依我住一切衆生有形之類依而得存以是義故我爲最妙爾時善業菩薩問水神曰汝於六神爲最妙不水神報言於六神中我爲最勝所以者何若無水者地爲枯乾無有滋潤草木華果皆爲枯燥衆生之類有形之屬皆當渴死以是義故我爲最勝爾時善業菩薩次問火神六神之中汝爲最勝不火神報言於六神中我爲最勝所以者何若無火者萬物滋長云何成熟若遇霜雹氷寒雷電一切衆生有形之類皆當凍死以是義故

我爲最勝爾時善業菩薩次問風神六神之中汝爲妙不風神答曰於六神中我爲最妙所以者何若無風者樹木華果根牙莖節不得成就一切衆生有形之類進止動揺皆是我風以是義故我爲最妙爾時善業菩薩次問空神於六神中汝爲妙不空神報言於六神中我爲最妙所以者何山河石壁樹木華果一切萬物有形之類行來進止我能含容使得調暢通達往來以是義故我爲最妙爾時善業菩薩次問識神於六神中汝爲妙不識神答曰於六神中我爲最妙所以者何此五大神是我僕從我是其王行來進止若好若醜可避知避可就知就彼皆盲冥我爲眼目以是義故我爲最妙爾時地神白善業菩薩言此事不然何以故恒爲識神之所誑惑不示徑路我欲得堅鞕反與柔輭時復須輭反與我鞕我欲詣南反將至北賊中之賊不過識神自稱爲王此事不然爾時水神白善業菩薩言識神所説是事不然何以故水能潤漬成長萬物我性須冷反與我熱燒炙濕盡永無冷性爲識所誑以是義故識言非也爾時火神白善業菩薩言識言非也何以故火能熟物亦爲光明樹木華果隨時成長若無火者識何所依以是義故識言非也爾時風神白善業菩薩言識言非也何以故萬物成長行來進止動揺識制止於我不令動轉以是義故識言非也爾時空神白善業菩薩言識言非也何以故我空法無物不含含容萬品進止行來通達無礙皆是我空若非空者識何所依以是義故識言非也爾時世尊

問善業菩薩此六大所論有句義耶無句義耶有味義耶無味義耶有字義耶無字義耶善業菩薩白佛言世尊如五大性各各均等何以故地界多者水界少者則不成就水界多者火界少者則不成就火界多者風界少者則不成就風界多者空界少者則不成就空界多者識界少者則不成就五界等者識不分別則不成就爾時善業菩薩即說頌曰

識神無形法　五大以爲家　分別善惡行

去就别眞僞　識示善道處　永到安隱道

識爲第六王　餘大最不如

佛告善業汝所問者皆是如來威神力故爾時座上百七十億衆生解識深法悉發無上正眞道意

人品第三十三

爾時座中有菩薩名曰法印聞如來說六大衆生受五陰形分别内外解了空無内心生疑識爲亂想非眞實法何者是人云何是人人從何生佛告法印菩薩善哉善哉汝所問者皆是諸佛威神所接所以者何過去無數阿僧祇恒河沙諸佛及當來無數阿僧祇恒河沙諸佛分别人本假號名字不可思議非彼二乘羅漢辟支所能籌量汝今諦聽諦聽善思念之吾當與汝具分别說猶如此閻浮提沙訶世界出衆生種此事不然何以故非眞實性故非人種東弗于逮亦非人種北鬱單越亦非人種西拘耶尼亦非人種除無量壽佛及阿閦佛國除莊嚴刹土虛空際佛除我今日諸座菩薩餘諸盡非人種何以故從無本已來乃至成佛於其中間初不爲惡此

是人種猶如有人修身口業於不修者是謂人種受三依法於不受者是謂人種奉持五戒於不奉者是謂人種修行十善於不行者是謂人種向須陀洹於不向者是謂人種得須陀洹於不得者是謂人種向斯陀含於不向者是謂人種得斯陀含於不得者是謂人種向阿那含於不向者是謂人種得阿那含於不得者是謂人種向阿羅漢於不向者是謂人種得阿羅漢於不得者是謂人種向辟支佛於不向者是謂人種得辟支佛於不得者是謂人種向佛道者於不向者是謂人種得佛道者於不得者是謂人種故號人尊如來應供正遍知明行足善逝世間解無上士調御丈夫天人師佛世尊是謂人種佛告法印菩薩汝今善聽過去諸佛於現在未來是謂人種現在於未來是謂人種未來於過去現在是謂人種於三世法現在於過去未來最爲第一何以故如來於現在中能行過去未來法何以故勝過去已滅未來未至法性自然非過去能滅現在未來非未來能滅過去現在爾時世尊即說頌曰

過去等正覺　遺教度衆生　分別人根本
上中下微妙　現在最勝佛　明過知未來
除滅前後結　獨照如日明　苦行衆生等
兩足及四足　爲說甘露法　充滿除衆想
諸天十善行　從一三十二　上天下非天
功德之差降　如來衆相具　行善無瑕穢
積德如安明　清淨行無垢　若人生誹謗
言佛非眞道　死入阿鼻獄　諸佛不能救
口氣腥臊臭　肢節煩惱熱　惡念遂熾盛

斯由誹謗罪　行善修功德　識神向善處
如人入池洗　清淨無塵垢　羅漢辟支佛
斷滅永不生　不念吾我身　去離五道苦
佛本所生法　得諸佛印可　今得爲人尊
故號天中天
世尊説此頌已語法印菩薩是謂人種爾時
法印菩薩即從座起偏露右臂右膝著地叉
手合掌前白佛言善哉世尊快説斯義我等
衆會於如來所則非人種云何示現得爲人
種佛告法印菩薩解知諸法空無所有無彼
無此不見彼此者是謂人種觀察法性無去
來今解知法性空寂無二是謂人種於四道
果有成就者無成就者不見有一亦不見二
是謂人種於衆相法不見莊嚴亦不見不莊
嚴解了空寂非一非二是謂人種佛國清淨
除欲怒癡亦不見淨亦不見不淨二事虚寂
是謂人種分别道性三十七品有成有敗不
見俗累有入無入是謂人種發意弘誓不自
爲己安處衆生住在無畏不見有住不見無
住二事平等是謂人種分别禪定心無染著
執意如空無能移動亦不見定亦不見不定
是謂人種衆生邪見導示善處以八正法洗
除心垢亦不見正亦不見不正是謂人種於
四部衆比丘比丘尼優婆塞優婆夷道心堅
固無所戀著不見戒行有犯不犯是謂人種
如是法印於如來法則爲饒益利益衆生於
佛有反復修諸功德不唐捐棄爾時座上百
七十億衆生皆發無上正眞道意修於人種
不退轉行

行品第三十四

爾時座中有菩薩名曰造行即從座起偏露右臂右膝著地叉手合掌前白佛言善哉世尊快説人種非前非後非兩中間行業果報以何得知或過去身非今現在或未來身非過去或現在身非過去未來或內作行受外報或外作行受內報或凡夫身作行須陀洹身受報或須陀洹身作行斯陀含身受報或斯陀含身作行阿那含身受報或阿那含身作行阿羅漢身受報或有衆生得慈三昧無悲喜捨或有衆生得悲無慈喜捨或有衆生得喜無慈悲捨或有衆生得捨無慈悲喜或有衆生從凡夫地不向信地法地取須陀洹或有衆生不向信地法地須陀洹取斯陀含或有衆生不向信地法地須陀洹斯陀含取阿那含或有衆生不向信地法地須陀洹斯陀含阿那含取阿羅漢或有衆生不向信地法地須陀洹斯陀含阿那含阿羅漢取彼此阿羅漢或有衆生向辟支佛還自墜落墮凡夫地或有衆生向阿羅漢還自墜落墮凡夫地或有衆生向阿那含還自墜落墮凡夫地或有衆生向斯陀含還自墜落墮凡夫地或有衆生向須陀洹還自墜落墮凡夫地或有衆生於法地退墮凡夫地或有衆生於信地退墮凡夫地此諸衆生於如來所皆有狐疑唯願世尊一一分別令諸會者爥然開悟爾時世尊告造行菩薩曰善哉善哉汝所問義皆爲當來過去現在亦是諸佛行業果報吾今一一分別諦聽諦聽善思念之云何造行菩薩欲使如來説過去無量阿僧祇劫行業果報耶欲使如來説未來無量阿僧祇劫行

業果報耶欲使如來說現在無量阿僧祇劫行業果報耶爾時造行菩薩白佛言世尊且置過去未來行業果報欲聞如來現身行業果報佛告造行菩薩過去無數阿僧祇劫行業果報亦是現在作未來無數阿僧祇劫行業果報亦是現在作現在所作行業果報亦是過去未來受對因緣今當與汝說之昔我所更苦行無數或修淨行或修不淨行或修天行或修人行初求佛道諸漏已盡神通變化燿然大悟三界都苦唯我爲樂於尼連水邊六年苦行日食一麻一米斯由曩昔向一緣覺犯口四過斷絕一施今受輕報我既成佛爲五百摩納子惡聲誹謗罵詈在諸街巷稱言佛道非眞時國人民有信不信信者信地法地不信者外凡夫人如此人等根力成就不可沮壞佛出於世光明普照地獄休息餓鬼飽滿在畜生者不復荷負重擔如我弟提婆達兜以石擲佛脚指出血吾時避走東至弗于逮北至鬱單越西至拘耶尼吾復避之從忉利天上至三十二天此石故隨逐吾吾復避之還至故處爲石所傷吾在摩竭國界耆闍園中閑居經行時有長者名尸利堀請我供養我即受請將阿難一人尋從我行彼長者舍有七重門門各有守者過去未來現在諸佛常法默然受請不受餘請凡我弟子出家爲道行亦應爾我至彼門尸利堀長者於內作倡妓樂自恣忘我在外已經日夜佛語阿難汝行乞食我住此處時彼馬將從佛邊過佛從乞食馬將答言我今無食唯有熟麥當持相與即持熟麥施與佛佛即受食

之時彼馬將謂爲佛食爾時有天子名曰練
精即接食去諸人見者謂爲佛食然佛不食
爲度彼故故現受食如是九十日在門裏住
阿難亦九十日乞食如來威神不令國王及
群臣長者知佛住此何以故恐彼生慢興誹
謗心佛無威神餘人何望爾時尸利堀長者
有小因緣出外遊戲見佛在門方問佛言何
時至此佛告長者卿前請我我即來此汝在
於內快自娛樂今以經九十日欲還晝闍園
中得君供養食馬熟麥時尸利堀長者極懷
慚愧五體投地唯願世尊垂恕不及聽我悔
過佛告長者此緣久有非適今也爾時長者
請佛入宮四事供養佛爲說法諸塵垢盡得
法眼淨吾昔一時在毗舍離城初成佛道未
久六師興盛吾有弟子千二百五十人一千
一人皆得羅漢六通清徹時有栴遮摩那耆
女是阿闍羅翅舍欽婆羅弟子受師明教日
來佛所外現清信女法內心受邪師教來往
周旋欲令人見以草作腹日漸令大後以木
盂繫腹狀如臨產婦女時邪師問言汝那得
此身報言我日日往瞿曇沙門所故有此身
師便瞋言誑我弟子我此弟子垂當生梵天
毀辱我弟子乃至於此是時邪師將諸弟子
并此女人往至佛所當於爾時如來與無央
數衆而爲說法梵志至佛所高聲唱言此沙
門瞿曇犯於婬欲實不得道自稱言得道所
作變化皆是幻術非眞實道指此女人言衆
人皆見不也愛我此女使令有娠發此語已
時天帝釋化作一黃鼠在女裙裏齧盂繩索
令盂墮地衆人皆見呵責罵言汝等師徒誹

毀聖人促出國去吾昔一時在錦毗梨國在一樹下禪定行道經九十日不移處所時彼六師名金那金離有女弟子酸陀羅難提興嫉妬心欲障佛功德自顯師道女言我能使人不供養佛令師名聲流布于外時彼女人懷此謀心日往佛所經數日中殺身埋精舍後園中後來出死屍言佛殺之謗名流布國人皆知吾昔一時左脇患風使耆域令治耆域言當須牛乳象溺舍利沙畢鉢尸利沙胡椒煮以爲湯服之則差吾昔一時在他村中遊行教化吾爲馬槍刺脚孔上下徹疼痛無量復使耆域治之吾昔一時忽患頭痛猶如兩須彌山夾頭疼痛痛不可處今雖成佛諸漏已盡諸善普集行本不朽從無數劫修清淨行業果報難可得離佛身如是何況阿羅漢辟支佛能免行報耶爾時世尊與造行菩薩而說頌曰

最勝四神足　住壽無數劫　天地悉壞敗
須彌如灰塵　行業追逐身　無處可隱藏
我成最正覺　三界無等倫　故受九報對
宿行牽連縛　我有三昧力　金剛不可沮
不能避報業　捨而不受對　我今生緣盡
齊是更無分　永與生死別　更不造彼行
人多貪五欲　不謹慎放逸　今世亦後世
常墮有憂處　涅槃無所著　示現有爲法
設復不現化　衆生難可度　八等無爲道
賢聖所行路　去離諸縛著　無有生滅法
道從無常觀　思惟不淨法　一心不移動
成就諸相好　羅漢辟支佛　償對復甚我
行業所追逐　何處可得免　智慧舍利弗

常行佛功德　下腸取滅度　此是明白證
神足目揵連　步步登須彌　執杖梵志打
骨碎如芥子　娑竭阿羅漢　降伏難陀龍
臨取滅度時　眼精墮無數　金華比丘尼
神德難可量　化作轉輪王　統領四天下
捨壽入無爲　支節刀劒解　辟支名光相
無佛法出世　隨世盡其壽　鑊湯取滅度
我今說現在　此等諸業報　設當說過去
阿僧祇佛行　以劫數至劫　業報不可盡
當來復有佛　今在此座上　亦當說報業
如今無有異　菩薩摩訶薩　精進不懈怠
常急離業報　不與彼共俱

爾時造行菩薩聞此偈已衣毛皆豎不樂生死周旋五道皆發無上住不退轉地

法住品第三十五

爾時世尊見衆會寂然清淨純一無雜出廣長舌左右舐耳放大光明上至無量阿僧祇剎土衆生見光欣然踊躍歎未曾有爾時世尊還攝光明佛告彌勒菩薩摩訶薩吾從無數阿僧祇劫已來身口意淨無有瑕穢得此實相光明之報斯由不欺妄故佛復告彌勒菩薩摩訶薩我今囑累於汝菩薩胎化經典汝當宣傳廣宣布之若有善男子善女人諷誦此經香華供養擣香末香繒綵華蓋作倡妓樂其功德福甚多甚多若有善男子善女人不能究竟朝暮諷誦彈指之頃心念此經者其功德福不可稱量何以故此胎經者諸佛之父母衆經中長過去當來諸現在佛要在胎經中所化度衆生過於色身百倍千倍巨億萬倍不可稱量佛復告彌勒菩薩摩訶

薩若有善男子善女人禮事供養此經典者欲得面見十方諸佛一心歸命無他異想即時得見十方諸佛若有善男子善女人發大誓願我今欲使地獄休息餓鬼畜生無煩惱病一心歸命諷誦此經諸苦惱衆生皆得解脱佛復告彌勒菩薩摩訶薩我今緣盡無教化處此經留住或一千年或至二千年或至三千年今分爲三分一分付與阿難度我遺法弟子一分與難陀優鉢羅龍王餘一分者彌勒與我宣傳使一切衆生普得聞知無得中斷彌勒汝作佛時汝當宣布此經十方天下衆生蠕動喘息蚑行人物之類皆蒙此經悉得解脱彌勒汝般涅槃後此經二十一劫流布在世然後乃斷若有善男子善女人諷誦此經心不錯亂發大弘誓欲令衆生悉同

我願同時俱生清淨國土承事禮敬諸佛世尊如願得之而無罣礙佛復告彌勒菩薩摩訶薩汝當承受我教當念佛恩欲報佛恩者常當一心奉持供養胎化經典此功德福無能宣暢何以故此胎化經典諸法寶藏諸佛封印唯有如來應供正遍知明行足善逝世間解無上士調御丈夫天人師佛世尊能開發此印封示現衆生彌勒當知我前後所説三昧總持甚深經典汝忘一字一句此過少耳若於此胎化經典忘失一字一句其過甚多何以故此諸佛世尊之父母也爾時世尊説是語時普地六反震動時坐菩薩各各自相謂言釋迦文佛離法性不久必當還現如本色相時座上有八十四億姟衆生皆發無上住不退轉時諸菩薩忽然不現各離胎化

供養釋迦文佛金棺舍利

復本形品第三十六

爾時世尊還攝威神在金棺裏寂然無聲諸天燒香散華供養時大迦葉將五百弟子從摩伽提國來至佛所聞佛今日當取滅度悲啼號泣不能自勝爾時世尊以天耳聞迦葉來至即從棺裏雙出兩足迦葉見之手捉摩捫啼泣不能自勝爾時迦葉並說頌曰

一切行無常　生者必有死　無生亦無死
此滅爲最樂　佛所教化人　所度已周遍
我行道迥絶　深恨不見佛　法界悉皆空
色身亦當爾　無有老病死　無爲無所生
住壽百恒沙　亦當歸滅度　況我天尊師
處世著穢汙

爾時迦葉及五百弟子皆繞金棺七帀在一面立爾時阿難捉棺西北角難陀捉東北角諸天在後侍直北出去雙樹四十九步安厝金棺隨沙門法以牛頭栴檀香積金棺上諸梵天王釋提桓因將諸天衆在虛空中散華供養爾時尊者迦葉手執火然栴檀薪而耶維之八大國王爭分舍利隨力多少各持歸供養

起塔品第三十七

爾時八大國王優填王頂生王惡生王阿闍世王四大兵馬主最豪兵馬主容顏兵馬主熾盛兵馬主金剛兵馬主此八大王共諍舍利各領兵衆列住一面八大王各各言佛舍利我應獨得之有一大臣名優波吉諫言諸王莫諍佛舍利應當分之普共供養何爲與兵共相征伐爾時釋提桓因即現爲人語諸

王言我等諸天亦當有分若共諍力則有勝負幸可見與勿足爲難爾時阿耨達龍王文隣龍王伊那鉢龍王語八王言我等亦應有舍利分若不見與力足相伏時優波吉言諸君且止舍利宜共分之即分爲三分一分與諸天一分與龍王一分與八王金瓮受石餘此臣密以蜜塗瓮裏以瓮爲量即分舍利諸天得舍利還於天上即起七寶塔偷婆龍得舍利還於龍宮亦起七寶塔偷婆八王得舍利各還本國亦起七寶塔偷婆臣優波吉著金瓮舍利三斗并瓮亦起七寶塔偷婆灰及土四十九斛起四十九七寶塔偷婆當耶維處亦起七寶塔偷婆高四十九仞香華供養懸繒旛蓋終日竟夜音樂聲不斷佛之威神令諸七寶塔各各有光明或夜放光明與晝無異或晝放光明與夜無異諸護塔善神各各來營護不令惡人有觸犯者

出經品第三十八

爾時佛取滅度已經七日七夜時大迦葉告五百阿羅漢打揵椎集衆卿五百人盡詣十方諸佛世界諸有得阿羅漢六通清徹者盡集此閻浮提詣雙樹間釋迦牟尼佛今已捨壽取般涅槃耶維已訖起七寶塔今集大衆欲得演佛眞性法身汝等速集聽採微妙之言爾時五百阿羅漢受大迦葉教以神足力如人屈伸臂頃即到十方恒沙刹土集諸羅漢得八億四千衆來集至忍界聽受法言爾時迦葉見衆已集語優波離卿爲維那唱阿難下即受教唱下阿難卿是佛侍者今有大過於我等所卿自知不也阿難白大迦葉言

不審有何大過於聖衆所迦葉告阿難言云何阿難佛所說經若有得道羅漢六通清徹者修四神足多修多行能住壽一劫有餘卿何故黙然而不報佛時阿那律將阿難出在外須臾復喚阿難前還以舊事具責阿難爾時阿難心意荒亂内自念言佛滅度未久恥我乃爾即思惟四意止四意斷四神足五根五力七覺八道分別苦本集滅道果即於衆前成阿羅漢諸塵垢滅朗然大悟聖衆稱善諸天歌歎當於爾時地六反震動諸天散華作倡妓樂色身滅度法身出世利益衆生多所潤及即使阿難昇七寶高座迦葉告阿難言佛所說法一言一字汝慎勿使有缺漏也菩薩藏者集著一處聲聞藏者亦集著一處戒律藏者亦著一處爾時阿難發聲唱言我聞如是一時及說佛所居處迦葉及一切聖衆皆墮淚悲泣不能自勝咄嗟老死如幻如化昨日見佛今日已稱言為我聞最初出經胎化藏爲第一中陰藏第二摩訶衍方等藏第三戒律藏第四十住菩薩藏第五雜藏第六金剛藏第七佛藏第八是爲釋迦文佛經法具足矣二月八日成佛二月八日轉法輪二月八日降魔二月八日入般涅槃

菩薩處胎經卷第五

音釋

鞕魚孟切與硬同　漬疾智切潤也　㸌虛郭切雲消貌　堀其物切　齩五巧切齧也　舐神帋切餂也　捫莫奔切　厝倉故切

央掘魔羅經

劉宋天竺三藏法師求那跋陀羅譯

清刻龍藏佛說法變相圖

央掘魔羅經卷第一

劉宋天竺三藏法師求那跋陀羅譯

如是我聞一時佛住舍衛國祇樹給孤獨園爾時世尊與無量菩薩摩訶薩俱及四部衆無量諸天龍神夜叉乾闥婆迦樓羅緊那羅摩睺羅伽毗舍遮負多伽那阿磋羅檀那婆王日月天子阿脩羅及諸羅刹護世主四天王魔天等俱爾時世尊廣說妙法度脫衆生名曰執劒大方廣經初中後善究竟顯示善義善味純一滿淨具足清白梵行之相說斯經已舍衛城北去城不遠彼處有村村名薩那有一貧窮婆羅門女名跋陀羅女生一子名一切世間現少失其父厥年十二色力人相具足第一聰明辯慧微言善說復有異材名頗羅呵私有一舊住婆羅門師名摩尼跋

陀羅善能通達四毗陀經時世間現從其受學謙順恭敬盡心供養諸根純淑所受奉持爾時彼師暫受王請留世間現守舍而去婆羅門婦年少端正見世間現即生染心忽忘儀軌前執其衣時世間現白彼婦言仁今便爲是我之母如何尊處而行非法内懷愧悚捨衣遠避爾時彼婦欲心熾盛泣淚念言彼見斷絶不隨我意若不見從要斷其命不使是人更餘婚娶即以指爪自攫其體婬亂彌熾自燒成病行女人諂莊嚴其身以繩自縊足不離地時摩尼跋陀事畢還家見婦自懸以刀截繩高聲大呌而問之言誰爲此事時婦答言是世間現欲行非法强見陵逼作如是事摩尼跋陀先知其人有大德力即思惟言彼初生日一切刹利所有刀劒悉自拔出

利劒捲屈墜落于地時諸刹利咸大恐怖其生之日有如此相當知是人有大德力思惟是已語世間現汝是惡人毀辱所尊汝今非復眞婆羅門當殺千人可得除罪世間現禀性恭順尊重師教即白師言嗚呼和尚殺害千人非我所應師即謂言汝是惡人不樂生天作婆羅門耶答言和尚善哉奉命即殺千人還禮師足師聞見已生希有心汝大惡人故不死耶復作念言今當令死而告之言殺一一人一一取指殺千人已取指作鬘冠首而還然後得成婆羅門耳以是因緣名央掘魔羅即白師言善哉和尚受教即殺千人少一爾時央掘魔羅母念子當飢自持四種美食送往與之子見母已作是思惟當令我母得生天上即便執劒欲前斷命去舍衛國十

由延少一丈於彼有樹名阿輸迦爾時世尊以一切智如是知時如鴈王來央掘魔羅見世尊來執劒疾往作是念言我今復當殺是沙門瞿曇爾時世尊示現避去時央掘魔羅而說偈言

住住大沙門　白淨王太子　我是央掘魔
今當稅一指　住住大沙門　無貪染衣士
我是央掘魔　今當稅一指　住住大沙門
毀形剃髮士　我是央掘魔　今當稅一指
住住大沙門　知足持鉢士　我是央掘魔
今當稅一指　住住大沙門　無畏師子遊
我是央掘魔　今當稅一指　住住大沙門
雄健猛虎步　我是央掘魔　今當稅一指
住住大沙門　儀雅鵞王趍　我是央掘魔
今當稅一指　住住大沙門　安詳龍象行
我是央掘魔　今當稅一指　住住大沙門
明朗日初出　我是央掘魔　今當稅一指
住住大沙門　明淨盛滿月　我是央掘魔
今當稅一指　住住大沙門　莊嚴眞金山
我是央掘魔　今當稅一指　住住大沙門
千葉蓮華眼　我是央掘魔　今當稅一指
住住大沙門　素齒白蓮華　我是央掘魔
今當稅一指　住住大沙門　善說眞言舌
我是央掘魔　今當稅一指　住住大沙門
眉間白毫相　我是央掘魔　今當稅一指
住住大沙門　光澤紺青髮　我是央掘魔
今當稅一指　住住大沙門　過膝傭長臂
我是央掘魔　今當稅一指　住住大沙門
離欲馬王藏　我是央掘魔　今當稅一指
住住大沙門　膝骨密不現　我是央掘魔

今當稅一指 住住大沙門 手足赤銅甲
我是央掘魔 今當稅一指 住住大沙門
輕舉躡虛足 我是央掘魔 今當稅一指
住住大沙門 迦陵頻伽聲 我是央掘魔
今當稅一指 住住大沙門 憍吉羅妙音
我是央掘魔 今當稅一指 住住大沙門
百億勝光曜 我是央掘魔 今當稅一指
住住大沙門 諸根善調伏 我是央掘魔
今當稅一指 住住大沙門 十力悉具足
我是央掘魔 今當稅一指 住住大沙門
善持四眞諦 我是央掘魔 今當稅一指
住住大沙門 說八道饒益 我是央掘魔
今當稅一指 住住大沙門 三十二相具
我是央掘魔 今當稅一指 住住大沙門
八十種妙好 我是央掘魔 今當稅一指

住住大沙門 永滅諸愛欲 我是央掘魔
今當稅一指 住住大沙門 莫令我起瞋
我是央掘魔 今當稅一指 住住大沙門
未曾見奇特 我是央掘魔 今當稅一指
住住大沙門 脩羅因陀羅 及與諸羅刹
降是三憍慢 汝是何等人 如是極疾行
及我未下刀 知時宜速住 住住大沙門
不聞我名耶 我是央掘魔 今當速輸指
住住大沙門 其諸衆生類 若有聞我名
一切皆怖死 何況面見我 而得全身命
住住大沙門 汝是誰速說 爲天爲風耶
於我前疾去 住住大沙門 我今已疲乏
終不能及汝 今當稅一指 住住大沙門
汝善持淨戒 宜速輸一指 莫度我境界
爾時世尊猶如鵞王庠行七步師子顧視爲

央掘魔羅而說偈言

住住央掘魔　汝當住淨戒　我是等正覺
輸汝慧劒稅　我住無生際　而汝不覺知
汝央掘魔羅　我是等正覺　今當輸汝稅
無上善法水　汝今當速飲　永除生死渴
住住央掘魔　汝當住淨戒　我是等正覺
輸汝慧劒稅　我住於實際　而汝不覺知
汝央掘魔羅　我是等正覺　今當輸汝稅
無上善法水　汝今當速飲　永除生死渴
住住央掘魔　汝當住淨戒　我是等正覺
輸汝慧劒稅　我住無作際　而汝不覺知
汝央掘魔羅　我是等正覺　今當輸汝稅
無上善法水　汝今當速飲　永除生死渴
住住央掘魔　汝當住淨戒　我是等正覺
輸汝慧劒稅　我住無爲際　而汝不覺知
汝央掘魔羅　我是等正覺　今當輸汝稅
無上善法水　汝今當速飲　永除生死渴
住住央掘魔　汝當住淨戒　我是等正覺
輸汝慧劒稅　我住無老際　而汝不覺知
汝央掘魔羅　我是等正覺　今當輸汝稅
無上善法水　汝今當速飲　永除生死渴
住住央掘魔　汝當住淨戒　我是等正覺
輸汝慧劒稅　我住無病際　而汝不覺知
汝央掘魔羅　我是等正覺　今當輸汝稅
無上善法水　汝今當速飲　永除生死渴
住住央掘魔　汝當住淨戒　我是等正覺
輸汝慧劒稅　我住不死際　而汝不覺知
汝央掘魔羅　我是等正覺　今當輸汝稅
無上善法水　汝今當速飲　永除生死渴
住住央掘魔　汝當住淨戒　我是等正覺

輸汝慧劒稅　我住無染際　而汝不覺知
汝央掘魔羅　我是等正覺　今當輸汝稅
無上善法水　汝今當速飲　永除生死渴
住住央掘魔　汝當住淨戒　我是等正覺
輸汝慧劒稅　我住無漏際　而汝不覺知
汝央掘魔羅　我是等正覺　今當輸汝稅
無上善法水　汝今當速飲　永除生死渴
住住央掘魔　汝當住淨戒　我是等正覺
輸汝慧劒稅　我住無罪際　而汝不覺知
汝央掘魔羅　我是等正覺　今當輸汝稅
無上善法水　汝今當速飲　永除生死渴
住住央掘魔　汝當住淨戒　我是等正覺
輸汝慧劒稅　我住於諦際　而汝不覺知
汝央掘魔羅　我是等正覺　今當輸汝稅
無上善法水　汝今當速飲　永除生死渴
住住央掘魔　汝當住淨戒　我是等正覺
輸汝慧劒稅　我住於法際　而汝不覺知
汝央掘魔羅　我是等正覺　今當輸汝稅
無上善法水　汝今當速飲　永除生死渴
住住央掘魔　汝當住淨戒　我是等正覺
輸汝慧劒稅　我住寂靜際　而汝不覺知
汝央掘魔羅　我是等正覺　今當輸汝稅
無上善法水　汝今當速飲　永除生死渴
住住央掘魔　汝當住淨戒　我是等正覺
輸汝慧劒稅　我住安隱際　而汝不覺知
汝央掘魔羅　我是等正覺　今當輸汝稅
無上善法水　汝今當速飲　永除生死渴
住住央掘魔　汝當住淨戒　我是等正覺
輸汝慧劒稅　我住無憂際　而汝不覺知
汝央掘魔羅　我是等正覺　今當輸汝稅

無上善法水　汝今當速飲　永除生死渴
住住央掘魔　汝當住淨戒　我是等正覺
輸汝慧劒稅　我住離憂際　而汝不覺知
汝央掘魔羅　我是等正覺　今當輸汝稅
無上善法水　汝今當速飲　永除生死渴
住住央掘魔　汝當住淨戒　我是等正覺
輸汝慧劒稅　我住無塵際　而汝不覺知
汝央掘魔羅　我是等正覺　今當輸汝稅
無上善法水　汝今當速飲　永除生死渴
住住央掘魔　汝當住淨戒　我是等正覺
輸汝慧劒稅　我住離塵際　而汝不覺知
汝央掘魔羅　我是等正覺　今當輸汝稅
無上善法水　汝今當速飲　永除生死渴
住住央掘魔　汝當住淨戒　我是等正覺
輸汝慧劒稅　我住無羸際　而汝不覺知

汝央掘魔羅　我是等正覺　今當輸汝稅
無上善法水　汝今當速飲　永除生死渴
住住央掘魔　汝當住淨戒　我是等正覺
輸汝慧劒稅　我住無灾際　而汝不覺知
汝央掘魔羅　我是等正覺　今當輸汝稅
無上善法水　汝今當速飲　永除生死渴
住住央掘魔　汝當住淨戒　我是等正覺
輸汝慧劒稅　我住無惱際　而汝不覺知
汝央掘魔羅　我是等正覺　今當輸汝稅
無上善法水　汝今當速飲　永除生死渴
住住央掘魔　汝當住淨戒　我是等正覺
輸汝慧劒稅　我住無患際　而汝不覺知
汝央掘魔羅　我是等正覺　今當輸汝稅
無上善法水　汝今當速飲　永除生死渴
住住央掘魔　汝當住淨戒　我是等正覺

輸汝慧劒稅 我住無有際 而汝不覺知
汝央掘魔羅 我是等正覺 今當輸汝稅
無上善法水 汝今當速飲 永除生死渴
住住央掘魔 汝當住淨戒 我是等正覺
輸汝慧劒稅 我住無量際 而汝不覺知
汝央掘魔羅 我是等正覺 今當輸汝稅
無上善法水 汝今當速飲 永除生死渴
住住央掘魔 汝當住淨戒 我是等正覺
輸汝慧劒稅 我住無上際 而汝不覺知
汝央掘魔羅 我是等正覺 今當輸汝稅
無上善法水 汝今當速飲 永除生死渴
住住央掘魔 汝當住淨戒 我是等正覺
輸汝慧劒稅 我住最勝際 而汝不覺知
汝央掘魔羅 我是等正覺 今當輸汝稅
無上善法水 汝今當速飲 永除生死渴

住住央掘魔 汝當住淨戒 我是等正覺
輸汝慧劒稅 我住於高際 而汝不覺知
汝央掘魔羅 我是等正覺 今當輸汝稅
無上善法水 汝今當速飲 永除生死渴
住住央掘魔 汝當住淨戒 我是等正覺
輸汝慧劒稅 我住等高際 而汝不覺知
汝央掘魔羅 我是等正覺 今當輸汝稅
無上善法水 汝今當速飲 永除生死渴
住住央掘魔 汝當住淨戒 我是等正覺
輸汝慧劒稅 我住於上際 而汝不覺知
汝央掘魔羅 我是等正覺 今當輸汝稅
無上善法水 汝今當速飲 永除生死渴
住住央掘魔 汝當住淨戒 我是等正覺
輸汝慧劒稅 我住無壞際 而汝不覺知
汝央掘魔羅 我是等正覺 今當輸汝稅

無上善法水 汝今當速飲 永除生死渴
住住央掘魔 汝當住淨戒 我是等正覺
輸汝慧劒稅 我住於恒際 而汝不覺知
汝央掘魔羅 我是等正覺 今當輸汝稅
無上善法水 汝今當速飲 永除生死渴
住住央掘魔 汝當住淨戒 我是等正覺
輸汝慧劒稅 我住不壞際 而汝不覺知
汝央掘魔羅 我是等正覺 今當輸汝稅
無上善法水 汝今當速飲 永除生死渴
住住央掘魔 汝當住淨戒 我是等正覺
輸汝慧劒稅 我住不崩際 而汝不覺知
汝央掘魔羅 我是等正覺 今當輸汝稅
無上善法水 汝今當速飲 永除生死渴
住住央掘魔 汝當住淨戒 我是等正覺
輸汝慧劒稅 我住無邊際 而汝不覺知

汝央掘魔羅 我是等正覺 今當輸汝稅
無上善法水 汝今當速飲 永除生死渴
住住央掘魔 汝當住淨戒 我是等正覺
輸汝慧劒稅 我住不可見 而汝不覺知
汝央掘魔羅 我是等正覺 今當輸汝稅
無上善法水 汝今當速飲 永除生死渴
住住央掘魔 汝當住淨戒 我是等正覺
輸汝慧劒稅 我住深法際 而汝不覺知
汝央掘魔羅 我是等正覺 今當輸汝稅
無上善法水 汝今當速飲 未除生死渴
住住央掘魔 汝當住淨戒 我是等正覺
輸汝慧劒稅 我住難見際 而汝不覺知
汝央掘魔羅 我是等正覺 今當輸汝稅
無上善法水 汝今當速飲 永除生死渴
住住央掘魔 汝當住淨戒 我是等正覺

輸汝慧劒稅　我住微細法　而汝不覺知
汝央掘魔羅　我是等正覺　今當輸汝稅
無上善法水　汝今當速飲　永除生死渴
住住央掘魔　汝當住淨戒　我是等正覺
輸汝慧劒稅　我住滿法際　而汝不覺知
汝央掘魔羅　我是等正覺　今當輸汝稅
無上善法水　汝今當速飲　永除生死渴
住住央掘魔　汝當住淨戒　我是等正覺
輸汝慧劒稅　我住極難見　而汝不覺知
汝央掘魔羅　我是等正覺　今當輸汝稅
無上善法水　汝今當速飲　永除生死渴
住住央掘魔　汝當住淨戒　我是等正覺
輸汝慧劒稅　我住無宅法　而汝不覺知
汝央掘魔羅　我是等正覺　今當輸汝稅
無上善法水　汝今當速飲　永除生死渴
住住央掘魔　汝當住淨戒　我是等正覺
輸汝慧劒稅　我住無諍際　而汝不覺知
汝央掘魔羅　我是等正覺　今當輸汝稅
無上善法水　汝今當速飲　永除生死渴
住住央掘魔　汝當住淨戒　我是等正覺
輸汝慧劒稅　我住無分際　而汝不覺知
汝央掘魔羅　我是等正覺　今當輸汝稅
無上善法水　汝今當速飲　永除生死渴
住住央掘魔　汝當住淨戒　我是等正覺
輸汝慧劒稅　我住於無際　而汝不覺知
汝央掘魔羅　我是等正覺　今當輸汝稅
無上善法水　汝今當速飲　永除生死渴
住住央掘魔　汝當住淨戒　我是等正覺
輸汝慧劒稅　我住解脫際　而汝不覺知
汝央掘魔羅　我是等正覺　今當輸汝稅

無上善法水　汝今當速飲　永除生死渴
住住央掘魔　汝當住淨戒　我是等正覺
輸汝慧劒稅　我住寂靜際　而汝不覺知
汝央掘魔羅　我是等正覺　今當輸汝稅
無上善法水　汝今當速飲　永除生死渴
住住央掘魔　汝當住淨戒　我是等正覺
輸汝慧劒稅　我住寂止際　而汝不覺知
汝央掘魔羅　我是等正覺　今當輸汝稅
無上善法水　汝今當速飲　永除生死渴
住住央掘魔　汝當住淨戒　我是等正覺
輸汝慧劒稅　我住上止際　而汝不覺知
汝央掘魔羅　我是等正覺　今當輸汝稅
無上善法水　汝今當速飲　永除生死渴
住住央掘魔　汝當住淨戒　我是等正覺
輸汝慧劒稅　我住無斷際　而汝不覺知
汝央掘魔羅　我是等正覺　今當輸汝稅
無上善法水　汝今當速飲　永除生死渴
住住央掘魔　汝當住淨戒　我是等正覺
輸汝慧劒稅　我住彼岸際　而汝不覺知
汝央掘魔羅　我是等正覺　今當輸汝稅
無上善法水　汝今當速飲　永除生死渴
住住央掘魔　汝當住淨戒　我是等正覺
輸汝慧劒稅　我住美妙際　而汝不覺知
汝央掘魔羅　我是等正覺　今當輸汝稅
無上善法水　汝今當速飲　永除生死渴
住住央掘魔　汝當住淨戒　我是等正覺
輸汝慧劒稅　我住離虛僞　而汝不覺知
汝央掘魔羅　我是等正覺　今當輸汝稅
無上善法水　汝今當速飲　永除生死渴
住住央掘魔　汝當住淨戒　我是等正覺

輸汝慧劒稅　我住破宅際　而汝不覺知
汝央掘魔羅　我是等正覺　今當輸汝稅
無上善法水　汝今當速飲　永除生死渴
住住央掘魔　汝當住淨戒　我是等正覺
輸汝慧劒稅　我住伏慢際　而汝不覺知
汝央掘魔羅　我是等正覺　今當輸汝稅
無上善法水　汝今當速飲　永除生死渴
住住央掘魔　汝當住淨戒　我是等正覺
輸汝慧劒稅　我住伏幻際　而汝不覺知
汝央掘魔羅　我是等正覺　今當輸汝稅
無上善法水　汝今當速飲　永除生死渴
住住央掘魔　汝當住淨戒　我是等正覺
輸汝慧劒稅　我住伏癡際　而汝不覺知
汝央掘魔羅　我是等正覺　今當輸汝稅
無上善法水　汝今當速飲　永除生死渴
住住央掘魔　汝當住淨戒　我是等正覺
輸汝慧劒稅　我住於捨際　而汝不覺知
汝央掘魔羅　我是等正覺　今當輸汝稅
無上善法水　汝今當速飲　永除生死渴
住住央掘魔　汝當住淨戒　我是等正覺
輸汝慧劒稅　我住法界際　而汝不覺知
汝央掘魔羅　我是等正覺　今當輸汝稅
無上善法水　汝今當速飲　永除生死渴
住住央掘魔　汝當住淨戒　我是等正覺
輸汝慧劒稅　我住無入際　而汝不覺知
汝央掘魔羅　我是等正覺　今當輸汝稅
無上善法水　汝今當速飲　永除生死渴
住住央掘魔　汝當住淨戒　我是等正覺
輸汝慧劒稅　我住純善際　而汝不覺知
汝央掘魔羅　我是等正覺　今當輸汝稅

無上善法水　汝今當速飲　永除生死渴
住住央掘魔　汝當住淨戒　我是等正覺
輸汝慧劒稅　我住出世際　而汝不覺知
汝央掘魔羅　我是等正覺　今當輸汝稅
無上善法水　汝今當速飲　永除生死渴
住住央掘魔　汝當住淨戒　我是等正覺
輸汝慧劒稅　我住無動際　而汝不覺知
汝央掘魔羅　我是等正覺　今當輸汝稅
無上善法水　汝今當速飲　永除生死渴
住住央掘魔　汝當住淨戒　我是等正覺
輸汝慧劒稅　我住殿堂際　而汝不覺知
汝央掘魔羅　我是等正覺　今當輸汝稅
無上善法水　汝今當速飲　永除生死渴
住住央掘魔　汝當住淨戒　我是等正覺
輸汝慧劒稅　我住不悔際　而汝不覺知
汝央掘魔羅　我是等正覺　今當輸汝稅
無上善法水　汝今當速飲　永除生死渴
住住央掘魔　汝當住淨戒　我是等正覺
輸汝慧劒稅　我住休息際　而汝不覺知
汝央掘魔羅　我是等正覺　今當輸汝稅
無上善法水　汝今當速飲　永除生死渴
住住央掘魔　汝當住淨戒　我是等正覺
輸汝慧劒稅　我住究竟際　而汝不覺知
汝央掘魔羅　我是等正覺　今當輸汝稅
無上善法水　汝今當速飲　永除生死渴
住住央掘魔　汝當住淨戒　我是等正覺
輸汝慧劒稅　我住三毒斷　而汝不覺知
汝央掘魔羅　我是等正覺　今當輸汝稅
無上善法水　汝今當速飲　永除生死渴
住住央掘魔　汝當住淨戒　我是等正覺

輸汝慧劒稅　我住煩惱斷　而汝不覺知
汝央掘魔羅　我是等正覺　今當輸汝稅
無上善法水　汝今當速飲　永除生死渴
住住央掘魔　汝當住淨戒　我是等正覺
輸汝慧劒稅　我住有餘斷　而汝不覺知
汝央掘魔羅　我是等正覺　今當輸汝稅
無上善法水　汝今當速飲　永除生死渴
住住央掘魔　汝當住淨戒　我是等正覺
輸汝慧劒稅　我住三毒盡　而汝不覺知
汝央掘魔羅　我是等正覺　今當輸汝稅
無上善法水　汝今當速飲　永除生死渴
住住央掘魔　汝當住淨戒　我是等正覺
輸汝慧劒稅　我住於滅際　而汝不覺知
汝央掘魔羅　我是等正覺　今當輸汝稅
無上善法水　汝今當速飲　永除生死渴
住住央掘魔　汝當住淨戒　我是等正覺
輸汝慧劒稅　我住於捨際　而汝不覺知
汝央掘魔羅　我是等正覺　今當輸汝稅
無上善法水　汝今當速飲　永除生死渴
住住央掘魔　汝當住淨戒　我是等正覺
輸汝慧劒稅　我住覆護際　而汝不覺知
汝央掘魔羅　我是等正覺　今當輸汝稅
無上善法水　汝今當速飲　永除生死渴
住住央掘魔　汝當住淨戒　我是等正覺
輸汝慧劒稅　我住依怙際　而汝不覺知
汝央掘魔羅　我是等正覺　今當輸汝稅
無上善法水　汝今當速飲　永除生死渴
住住央掘魔　汝當住淨戒　我是等正覺
輸汝慧劒稅　我住趣向際　而汝不覺知
汝央掘魔羅　我是等正覺　今當輸汝稅

無上善法水　汝今當速飲　永除生死渴
住住央掘魔　汝當住淨戒　我是等正覺
輸汝慧劒稅　我住洲渚際　而汝不覺知
汝央掘魔羅　我是等正覺　今當輸汝稅
無上善法水　汝今當速飲　永除生死渴
住住央掘魔　汝當住淨戒　我是等正覺
輸汝慧劒稅　我住容受際　而汝不覺知
汝央掘魔羅　我是等正覺　今當輸汝稅
無上善法水　汝今當速飲　永除生死渴
住住央掘魔　汝當住淨戒　我是等正覺
輸汝慧劒稅　我住伏慳嫉　而汝不覺知
汝央掘魔羅　我是等正覺　今當輸汝稅
無上善法水　汝今當速飲　永除生死渴
住住央掘魔　汝當住淨戒　我是等正覺
輸汝慧劒稅　我住離渴際　而汝不覺知
汝央掘魔羅　我是等正覺　今當輸汝稅
無上善法水　汝今當速飲　永除生死渴
住住央掘魔　汝當住淨戒　我是等正覺
輸汝慧劒稅　我住捨一切　而汝不覺知
汝央掘魔羅　我是等正覺　今當輸汝稅
無上善法水　汝今當速飲　永除生死渴
住住央掘魔　汝當住淨戒　我是等正覺
輸汝慧劒稅　我住離一切　而汝不覺知
汝央掘魔羅　我是等正覺　今當輸汝稅
無上善法水　汝今當速飲　永除生死渴
住住央掘魔　汝當住淨戒　我是等正覺
輸汝慧劒稅　我住一切止　而汝不覺知
汝央掘魔羅　我是等正覺　今當輸汝稅
無上善法水　汝今當速飲　永除生死渴
住住央掘魔　汝當住淨戒　我是等正覺

輸汝慧劒稅　我住斷道際　而汝不覺知
汝央掘魔羅　我是等正覺　今當輸汝稅
無上善法水　汝今當速飲　永除生死渴
住住央掘魔　汝當住淨戒　我是等正覺
輸汝慧劒稅　我住空樂際　而汝不覺知
汝央掘魔羅　我是等正覺　今當輸汝稅
無上善法水　汝今當速飲　永除生死渴
住住央掘魔　汝當住淨戒　我是等正覺
輸汝慧劒稅　我住結斷際　而汝不覺知
汝央掘魔羅　我是等正覺　今當輸汝稅
無上善法水　汝今當速飲　永除生死渴
住住央掘魔　汝當住淨戒　我是等正覺
輸汝慧劒稅　我住愛盡際　而汝不覺知
汝央掘魔羅　我是等正覺　今當輸汝稅
無上善法水　汝今當速飲　永除生死渴

住住央掘魔　汝當住淨戒　我是等正覺
輸汝慧劒稅　我住離欲際　而汝不覺知
汝央掘魔羅　我是等正覺　今當輸汝稅
無上善法水　汝今當速飲　永除生死渴
住住央掘魔　汝當住淨戒　我是等正覺
輸汝慧劒稅　我住涅槃際　而汝不覺知
汝央掘魔羅　我是等正覺　今當輸汝稅
無上善法水　汝今當速飲　永除生死渴
住住央掘魔　汝當住淨戒　我是等正覺
輸汝慧劒稅　汝當捨利刀　疾來歸明智
莫隨惡師慧　非法謂爲法　應甞至樂味
然後深自覺　一切畏杖痛　莫不愛壽命
取己可爲譬　勿殺勿教殺　如他己不異
如己他亦然　取己可爲譬　勿殺勿教殺
莫作羅刹形　人血常塗身　人血塗利劒

不宜恒在手　速捨首指鬘　離是二生業
二生非法求　是則惡羅刹　羔羊於母所
猶尚知孝養　哀哉汝可愍　爲惡師所誤
揮手奮利劒　而欲害所生　汝今所造業
惡逆過禽獸　殺害甚羅刹　凶暴踰脩羅
求入弊魔黨　長與人類分　咄哉惡逆者
母恩世難報　懷妊十二月　將護盡胎養
既生常鞠育　長夜忍苦穢　今且觀汝母
血淚盈目流　亡身愛念汝　躬自持食來
風吹髮蓬亂　塵土坌汙身　手足悉龜坼
衆苦集朽形　久受飢渴惱　寒暑亦備經
逼切心狂亂　愁毒恒悲嗟

爾時彼母見佛世尊與央掘魔羅往反苦論子心降伏縱身垂臂念其子故說偈白佛

久失寶藏今還得　塵穢壞眼今明淨
哀哉我子心迷亂　常以人血自塗身
極利刀劒恒在手　多殺人衆成屍聚
當令此子隨順我　今敬稽首等正覺
多人見罵難聽聞　汝子如是切責我

爾時世尊告央掘魔羅此樹下者是汝之母生育之恩深重難報云何欲害令其生天央掘魔羅非法謂法如春時飢渴鹿迷惑汝亦如是隨惡師教而生迷惑若諸衆生非法謂法命終當墮無擇地獄央掘魔羅汝今疾來歸依如來央掘魔羅莫怖莫畏如來大慈是無畏處等視衆生如羅睺羅救療衆病無依作依如來安隱是穌息處諸無親者爲作親善諸貧乞者爲作寶藏失佛道者示無上道爲諸恐怖而作覆護爲諸漂溺而作舟梁汝當疾捨利劒出家學道頂禮母足悔過自洗

至誠啓請求聽出家濟度汝母離三有苦今輸稅汝出家具足汝今當飲甘露法水汝久遊惡道迷亂疲倦今當休息汝是稅主我亦稅主爲守道王於一切衆生常受其稅令得超度生死有海爾時央掘魔羅即捨利劍如一歲嬰兒捉火即放振手啼泣時央掘魔羅捨鬘振手發聲號呌亦復如是如人熟眠蛇卒嚙脚即時驚起振手遠擲央掘魔羅速捨指鬘亦復如是爾時央掘魔羅如離非人所持自知慚愧血出遍身淚流如雨譬如有人爲蛇所螫良醫爲呪令作蛇行央掘魔羅宛轉腹行三十九旋亦復如是然後進前頂禮佛足而說偈言

奇哉正覺第一慈　調御人師爲我來
令我得度無知海　愚癡闇冥濤波惑
奇哉正覺無上悲　調御人師爲我來
度我生死曠野難　種種煩惱棘刺林
奇哉正覺第一喜　調御人師爲我來
令我得度諸迷惑　邪見虎狼禽獸難
奇哉正覺第一捨　調御人師爲我來
令我得度無擇獄　求離熾然無量苦
無依怙者爲作依　無親厚者爲作親
集衆惡業趣大苦　今爲我來作歸依

爾時世尊告央掘魔羅汝今可起速往母所至誠悔過求聽出家爾時央掘魔羅從佛足起往至母所遶旋多帀五體布地至誠懺悔悲感大呌即向其母而說偈言

嗚呼慈母我大過　集諸惡業成罪積
隨惡師教行暴害　殺人一千唯少一
我於今日歸依母　亦復歸依佛世尊

我今稽首禮母足　惟願哀愍聽出家
爾時彼母説偈答言
我今已聽汝　出家爲後世　我亦求如來
出家受具足　奇哉難思議　如來無有譬
佛今度我子　普哀諸世間　如來妙色身
功德無倫匹　我今少稱歎　最勝天中天
爾時世尊以偈答言
善哉善女人　當得無間樂　今可聽汝子
於我前出家　汝今年衰老　出家時已過
但當深信樂　以法自穌息　汝今且小待
波斯匿王至
爾時天帝釋將諸天衆婇女眷屬放身光明照舍衞國見央掘魔羅與佛相抗力屈心變摧伏歸悔發大歡喜而説偈言
奇哉十力雄　調御無與等　降伏央掘魔
常血塗身遍　檀那因陀羅　阿脩羅羅刹
凶暴夜叉鬼　及餘諸惡人　那伽緊那羅
大力迦樓羅　彼聞央掘魔　恐怖皆閉目
何況人中王　見而不恐怖　彼初出生時
龍神咸震懼　一切諸刹利　鎧解刀劒落
何況人中王　見而不恐怖　如是凶惡業
如來悉調伏　佛力不思議　智慧境亦然
奇哉央掘魔　善住無染戒　梵行甚清淨
猶如真金山　奇哉我今日　快得善法利
我今當施與　央掘魔羅衣　惟願爲我受
世尊哀愍故　今施央掘魔　沙門隨法服
是大乞士王　世尊善觀察
爾時帝釋白央掘魔羅言惟願大士受此天衣以爲法服時央掘魔羅謂帝釋言汝是何等蚊蚋小蟲我豈當受不信之施汝是何等

貪欲之驢未度生死衆苦長流自性裸形何能施衣當知汝是自性裸形何能施人無價之衣譬如國王有千力士未見怨賊便已躃地何能與彼敵國大王千力士戰如是我受無價衣者何能降伏億煩惱魔及自性魔我當斷除無量煩惱如佛所歎十二頭陀沙門行法我應當學汝非天王無異生盲汝天帝釋不知差别何等名爲凶暴惡業汝是蚊蚋安能知我是凶惡人耶嗚呼帝釋汝知央掘魔羅是凶惡人又能解知佛法正義何等沙門初始出家襲無價衣耶汝都不知出家淨法嗚呼帝釋汝是如來正法外人如來長子上座迦葉有摩尼等八萬寶庫及餘寶藏其數無量并餘種種無價寶衣棄之如唾出家學道行沙門法受行十二頭陀苦行何故不襲無價之衣爲放逸耶上座迦葉棄捨種種甘饍之食捨肉味食受持修行不食肉法家家乞食不惡惡想始終常一苦樂無變其所乞處有種種人或言無者或罵辱者答言安樂然後捨去心不傾動若言有者不生貪喜答言安樂受之而去心不傾動若以大財施衆僧者於未來世衆僧受用一一寶藏無有窮盡以何等故不奉施僧而自分付餓鬼貧窮孤獨乞匃帝釋沙門法者不多積聚乃至鹽油亦不受畜是沙門法奴婢田宅若賣若買諸不淨物非沙門法是在家法若施若受諸不淨物悉皆如是汝大愚癡聚如是等輩今當調伏如治稊稗害善苗者我之所殺作揃髮者彼等悉是壞法衆生無有一人是比丘比丘尼優婆塞優婆夷者爾時帝釋謂央

掘魔羅不害相者是則爲法如來等視一切衆生如羅睺羅云何聽許調伏惡人央掘魔言害與不害差别之相汝云何知如幻士方便他所不知如是菩薩如幻境界汝佛法外人云何能知害與不害各有二種有聲聞不害有菩薩不害汝小蚊蚋云何能知二種不害汝之境界及菩薩境界差别之相猶如蚊翼覆於虚空譬如沙門非人所持爾時大衆應守護不帝釋答言應當守護問言若因護死誰應得罪帝釋答言淨除害心無得罪者央掘魔羅言如是調伏諸惡象類若令彼死守護之人無得罪者當得無量殊勝功德如是害不害相差别難知是名菩薩不害問言譬如良醫療治病人以鉤鉤舌彼若死者醫有罪不答言無也彼良醫者多所饒益除有害心問言如是調伏諸惡象類若令彼死爲有罪不答言無也當得無量殊勝功德除有害心問言譬如弟子從師受學因教而死師有罪不答言無也除有害心問言如是威德衆生明顯衆生惡象類者見之而死有遮罪不答言無也除有害心是故帝釋汝不知善業惡業差别之相不知沙門非沙門差别之相諸惡象類壞正法者應當調伏如上座迦葉等八十大聲聞乃至億耳一切皆捨諸大寶藏出家學道於正法中少欲知足比丘何須襲無價衣是等一切剃髮除鬚孤遊持鉢乞食活命著壞色衣如是比丘云何放逸常爲寒暑飢渴所逼足蹈塵土恒如野鹿不越小戒如犛牛愛尾守護不捨如烏伏子如折牙象無復形好彼復何須襲無價衣汝正法

外人慎勿復語如彼外道旃陀羅輩畢竟不入二生衆中汝亦如是是正法外旃陀羅也汝小蚊蚋默然無聲

央掘魔羅經卷第一

音釋

攫居縛切爪持也 坌蒲悶切塵埨也 拆丑厄切與拆同 螫施隻切蟲行毒也 襲似入切受也 稊稗稊杜奚切稗蒲拜切稊稗並似穀穢草也 犛莫交切牛名 伏子伏扶宮切鳥抱卵也

央掘魔羅經卷第二

劉宋天竺三藏法師求那跋陀羅譯

爾時娑婆世界主梵天王放大光明照舍衛國一心合掌頂禮佛足供養如來及央掘魔已而說偈言

奇哉我今見大戰　如二雄猛師子鬪
奇哉調御天人師　如來善調央掘魔
譬如毒蛇見呪師　吹氣放毒不怖畏
師即調伏令寂靜　三界大師亦如是
調伏凶惡央掘魔　我今稽首三界醫
大神通力不思議　我今稽首自在王
大天所建甚奇特　以法建立央掘魔
所爲最勝無可譬　是故名曰無譬尊
央掘魔今爲勝業　住戒調伏極寂靜
身心安隱無所畏　猶如自性眞金色
純淨極妙閻浮金　唯願如來哀受施
令央掘魔服天衣　當令我得大菩提
彼服此衣護梵行　究竟清淨心不動

爾時央掘魔羅謂梵王言汝是何人多言兩舌言央掘魔羅習近我衣久持梵行而見毀辱汝是惡梵非梵梵像汝蚊蚋來所言梵者梵有何義云何名爲世間梵業我豈服習蚊蚋之衣而修梵行我亦不作傭作之人我亦不能隨他所欲我亦不爲負債之人如申頭羅（申頭羅者外國幻人作飛人戲令空中來去往反至速）速往速反汝小蚊蚋亦復如是往受梵樂還來隨此不知菩薩受生眞實功德非法爲法如汝等輩不覺生死迷惑輪轉嗚呼梵天汝眞知善惡言央掘魔羅大作惡業汝蚊蚋惡梵爲何所知應當修學菩薩所行爾時梵王答央掘魔羅

言汝現殺人一千少一今猶見汝强梁不息乃至鵰鷲不敢近汝此非强梁者何處更有眞强梁耶此非惡魔者何處更有眞惡魔耶央掘魔羅汝莫放逸所作惡業方便除滅善哉如來眞爲大悲乃能度此央掘魔羅等凶暴衆生爾時央掘魔羅謂梵王言惡梵蚊蚋汝將何去汝復當於何處迷轉不知善惡衆生死墮惡道譬如有人行至叢林夜見樹上有螢火蟲驚怖而還語城中人言彼林被燒時有衆人俱往視之見是螢火知非林燒今汝惡梵亦復如是唱言我癡而自欺誑及欺餘人汝及餘人後自當知是幻積聚譬如癡人行至叢林見無憂樹華謂呼是火恐怖而歸還入城中告衆人言彼林被燒衆人往見知非是火汝小蚊蚋亦復如是汝及餘人後自當知善及不善亦自當知是幻積聚莫復更出此不實言汝當默然勿學妄語爾時護世四王來詣佛所大供養佛及央掘魔設供養已即向如來及央掘魔羅而說偈言

奇哉甚希有　世雄今大戰　問答第一義
慧光除癡冥　奇哉善調御　無上天人師
是故無量力　號名爲如來　第一鉢曇摩
清淨柔軟足　塵水所不汙　是故稽首禮
我今歸依佛　一心請所願　當令央掘魔
受用我等鉢　央掘魔今好　猶如空中月
央掘魔莊嚴　淨戒光圓滿

爾時央掘魔羅謂四天王言汝是何等蚊蚋小蟲護世護世而自貢高唱言我當施汝天鉢而見毀辱汝等且待觀我難事須臾自見執持瓦器何用如是放逸鉢爲而以護世高

自稱譽名護世者謂能調伏諸惡象類非護世間護真實法名爲護世譬如有人聞俱耆羅聲又見其形尋復見烏而生迷惑作是說言俱耆羅俱耆羅汝等如是非法爲法守護非法如彼見烏謂俱耆羅汝應護法莫護世間蚊蚋四王且各默然爾時惡魔波旬來詣佛所供養佛已却住一面向央掘魔羅而說偈言

汝今速出家　欺誑入我城　我亦不念汝
且令出泥犁

爾時央掘魔羅以偈答言

遠去賊狗魔　蚊蚋無畏說　及未被五繫
波旬宜速去　莫令我須臾　左脚蹴弊狗
若空無我時　自恣遊宮城　如金翅鳥王
處在須彌頂　下觀大海中　諸龍共遊戲
菩薩金翅王　遊戲泥犁上　快飲解脫水
俯觀苦衆生　賊狗魔默然　諦聽甘露法
然後還天上　隨意恣所欲

爾時魔醯首羅神爲如來及央掘魔羅設大供養已却住一面欣敬交至以偈歎言

我今禮尊足　欣敬說伽陀　如來妙色身
譬如優鉢羅　齒白拘牟頭　目淨千葉華
智慧無染汙　淨逾芬陀利　奇哉央掘魔
殊勝甚希有　住在凡夫地　而能降伏魔
當速成正覺　普救諸世間

爾時央掘魔羅以偈答言

汝是阿卑趣　妄稱魔醯羅　假名爲自在
非眞自在王　汝今云何知　我住凡夫地
長牙毗舍遮　宜速答所問　形色尚醜陋
猶如癩病人　而爲諸世間　廣說治癩方

自病不能救　安能療他疾　今汝小蚊蚋
癡惑亦復然　不知自趣性　云何知他心
而言央掘魔　住在凡夫地　汝不應灌頂
副他自在王　無知且默然　須臾自當見
爾時如來所依坐樹其樹有神見央掘魔羅
心生信敬以偈歎言
疾來央掘魔　勇慧堅固士　今請服法衣
供施汝初飯　施汝及如來　當得第一果
爾時央掘魔羅以偈答言
如來未曾食　聲聞亦復然　汝今爲施誰
速說決所疑
爾時樹神以偈難言
如來常飯食　聲聞亦復然　堅固欲出家
不應作妄語　應當捨虛僞　諂曲非清淨
若人越一法　是則爲妄語　不度於他世
無惡而不造
爾時央掘魔羅以偈答言
汝是卑下性　今欲何所說　汝且自觀察
女人佛所毀　世間誰妄語　誰爲真實說
誰世間貪食　誰世間病死　如來悉具足
大我實功德　衆生不能知　是則爲妄語
不食而言食　是則爲妄語　彼尚無出家
況復受具足　不知隱覆說　是則爲妄語
彼尚無出家　況復受具足　我不越一法
而汝越無量　速向天中天　悔除虛妄過
爾時樹神以偈難言
汝以何因緣　說我是卑趣　未離毗舍遮
何能知男女
爾時央掘魔羅以偈答言
譬如轉輪王　珍寶莊嚴座　臭狗暫卧上

還至不淨處　汝以卑陋性　暫遊方便法
還復處女身　縱心五欲樂　汝今應方便
速捨女狗身　莫取男女相　當修空寂法
修習空法已　疾得男子性
爾時尊者舍利弗大目揵連猶如鵞鳥王以神通力乘虛而來來至佛所頂禮佛足却住一面見央掘魔羅心生隨喜時大目連以偈歎言
超哉勇慧士　善修殊勝業　宜速隨佛去
出家修淨戒　與諸梵行者　乘虛至祇園
願佛時哀許　出家受具足　普令諸世間
一切共瞻仰　陵虛猶鵞王　明淨如滿月
爾時央掘魔羅以偈問言
云何世神通　云何神通本　神力第一尊
速說斷我疑
爾時大目揵連以偈答言
若人修淨捨　常施履屣乘　比丘持淨戒
遠離不習近　如是二因緣　疾獲神通力
爾時央掘魔羅復說偈言
鳴呼大目連　修習蚊蚋行　不能分別知
第一眞實通　蚊蚋乘空來　無知宜默然
常行自他利　願速安衆生　如是修方便
疾獲上神通　安慰說法者　或時遭苦難
捨身爲救護　疾獲上神通　我今當速行
廣度諸羣生　至于祇陀林　當得大神通
如是無限量　所謂摩訶衍　無量復無量
所謂諸如來
爾時央掘魔羅說此偈已即復說偈問舍利弗言
云何舍利弗　世間大智慧　智慧從何生

速說決所疑
爾時舍利弗以偈答言
善護持五戒　能成大智慧　命終更受身
智慧常俱生　名聞遠流布　智慧不傾動
爾時央掘魔羅復說偈言
說佛常不滅　從是生大慧　佛說大智慧
從是說法生　嗚呼舍利弗　修習蚊蚋行
不能分別知　眞實智慧義　陋哉蚊蚋慧
無知宜默然
爾時尊者阿難來詣佛所頂禮佛足却住一
面見央掘魔羅心生隨喜以偈歎言
善哉央掘魔　已修殊勝業　我今發隨喜
速誦九部經
爾時央掘魔羅以偈問言
如來稱歎汝　多聞最第一　云何世多聞
多聞從何生
爾時阿難以偈答言
誦習九部經　離慳爲人說　從是獲多聞
總持不思議
爾時央掘魔羅復說偈言
歎說諸如來　畢竟常不滅　是名爲世間
第一最多聞　嗚呼阿難陀　修習蚊蚋行
不能分別知　多聞所入門　陋哉蚊蚋持
無知宜默然
爾時尊者羅睺羅來詣佛所頂禮佛足却住
一面見央掘魔羅心生隨喜以偈歎言
善哉央掘魔　已修勝功德　我今發隨喜
敬戒速受持
爾時央掘魔羅以偈問言
如來稱歎汝　恭敬戒第一　云何爲世間

恭敬於淨戒　汝是佛愛子　速說決我疑
爾時羅睺羅以偈答言
一切佛所說　專心恭敬持　是則爲世間
第一恭敬戒
爾時央掘魔羅復說偈言
若說諸如來　世間第一常　是名爲世間
最上恭敬戒　嗚呼羅睺羅　修習蚊蚋行
不能知第一　真實恭敬戒　陋哉蚊蚋敬
無知宜默然
爾時尊者阿那律來詣佛所頂禮佛足却住
一面見央掘魔羅心生隨喜以偈歎言
奇哉央掘魔　善修殊勝業　我今發隨喜
不久得天眼
爾時央掘魔羅以偈問言
如來稱歎汝　天眼最第一　云何世天眼
天眼云何生　汝今當速說　決斷我所疑
爾時阿那律以偈答言
常好施燈明　說法開化人　由是獲天眼
洞視無障礙
爾時央掘魔羅復說偈言
如來深法藏　精勤方便說　顯示不隱覆
究竟最勝眼　嗚呼阿那律　修習蚊蚋行
不能知出生　天眼勝方便　陋哉蚊蚋眼
無知宜默然
爾時尊者沙門陀娑來詣佛所頂禮佛足却
住一面見央掘魔羅心生隨喜以偈歎言
奇哉央掘魔　善修殊勝業　我今發隨喜
宜應修忍辱
爾時央掘魔羅以偈問言
云何爲世間　成就第一忍　云何生忍辱

速說決所疑
爾時沙門陀娑以偈答言
栴檀塗右臂　利刀斬左手　等心不傾動
能生最上忍　是則名世間　堪忍上調伏
爾時央掘魔羅復說偈言
若說如來藏　顯示諸世間　無智惡邪見
捨我修無我　言是佛正法　聞彼說不怖
離慢捨身命　廣說如來藏　是名爲世間
堪忍上調伏　嗚呼沙門陀　修習蚊蚋行
不能知出生　最上忍方便　蚊蚋亦堪耐
飢渴寒熱苦　陋哉蚊蚋忍　無知宜默然
爾時尊者滿願子來詣佛所頂禮佛足却住一面見央掘魔羅心大歡喜以偈歎言
善哉修勝業　我今發隨喜　爲一切衆生
安慰演說法
爾時央掘魔羅以偈問言
如來稱歎汝　說法中第一　云何說法者
云何爲知義　惟願說法上　時爲決所疑
爾時滿願子以偈答言
諸佛及聲聞　聖所不得法　正覺善通達
廣爲衆生說
此說有何義謂過去一切諸佛於一切法中極方便求不得衆生界及我人壽命現在未來一切諸佛及三世一切聲聞緣覺於一切法中極方便求亦悉不得我亦如是爲衆生說離衆生界我人壽命說無我法說空法如是說法爾時央掘魔羅謂滿願子言嗚呼滿願修蚊蚋行不知說法哀哉蚊蚋無知默然不知如來隱覆之說謂法無我墮愚癡燈如蛾投火諸佛如來所不得者謂過去一切諸

佛世尊於一切衆生所極方便求無如來藏不可得現在一切諸佛世尊於一切衆生所極方便求無我性不可得未來一切諸佛世尊於一切衆生所極方便求無自性不可得三世一切聲聞緣覺於一切衆生所極方便求無如來藏亦不可得此是如來偈之正義復次諸佛如來所不得者謂過去一切諸佛世尊於一切法極方便求世間之我如拇指秔米麻麥芥子青黄赤白方圓長短如是等比種種相貌或言在心或齊上下或言頭目及諸身分或言遍身猶如津膩如是無量種種妄想如世俗修我亦言常住安樂穌息如是比我一切諸佛及聲聞緣覺悉皆不得正覺彼法爲衆生說此是如來偈之正義非如汝向妄想所說復次諸佛如來所不得者謂過去一切諸佛世尊極方便求如來之藏作不可得如來性是無作於一切衆生中無量相好清淨莊嚴現在一切諸佛世尊極方便求如來之藏作不可得如來性是無作於一切衆生中無量相好清淨莊嚴未來一切諸佛世尊極方便求如來之藏作不可得無作是如來性於一切衆生中無量相好清淨莊嚴三世一切聲聞緣覺有如來藏而眼不見應說因緣如羅睺羅敬重戒故極視淨水見蟲不了爲是蟲爲非蟲爲是微塵耶久久諦觀漸見細蟲十地菩薩亦復如是於自身中觀察自性起如是如是無量諸性種種異見如來之藏如是難入安慰說者亦復甚難謂於惡世極熾然時不惜身命而爲衆生說如來藏是故我說諸菩薩摩訶薩人中之雄即

是如來如阿那律天眼第一眞實明見空中鳥跡與肉眼者俱共遊行彼肉眼者所不能見信阿那律知有鳥跡肉眼愚夫聲聞緣覺信佛經説有如來藏云何能見佛境界性聲聞緣覺尚由他信云何生盲凡夫而能自知不從他受我聞先佛稱説此地於劫初時有四種味彼時衆生食四味者于今食土以久習故今猶不捨曾於過去諸如來所修如來藏者亦復如是久修習故今猶信樂長夜修習報如來恩又於未來説法者所聞如來藏聞已信樂如彼食土非餘衆生彼信樂者是如來子報如來恩譬如梟鳥從久遠來無有慚愧不報恩養以宿習故今猶不捨彼諸衆生亦復如是過去世時無有慚愧已無慚愧今無慚愧當無慚愧聞如來藏不生信樂已不信樂今不信樂當不信樂譬如獲猴形極醜陋常多驚怖其心躁動如水涌波以宿習故今猶不息彼諸衆生亦復如是去來現在心常輕躁聞如來藏不生信樂如鵄鵂鳥晝盲夜見好闇惡明彼諸衆生亦復如是好邪惡正不樂見佛及如來藏去來現在不生信樂如彼鵄鵂好闇惡明如人長夜修習邪見染諸外道不正之説以宿習故今猶不捨彼諸衆生亦復如是久習無我隱覆之教如彼凡愚染諸邪説去來現在不解密教聞如來藏不生信樂非餘衆生若人過去曾值諸佛供養奉事聞如來藏於彈指頃暫得聽受緣是善業諸根純熟所生殊勝富貴自在是諸衆生今猶純熟所生殊勝富貴自在由彼往昔曾值諸佛暫得聽聞如來藏故於未來世

聞如來藏當復信樂如說修行諸根純熟富貴自在色力具足智慧明達梵音清淨莫不愛樂或作轉輪聖王或爲王子或爲大臣賢德具足離諸慢恣降伏睡眠精勤修學無諸放逸及餘功德悉皆成就或爲釋梵護世四王斯由曾聞如來之藏功德所致身常安隱無病無惱壽命延長人所愛敬具足聽聞如來常住大般涅槃甘露之法堅固安隱久住世間隨順世間而共娛樂知諸如來不從欲生廣爲世間開示演說以此智慧功德利益在所生處子孫衆多父母長壽常受人天一切快樂族姓殊勝悉皆具足斯由聞知一切衆生悉有如來當住藏故去來現在天上人中一切快樂常得具足由聞如來常住藏故若彼衆生去來現在於五趣中肢節不具輪轉生死受一切苦斯由輕慢如來藏故若諸衆生歷事諸佛親近供養乃能得聞如來之藏信樂聽受不起誹謗若能如實安慰說者當知是人即是如來若諸衆生多背諸佛者聞如來藏則生誹謗彼諸衆生自燒種子嗚呼苦哉苦哉不信之人於三世中甚可哀愍諸說法者應如是說稱揚如來常住眞實若說法者不如是說是則棄捨如來之藏是人不應處師子座如旃陀羅不應服乘大王御象一切諸佛極方便求如來之藏生不可得不生是佛性於一切衆生所無量相好清淨莊嚴一切諸佛極方便求自性不實不可得眞實性是佛性於一切衆生所無量相好清淨莊嚴一切諸佛極方便求自性無常不可得常性是佛性於一切衆生所無量相好清

淨莊嚴一切諸佛極方便求如來之藏無恒不可得恒性是佛性於一切衆生所無量相好清淨莊嚴一切諸佛極方便求如來之藏變易不可得不變易性是佛性於一切衆生所無量相好清淨莊嚴一切諸佛極方便求如來之藏不寂靜不可得寂靜性是佛性於一切衆生所無量相好清淨莊嚴一切諸佛極方便求如來之藏壞不可得不壞性是佛性於一切衆生所無量相好清淨莊嚴一切諸佛極方便求如來之藏破不可得不破性是佛性於一切衆生所無量相好清淨莊嚴一切諸佛極方便求如來之藏病不可得無病性是佛性於一切衆生所無量相好清淨莊嚴一切諸佛極方便求如來之藏老死不可得不老死性是佛性於一切衆生所無量相好清淨莊嚴一切諸佛極方便求如來之藏垢不可得無垢性是佛性於一切衆生所無量相好清淨莊嚴如油雜水不可得如是無量煩惱覆如來性佛性雜煩惱者無有是處而是佛性煩惱中住如瓶中燈瓶破則現瓶者謂煩惱燈者謂如來藏說如來藏者或是如來或是菩薩或是聲聞能演說者隨其所堪或有煩惱或無煩惱滿願當知我說是人即是正覺能破愛者億煩惱瓶然後則能自見其性猶如掌中見阿摩勒果譬如日月密雲所覆光明不現雲翳既除光明顯照如來之藏亦復如是煩惱所覆性不明顯出離煩惱大明普照佛性明淨猶如日月哀哉滿願修蚊蚋行不知說法宜默疾去爾時孫陀羅難陀來詣佛所稽首禮足却住一面見央

掘魔羅心生隨喜以偈歎言
善哉央掘魔　已修殊勝業　宜應方便求
如來妙色身
爾時央掘魔羅以偈問言
世尊稱歎汝　端正最第一　云何爲世間
端正最殊特　何因得端正　時說決所疑
爾時孫陀羅難陀以偈答言
澡手合十指　項禮佛舍利　常供養病人
從是致端正
爾時央掘魔羅復說偈言
佛身無筋骨　云何有舍利　如來離舍利
勝方便法身　如來不思議　未信令信樂
故以巧方便　示現有舍利　方便留舍利
是則諸佛法　世間從本來　供養梵自在
天子及天女　種種諸形像　以彼非歸依
建立舍利塔　若有諸衆生　解知是方便
因此方便智　獲致端正色　非如汝先說
妄想端正因　嗚呼孫陀羅　不知妙色相
蚊蚋色具足　無知宜默然
爾時尊者優波離來詣佛所稽首佛足却住
一面見央掘魔羅心生隨喜以偈歎言
奇哉央掘魔　已修殊勝業　我今發隨喜
汝當修淨律
爾時央掘魔羅以偈問言
如來稱歎汝　持律中第一　云何善持律
速說決所疑
爾時優波離以偈答言
一切惡莫作　諸善悉奉行　方便修淨心
是則善持律
爾時央掘魔羅復說偈言

壞法毀禁戒　非律惡比丘　應當奪六物
一切資生具　逼迫加罰黜　方便令調伏
梵行所應用　斯非破戒物　譬如大國王
所寶護身刀　若在屠膾舍　法應强奪取
帝王所珍器　不應屬惡人　如是梵行者
所應受畜物　不屬壞法人　是故還攝取
是則名世間　第一善持律　不犯突吉羅
亦非非威儀　如是持律者　具足如來教
如來視一切　猶如羅睺羅　嗚呼優波離
修習蚑蛃行　不解善持律　無知宜默然

爾時文殊師利法王子來詣佛所稽首佛足却住一面見央掘魔羅心生隨喜以偈歎言

善哉央掘魔　已修殊勝業　今當修大空
諸法無所有

爾時央掘魔羅以偈問言

文殊法王子　汝見空第一　云何爲世間
善見空寂法　空空有何義　時說決所疑

爾時文殊師利以偈答言

諸佛如虛空　虛空無有相　諸佛如虛空
虛空無生相　諸佛如虛空　虛空無色相
法猶如虛空　如來妙法身　智慧如虛空
如來大智身　如來無礙智　不執不可觸
解脫如虛空　虛空無有相　解脫則如來
空寂無所有　汝央掘魔羅　云何能了知

爾時央掘魔羅復說偈言

譬如有愚夫　見雹生妄想　謂是瑠璃珠
取已執持歸　置之瓶器中　守護如眞珠
不久悉融消　空想默然住　於餘眞瑠璃
亦復作空想　文殊亦如是　修習極空寂
常作空思惟　破壞一切法　解脫實不空

而作極空想　猶如見雹消　濫壞餘眞實
汝今亦如是　濫起極空想　見於空法已
不空亦謂空　有異法是空　有異法不空
一切諸煩惱　譬如彼雨雹　一切不善壞
猶如雹融消　如眞瑠璃寶　謂如來常住
如眞瑠璃寶　謂是佛解脫　虛空色是佛
非色是二乘　解脫色是佛　非色是二乘
云何於空相　而言眞解脫　文殊宜諦思
莫不分別想　譬如空聚落　川竭瓶無水
非無彼諸器　中虛故名空　如來眞解脫
不空亦如是　出離一切過　故說解脫空
如來實不空　離一切煩惱　及諸天人陰
是故說名空　嗚呼蚊蚋行　不知眞空義
外道亦修空　尼乾宜黙然

爾時文殊師利以偈問言

汝央掘魔羅　以何因緣故　恐迫聲聞衆
輕懱諸佛子　縱意肆凶暴　虓闞如猛虎
誰是蚊蚋行　出是惡音聲

爾時央掘魔羅以偈答言

譬如貧怯士　遊行曠野中　卒聞猛虎氣
恐怖急馳走　聲聞緣覺人　不知摩訶衍
趣聞菩薩香　恐怖亦如是　譬如師子王
處在山巖中　遊步縱鳴吼　餘獸悉恐怖
如是人中雄　菩薩師子吼　一切聲聞衆
及諸緣覺獸　長夜習無我　迷於隱覆教
設我野干鳴　一切莫能報　況復能聽聞
無等師子吼

爾時文殊師利以偈問言

汝是小蚊蚋　興造諸惡行　如汝是菩薩
何處更有魔　嗚呼世間人　不能自覺知

不自省己過　但見他人惡　汝央掘魔羅
爲作幾許罪
爾時央掘魔羅以偈答言
嗚呼今世間　二人壞正法　謂說唯極空
或復說有我　如是二種人　傾覆佛正法
嗚呼汝文殊　不知惡非惡　不知菩薩行
蚊蚋師子異　奇哉我能知　無異諸菩薩
文殊今諦聽　佛歎菩薩行　譬如善幻師
造作諸幻業　斷截食衆生　以示諸大衆
諸佛及菩薩　所作皆如幻　示現變自身
若生若涅槃　或於疾疫劫　捨身令服食
或現作火劫　大地悉洞然　衆生有常想
示令知無常　或於刀兵劫　示現加師旅
殘賊斷衆命　其數不可量　而實無惱害
猶如幻所作　一切三千界　令入芥子中
而無一衆生　惱逼不安隱　四海須彌山
同入一毛孔　一切無惱逼　現已還本處
或以一足指　震動十方界　而不惱衆生
是則諸佛法　或爲梵釋主　護世四天王
無量衆像類　安慰諸群生　王子若大臣
聚落商人主　長者及居士　和合安衆生
或爲諸天神　轉化衆邪見　現生一切生
故名爲本生　譬如造幻師　見殺幻衆生
曾不起悲歎　嗚呼是大惡　以彼工幻師
解是幻性故　我今亦如是　現教化衆生
爲調諸毀法　而實無所傷　如彼佛世尊
化現刀兵劫　我今亦如是　善修菩薩行
嗚呼汝文殊　修習蚊蚋行　而不志龍象
世雄大智慧
爾時世尊以一切知一切見向文殊師利以

偈歎言

如央掘魔說　菩薩行如是　當知彼非凡
爲度衆生故　彼則大菩薩　雄猛如汝等
善哉汝文殊　當知彼功德

佛說是已以偈歎言

善哉巧方便　殊勝人中雄　安慰衆生故
現大精進力　我今當演說　欲成阿羅漢
如是諸功德　善業及精進　令一切衆生
究竟永安樂

爾時舍利弗白佛言世尊惟願哀愍一切衆生爲我演說將欲疾成阿羅漢者以何功德何業何精進饒益安樂一切衆生爾時世尊以偈答言

父母和合時　子來入母胎　父母心歡喜
得隨順功德　異精進光澤　世間極豐壤
王得極快樂　母致殊勝夢　子生家巨富
怨敵悉慈心　七歲入學堂　師徒無違諍
僕使皆歡喜　各勤修家業　至年滿二十
六畜悉無諍　相視如父母　香乳皆盈溢
大哉賢明子　無貪恚嫉慢　諂曲及虛僞
過言加惱害　小兒不威儀　衆惡不善業
慈孝供二親　諸尊及師保　若見諸耆長
合掌致恭敬　懷納諸中年　幼則同遊戲
施敬善周給　子愛諸苦人　誡惡知慙愧
常慕修正法　不習戲幻術　常樂見諸佛
務誦諸經律　善學諸明處　遠酒離博弈
恭敬諸最勝　服食知止足　不樂諸不淨
天人所愛念　一切悉欣敬　如是大功德
無量不可譬　是將成正覺　功德業精進
舍利弗當知　是央掘魔羅　有如是像類

當疾成正覺　云何如是人　當復有諸惡
彼更有無量　奇特諸功德　雄傑如文殊
超絶非常類　視一切衆生　猶如一子想
當知央掘魔　菩薩摩訶薩　誓度諸未度
世間是我有　若常發勝願　普濟諸世間
而作不善行　則無有是處
爾時世尊復説偈言
現作日月天　梵王衆生主　地水火風空
如是無量德　菩薩人中雄　以此度衆生
爾時大目揵連以偈歎言
奇哉央掘魔　如是大功德　暫見佛世尊
超度一切有
爾時央掘魔羅以偈答言
云何大目連　頗有諸衆生　不見佛世尊
能知正法耶

爾時大目連以偈答言
如佛世尊説　病人有三種　云何名爲三
邪正定不定　云何爲邪定　謂佛不能化
云何爲正定　謂大迦葉等　如來未出世
依佛入實法
爾時央掘魔羅復説偈言
汝莫作是説　上座大迦葉　如來未出世
能入眞實法　所以然者何　如來常住世
若人依正法　佛常住其舍　譬如雨河流
無雨無水流　智者巧方便　應當善觀察
無雨河水流　終無有是處　當知上有雨
是故流不絶　如是大目連　世間出世間
一切諸勝法　斯皆從佛説　是故大迦葉
依佛得出家
爾時大目連以偈問言

若有諸如來　常住於世間　我及餘衆生
何故此不見
爾時央掘魔羅以偈答言
但令迦葉知　猶如餘處雨　是故世無佛
衆生不自度　面覩諸如來　然後得解脫
譬如有士夫　入于闇室禪　日月光來照
而彼不覩見　如是大目連　莫言世無佛
一切諸如來　常住於世間　濟度諸群生
出家受具足　是故唯邪正　無有不定聚
爾時大目連以偈問言
世間有五戒　佛出世亦然
爾時央掘魔羅以偈答言
乃至世間有　隨順戒威儀　世間出世間
當知皆佛說
爾時大目連以偈問言
云何世間病　分別說三種　或有醫治差
或不得醫差　或復有病人　雖得醫不差
是故諸病人　分別有三種
爾時央掘魔羅以偈答言
是義則不然　不應說三種　可治不可治
唯二無有三　若作三分別　亦是聲聞乘
若諸聲聞乘　佛說蚊蚋乘　以彼無智故
分別有三種　所言邪定者　謂彼一闡提
正定謂如來　菩薩及二乘　目連應當知
二種甚希有　所謂佛世尊　及與一闡提
如來最上處　於上更無餘　第一極卑鄙
所謂一闡提　譬如大菩薩　滿十波羅蜜
闡提亦如是　具足十惡行　菩薩捨身施
頭目血髓腦　積骨踰須彌　過是不可數
闡提亦如是　具足惡行施　生於餓鬼趣

貪欲極熾然　念念貪欲心　衆多女人應
亦生衆多子　長夜不得樂　飢渴苦所迫
還自食其子　復有餘餓鬼　變作婆羅門
宿世惡業緣　來從索子食　即施恣所欲
或復自食身　如是一闡提　惡行得滿足
是故佛世尊　無上處希有　極下處希有
所謂一闡提　邪定是闡提　正定是如來
住地諸菩薩　及聲聞緣覺
爾時世尊向央掘魔羅而說偈言
汝來央掘魔　出家受三歸
爾時央掘魔羅以偈答言
此乘是大乘　說名無礙智　一乘一歸依
佛第一義依　佛法是一義　如來妙法身
僧者說如來　如來即是僧　法及比丘僧
二是方便依　如來非方便　是第一義依
是故我今日　歸依於如來　於諸歸依中
如來眞實依　如欲食與藥　應當取眞實
捨眞食虛僞　自他無利益　如是愚癡人
千醫莫能救　如是捨一依　修習方便依
是則羣癡衆　千佛不能救
爾時世尊告央掘魔羅汝當受持童眞淨戒
童眞是沙彌別名戒梵本云式叉此云學亦云隨順無違
爾時央掘魔羅以偈問言
云何爲童眞　云何具足戒　云何眞沙門
云何爲福田
爾時世尊默然而住央掘魔羅復說偈言
若不知一依　是第一義依　不能知二依
方便所建立　當知如是人　是世間童眞
未受具足戒　云何是沙門　不知一歸依
云何淨歸依　若不知如來　是第一義依

不清淨歸依　云何爲沙門　不知眞實依
云何爲福田　於是二歸依　眞實及方便
不善知差別　是則世童眞
爾時世尊告央掘魔羅汝當受持不殺生戒
央掘魔羅以偈答言
我今定不能　受持不殺戒　我當常受持
斷絶衆生命　所言衆生者　無量諸煩惱
若能常害彼　是名持殺戒
爾時世尊復告之言汝當受持不妄語戒央
掘魔羅以偈答言
我今定不能　受持不妄語　常於一切法
受持妄説句　受持虛妄説　是則諸佛法
所言爲妄者　一切諸法空　復有虛妄法
聲聞及緣覺　菩薩之所行　隨順世間事
復有虛妄法　我出於世間　受持具足戒
得成阿羅漢　我受諸飲食　建立他施事
或往來經行　九道流諸漏　我受用華屣
楊枝及服藥　飢渴或睡眠　剪爪剃鬚髮
身中種種患　隨病服諸藥　我當般涅槃
如薪盡火滅　如是等一切　諸餘虛僞法
乃至我方便　周行於世間　常於爾所時
不淨此妄語　今説實及諦　目連宜善聽
若實若諦者　所謂如來藏　第一義常身
佛不思議身　第一不變易　恒身亦復然
第一義淨身　妙法身眞實　如是不思議
彼身云何現　是故爲法王　則是諸佛教
離一切虛僞　是故説名佛　譬如牧牛人
犢子若死時　取皮覆餘犢　悦母令歡喜
如來亦如是　隨順世間行　若於聾人中
示現作聾像　而爲彼説法　如彼牧牛者

衆生作是念　如來同世間　如是牧牛等
無量諸像類　種種巧方便　引導諸群生
若彼牧牛人　示餘眞犢子　彼乳則不下
是故設方便　如來亦如是　若現自性身
一切諸世間　其誰堪任見　故以巧方便
示現隨世間　普令得解脱　是則諸佛法
是故我從今　常行虛僞事　乃至極衆生
一切虛妄際　不受離虛妄　則我戒清淨
爾時世尊告央掘魔羅汝當受不飲酒戒央
掘魔羅以偈答言
我今亦不能　受持不飲酒　常受飲酒戒
長夜恒縱逸　由是大叫呼　宛轉遍五道
一向極快樂　是則名爲酒　從彼大乘生
無上佛藏酒　是酒我今飲　自足勸衆生
常住不變易　歡喜歎善哉　八聲大宣唱
酣醉無終極
爾時世尊告央掘魔羅汝今當受不婬淨戒
央掘魔羅以偈答言
我今亦不能　受持不婬戒　我當常受持
貪著他所愛　恒遊婬女舍　與彼相娛樂
三昧樂爲妻　眞諦法爲子　慈悲心爲女
法空爲舍宅　無量波羅蜜　以爲高廣牀
侍衛諸煩惱　隱覆説爲食　總持爲園苑
七覺華莊嚴　法語爲林樹　解脱智爲果
是等名世間　第一勝娛樂　慧者自性法
非是愚境界
爾時世尊告央掘魔羅汝今當受離不與取
戒央掘魔羅以偈答言
我今亦不能　受持不盜戒　常受不與取
劫盜他財物　不與者菩提　無有授與者

不與而自取　故我不與取　佛坐菩提樹
不得亦不失　此是自性法　最勝無有上

爾時佛告央掘魔羅汝今當受不歌舞戒央掘魔羅以偈答言

我常習舞樂　歌乾闥婆偈　宣示如來藏
嗟歎稱善哉　於彼諸佛所　聞如來常住
恒以妙音誦　大乘修多羅　猶如緊那羅
乾闥婆妓樂　無量衆妙音　供養諸經卷
若彼諸衆生　常興是供養　諸佛悉授記
未來同一號

央掘魔羅經卷第二

音釋

傭（餘封切雇也）齊（在奚切與臍同）鵄鵂（鵄赤脂切鵂虛尤切鵄鵂怪鳥也）虓闞（虓許交切虎聲也闞虎覽切聲大貌）

央掘魔羅經卷第三

劉宋天竺三藏法師求那跋陀羅譯

爾時佛告央掘魔羅云何爲一學央掘魔羅以偈答言

一切衆生命 皆由飲食住 是則聲聞乘
斯非摩訶衍 所謂摩訶衍 離食常堅固
云何名爲一 謂一切衆生 皆以如來藏
畢竟恒安住 云何名爲二 所謂名與色
是則聲聞乘 斯非摩訶衍 名及色異種
聲聞緣覺乘 解脱唯有名 不説有形色
一切諸如來 解脱有妙色 猶如於掌中
觀視菴羅果 云何名爲三 所謂三種受
是則聲聞乘 斯非摩訶衍 如來第一常
聞無常生受 若聞法僧滅 是二俱受生
是名摩訶衍 所説三受義 云何名爲四
所謂四聖諦 是則聲聞乘 斯非摩訶衍
一切諸如來 第一畢竟常 是則大乘諦
非苦是眞諦 一切諸如來 第一畢竟恒
是則大乘諦 非集是眞諦 一切諸如來
第一不變易 是則大乘諦 非滅是眞諦
一切諸如來 第一畢竟靜 是則大乘諦
非道是眞諦 是大乘四諦 非苦事是諦
若苦事是諦 四趣應有諦 謂地獄畜生
餓鬼阿脩羅 云何名爲五 所謂彼五根
是則聲聞乘 斯非摩訶衍 所謂彼眼根
於諸如來常 決定分明見 具足無減修
所謂彼耳根 於諸如來常 決定分明聞
具足無減修 所謂彼鼻根 於諸如來常
決定分明齅 具足無減修 所謂彼舌根
於諸如來常 決定分明甞 具足無減修

所謂彼身根　於諸如來常　決定分明觸
具足無減修　云何名爲六　所謂六入處
是則聲聞乘　斯非摩訶衍　所謂眼入處
於諸如來常　明見來入門　具足無減修
所謂耳入處　於諸如來常　明聞來入門
具足無減修　所謂鼻入處　於諸如來常
明齅來入門　具足無減修　所謂舌入處
於諸如來常　明嘗來入門　具足無減修
所謂身入處　於諸如來常　明觸來入門
具足無減修　所謂意入處　明說如來藏
不起違逆心　淨信來入門　云何名爲七
所謂七覺分　是則聲聞乘　斯非摩訶衍
大乘七覺分　猶如優曇鉢　於如來常住
七覺妙華開　云何名爲八　所謂八聖道
是則聲聞乘　斯非摩訶衍　大乘八聖道
聞說如來常　經耳因緣力　終到涅槃城
如來常及恒　第一不變易　清淨極寂靜
正覺妙法身　甚深如來藏　畢竟無衰老
是則摩訶衍　具足八聖道　云何名爲九
所謂九部經　是則聲聞乘　斯非摩訶衍
摩訶衍一乘　如來無礙智　云何名爲十
所謂十種力　是則聲聞乘　斯非摩訶衍
大乘無量力　故佛不思議　方便隱覆說
無量修多羅　云何爲一道　一乘及一歸
一諦與一依　一界亦一至　一色謂如來
是故說一乘　唯一究竟乘　餘悉是方便

爾時世尊歎言善哉善哉央掘魔羅汝來比丘即成沙門威儀具足如舊比丘爾時央掘魔羅稽首佛足白佛言世尊我今已來尋聲即得阿羅漢果佛又告言汝來祇陀林廣度

衆生爾時世尊猶如鴈王與央掘魔羅舍利弗大目連文殊師利等大衆翼從如盛滿月衆星圍遶從無憂樹下上昇虛空去地七多羅樹至舍衛城四十牛鳴爾時央掘魔羅母與諸天龍夜叉犍闥婆緊那羅摩睺羅伽與大供養到祇陀林爾時世尊猶如鴈王入祇陀林給孤獨園昇師子座三千大千世界地平如掌生柔輭草如安樂國爾時一切諸方諸大菩薩悉皆欲來見央掘魔羅諸佛即遣而告之曰汝等應去今釋迦牟尼佛興大法戰降大師子度無量衆今於祇樹給孤獨園當爲大衆說無上法汝等佛子應往聽受并復瞻覲央掘魔羅彼諸菩薩從諸方來者皆雨蓮華大如車輪此諸衆生聞蓮華香悉離煩惱爾時天龍夜叉犍闥婆阿脩羅緊那羅摩睺羅伽及諸天女設大供養兩種種寶一心同聲而說偈言

我今稽首禮　四八大人相　無量諸功德
如淨蓮華敷　眉間白毫相　明淨踰月光
我今稽首禮　牟尼上妙色　勝慈安慰德
如淨蓮華敷　眉間白毫相　明淨踰月光
我今稽首禮　第一常住身　最勝牟尼主
無上天人尊　安慰衆生上　如淨蓮華敷
眉間白毫相　明淨踰月光　我今稽首禮
第一恒功德　最勝牟尼主　無上天人尊
安慰衆生上　如淨蓮華敷　眉間白毫相
明淨踰月光　我今稽首禮　不變易功德
最勝牟尼主　無上天人尊　安慰衆生上
如淨蓮華敷　眉間白毫相　明淨踰月光
我今稽首禮　寂靜殊勝德　最勝牟尼主

無上天人尊　安慰衆生上　如淨蓮華敷
眉間白毫相　明淨踰月光　南無央掘魔
忍辱修淨戒　及諸無量德　是故稽首禮
南無央掘魔　執持一乘道　大乘慈功德
是故稽首禮　南無央掘魔　持無量身口
持無量祕密　是故稽首禮　南無央掘魔
持無量慧光　說無量隱覆　是故稽首禮
南無央掘魔　執持無量幻　降伏無量魔
是故稽首禮　南無央掘魔　持無量涅槃
順世無量生　是故稽首禮

爾時央掘魔羅白佛言世尊世尊說言我住無生際此說有何義云何世尊住無生際住解脫地而復住此誰能信者願說因緣佛告央掘魔羅汝今當與文殊師利俱至北方過一恒河沙剎有國名無量樂佛名無量慧功德積聚地自在王如來應供等正覺在世教化汝等俱往問彼佛言釋迦牟尼如來云何住無生際而復住於娑婆世界爾時文殊師利央掘魔羅俱白佛言唯然受教猶如鴈王乘神通力往詣北方無量樂國至無量慧功德積聚地自在王如來所頂禮佛足白言世尊我等二人爲釋迦牟尼世尊所使從娑婆世界來詣此土令問世尊云何釋迦牟尼如來住無生際住解脫地不般涅槃而住於生爾時彼佛告二人言善男子釋迦牟尼如來即是我身汝等還去語彼佛言無量慧佛遣我等還云彼如來當爲汝說爾時文殊師利等猶如鴈王從彼而來頂禮佛足合掌恭敬白言世尊奇哉如來無量如來無量身如來無量德我等二人今見如來奇特功德彼無

量慧自在王如來作是說言我即彼佛當爲汝說惟願世尊哀愍敷演云何住無生際而復住此佛告文殊師利等言我云何住無量樂世界爲無量慧功德積聚地自在王佛而復住此莫作是說住無生際云何住彼而復住此如來身無邊所爲亦無邊如來不可稱所爲亦不可稱如來身無量所爲亦無量央掘魔羅云何而生不生之身以如是義諮問如來如來今當爲汝解說爾時央掘魔羅白佛言善哉世尊唯願爲說哀愍安樂一切衆生佛告央掘魔羅我於無量百千億劫具足修行十波羅蜜攝取衆生無量衆生未發菩提心者開化令發我於無量阿僧祇劫具足修行無量波羅蜜諸善根故生不生身應次無作身

爾時央掘魔羅復白佛言世尊云何如來身住實際而復生耶佛告央掘魔羅汝與文殊師利俱至北方過二恒河沙刹有國名不實電光鬘佛名毗樓遮那如來應供等正覺在世教化汝與文殊師利俱往問言釋迦牟尼佛云何住於實際而住娑婆世界爾時二人受教即行猶如鴈王時虛而去往詣不實電先鬘刹毗樓遮那佛所稽首禮足具以上事諮問彼佛廣說如上文殊師利央掘魔羅復白佛言世尊唯願爲說云何如來住於實際佛告文殊師利等言我於無量百千億劫具足修行十波羅蜜攝取衆生建立令住未曾有樂我從彼無量百千億劫阿僧祇波羅蜜生實際身爾時央掘魔羅復白佛言世尊云何如來住無爲際佛告央掘魔羅汝與文殊

師利俱至北方過三恒河沙刹有國名意取佛名無盡意如來應供等正覺在世教化汝往問言云何釋迦牟尼佛住無爲際如上廣說北方去此過四恒河沙刹有國名衆色莊嚴佛名最勝降伏餘如上說北方去此過五恒河沙刹有國名澡塵佛名深上餘如上說北方去此過六恒河沙刹有國名風佛名如風餘如上說北方去此過七恒河沙刹有國名金剛意佛名金剛上餘如上說北方去此過八恒河沙刹有國名離垢光佛名離垢上餘如上說北方去此過九恒河沙刹有國名月主佛名月上餘如上說北方去此過十恒河沙刹有國名日初出佛名日初出餘如上說東方去此過一恒河沙刹國名善味佛名善味上餘如上說東方去此過二恒河沙刹有國名槃頭耆婆佛名槃頭耆婆光餘如上說東方去此過三恒河沙刹有國名鬘熏佛名鬘香餘如上說東方去此過四恒河沙刹有國名多摩羅鉢多羅佛名多摩羅鉢多羅清淨香餘如上說東方去此過五恒河沙刹有國名月主佛名月藏餘如上說東方去此過六恒河沙刹有國名沉香主佛名沉香上餘如上說東方去此過七恒河沙刹有國名末香熏佛名末香餘如上說東方去此過八恒河沙刹有國名照明佛名明光餘如上說東方去此過九恒河沙刹有國名海主佛名海德餘如上說東方去此過十恒河沙刹有國名龍主佛名龍藏餘如上說南方去此過一恒河沙刹有國名朱沙佛名朱沙光餘如上說南方去此過二恒河沙刹有國名大雲

佛名大雲藏餘如上說南方去此過三恒河沙刹有國名電鬘佛名電得餘如上說南方去此過四恒河沙刹有國名金剛慧佛名金剛藏餘如上說南方去此過五恒河沙刹有國名輪轉佛名持輪轉餘如上說南方去此過六恒河沙刹有國名寶地佛名寶地持餘如上說南方去此過七恒河沙刹有國名虛空慧佛名虛空等餘如上說南方去此過八恒河沙刹有國名調伏佛名調伏上餘如上說南方去此過九恒河沙刹有國名勝鬘佛名勝藏餘如上說南方去此過十恒河沙刹有國名師子慧佛名師子藏餘如上說西方去此過一恒河沙刹有國名恬佛名恬味餘如上說西方去此過二恒河沙刹有國名恒鬘佛名恒德餘如上說西方去此過三恒河沙刹有國名普賢佛名普賢慧餘如上說西方去此過四恒河沙刹有國名華鬘佛名華鬘上餘如上說西方去此過五恒河沙刹有國名無邊佛名無邊華鬘餘如上說西方去此過六恒河沙刹有國名賢主佛名賢藏餘如上說西方去此過七恒河沙刹有國名眼佛名眼王餘如上說西方去此過八恒河沙刹有國名幢主佛名幢藏餘如上說西方去此過九恒河沙刹有國名鼓音佛名鼓自在餘如上說西方去此過十恒河沙刹有國名樂見佛名樂見上餘如上說西北方去此過一恒河沙刹有國名歡喜佛名歡喜進餘如上說西北方去此過二恒河沙刹有國名嚴飾佛名嚴飾藏餘如上說西北方去此過三恒河沙刹有國名因慧佛名因慧藏餘如上

說西北方去此過四恒河沙刹有國名行意樂佛名行意樂上餘如上說西北方去此過五恒河沙刹有國名衆生聚佛名衆生上餘如上說西北方去此過六恒河沙刹有國名聰明佛名明上餘如上說西北方去此過七恒河沙刹有國名意樂佛名意樂聲餘如上說西北方去此過八恒河沙刹有國名無量佛名無量壽餘如上說西北方去此過九恒河沙刹有國名住佛名安住上餘如上說西北方去此過十恒河沙刹有國名水佛名水味上餘如上說東北方去此過一恒河沙刹有國名寶主佛名寶幢餘如上說東北方去此過二恒河沙刹有國名摩尼陀佛名摩尼清涼藏餘如上說東北方去此過三恒河沙刹有國名寶慧佛名寶慧上餘如上說東北

方去此過四恒河沙刹有國名金色佛名金色光音餘如上說東北方去此過五恒河沙刹有國名網佛名網光餘如上說東北方去此過六恒河沙刹有國名金主佛名閻浮檀上餘如上說東北方去此過七恒河沙刹有國名網佛名網光餘如上說東北方去此過八恒河沙刹有國名淨水佛名水王餘如上說東北方去此過九恒河沙刹有國名玉洲佛名玉藏餘如上說東北方去此過十恒河沙刹有國名寶洲佛名寶地餘如上說東南方去此過一恒河沙刹有國名金剛積佛名金剛慧餘如上說東南方去此過二恒河沙刹有國名一切覺佛名一切覺慧幢餘如上說東南方去此過三恒河沙刹有國名悉檀主佛名悉檀義勝餘如上說東南方去此過

四恒河沙刹有國名無垢佛名無垢瑠璃餘如上說東南方去此過五恒河沙刹有國名不那味佛名不那聚餘如上說東南方去此過六恒河沙刹有國名香味佛名香巖餘如上說東南方去此過七恒河沙刹有國名香主佛名香藏餘如上說東南方去此過八恒河沙刹有國名直行佛名直勝餘如上說東南方去此過九恒河沙刹有國名無價佛名無價上餘如上說東南方去此過十恒河沙刹有國名無邊周羅佛名無邊王餘如上說西南方去此過一恒河沙刹有國名無量光佛名無量壽餘如上說西南方去此過二恒河沙刹有國名無量眼佛名無量自在餘如上說西南方去此過三恒河沙刹有國名火燄佛名火燄光餘如上說西南方去此過四

恒河沙刹有國名壞闇佛名壞闇王餘如上說西南方去此過五恒河沙刹有國名調伏主佛名調伏藏餘如上說西南方去此過六恒河沙刹有國名無生佛名無生自在餘如上說西南方去此過七恒河沙刹有國名香主佛名香象遊戲餘如上說西南方去此過八恒河沙刹有國名香篋佛名香篋王餘如上說西南方去此過九恒河沙刹有國名樂讃佛名龍樂餘如上說西南方去此過十恒河沙刹有國名勝鬘佛名勝調伏上餘如上說上方去此過一恒河沙刹有國名忍見佛名一切世間樂見高顯王神力嚴淨大誓莊嚴地自在王一切光明積聚門餘如上說上方去此過二恒河沙刹有國名分陀利佛名妙法分陀利餘如上說上方去此過三恒河

沙刹有國名水笑華佛名笑華王餘如上說上方去此過四恒河沙刹有國名無憂佛名離一切憂餘如上說上方去此過五恒河沙刹有國名青蓮華佛名寶華勝餘如上說上方去此過六恒河沙刹有國名波頭摩主佛名波頭摩藏餘如上說上方去此過七恒河沙刹有國名鳩牟陀佛名鳩牟陀藏餘如上說上方去此過八恒河沙刹有國名竹佛名竹香餘如上說上方去此過九恒河沙刹有國名拘迦尸佛名一切勝王餘如上說上方去此過十恒河沙刹有國名功德河佛名一切世間河王自在餘如上說下方去此過一恒河沙刹有國名師子積聚佛名師子遊戲餘如上說下方去此過二恒河沙刹有國名師子窟佛名師子吼餘如上說下方去此過三恒河沙刹有國名忍作佛名忍作華餘如上說下方去此過四恒河沙刹有國名勝佛名一切生勝餘如上說下方去此過五恒河沙刹有國名無礙積聚佛名大乘遊戲王餘如上說下方去此過六恒河沙刹有國名頻陀佛名頻陀山頂餘如上說下方去此過七恒河沙刹有國名尊重難見佛名一切恭敬王餘如上說下方去此過八恒河沙刹有國名持慧佛名持慧王餘如上說下方去此過九恒河沙刹有國名地慧佛名地慧王餘如上說下方去此過十恒河沙刹有國名常歡喜王佛名斷一切疑在世教化汝等當往問彼佛言云何釋迦牟尼佛住廣說莊嚴際而住娑婆世界不般涅槃汝央掘魔羅與文殊師利俱往詣彼問如是義彼決一切疑如來

當爲汝說以能決斷一切疑故名斷一切疑佛爾時文殊師利與央掘魔羅俱白佛言世尊善哉善哉唯然受教頂禮佛足猶如鴈王陵虛而去至常歡喜王刹禮斷一切疑如來足却住一面白彼佛言我等從娑婆世界釋迦牟尼佛所普詣十方各十世界諸如來所問如是義云何釋迦牟尼佛住娑婆世界不般涅槃解脫之際彼諸如來悉荅我言釋迦牟尼佛即我等身彼佛自當決汝所疑釋迦牟尼佛復遣我來至世尊所言斷一切疑如來當爲汝說是故我今詣問所疑云何釋迦牟尼佛住娑婆世界而不般涅槃彼佛荅言汝等還去彼佛自當決斷汝等一切所疑如是無量釋迦牟尼如來所使爾時二人俱發聲言善哉善哉唯然受教禮彼佛足奉辭而還至釋迦牟尼佛所稽首作禮如是歎言奇哉世尊釋迦牟尼如來持無量阿僧祇身悉告我言汝等還去釋迦牟尼佛當決汝疑彼佛世尊即是我身爾時世尊告文殊等言彼諸如來告汝等言我即是彼如來身耶文殊等言如是世尊一切如來皆作是說爾時世尊告文殊等言彼諸如來世界云何文殊等言彼諸世界無諸沙礫平如澄水柔輭樂觸猶如繒纊如安樂國無諸五濁亦無女人聲聞緣覺唯有一乘無有餘乘佛告文殊等言若善男子善女人稱彼一切諸佛名號若讀若書若聞乃至戲笑言說或順他人或欲自顯若有一切恐怖事至悉皆消滅一切諸天龍夜叉揵闥婆阿脩羅迦樓羅緊那羅摩睺羅伽等不能惱亂聞則擁護閉四趣門我說

未發心者得菩提因況清淨心若讀若誦若書若聞央掘魔羅如來復有奇特大威德力廣總持大修多羅說八十億佛皆是一佛即是我身如是廣說如是無量佛剎如是無量如來如是如來色身無量無邊如來成就如是無量功德云何當有若無常若疾病如來常住無邊之身我今當復廣說有根本有因有緣一切佛一切因悉皆不樂生此世界以此衆生不可治故以是義故我於此世界治不可治衆生數數捨身故生不生身次應實作際身無身我於無量阿僧祇劫爲護法故捨恒河沙身一一身若傷若打若壞故生此不壞無爲之身我於無量阿僧祇劫衆多住處精進捨身恒河沙數一一身住無量劫精進苦行故生不老身我於無量阿僧祇劫生疾疫劫爲作良藥一一身趣恒河沙劫故生無病身我於無量阿僧祇劫恒河沙生爲斷無量衆生飢餒之病施大乘味故生不死身我於無量阿僧祇劫恒河沙生除無量衆生煩惱垢汙爲諸難事示如來藏故生無染汙身我於無量阿僧祇劫恒河沙生爲除無量餓鬼飢渴之病以一乘味令其飽滿故生無漏身我於無量阿僧祇劫恒河沙生於一切衆生等心愛念如父如母如子如兄如弟故生無罪身我於無量阿僧祇劫恒河沙生無量衆生諸天及人不實語者安立大乘諦故生諦常身我於無量阿僧祇劫恒河沙生無量衆生諸天及人諸非法衆安立出世間法故生此法身我於無量阿僧祇劫恒河沙生無量衆生諸天及人隨邪見者安立正見故生此第一

寂靜之身我於無量阿僧祇劫恒河沙生無量衆生諸天及人有恐怖者安立無畏故生安隱身我於無量阿僧祇劫恒河沙生無量衆生諸天及人多憂惱者安立無憂惱法故生此無憂離憂之身我於無量阿僧祇劫恒河沙生一切天人樂他婬者安立大尸羅威儀故生此無塵離塵之身我於無量阿僧祇劫恒河沙生無量衆生惡像類者攝令清淨安立正法故生此無羸無羸法身我於無量阿僧祇劫恒河沙生無量衆生諸天及人諸貧窮者施財法二藏安立菩提故生無災法身我於無量阿僧祇劫恒河沙生無量衆生諸天及人隨愛欲者安立離欲故生此無惱無惱之身我於無量阿僧祇劫恒河沙生拂除無量衆生諸天及人一切煩惱如除蛇毒故生此無患無患法身我於無量阿僧祇劫恒河沙生與無量衆生諸天及人結法親屬世間親厚無過法親故生無作法明顯妙身我於無量阿僧祇劫恒河沙生爲無量衆生諸天及人如法演說清淨如來藏法故生此無所有身我於無量阿僧祇劫恒河沙生安立一切諸天世人令住如來希有祕密故生希有身我於無量阿僧祇劫恒河沙生以佛成就無量衆生諸天及人故生無量無邊尊勝之身我於無量阿僧祇劫恒河沙生爲度無量衆生於處處雜姓示現受生故生此高身我於無量阿僧祇劫恒河沙生令無量衆生度一切有安立菩提故生無上身我於無量阿僧祇劫恒河沙生現隨世間支節不具令無量衆生安立菩提故生無上法身我於

無量阿僧祇劫恒河沙生不隱恒性如來之藏爲一切衆生安慰說故生此恒身我於無量阿僧祇劫恒河沙生護持淨戒見天女魔女及世間女不起染心故生不危脆身我於無量阿僧祇劫恒河沙生一切世間尊長女人所不起染心故生不崩墜身我於無量阿僧祇劫恒河沙生爲無量衆生諸天及人除諸病患故生此無邊無比之身我於無量阿僧祇劫恒河沙生令無量衆生乃至畜生安立深法故生深遠身我於無量阿僧祇劫恒河沙生爲一切天人說如來藏如虛空鳥跡令佛性顯現故生不可見身我於無量阿僧祇劫恒河沙生轉無量衆生諸天及人執無我見示以難見如來藏故生一切衆生難見之身我於無量阿僧祇劫恒河沙生令一切天人不害衆生安立正法故生微細身我於無量阿僧祇劫恒河沙生令一切天人生法樂故生圓滿身我於無量阿僧祇劫恒河沙生普示天人如來之藏如今所見文殊師利故生不難見身我於無量阿僧祇劫恒河沙生解一切衆生縛安立解脫故生極難見身我於無量阿僧祇劫恒河沙生天人惡趣一切諸有普於中住悉令安立眞實解脫故生無分身我於無量阿僧祇劫恒河沙生令一切天人淨持五戒故生無筋骨身我於無量阿僧祇劫恒河沙生善發大願度一切衆生故生一切處解脫之身我於無量阿僧祇劫恒河沙生拔一切衆生諸惡見箭安立眞實法故生此寂靜不變易身我於無量阿僧祇劫恒河沙生等視一切衆生如羅睺羅亦令

他等故生寂止身我於無量阿僧祇劫恒河沙生自修知足令他知足故生上止身我於無量阿僧祇劫恒河沙生爲諸聲聞説離食知足故生斷一切求波羅蜜身我於無量阿僧祇劫恒河沙生捨離一切魚肉美食亦數衆生令捨離故生美妙身我於無量阿僧祇劫恒河沙生令無量衆生諸天及人吐一切煩惱故生離虛僞身我於無量阿僧祇劫恒河沙生無量衆生惡像類者壞其住處驅出人衆猶如大雹故生破宅身我於無量阿僧祇劫恒河沙生無量衆生迷惑四倒飲以法味故生離慢梵身我於無量阿僧祇劫恒河沙生無量衆生如來之藏寂靜恒道離亂過惡極令正直故生寂靜捨身我於無量阿僧祇劫恒河沙生無量衆生無我佛語者建立有我如指指月故生捨離身我於無量阿僧祇劫恒河沙生無量般涅槃般涅槃而不般涅槃般涅槃故生如法法身我於無量阿僧祇劫恒河沙生盡無量衆生際極方便求如來藏垢不可得故生此界身一切衆生悉有此界我於無量阿僧祇劫恒河沙生演説大乘無礙智無我我所眞實門故生無入處身我於無量阿僧祇劫恒河沙生成就無量衆生令畏煩惱故生善出世間上上之身我於無量阿僧祇劫恒河沙生爲一切衆生而作歸趣無依作依無親作親故生如萬流趣大海身我於無量阿僧祇劫恒河沙生以無畏心説如來藏經故生安住身我於無量阿僧祇劫恒河沙生捨上宮殿轉輪王位無量快樂入山學道故生宮殿身安樂不動我於無

量阿僧祇劫恒河沙生離慢緩衆如避旃陀羅於淨戒者乃至不同水器故生不悔身我於無量阿僧祇劫恒河沙生輕無量衆生煩惱重擔故生休息身照然明顯我於無量阿僧祇劫恒河沙生毁呰在家如處牢獄故生一切衆生所求之身我於無量阿僧祇劫恒河沙生令無量衆生斷貪恚癡故生無病無畏無我所身我於無量阿僧祇劫恒河沙生令無量衆生諸天及人毁呰女人娛樂煩惱猶如毒蛇故生此滅身我於無量阿僧祇劫恒河沙生於燈光如來所修菩薩行聞自受記隨順於如不謗經故生舍宅身我於無量阿僧祇劫恒河沙生聞如來藏一切衆生斷諸煩惱便得成佛因其信樂覆護衆生故生覆護身我爲菩薩時無量阿僧祇劫恒河沙生作忍辱仙人行四無量故生一切衆生依怙之身我於無量阿僧祇劫恒河沙生常爲無量諸天世人演說大乘一乘無上乘無礙之智極大照明一切衆生所趣向乘彼聞說已以是大乘破阿僧祇惡故生趣向身我於無量阿僧祇劫恒河沙生讃歎界安隱界一切衆生第一界無垢如來藏無合會故生無合會身我於無量阿僧祇劫恒河沙生令無量衆生諸天及人入白淨解脫天舍宅故生虚曠無限容受勝身我於無量阿僧祇劫恒河沙生無量衆生若男若女作父母兄弟姊妹想故生一切處無上父身我於無量阿僧祇劫恒河沙生於饑饉劫以無量身施彼食故生一切處離飢渴病身我於無量阿僧祇劫恒河沙生爲無量衆生毁呰一闡提惡令

生怖畏故生此捨離一切有身我於無量阿僧祇劫恒河沙生示現無量方便身法身勝藥樹身不增不善因故生一切無行寂止之身我於無量阿僧祇劫恒河沙生度無量衆生令滅煩惱示其自性如於掌中視菴羅果故生斷道身我於無量阿僧祇劫恒河沙生爲無量衆生毀呰一切有如四毒蛇如空瓶故生離津溜筋脉之身我於無量阿僧祇劫恒河沙生爲無量衆生滅一切有無量煩惱離欲滅盡涅槃故生涅槃不動快樂之身央掘魔羅我於無量阿僧祇劫一切無際處住而復住此央掘魔羅涅槃即是解脱解脱即是如來

央掘魔羅經卷第三

音釋

篋（苦協切）纊（苦謗切絮之細者曰纊）餒（奴罪切飢也）鍵（渠客切）

呰（將几切譏毀也）溜（力救切）

央掘魔羅經卷第四

劉宋天竺三藏法師求那跋陀羅譯

爾時央掘魔羅白佛言世尊奇哉如來哀愍一切衆生爲第一難事佛告央掘魔羅非是如來爲第一難事更有第一難事謂於未來正法住世餘八十年安慰說此摩訶衍經常恒不變如來之藏是爲甚難若有衆生持諸同類是亦甚難若有衆生聞說如來常恒不變如來之藏隨順如實是亦甚難央掘魔羅白佛言世尊何如爲難佛告央掘魔羅譬如大地荷四重擔何等爲四一者大水二者大山三者草木四者衆生如是大地荷此四擔央掘魔羅白佛言如是世尊佛告央掘魔羅非是大地荷四重擔所以者何餘復更有荷重擔者央掘魔羅白佛言誰耶世尊佛告央掘魔羅正法住世餘八十年菩薩摩訶薩爲一切衆生演說如來常恒不變如來之藏當荷四擔何等爲四謂凶惡像類常欲加害而不顧存亡棄捨身命要說如來常恒不變如來之藏是名初擔重於一切衆山積聚凶惡像類非優婆塞以一闡提而毀罵之聞悉能忍是第二擔重於一切大水積聚無緣得爲國王大臣大力勇將及其眷屬說如來藏唯爲下劣形殘貧乞堪忍演說是第三擔重於一切衆生大聚窮守邊地多惱之處衣食湯藥衆具麤辭一切苦觸無一可樂男悉邪謗女人少信城郭丘聚豐樂之處不得止住是第四擔重於一切草木積聚若能荷此四重擔者是名能荷大擔菩薩摩訶薩若菩薩摩訶薩於正法欲滅餘八十年棄捨身命演說

如來常恒不變如來之藏是爲甚難若能維持彼諸衆生是亦甚難彼諸衆生聞說如來常恒不變如來之藏能起信樂是亦甚難復次央掘魔羅非是如來爲第一難事今當更說復有難事譬如士夫其壽無量過無量百千億歲以一毛端滴大海水復過是數以一毛滴乃至將竭餘如牛跡爲甚難不央掘魔羅言甚難世尊不可稱說佛告央掘魔羅此不爲難更有甚難央掘魔羅言誰耶世尊佛告央掘魔羅正法住世餘八十年若有菩薩摩訶薩棄捨身命演說如來常恒不變如來之藏是爲甚難復次央掘魔羅非是如來爲第一難事更有難事央掘魔羅譬如士夫擔須彌山王及大地大海經百億歲此爲大力第一難不央掘魔羅白佛言如是如來境界非彼聲聞緣覺所及佛告央掘魔羅彼非大力非爲甚難若以大海一塵爲百千億分百千億劫持一塵去乃至將竭餘如牛跡復能擔負須彌山王大地河海百千億劫而彼不能於正法住世餘於八十年時演說如來常恒不變如來之藏唯有菩薩人中之雄能說如來常恒不變如來之藏護持正法我說此人第一甚難復次央掘魔羅譬如士夫能以水滅三千大千世界熾然盛火如是士夫爲甚難不央掘魔羅白佛言世尊滅一天下火尚爲極難況復三千大千世界是爲甚難佛言如是央掘魔羅未來世中持戒衆減犯戒衆增正法住世餘八十年菩薩摩訶薩棄捨身命奴婢牛羊非法財物種種清淨廣宣正法演說如來常恒不變如來之藏此何士夫

央掘魔羅白佛言唯佛能知非聲聞緣覺爾時護持世間淨法猶尚爲難何況出世間上上如來常恒不變如來之藏如彼士夫能以水滅三千大千世界熾然盛火極爲甚難若於未來正法住世餘八十年菩薩摩訶薩棄捨身命演說如來常恒不變如來之藏當知彼人即是如來佛告央掘魔羅善哉善哉善男子我亦如是說一切如來說彼士夫所爲難事不得邊際復次善男子譬如百川入于大海别流不現如是士夫所得智慧一切士夫來入其中悉皆不現復次善男子譬如大海不受死屍如是士夫無諸戲行家愛家病雜亂非法謗如來藏者不與同止如是士夫極爲甚難維持彼衆及聽法者是亦甚難央掘魔羅白佛言世尊菩薩摩訶薩成就幾相名非新學佛告央掘魔羅言善男子菩薩摩訶薩成就八相非爲新學何等爲八一者知法二者知恩量持三者供養父母四者知師恩五者猒諸惡見六者離一切相輕慢不調伏不善不淨之物七者不思欲乃至夢中亦不起想八者敬重於戒如是菩薩摩訶薩成就八相非爲新學復次菩薩摩訶薩成就八相非爲新學何等爲八一者說摩訶衍二者分明演說如來之藏而不猒捨三者不貪財物四者慈悲喜捨忍五者視一切衆生猶如一子六者近善知識七者離惡知識八者世利知足菩薩成就如是八相非爲新學復次菩薩成就八相非爲新學何等爲八一者安慰知量善說二者不戲諠三者煩惱微薄忍四者聞一切經忍五者降伏睡眠六者不懶

惰七者精勤不放逸八者常樂求戒菩薩成就如是八相非爲新學復次菩薩成就八相非爲新學何等爲八一者眞實二者鮮淨樂習淨事三者光澤四者端正五者遠離女人六者遠離親族七者聞惡恐怖彼彼惱亂身毛皆豎八者愍念衆生菩薩成就如是八相非爲新學復次菩薩成就八相非爲新學何等爲八一者善知佛説魔説差别二者恭敬知經者三者知律非律差别不隱覆四者善知如來隱覆之説五者知如來祕密六者善知隨順世間事七者善知如來常恒不變八者善知菩薩惡非惡事善知時方自能菩薩成就如是八相非爲新學成就如是四十相身念法是菩薩非爲新學若無四十功德若半減半當知善男子善女人不住摩訶衍亦

不入諸菩薩數是故菩薩行則爲甚難彼何等勝功德謂無欲想乃至夢中亦不起心當知是人有一切覺支殊勝功德爾時文殊師利語央掘魔羅言如來藏者有何義若一切衆生悉有如來藏者一切衆生皆當作佛一切衆生皆當殺盜邪淫妄語飲酒等不善業跡何以故一切衆生悉有佛性當一時得度若有佛性者當作逆罪及一闡提若有我者我界當度一切有是故世間無有我無有界一切法無我是諸佛教佛告文殊師利一切衆生有如來藏爲無量煩惱覆如瓶中燈復次文殊師利譬如有一調伏子迦葉如來爲授記言却後七年當爲轉輪聖王正法治化我亦却後七日當般涅槃時調伏子聞受記已歡喜踊躍作是念言一切智記我當得轉

輪聖王我今不疑即白母言與我魚肉乳酪麻豆種種美食我當有力彼并食雜食故不能自活非時而死云何文殊師利彼佛爲妄語耶爲非一切智耶爲彼實無轉輪聖王善根果報耶文殊師利白佛言世尊彼本惡業故致此死佛告文殊師利勿作是説彼非時死耳非本惡業報也文殊師利彼佛不知先惡業報而記之耶無先惡業今自作過以致失命耳如是文殊師利若男子女人作是念言我身中有如來之藏自當得度我當作惡若如是作惡者爲佛性得度耶不得度耶如上所説彼調伏子實有王性而不得度所以者何以多放逸故佛性不度亦復如是以彼衆生多放逸故一切衆生爲無佛性耶實有佛性如轉輪王報爲佛妄語耶衆生妄語作諸放逸以聞法放逸故自過惡故不得成佛文殊師利白佛言世尊一切衆生無本業耶佛告文殊師利彼有本業但少聞此經無量阿僧祇罪皆悉除滅所以者何如來無量阿僧祇劫發大誓言一切衆生未度令度未脱令脱以此誓願善根如來慧日光明所照無量阿僧祇罪皆悉除滅復次文殊師利譬如一切雲霧覆過日未出時皆悉障蔽一切世間日光少出一切世間闇障悉滅如是阿僧祇大罪積聚乃至此經日未出時一切衆生輪迴生死此經日出阿僧祇惡大闇積聚一彈指頃於如來常恒不變如來之藏若戲笑説若隨順他此及外道若波羅夷無間惡業阿僧祇罪須臾悉滅所以者何若聞釋迦牟尼如來名號雖未發心已是菩薩所以者何

以如來勝願一切世間是我有故諸未度者當令得度化以正法悉令覺悟是故文殊師利聞如來名者皆爲菩薩非但自能速除煩惱亦復當得我所得身文殊師利如我偈說我已稱說道　憂悲毒刺拔　汝等應當作如來之所說

我說道者說何等道道有二種謂聲聞道及菩薩道彼聲聞道者謂八聖道菩薩道者謂一切衆生皆有如來藏我次第斷諸煩惱得佛性不動快樂甚可愛樂若不斷者恒輪轉生死我已稱說道憂悲毒刺拔憂悲者謂煩惱義拔刺者謂如來我斷除無量煩惱爲大醫王汝等當從我受我當示汝如來之藏汝等應當作者隱覆說義如來之所說者此生欺誑汝欺誑汝佛出世間如優曇鉢華得信猶如恒沙金粟亦如盲龜值浮木孔如是值遇如來應供等正覺如來藏經不以生死壽果欺誑汝等自度一切有及一切煩惱病是故言如來之所說

精勤諸善法　折伏諸惡心　修福遲緩者意樂著諸惡

此偈我爲聲聞說又如來藏者極爲難得世間無有如是難得譬類如來之藏當疾觀察如是如是意樂著諸惡者比丘自性淨心心習惡知識過五垢爲首衆多煩惱前後圍遶云何五垢爲本諸煩惱圍遶所謂貪欲瞋恚睡眠掉疑此五垢壞心欲淨除五垢本及諸煩惱者當勤方便自性清淨心力當勤方便及未謗修多羅未成一闡提當勤方便修習自度以是義故說彼心無量客塵煩惱應當

疾疾拔其根本

意法前行　意勝意生　意法淨信　若說若作

快樂自追　如影隨形

我爲聲聞乘說此偈意者謂如來藏義若自性清淨意是如來藏勝一切法一切法是如來藏所作及淨信意法斷一切煩惱故見我界故若自淨信有如來藏然後若說若作得成佛時若說若作度一切世間如人見影見如來藏亦復如是是故說如影隨形

意法前行　意勝意生　意法爲惡　若說若作

衆苦自追　如輪隨跡　謂一轅兩輪二牛牽之故輪隨跡

此偈說煩惱義意法惡者爲無量煩惱所覆造作諸惡故名爲惡不自性心如來藏入無量煩惱義如是躁濁不息故若說若作一切衆苦常隨不絕如輪隨跡者諸惡積聚生死輪迴轉一切衆生於三惡趣中如輪隨跡是故說於福遲緩者心樂於惡法復次文殊師利如知乳有酥故方便鑽求而不鑽水以無酥故如是文殊師利衆生知有如來藏故精勤持戒淨修梵行復次文殊師利如知山有金故鑿山求金而不鑿樹以無金故如是文殊師利衆生知有如來藏故精勤持戒淨修梵行言我必當得成佛道復次文殊師利若無如來藏者空修梵行如窮劫鑽水終不得酥文殊師利白佛言世尊梵行有何義何故如來捨五欲樂央掘魔羅謂文殊師利言無量天人常知墮法故離諸欲想佛告央掘魔羅勿作是說一切衆生有如來藏一切男子皆爲兄弟一切女人皆爲姊妹央掘魔羅白佛言世尊云何淨飯王摩耶夫人兄弟姊妹

而作父母佛告央掘魔羅是方便示現度脱衆生若不如是則不能度譬如大王有二千力士二人方便現相折伏以悦王心娛樂衆人唯彼自知餘無能覺佛亦如是示現父母現同人事然後得度無量衆生令出生死無邊大海而彼衆生莫能知者譬如技兒於大衆中種種變現以悦衆心諸佛世尊亦復如是種種變現以度衆生而彼衆生莫能知者譬如幻師於大衆中自斷身分以悦衆人而實於身無所傷損諸佛世尊亦復如是如彼幻師種種變現以度衆生文殊師利如來一切智知一切觀察世間一切衆生無始已來無非父母兄弟姊妹昇降無常迭爲尊卑如彼技兒數數轉變是故如來淨修梵行復次文殊師利彼此自知共相娛樂如何受樂自餘身分云何不得不成果報當知是樂是大苦聚女有佛藏男亦如是云何一性而自染著以一性故是故如來淨修梵行住於自地不退轉地得如來地文殊師利白佛言世尊何故如來不以一切梵行建立優婆塞優婆夷何故世尊説比丘比丘尼優婆塞優婆夷正法因故如堂四柱而今優婆塞優婆夷現有大惡何故建立於正法律中佛告文殊師利此異想名世俗想如來視一切衆生如羅睺羅常欲安立令住佛地無此階漸佛想異世俗想異此名非問論文殊師利白佛言世尊以一切衆生界是一界故諸佛離殺生耶佛言如是世間殺生如人自殺殺自界故文殊師利白佛言世尊何故視一切衆生如羅睺羅而復教人調伏殺罰有自界惡像類者

佛告文殊師利善男子莫作是說如來如是視一切衆生如羅睺羅譬如士夫常日再食愛樂法故日一食則殺八萬户蟲如是者應名殺生而非殺生不淨復次文殊師利無邊欲樂聖所背捨聖人爲害欲故自害若如是者聖人則有自害過惡謂愛欲心盛至他所言我起欲心願見教誡令生慙愧我存亡無在即方便自害如是者爲害自界耶文殊師利白佛言不也世尊彼乃因是功德增積佛告文殊師利如是文殊師利何故諸聖自害以是煩惱毒蛇因故而況他身佛所說法諸惡像類壞正法者如自煩惱盛而教誡彼爲作諸難則爲供養自界如自求畢竟樂棄捨欲樂衣食命樂如自害身而調伏彼是名善知如來之藏文殊師利白佛言世尊因如來藏故諸佛不食肉耶佛言如是一切衆生無始生死生生輪轉無非父母兄弟姊妹猶如技兒變易無常自肉他肉則是一肉是故諸佛悉不食肉復次文殊師利一切衆生界我界即是一界所食之肉即是一肉是故諸佛悉不食肉文殊師利白佛言世尊珂貝蠟蜜皮革繒綿非自界肉耶佛告文殊師利勿作是語如來遠離一切世間如來不食若言習近世間物者無有是處若習近者是方便法若物展轉來者則可習近若物所出處不可習近若展轉來離殺者手則可習近文殊師利白佛言今此城中有一皮師能作革屣有人買施是展轉來佛當受不復次世尊若自死牛牛主從旃陀羅取皮持付皮師使作革屣施持戒人此展轉來可習近不佛告文殊

師利若自死牛牛主持皮用作革屣施持戒人爲應受不若不受者是比丘法若受者非悲然不破戒文殊師利白佛言世尊亦不得用不淨水熟食比丘不應受若如是者如是現佛告文殊師利此名世間想若有優婆塞者以淨水作食而不得作田若無優婆塞者諸佛其如之何陸蟲水蟲虛空亦蟲若如是者於淨肉爲惡世間云何得修淨肉此名非問論文殊師利白佛言世尊世間久來亦自立不食肉佛告文殊師利若世間有隨順佛語者當知皆是佛語文殊師利白佛言世尊世間亦說有解脱然彼解脱非解脱唯佛法是解脱亦有出家而非出家唯有佛法是出家世尊世間亦說我不食肉彼等無我亦無不食肉唯世尊法中有我決定不食肉佛告文殊師利汝欲聞世間建立外道因不當爲汝說文殊師利白佛言唯然世尊願樂欲聞佛告文殊師利乃往過去無量阿僧祇劫時世有佛名拘孫陀跋陀羅出興于世在此城中時彼世界無諸沙礫無外道名唯一大乘彼諸衆生一向快樂爾時如來久住於世乃般涅槃般涅槃後正法久住法欲滅時持戒者減非法者增有一阿蘭若比丘名曰佛慧有一善人施無價衣比丘愍彼即爲受之比丘受已示諸獵師諸獵師衆見此好衣生劫盜心即於其夜將是比丘至深山中壞身裸形懸手繫樹爾時其夜有採華婆羅門至阿蘭若處見虎恐怖向山馳走見彼比丘壞身裸形懸手繫樹見已驚歎嗚呼沙門先著袈裟而今裸形必知袈裟非解脱因自懸苦行

是眞學道彼人豈當捨離善法當知分明是解脱道因壞正法故即捨衣拔髮作裸形沙門裸形沙門從是而起爾時比丘自得解縛即取樹皮赤石塗染以自障蔽結草作拂用拂蚊蟲更有採華婆羅門見已念言是比丘捨先好衣著如是衣捉如是拂彼人豈當捨離善法當知分明是解脱道即學彼法出家婆羅門從是而起時彼比丘暮入水浴因洗頭瘡即取水衣以覆瘡上取牧牛人所棄弊衣以自覆身時有樵者見已念言是比丘先著袈裟而今悉捨必知袈裟非解脱因故被髮弊衣日夜三浴修習苦行彼人豈當捨離善法當知分明是解脱道即學彼法苦行婆羅門從是而起比丘浴已身體多瘡蠅蜂唼食即以白灰處處塗瘡以水衣覆身時有見者謂言是道即學彼法灰塗婆羅門從是而起時彼比丘然火炙瘡瘡轉苦痛不能堪忍投巖自害時有見者作是念言是比丘先著好衣今乃如是彼人豈當捨離善法當知投巖是解脱道投巖事火從是而起如是九十六種皆因是比丘種種形類起諸妄想各自生見譬如有國一一相視而起麤想麤想生已各各相殺九十六種各生異想亦復如是猶如鹿渴於餤水想追逐乏死正法滅時因彼比丘非法法想亦復如是如是文殊師利世間一切所作之上尸羅威儀種種所作一切悉是如來化現法滅盡時如是事生若如是者正法則滅如是文殊師利於眞實我世間如是如是邪見諸異妄想謂解脱如是謂我如是出世間者亦不知如來隱覆之教謂

言無我是佛所説彼隨説思量如外道因彼諸世間隨順愚癡出世間者亦復迷失隱覆説智是故如來説一乘中道離於二邊我真實佛眞實法眞實僧眞實是故説中道名摩訶衍爾時央掘魔羅白佛言世尊衆生不知中道妄想説餘中道佛告央掘魔羅少有衆生聞此經信未來衆生多謗此經央掘魔羅白佛言世尊唯願爲説何方幾所衆生誹謗此經幾一闡提何方有能廣爲衆生安慰説者唯願如來哀愍爲説佛告央掘魔羅未來世中中國當有九十八百千億衆生謗毁此經七十千億衆生作一闡提東方九十八千億衆生謗毁此經六十億衆生作一闡提西方九十八百億衆生謗毁此經五十億衆生作一闡提南方九十八億衆生謗毁此經四十億衆生作一闡提罽賓國中有我餘法婆樓迦車國餘名不滅頻陀山國亦復如是罽賓比丘半半行摩訶衍半半樂摩訶衍説摩訶衍南方當有行堅固道行如來行離八大事説如來常恒不變如來之藏菩薩摩訶薩比丘比丘尼優婆塞優婆夷行堅固道任荷我法爾時文殊師利白佛言世尊奇哉佛法當住南方佛告文殊師利如是如是我法當住南方少時如汝等苦行菩薩摩訶薩不惜身命安慰一切衆生故説如來常恒不變如來之藏如一切諸佛悉皆不樂生此世界荷負三千大千世界無量衆生而我獨能於此度脱我菩薩摩訶薩正法欲滅餘八十年爾時不樂任持正法亦復如是如汝等文殊師利正法欲滅餘八十年當於爾時任荷正法

一切閻浮提及諸洲間不惜身命演說如來常恒不變如來之藏彼時衆生或信或不信彼諸菩薩作是念言若斷截我身作種種分我當由此得常住身如汝文殊師利等無量菩薩摩訶薩於彼南方任荷正法第一最難是故我常讚歎南方最後說法由彼菩薩威德力故一切閻浮提及諸洲間彼諸衆生聞名迴向或因慙愧或因恐怖故譬如有王聞餘王法而自治國罽賓國及伽樓迦車城慙愧恐怖故說摩訶衍祕密之藏亦復如是然不說如來常恒不變如來之藏文殊師利譬如放火草中唯燒中間不燒邊際我初生地堅固道滅餘法住於南方邊際諸菩薩於彼任荷正法亦復如是當知彼中則有如來爾時釋提桓因與三十三天諸眷屬俱稽首佛足與大供養已白佛言世尊我等當共護持此經願見付授唯願哀愍一切衆生說此經名佛告天帝釋言憍尸迦此經名爲央掘魔羅如是受持憍尸迦此經難得如優曇鉢華時帝釋長子名阿毗漫柔頂禮佛足白佛言世尊如我父王與阿脩羅戰時告御者言汝當莊嚴伏阿脩羅軍御者白王願勿憂慮我要先死然後及王今當畢命堅意決戰餘人亦當捨身盡力如是世尊於未來世正法欲滅八十年時菩薩摩訶薩說如來常恒不變如來之藏後作是念我說法時多有衆生不能堪忍我當不說爾時莫令諸善男子聞彼諸難生退轉心當如善御莊嚴法乘如如來藏如來常恒寂靜不變廣宣世間彼善男子說如來常恒不變如來之藏我於爾時當作

比丘棄捨身命而爲作護爾時衆多帝釋子若男若女及餘諸天頂禮佛足而發誓言我當作比丘比丘尼優婆塞優婆夷棄捨身命而爲作護時佛歎言善哉善哉善男子汝等皆是求正法者我亦當爲諸樂法者而作覆護我亦常當於彼前行如善御者汝等常當堅固知恩於如來常處恒處寂靜處不變易處如來藏處當廣宣說

爾時波斯匿王具四種兵告諸大臣言今有人像羅刹殺害多人一千少一以指爲鬘以血塗身勇健驍捷縱暴此境今去此城減四十牛鳴或能害我及諸臣子以充其數今當共行剪除殺鬼今此城中一切男女欲求取者悉不敢出一切鳥獸聞其惡名亦所不至汝等今當宣令内外波斯匿王今興四兵伐彼羅刹央掘魔羅一切皆當持器仗來若能與彼盡力共戰若傷不傷隨功賞賜象馬珍寶城邑土田隨其所欲悉當與之聞彼惡名莫不震慴如是宣唱無一應命唯王左右不得自在仰遏威顔俛仰祇順時諸妃后啼泣上諫寧失國位願勿自征即召太卜問其吉凶今當能制央掘魔不卜筮咸曰彼今當滅雖聞是語王猶不信將四種兵往詣佛所稽首佛足有怖畏色額上流汗却坐一面爾時世尊一切智知一切知而故問大王今日何故流汗王白佛言今有羅刹名央掘魔羅殺害人民一千少一以指作鬘以血塗身恐其不息與我共戰舉國人民悉皆怖畏杜門不出事業斯廢一切鳥獸悉不敢近嚴此四兵欲往伐之佛告王曰今日大王欲伐彼耶王

白佛言今唯一心取信佛足佛告大王若央掘魔羅來至此者王當云何爾時四兵悉大恐怖唯王不畏恃佛威德故王白佛言若彼來者如是為一爾時世尊指示王言此即常勝央掘魔羅王見央掘魔羅瞪矚不眴觀其形相赤眼雄姿心驚毛竪如非人所持勇猛心退刀劒自落漸近如來師子之座一心至誠歸依如來當視我等如羅睺羅于時四兵倍增惶怖迷亂顛沛奔馳逃竄爾時世尊放安慰衆生無畏光明照彼衆生令身安樂爾時波斯匿王内外眷屬城邑人民咸作是念今央掘魔羅為世尊所伏波斯匿王作是歎言奇哉世尊真為第一調御之轅真為無上天人之師如是凶暴大惡業者乃能方便安立正法爾時世尊説偈歎言

人前放逸　後止不犯　是照世間　如月雲消

若菩薩摩訶薩先現放逸後現功德是照世間如月雲消度無量衆生現如來功德大王當知彼非惡人是則菩薩善方便耳王白佛言以何義故言非惡人先辱師婦受行惡師毗舍遮行佛告大王彼不辱師婦彼亦非師現為彼師及婦色像變易其心習樂師法言常清淨大王當知是大奇特譬如龍象衝擊非驢所堪如是大王如來人中大龍象王隱覆言教祕密説耳聲聞緣覺皆所不堪唯佛與佛乃能堪任大王南方去此過六十二恒河沙刹有國名一切寶莊嚴佛名一切世間樂見上大精進如來應供等正覺在世教化無有聲聞緣覺之乘純一大乘無餘乘名彼諸衆生無有老病及不可意苦純一快樂壽

命無量光明無量純一妙色一切世間無可爲譬故國名一切寶莊嚴佛名一切世間樂見上大精進王當隨喜合掌恭敬彼如來者豈異人乎央掘魔羅即是彼佛諸佛境界不可思議爾時波斯匿王語諸占師汝等一切悉皆妄語汝速遠去勿復妄説爾時諸天世人及諸龍神聲聞菩薩波斯匿王一切城邑聚落人民承佛威神悉皆來集稽首敬禮央掘魔羅足一心同聲説偈歎曰

南無如來無邊身　南無方便央掘魔
我今頂禮聖足下　懺悔天尊柔輭足
我今懺悔如來尊　央掘魔羅二生身
爲我等故來至此　現佛色像勝光燄
照諸衆生堪能説　我數懺謝無量身
無依作依等正覺　無親怙者爲作親
奇哉二佛出于世　未曾有法行世間
猶如火中生蓮華　世間希有見二佛

爾時世尊告波斯匿王言北方去此過四十二恒河沙刹有國名常喜佛名歡喜藏摩尼寶積如來應供等正覺在世教化彼土無有聲聞緣覺純一大乘無餘乘名亦無老病衆苦之名純一快樂壽命無量光明無量無有譬類故國名常喜佛名歡喜藏摩尼寶積如來應供等正覺王當隨喜合掌恭敬彼如來者豈異人乎文殊師利即是彼佛若有衆生向央掘魔羅文殊師利恭敬作禮若復聞是二人名者見歡喜國如見自家聞彼名故常閉四趣或以戲笑或隨順他或爲名利此及外道或犯重禁五無間罪亦閉四趣若善男子善女人爲二名所護者若今現在及未來

世曠野險難諸恐怖處皆悉蒙護於一切處恐怖悉滅若天龍夜叉乾闥婆阿脩羅緊那羅摩睺羅伽毗舍闍衆悉不能干爾時世尊告波斯匿王如來所說有如是大威德菩薩所行有如是大威德文殊師利及央掘魔羅有如是大威德於此二龍發隨喜心能起菩薩無量之行大王汝當給養央掘魔羅母勿得遺忘此央掘魔羅母是我方便之所守護爾時央掘魔羅母身昇虛空高七多羅樹而說偈言

如來所變化　衆生悉不知　如來所作幻
衆幻中之主　大身方便身　是則爲如來

說此偈已即沒不現爾時波斯匿王白佛言世尊此爲幻耶佛告大王此是化母如化母所說菩薩行亦如是爾時央掘魔羅師摩尼跋陀羅身昇虛空高七多羅樹而說偈言

譬如野干獸　常與師子遊　雖久相習近
其聲不相類　聞彼聲怖死　況能師子吼
我如彼小獸　雖久爲彼師　不能堪任發
人雄無畏聲　若彼非方便　我則必當死
我如野干獸　豈堪受彼供　我行愚癡法
菩薩悉遠離　於一切衆生　等視如一子
佛化無量幻　衆生不能知　設化百千億
婆羅門師長　衆生悉不知　唯佛知佛幻
當知佛世尊　一切幻中王

爾時彼師摩尼跋陀羅婦而說偈言

嗚呼諸衆生　不知佛功德　謂實旃遮女
不知如來化　示現作我身　幻化亦如是
大王應當知　佛身不思議　彼諸旃陀羅
尚不得近王　恐怖常畏死　何況對言說

此人彼亦人　不敢相習近　況復諸天人
親近轉佛心　無量天龍神　常供養如來
惡心向佛者　彼即斷其命　佛以巧方便
示現種種幻　制未來衆生　無量諸非法
佛幻爲大幻　如來方便身
說是語已即沒不現爾時波斯匿王聞見如是諸希有事歡喜踊躍白佛言世尊爲是幻耶佛言大王如彼師及師婦央掘魔羅母彼三人者悉是我幻我示幻化不可思議因我教化央掘魔羅度無量衆生時波斯匿王白佛言世尊我當七日修行大施央掘魔羅如來在福田方今爲福田佛告王言如是如是爾時諸天龍神共說偈言
南無幻化王　具足大精進　如來方便身
方便相具足　方便般涅槃　示現捨舍利
如來無邊身　智慧亦無邊　無邊善名稱
無邊明力士　如來無邊身　容亦無有邊
言說亦無邊　隱覆亦無邊　無邊照世間
光明亦無邊　功德過數量　無稱不可量
虛空無礙智　如來虛空身　安慰文殊事
及與我等類　爲央掘魔羅　故佛世尊來
若來及不來　非我等所知　如來視一切
猶如羅睺羅
爾時世尊說是經已諸天龍神聲聞菩薩及波斯匿王一切衆會皆慕央掘魔羅行及文殊師利菩薩行願生彼國皆發阿耨多羅三藐三菩提心踊躍歡喜

央掘魔羅經卷第四

音釋

輡雨元切輡也 迭徒結切更互也 驍舉喬切勇猛也 慴質涉切怖也

瞪䁱瞪丈證切䁱之蜀切瞪䁱直視也 竄七亂切逃也

菩薩内習六波羅蜜經

菩薩投身飼餓虎起塔因緣經

後漢沙門嚴佛調譯

北涼高昌沙門法盛譯

清刻龍藏佛說法變相圖

二經同卷

菩薩内習六波羅蜜經

菩薩投身飴餓虎起塔因緣經

菩薩内習六波羅蜜經

後漢沙門嚴佛調譯

佛言欲學菩薩道者當從此始謂一數二隨三止四觀五還六淨佛言一數爲檀波羅蜜數息者神得上天爲布施身中神自致得須陀洹斯陀含阿那含阿羅漢辟支佛得作佛是爲内檀波羅蜜爲布施得度佛言二相隨爲尸波羅蜜意與心相隨俱出入不邪念意不轉爲不犯道禁是爲内尸波羅蜜爲不犯道禁得度佛言三止爲羼提波羅蜜意欲婬

怒瞋恚能忍不爲口欲甘肥美味身欲得細滑自制意能忍不受是爲内羼提波羅蜜爲忍辱得度佛言四明觀爲惟逮波羅蜜内觀三身體外觀萬物皆當壞敗無有常存不復貪心向道念無爲常分别不懈怠是爲内惟逮波羅蜜爲精進得度佛言五還爲禪波羅蜜斷六入還五陰何謂六入色入眼爲衰聲入耳爲衰香入鼻爲衰味入口爲衰細滑入身爲衰多念令心衰是爲六入亦爲六衰亦爲五陰何謂五陰色陰痛痒陰思想陰生殊陰識陰是爲五陰還身守淨斷求念空是爲内禪波羅蜜而守一得度佛言六淨爲般若波羅蜜知人萬物皆當消滅意不淨向生死愛欲斷心淨潔智慧成就是爲内摩訶般若波羅蜜從黠慧得度問曰何等爲檀何等爲尸何等爲羼何等惟逮何等禪何等爲般若何等爲波羅蜜佛言檀爲布施尸爲持戒羼爲忍辱惟逮爲精進禪爲棄惡般若爲黠慧波羅爲從生死得度蜜爲無極是爲六波羅蜜問曰何以故正有六波羅蜜佛言若人有婬怒瞋恚愚癡故行布施爲除惡貪持戒爲除婬怒忍辱爲除瞋恚精進爲除懈怠一心爲除亂意智慧爲除愚癡用欲去六事故作是六波羅蜜佛言人有六匿賊盜斷惡故作檀波羅蜜主制身尸波羅蜜主制眼羼提波羅蜜主制耳惟逮波羅蜜主制鼻禪波羅蜜主制口般若波羅蜜主制意問曰何以故身應檀波羅蜜佛言人索頭與頭索眼與眼索肉與肉投身餓虎是爲布施故屬檀波羅蜜問曰何以故眼應尸波羅蜜佛言眼不隨色

意不亂念是爲持戒故屬尸波羅蜜問曰何以故耳應羼提波羅蜜佛言耳聞惡聲不瞋恚是爲忍辱故屬羼提波羅蜜問曰何以故鼻應惟逮波羅蜜佛言鼻知息出入常守不離是爲精進故屬惟逮波羅蜜問曰何以故口應禪波羅蜜佛言口不罵詈不兩舌不妄言不綺語是爲寂然故屬禪波羅蜜問曰何以故意應般若波羅蜜佛語阿難汝曹爲道常當曉了知定諸垢濁穢清淨自然不起不滅悉斷諸根諸根斷已不得復生爲道者當發平等廣度一切施立法橋當令一切得入法門廣作唱導無端無底無形無聲無邊無際無上無下立教當施本無之中持法當使如來求道當在於心心意不正道亦不生立行當於本無之中垢濁以除内外清淨從淨見明以致自然已現是空之淨淨而復淨空而復空空無所有是乃爲道道之本無無所倚著上無所攀下無所據左無所牽右無所持自然而立清淨爲本空空之空故曰泥洹於有而無所有故爲有於無而不無是爲無於得而無所得是爲得也

第一發意菩薩　第二持地菩薩
第三應行菩薩　第四生貴菩薩
第五修成菩薩　第六行登菩薩
第七不退轉菩薩　第八童眞菩薩
第九了生菩薩　第十補處菩薩

菩薩内習六波羅蜜經

菩薩投身飼餓虎起塔因緣經

北涼高昌沙門法盛譯

如是我聞一時昔佛遊乾陀越國毗沙門波羅大城於北山巖蔭下爲國王大臣人民及天龍八部人非人等說法教化度人無數教化垂畢佛便微笑口出香光光有九色遍照諸國香熏亦爾時諸大衆覩光聞香皆大歡喜時光明還繞佛七帀復從口入爾時阿難整衣服長跪叉手白佛言今者世尊現奇瑞相必有因緣多所饒益衆生蒙祐惟願天尊說其因緣佛告阿難如汝所說諸佛密口凡所現相皆有因緣汝欲聞乎阿難曰唯天中天佛告阿難過去九劫時世無佛有一大國名乾陀摩提王名曰乾陀尸利夫人名曰叙摩目佉太子名曰栴檀摩提其國廣博豐樂饒人人壽千五百歲太子福德天下太平無偷劫賊人民和順不相尅伐太子慈仁聰明智慧貫練群籍及九十六種道術威儀靡不通達少小已來常好布施於身命財無所遺惜慈育衆生甚於赤子大悲普覆平等無二孝養父母禮儀備舉爾時父王爲太子去城不遠造立園觀其園縱廣面八由旬列種華果奇獸異鳥清淨嚴麗處處皆有流泉浴池池中常有優鉢羅華鉢頭摩華拘物頭華分陀利華及餘種種赤白蓮華孔雀翡翠鳧鵠鴛鴦遊戲其中清涼香潔微妙第一爾時太子與群臣百官及后妃婇女導從前後詣園遊戲經一七日迴駕還宫爾時國界有貧窮孤獨老病百疾聞太子還悉來在道側張手向太子太子見已即以身瓔珞服飾及金錢

銀錢車乘象馬悉用布施及至城門無復餘物貧者猶多恨不周足太子還宮念諸貧人憂不能食王問太子爲恨何也太子答曰近出遊觀見諸貧人來在道側求索所之即以身所有施之猶不周足故自愁耳今欲從大王乞中藏財物周給天下不審大王賜所願不王言國家庫藏防備緩急不宜私用於是太子所願不果愁倍於前太子傍臣名曰闍耶見太子不食悲感懊惱長跪叉手白太子言臣有金錢十千奉上大天隨意所用願莫憂貧飲食如先錢若不足臣當賣身供奉大天於是闍耶即以金錢十千奉上太子太子使人持錢出城布施盡十千數猶不得周還白太子金錢已盡貧者尚多於是太子即使傍臣料檢私藏復得金錢十千布施貧者猶不充足太子自念夫人之苦皆由貧窮求不得苦今當自賣所愛之身救彼人苦令得安樂思惟是已却珍寶衣著凡故服默出宮城投適他國名裴提舍自衒賣身與一婆羅門得千金錢即以此錢施諸貧人時婆羅門使奴將車入山斫樵於市賣之經於多時後復取薪乃於山中得牛頭栴檀一叚重一百斤時彼國王本有癩病醫方呪術不能令差王便怒曰用醫何爲夫人百病皆有對治之藥而我此病何獨不蒙令收諸醫於市斬刑時有一醫叩頭白王言今王此病對治之藥世間難有雖有其名未曾得見王曰藥名何等答曰牛頭栴檀王曰夫人罪福業行不同自有福人設有此藥即教宣令天下誰有此藥當分半國從其市之時婆羅門喚奴語曰你

從來賣薪雖獲徵直不如今者富貴之利國王有病今以半國市牛頭栴檀汝今可賣此栴檀往奉大王必得如意吾當與汝共同此樂也時奴便持牛頭栴檀奉上國王王得之已磨以塗身癩病即愈王大歡喜舉國臣民各蒙慶賴即召群臣大設施會放赦囚徒布施貧乏上下和樂王使大臣破半宮殿及所領國民金銀珍寶錢財穀帛奴婢車乘象馬牛羊悉皆分半莊嚴寶車百乘馬騎千疋作倡妓樂香華幢旛百味飲食迎奴還國即便請之共坐寶牀作倡妓樂飲食娛樂王問奴曰見卿福德威相有殊於世何緣處賤願聞其志奴曰甚善卿欲聞者今當說之如卿所疑吾本非奴卿頗曾聞乾陀摩提國王有太子名栴檀摩提好布施不答曰我數聞名但未曾見耳曰吾便是也其王聞已倍更敬重曰何緣致是太子曰吾好布施盡國財物不足周用窮者猶多本願不遂是以捨國自賣身耳王曰夫人宿行隨業受報修善則樂行惡則苦非卿所爲非父母與何乃虧國大望處險涉難如此之事天下少有必有異見願聞其志太子答曰吾本發意誓度群生行諸波羅蜜志求菩提王曰善哉甚大隨喜太子語王今以國還卿唯求一願當不見違答曰所願何等太子曰欲得中藏錢財之物以周給天下貧窮孤老尫羸百疾恣意布施滿五十日其中功德與卿共之王曰甚善錢財之物隨卿施用所賞半國是卿功分吾不敢受太子曰善卿以財施我我以國奉卿我好布施卿之樂國人物殊性志欲不同王曰此行

弘深非吾所及卿得道時願見濟度太子即遣使宣告諸國若有貧窮孤老尫羸之者悉令來會爾時太子使人開諸庫藏運輦財物於平坦地布施貧人滿五十日貧者得富莫不歡喜爾時太子委國去後群臣驚怖啼哭白王昨夜忽亡太子不知所在王聞是語從牀而落迷不識人夫人宮中后妃婇女及諸臣佐莫不驚怪悲感懊惱舉聲號叫奔出四向追覓太子時王夫人懼失太子怱怱如狂即與后妃褰裳被髮奔走出城東西馳逐尋覓太子王恐夫人念子懊惱或能致命即與群臣嚴駕出城追覓夫人并太子消息去國十里於空澤草中乃見夫人從數宮女椎胷涕泣頭亂目腫披擗草叢求覓太子其王見已更增悲結前捉夫人手涕泣交流諫夫人曰吾子福德慈孝布施與物無慭盡以財物布施天下猶不周足常懷悔恨無物施用子今密去必投他國求財布施或自賣身周給貧苦且共還宮勿大憂愁吾今當遣使到諸國中訪問消息必得子還夫人罵曰由王慳貪護惜錢財不念我子今寧可以錢財爲子身不王曰吾失在先今悔何及且共還宮保不失子今當躬身四出求索要當子還夫人垂淚曰今失我子用生何爲寧死於此不空還也我觀子身不知飢渴雖遭大苦不以爲患今還守宮何所怙恃於是太子后妃被髮亂頭號天叩地四望顧視不見太子號天叩頭飲淚而言天地日月父母靈神若我有罪今悉懺悔願與我大天早得相見於是國王强牽夫人及太子后妃車載還宮太子爾時

遥在他國兩目手足三返瞤動心中愁怖似有忘失即辭彼王還歸本國王令傍臣莊嚴寶車百乘馬騎千匹金錢十千銀錢十萬王有五百大臣人各金錢十千銀錢十萬以贈太子王與群臣十千萬人送太子到國界頭施設大會歡喜相謝於是別去太子惟曰從小以來足不妄動目不妄瞤吾前出國不辭父母必是父母及國人民恐失我故憂愁苦惱今當速去令知消息又復惟曰道途曠遠不可卒到恐我父母哀念情重或喪身命當作何方令得消息速達時有烏鳥善能人語白太子言仁德至重恩潤普及憂何不辦欲何所爲吾當助之太子答曰欲託一事願見不違烏曰奉命太子曰煩卿送書與我父母烏曰宜急今正是時太子作書以授與烏烏口銜書飛到本國以書置王前王披書讀知太子消息甚大歡喜即起入宮語夫人曰如吾語卿知不失子不過數日必得見子夫人聞之如死還穌拍手稱善曰今一切天下安隱快樂所願皆得壽命無量爾時國中群臣豪族男女大小聞太子還皆稱萬歲王即與群臣數千萬人嚴駕導從出迎太子道路相逢太子見父即下寶車前接足禮啓白父王自道不孝枉屈尊神驚動國界幸蒙原恕王曰甚善父子相見悲喜交集迴駕還宮舉國民庶莫不歡喜遠方諸國貧窮乞人聞太子還多得錢財皆從遠來詣太子乞太子使人擔輦錢物於道路頭平坦空地布施貧人一年之中日日不絕四方來者皆得如意爾時父王與諸大臣語太子曰從今已往國藏珍

寶隨所須用莫自疑難夫施之德遠近所重怨敵惡人聞太子功德者自然修善爾時有五通神仙道士名曰勇猛與五百弟子在此山上大巖窟中修禪行道志求菩提欲度衆苦教化天下皆令修善爾時太子栴檀摩提賫持種種百味飲食上山供養諸仙道人於時仙師呪願太子因爲說法太子心喜志樂無爲不欲還國顧惟宮室生地獄想妻子眷屬生杻械想觀五欲樂爲地獄想思惟是已即解瓔珞嚴身上服及車馬人從悉付傍臣遣令還國於是太子被鹿皮衣留住山中從師學道鑽尋道術時太子傍臣還國白王太子上山供養仙人留彼學道不肯還宮經書呪術悉令通達自要當還王曰一何苦哉世人得子以致歡樂憑賴老時益國除患吾得此子常懷憂苦不欲富貴不親眷屬此之惱子何道之有即召群臣共論此事諸臣啓曰太子好道不貪世榮志樂無爲既不還國非可如何王宜遣使審定其意必不還者當量其宜王即遣信往問太子吾今待子如渴思飲停留山中不還何意今夫人后妃揮涕望塗悲號懊惱不自任處夫子道安親不宜苦逆隨使必還使者受命旨白如是太子答曰萬物無常形不久存室家歡娛離別則苦性命由天不得自在無常對至雖有父子不得相救今求無爲欲度衆苦得道之日先度父母今此處不遠亦當時往奉覲目下此志已定王宜更計續立國嗣還信白王具說上事王即召集群臣更立太子時王夫人與太子后妃婇女營從賫持太子衣服嚴身之具及

種種甘美飲食香華妓樂導從前後上山到太子處飯諸仙衆因迎太子夫人曰夫種穀防飢掘井待渴立郭防賊養子侍老汝今不還吾命不全太子長跪白夫人曰捨家處山改形易服如唾出口不中食用閑居道士於國無施理分已定非可改移寧碎身於此終不還也願母時還尋爾修覲於是夫人及太子后妃見太子志意堅固無有還意悲哭懊惱隨路而歸於時國王惟望夫人得太子還與諸羣臣出城迎待唯見夫人與太子后妃被髮亂頭椎胷號呌隨路空歸王益不樂羣臣萬衆莫不涕淚迴駕還宮於是國王諌謝夫人及太子妻吾子好道世間難有慈育普濟莫不蒙恩此國之寶非凡器也令樂山居以修其志但令安隱時復相見今且與子相去不遠餉致飲食消息往來可以自慰於時夫人得王諌已憂憒小歇時時遣人賫持飲食及諸甘果種種美膳往到山中供養太子如是多年太子亦時時來下問訊父母乃復還山修道其上下有絶崖深谷底有一虎新生七子時天大降雪虎母抱子已經三日不得求食懼子凍死守餓護子雪落不息母子飢困喪命不久虎母既爲飢火所逼還欲噉子時山諸仙道士見此事已更相勸曰誰能捨身救濟衆生今正是時太子聞已唱曰善哉吾願果矣往到崖頭下向望視見虎母抱子爲雪所覆生大悲心立住山頭寂然入定即得清淨無生法忍觀見過去無數劫事未來亦爾即還白師及五百同學吾今捨身願各隨喜師曰卿學道日淺知見未廣何忽自

夭捨所愛身太子答曰吾昔有願應捨千身前已曾捨九百九十九身今日所捨足滿一千身是故捨耳願師隨喜師曰卿志願高妙無能及者必先得道勿復見遺太子辭師而去於是大師與五百神仙道士涕泣滿目送太子到山崖頭時有富蘭長者將從男女五百餘人賷持飲食上山供養見太子捨身悲感啼哭而隨太子至山崖頭於是太子在衆人前發大誓願我今捨身救衆生命所有功德速成菩提得金剛身常樂我淨無爲法身未度者令度未解者令解未安者令安我今此身無常苦惱衆毒所集此身不淨九孔盈流四大毒蛇之所蛆螫五拔刀賊追逐傷割如此身者爲無返復甘膳美味及五欲樂供養此身命終之後無善報恩反墮地獄受無量苦夫人身者唯應令苦不得與樂太子種種訶責其身諸惡過咎已又發誓言令我以血肉救彼餓虎餘舍利骨我父母後時必爲起塔令一切衆生身諸病苦宿罪因緣湯藥針灸不得差者來我塔處志心供養隨病輕重不過百日必得除愈若實不虛者諸天降雨香華諸天應聲即雨曼陀羅華地皆震動太子即解鹿皮之衣以纏頭目合手投身虎前於是母虎得食菩薩肉母子俱活時崖頭諸人下向望視見太子爲虎所噉骨肉狼藉悲號大叫聲動山中或有椎胷自撲宛轉卧地或有禪思或有叩頭懺悔太子爾時首陀會諸天及天帝釋四天王等日月諸天數千萬衆皆發無上菩提之心作倡妓樂燒香散華曼陀羅華供養太子而唱是言善哉摩訶

薩埵從是不久當坐道場如是三唱已各還天宮五百仙人皆發無上正眞道意神仙大師得無生忍王及夫人明旦遣使賷持飲食上山餉太子到住常石室唯見臥具鹿皮衣傘蓋鉢盂錫杖水瓶澡鑵悉在室中不見太子周遍問人無有應者唯見仙人十十五五相向涕泣到大師所唯見仙師以手拄頰涕淚滿目呻吟而坐周徧推問無肯應對使者怖懼即以飲食施諸仙士走還白夫人具說上事夫人曰不見我子見諸仙不答曰但見仙士十十五五相向涕泣夫人曰禍哉吾子死矣椎胷大叫奔走詣王王聞是已從牀而落迷不知人羣臣萬衆來集王側叩頭諫曰太子在山未審虛實何爲哀慟願王小息於是王及夫人后妃婇女臣佐吏民褰裳徒跣奔走上山爾時長者富蘭亦逆來告王曰太子昨日投身巖下以肉飼虎今餘骸骨狼藉在地於是長者即引導王到太子屍處王及夫人后妃婇女羣臣吏民舉聲悲哭震動山谷王與夫人伏太子屍上心肝斷絶悶不識人妃前扶頭理太子髮心肝摧碎啼哭聲噎曰一何薄命生亡我尊今日永絶不復得見寧令我身碎如塵粉不令我夫奄忽如今太子已死我用活爲時群臣白王太子布施誓度群生無常殺鬼所侵奪也未及臭爛宜設供養即收骸骨出山谷口於平坦地積栴檀香及種種香木諸香酥油繒蓋幢旛以用闍維太子收取舍利以寶器盛之即於其中起七寶塔種種寶物而莊校之其塔四面縱廣十里列種種華果流泉浴池端嚴淨潔王常

令四部妓人晝夜供養娛樂此塔佛告阿難爾時太子者我身是也時父王者即今父悅頭檀是時夫人者母摩耶是爾時后妃今瞿夷是時大臣闍耶者阿難是爾時山上神仙大師者彌勒是也裴提舍王者難陀是也時婆羅門者羅雲是也彌勒菩薩從昔已來常是我師以吾布施不惜身命救衆生故超越師前懸較九劫今致得佛濟度無極佛說是時天龍及人八萬四千皆發無上平等道意八千比丘漏盡結解得應真道王及群臣天龍鬼神聞佛說法皆大歡喜禮佛而去

菩薩投身飼餓虎起塔因緣經

爾時國王聞佛說已即於是處起立大塔名爲菩薩投身餓虎塔今現在塔東面山下有僧房講堂精舍常有五千衆僧四事供養法盛爾時見諸國中有人癩病及癲狂聾盲手脚躃跛及種種疾病悉來就此塔燒香然燈香泥塗地修治掃灑并叩頭懺悔百病皆愈前來差者便去後來輙爾常有百餘人不問貴賤皆爾終無絶時

音釋

飼 祥吏切餧也
佉 丘迦切
鵁鶄 鵁古肴切鶄子盈切鵁鶄鳥名
擘 博陌切釽也
瞤 舒閏切目動也
餉 式亮切饋也
蜇 陟列切蟲行毒也
灸 舉有切療病也
噎 於結切塞也
躃 必益切
跛 布火切

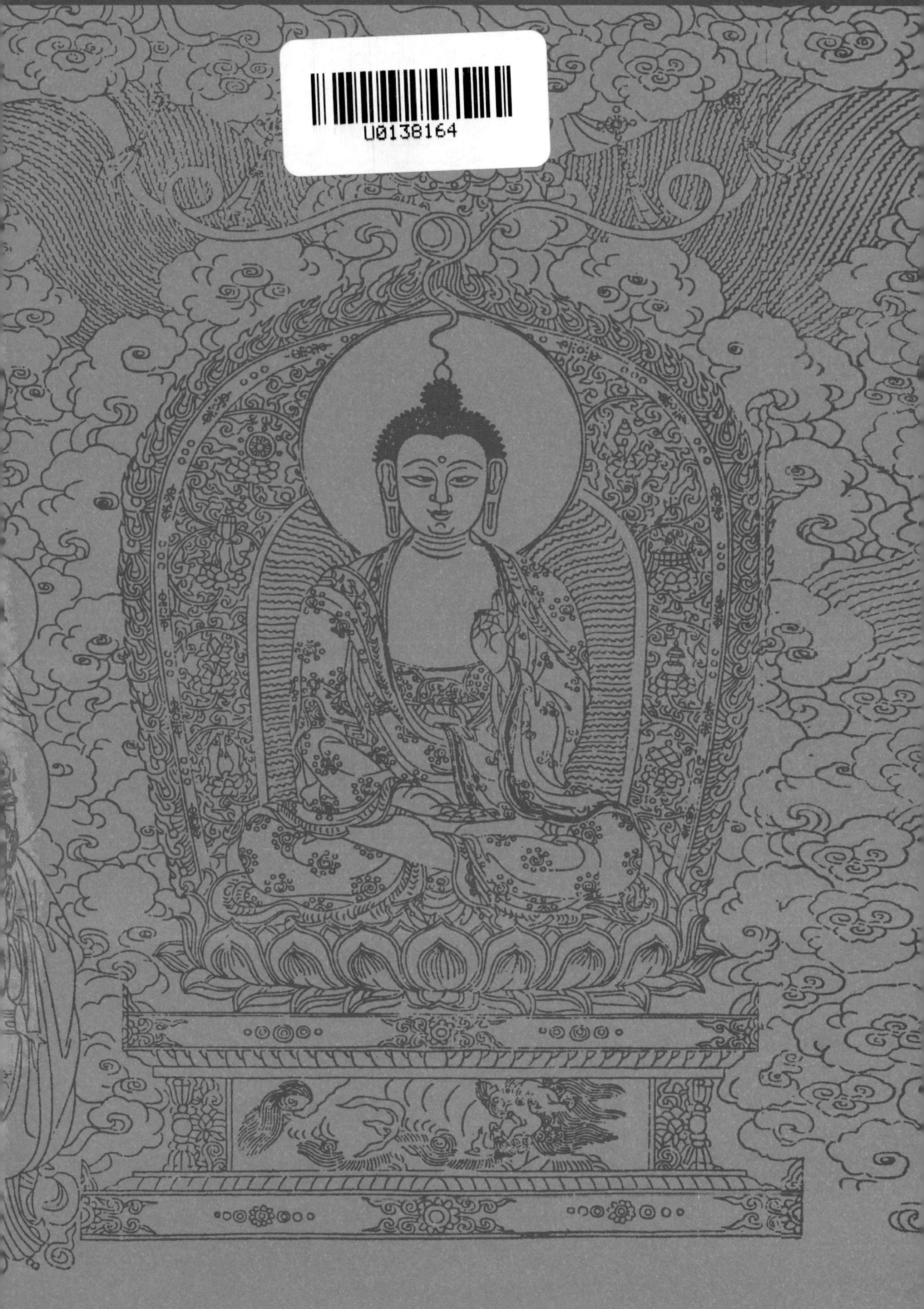